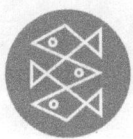

Julia ist 26, steckt in einem Bürojob fest, der langweiliger nicht sein könnte, trauert ihrer Karriere als Tänzerin nach und hat so viele unbefriedigende Nächte mit Männern verbracht, dass sie sich sicher ist, die Antwort zu kennen. Dann lernt sie Sam kennen. Sam, die nicht irgendeine Frau ist. Sam, die Künstlerin, die Sex als ihr Hobby bezeichnet und so gar nichts von Monogamie hält. Die Julia in Künstlerkreise bringt, in Londons Sexclubs und ständig zum Orgasmus. Mit ihr scheint plötzlich alles möglich, sogar die Freiheit von all dem heteronormativen Bullshit. Doch Julia ist so überwältigt von ihrem neuen, aufregenden Leben, dass sie kaum merkt, wie ihre Liebe eine ungesunde Richtung nimmt.

Kate Davies hat eine zum Schreien komische, authentische Geschichte über Liebe, Abhängigkeit und Selbstfindung geschrieben, die den besten und den schlechtesten Sex enthält, den Sie je gelesen haben.

Kate Davies

LOVE ADDICT

Roman

Aus dem Englischen
von Britt Somann-Jung

FISCHER Taschenbuch

Aus Verantwortung für die Umwelt hat sich der S. Fischer Verlag zu einer nachhaltigen Buchproduktion verpflichtet. Der bewusste Umgang mit unseren Ressourcen, der Schutz unseres Klimas und der Natur gehören zu unseren obersten Unternehmenszielen.

Gemeinsam mit unseren Partnern und Lieferanten setzen wir uns für eine klimaneutrale Buchproduktion ein, die den Erwerb von Klimazertifikaten zur Kompensation des CO$_2$-Ausstoßes einschließt.

Weitere Informationen finden Sie unter:
www.klimaneutralerverlag.de

Erschienen bei FISCHER Taschenbuch
Frankfurt am Main, November 2023

Die englische Originalausgabe erschien 2019 unter dem Titel
»In At the Deep End« bei The Borough Press
© Kate Davies 2019

Für die deutschsprachige Ausgabe:
© 2020 S. Fischer Verlag GmbH, Hedderichstr. 114,
D-60596 Frankfurt am Main

Satz: Dörlemann Satz, Lemförde
Druck und Bindung: GGP Media GmbH, Pößneck
Printed in Germany
ISBN 978-3-596-70454-5

To my one true Spud

1. Sexgeräusche

Eines Samstagmorgens im Januar führte Alice mir vor Augen, dass ich ganze drei Jahre lang mit niemandem im Bett gewesen war. Mir war durchaus klar, dass ich eine Durststrecke durchmachte – ich brauchte ständig neue Vibratorbatterien, und ein paar Tage zuvor hatte ich *Penis* gegoogelt, um mal wieder einen zu sehen –, aber das ganze Ausmaß der sexlosen Zeit war mir bis dahin nicht bewusst gewesen.

Was noch dazukam: Als ich das letzte Mal mit jemandem geschlafen hatte, war es nicht wirklich der Rede wert gewesen. Ich trieb es mit einem einundzwanzigjährigen Lektoratsassistenten aus Alices Büro mit ungewöhnlich hoher Stirn, und es passierte nach einer furchtbaren Party bei uns zu Hause, wegen der die ganze Wohnung nach Pastis stank. Ich wollte ihn mit in mein Zimmer nehmen, aber da war schon ein Pärchen voll bekleidet auf der Bettdecke zugange, also verlegten wir uns auf das Kunstledersofa im Wohnzimmer. Ich blieb immer wieder daran kleben, und Schweiß sammelte sich in der Kuhle unter meinem Rücken. Ich glaube, er hatte vorher noch nie mit jemandem geschlafen, deshalb geriet das Ganze zu einem eher ungelenken Gerammel, und hinterher hat er geweint und mich zu lange umarmt. Immer wieder muss ich schlagartig daran denken – ich steige vielleicht gerade in den Bus ein oder wasche mir die Haare oder sitze auf einem besonders knatschigen Sofa, und mit einem Mal sehe ich sein verkniffenes rotes Gesicht oder seine verschwitzten Schamhaare vor mir und zucke unwillkürlich zusammen. Da würde doch jeder für, sagen wir mal, drei Jahre die Lust auf Sex verlieren.

Ehrlich gesagt war mir Sex als Idee immer lieber gewesen als die Sache selbst. In meiner Vorstellung war ich experimentierfreudig, selbstbewusst, ungehemmt, jemand, der in Schultern beißt und Wörter wie »Möse« benutzt. Ich konnte in den schmutzigsten Begriffen an Sex denken und offen mit meinen Freunden darüber reden – aber wenn es darum ging, es tatsächlich zu tun oder mit jemandem darüber zu reden, mit dem etwas laufen könnte, machte ich dicht. Es fiel mir schwer, mich selbst als sexy wahrzunehmen, wenn ich mit jemandem zusammen war. Es fiel mir schwer, ungerührt sexy Sachen zu sagen. Es kam mir immer wie eine Pose vor, albern, zu weit weg von der Person, die ich sonst war, als würde ich in einem Pornofilm mitspielen und meine Sache auch noch schlecht machen. Ich konnte nicht mal überzeugend flirten, jedenfalls nicht, wenn ich nüchtern war. Das erklärt vielleicht ein bisschen, warum es so lange her war, dass ich mit jemandem gevögelt hatte.

Bei Alice und Dave hingegen gab es Sex. Überraschend viel sogar, wenn man bedachte, dass sie schon seit fünf Jahren zusammen waren. Am Freitagabend vor jenem Samstagmorgen saß ich allein im Wohnzimmer und versuchte, die Sexgeräusche aus ihrem Schlafzimmer zu ignorieren. Unsere Wohnung hatte unglaublich dünne Wände, weshalb es mir fast so vorkam, als wäre ich dabei. Wie kann etwas, das so viel Spaß macht, wenn man es selbst tut (vielleicht nicht immer – siehe schwitziger Sofa-Sex), so abstoßend sein, wenn man unfreiwillig zuhört? Ich hatte nichts dagegen, mit einem Paar zusammenzuwohnen; das senkte die Miete. Außerdem besaß Dave mehrere Ottolenghi-Kochbücher und einige sehr geschmackvolle Mid-Century-Möbel, so dass wir besser aßen und stylisher eingerichtet waren, als es ohne ihn der Fall gewesen wäre. Aber von den Sexgeräuschen hatte ich echt genug.

Am nächsten Morgen hörte ich, wie Alice Dave zur Tür brachte. Sie flüsterten anzüglich miteinander und küssten sich hörbar feucht. Ich saß auf meinem Bett, knibbelte an der trockenen Haut meiner Finger und ging meine Rede im Kopf noch einmal durch.

Alice kam, ohne zu klopfen, in mein Zimmer; das machen Leute so, wenn das Risiko gering ist, dass man gerade vögelt. Sie setzte sich zu mir, mit verwuscheltem Haar und einem postkoitalen Lächeln auf den Lippen. »Hast du Lust auf Brunch?«, fragte sie. »Ich bin am Verhungern.«

»Das überrascht mich nicht«, sagte ich, was nicht der Einstieg war, den ich im Sinn gehabt hatte.

»Was?«

»Nichts.«

»Warum überrascht dich das nicht? Was meinst du damit?«

»Na ja ... es klang so, als hättet ihr euch heute Nacht gut amüsiert.«

»Du hast uns beim Sex belauscht?«

»Ich habe euch nicht belauscht. Ich hab's *gehört*. Ich hatte keine Wahl.«

»So laut waren wir doch gar nicht«, sagte Alice, als wollte sie von mir eine Bestätigung hören.

»Du hast ihn gebeten, dir –«

»Mir was?«

Ich sah weg. »Du weißt, worum du ihn gebeten hast.«

»Woher soll ich das wissen, wenn du es nicht sagst?«

»Schön. Du hast ihn gebeten, dir einen Finger in den Arsch zu stecken.«

»Julia!«

»Das waren deine Worte!«

»Das war privat!«

»Dann seid leiser!«

Alices Wangen glühten. Wir schwiegen peinlich berührt.

»Hast du uns wirklich gehört?«

»Ja! Ich höre euch immer!«

»Du kannst uns nicht immer hören. Wir schlafen gar nicht mehr so oft miteinander ...«

»Dreimal die Woche ist nicht oft?«

»Nicht für uns.«

»Aha. Schön für euch.«

Wieder Schweigen.

»Es würde dir nicht so viel ausmachen, wenn du auch einen Freund hättest.«

»Ich will keinen Freund, vielen Dank.«

»Dann eben Sex ...«

»Ich habe Sex.«

»Nein, hast du nicht«, sagte sie. Und dann kam sie mir mit den drei Jahren.

Danach legte ich mich wieder ins Bett und blieb den Rest des Tages dort, aß Käse und versuchte, mich zu erinnern, was Sex war. Ich hatte noch nie richtig, richtig guten

Sex erlebt, von der Sorte, die zu Geräuschen führte, wie Alice und Dave sie machten. Oralsex fühlte sich immer ein bisschen so an, als würde mir jemand den Intimbereich mit einem nassen Waschlappen abwischen, und wenn ein Mann auf mir lag, bekam ich ein bisschen Platzangst.

Sex war mir bisher einfach nie besonders wichtig gewesen. Als Teenager war ich zu besessen davon, Tänzerin zu werden, als dass ich mir Gedanken um eine Beziehung gemacht hätte. Wobei ich nach meinem ersten Jahr an der Ballettschule immerhin meine Jungfräulichkeit verlor; meine Freundin Cat nahm mich mit nach Jamaika zu ihren Großeltern, und dort am Strand erlebte ich mein erstes Mal mit einem Jungen namens Derrick, der furchtbare Akne und billigen Rum mitbrachte, der den Sex erst möglich machte. Wir benutzten kein Kondom; die schreckliche Angst vor einer Schwangerschaft und die Schwierigkeiten, die Pille danach aufzutreiben, ohne dass Cats Großeltern etwas merkten, verdarben mir für Jahre die Lust auf Sex. Daiquiris kann ich immer noch nicht trinken. Aber ich war froh, es hinter mir zu haben – ich hatte den Mädchen in meinem Jahrgang etwas voraus und genoss es, weise zu brummen: »Macht es nicht wie ich. Wartet, bis ihr so weit seid«, wann immer bei Übernachtungspartys das Gespräch auf Sex kam.

Dann kam Leon. Ich begegnete ihm bei einer Erstsemester-Toga-Party in Warwick. Er machte ziemlich was her in seinem weißen Laken; erst später stellte ich fest, dass er jeden Tag Cordhosen trug. Trotzdem blieben wir zusammen, bis er mich direkt nach unserem Abschluss abservierte, weil er »um die Welt reisen« und »ungebunden« sein wollte. Drei Monate später zog er nach Peckham und begann ein Traineeprogramm bei einer Unternehmensberatung.

Leon und ich hatten anfangs durchaus Spaß im Bett gehabt – wir machten es in umgekehrter Reitstellung, stehend in der Dusche, so was eben –, aber gegen Ende unserer Beziehung kam er nur noch in Stimmung, wenn auf Spotify die »Late Night Love«-Playlist lief, und ich wusste immer genau, an welcher Stelle eines Songs seine Hände wo sein würden – es war ein bisschen wie obszöner Line Dance in der Waagerechten. Der langweilige Sex tat uns beiden nicht gut, so in Sachen Selbstwertgefühl. Nachdem wir uns getrennt hatten, beschloss ich, eine kleine Sexpause einzulegen, und je länger sie dauerte, desto furchterregender wurde der Gedanke an Sex, so als müsste ich einen riesigen, fleischlichen Rubikon überschreiten. Es kam zu ein paar betrunkenen One-Night-Stands – einschließlich dem Sofa-Sex –, aber meistens schien es viel vernünftiger und weniger demütigend, alleine nach Hause zu gehen; das gab auch kein vom Knutschen wundes Kinn.

Ich befriedigte mich allerdings selbst – ich besaß zwei zuverlässige Vibratoren, einen Rampant Rabbit und einen kleinen patronenförmigen, den ich mit in den Urlaub nahm. Das Einzige, was mir fehlte, war jemand, der meine Brüste packte. Ich versuchte es manchmal selbst, aber es war einfach nicht dasselbe.

Am Mittwoch machte Dave uns Roastbeef. Während er kochte, saß ich auf dem Sofa und stellte mir vor, ihn zu vögeln – etwas, das ich noch nie getan hatte, Ehrenwort –, und mein Herz schlug ein bisschen schneller. Dave ist objektiv betrachtet ein sehr gutaussehender Mann, trotz seines mächtigen Barts. Ich starrte wie gebannt auf diesen Bart, fragte mich, ob er beim Oralsex im Weg war, und betrachtete seine Fingerknöchel, malte mir aus, wie sie sich in mir anfühlten. Danach konnte ich ihm eine Weile nicht mehr in die Augen sehen. Ich wollte Daves Finger eigentlich nicht in mir spüren, wirklich nicht. Aber ich wollte *etwas* in mir spüren. Etwas Lebendiges, Warmes, das sich bewegte und nicht aus pinkem Latex war.

Beim Abendessen war ich verkrampfter als sonst, kein Wunder. Dave übernahm es, Konversation zu machen, fragte mich mit seinem entzückenden nordenglischen Akzent über meine Arbeit aus und tat so, als würden ihn meine Antworten tatsächlich interessieren, obwohl ich im Ministerium für Gesundheit und Soziales tätig war, wo ich Anfragen von Bürgern zu Pflegefamilien, Wartezeiten für medizinische Behandlungen und anderen unangenehmen Dingen beantwortete, während er als Graphikdesigner arbeitete, was sowohl cooler als auch weniger deprimierend war.

Er reichte mir den Meerrettich und fragte: »Und, waren diese Woche ein paar gute Briefe dabei?«

In der Regel schreiben die Menschen der Regierung keine Briefe, es sei denn, sie sind sehr wütend und sehr alt. Aber es gibt Ausnahmen.

»Es kam wieder einer von Eric«, sagte ich.

»Dem Veteranen der Bomberflotte?«

Ich nickte. »Er regt sich über die Kürzungen bei der Pflege auf.«

»War das nicht schon letzten Monat sein Thema?«, fragte Alice mit vollem Mund.

»Letzten Monat ging es um die Qualität von Krankenhausessen.«

»Alt werden ist schon scheiße, was?«, sagte Dave, aber

sein Blick klebte an Alice, und sie spielten offensichtlich unter dem Tisch mit ihren Füßen. Ich starrte auf meinen Teller und konzentrierte mich auf die Dampfkringel, die von meinen Kartoffeln aufstiegen, aber das Füßeln ging weiter.

Das Fußgefummel wurde unterbrochen, als Alice den Tisch abräumte und den Nachtisch (Ben & Jerry's) servierte, aber dann nahmen sie es wieder auf und verdarben mir den Appetit auf Eis – was gar nicht so leicht ist. Ich schlang es so schnell wie möglich herunter und schob meinen Stuhl zurück.

»Danke fürs Kochen, Dave«, sagte ich.

»Kein Problem«, sagte er mit einem Lächeln, das Alice galt.

Alice sah auf. »Bleib doch noch und chill mit uns«, sagte sie. »Heute Abend kommt irgendwas mit Benedict Cumberbatch.«

»Ich steh nicht so auf Cumberbatch«, sagte ich. »Und außerdem habe ich Kopfschmerzen.«

Ich ging in mein Zimmer und stellte den Fernseher an. Ich probierte es mit einer Kochsendung, aber Alice und Dave knutschten bald so geräuschvoll, dass ich sie über den lauten Moderator hinweg hören konnte. Also öffnete ich meinen Laptop, setzte die Kopfhörer auf, stellte den Browser auf privates Surfen und suchte *echte Paare* auf Pornhub.

Es hat etwas Tröstliches, normalen Leuten beim Sex zuzusehen; ich denke dann immer, ich würde es besser hinbekommen. Darum geht es bei Pornos vielleicht nicht, aber das ist mir egal – ihre Inkompetenz törnt mich an. Ich klickte auf ein Video und sah einen dünnen, blassen

Mann seine wackelige Kamera einstellen und zum Bett gehen, auf dem eine übergewichtige Frau auf ihn wartete. Ich zog mir die Hose runter und fing an zu masturbieren, während der blasse Mann unrhythmisch gegen seine Partnerin klatschte. Nimm dies, Patriarchat: Ich werde mir in ungefähr zwei Minuten einen unfassbaren Orgasmus verschaffen, weil ich genau weiß, welche Knöpfe ich drücken muss – ich brauche keinen Mann, der das für mich macht.

Aber als es vorbei war, fühlte ich mich leer und sehnte mich verzweifelt danach, noch einmal zu kommen. Das Video endete, und eine Anzeige für *Heiße Schlampen in deiner Nähe* ploppte auf. Ich zuckte zusammen und versuchte, sie zu schließen, aber versehentlich klickte ich auf die Anzeige, und mein Bildschirm wurde von einer Frau mit riesigen, kugelrunden Brüsten ausgefüllt, die stöhnte und sich die Nippel rieb. Ich versuchte, sie wegzuklicken, aber es hatten sich schon Hunderte weiterer Fenster geöffnet, lauter heiße Blondinen, schmutzige Russinnen und verruchte Teens, ein endloses Spiegelkabinett. Sie anzusehen machte mich an, und dadurch fühlte ich mich völlig verkommen, also knallte ich den Laptop zu und umarmte mein Kissen. Es erwiderte die Umarmung nicht.

Ich erzählte Nicky von meiner unbefriedigenden Selbstbefriedigung. Darüber zu reden war ein bisschen peinlich; es war erst meine dritte Sitzung, und ich fühlte mich bei ihr noch nicht richtig wohl. Ich fühlte mich mit der ganzen Idee, in Therapie zu sein, noch nicht richtig wohl; ich hätte mir nie träumen lassen, dass ich mit 26 eine Therapeutin haben würde, auch wenn sie noch halbe Amateurin war. Eine Therapeutin schien eher etwas für glamouröse New

Yorker zu sein, Leute, die sich Oliven von Dean & DeLuca leisten konnten und Sachen sagten wie: »Meine Gyn hat mir geraten, weniger Weizen zu essen.« Dazu gekommen war es so: Ich litt unter einem ständigen diffusen Angstgefühl, vergleichbar der Sorge, dass ich den Herd angelassen haben könnte, nur dauerhaft. Dann hatte ich eines Tages bei einer Teamsitzung zum Thema Briefköpfe eine Panikattacke, wahrscheinlich ausgelöst von der Erkenntnis, dass mein Job Teamsitzungen zum Thema Briefköpfe mit sich brachte. Niemand bemerkte etwas – es war eine sehr dezente Panikattacke –, aber am Abend desselben Tages brach ich bei Sainsbury's mitten im Gang mit der Tiefkühlkost in Tränen aus, in der Hand eine Packung Fischfrikadellen. Also ging ich zum Arzt.

»Würden Sie sagen, dass Sie in einem Zeitraum von sechs Monaten an den meisten Tagen übermäßig beunruhigt waren?«, fragte die Ärztin mit Blick auf eine Checkliste.

»Ich weiß nicht, ob ich *übermäßig* beunruhigt sagen würde.«

»Was beunruhigt Sie denn?«

»Einfach ... irgendwie alles.«

»Das ist wahrscheinlich übermäßig.« Sie lächelte mich an. »Glauben Sie, dass die Welt von Natur aus eher gut oder eher böse ist?«

»Eindeutig gut«, sagte ich erfreut, weil ich wusste, dass das die richtige Antwort war.

»Und Sie haben nicht daran gedacht, sich etwas anzutun? Sie hegen keine Selbstmordgedanken?«

»Nie.«

»Haben Sie das Gefühl, den Alltag nicht bewältigen zu können?«

»Nein.«

»Fällt es Ihnen schwer, Entscheidungen zu treffen?«

»Eigentlich nicht.«

»Weinen Sie oft ohne konkreten Anlass?«

»Nein. Ich meine ... ich weine schon relativ viel, aber meistens habe ich einen Grund.«

»Okay«, sagte die Ärztin. »Sie haben wahrscheinlich keine klinische Depression.«

»Hurra!«, sagte ich und jubelte mir selbst zu.

Die Ärztin lächelte wieder ... ein langmütiges Lächeln, wie ich jetzt weiß. »Sie scheinen unter etwas zu leiden, das wir generalisierte Angststörung nennen.«

Es war aufregend, eine richtige Störung zu haben.

»Ich werde Ihnen eine Überweisung für eine Gesprächstherapie ausstellen«, sagte sie. »Aber es empfiehlt sich vermutlich, die privat zu bezahlen ... die Wartezeit beträgt sonst neun Monate.«

»Ich weiß«, sagte ich. »Beim Ministerium für Gesundheit und Soziales gehen deshalb viele Beschwerden ein.«

Ich fühlte mich so ruhig wie seit Jahren nicht. Ich ging nach Hause und googelte *preiswerte Therapie Nordlondon Angststörung*, und Nickys Name tauchte auf. Sie war noch in der Ausbildung, weshalb ich sie mir leisten konnte, und sie hatte eine sehr untherapeutische Art, ihre sehr entschiedenen Ansichten zu allem und jedem kundzutun. Als ich ihr von der Angststörung erzählte und davon, dass ich mich halt- und orientierungslos fühlte, sagte sie, das sei auch kein Wunder und mein Job klinge so stupide, dass man ihn »Menschen mit Schlafstörungen verschreiben« könne.

Wie auch immer, ich erzählte Nicky von der Selbstbefriedigung. Ich spürte mich tiefer und tiefer in den Sessel sinken, während ich redete, als würde er vor mir zurückweichen. Sie wich allerdings nicht zurück. Sie wollte alles wissen.

»Wie sah das Paar aus?«

»Ist das wichtig?«

»Das weiß ich nicht, solange Sie es mir nicht erzählen.«

»Sie war übergewichtig und schwarz. Er war schmächtig und weiß.«

»Aha.« Sie nickte auf Therapeuten-Art.

»Was?«

»Nichts.« Sie kritzelte etwas in ihr Notizbuch und unterstrich es mehrmals.

»Denken Sie oft an Alice, wenn Sie masturbieren?«

»Ich habe nicht an sie gedacht!«

»Aber Sie sagten, Sie hätten aus Ärger masturbiert.«

»Ich war sauer, weil sie so laut rumgemacht haben, das war alles.«

»Weil Sie nicht rummachen?« Sie sah mich ohne zu blinzeln an.

»Hören Sie, ich verdränge nichts, okay? Ich würde ja rummachen, wenn jemand zur Verfügung stände, aber das war in den letzten Jahren nicht der Fall.«

»Sie warten also darauf, dass Ihnen jemand Sex auf dem Silbertablett serviert?«

»Nun, nein –«

»So hört es sich für mich an. Mit Ihrem Beruf ist es das Gleiche. Sie haben beschlossen, sich zurückzulehnen und in dieser befristeten Sackgasse zu verharren –«

»Ich arbeite nicht befristet, sondern über eine Zeitarbeitsfirma. Vielleicht bewerbe ich mich dieses Jahr für das Ausbildungsprogramm des höheren Dienstes.«

»Warum haben Sie das nicht schon letztes Jahr gemacht?«

Ich hatte mich nicht beworben, weil ich Menschen auf Partys, die wissen wollen, was ich mache, dann sagen müsste: »Ich bin Beamtin«, und dann würde ich jede Menge Fragen über die Finanzierung des Gesundheitssystems beantworten und meine Haltung zur Regierung erklären müssen. Ich hasse es, wenn Leute fragen: »Was machst du beruflich?« Das geht vermutlich allen so, selbst wenn sie antworten können: »Ich schreibe Romane« oder: »Ich bin Chirurgin mit Spezialgebiet Babyhände«, denn auch dann wird irgendjemand fragen: »Könntest du mein Buch deiner Agentin zeigen?« oder: »Kannst du dir mal die Beule an meinem Finger ansehen?« Ich vermisste es, sagen zu können: »Ich bin Tänzerin.«

Ich blickte zu Boden. Auf dem Teppich war ein Fleck – möglicherweise Ketchup.

»Sie werden sich für Ihre Karriere anstrengen müssen«, sagte Nicky. »Das Gleiche gilt für Ihr Liebesleben. Sie wagen sich nicht aus der Deckung.«

»Ich werde nicht nach einer Beziehung suchen. Ich brauche keine, um mich komplett zu fühlen. Ich bin unabhängig.«

Sie legte ihr Notizbuch hin. »Sind Sie das wirklich?«, fragte sie. »Oder sind Sie nur sehr, sehr traurig?«

Ich schwieg würdevoll.

»Es ist nicht schlimm zu weinen«, sagte sie.

»*So* traurig bin ich gar nicht«, sagte ich.

»Lassen Sie es raus.«

»Ich weine nicht«, sagte ich, was nicht ganz stimmte.

Triumphierend reichte sie mir die Kleenex-Schachtel.

Auf dem Weg nach Hause rief ich Cat an. Ich wollte nicht allein mit meinen Gedanken sein, und ich konnte mich immer darauf verlassen, dass Cat irgendeine Anekdote über ihre furchtbare Karriere zu erzählen hatte, die meine Probleme relativierte.

»Hast du Lust, was zu trinken?«, fragte ich, als sie abnahm.

»Schön wär's«, sagte sie. »Ich bin in Birmingham. Mit der Entwicklungsgeschichte des Frosches.« Sie klang etwas außer Atem. Wahrscheinlich hatte sie es auch gerade wild getrieben.

»Wann kommst du zurück?«, fragte ich, während ich eine Pfütze umkurvte.

»Das dauert noch«, sagte sie. »Wir touren durchs ganze Land.«

»Ooh!«

»Durch die Grundschulen.«

»Oh.«

»Wahrscheinlich bekomme ich wieder Läuse. Oder Borkenflechte.«

Cat hatte nach der Schule keine Anstellung als Tänzerin gefunden – jede Gruppe, bei der sie vortanzte, erklärte: »Du passt vom Typ her nicht«, was der legale Weg war zu sagen: »Du bist schwarz.« Aber statt es so zu machen wie ich, als meine Tanzkarriere ihr Ende fand – wieder bei meinen Eltern einzuziehen und allen Auftritten abzuschwören, außer um bei Karaoke-Abenden meine Spezialversion von »I Wanna Dance with Somebody« zum Besten zu geben –, schulte sie auf Schauspielerin um. Jetzt verdiente sie ihr Geld hauptsächlich mit Theateraufführungen in Schulen, wo sie Rollen wie »der Frosch« und »die Plastikflasche, die nicht zerfällt« und »der Eisbär, dem zu warm wurde« übernahm. Ich glaube, wir blieben uns nah, weil wir unsere anderen Freunde von der Ballettschule nicht ertragen konnten, mit ihren Instagram-Posts à la *OMG Ich wurde gerade vom Birmingham Royal Ballet für Schwanensee engagiert! #selig*. Doch manchmal beneidete ich Cat. Sie durfte immerhin noch in Applaus baden, auch wenn die Menschen, die ihr applaudierten, sich manchmal an den Haaren zogen und vor die Tür geschickt werden mussten.

»Lacey spielt den Froschlaich«, fuhr Cat fort, »und sie hört nicht auf, darüber zu reden, dass sie ein Musical über Menstruation schreibt.«

»Ich wette, das wird ein Hit«, sagte ich.

»Bestimmt, oder? O Gott ...«

Am anderen Ende war ein gedämpftes Dehngeräusch zu hören.

»Ziehst du gerade dein Kaulquappenkostüm aus?«, fragte ich. »Los, sing noch mal das Kaulquappenlied.«

»Diesmal bin ich der Frosch. Der Scheißanzug ist eine Nummer zu klein.«

»Du wurdest befördert!«

»Sehr witzig«, sagte Cat. »Eins der Kinder kam heute zu mir und sagte: ›Du bist kein echter Frosch. Du bist zu groß.‹ Ich schwöre dir, die Sechsjährigen werden auch immer dümmer.« Mehr Dehnen und Schlurfen und dann ein angestrengtes Grunzen. »So, ich hab's runter.«

»Also bist du jetzt nackt.«

»Jep. Das ist im Grunde Telefonsex«, sagte sie.

»So nah war ich einem Fick seit drei Jahren nicht.« Ich klopfte mir mental auf die Schulter. Wenigstens konnte ich noch Witze darüber reißen.

»Und ich dachte, ich wär arm dran«, sagte Cat. »Lacey vögelt schon die ganze Tour mit Steve, der neuen Kaulquappe, und ich fühle mich wie das fünfte Rad am Wagen.«

»Sei froh, dass du aus der Nummer raus bist«, sagte ich. »Kaulquappen, die es mit Froschlaich treiben – das ist echt krank. Fast wie Inzest.« Ich klemmte mir das Telefon unters Kinn und schloss die Tür auf.

»Wie geht es dir denn? Was macht die Arbeit?«, fragte Cat.

»Zu öde, um drüber zu reden.«

»Du brauchst irgendein kreatives Ventil.«

»Nein, danke«, sagte ich. Ich wollte nur fernsehen, ohne Leuten beim Sex zuhören zu müssen. Ich setzte mich noch im Mantel aufs Sofa und fischte unter den Kissen nach der Fernbedienung. *Das perfekte Dinner* lief gerade, und Alice und Dave waren nicht zu Hause. Es versprach, ein schöner Abend zu werden.

2. Niemandsland

Am nächsten Tag kam ich ein bisschen zu spät zur Arbeit, deshalb war mein üblicher Schreibtisch schon belegt. Über das graue Niemandsland aus Tischen und Stühlen hinweg winkte ich Owen zu, mit dem ich normalerweise zusammensaß. Ich spürte, wie die anderen mich aus den Schützengräben anstarrten, also kauerte ich mich auf den nächstbesten Stuhl und landete neben Stan, einem der Pressereferenten. Normalerweise meide ich Stan, weil er laut atmet und den ganzen Tags Chips isst. Eine wenig sozialverträgliche Kombination. An diesem Morgen hatte er sich für Salt & Vinegar entschieden statt für Cheese & Onion, was ein Segen war.

Ich konnte mich nicht darauf konzentrieren, die neuen E-Mails und Briefe im System zu erfassen – mir ging immer noch die Sitzung mit Nicky durch den Kopf –, deshalb holte ich den letzten Brief von Eric, dem Bomberflottenveteranen, wieder hervor, der mit zittrigem blauem Kuli auf dünnem vergilbtem Linienpapier verfasst war, und machte mich an eine Antwort.

Briefe an die Regierung sollen nicht mit Standardschreiben beantwortet werden – vielmehr soll man jeden Absender individuell behandeln. Es gibt Leitfäden dafür, wie man eine Baronin anredet (»Baronin Jones«, nicht »Lady Jones«; es ist wichtig, Baroninnen von Frauen zu unterscheiden, die Ladys wurden, als ihre Ehemänner zum Ritter und somit zum Sir wurden) und wie man Einladungen an Ministerinnen ausschlägt (»Bedauerlicherweise unterliegt ihr Terminkalender solch hohen Anforderungen, dass sie leider absagen muss«). Manchmal legt man der Ministerin einen Brief zur Unterschrift vor. Manchmal, wenn ein Brief nicht direkt an die Ministerin gerichtet ist, unterschreibt man selbst. Manche Leute schreiben wieder und wieder, so dass man im Korrespondenzteam bisweilen den Eindruck bekommt, man hätte lauter selbstgerechte Brieffreunde. Eric, der Bomberflottenveteran, war allerdings nicht selbstgerecht.

Das Pflegepersonal steht unter solchem Druck, dass es nicht mehr so viel Zeit mit uns verbringen kann wie früher. Die Kürzungen bei der Pflege sind wirklich eine Schande. Ältere Menschen sind ein leichtes Opfer, denn sobald wir ein bestimmtes Alter erreicht haben, werden wir versteckt und den Blicken entzogen.
Die meisten alten Mädchen in meinem Pflegeheim bekommen überhaupt keinen Besuch. Das bricht mir das Herz. Ich habe Glück – ich habe eine Tochter, die mich zweimal in der Woche besuchen kommt. Sie ist ein guter Mensch. Aber alt zu werden ist eine einsame Angelegenheit. Ich vermisse Eve, meine Frau, mehr, als ich Ihnen sagen kann. Sie ist vor vier Jahren verstorben. Habe ich Ihnen schon von ihr erzählt?

Der liebe Eric. Er erinnerte mich an meinen Opa, der mir jeden Tag fehlte. Während des Studiums hatte er mir einmal im Monat oder so in seiner wackeligen, altmodischen

Handschrift geschrieben, mir von seinem Kleingarten und seinen Katzen erzählt und einen Zehn-Pfund-Schein beigelegt. Meistens war ich zu sehr damit beschäftigt gewesen, mich zu betrinken, und hatte nicht geantwortet. Deshalb widmete ich meinen Briefen an Eric besondere Aufmerksamkeit. Ich tippte die üblichen Zeilen über schwierige Entscheidungen und Sparzwänge hin, und dann bat ich ihn, mir von seiner Frau zu erzählen, denn ich wusste, was es bedeutete, einsam zu sein. Ich ertappte mich bei dem Gedanken: Wenigstens hatte er eine Frau. Aber dann wurde mir bewusst, dass ich es mit dem Selbstmitleid doch ein bisschen übertrieb, wenn ich einen trauernden Pflegeheimbewohner beneidete, und beschloss, mich zusammenzureißen.

Ich beendete den Brief und kämpfte mit dem Drucker – normalerweise musste man das offizielle Briefpapier umgedreht und mit dem Briefkopf zum Drucker hinlegen, aber irgendjemand hatte an den Einstellungen herumgespielt –, als ich Owen für einen Kaffee die Küche ansteuern sah. Ich beschloss, ihn abzufangen.

Ich vergewisserte mich mit einem Blick in den Flur, dass uns niemand unterbrechen würde, und fragte: »Wann warst du das letzte Mal mit jemandem im Bett?«

Owen verbringt seine Abende meistens mit Computerspielen und seine Mittagspausen mit Comics; für das andere Geschlecht fällt eher wenig Zeit ab. Deshalb dachte ich, ich würde mich durch seine Antwort besser fühlen. Falsch gedacht.

Er sah auf die Uhr. »Vor zweieinhalb Stunden.«

»Du warst heute Morgen mit jemandem im Bett?«

»Ganz genau.« Owen verschränkte die Arme vor der Brust und grinste.

»Kein Grund, so selbstzufrieden zu sein.«

»Ich bin aber selbstzufrieden!«, sagte Owen. »Weißt du, wie lange es vor Laura her war? Vier Jahre.« Er packte mich an den Armen und schüttelte mich ein wenig. »Über vier Jahre. Seit ich vierundzwanzig war, war ich mit niemandem mehr im Bett!«

Danach ging es mir etwas besser. »Bei mir ist es drei Jahre her.«

Ich konnte sehen, wie Owen versuchte, ein mitfühlendes Gesicht aufzusetzen. »Du Arme«, sagte er.

»Also. Wer ist Laura?«

Er zuckte mit den Achseln. »Wir treffen uns seit ein paar Wochen.«

»Toll.« Ich nickte und lächelte so überzeugend, wie es nur ging.

»Sie macht Roller Derby. Ihre Oberschenkel sind voller Tattoos.«

»Ich glaube, über ihre Oberschenkel muss ich nichts wissen«, sagte ich leiser, als eine Gruppe Trainees für den höheren Dienst vorbeikam, die gedämpft miteinander redeten, als wüssten sie etwas, von dem wir keine Ahnung hatten, was zweifellos stimmte.

»Sex ist toll«, sagte er und lächelte auf eine Art in sich hinein, die mir verriet, dass er an Lauras Oberschenkel dachte. Oder an das, was dazwischenlag. Fies. »Ich hatte vergessen, wie gut das tut.«

»Alles klar«, sagte ich. »Kein Grund, darauf rumzureiten.«

Wegen des Sexgesprächs kamen wir zu spät zu unserer Teamsitzung. Owen und ich betraten keuchend den gläsernen Konferenzraum und murmelten atemlos »Sorry, sorry«, während wir uns hinsetzten.

Tom blickte nicht auf. Sein Führungsstil war total passiv-aggressiv – was ich gern im jährlichen Mitarbeiter-Fragebogen angegeben hätte, aber unser Team war so klein, dass ich fürchtete, er könnte das Feedback zu mir zurückverfolgen und mich auf passiv-aggressive Art dafür bestrafen. Vermutlich, indem ich die gesamte Korrespondenz zum Brexit übernehmen müsste.

Unser engstes Team bestand neben Tom nur aus drei Leuten: aus mir, Owen und Uzo, die mich jetzt freundlich anlächelte. Uzo lächelte mich immer freundlich an. Sie arbeitete schon seit zwanzig Jahren im Korrespondenzteam und war der unehrgeizigste Mensch, der mir je begegnet war. Wann immer ich Mist baute, sagte sie so was wie: »Mach dir keinen Kopf, Mädchen. Wenn du erst mal so lange hier bist wie ich, ist es dir egal«, und dann verzog ich mich und hyperventilierte auf dem Klo. Aber sie hatte eine wirklich hübsche Sammlung an Statement-Ketten.

»Wie ich gerade sagen wollte«, fuhr Tom fort und blickte immer noch nicht auf, »es wird jemand Neues mit Dienstgrad sechs installiert.«

Owen und ich sahen uns an.

»Was, noch ein Abteilungsleiter?«, fragte Owen.

»Ja, Owen«, sagte Tom mit angespanntem Lächeln.

»Über Ihnen?«

»Ja«, sagte Tom, das Lächeln noch verkrampfter. »Über mir.«

»Aber wir dachten, Sie würden befördert«, sagte Owen.

»Ja, nun. Das dachte ich auch«, sagte Tom. Er fummelte an seiner Krawatte herum.

»Fuck«, sagte Uzo, was uns, wie man fairerweise sagen muss, wohl allen durch den Kopf ging.

»Und wie ich aus sicherer Quelle weiß, toleriert der neue Dienstgrad sechs Rumgefluche am Arbeitsplatz ganz und gar nicht.«

»Shit«, sagte Uzo.

»Das war ein Witz«, sagte Tom.

»Wie heißt er?«, fragte Uzo.

»*Sie* heißt«, erklärte Tom, »Smriti Laghari. Schön, dass Sie beim Training gegen Stereotype und Vorurteile so gut aufgepasst haben.« Sarkasmus gehörte auch zu Toms Führungstechniken.

Owen fischte sein Telefon heraus und fing an, Smriti zu googeln. »Im Moment ist sie persönliche Referentin eines Ministers. Früher war sie Bankerin.«

Der ganze Tisch stöhnte. Ehemalige Banker waren berüchtigt für ihre Versuche, den öffentlichen Dienst effizienter zu machen, was häufig beinhaltete, Leute loszuwerden und die »Annehmlichkeiten« – wie zum Beispiel ausreichend Schreibtische für alle – zu reduzieren.

»Laut LinkedIn interessiert sie sich für die Universität Cardiff, die Pineapple Dance Studios und das Londoner Netzwerk für Amateurviolinisten«, fuhr Owen fort.

»Ich spiele Cello«, sagt Uzo. »Vielleicht könnten wir ein Streichquartett gründen. Ha!«

Tom schloss kurz die Augen, als versuchte er, sich zu sammeln. »Ist schon in Ordnung«, sagte er. »Wir müssen nur versuchen, den Arbeitsrückstand abzubauen, bevor sie kommt. Zeigen wir ihr, was für ein effizientes, brillantes Team wir sind. Okay?«

Wir starrten ihn an. Er hatte uns noch nie mit den Worten »brillant« und »effizient« beschrieben. Das hätte auch sonst niemand getan, so viel steht fest.

Als ich Feierabend machte, war es dunkel draußen. Ich rief meine Mutter an, während ich die Victoria Street zur U-Bahn entlanglief und versuchte, nicht auf dem tödlichen Laub auszurutschen, das den Gehweg bedeckte.

»Ich bin's«, sagte sie, als sie abnahm.

»Ich weiß«, sagte ich. »Ich habe dich angerufen.«

»Oh, sorry. Ich bin etwas abgelenkt. Ich sitze am Computer und mache den Einkauf bei Sainsbury's. Es gibt gerade ein sehr gutes Angebot für Olivenöl, falls du welches brauchst.«

»Danke, Mum«, sagte ich und stellte sie mir in der gemütlichen warmen Küche im grünen Nord-Oxford vor, mein Dad neben ihr am Tisch, wo er die Essays seiner Studenten las und darüber murrte, wie schlecht Universitätsdozenten dieser Tage bezahlt wurden. Mit einem Mal sehnte ich mich danach, bei ihnen zu sein. »Wie geht es dir?«

»Schrecklich, wenn du's genau wissen willst«, sagte sie. »Die Nachbarn senken den Keller ab *und* bauen den Dachboden aus.«

»Ist das was Schlechtes?«

»Ein Albtraum. Nichts als Staub und Lärm. Und das Chaos auf der Straße. Sie haben die viktorianischen Türen rausgeschmissen!«

»Nicht die Original-Stilelemente!«

»Sarkasmus steht dir nicht, Julia«, sagte sie. »Das Haus wird ein Witz. Und es ist ja nicht so, als wenn sie mehr Platz bräuchten. Sie sind nur zu viert! Sie reißen unten alle Wände raus, um sich ein *Entertainment-Center* zu bauen.«

Ich näherte mich einem neuen Hochhaus an der Ecke der Vauxhall Bridge Road. Es sah aus wie ein ausgestreckter Mittelfinger, der mich verhöhnte.

»Tut mir leid, mein Schatz«, sagte Mum. »Du hast mich in einem schlechten Moment erwischt. Sie waren gerade da, um über die Zwischenwand zu reden, und haben unsere Küche als altmodisch bezeichnet. Was wolltest du denn eigentlich?«

»Nichts«, sagte ich. »Ich steige gleich in die U-Bahn.«

»Moment mal, Schatz. Was wolltest du mir erzählen?«

»Nichts Wichtiges. Nur ein neuer Dienstgrad sechs in unserer Abteilung.«

»Oh«, sagte Mum. »Und was bedeutet das?«

»Sie wird unsere Abteilung leiten. Klingt so, als würde sie alles effizienter machen wollen.«

»Du bist bestimmt sehr effizient, mein Schatz.«

»Nein, bin ich nicht. Ich bin ja über die Zeitarbeitsfirma da, deshalb kann man mich leicht loswerden.«

»Bisher war doch noch gar nicht die Rede davon, dass du deine Stelle verlieren könntest. Oder?«

»Nein.«

»Na dann. Und es ist ja nicht so, als wärst du der Gesundheitsminister.«

»Danke, Mum.«

»Komm schon, Schatz. Du weißt, wie ich das meine. Du verkaufst dich unter Wert, wenn du in diesem Job bleibst.«

»Ich kann nichts anderes!«

»Blödsinn! Du könntest eine Ausbildung zur Pilates-Lehrerin machen. Oder zur Osteopathin.«

»Du hältst Osteopathen doch für Quacksalber!«

»Schön. Dann Anwältin!«

»Sehr witzig.«

»Das könntest du! Du könntest Jura studieren!«

»Und wer bezahlt das?«, fragte ich.

»Oder Lektorin werden, wie Alice. Du hast genau die gleichen Qualifikationen wie sie.«

»O ja, weil man da auch so toll verdient. Sie macht das schon seit fünf Jahren, und in ihrer Jobbezeichnung steht immer noch ›Assistentin‹.«

Ich hörte sie seufzen.

»Mir fehlt das Tanzen, Mum«, sagte ich.

»Natürlich«, sagte sie. »Aber ich habe dich gewarnt.«

Das fühlte sich an wie ein Schlag unter die Gürtellinie, aber sie hatte recht. Mum war auch Balletttänzerin gewesen und hatte Karriere gemacht – ein Engagement beim Royal Ballet, wo sie als Solotänzerin in einigen Produktionen von Kenneth MacMillan aufgetreten war –, aber es ist schwierig, Kinder und Tanzen zu vereinbaren, weshalb sie kurz nach der Begegnung mit meinem Vater aufgehört hatte. »Mit dreißig bist du weg vom Fenster«, hatte sie mir gesagt, als ich an die Ballettschule ging. »Du wirst dich schlecht fühlen, sobald du eine Kartoffel isst. Und du wirst niemals einen Mann kennenlernen, der nicht schwul ist.« Aber ich war sechzehn, und mit sechzehn ist dreißig steinalt, und weg vom Fenster sein klingt irgendwie glamourös, ungefähr so glamourös wie die Abhängigkeit von Schmerzmitteln. Ich hatte allerdings nicht damit gerechnet, schon mit neunzehn ausgemustert zu werden. Im Sommer nach meinem Abschluss – als ich überraschenderweise vom English National Ballet für *Der Nussknacker* engagiert worden war – brach ich mir während der Proben bei einer Pirouette auf klebrigem Boden den Knöchel, und das war's.

Ich glaube, es war Martha Graham, die gesagt hat, dass eine Tänzerin zweimal stirbt und dass der erste Tod – wenn man aufhört zu tanzen – der schmerzlichere ist. Ich wusste nicht, wer oder was ich war, wenn nicht Tänzerin. Es kam mir vor, als wäre mir das einzig Gute und Interessante an mir genommen worden. Manchmal fühlte es sich immer noch so an.

»Hör mal, Schatz«, sagte Mum. »Ich weiß, dass es schwer ist. Aber ich finde Erfüllung darin, Wandertouren zu veranstalten. Das spricht die Performerin in mir an. Du könntest eine Weile nach Hause kommen und es ausprobieren, vielleicht gefällt es dir ja.«

»Auf gar keinen Fall«, sagte ich.

»Nun. Das Angebot steht.«

Ich erwiderte nichts. Lieber wäre ich gestorben, als wieder nach Hause zu ziehen und in der Wanderfirma meiner Mutter zu arbeiten.

»Ich werde nicht aus London wegziehen. Alle meine Freunde leben in London«, sagte ich und badete nun in Selbstmitleid. »Nicht, dass das irgendeine Rolle spielt. Sie sind praktisch alle in Beziehungen. Alle haben jemanden, nur ich nicht.« Meine Stimme wurde immer piepsiger. »Ich dachte, ich wäre unabhängig. Aber ich bin einfach nur traurig.«

»Das hat dir deine Therapeutin erzählt, oder?«

»Sie hat eine gute Intuition.«

»Du tust dir einfach nur leid. Wenn du jemanden kennenlernen willst, geh online! Machen das nicht alle heute so?«

»Als ich das letzte Mal bei einem Tinder-Date war, hat der Typ eine halbe Stunde darüber geredet, dass nur Dyson-Staubsauger ihr Geld wert sind. Und er hat sich darüber lustig gemacht, wie schnell ich esse.«

»Na ja, Schatz, du neigst schon dazu, dein Essen runterzuschlingen –«

»Außerdem bekam ich immer –«

»Was?«

»Ach, schon gut. Einfach – fürchterliche Nachrichten.«

Mum flüsterte: »Schwanzfotos?«

»Ja«, sagte ich. Und dann: »Was weißt du denn über Schwanzfotos?«

»Das war Thema bei *Woman's Hour*«, sagte sie. »Widerlich!«

»Du sagst es.«

»Trotzdem, Schatz. Du kannst dich nicht beschweren, solange du dich nicht aus der Deckung wagst.«

»Das hat meine Therapeutin auch gesagt.«

»Vielleicht ist die doch nicht so verkehrt.« Sie seufzte wieder. »Hör mal, ich muss Schluss machen. Wenn ich meine Bestellung nicht in zwei Minuten abschließe, geht mir der Liefertermin durch die Lappen. Möchtest du heute Abend zum Essen kommen?«

»Nein, danke, es geht schon«, sagte ich.

»Na gut. Aber du kommst zu Dads Geburtstag?«

»Ja.«

»Er wünscht sich ein schönes Hemd oder eine Hitler-Biographie.«

»Okay.«

»Fang an zu gärtnern. Das wirkt Wunder gegen Angststörungen.«

»Ich habe keinen Garten.«

»Du kannst immer herkommen und beim Rückschnitt helfen.«

»Danke, Mum.«

»Geht es dir besser?«

Ich brauchte einen Moment, ehe ich antworten konnte. »Ein bisschen.«

»Vergiss nicht, Alleinsein ist nicht dasselbe wie Einsamkeit, und Single zu sein ist verdammt noch mal besser, als mit jemandem zusammen zu sein, der einen unglücklich macht.«

Im Hintergrund murrte mein Vater: »Das habe ich gehört, Jenny.«

Also gab ich klein bei, und am Freitag wagte ich mich zum ersten Mal »aus der Deckung«. Ich hatte eine Menge US-Serien auf Netflix geguckt, die mich zu der Schlussfolgerung brachten, dass es in Ordnung, ja sogar attraktiv war, allein am Tresen zu sitzen und Kurze zu kippen; es schien zwangsläufig darauf hinauszulaufen, dass ein gutaussehender Fremder sagte: »Ich nehme das Gleiche wie sie«, und einen dann für gut ausgeleuchteten Sex mit nach oben nahm. Aber so lief es bei mir nicht.

Ich wohne in Manor House, was praktisch ist, wenn man die Piccadilly Line, Finsbury Park und Kebabläden mag, aber nicht, wenn man auf der Suche nach einer Location ist, wo man »sich aus der Deckung wagen kann«. Ich beschloss, zum Rose and Crown in Stokey zu laufen; da hatte ich einmal Jarvis Cocker gesehen, und den fand ich schon immer attraktiv, trotz des Altersunterschieds. Anscheinend hatte er mal in Paris gelebt, und seine Stimme klang bestimmt sexy, wenn er sagte: »*Voulez-vous coucher avec moi?*« oder etwas, das vielleicht nicht ganz so direkt war. Wobei ich gar nicht erwartete, dass alles von ihm ausging.

Ich fand mich sehr selbstermächtigt, als ich mich zum Ausgehen fertig machte. Ich war noch nie allein in einem Pub gewesen. Es schien genau das zu sein, was eine erwachsene, scharfe, unabhängige Person tun würde – ich sah mich schon mit klackernden Stilettos und erotisch knarzendem Lederrock hineinrauschen und dem Barkeeper das Zeichen für einen kurzen Wodka geben. Wobei ich keinen Lederrock besaß und es auch immer schwierig fand, die Aufmerksamkeit des Barkeepers zu gewinnen, aber egal. Ich war eine gutaussehende Frau, die ihr Schicksal in die Hand nahm! Vielleicht fand ich ja jemanden, mit dem es funkte. Oder jemanden, der nicht lachte, wenn ich mein »sexy« Gesicht machte ... Das würde mir für den Moment schon reichen.

Für den Fall der Fälle zog ich mir meinen guten Slip (nicht so ausgewaschen wie die anderen) und meine schmeichelhafteste Jeans an. Ich hatte keinen sauberen BH mehr, aber falls ich an den Punkt kommen sollte, mein Oberteil auszuziehen, war es hoffentlich eher schummrig. Fast hätte ich High Heels angezogen, aber dann fiel mir wieder ein, dass ich mir mal das Steißbein geprellt hatte, als ich in ein Paar Wedges »Macarena« getanzt hatte, deshalb entschied ich mich doch für Sneaker. Ich bürstete mir das Haar und nickte mir im Spiegel zu. »Gut siehst du aus, Julia«, sagte ich laut und wurde dann kurz panisch, bis mir wieder einfiel, dass Alice bei einer Buchpremiere war und nicht hören konnte, wie ich mit mir selbst flirtete. (Ein echter Tiefpunkt.)

Ich verließ unsere Wohnung und stapfte die Green Lanes zum Pub hinunter, mit der »Young, Wild and Free«-Playlist von Spotify im Ohr, einem Herzen, das lauter pochte als die Musik, und weißen Atemwölkchen in der kalten Abendluft. Ich war am Leben! Alles war möglich!

Dann erreichte ich das Rose and Crown, und plötzlich hielt ich das Ganze für eine völlig bescheuerte Idee. Die Fenster waren beschlagen vom Atem aller, die da drin schon ohne mich ihren Spaß hatten. Aber hätte ich umgedreht, hätte ich es mir nie verziehen.

Ich drückte die Tür auf und versuchte, mich direkt zum Tresen durchzuschlagen. Es war nicht leicht – der Pub war voll mit dicht gedrängten Gruppen, die über ihre Insiderwitze lachten und nicht darauf zu warten schienen, von einer einsamen Frau aufgerissen zu werden. Von Jarvis keine Spur. Ich setzte mich an die Bar und leerte zügig ein Glas von dem roten Hauswein, während ich versuchte, mit irgendjemandem Blickkontakt herzustellen, aber ich wurde von großen Männern eingeklemmt, die sich über mich beugten, um Getränke zu ordern, und mich mit ihren Rucksäcken rammten.

Ein Mann bemerkte mich allerdings – ein alter Glatzkopf mit sehr roter Nase am anderen Ende der Bar. Als er mir zuprostete, blickte ich weg, und dann wurde mir klar, dass ich vermutlich genauso wirkte wie er – ein einsamer Schluckspecht an der Grenze zur Trunksucht, nur jünger und mit mehr Haar.

Danach kramte ich ein wenig in meiner Tasche herum und versuchte, so auszusehen, als hätte ich etwas zu tun, mit einem »Wo ist denn mein Ibu?«-Ausdruck im Gesicht – und dann brummte mein Telefon mit einer Nachricht von Alice: *Wo bist du, Jules? Dave und ich gehen mit Freunden von ihm zu einer Party, willst du mit?*

Ich rannte den ganzen Weg nach Hause, mit verschwommenem Blick und fröhlich auf den Gehweg klatschenden Füßen, wie das so ist, wenn man schon etwas Wein getrunken hat und es noch sehr viel mehr werden wird.

3. Das sind nicht meine Titten

Die Party fand in einem Lagerhaus in Hackney Wick statt, was ziemlich aufregend war – es schien mir einer dieser Orte zu sein, die Hipster mit wildem Sexleben an einem Freitagabend ansteuern. Als wir die Betontreppe hinaufstiegen und uns an einem Paar in Pelzmantel-Partnerlook vorbeidrängten, das Rum aus der Flasche trank, begann mein Körper erwartungsvoll zu pulsieren. Was mochte sich hinter der Tür verbergen?

»Meine Freundin Jane wohnt hier, mit ungefähr sechs anderen Künstlern«, sagte Dave und klopfte an die Tür. »Sie ist Konzeptkünstlerin. Ihre Sachen sind ziemlich provokativ – du wirst es gleich sehen.«

Die Tür ging auf, und wir schoben uns hinein, an einem DJ vorbei, der an richtigen Turntables Electro auflegte. An den Wänden hingen Leinwände mit Schriftzügen wie *Du bist eine Fotze* und *Was glotzt du so?*

Ich blieb vor einem riesigen blauen Quadrat stehen, auf dem stand: *Keiner mag dich.*

»Verkauft sich bestimmt super, was?«, sagte ich zu Dave, aber er stand schon an der improvisierten Bar, hatte einen Arm um Alice gelegt und goss Wodka in zwei Plastikbecher.

Ich schaute wieder zu dem Bild. Allmählich nahm ich es persönlich.

»Und, was meinst du?« Eine Frau stellte sich neben mich und verschränkte die Arme vor der Brust. Sie trug einen gerade geschnittenen Bob und Hosen mit hohem Bund; sie sah aus wie ich in meinen Tagträumen, in denen ich als unkonventionelle Schriftstellerin (und Teilzeit-Detektivin) in Berlin lebte.

»Verströmt Wärme und Behaglichkeit«, entgegnete ich.

»Ha!«, sagte sie und drehte sich zu mir. »Das ist gut. Du bist witzig.« Sie sah mir länger in die Augen, als mir lieb war.

»Die sind von dir, oder?«, fragte ich.

»Jep.«

Ich öffnete den Mund, um etwas zu sagen, aber weil ich am liebsten im Boden versunken wäre, arbeitete mein Hirn nur eingeschränkt.

Sie wischte meine Beschämung mit einer Handbewegung beiseite. »Ehrlich gesagt habe ich damals gerade eine schlimme Trennung durchgemacht«, sagte sie. »Meine neuen Sachen sind viel milder. Ich zeig dir was.« Sie nahm meine Hand und zog mich durch den Nebel schwitzender, tanzender Körper ans andere Ende des Lagerhauses.

»Hier«, sagte sie. Sie zeigte auf eine pinkfarbene Leinwand mit geschwungener lila Schrift, die verkündete: *Deine Fotze schmeckt köstlich.* »Wie findest du das?«

Ich betrachtete das Bild. »Schmeichelhaft? Irgendwie?«

Sie zog die Augenbrauen hoch.

Ich blickte wieder zur Leinwand. »Übergriffig« war die ehrliche Antwort, also sprach ich es aus, und das schien ihr zu gefallen. »Sind das alles Dinge, die jemand zu dir gesagt hat?«

»Es sind Dinge, die ich Leuten gern gesagt hätte, wozu

mir aber der Mut gefehlt hat.« Sie sah mir wieder in die Augen. Ohne zu lächeln.

»Alles klar«, sagte ich und konzentrierte mich auf das Bild, während ich nach Worten suchte. Machte sie mich an? »Ich schätze, jetzt bist du mit jemandem zusammen, den du magst«, sagte ich.

»Nee«, sagte sie achselzuckend. »Das war eine einmalige Sache.«

»Alles klar«, sagte ich wieder.

»Bist du mit jemandem zusammen?«, fragte sie. Ich spürte ihren Blick auf mir.

»Im Moment nicht«, sagte ich, ohne sie anzusehen.

»Warst du schon mal mit einer Frau zusammen?«, fragte sie.

»Nein«, sagte ich, warf ihr einen Blick zu und schaute schnell wieder weg. Ich war nicht betrunken genug für derart intensiven Blickkontakt.

»Solltest du mal ausprobieren.«

»Ja, warum nicht!«, sagte ich in heiterem Enid-Blyton-Ton. Ich fing an zu nicken und schien nicht mehr aufhören zu können. »Brauchst du noch einen Drink?«

»Nee, schon okay«, sagte sie. »Ich bin auf K. Möchtest du auch?« Sie hielt mir ein Briefchen hin. Es bestand aus einem gefalteten Flyer für eine bestimmte Clubnacht, bei der ich noch nie gewesen war; die dazugehörigen Fotos auf Facebook zeigten lauter hippe, genderqueere Leute, und ich hatte immer angenommen, dass ich nicht reinkommen würde. Hier war meine Chance, cool zu sein, jung und spontan.

Die Frage, wie es wäre, mit einer Frau zusammen zu sein, hatte mich schon hin und wieder beschäftigt; ein paarmal hatte ich an Beyoncé gedacht, während ich es mir selbst machte, und als wir siebzehn waren, hatte ich mich Cat gegenüber etwas halbherzig als bi geoutet. Wir hatten uns flüsternd darüber unterhalten und uns melodramatisch umarmt, und dann hatte ich es irgendwie … vergessen. Vielleicht sollte ich die Chance nutzen und mir eine Line Ketamin und ein bisschen lockeren Lesbensex reinziehen. Im *Guardian* hatte ich allerdings gerade einen Artikel darüber gelesen, dass Ketamin der Blase schadet, und schon bei einer einfachen Blasenentzündung machte mich der Juckreiz so verrückt, dass ich am liebsten mein Inneres nach außen stülpen würde. Außerdem war ich mir nicht sicher, ob ich wirklich wollte, dass Jane von meiner Fotze kostete. Neben allem anderen war sie offensichtlich eine Fotzen-Kennerin, und ich befürchtete, dass meine ihren Ansprüchen nicht genügen würde. Außerdem konnte ich mir nichts Schlimmeres vorstellen, als Gegenstand eines Gemäldes zu werden, auf dem stand: *Du musst dir die Schamhaare stutzen* oder *Deine Fotze war nicht so köstlich wie die andere*.

Also schüttelte ich den Kopf.

»Vielleicht ein anderes Mal«, sagte sie, schon halb auf dem Weg zu den Toiletten.

Ich sah mich nach Alice und Dave um und entdeckte sie Stirn an Stirn in einer Ecke tanzend, sich ineinandergrabend wie Mörser und Stößel. Ich brauchte Wein, am liebsten ein großes Glas Roten. In der Bar-Ecke fand sich keiner, also lief ich den ganzen Raum ab und überprüfte jede Flasche auf meinem Weg. Sie waren alle leer oder dunkel von Zigarettenasche; an der Oberfläche trieben Kippen wie ersoffene Fliegen.

Ich holte mein Telefon heraus und schrieb Cat. *Bin auf einer Party mit Alice und Dave. Sie treiben's praktisch auf der Tanzfläche. Hilfe.*

Sie antwortete sofort. *Wenn du sie nicht davon abhalten kannst, mach doch mit, Schnucki.* Und ans Ende setzte sie das Zwinker-Emoji. Sie weiß genau, wie sehr ich das hasse.

Irgendwann fand ich eine halbvolle Flasche Wodka auf einer Fensterbank und nahm einen Schluck. Eine köstliche Ohrfeige, falls es so was gibt. Ich stand eine Weile da, trank und beobachtete die Menschen auf der Tanzfläche. Fast alle waren Paare – und zwar noch nicht lange, wenn man den Grad an Gefummel als Indikator nahm. Ich drehte mich um und sah aus dem Fenster, über Reihen graffitibesprühter Backsteinwände hin zum Olympiapark, während die Party hinter mir sich in der Scheibe spiegelte. Scheiß drauf, dachte ich und trank noch mehr Wodka. Ich würde nicht hier rumstehen und traurig aus dem Fenster starren wie irgendeine Jane-Austen-Heldin. Auch ich konnte einen lockeren Fick haben. Ich würde ein neues Sexkapitel aufschlagen. Konzeptkünstlerinnen wollten lesbische Liebe mit mir machen. Ich würde mir einen Mann suchen und mit ihm knutschen. Vielleicht würde ich ihn sogar vögeln, wenn das Knutschen mich in Stimmung brachte.

Ich nahm noch einen Schluck aus der Flasche – einen größeren diesmal, bis der Würgreflex einsetzte und mein Körper zu kribbeln anfing –, und dann stürzte ich mich entschlossen ins Getümmel, wobei ich den Männern, an denen ich vorbeikam, betont sinnliche Schmachtblicke zuwarf.

Alles danach ist ein bisschen verschwommen. Oder weichgezeichnet – das trifft es vielleicht besser. Ich weiß noch, dass ich eine Weile getanzt habe, in einem großen Kreis, gegenüber einer ungelenken Frau in Latzhosen, die eine Zigarette über ihrem Kopf schwenkte, so dass die glimmende Spitze einen feurigen Strich in die Luft zeichnete. Aus dem Augenwinkel sah ich Jane von der Toilette kommen. Sie tastete sich durch den Raum, die Hände immer an der Wand, offensichtlich wackelig auf den Beinen. Ich sah zu meiner Wodkaflasche hinunter und stellte überrascht fest, dass sie fast leer war.

Ich weiß nicht mehr, wie ich ihm begegnet bin. Das Erste, woran ich mich erinnere, ist, wie ich ihn aus dem Kreis heraus Richtung Feuertreppe geschoben habe, meine Hände auf seinem Rücken, beide lachend und stolpernd. Und als Nächstes erinnere ich mich daran, wie ich gegen ihn gepresst wurde, wie er mein Gesicht streichelte und mir in seinem sexy irischen Akzent etwas zuraunte. Er hatte grünbraune Augen, sehr rote Lippen und Bartstoppeln. Er roch ein bisschen so, als hätte er sich ein paar Tage nicht gewaschen, aber das war irgendwie reizvoll, es wirkte roh und männlich und unkonventionell.

Ich küsste ihn zuerst. Darauf bin ich stolz. Er erwiderte meinen Kuss und drückte mich gegen das Geländer der Feuertreppe, so dass es sich in meinen Rücken bohrte. Ich schloss die Augen und ließ meine Hände über seinen Hintern wandern, nutzte seinen Körper, um mich anzutörnen. Ich hatte es verdammt noch mal geschafft. Ich berührte ein menschliches Wesen. Ich hatte den Scheißbann gebrochen.

»Komm mit zu mir, ja.« Er atmete mir heiß und feucht ins Ohr. »Ich will sehen, was unter diesem T-Shirt steckt.«

Flüchtig kam mir die Antwort in den Sinn: »Ein alter Marks & Spencer-Sparpack-BH.«

»Ich weiß nicht ...« Es war so verdammt schön, die Wärme eines anderen Menschen zu spüren, aber die Welt geriet allmählich ins Wanken, und der Wodka drohte sich wieder zu zeigen.

»Deine Titten sind so fest«, sagte er und fuhr mit der Hand über den knochigen Rand meines Brustkorbs.

»Das sind nicht meine Titten«, sagte ich, nahm seine Hand und zog sie höher.

Er lachte. »Scheiße, zum Glück. Komm mit zu den Klos.«

Da tauchte Alice hinter seiner Schulter auf. Sie reckte beide Daumen und verschwand wieder.

Ich löste mich von ihm und rief nach Alice. »Warte!« Ich machte einen Schritt Richtung Lagerhaus.

Er griff nach meiner Hand. »Du willst doch jetzt nicht gehen, oder?«

»Doch. Tut mir leid. Aber danke.«

»Tauschen wir Nummern?«

»Klar.« Er reichte mir sein Telefon, und ich tippte meine Nummer ein, mit der langsamen Bedächtigkeit einer extrem Betrunkenen.

Im Taxi auf dem Weg nach Hause brummte mein Handy.
Werde heute Nacht von dir träumen ;-) Finn x

Ich lächelte in mich hinein. Ich werde es mit dir treiben, Finn, dachte ich. Und wenn du Glück hast, darfst du es auch mit mir treiben.

Am nächsten Morgen konnte ich kaum glauben, wie schlimm verkatert ich war. Ich konnte förmlich spüren, wie mein Hirn gegen meine Schädelseiten schwappte, sobald ich mich rührte. Ich legte mich wieder auf den Rücken und verharrte so reglos wie möglich. Was war letzte Nacht passiert? Warum hatte ich das Gefühl, meine Wange an einer Käsereibe gerieben zu haben?

Plötzlich sah ich eine leere Wodkaflasche, eine Feuertreppe und eine Hand an meinem Brustkorb vor mir. Finn. Finn und seine Bartstoppeln. Ich hatte mit Finn geknutscht.

Obwohl ich mich vor allem darauf konzentrierte, ein- und auszuatmen und nicht zu kotzen, war ich sehr zufrieden mit mir. Ich hatte einen echten Mann geküsst – ich hatte also nicht vergessen, wie das ging. Und obwohl ich mir in diesem Moment nicht vorstellen konnte, wie ich an irgendetwas Gefallen finden könnte, hatte ich so eine Ahnung, dass mir der Kuss durchaus gefallen hatte.

Und nicht nur das – ich war nur zwei Alkoholeinheiten davon entfernt gewesen, auf einem ketaminverseuchten Spülkasten in Hackney Wick mit ihm zu vögeln. Ich schloss die Augen und dankte dem Universum, dass sich mein erster Sex seit Jahren nicht in einem Wodka-Koma ereignet hatte. An so eine denkwürdige Begebenheit wollte ich mich erinnern.

Das nächste Mal wachte ich auf, als Alice meine Tür öffnete, was ein bisschen peinlich war, weil ich nichts anhatte. Sie reichte mir eine Tasse Tee; als ich sie entgegennahm, musste ich die Bettdecke mit meinem Kinn festhalten, damit ihr keine Nippel entgegenblitzten.

»Schlimmer Kater?«, fragte sie fröhlich.

»Ja«, sagte ich. »Haben wir Haribos oder Chips oder irgendwas?« Ich nahm einen Schluck Tee. Er schien in meinem Mund zu stocken.

»Ich hole dir später welche. Erzähl mir von dem Typen, mit dem du geknutscht hast!« Sie hatte die Arme verschränkt. Und war viel zu sehr aus dem Häuschen.

»Ich erinnere mich nicht so richtig ...«

»Er hatte tolles Haar. Rötlich.«

»Ach ja?«, sagte ich, stellte den Tee ab und schob mich vorsichtig wieder in Rückenlage.

»Ja! Aber sein Gesicht konnte ich in dem Winkel nicht richtig erkennen.«

»Er roch definitiv ziemlich männlich«, sagte ich und schloss die Augen. Ich hörte Vögel zwitschern und das Blut in meinem Schädel pochen.

Alice verstand den Wink. Sie tappte betont leise aus dem Zimmer und kam mit einer Tüte Haribo Starmix zurück.

»Danke«, sagte ich. Sie setzte sich und lächelte mich nachsichtig an, während ich mir ein Weingummi nach dem anderen in den Mund steckte.

Ich hatte den Mund voller Colafläschchen, als mein Telefon klingelte. Ich griff danach, schluckte hastig alles runter und kniff die Augen wegen des grellen Displays zusammen.

Es war Finn.

Ich scheuchte Alice aus dem Zimmer. Sie ging so langsam sie konnte, eindeutig darauf aus, so viel wie möglich von unserem Gespräch mitanzuhören.

»Mir geht's echt beschissen«, sagte Finn. Seine Stimme war tiefer, als ich sie in Erinnerung hatte, er sprach langsam und gedehnt.

»Ich glaube, ich muss sterben«, sagte ich.

»Aber hoffentlich nicht meinetwegen«, entgegnete er.

»Nein«, sagte ich und versuchte, Alice zu ignorieren, die grinsend in der Tür stand.

»Cool«, sagte er. »Also, keine Ahnung – wollen wir mal was trinken gehen?« Er klang so, als wäre er nicht allzu scharf drauf, aber das war er offensichtlich doch, denn er rief mich ja gleich am Morgen nach unserer ersten Begegnung an. »Vielleicht nächsten Freitag?«

»Klingt gut«, sagte ich. Er mochte mich wohl wirklich, dachte ich. Das konnte tatsächlich zu Sex führen. Ich war mir nicht sicher, ob ich noch wusste, wie es ging. Was, wenn ich – wie heißt das denn bei Frauen – »keinen hochkriege«?

4. Unsexy Sex

Am Sonntag dachte ich an Sex und erledigte die dringend nötige Unterwäschen-Wäsche. Ich legte meinen schwarzen BH zum Trocknen auf die Heizung in meinem Zimmer, damit er für mein Date einsatzbereit war. Am Montag dachte ich in der vollen Piccadilly Line an Sex, als mein Gesicht in die Achselhöhle eines Fremden gedrückt wurde, aber als ich mir vorstellte, den Besitzer der Achsel zu vögeln, wurde mir übel, und ich dachte nicht mehr an Sex. Als ich zum Bahnsteig der Victoria Line ging, gestattete ich mir, die anderen Pendler auszuchecken. Das hatte ich seit Jahren nicht gemacht – es war mir immer sinnlos vorgekommen und schien nur Enttäuschungen bereitzuhalten, wie Shopping in Knightsbridge. Der Mann da hat Hände, dachte ich. Was für ein süßes Lächeln. (Ich war etwas aus der Übung.)

Sobald ich im Büro ankam, verflogen alle Gedanken an Sex, als wären sie von jemandem verscheucht worden, der sehr unsexy war. So war es wohl irgendwie auch; Tom folgte mir in den Fahrstuhl.

»Bereit?«, fragte er und stierte geradeaus, während der Aufzug uns in unsere Etage brachte.

»Wofür?«

»Smriti. Sie hat heute ihren ersten Tag.«

Im Büro herrschte eine bestimmte Atmosphäre. Ich hatte im Büro noch nie irgendeine Atmosphäre wahrgenommen, abgesehen von allgemeiner Langeweile. Owen trug eine Krawatte. Uzo saß aufrechter als sonst an ihrem Schreibtisch und checkte irritierenderweise nicht alle fünf Minuten ihr Handy. Mehr noch, ihr Handy schien *in ihrer Tasche* zu sein.

Der Fahrstuhl öffnete sich mit einem unheilvollen Bing!, und dann war sie plötzlich da – Smriti Laghari, unser neuer Dienstgrad sechs.

Ungefähr zehn Minuten lang taten wir so, als würden wir arbeiten, unsere Aufmerksamkeit darauf gerichtet, wo im Raum sich Smriti befand; unsere Körper neigten sich leicht zu ihr, wie Sonnenblumen, die der Sonne folgen. Tatsächlich *war* Smriti auch ein bisschen wie die Sonne – sie strahlte, oder zumindest ihre Zähne strahlten. Ihr Haar auch. Bei ihrem Anblick kam ich mir irgendwie dreckig vor, obwohl ich am Morgen geduscht und mir versehentlich sogar zweimal die Haare gewaschen hatte.

Nach einer Viertelstunde begab sich Smriti in die Mitte des Büros – neben den Schrank, in dem wir unsere Kekse aufbewahrten – und sagte: »Hallo allerseits!« Sogar ihre Stimme war sonnig. Alle drehten sich auf ihren Stühlen zu ihr um. »Ich wollte mich nur vorstellen.«

»Sie hätte nicht ›nur‹ sagen sollen«, flüsterte ich Owen zu. »Das schwächt ihre Aussage.«

»Nach meiner Funktion als persönliche Referentin ist das hier meine erste Stelle im Staatsdienst. Ich hoffe, Sie haben Geduld mit mir, während ich mich einarbeite. Es kickt mich total, mit Ihnen zu arbeiten!«

»Sie hätte auch nicht ›es kickt mich‹ sagen sollen«, brummte Owen. »Niemand sollte ›es kickt mich‹ sagen.«

Es folgten peinlich berührtes Schweigen – normalerweise

halten die Leute an ihrem ersten Tag keine Reden – und dann halbherziger Applaus, weil sie den zu erwarten schien. Ein paar Leute aus anderen Teams blickten sich suchend um, wohl um zu sehen, ob es sich um eine Geburtstags- oder eine Abschiedsparty handelte, bei der es Kuchen gab.

»Von Umstrukturierung hat sie aber nichts gesagt«, meinte Owen.

»Wäre auch ein bisschen gewagt gewesen, so gleich als Erstes, oder?«, sagte ich.

»Sie hat nicht mal was von Rationalisierung gesagt. Ich glaube, wir sind auf der sicheren Seite.«

Wir blickten Smriti nach, wie sie im Vorbeigehen jedem zulächelte und dann in ihrem neuen gläsernen Büro verschwand, gefolgt von Tom. Uzo streckte für Tom die Daumen hoch. Tom blickte stur geradeaus, wie ein Kind bei der Schulaufführung, das so tut, als würde es seine Eltern nicht sehen.

Sobald Smritis Bürotür geschlossen war, entspannten wir uns etwas. Uzo holte ihr Telefon aus der Tasche und fing an zu tippen. Owen bot an, eine Runde Tee zu kochen. Auf der anderen Seite des Büros sah ich Stan eine Tüte gesalzene Chips öffnen.

»Wenn doch nur schon Freitag wäre«, sagte Uzo mit Blick aufs Handy.

»O ja.«

»Hast du am Wochenende was Besonderes vor?«, fragte Uzo.

»Nicht wirklich«, sagte ich so lässig wie möglich. »Nur ein Date.«

»EIN DATE?«, kreischte Uzo. »Owen. Owen, Mann. Hast du das gehört?«

Owen setzte eilig die Becher ab, wobei ein bisschen Tee auf den Poststapel auf meinem Schreibtisch schwappte. »Was?«, fragte er. »Was hast du gehört?«

»Nichts, was mit der Arbeit zu tun hat«, sagte ich. »Uzo ist nur ganz aufgeregt, weil ich am Freitag ein Date habe.«

»Oh! Mit wem denn?«, fragte Owen.

»Mit niemandem«, sagte ich. »Nur ein Typ, den ich auf einer Party kennengelernt habe.«

Ich schlürfte meinen Tee und trug die neuesten Briefe und E-Mails in die Datenbank ein. Ich hätte Antworten auf mehrere dringliche Mails des Finanzministeriums entwerfen müssen, aber es war auch ein Brief von Eric, dem Bombenflottenveteranen, gekommen, also las ich den zuerst.

Den Tag, an dem ich Eve begegnete, werde ich nie vergessen – es war der 9. Oktober 1943, bei der Offiziersmesse der Royal Air Force White Waltham. Sie war Pilotin bei der zivilen Lufttransport-Unterstützung und konnte eine Spitfire fliegen wie nur irgendwer! Sie gefiel mir, also ging ich hallo sagen, sie lächelte mich an, und das war's. Sie hatte wunderschöne blaue Augen – bis zu ihrem Tod waren es die blausten Augen, die ich je gesehen habe. Wir waren siebzig Jahre lang verheiratet. Das Telegramm der Queen hängt gerahmt in meinem Zimmer. Ich kann es sehen, während ich Ihnen schreibe. Ich weiß nicht, warum sie als Erste sterben musste. Aber ich kann mich sehr glücklich schätzen, sie so lange an meiner Seite gehabt zu haben. Hier ist ein Hochzeitsfoto von uns. (Ich hab's in unserer örtlichen Bücherei kopiert. Sind Büchereien nicht toll?)

*Ich lasse Sie jetzt weitermachen, meine Liebe. Ich wette,
Sie haben Besseres zu tun, als mein Geschwätz zu lesen!*

*Stets der Ihre
Eric Beecham*

PS: Sind Sie verheiratet? Oder haben einen Freund?

Noch nicht, Eric, dachte ich. Das »noch« verrät, wie optimistisch ich hinsichtlich meines Dates war. Ich betrachtete das grobkörnige Schwarzweißfoto des jungen Paars, das vor einer Kirche ins Sonnenlicht blinzelte. Arm in Arm standen sie da, strahlend, Eve in einem weißen Kleid und Eric in seiner Air-Force-Uniform, mit abstehenden Ohren unter der Pomadenfrisur. Sie sahen so jung und glücklich aus. Ich steckte das Bild in mein Portemonnaie, damit ich es betrachten konnte, wann immer ich eine Dosis Vierziger-Jahre-Optimismus nötig hatte.

Mein bevorstehendes Date war den Rest der Woche Thema im Korrespondenz-Team. Am Mittwoch schickte Uzo mir einen Link zu einem Artikel über Haarentfernung und riet mir, vor dem Date keine teuren neuen Gesichtspflegeprodukte zu verwenden, da sie meine Haut reizen könnten. »So einen Aufwand wollte ich eigentlich gar nicht betreiben«, sagte ich ihr. »Ich bin ja nicht verzweifelt.« »Solltest du aber sein«, sagte Uzos Blick.

Als ich am Freitag aufbrechen wollte, beschloss Owen, mir ein paar Tipps zum ersten Date zu geben. »Frag ihn, welche drei Bands seinen Musikgeschmack am besten zusammenfassen«, sagte er. »Oder welchen Spitznamen er in der Schule hatte. Wenn du ihn dazu bringst, von sich zu erzählen, wird er annehmen, dass du gut zuhören kannst.«

»Du hast vor deinem ersten Date mit Laura ›Gesprächseröffnungen‹ gegoogelt, oder?«, fragte ich.

»Nein!«, beteuerte er. »Ich habe nur zufällig einen Artikel dazu in der *Men's Health* gelesen.«

Die Vorstellung, dass Owen *Men's Health* las, ließ Uzo so laut prusten, dass Smriti aus ihrem Büro kam, um zu sehen, was los war.

»Schreib uns, wie's läuft, ja?«, bat Uzo, als ich meinen Computer herunterfuhr.

»Ich werde euch sicher nicht während meines Dates schreiben«, sagte ich. »Es sei denn, es ist richtig mies, und ich brauche jemanden, der mich rettet.«

»Ich hoffe, dazu kommt es nicht«, sagte Owen.

»Ich auch«, sagte ich. »Ich auch.«

Ich traf Finn vor dem British Film Institute. Das war mein Vorschlag gewesen; falls er sich als unglaublich unattraktiv oder langweilig entpuppen sollte, hätte ich wenigstens einen weiteren Derek-Jarman-Film gesehen, über den ich mich mit meinem Dad unterhalten konnte.

Ich wartete am Eingang und belauschte ein Gespräch zwischen zwei Frauen, die an einem der Tische draußen rauchten, die Mäntel gegen die Kälte zugehalten.

»Michelle war letzte Nacht mit Joe im Bett.«

»Das gibt's doch nicht!«

»Ich weiß! Anscheinend hat er sie gebeten, auf ihn zu pinkeln.«

Mit einem Mal wurde mir ein bisschen schlecht. Vielleicht hatten sich die Regeln für Sex seit meiner Begegnung mit dem Einundzwanzigjährigen verändert. Was, wenn Finn von mir bepinkelt werden wollte und ich vor Lampenfieber oder wegen einer leeren Blase nicht konnte?

Ich holte mein Buch hervor, Essays von Nora Ephron, aber ich konnte mich nicht konzentrieren. Ich las wieder und wieder denselben Satz: *Heirate nie einen Mann, von dem du nicht geschieden werden möchtest.*

Ich sah hoch und hielt Ausschau nach Finn. Würde er mich wiedererkennen? Ich ihn wohl kaum. Ich versuchte, mich an unverwechselbare Merkmale zu erinnern. Schönes rötliches Haar, Alice zufolge. Scheuernde Bartstoppeln. Ein ausgeprägter Körpergeruch.

Ich blickte wieder in mein Buch. *Heirate nie einen Mann, von dem du nicht geschieden werden möchtest,* las ich erneut. Dafür war es vielleicht noch etwas früh.

Und dann war er da und rief mich.

»Julia!«

Allein die Art, wie er mit seiner rauchigen Stimme meinen Namen sagte, fühlte sich an wie ein Kompliment. Mit den Händen in den Taschen und einem Lächeln schlenderte er auf mich zu. Er beugte sich vor, um mir einen Kuss zu geben; er hatte Aftershave aufgetragen. Er hatte also Aufwand betrieben. Das war vielversprechend.

»Na, wie geht's?«, sagte ich.

»Nicht übel, nicht übel«, sagte er und sah mich lächelnd an. »Ich musste die ganze Woche an dich denken.«

»Ich auch. Also an dich, meine ich.« Ich war wirklich ein hoffnungsloser Fall.

Er entgegnete nichts, sondern nahm einfach meine Hand und führte mich ins Kino. Es war ein schönes Gefühl, zu jemandem zu gehören.

Wir setzten uns ganz nach hinten und drückten die angewinkelten Knie an die Sitze vor uns wie Teenager im Schulbus. Ich hatte eine Tüte Malteser mit reingeschmuggelt und er einen Flachmann mit Whisky – eine köstliche Kombination.

Der Film schien sich ewig hinzuziehen. Ich konnte der Handlung nicht folgen, was vielleicht daran lag, dass es keine gab, aber das will ich Jarman nicht unterstellen. Ich konnte mich auf nichts konzentrieren außer darauf, dass ich ein Date mit einem Mann hatte, ein Mann, der neben mir saß und dessen ganz reale Hand auf meinem ganz realen Knie lag. Achtsamkeit war eigentlich nie meine Stärke gewesen, aber in diesem Moment war ich im Hier und Jetzt. Ich weiß noch, wie sich der Sitzbezug unter meiner Hose anfühlte, wie Finns nahe Atemzüge klangen, wie es muffig und süß nach Popcorn und dem Parfüm anderer Leute roch. Mein Körper schien ein einziges pochendes Nervenende zu sein.

Nach ungefähr einer Stunde sah Finn mich an und sagte: »Liegt es an mir, oder ist dieser Film der totale Scheiß?«

»Ich glaube nicht, dass es an dir liegt«, sagte ich und lächelte in mich hinein: Wir waren einer Meinung. Schon hatten wir etwas gemeinsam.

Finn legte den Arm um mich und zog mich zu sich. Probeweise legte ich den Kopf an seine Schulter. Er legte seinen Kopf auf meinen. Allmählich bekam ich einen steifen Hals. Um neunzig Grad gedreht wurde der Film nicht besser.

Auf der Leinwand wurden ein paar Punks von der Polizei verprügelt, was vermutlich die aufregendste Szene des gesamten Films war. Ganz sicher bin ich mir allerdings nicht, denn zu diesem Zeitpunkt blickte ich schon in Finns

Augen und er in meine. Seine Augen wirkten grün, wenn das Licht von der Leinwand grell darüberflackerte, danach wieder braun. Aber dann schloss er die Augen und ich meine, und wir fielen übereinander her, fummelten unter unseren T-Shirts, schoben uns über die Armlehnen hinweg so nah aneinander wie möglich und ignorierten das verärgerte Starren und Zischen der anderen Kinobesucher.

Wir lösten uns voneinander und grinsten uns an. »Sollen wir abhauen?«, fragte Finn.

Wir rannten förmlich zurück zur U-Bahn-Station; in der Bahn blieben wir die ganze Strecke bis Leyton stehen und knutschten wie wild. Zum ersten Mal seit einer halben Ewigkeit fühlte ich mich verwegen – jedenfalls auf eine andere Art verwegen, als mein letztes bisschen Dispo für zwei überteuerte Flaschen Wein vom Eckladen auf den Kopf zu hauen und beide allein auszutrinken.

Die Teenager gegenüber lachten unverhohlen über uns. »Ooooh, gleich wird gefickt. Ihr habt noch nicht gefickt, oder?«

Der Jugend von heute entgeht auch nichts, dachte ich. Und ja, ich hoffe doch, dass ich verdammt noch mal ficken werde. Ich war kurz vorm Explodieren. Nichts schien wichtiger als zu kommen, in der Gegenwart eines anderen Menschen zu kommen, durch einen anderen Menschen zum Kommen gebracht zu werden.

Fast hätten wir unsere Haltestelle verpasst. Wir hechteten aus dem Zug auf den Bahnsteig, und durch den plötzlichen Temperatursturz wurde ich mit einem Mal verlegen. Es war ein bisschen so, wie wenn man von MDMA runterkommt und sich plötzlich in einem Katzenkörbchen wiederfindet, einem Fremden die Wange streichelnd.

»Wie weit ist es bis zu dir?«, fragte ich, während wir unsere Fahrkarten an die Bahnsteigsperre hielten.

»Etwa fünfzehn Minuten«, sagte er.

Ich nickte. »Cool.«

Er nickte auch.

Während wir gingen, nahm ich das Echo unserer Schritte immer stärker wahr, genau wie Finns Hand in meiner, so groß, trocken und fremd. Genau wie die Tatsache, dass ich nichts über diesen Mann wusste, abgesehen von seinem Vornamen und davon, dass er eine undurchschaubare Körperpflege-Routine hatte. Ich überlegte, Alice zu informieren, wo die Polizei nach mir suchen sollte, falls ich am nächsten Tag nicht nach Hause käme, aber ich wollte das, was von der Vor-Sex-Stimmung noch übrig war, nicht mit dem Displayleuchten zerstören. Schließlich wurde er langsamer und blieb vor einem unspektakulären viktorianischen Reihenhaus stehen.

»Da wären wir«, sagte er und hantierte mit dem Schlüssel herum. »Ich glaube, meine Mitbewohner sind da, also sei leise, ja?«

Die Wohnung roch nach Schimmel. T-Shirts trockneten auf Heizungen, und ein gewelltes *Clockwork-Orange*-Poster hing an der Wand. »Mein Zimmer ist oben« sagte er und rannte zwei Stufen auf einmal nehmend die Treppe hinauf.

Er öffnete seine Zimmertür und winkte mich hinein. »Willkommen in meiner großzügigen Bleibe«, sagte er, schloss die Tür hinter uns und lehnte sich dagegen.

»Super«, sagte ich.

»Super«, sagte er. »Musst du auf die Toilette oder so?«

»Nein, schon in Ordnung.«

Dann herrschte Schweigen.

»Schönes Zimmer«, sagte ich.

»Eigentlich nicht«, sagte er.

»Okay, nee, eigentlich nicht.« Das Zimmer war so klein, dass wir kaum zu zweit darin stehen konnten. Ein schmales Bett und eine Kleiderstange voller Pullis und Jeans in Braun, Grün und Grau füllten es fast vollständig aus. Die einzigen Verschönerungsversuche waren ein paar düstere Fotos von Armbeugen, Knien und Stirnen, die an die Wände gepinnt waren.

Er setzte sich aufs Bett, griff meine Hand und zog mich zu sich.

»Hast du die Fotos gemacht?«, fragte ich.

Er nickte, sah mir in die Augen und hielt weiter meine Hand.

Ich blickte weg, wieder zu den Fotos. »Also machst du das beruflich? Bist du Fotograf?«

Da leckte er sich die Lippen, wodurch sie plötzlich wurstig und feucht wirkten, und ich war mir nicht mehr sicher, ob ich dableiben wollte.

»Julia«, sagte er und strich mir übers Gesicht. »Du bist wunderschön.«

Ich hätte ihn am liebsten weggestoßen; ich war auf einen Schlag nüchtern und mir seiner Nähe unangenehm bewusst. Aber es gelang mir, mich zusammenzureißen und ihm bedeutungsschwanger in die Augen zu starren. Er beugte sich langsam zu mir und küsste mich. Ich schloss die Augen und versuchte, es zu genießen, aber mit einem Mal fühlte sich die Knutscherei lächerlich an; jemand, der dir ins Gesicht atmet, deine Mundhöhle ausschleckt. Warum machen wir das?

Ich küsse einen Mann, sagte ich mir. Er küsst mich. Das ist sexy.

Er zog sich zurück und sah mich auf eine Weise an, durch die ich mein eigenes Gesicht überdeutlich wahrnahm, was sich nicht unbedingt gut anfühlte. Dann fing er an, meinen Hals zu küssen, und beugte sich vor, um mir die Strickjacke auszuziehen. Ich musste ihm helfen, indem ich mit den Achseln zuckte. Wir sagten nichts. Ich hörte ein Gluckern in den Leitungen. Ich wünschte, er hätte stimmungsvolle Musik angemacht; mit einem Mal vermisste ich die »Late Night Love«-Playlist meines Exfreunds. Die hatte mir zumindest dabei geholfen, in die Rolle einer Person zu schlüpfen, der Sex Spaß machte.

Er öffnete meinen BH, schubste mich dann auf die Bettdecke und zog mir meine Jeans und den Slip aus. Ich war nackt. Nicht die Arme verschränken, sagte ich mir. Wobei es in der Wohnung echt kalt war. Wenigstens hatten sich dadurch meine Nippel aufgerichtet.

Hilfe, dachte ich – und jetzt soll ich ihn ausziehen? Gürtelschnallen waren noch nie meine Stärke.

Ich kniete mich hin und zog ihm das T-Shirt über den Kopf. Es hing einen Moment fest, und als ich es schließlich frei bekam, war sein Gesicht lila angelaufen.

Er kam offensichtlich zu dem Schluss, dass ich keine Entkleidungsexpertin war, denn er zog sich eilig selbst die Jeans aus, während ich mich wieder auf die Decke legte, mittlerweile hatte ich wahrscheinlich Farbe und Steifheitsgrad einer Leiche angenommen.

Er trug keine Boxershorts. Da war sein Penis, er

schwankte erigiert hin und her, als würde er mich begrüßen. Ich hatte vergessen, wie abscheulich Penisse aussehen. Schon das Wort Penis war nicht besonders sexy. Aber war Schwanz besser? Keine Ahnung. Ich war zu lange raus aus dem Spiel. Ich betete, dass ich keins von beidem würde sagen müssen, dass ich überhaupt nichts würde sagen müssen.

Er legte sich auf mich und rieb sich an mir. »Sag schmutzige Sachen zu mir«, sagte er.

Fuck. »Mmm«, machte ich.

»Erzähl mir, worauf du stehst.«

»Das ist echt schön.«

»Was soll ich tun? Willst du meinen großen Schwanz in deiner –«

Aha. Er sagt also Schwanz.

»Ja«, sagte ich.

»Ich werde dich ordentlich durchficken«, sagte er. »Ist es das, was du willst?«

»Ja«, sagte ich.

»Mach weiter. Bitte mich, dich zu ficken.«

»Tu es einfach.«

Ich klang wie ein Nike-Slogan. Just do it.

Er stand auf, um ein Kondom zu holen. Es dauerte ewig, bis er das Päckchen aufbekommen hatte. Er wirkte richtig stolz auf sich, als er es drüberrollte.

Dann kletterte er zurück ins Bett. Die Matratze gab nach, als er sich über mir positionierte. Während er mir in die Augen starrte, machte er sich daran, in mich einzudringen. Er verfehlte die richtige Stelle.

»Himmel. Das ist mir noch nie passiert«, sagte er. Er nahm seinen Penis in die Hand und führte ihn ein, wobei er so angestrengt guckte, als würde er ein besonders kompliziertes IKEA-Möbel zusammenbauen.

Dann begann er zu stoßen und klatschte in der schrecklichen Stille des Zimmers gegen mich.

»Und?«, fragte er und sah mich lächelnd und nickend an.

»Mmm«, machte ich.

Ich versuchte, meine Beckenbodenmuskeln zusammenzuziehen, damit ich ihn in mir spüren konnte – er war kein Rampant Rabbit, so viel sei verraten.

Ich sah an ihm vorbei, starrte die Decke an. In den Ecken hingen Spinnweben, und direkt über mir war ein dunkelbrauner Schmierfleck zu sehen. Vielleicht eine tote Fliege. Ich fragte mich, ob er ein Buch nach ihr geworfen und sie dann nicht weggewischt hatte.

Er bewegte sich schneller, dann langsamer, ohne erkennbaren Rhythmus. Ein Schweißtropfen fiel von seiner Stirn auf meinen Hals.

»Bist du schon gekommen?« Er wurde nun langsamer, atmete schwer oder war vielleicht einfach aus der Puste – das konnte ich nicht erkennen.

»Kurz davor«, sagte ich, schloss die Augen und versuchte, mir vorzustellen, ich wäre woanders. Aber ich konnte mir nichts anderes vorstellen, überhaupt nichts.

Stöhnen, das ist gefragt, dachte ich. »Oh, ja, das ist gut«, seufzte ich probehalber.

»Ja?«, fragte er ermutigt und wurde schneller.

»Ja!«, sagte ich. »Oh! So ist es gut!«

»Ja? Magst du's auf die harte Tour, du dreckige Schlampe?«

Ich hatte jede Menge feministische Einwände gegen diese Frage, aber es schien mir nicht der richtige Moment zu sein, um sie zu erörtern.

»Mmm!«, machte ich und atmete schneller. Ich keuchte ein gequältes »Oh!« und seufzte dann, verlangsamte meine Atmung und öffnete die Augen.

»War's das?«, fragte er unbeeindruckt.

»Ja«, sagte ich und machte mir gleich Sorgen. War das kein überzeugender Orgasmus gewesen? War ich zu schnell? Ich konnte mich nicht mehr so richtig daran erinnern, wie lange es normalerweise dauerte, wenn jemand anders dabei war.

Er kletterte von mir herunter und lag da, starrte zur Decke. Sein Schwarz war noch hart. »Ich kann nicht kommen«, sagte er, zog das Kondom ab und schnipste es in den Papierkorb. »Hilfst du mir?«

Ich hätte nein sagen sollen. Das ist mir inzwischen klar – ich hätte aufstehen und ihm sagen sollen, es war nett, aber nicht das Richtige für mich, und dann hätte ich gehen sollen. Aber das schien mir so unhöflich.

Wie schon erwähnt, roch er nicht so, als würde er sich oft waschen. Ich wünschte, er hätte das Kondom anbehalten. Aber ich glaubte, ich könnte das Ganze schnell hinter mich bringen. Ich vertraute auf meine Blowjob-Fähigkeiten. An der Uni hatte ich an so einigen Typen geübt, und sie hatten sich nie beschwert.

Ich gab mein Bestes, nahm seinen Pimmel (ich bleibe mal bei Pimmel) so tief in den Mund, wie es nur ging, schloss die Augen und beschwor ihn zu kommen.

»Was machst du denn?«, fragte er. »So geht das nicht.«

Ich hielt inne und sagte: »Doch.«

»Nein«, sagte er. »Du machst das zu mechanisch.«

Ich versuchte, die Beleidigung zu verarbeiten. »Was soll ich denn dann für dich tun?«

»Nichts«, sagte er. »Ich weiß nicht, was los ist. Ich komme eigentlich immer.«

Ich sah ihn einfach nur an.

»Holst du mir dann einen runter oder was?«

Nein zu sagen schien irgendwie zu schwierig.

Ich kniete mich vors Bett und machte es ihm mit der Hand, versuchte, Gefühl hineinzulegen, den Druck zu variieren, aber es kam mir so vor, als würde ich einen besonders widerspenstigen Fahrradreifen aufpumpen. Finn lag stumm da. Ich spürte, wie er in meiner Hand erschlaffte.

»Das ist mir noch nie passiert«, sagte er. »Ich glaube, du hast meinen Schwanz kaputt gemacht.«

Er schob meine Hand weg und versuchte, die Sache selbst zu erledigen, mit vor Anstrengung verkniffener Miene.

Ich kniete einfach da und fragte mich, was ich tun sollte. Sollte ich einfach gehen? Sollte ich mich irgendwie beteiligen? Oder wollte er nur allein gelassen werden, um sich in Ruhe zu vergnügen? Er verriet es mir nicht. Ohne Verabschiedung zu gehen kam mir unverschämt vor, aber ich mochte ihn auch nicht unterbrechen, deshalb blieb ich auf meinen Knien, während er weiterwichste. Ich sah auf die Uhr über dem Fenster. Es war ein Uhr morgens.

Um 1.16 Uhr wechselte er die Hand und machte weiter.

Um 1.34 Uhr pausierte er kurz, um zu Atem zu kommen, mit zugekniffenen Augen.

Um 2 Uhr bekam ich allmählich das Gefühl zu halluzinieren. Ich hatte noch nie erlebt, dass die Zeit so langsam verging. Ich hatte noch nie so intensiv jede Regung, jedes Geräusch registriert. Das musste die Strafe sein für all die Male, als ich mir gewünscht hatte, das Leben möge nicht so schnell an mir vorbeirauschen.

Er wichste über eine Stunde lang. Ich kniete einfach nur vor dem Bett und sah ihm zu, gebannt von seinem kaputten Penis.

Und dann, um 2.05 Uhr, packte er meine Hand und legte sie um seinen Pimmel, schob sie rauf und runter, die Augen immer noch geschlossen. Das war's. Die Zielgerade. Das Ende des höllischen Marathons.

Endlich, endlich kam er, über meine Hand und seine schrecklich blasse Brust. Er atmete aus, anscheinend genauso erleichtert wie ich, dass es endlich vorbei war. Diskret wischte ich mir die Hand an der Seite der Matratze ab.

Und dann wandte er sich mir zu und sagte: »Danke, ja, aber wir bleiben wohl besser nur Freunde.«

»Ja«, sagte ich. »Sehe ich auch so.«

Ich zog mich so schnell an, wie ich konnte, taumelte, als ich meine Jeans hochzog, während er mit geschlossenen Augen auf dem Rücken dalag. Ich nahm meine Schuhe und schlich so leise wie möglich aus dem Zimmer, die Treppe hinunter und nach draußen, wo ich mich auf die Eingangsstufe setzte und mir die Schuhe anzog. Und dann rannte ich los, rannte und rannte, um einen Nachtbus zu finden, der mich so weit wie möglich von ihm und dieser Demütigung fortbrachte.

Als ich an der Haltestelle saß, mit gesenktem Blick, um nicht die Aufmerksamkeit von zwei Jugendlichen zu erregen, die sich mit nächtlicher Wut anbrüllten, fasste ich einen Entschluss: Mit Sex war ich durch. Sex war widerlich, unnatürlich, unerklärlich. Und ich wollte niemals wieder einen Penis, Pimmel, Schwanz oder was auch immer zu Gesicht bekommen.

5. Sag niemals nie

Zu Hause angekommen, ging ich direkt ins Bad. Ich stellte die Dusche so heiß ein, wie es auszuhalten war, so dass meine Haut rot anlief und mein Körper anfing zu dampfen. Auf meinen Knien war immer noch der Abdruck von Finns Teppich zu sehen, und sosehr ich auch daran rieb, er wollte nicht verschwinden. Der Geruch seines Spermas klebte an meinen Fingern. Ich wusch mir die Hände – beide, zur Sicherheit –, bis sie rosa und wund waren, schrubbte sogar mit Alices Bürste unter den Nägeln.

»Julia? Alles in Ordnung?« Die Dusche musste Alice geweckt haben.

Ich gab keine Antwort. Ich konzentrierte mich darauf, meinen Geist zu leeren, aber ich konnte die Sex-Flashbacks nicht zurückhalten:

Ich, kniend vor seinem Bett.

Sein Oberschenkel, der an meinen klatscht.

Die tote Fliege an der Decke.

»Du hast meinen Schwanz kaputt gemacht.«

Warum hatte ich ihm diesen Spruch durchgehen lassen? Warum war ich nicht einfach gegangen? Wie konnte er es verdammt noch mal wagen, mir die Schuld dafür zu geben, dass er nicht kam? Scheiße, ich war ja auch nicht gekommen, aber wenigstens hatte ich den Anstand besessen, einen Orgasmus vorzutäuschen.

In der folgenden Woche ging ich zur Arbeit, wieder nach Hause und direkt ins Bett. Ich guckte tröstliche alte Fernsehsendungen in Endlosschleife und erinnerte mich an unschuldigere Zeiten; Zeiten, in denen mein größtes Begehren dem beerenfarbenen Lippenstift von The Body Shop galt und ich mit einem Jungen noch nicht weiter gegangen war als bis zu dem Wangenkuss, den mir Phil Green nach seiner Bar Mizwa gegeben hatte.

Alice versuchte, mich zu trösten, indem sie mir erzählte, wie ihr Exfreund Joe ihr einmal hatte beweisen wollen, dass er sich selbst einen blasen konnte; er hatte die Beine über den Kopf geworfen wie beim Yoga-Pflug, war aber nicht rangekommen, und dann hatte er sich einen Muskel im Hals gezerrt und vor Schmerz geschrien, bis sie ihm half, sich wieder flach auf den Rücken zu legen. Tatsächlich ging es mir danach ein bisschen besser. Aber auch nicht so gut, dass ich Sex jemals wieder in Betracht ziehen würde.

Die Arbeit lenkte mich einigermaßen ab, aber ich verhielt mich nicht normal, dessen war ich mir bewusst; jeden Tag wählte ich den Schreibtisch neben Stan, um meinem Team und Fragen über das Date aus dem Weg zu gehen. Uzo erwischte mich eines Tages um die Mittagszeit und fragte: »Und? Wie war das heiße Date?«, worauf ich nur entgegnete: »Schön, danke«, und dann rief Tom sie in sein Büro, um sie abzumahnen, weil sie während der Arbeitszeit bei ASOS shoppte.

Zum Glück war das Büro von einer neuen Zielstrebigkeit erfüllt; alle taten geschäftig, um den neuen Dienstgrad sechs zu beeindrucken, und es gab nicht so viel Smalltalk. Ich konnte niemandem so richtig in die Augen sehen, vor allem nicht Owen – er wollte mir vermutlich erzählen, wie phantastisch es mit Laura lief, und sich übers Dating austauschen, aber mir war klar, dass ich mit seinem Glück nicht besonders gut zurechtkäme. Doch ich konnte ihm nicht ewig aus dem Weg gehen, und am Mittwoch bestand er darauf, dass wir bei Pret A Manger zu Mittag aßen.

»Ist alles in Ordnung bei dir?«, fragte er, als wir unsere Hühnchen-Avocado-Sandwiches aufgegessen hatten. »Ist bei deinem Date irgendwas passiert?«

Ich nickte. »Ich hatte Sex«, sagte ich, und zu meinem Entsetzen stiegen mir Tränen in die Augen.

»Ich hoffe, Laura weint nicht, wenn sie anderen davon erzählt«, sagte er.

»Ich vermute, du bist nicht so schlecht im Bett wie Finn«, sagte ich immer noch unter Tränen, musste aber auch ein bisschen lachen.

Owen runzelte die Stirn. »Er hat – er hat dir nicht weh getan –«

»Nein ...«

Er setzte eine Miene auf, die er offensichtlich für mitfühlend hielt. »Du kannst es mir ruhig sagen.«

»Er hat eine Stunde lang masturbiert, und ich saß einfach nur da.«

»Wow. Was für ein Wichser.«

»Wortwörtlich«, erwiderte ich nickend.

Er tätschelte mir den Arm. »Brauchst du heute Abend Gesellschaft? Wenn du möchtest, könnten wir ins Kino gehen oder so.«

»Danke«, sagte ich, »aber Cat hat ein paar Tage Pause zwischen ihren Vorstellungen, und ich treffe sie zum Abendessen.«

»Ich kenne Cat noch gar nicht«, sagte Owen.

»Sorry, Owen«, sagte ich. »Du bist nicht eingeladen.«

Cat nahm mich mit zu einem Inder in der Brick Lane. Wir setzten uns an einen winzigen Ecktisch im fensterlosen Raum im Untergeschoss, neben ein Aquarium mit fluoreszierenden Fischen.

»Wenigstens hast du jemanden gevögelt. Das musstest du hinter dich bringen«, sagte Cat und lud mir Dal auf den Teller.

»Ich mache das nie wieder«, sagte ich. Ich biss in ein Samosa und hoffte, damit hätte sich das Thema erledigt.

»Sag niemals nie«, meinte Cat. »Weißt du noch, wie ich mir wie das fünfte Rad am Wagen vorkam wegen Lacey und Steve, der neuen Kaulquappe?«

Ich nickte.

»Gestern Abend habe ich mit jemandem gevögelt. Mit dem Lehrer einer fünften Klasse.«

»Ist das ethisch korrekt?«

»Warum denn nicht? Ich bin keine Schülerin. Ich spiele einen Frosch.«

»Ich war mir nicht sicher, wo die Grenze verläuft.«

»Die Sache ist die: Es war nicht der beste Sex aller Zeiten, aber er hat ihn mir auch nicht für immer verdorben. Man hört ja auch nicht auf zu trinken, nur weil man einen schlimmen Kater hat, oder?«

»Das ist etwas anderes«, sagte ich. »Ich habe seinen Schwanz kaputt gemacht.«

»Ich wünschte, das hättest du wirklich«, sagte sie. »Dann könnte er niemanden mehr mit miesem Sex traktieren.«

Es gab aber ein Problem – am nächsten Morgen schrieb ich gerade einem Mann, der sehr, sehr wütend über die Kosten für seine Medikamente war, als ich eine unmissverständliche Leere in mir spürte, ein deutliches Ziehen zwischen den Beinen. Ich war scharf – scharf und gelangweilt, eine sehr typische Kombination für mich –, und ich wusste, dass ich mich nicht würde konzentrieren können, bis ich gekommen war, lautlos und heftig auf der Behindertentoilette.

Es hatte keinen Zweck, sich dagegen zu wehren. Ich schloss mich in der Kabine ein, setzte mich auf den geschlossenen Klodeckel, zog mir die Hose runter und googelte *Erotik für Frauen* auf meinem iPhone. Ich wollte nicht lange fackeln, also scrollte ich schnell durch die übleren Sachen und suchte nach einer Geschichte, in der zwei Erwachsene einvernehmlich eine schnelle Nummer schoben, am besten irgendwo, wo man sie erwischen konnte. Die Wörter *Handschellen* und *feuchte Muschi* sprangen mir ins Auge – ich mag es direkt –, und ich legte los, drückte mich gegen meine Hand, wiegte mich, als ich kam, mein Gesicht ein tonloser Schrei.

Vielleicht sollte ich Sex doch noch eine Chance geben.

6. Zungen im Gespräch

Deshalb sagte ich zu, als Alice und Dave mich Anfang Februar zu einer privaten Party in Dalston einluden. Gastgeberin war eine weitere von Daves Künstlerfreundinnen – eine Designerin, die H&M-Tanktops mit Pailletten verzierte und sie teuer auf Etsy verkaufte.

»Und du bist dir sicher, dass Finn nicht da sein wird?«, fragte ich Dave, als wir die Kingsland Road entlangliefen.

»Ich hab's überprüft«, sagte er. »Er ist am Wochenende zu Hause in Irland.«

Verglichen mit der Party in Hackney Wick, war diese eher beschaulich. Es gab keinen DJ, nur eine Spotify-Playlist, und die Wohnung wurde von IKEA-Lampen erhellt, nicht von Neonröhren. Aber es war gerammelt voll, die Leute wurden aneinandergepresst wie Pendler im Berufsverkehr. Ich ging direkt in die Küche, schenkte drei Gläser Wein ein und trug sie vorsichtig zurück zu Alice und Dave, die irgendwie Platz auf dem Sofa gefunden hatten. Sie rückten zusammen, damit ich auch sitzen konnte.

Aber schon bald stritten sie sich über eine Hochzeit, zu der sie eingeladen waren, so wie es Paare tun, die schon Jahre zusammen sind und nicht mehr vorgeben, die Freunde des anderen zu mögen.

»Wir *müssen* da hin. Sie ist die Programmleiterin. Es ist eine Ehre, dass sie mich überhaupt eingeladen hat.«

»Nein, *du* musst da hin.«

»Du kommst mit. Ich habe schon für uns beide zugesagt.«

»Aber ich kenne da niemanden.«

»Ich bin mir sicher, dass wir beim Essen nebeneinandersitzen dürfen.«

»Alle werden über Bücher und beschissene Autoren reden, und ich werde nicht wissen, was ich sagen soll.«

Ich sah mich nach jemand anderem zum Reden um, aber ich war von einem Meer aus Beinen umgeben. Beine in Jeans, Beine in Kleidern, Beine, die offensichtlich mehr Zeit im Fitnessstudio verbrachten als meine. Ich trank stetig meinen Wein, um etwas zu tun zu haben.

»Muss ich einen Anzug tragen?«

»Ich glaube nicht. Es wird keine traditionelle Hochzeit. Statt eines Verlobungsrings hat sie ein Tattoo bekommen.«

»Toll.«

Ich stand auf und ging mit meinem Weinglas zur Toilettenschlange, die schon durch das halbe Wohnzimmer reichte. Ich sah mich um; ein paar Leute erkannte ich aus Hackney Wick wieder – das Paar in Pelzmantel-Partnerlook und einen Typen mit Undercut, der auf der Tanzfläche ein Totalausfall war.

Und dann spürte ich, manchmal weiß man es komischerweise einfach, dass mich jemand ansah. Ich blickte zur Küche hinüber, und da, im Türrahmen, stand Jane, die Konzeptkünstlerin. Eine Frau mit langem dunklem Haar beugte sich zu ihr, redete und gestikulierte eindringlich, aber Jane starrte mich direkt an, so direkt wie eins ihrer Bilder. Sie hob die Hand und lächelte mir zu. Ich erwiderte ihr Lächeln – doch dann stolperten zwei Männer aus der

Toilette, rieben ihre Nasen aneinander, hielten Händchen, und ich war an der Reihe.

Ich setzte mich auf die Toilette und starrte auf meine Hände; das grelle Halogenlicht hob jede Falte, jeden angeknabberten Nagel hervor. Ich beschloss, nach Hause zu gehen; ich hatte niemanden zum Reden und wurde von einer sexuell selbstbewussten Lesbe angestarrt. Mir schwante, dass etwas passieren würde, wenn ich blieb.

Als ich meinen Mantel überzog, näherte sich jemand.

»Du willst doch nicht schon gehen, oder?«, fragte Jane.

»Ich fühl mich nicht so«, sagte ich und versuchte, locker zu klingen, obwohl mein Herz schneller schlug. »Mir ist nicht nach Gesellschaft.«

»Mir auch nicht«, sagte sie. »Aber für dich würde ich eine Ausnahme machen.«

Sie sah mich an, bis ich wegschauen musste.

»Komm schon«, sagte sie. »Bleib noch ein bisschen und trink was mit mir.«

Sie hatte etwas Verlockendes an sich. Mein Körper begann zu pulsieren, als läge ein Versprechen in der Luft, von dem ich noch gar nichts ahnte.

»Okay«, sagte ich.

Der Kinomeilenstein *Sie liebt ihn – sie liebt ihn nicht* hat mich eine Menge gelehrt, unter anderem, dass noch die nichtigste Kleinigkeit dein Leben verändern kann. Wenn Gwyneth Paltrow die U-Bahn noch erwischt hätte, wäre es nicht auf den schrecklichen Haarschnitt hinausgelaufen. Und wenn Jane mir ein Glas Rotwein oder ein Bier eingeschenkt hätte, hätte ich vielleicht nicht – aber eins nach dem anderen. Mit Wodka kann ich jedenfalls nicht umgehen. Und deshalb ist alles passiert, was passiert ist.

Jane setzte sich auf den Küchentresen und goss Smirnoff in zwei Gläser.

»Lass uns Kurze trinken«, sagte sie und reichte mir ein Glas. »In einem Schluck runterkippen.«

Wir stießen an und warfen die Köpfe nach hinten. Ich schaffte es, mir die Hälfte übers Kinn zu gießen.

»Das war geschummelt!«, sagte sie. »Jetzt musst du noch mal.«

Sie öffnete eine weitere Smirnoff-Flasche.

Ein neues Lied begann, mit einer gelangweilt klingenden Sängerin.

»Komm«, sagte sie. »Tanz mit mir.«

Sie hüpfte vom Küchentresen und legte die Arme um meine Taille. Ich legte meine um ihren Hals, plötzlich verlegen wie ein Mädchen beim Abschlussball in einem Teenie-Film, was ich ganz offensichtlich nicht mehr war. Dem Beat folgend drückte sie ihre Hüften gegen meine. Ich versuchte, mich auf ihr Gesicht zu konzentrieren, aber es schien zu flimmern. Der Wodka summte in mir, und ich war mir nicht sicher, ob wir schwankten oder der Raum oder beides, aber es war egal.

Jane sah durch ihren Pony zu mir hoch. »Ich werde dich jetzt küssen«, sagte sie. »Halt mich auf, wenn du das nicht möchtest.«

Ich hielt sie nicht auf. Ich schloss die Augen.

Ich hatte noch nie eine Frau geküsst, außer einmal beim Flaschendrehen an der Uni. Aber der Kuss damals war nur Spiel gewesen, weniger ein lesbischer Kuss als die Imitation eines solchen – unsere Lippen hatten sich kaum berührt, die Zungen züngelten außerhalb unserer Münder, alles sehr feucht und feuchtfröhlich. Jane zu küssen war ganz anders. Ihr Mund war mal fest, mal ganz sanft. Es kam mir vor, als wären unsere Zungen im Gespräch, sexy und wortlos. Sie drängte sich an mich, bis ich am Herd lehnte. Versehentlich drückte ich mit dem Po den Zündknopf. Ich konnte es hinter mir knistern hören, wie eine überdeutliche Metapher.

Ein Mann kam in die Küche und trat gleich wieder den Rückzug an, murmelte »Scheiße, sorry« und schloss leise die Tür hinter sich. Ich hörte ihn sagen: »Da drin küssen sich zwei Frauen.«

Die Tür ging wieder auf, und jemand, der das mit eigenen Augen sehen wollte, spähte hinein. Es musste Alice gewesen sein, denn kurz darauf hörte ich ihre Stimme im Flur: »Julia ist da drin! Sie knutscht mit Jane!«

»Du machst Witze.« Das war Dave. »Ist sie nicht hetero?«

Jane und ich hörten kurz auf, uns zu küssen, und sahen uns an.

»Du kommst mir nicht sehr hetero vor«, sagte sie.

Ich zuckte mit den Achseln und zog sie wieder an mich; ich fühlte mich stark und jung und spontan.

»Komm mit zu mir«, sagte Jane.

Aber ich schüttelte den Kopf. »Heute geht es nicht«, sagte ich. Ich hatte mich noch nicht ausreichend von dem Finn-Vorfall erholt, um schon wieder betrunkenen Sex mit einer Fremden zu haben.

Im Nachtbus nach Hause drehte sich Dave auf dem Sitz vor mir um und grinste anzüglich. »Das war scharf«, sagte er und blies mir seinen Bieratem ins Gesicht. Nicht, dass ich hätte antworten können; ich hatte so viel Wodka getrunken, dass ich meinen Mund kaum spürte.

»Du bist widerlich«, sagte Alice und schlug ihm auf den Arm.

»Na ja, war aber so«, sagte er und kratzte sich den Bart. »Ich hätte stundenlang zusehen können.«

»Jetzt sei nicht so ein Sexist«, sagte Alice. Aber sie drehte sich zu mir und sagte: »Stehst du denn auf sie? Sie wirkt irgendwie gefährlich.«

»Jane ist nicht gefährlich«, sagte Dave. »Sie weiß nur, wie sie kriegt, was sie will.« Er sah mich skeptisch an. »Also bist du bi oder was?«

»Weiß ich nicht«, sagte ich. »Ich bin betrunken.« Ich wusste nicht, was ich war oder was ich fühlte, außer, dass ich aufgeregt war.

Alice setzte sich auf den Platz neben mir und beugte sich zu mir. »Ich glaube, du kannst nicht wirklich wissen, ob du lesbisch bist oder was auch immer, bis du – du weißt schon.«

»Bis ich eine Frau geleckt habe.«

»Genau. Vielleicht ist es eklig! Als würde man eine Schnecke ablecken.«

»Blowjobs sind eklig«, sagte ich.

»Was? Nein, sind sie nicht«, sagte Alice.

»Sind sie wohl«, sagte ich. »Wer will schon einen Penis in den Mund nehmen?«

»Ich nicht«, sagte Dave.

»Vielleicht bist du wirklich lesbisch!«, sagte Alice. Der Gedanke schien sie in Aufregung zu versetzen.

»Vielleicht bin *ich* lesbisch«, sagte Dave.

»Können wir bitte aufhören, darüber zu reden?«, sagte ich.

Wir schwankten aus dem Bus in die Februarluft. Ich ließ

Alice und Dave vorgehen, im Licht der Straßenlaternen warfen sie einen langen Schatten. Ich wollte einen Augenblick allein sein, um an Jane zu denken und mich an den Kuss zu erinnern.

7. Die Schnecke ablecken

In dieser Woche kam ich fast fünfzehn Minuten zu spät zu meiner Sitzung mit Nicky. Ich stand schnaufend und schwitzend vor ihrer Tür, trotz der Kälte draußen, und sobald ich in dem schrecklichen Sessel versunken war, fragte sie mich: »Warum kommen Sie zu spät?«

»Tut mir leid«, sagte ich, immer noch außer Atem. Ich hasse es, zurechtgewiesen zu werden. »Ich habe meine Schlüssel verlegt –«

»Nein«, sagte sie und hob die flache Hand. »Nein, nein, nein.«

Ich runzelte die Stirn. »Was heißt hier nein?«

»Ich meine, warum kommen Sie *wirklich* zu spät?«

»Ehrlich«, sagte ich, kurz davor, sauer zu werden, »sie müssen mir in der Küche runtergefallen sein –«

»Wenn wir zu spät kommen«, flötete Nicky belehrend, »liegt es daran, dass wir tief in unserem Inneren nicht hingehen wollten. Was mich daran erinnert, dass ich letzte Nacht von Ihnen geträumt habe.«

»Sollten Sie mir das erzählen?«, fragte ich. »Was habe ich denn gemacht?«

»Wir sind eigentlich nicht hier, um *meine* Träume zu besprechen, Julia. Warum wollten Sie heute nicht herkommen?«

»Aber ich wollte ja kommen.«

Sie wirkte enttäuscht. »Schön«, sagte sie. »Worüber möchten Sie reden?«

»Ich würde gern über Ihren Traum reden.«

»Warum reden wir nicht darüber, was Sie am Wochenende gemacht haben?«

Ich war etwas überrumpelt. »Ich habe nicht viel gemacht«, sagte ich. »Ich war auf einer Party.«

Sie sah mich lange an. Ich spürte, wie ich rot anlief.

»Was ist auf der Party passiert?«

Ich runzelte die Stirn. »Was?«, sagte ich, und mein Gesicht glühte immer stärker.

»Etwas ist passiert, und es ist Ihnen ein winziges bisschen peinlich.« Sie sah mich mit schiefgelegtem Kopf an.

»Nun, ja«, sagte ich, »aber das gilt für so ziemlich jedes Wochenende.«

»Es gab wieder schlechten Sex.«

»Nein!«, sagte ich. »Ich habe nur jemanden geküsst.«

Sie nickte und machte sich Notizen. »Wusste ich's doch, dass ich es aus Ihnen herausbekomme.«

»Sie haben es nicht ›aus mir herausbekommen‹«, sagte ich. »Ich soll Ihnen ja von mir erzählen.«

Sie hörte auf zu schreiben und sah mich wieder an. »Aber Sie wollten es mir nicht erzählen. Also müssen Sie jemanden … Ungewöhnliches geküsst haben. War es ein Verwandter?«

»Was? Nein!«

»Hören Sie, ich verurteile Sie nicht.«

»Echt jetzt?«

»Meine Großeltern waren Cousin und Cousine.« Sie zuckte mit den Achseln.

»Ich habe keinen Cousin geküsst. Meine Cousins sind alle noch Teenager. Ich habe eine Frau geküsst.«

Sie lehnte sich zurück und schlug die Beine übereinander. »Eine Frau.« Sie sah mir in die Augen und nickte. »Jetzt ergibt alles einen Sinn.«

»Was –«

»War es gut?«

Ich gestattete mir die Erinnerung an den Kuss. »Es war richtig gut.«

»Also. Werden Sie sie wiedersehen?«

»Ich glaube nicht.«

»Warum nicht?«, fragte sie. »Fühlten Sie sich zu ihr hingezogen?«

Ich dachte darüber nach. »Ja. Aber ich hatte auch viel Wodka intus.«

»Und?«

»Und ich glaube nicht, dass ich mich wirklich mit ihr verabreden möchte. Wir haben nichts gemeinsam.«

»Fühlten Sie sich früher schon zu Frauen hingezogen?«

Das Gespräch schien mir zu entgleiten. »Na ja, ich habe in der Schule für das eine oder andere Mädchen geschwärmt –«

»Haben Sie jemals in Betracht gezogen, dass Sie lesbisch sein könnten? Oder zumindest bi? Glauben Sie, dass ein Teil Ihrer Ängste daher rühren könnte? Dass Sie nicht anerkennen, wer Sie wirklich sind?«

»Nur weil ich eine Frau geküsst habe, bin ich nicht automatisch lesbisch.«

»Beantworten Sie meine Frage.«

Ich atmete aus. »Ja. Ich habe schon mal daran gedacht.«

»Aber Sie haben diesbezüglich noch nie etwas unternommen.«

»... nein.«

»Warum nicht? Warum sind Sie noch nie mit einer Frau ausgegangen? Und sagen Sie mir nicht, dass Sie noch nie eine gefragt hat.«

»Aber es *hat* mich noch nie eine gefragt!«

Sie starrte mich an, bis ich den Blick abwenden musste. Ich knibbelte an der Nagelhaut meines Daumens.

»Vielleicht habe ich Angst«, sagte ich.

»Davor, mit einer Frau auszugehen.«

»Ja.«

»Verstehe.« Nicky machte sich weitere Notizen. Ich versuchte, zu entziffern, was sie aufgeschrieben hatte. Ziemlich sicher konnte ich das unterstrichene Wort »passiv« ausmachen.

Es ist nicht übertrieben zu sagen, dass ich ziemlich aufgewühlt war, als ich Nickys Haus verließ. Ich ging in den Clissold Park, um bei einem Spaziergang wieder runterzukommen. Beim Café kaufte ich mir eine heiße Schokolade – ich mag eigentlich keine heiße Schokolade, aber ich konnte nicht klar denken –, und dann lief ich am Skatepark vorbei, den Hügel hinunter, um den Teich herum und den Hügel wieder hinauf, immer wieder, mein Hirn völlig vernebelt.

Natürlich hatte ich als Teenager meine Sexualität hinterfragt, aber seitdem hatte ich nur noch wenig darüber nachgedacht. Mit sechzehn war ich schrecklich und schmerzlich verknallt in Louise aus meiner Musiktheater-Klasse. Sie begeisterte sich für Andrew Lloyd Webber, deshalb gab ich vor, es auch zu tun; ich kaufte mir ein schwarzes Trikot passend zu ihrem und klebte Fotos von ihren Lieblingsbands in meinen Schrank, in der Hoffnung, dass sie es bemerkte. Doch das tat sie nie. Aber ich war eigentlich auch nicht scharf auf sie, ich wollte nur sein wie sie, ich wollte ihre beste Freundin sein, mich auf der Bühne bewegen wie sie, ihr nah sein. Aber erotische Phantasien hatte ich sie betreffend nie gehabt. Meine Gefühle für sie kamen mir viel realer, viel intensiver vor als jede Schwärmerei für irgendeinen Jungen. Weniger trivial.

Was sich zugegebenermaßen ziemlich lesbisch anhört.

Und ja, ich hatte Cat mit siebzehn erzählt, dass ich bi sei – aber als Teenager kam ich mir bei dem Gedanken, dass ich auf andere Mädchen stehen könnte, wie ein Raubtier vor, als könnten meine Freundinnen mir nicht trauen, als wäre ich bei Übernachtungspartys eine Gefahr. Nicht auf Mädchen zu stehen schien schlicht einfacher.

Aber jetzt – jetzt war Queerness durchaus erstrebenswert. Seit meinen Teenagertagen hatte sich die Welt sehr verändert. Damals konnten gleichgeschlechtliche Paare nicht heiraten, die Lehrer schritten nicht ein, wenn Schüler in den hinteren Reihen sich als »Schwuchtel« oder »Kampflesbe« beschimpften, und wenn Leute ihr Coming-out hatten, lieferten sie das Etikett gleich mit: schwul, lesbisch, bi. Jetzt schien alles durchlässiger zu sein. Viele Menschen schliefen mit Männern und dann mit Frauen und dann wieder mit Männern, ohne eine große Sache daraus zu machen.

»Entschuldigen Sie, junge Frau?«, sagte der Parkwärter. »Wir schließen jetzt.«

Ich nickte blinzelnd und ging hinaus zur Straße. Mir war noch nicht einmal aufgefallen, dass es dunkel geworden war.

Die ganze Woche dachte ich über Nickys Worte nach. Nachts wurde die Idee, mit einer Frau zu schlafen, größer, sie füllte meinem Kopf und mein Zimmer aus und hinderte mich am Einschlafen, bis die Sonne aufging und die Straßenlaternen erloschen. War ich überhaupt dazu in der Lage? Was würde es bedeuten? Was, wenn ich es verabscheute? Was, wenn ich es genoss? Was würden meine Eltern sagen? Morgens wachte ich mit Herzrasen auf und fragte mich, ob ich versuchen sollte, die Sache in die Wege zu leiten – und wie das überhaupt ging. Streng genommen war ich wieder Jungfrau. Würde das Frauen abtörnen? Was, wenn ich nach Lesbenmaßstäben schlecht im Bett war? Es gab nur eine Möglichkeit, das herauszufinden.

Nach ein paar Tagen fühlte ich mich mit der Idee schon wohler, ich war weniger nervös, eher gespannt – und auch wütender auf Nicky, die mich passiv genannt hatte. Scheiß auf sie. Ich hatte keine Angst, mit Frauen auszugehen.

In ungestörten Momenten bei der Arbeit – die immer seltener wurden, weil Smriti die Angewohnheit hatte, plötzlich hinter Schreibtischen aufzutauchen und zu sagen: »Holen Sie mich doch mal kurz ins Boot, woran Sie gerade sitzen« – googelte ich das LGBT+-Netzwerk des öffentlichen Dienstes. Die Gruppe organisierte Treffen. Sie nahm sogar am Pride March teil. Aber bis zum nächsten Stammtisch dauerte es noch ein paar Wochen, und ich fürchtete, bis dahin hätte ich schon die Nerven verloren.

Als Jane mir am Freitagabend schrieb und fragte: *Was machst du später?* beschloss ich, die Gunst der Stunde zu nutzen. Ich hatte eigentlich mit Alice in Dalston türkisch essen gehen wollen, aber ich rief sie an und verschob die Verabredung.

»Ich werde mit Jane schlafen«, sagte ich.

Schweigen.

»Was?«

»Jane. Ich werde mit ihr schlafen.«

»Aber stehst du denn überhaupt auf Frauen?«

»Das werde ich erst wissen, wenn ich die Schnecke abgeleckt habe.«

»Bist du dir sicher? Komm schon, lass uns einfach zum Türken gehen. Wir können uns *Tipping the Velvet* ausleihen oder so, wenn du es hinter dich bringen möchtest.«

»Nein. Ich schreibe dir, falls ich nicht nach Hause komme.«

»Aber was ist mit den *Deine Fotze schmeckt köstlich*-Bildern?«

»Bis später.«

Ich legte auf und blieb mitten auf dem Gehweg stehen, um Jane zu antworten, bevor ich es mir anders überlegen konnte. *Nicht viel*, schrieb ich. *Was schwebt dir vor?*

Wenige Sekunden später vibrierte das Telefon in meiner Hand.

Du? ;-)

Zu Hause badete ich ausgiebig. Ich cremte mich gründlicher ein als sonst. Beim Anziehen suchte ich *lesbisch* auf Pornhub, um mich darauf vorzubereiten, was so auf mich zukommen könnte, aber die Frauen schienen nicht bei der Sache zu sein; sie rieben einander planlos die Nippel und starrten irgendwo neben die Kamera, als würden sie auf die Zustimmung eines unbekannten Dritten hoffen.

Meine Hände zitterten, als ich mich schminkte. Zur Beruhigung schenkte ich mir ein großes Glas Wein ein. Es gab kein Zurück mehr. Ich musste das jetzt durchziehen.

Als ich bei Jane klingelte, war mir schlecht. Ich wusste nicht, wie ich unverkrampft stehen oder lächeln sollte. Scheiße, was machte ich hier eigentlich?

Aber dann öffnete sich die Tür, und ich hatte es nicht mehr in der Hand. Jane sagte noch nicht mal hallo. Sie nahm meine Hand, zog mich an sich und küsste mich. Mit dem Fuß stieß sie die Tür zu und küsste mich weiter, während wir zu ihrem Schlafzimmer stolperten. Sie löste sich kurz von mir, um eine Kerze anzuzünden, dann kam sie zu mir aufs Bett und küsste mich wieder.

Es geschah wirklich. Ich küsste eine Frau. Wir würden mit ziemlicher Sicherheit vögeln. Und ich wollte wirklich sehr, dass wir vögelten. So sehr, dass ich vergaß, nervös oder unsicher oder sonst irgendwas zu sein; ich war einfach nur vollkommen scharf.

Ich hob die Hand und streichelte Janes Gesicht, es war so glatt, verglichen mit dem eines Mannes. Sie tat es mir gleich und berührte meine Wange. Ich habe die sexuelle Gleichberechtigung entdeckt, dachte ich. Ich habe feministischen Sex entdeckt.

»Ich werde dir jetzt dein Oberteil ausziehen, wenn das okay ist«, sagte sie.

»Das ist okay«, sagte ich und reckte die Arme. Sie fragte nach meiner Einwilligung, und ich gewährte sie ihr. So lief das bei Erwachsenen im Bett.

Jane zog mir das T-Shirt über den Kopf, wie sie es offensichtlich schon bei Dutzenden – Hunderten? – anderen

Frauen gemacht hatte. Sie befummelte oder begrapschte mich nicht; sie wusste genau, was sie mit ihren Händen anstellen wollte. Sie war präzise, was nicht unbedingt heiß klingt, aber heiß war. Sie wusste genau, wo sie mich berühren musste und was das auslöste. Und als sie mich fickte, o mein Gott, da verstand ich endlich die ganze Aufregung. Danach machte ich es ihr auch mit dem Mund, was einfacher war, als ich gedacht hatte, wahrscheinlich weil ich selbst Besitzerin einer Klitoris bin. Allerdings penetrierte ich sie nicht. Dazu fehlte mir dann doch der Mut.

In jener Nacht lernte ich eine Menge. Dass Hände sehr viel vielseitiger und verlässlicher sind als Penisse. Dass Frauen ihre Zungen einzusetzen wissen. Dass es dich in unerwartete Ekstase versetzen kann, die Brüste einer Frau zu berühren. Dass Frauen einfach phantastisch im Bett sind.

Kennt ihr das, wenn man aufwacht, nachdem etwas Furchtbares passiert ist, und für einen kurzen Augenblick wirkt alles gut und normal, bis die Wirklichkeit einem in die Magengrube boxt? Der Morgen nach dem Sex mit Jane war das exakte Gegenteil davon. Ich lag auf dem Rücken und lächelte dümmlich in mich hinein, als ich mich an den besten Sex meines Lebens erinnerte. Den besten Sex aller Zeiten möglicherweise – Sex, der technisch so brillant war, dass er vermutlich jedem gefallen hätte, egal welcher sexuellen Orientierung. Er war natürlich nicht perfekt gewesen – sie hatte sich auf meinem Haar abgestützt, während sie mich penetriert hatte, und sie hatte meinen Schmerzensschrei als Lust interpretiert; außerdem hatte ich gezögert, sie zu lecken, und irgendwann war meine Zunge erlahmt, und sie hatte eine Weile gebraucht zu kommen. Aber ich hatte mich sexy gefühlt. Ich hatte die Schnecke abgeleckt, und ich hatte es geliebt. Während der ganzen Sache hatte ich uns als gleichberechtigt empfunden. Am allermeisten aber verspürte ich große Erleichterung.

Janes Seite des Bettes war leer. Durch das vorhanglose Fenster konnte ich sehen, wie sich ein Mann im Lagerhaus gegenüber die Zähne putzte. Was bedeutete, dass er mich auch sehen konnte; ich lag splitternackt auf der Decke, meine Beine schimmerten blass im Sonnenlicht. Mit den Augen suchte ich das Zimmer nach meiner Unterhose ab und entdeckte sie zusammengefaltet mit meinen anderen Sachen auf einem Stuhl. Als ich sie aufhob, traf mich fast der Schlag – im Schritt war sie bretthart. Offensichtlich war ich ziemlich scharf gewesen.

Und dann musste ich wieder lächeln. Ich war total scharf gewesen. Möglicherweise zum ersten Mal in meinem Leben.

Ich zog mich an und ging auf der Suche nach Jane in den großen Raum. Sie stand dort, wo der DJ bei ihrer Party gestanden hatte, barfuß und mit federndem Bob, während sie eine Leinwand rot anmalte. Ich blieb stehen und beobachtete sie einen Augenblick, überlegte, womit ich das Gespräch eröffnen sollte. Ehrlich gesagt wollte ich ihr einfach für den umwerfenden Sex danken, aber das wäre wohl nicht sehr cool gewesen.

Sie drehte sich um und bemerkte, dass ich ihr zusah. »Alles klar?«, fragte sie. »Wie geht's dir heute Morgen?«

»Großartig, danke.« Ich grinste wieder dümmlich. Stand unsicher da.

»In der Kanne auf dem Herd ist Kaffee, wenn du möchtest.«

Ich nickte und schenkte mir eine Tasse ein, froh darüber, etwas zu tun zu haben.

»Du warst toll letzte Nacht«, sagte sie, ohne die Augen von der Leinwand zu nehmen. »Ich wäre nie drauf gekommen, dass es dein erstes Mal mit einer Frau war. Schätze, ich bekomme noch einen Toaster!«

Sie wandte sich zu mir um und lachte, als müsste ich den Witz verstehen, also lachte ich mit, aber wohl nicht sehr überzeugend, denn sie sagte: »Du hast keine Ahnung, wovon ich rede, oder?«

»Nicht wirklich.«

»Du musst noch viel lernen, Mädchen. Googel das mal.«

Als wir uns verabschiedeten, fragte ich sie: »Möchtest du das irgendwann wiederholen?«

»Nimm's mir nicht übel«, sagte sie und strich mir über den Arm, »aber mir reicht meistens einmal. Aber viel Spaß beim Frauenerkunden.«

Ich nahm es ihr nicht übel. Ich hüpfte förmlich aus dem Lagerhaus und lachte mich durch die Straßen von Hackney Wick; die Leute starrten mich an, als ich an ihnen vorbeirauschte. Das Rot, Blau, Gelb und Pink der Street Art schien nur für mich hingemalt worden zu sein, ein wilder Regenbogen vor grauem Himmel. Ich hatte mich in meinem blöden Körper nicht mehr so wohl gefühlt, seit ich aufgehört hatte zu tanzen. Ich hatte mich noch nie so lebendig gefühlt. Ich war nicht komisch oder schlecht im Bett. Ich war keine Außenseiterin.

Definitiv lesbisch, schrieb ich Alice.
Ganz und gar?
Jedenfalls genug.

Du hast den Akt vollzogen?
Voll drauf abgefahren.
!!!!!!

Schwullesbische Clubs waren jetzt meine Clubs. Carhartt-Hosen, Regenbögen, Mannschaftssport, *Weil ich ein Mädchen bin*, *RuPaul's Drag Race*, Pride-Paraden, *Moonlight*, die Pet Shop Boys, vegetarisches Essen, *Orangen sind nicht die einzige Frucht*, *Orange Is the New Black*, Old Compton Street, San Francisco, die Farbe Pink, k.d. lang, Ellen, Dusty Springfield, Brighton, Musiktheater, Tegan and Sara, Lip-Sync-Battles – mit das Beste, was die Welt hervorgebracht hatte, gehörte nun mir. Ich Glückglückglückliche.

8. Willkommen in der Familie

»Aber bist du dir *sicher*, dass du lesbisch bist?«

Alice und ich stöberten in Stoke Newington nach Vintage-Klamotten. Sie suchte nach einem Kunstpelzmantel. Ich hoffte auf eine Tweedhose, die nicht nach Beerdigung roch. Jetzt, da ich lesbisch war, wollte ich öfter Tweed tragen.

»Ja«, sagte ich. »Wenn du beim Sex dabei gewesen wärst, würdest du es verstehen.«

»Ich bin ganz froh, dass ich nicht dabei war.«

»Ja, ich auch.«

»Aber vielleicht war Jane einfach nur richtig gut im Bett«, sagte Alice. »Das heißt doch nicht, dass du Männern gleich abschwören musst.«

»Ich glaube schon«, sagte ich. Seit meiner Nacht mit Jane hatte ich mich an meine sexuellen Erlebnisse mit Männern zurückerinnert – an das Grunzen und die Brusthaare und die vorgespielten Laute, die ich von mir gegeben hatte. Ich hatte immer geglaubt, ich käme beim Sex einfach nicht so aus mir heraus, und hatte mich bemüht, so zu wirken, als hätte ich Spaß, denn stumm zu bleiben, während dich jemand vögelt, ist ein bisschen so, als würde man bei einem Stand-up-Comedian nicht lachen (was echt übel für die Moral des Komikers ist). Aber bei Jane hatte ich mich nicht bemühen müssen. Jetzt, da ich einen Vergleich hatte, wirkte Sex mit einem Mann wie eine schlechte Imitation des Originals, wie Instantkaffee oder Frozen Yoghurt oder das Miley-Cyrus-Cover von »Smells Like Teen Spirit«. Seit mir bewusst geworden war, dass ich wahrscheinlich lesbisch war, entdeckte ich überall attraktive Frauen, so, wie wenn man ein neues Wort gelernt hat und es mit einem Mal überall sieht.

Alice nahm ein paar goldene Ohrclips in die Hand und sagte: »Ich verspreche dir, dass ich mich nicht über dich lustig mache, falls du wieder anfängst, dich mit Männern zu treffen.«

»Das werde ich nicht«, sagte ich.

»Kommt gar nicht so selten vor. Lesbian – Hasbian.«

»Schluss jetzt.«

Zu meiner nächsten Sitzung mit Nicky erschien ich untypischerweise mit einem Lächeln. Nicky hatte sich seit unserer letzten Begegnung die Haare schwarz gefärbt. Außerdem trug sie knallroten Lippenstift – im Grunde fehlte ihr nur noch eine Melone und sie war Liza Minelli in *Cabaret*.

»Sie sind jetzt also offiziell eine Dyke«, sagte sie.

»Ja«, sagte ich. »Allerdings ziehe ich die Bezeichnung Lesbe vor.«

»Sie haben ein Problem mit dem Begriff Dyke.«

»Es klingt einfach komisch, wenn Sie es sagen.«

»Wie geht es Ihnen mit homosexuell?«

»Das ist in Ordnung.«

»Oder queer?«

»Das ist auch in Ordnung.«

»Gay?«

»Diese Begriffe sind alle völlig in Ordnung«, sagte ich.

»Aber Dyke nicht«, sagte sie. »Hat der Begriff Dyke für Sie eine negative Bedeutung?«

»Es ist kein Begriff, den man von einer Therapeutin erwartet. Er ist ziemlich abwertend.«

»Ooh«, sagte sie. »Abwertend. Schönes großes Wort.« Sie schrieb es auf. »Aber da irren Sie sich. Dyke ist nicht mehr abwertend. Da hat eine Wiederaneignung stattgefunden.«

»Lesben haben sich den Begriff angeeignet. Also dürfen ihn natürlich auch nur Lesben verwenden.«

»Jetzt stellen Sie Mutmaßungen über mich an«, sagte Nicky mit erhobenem Stift.

»Wie«, sagte ich, »sind Sie lesbisch?«

Nicky schüttelte den Kopf. »Ich kann es nur immer wiederholen, Julia. In diesen Sitzungen geht es um Sie, nicht um mich. Also. Warum brauchen Sie ein Etikett für sich?«

»Weil ich herausgefunden habe, wer ich bin, und mich nicht dafür schäme.«

»Werden Sie Jane wiedersehen?«, fragte sie.

»Nein.«

»Und treffen Sie jemand anderen?«

»Im Moment nicht.«

»Okay, also unter uns gesagt: Gehen Sie auf Tinder oder so was. Das Internet. Da begegnen sich jetzt die ganzen Dykes. Sogar die coolen.«

»Verstehe.«

»Hab ich gehört.«

»Okay.« Ich rutschte auf meinem Sessel herum. »Ich habe überlegt, es meinen Eltern zu sagen«, sagte ich. »Mein Dad hat am Mittwoch Geburtstag, da besuche ich sie.«

»Ich habe den Eindruck, Sie überstürzen es ein wenig«, sagte Nicky. »Beschleunigen Sie Ihr Coming-out, damit Sie sich nicht davor drücken können, Frauen zu daten?«

»Nein ...«

Sie legte den Kopf schief.

»... vielleicht.«

»Sollen wir das Coming-out bei Ihren Eltern mal als Rollenspiel versuchen?«

»Nein, vielen Dank.«

»Kommen Sie. Ich spiele Ihre Mutter.«

»Schon in Ordnung, ich komme klar.«

Aber Nicky sagte schon: »Hallo, Julia!« in hochnäsigem Tonfall.

»Sie ist nicht so ein Snob«, sagte ich.

»Machen Sie einfach mit«, sagte Nicky.

»Okay.« Ich versuchte, es mir im Sessel gemütlich zu machen. »Mum«, sagte ich. »Ich muss dir was sagen.«

»Fällt Ihnen keine originellere Eröffnung ein?«

»Ich will nicht originell sein – sie soll wissen, was sie erwartet«, sagte ich. »So wie man ›Wir müssen reden‹ zu seinem Freund sagt.«

»Oder zu seiner Freundin.«

»Oder zu seiner Freundin.«

»Okay«, sagte Nicky. »Wiederholen Sie Ihren Text.«

»Mum, ich muss dir was sagen.«

»O Gott, Schatz!«, sagte Nicky in dem hochnäsigen Tonfall. »Was ist denn? Wirst du sterben?«

»Ich glaube nicht, dass sie das sagen wird.«

Nicky zuckte mit den Achseln. »Wir werden sehen, nicht wahr?«

Bislang unterschied sich Lesbischsein nicht allzu sehr vom Nicht-Lesbischsein. Mein Wecker klingelte um 7.30 Uhr, genau wie immer. Ich döste noch bis 8.00 Uhr weiter, wie üblich. Ich zog dieselben Strumpfhosen mit den Löchern an den Zehen an, löffelte eine Schüssel Müsli und lief kurzatmig dem Bus hinterher, so wie ich es immer getan hatte. Fast hätte ich alles für Einbildung halten können, wenn ich zwischen den Beinen nicht immer noch so wund gewesen wäre.

Ich rief Cat an, um ihr die großen Neuigkeiten zu erzählen, aber sie wirkte nicht sonderlich überrascht. »Du hast mich dreimal in *Les Misérables* geschleppt, weil diese Louise da mitgespielt hat«, führte sie an. »Beim dritten Mal konnte ich es kaum erwarten, dass man sie endlich erschießt.«

»Sie war nicht gerade begnadet, oder?«

»Sie war scheiße«, sagte Cat. Und dann: »Hey! Das bedeutet, wir gehören beide zu Minderheiten! Jetzt bist du ein bisschen weniger privilegiert!«

»Du hast recht!«, sagte ich. Ich freute mich darauf, in den sozialen Netzwerken gleich viel selbstgerechter aufzutreten, jetzt, da ich lesbisch war.

Insgeheim erfüllte mich ein gewisser Stolz, und ich ging ein wenig aufrechter, als ich das Gebäude des Ministeriums für Gesundheit und Soziales betrat und meinen Ausweis an die Eingangsschleuse hielt. Ich hatte das Gefühl, endlich der Welt der sexuell Erfüllten anzugehören. Jetzt, da ich eine Bestimmung hatte, würde ich jemanden finden, mit dem ich lesbisch sein konnte – eine Freundin, eine Person, die ich respektierte und die mich respektierte, in die ich mich bis über beide Ohren verlieben konnte. Sie wäre witzig und kreativ, hätte wahrscheinlich einen besseren Job als ich, und sie würde mich dazu inspirieren, herauszufinden, was ich wirklich mit meinem Leben anstellen wollte. Sie würde sich als Feministin verstehen und mindestens so viel trinken wie ich, und wir würden partizipative Theateraufführungen und klassische Konzerte besuchen. Sie wäre meine beste Freundin. Wir hätten eine wirklich gleichberechtigte Beziehung. Ich würde nicht mehr einsam sein. Ich konnte es kaum erwarten.

Tom, Smriti und die anderen Abteilungsleiter waren bei einer ganztägigen Sitzung außer Haus, deshalb ergriff ich die Gelegenheit und suchte im Netz nach Lesben. Ich konnte mich noch nicht überwinden, zu Tinder zurückzukehren; zwar waren Schwanzbilder sehr viel unwahrscheinlicher, nun, da ich Frauen datete, aber der Gedanke, Tausende namenloser Leute wegzuswipen, die das Gleiche mit mir taten, war mir zuwider. Jemanden im echten Leben zu treffen wäre schön. Ich stieß auf schwullesbische Veganertreffen und ein lesbisches Volleyballteam und eine lesbische Gesellschaft zur Würdigung der Architektur, was anstrengend klang. Nichts davon sprach mich an. Dann entdeckte ich eine Anzeige für etwas, das sich Stepping Out nannte:

QUEERE SWING-GRUPPE
Lockere, freundliche Atmosphäre, für Anfänger und fortgeschrittene Tänzer*innen. Offen für alle LGBTQ+. Sonntags, oben im Kings, 7 £ pro Stunde.

Ich merkte, wie Owen hinter mich trat, und minimierte das Fenster.

»Gehst du da hin?«, fragte er.

»Vielleicht«, sagte ich und drehte mich zu ihm, um seine Reaktion abzuschätzen.

Owen zog die Augenbrauen hoch und nickte. »Cool«, sagte er. Und dann: »Meine Schwester ist lesbisch.«

»Schön für sie«, sagte ich, wandte mich wieder meinem Monitor zu und fing an, meine E-Mails durchzugehen.

»Bist du lesbisch?«, fragte er.

»Pssst.« Ich wies mit dem Kopf Richtung Uzo; ich wollte nicht, dass sie es erfuhr – jedenfalls noch nicht. Sie hatte die Angewohnheit, Geheimnisse durch extrem lautes »Flüstern« in der Küche zu verbreiten, so dass es alle hören konnten. Außerdem hatte ich sie sagen hören: »Was für eine Verschwendung«, als wir darüber sprachen, dass Sir Ian McKellen schwul war (sie hatte eine Schwäche für weißhaarige weiße Männer). Ich war mir nicht sicher, ob sie so toll auf meine Neuigkeiten reagieren würde.

»Sorry«, sagte Owen und hockte sich neben meinen Schreibtisch. »Aber bist du's?«

»Vielleicht.« Ehrlich gesagt kam ich mir ein bisschen wie eine Hochstaplerin vor. Ich war mir nicht sicher, ob ein (höchst vergnügliches) lesbisches Intermezzo mich schon hinreichend qualifizierte.

»Cool«, sagte er wieder. »Genau wie Catwoman.«

»Wie – die Comicfigur?«

Owen nickte. »Sie denkt darüber nach, mit ihrer Freundin ein Baby zu bekommen.«

»Catwoman?«

»Nein, Carys. Meine Schwester.«

»Ach so«, sagte ich. »So weit bin ich noch nicht.« Ich wandte mich wieder meinen E-Mails zu.

Owen nicht. »Soll ich dich begleiten?«

»Wohin?«

»Zu diesem queeren Tanzding.«

Mir kam etwas in den Sinn, und ich sah ihn an. »Bist *du* queer, Owen?«

»Nein! Nein. Nein. Wobei nichts dabei ist.«

»Verstehe.«

»Ich bin mit Laura zusammen, weißt du noch?«

»Natürlich.«

»Ich mag queere Menschen einfach«, sagte er.

»Alle?«

»Nein, du weißt schon. Leute wie Cara Delevingne. Und Ellen Page.«

»Du meinst, du stehst auf Lesben.«

»Nein! Na ja – nur die heißen.«

Wieder zu Hause sah ich mir die Stepping-Out-Website an. Es gab ein Video der Friends of Dorothy, ihrer Solo-Jazz-Gruppe, die beim London Swing Dance Festival in (erstaunlich schmeichelhaften) paillettenverzierten Hotpants angetreten war. Die Gruppe hatte den ersten Platz belegt. Als ich mir das Video ansah, packte mich jene mächtige Mischung aus Nostalgie, Neid und Selbstmitleid, die mich immer ergriff, wenn ich Leuten beim Tanzen zusah. Nachdem meine Ballettkarriere ihr Ende gefunden hatte, hatte ich mit dem Tanzen radikal gebrochen. Es schien mir zu schmerzhaft, zu unterrichten oder es mit zeitgenössischem Tanz zu probieren oder administrative Aufgaben zu übernehmen oder so was; sogar Zumba-Kurse triggerten mich.

Vielleicht würde ein Swingkurs alte Wunden aufreißen. Vielleicht aber auch nicht. Das Tanzen zu vermeiden hatte nicht dazu geführt, dass ich es weniger vermisste. Ich beschloss, es darauf ankommen zu lassen.

Ich nutzte die Zeit vor dem ersten Termin, indem ich übte, Leuten von meiner sexuellen Orientierung zu erzählen. Per WhatsApp informierte ich meine Schulfreunde, die alle nicht sehr überrascht wirkten. Beim Waxing meiner Beine erzählte ich der Kosmetikerin, dass ich zu einem queeren Tanzkurs gehen würde. »Ich werde also mit anderen Frauen tanzen, weil ich lesbisch bin, was bedeutet, dass ich auf Frauen stehe – also wegen des Lesbischseins.«

»Aha«, sagte sie. »Kannst du dich einmal umdrehen?«

Ich vertiefte mich auch in recht ausgedehnten lesbischen Internet-Recherchen. Ich fand heraus, dass die Toaster-Sache ein köstlicher lesbischer Insider-Witz war – wenn eine Frau eine andere Frau dazu bringt, zum Lesbischsein zu »konvertieren«, erhält sie zum Dank von der lesbischen Community einen Toaster.

Ein Klick führte zum nächsten, und schließlich las ich in einem lesbischen Slang-Wörterbuch. Wenn mir zum Beispiel eine Mitlesbe auf der Straße begegnete, war es anscheinend üblich, meine jeweilige Begleitung wissenzulassen: »Die gehört zur Familie.« Es schien eine richtige lesbische Sprache zu geben, von der ich nichts geahnt hatte, aber das gefiel mir; es kam mir vor, als würde ich in einen Geheimbund eingeladen. Es gefiel mir, Teil einer Familie zu sein.

Ich fand auch einen wikiHow-Artikel mit der Überschrift *How to be a lesbian*, den Illustrationen von lächelnden Frauen in Pastelltönen zierten – wie die Paare in den Anzeigen zum Thema Erektionsstörungen, die in der U-Bahn hingen. »Du kannst aus dir keine Lesbe machen, wenn du nicht schon eine bist«, stand da. Du kannst auch nicht hetero werden, dachte ich. Ja, ich hatte gelegentlich über Jarvis Cocker phantasiert. Ja, ich hatte die eine oder andere Fummelei auf einem schmalen Bett genossen. Aber worum es beim Sex wirklich ging, war mir nicht ganz klargeworden. *Berühre deine Partnerin, so wie du dich selbst berührst*, sagte wikiHow. *Eine einladende Geste funktioniert immer*. Alle klar, dachte ich, das probiere ich aus. Sobald ich jemanden gefunden hatte, mit dem ich lesbisch sein konnte.

Ich ließ mir Zeit, als ich mich fertig machte. Ich zog meine beste Jeans an, benutzte Zahnseide und versuchte, meinen Magen zu ignorieren, der wenig sozialverträgliche Geräusche von sich gab.

»Ich finde dich wirklich mutig«, sagte Alice, die in der Tür stand und mir beim Schminken zusah.

»Nicht so herablassend«, sagte ich. Ich blickte in den Spiegel. »Sehe ich lesbisch aus?«

Alice überlegte. »Jetzt, wo du's sagst, ja. Es liegt an deinem Haar.«

»Nein – an meinem Hemd.« Ein Holzfällerhemd, bis oben zugeknöpft.

»Willst du dir noch eine von Daves Krawatten leihen? Um es so richtig deutlich zu machen?«

»Nein, danke«, sagte ich. Ich stemmte die Hände in die Hüften, was einen angeblich selbstbewusster machen sollte, behauptete jedenfalls ein TED-Talk, den ich gesehen hatte. Es klappte nicht recht. »Ich bin dann mal weg. Bis später.«

»Es sei denn, ihr kommt euch so richtig nah!«, sagte Alice, als ich mich an ihr vorbeischob. Jetzt, da sie sich an den Gedanken gewöhnt hatte, versetzte sie die Vorstellung meines neuen lesbischen Sexuallebens in helle Aufregung. Und wenn ich so darüber nachdachte: Von ihr und Dave war zuletzt wenig zu hören gewesen.

»Bei einem Tanzkurs? Ich glaube, da können sich die Leute beherrschen.«

»Man kann nie wissen.« Sie küsste mich auf die Wange. »Versprich mir, dass du keine Freundinnen findest, die du lieber magst als mich, okay?«

»Versprochen«, sagte ich.

Der Kurs fand in einem Pub um die Ecke von Clerkenwell Green statt, einem hübschen, dickensmäßigen Winkel der Stadt. Ich fühlte mich sofort wie zu Hause, weil die Wände in demselben Dunkelrot gestrichen waren wie einst mein Jugendzimmer. Die Tische waren voll mit Männern in den Dreißigern, die Bier tranken. Von queeren Tänzern keine Spur. Der Barkeeper sah meinen suchenden Blick und wies mit dem Kopf zur Treppe. »Sie sind da oben.«

»Alles klar«, sagte ich fröhlich, erfreut darüber, als Lesbe identifiziert worden zu sein. Gespannt stieg ich die knarzende Treppe hoch.

In der Tür des großen, loftartigen Raums blieb ich zögernd stehen. Frauen und einige wenige Männer standen herum, plauderten in Zweier- und Dreiergruppen, manche lehnten allein an den warmen Heizkörpern, die Arme und Beine gemütlich verschränkt. Eine Frau mit lila Lippenstift saß auf einem Tisch vorn im Raum und ließ die Beine baumeln. »Kommt bezahlen, bitte!«, rief sie. »Hier sind auch

Aufkleber, auf die ihr eure Namen schreiben könnt.« Mit dickem schwarzem Marker schrieb ich *JULIA* auf einen Sticker, klebte ihn auf mein Hemd und stellte mich an den Rand, neben eine Frau mit kurzem braunem Haar, die leuchtend rote Hosenträger und erstaunlicherweise eine Fliege trug. Ihre Klamotten waren so hip, dass es einschüchternd war, aber sie bewegte sich eher ungelenk, als wüsste sie nicht, wie lang ihre Arme und Beine waren. Dadurch wirkte sie nahbarer.

»Hallo!«, sagte ich und winkte von nahem, wie es meine Art ist, wenn ich nervös bin. Ich zeigte auf mein Namensschild und sagte: »Julia.«

»Hallo!«, erwiderte sie und zeigte auf ihr Schild. »Ella!« Sie grinste mich an, als wäre sie hocherfreut, mich zu sehen. Ich mochte sie sofort.

Die Frau mit dem lila Lippenstift klatschte in die Hände und ging in die Mitte des Raums. »Ich bin Zhu«, sagte sie. »Wie schön, so viele neue Gesichter zu sehen! Wie ihr wisst, ist dies ein queerer Tanzkurs, deshalb läuft es hier geschlechtsneutral – es ist egal, ob ihr Mann, Frau oder nicht-binär seid. Wenn ihr führen wollt, führt ihr, wenn ihr folgen wollt, folgt ihr.«

Ich entschied mich fürs Führen. In meinem Leben hatte ich in letzter Zeit eindeutig zu wenig geführt. Wie sich herausstellte, folgte Ella lieber.

»Wollen wir?«, fragte ich, hielt ihr meine Hände hin, und wir lernten einen Rock Step.

Sobald Zhu die Musik angestellt hatte – Ella Fitzgerald sang »T'ain't What You Do (It's The Way You Do It)« –, schwebte ich im siebten Himmel. Ich hatte so lange nicht getanzt, und als ich es noch getan hatte, war es mein Beruf gewesen, verwoben mit meinem Selbstwertgefühl und meinem Körperbild und der bangen Frage, ob Cat das Solo bekommen würde oder ich. Ich hatte vergessen, wie es war, nur zum Vergnügen zu tanzen, im Einklang mit dem Partner und der Musik. Ich hatte vergessen, wie frei ich mich dabei fühlte. Alle hier hatten ihren eigenen Stil – wir wechselten vor jeder neuen Schrittfolge den Partner, und ich tanzte mit einem Mädchen namens Annie, das ziemlich steif und verkrampft war, und mit einem Typen namens Ollie, dessen Arme schlackerten wie Springseile –, aber alle strahlten sie über das ganze Gesicht. Man konnte gar nicht nicht lächeln beim Swing tanzen. So eine ungetrübte Freude hatte ich seit Jahren nicht empfunden.

»Du bist echt gut«, sagte Ella, als wir einmal reihum durchgewechselt hatten und am Ende der Stunde wieder miteinander tanzten. Ella war meine Lieblingspartnerin. Sie ruderte zwar mit den Armen und kickte mit dem linken Bein statt mit dem rechten, aber sie war so begeistert bei der Sache, dass alles andere keine Rolle spielte.

Nach der Stunde gingen ein paar von uns nach unten, um etwas zu trinken. Ich setzte mich zu Zhu, Ella und einer Frau namens Rebecca – dunkelbraunes Haar, eine Meinung zu allem und jedem –, die den Arm um Bo gelegt hatte, Bo mit dem Dauerlächeln, der runden Brille und einem Aufkleber mit *xier/xies*. Tatsächlich lächelten meine neuen Swingfreunde alle viel, was sehr entspannt war. Ich hatte Angst gehabt, dass ich mit einschüchternden Leuten wie Jane abhängen müsste, nun, da ich lesbisch war.

»Rebecca ist meine Freundin«, sagte Bo überflüssigerweise. Ich dachte, dass es toll es sein musste, jemanden zu haben, der so stolz darauf war, mit dir zusammen zu sein.

Wie sich herausstellte, programmierte Bo freiberuflich, was zu den roboterhaften Bewegungen passte. Rebecca machte was mit sozialen Medien für Greenpeace.

»Neulich hatte sie beruflich mit Gillian Anderson zu tun«, sagte Bo mit der Hand auf Rebeccas Knie.

»Welche Verschwendung«, sagte Zhu. »Sie steht nicht mal auf sie.«

»Sie ist mir einfach ein bisschen zu sehr Femme«, sagte Rebecca achselzuckend.

Es war wunderbar, inmitten queerer Menschen zu sitzen, die lässig ein Wort wie »Femme« einwarfen.

»Was machst du?«, fragte ich Ella.

»Ich bin Zahnärztin.« Sie rückte ihre Fliege zurecht.

Ich starrte sie kurz an. »Wow.«

»Ich weiß.«

»War es ... Berufung?«

»Nicht wirklich«, sagte Ella. »Aber das Geld stimmt, und ich habe viel Zeit für Spaß außerhalb der Arbeit.«

»Sieh dir ihre Zähne an«, sagte Bo.

Ella öffnete den Mund, damit ich sie inspizieren konnte, wie bei einem Pferd. Sie waren makellos.

Ich fing an, über den Kurs zu plappern, redete zu schnell und zu laut, schwärmte, wie gut es mir gefallen hatte.

»Gib es zu«, sagte Zhu oberlehrerhaft. »Du hast schon mal Swing getanzt.«

»Habe ich nicht«, sagte ich, erklärte aber, dass ich Tänzerin gewesen war.

Rebecca beugte sich zu mir. »Wie war das für dich? In einer derart heteronormativen Welt zu arbeiten?«

»Damals habe ich mir nichts dabei gedacht«, sagte ich achselzuckend. »Ich war noch nicht lesbisch.«

»Bist du eine neue Rekrutin?«, fragte Zhu.

»Brandneu«, sagte ich, weil ich schon etwas Bier intus hatte.

»Bedeutet das«, fragte Zhu, »dass du Single bist?«

»Zhu«, sagte Ella, sah mich kopfschüttelnd an und entschuldigte sich stumm.

»Was denn?«, fragte Zhu. »Frischfleisch!«

Bevor ich ging, tauschte ich mit allen Telefonnummern aus. Ella umarmte mich – eine echt feste Umarmung – und sagte: »Willkommen in der Familie!«

Das schönste, wärmste Gefühl von Zugehörigkeit erfüllte mich.

Als ich von der U-Bahn-Station nach Hause ging, kam eine Nachricht von Ella. *War ein toller Abend mit dir! Kommst du nächste Woche?* Ich wollte ihr gerade schreiben, dass ich definitiv nächste Woche wiederkommen würde, als die nächste Nachricht kam.

Komm nächsten Freitag um sieben. Dad ist einem Weinclub beigetreten, es gibt also reichlich zu trinken. Zieh ihn nicht damit auf, dass er fast sechzig ist oder dass er Besenreiser, einen dicken Bauch, Altersflecken usw. hat. Er ist gerade ein bisschen empfindlich.

9. Fiese Lesbenaugen

Am nächsten Freitag stieg ich direkt nach der Arbeit in den Bus nach Oxford. Während wir durch Westlondon rumpelten, verpackte ich die Hitler-Biographie und verfasste eine Geburtstagskarte, in der Hoffnung, dass Dad sich nicht an meiner krakeligen Schrift stören würde. Mir war schlecht; ich war zwar nicht gezwungen, mich jetzt schon vor meinen Eltern zu outen, aber ich wollte es hinter mich bringen. Ungewissheit habe ich noch nie gut aushalten können, und mir widerstrebte die Vorstellung, beim Essen zu sitzen und Mum zuzuhören, wie sie über Vereinbarungen zur Zwischenwand berichtete, und Dad, wie er über seine Studenten lästerte, und mich die ganze Zeit zu fragen, wie sie wohl reagieren würden. Ich wünschte, ich müsste es nicht tun. Ihnen zu erzählen, dass ich es gern mit Frauen trieb, war ein bisschen so, als würde ich offenbaren, dass ich Analsex mochte.

Meine Mutter öffnete die Tür in einem langen, weiten Wickelkleid, wie man sie bei Hampstead Bazaar für ungefähr tausend Pfund bekam. Seit unserer letzten Begegnung hatte sie sich die Haare geschnitten – sie waren recht kurz geschoren und grauer, als ich sie in Erinnerung hatte. Sie sah ungewohnt, aber gut aus, wie ein Nationalheiligtum.

»Julia, mein Schatz«, sagte sie und drehte sich kurz im Kreis. »Gefällt dir meine Aufmachung?«

»Ja«, sagte ich. »Ziemlich unkonventionell.«

»Nachdem ich mir die Haare geschnitten hatte, musste ich den Bleistiftröcken abschwören. Ich sah aus wie eine Figur aus diesen Klappbilderbüchern, wo Kopf, Körper und Beine nicht zusammenpassen.« Sie beugte sich zu mir und flüsterte: »Hast du gesehen, was die nebenan machen?«

Ich blickte zum Nachbarhaus, das hinter einem Baugerüst und Spanplatten verborgen war.

»Ist das nicht scheußlich?«

»Ich glaube nicht, dass es so bleiben soll, Mum.«

Mum schüttelte den Kopf und schob mich in den Flur. »Mit dir macht Jammern keinen Spaß«, sagte sie. »Du musst mir zustimmen und sagen, wie schrecklich es ist.«

Dad saß am Küchentisch, blätterte in der *Radio Times* und regte sich über einen seiner Kollegen auf, der zu einem Medienintellektuellen geworden war und in der BBC eine Dokumentation über das Viktorianische Zeitalter präsentierte. Dad hätte so etwas selbst gern gemacht, aber er lispelte ein bisschen, was die Auftraggeber vermutlich abschreckte.

»Sieh dir nur sein Gesicht an«, sagte Dad und schob mir die Zeitschrift hin.

Ich blickte auf das Foto von Geoffrey, einem Englischdozenten und Kollegen an der Oxford Brookes University, der mit verschränkten Armen vor irgendeinem herrschaftlichen Anwesen stand.

»Er sieht ziemlich selbstgefällig aus«, sagte ich.

»Ja«, sagte Dad und nippte an seinem Wein. »Und ungewöhnlich glatt. Wie ein Außerirdischer. Traue niemals einem Mann mit glattem Gesicht. Man denke nur an Stalin.«

»Ich glaube, Stalins Gesicht war nicht so glatt, Dad«, sagte ich. »Er hatte einen ziemlich großen Schnurrbart.«

»Ja, aber unter dem Schnurrbart war er extrem glatt, das kann ich dir sagen. Genau wie Hitler, Napoleon, Cliff Richard ...«

Ich verstand das als Zeichen, ihm die Hitler-Biographie zu überreichen. Wir schlugen das Buch auf, sahen uns den Teil mit den Hochglanzfotografien an und diskutierten über die Glätte oder Nicht-Glätte von Hitlers Haut, bis Mum mit dem Essen kam.

»Und«, sagte Mum, als wir uns über das Brathähnchen hermachten, »hast du deine Einsamkeit überwunden?«

»Was?«, fragte Dad und blickte hoch.

»Julia fühlte sich neulich etwas einsam. Ich habe ihr geraten, sich aus der Deckung zu wagen und im Internet neue Leute kennenzulernen.«

»Das habe ich auch gemacht«, sagte ich.

»Siehst du?«, sagte Mum mit einem selbstzufriedenen Lächeln. »Und?«

Dad richtete sich plötzlich auf und zeigte aufs Radio. Es lief Radio 4. »Ist das diese Portia de Rossi?«

Ich hörte hin. »Ja«, sagte ich.

»Sie hat so schönes Haar«, sagte Dad und nahm noch einen Bissen Hähnchen.

Mum wandte sich zu mir. »Dein Vater ist ziemlich passiv-aggressiv, seit ich mir die Haare geschnitten habe. Ständig weist er mich auf irgendwelche Stars mit schönen Haaren hin.«

»Das stimmt nicht, Jenny«, sagte Dad. »Deine Frisur ist sehr vorteilhaft. Es war eine ganz unschuldige Bemerkung: Ich mag Portia de Rossis Haar. Das ist alles.«

»Schön.« Meine Mutter spießte eine Röstkartoffel auf.

»Kein Grund, sich bedroht zu fühlen«, sagte Dad. »Es ist ja nicht so, dass ich auf Portia de Rossi stehe.«

»Dad«, sagte ich. »Bitte erzähl in meiner Gegenwart nicht, auf wen du so stehst.«

»Das tue ich ja auch nicht. Sie ist eine komische Frau. Ist sie Australierin? Oder Amerikanerin? Wer weiß das schon? Und sie ist mit Ellen DeGeneres verheiratet. Aber trotzdem sehr schönes Haar.«

Ich sah zu meinem Dad hoch. »Mit ›komisch‹ meinst du ›homosexuell‹?«

»Nein, Julia«, sagte er. »Ich habe kein Problem mit alternativen sexuellen Orientierungen.«

»Gut«, sagte ich und wappnete mich innerlich.

Mum runzelte die Stirn. »Du willst uns aber nicht sagen, dass du lesbisch bist, oder?«

Ich war ziemlich verblüfft. »Nun«, sagte ich. »Doch, ja.«

»Wirklich?«, fragte sie mit hochgezogenen Augenbrauen.

»Ja, wirklich.«

»Oh«, sagte sie. Und dann: »Schön für dich. Lesben, die spät dran sind, sind gerade ziemlich angesagt, oder?«

»Ich bin nicht spät dran, Mum«, wies ich sie zurecht.

»Nein, ich schätze nicht«, sagte sie, »aber es muss beruhigend sein zu wissen, dass man im Trend liegt.«

»Danke, Mum«, sagte ich. Ich war etwas ernüchtert. Irgendwie hatte ich mir mehr von ihr erhofft.

Ich blickte zu Dad. Er schien große Schwierigkeiten zu haben, die passende Miene aufzusetzen.

»Geht es dir gut?«, fragte ich ihn.

»Natürlich.«

»Von wegen«, sagte ich. »Was ist los?«

»Nichts! Nichts«, sagte er, während er eine Kartoffel in unnötig kleine Stücke zerteilte. »Ich glaube nur, dass das albern ist. Du bist nicht wirklich lesbisch, oder?«

»Warum sollte ich sagen, ich sei lesbisch, wenn ich es nicht bin?«

»Hast du denn eine Freundin?«, fragte Dad aufbrausend und mit einer Unnachgiebigkeit, die sonst nicht seine Art war.

»Ich habe viele Freundinnen.«

»Nein, eine *Freundin* Freundin. Eine Geliebte.«

»Im Moment nicht«, sagte ich.

»Dann bist du nicht wirklich lesbisch«, sagte Dad und wischte sich den Mund mit der Serviette ab. »Du kannst nicht einfach beschließen, homosexuell zu sein. Du musst es schon ausprobieren.« Er stand auf und stellte den Senf zurück in den Kühlschrank, als wäre das Gespräch beendet.

Ich wusste nicht, was ich sagen sollte. Ich öffnete den Mund und klappte ihn wieder zu, weil ich mich plötzlich den Tränen nahe fühlte. Ich hasste es, vor meinen Eltern zu weinen – dafür passierte es mir überraschend oft.

»*Martin*«, sagte meine Mutter mit kalter, tadelnder Stimme.

»Was?«, fragte Dad.

»Hör nicht auf deinen Vater«, sagte sie zu mir. »Er führt sich lächerlich auf.«

»Ich führe mich *nicht* lächerlich auf«, sagte Dad. »Ich benenne nur die Fakten. Man muss homosexuellen Verkehr haben, um homosexuell zu sein.«

»Na ja, wenn du es unbedingt wissen willst –«, fing ich

an, aber Dad hielt sich wie ein Fünfjähriger die Ohren zu und sang: »Lalalalalalalalalala!«

»Du bist so ein Heuchler«, sagte Mum. »Kannst du dich denn gar nicht mehr an die Siebziger erinnern? Was ist mit dem Dreier, den wir mit Jamie hatten? Oder dem mit Melinda?«

»O Gott«, sagte ich und schloss die Augen, um die Bilder zu vertreiben. James war Dads bester Freund. Er sah aus wie David Attenborough. Früher war er oft mit mir in den Park gegangen und hatte mir beim Schaukeln Anschwung gegeben.

»Das war doch was ganz anderes«, sagte Dad. »Das haben damals alle gemacht.«

Was mir einen interessanten Einblick in die Siebziger verschaffte. Ich dachte, da wären alle nur mit Schlaghosen und Schreibmaschinen zugange gewesen und wegen der vielen Stromausfälle im Dunkeln herumspaziert. Dabei hatten sie, wie sich herausstellte, auch munter flotte Dreier geschoben.

Es verschaffte mir auch einen interessanten Einblick in das Sexualleben meiner Eltern. Sie waren im Bett eindeutig experimentierfreudiger gewesen als ich. Ich beschloss, das zu ändern.

»Nun«, sagte Mum, während ich mich am Küchentisch wand. »Ich freue mich, dass du lesbisch bist, Julia. Ich wollte immer nur, dass aus dir ein interessanter Mensch wird. Und jetzt bist du einer.«

Aber nicht so interessant wie meine verdammten Eltern, dachte ich.

Auf dem Rückweg nach London schrieb ich Cat, dass ich mich geoutet hatte. *Klasse, Süße!*, schrieb sie zurück. *Lass*

uns irgendwo lesbisch tanzen gehen und feiern. Morgen??
PS: Findest du, dass ich eine deutsche Ausstrahlung habe? Meine Agentin ist der Meinung.

Ella schrieb ich auch, weil ich es jemandem erzählen wollte, der die Tragweite der ganzen Sache erfassen und nicht sofort das Thema wechseln würde, um über sich selbst zu sprechen.

Hurra!! So mutig!!!!, antwortete sie. *Darf ich dich bitte zur Feier des Tages auf einen Drink einladen? Ein paar von den Swing-Leuten gehen morgen Abend in Dalston zusammen aus, falls du mitkommen möchtest.*

Ich sagte zu. Zum ersten Mal seit einer halben Ewigkeit ging es mit meinem Leben voran, und zwar nicht auf deprimierende, dem Tod entgegentrudelnde Weise.

Wegen des Abends in Dalston war ich ein bisschen nervös; ich war seit Monaten nicht mehr durch die Clubs gezogen, zum einen, weil ich immer pleite war, und zum anderen, weil ich beim letzten Mal zu viel Ecstasy genommen und mir am Ende der Nacht mit einer Schere die Augenbrauen gestutzt hatte. Aber ich war mir ziemlich sicher, meine Lektion gelernt zu haben. Meine Augenbrauen waren vermutlich nicht in Gefahr.

Alice traute meinen neuen Freunden nicht so recht. »Es ist schon ein bisschen komisch, oder? Du kennst sie ja kaum«, sagte sie, während wir unseren Einkaufswagen durch Sainsbury's schoben. Sie blieb vor dem Milchregal stehen. »Meinst du nicht, wir sollten zum Tee lieber Vollmilch nehmen? Die schmeckt wirklich anders.«

»Klar«, sagte ich, womit ich die Milch meinte. Und dann: »Ich glaube, unter Schwulen und Lesben gelten andere Regeln. Wenn man Leute findet, die man mag, hält man an ihnen fest.«

Sie wirkte nicht überzeugt.

»Komm doch mit«, sagte ich, während ich den Joghurt in den Wagen packte.

Das heiterte sie etwas auf. »Na gut«, sagte sie.

»Cat kommt auch.«

»Oh!«, sagte Alice und versuchte vergebens, erfreut zu klingen. Alice und Cat gaben mir zuliebe vor, einander zu mögen, aber ich wusste, dass sie es nicht wirklich taten. Wir hatten eine gemeinsame WhatsApp-Gruppe, an die nur ich Nachrichten schickte. »Seit wann ist sie wieder da?«, fragte Alice.

»Sie ist nur für eine Woche hier. Sie hat ein Vorsprechen.«

»Wofür?«

»Einen Werbespot für einen deutschen Supermarkt. Ihre Agentin sagt, sie hätte die richtige Ausstrahlung für die Deutschen.«

Alice fing schallend an zu lachen und hörte nicht mehr auf, bis wir die Käseabteilung erreichten, wo wir kurz über die Frage »reifer oder sehr reifer Cheddar« aneinandergerieten.

Als wir am Abend beim Club eintrafen, wand sich die Schlange schon um die nächste Ecke. Der von seiner Macht berauschte Türsteher, einen Kopfschmuck mit Flamingo auf dem Haupt, stolzierte an der Schlange entlang, wählte Leute in besonders aufregenden Outfits aus und scheuchte sie vor allen anderen nach drinnen. Cat, Alice und ich gehörten nicht zu den Auserwählten.

»Was, wenn er uns nicht reinlässt?«, fragte Alice und schlang die Arme um sich, um die Kälte abzuwehren.

»Das wird er schon«, sagte Cat und warf dem Türsteher ein Lächeln zu. Er ignorierte sie. »Arschloch«, murrte sie.

Zehn Minuten vergingen. Vor Ungeduld wurde mir heiß, ich wollte endlich rein. Ich schrieb Ella: *Sorry. Stecken draußen fest.*

Irgendwann waren alle Hipster drinnen, und wir standen ganz vorn in der Schlange. Aber der Türsteher ließ seinen Arm vor uns niedersausen wie ein tuntiges Fallgitter.

»Ihr wisst schon, dass das ein queerer Club ist?«, fragte er.

»Ja«, sagte ich. »Ich bin queer.«

»So siehst du aber nicht aus.«

»Warum?«, fragte Cat. »Wie sieht denn ein queerer Mensch aus?«

»Selbst wenn es stimmt«, sagte er, »kann ich ja nicht *jeden* queeren Menschen in London reinlassen.«

Bo erschien in der Eingangstür. »Hey! Kommt ihr rein?«

»Wenn wir dürfen«, sagte ich. Ich bedachte den Türsteher mit einem möglichst eisigen, durchdringenden Blick.

Er wirbelte herum, um Bo anzusehen. Der Flamingo auf seinem Kopfschmuck hüpfte im Windhauch.

»Hey, Orson«, sagte Bo.

»Gehören die zu dir?«, fragte Orson.

»Ja. Könntest du sie reinlassen?« Bo schenkte ihm ein strahlendes Lächeln. Er hatte keine Chance.

»Sorry«, sagte Orson. »War mir nicht klar.« Er trat zur Seite. »Viel Spaß.«

Wir machten, dass wir reinkamen, bevor er es sich anders überlegen konnte.

»Das war echt cool«, sagte Alice total uncool zu Bo.

»Er war mit mir an der Uni«, sagte Bo achselzuckend. »In Wirklichkeit heißt er Tim.«

Bo führte uns zu einer Ecke der Tanzfläche, wo Ella und Rebecca tanzten, die Jacken lagen auf einem Haufen zwischen ihnen auf dem Boden. Ella war wieder exzentrisch gekleidet, diesmal trug sie einen Jumpsuit, der wie ein Smoking aussah. Ich war nervös, als ich sie Cat und Alice vorstellte, aber das war überflüssig. In der Hitze und der Dunkelheit des Clubs standen alle dichter beieinander als sonst und brüllten sich in die Ohren wie schwerhörige alte Freunde. Wir waren bald bei der zweiten Flasche des roten Hausweins angelangt, und Rebecca unterhielt sich mit Alice – ich konnte nicht verstehen, was sie sagten, aber es wurde intensiv genickt –, und Ella zog Cat mit ihrem Vorsprechen für den Werbespot auf.

»Warum lassen sie Briten vorsprechen?«

»Vielleicht will den Job in Deutschland keiner«, sagte Cat.

»Sprichst du fließend Deutsch?«

»Sehe ich so aus, als würde ich fließend Deutsch sprechen? Das ist keine Sprechrolle«, sagte Cat. »Ich muss nur auf irgendwie deutsche Art Begeisterung für Würste zum Ausdruck bringen.«

Ella lachte wieder, warf den Kopf in den Nacken und zeigte ihre perfekten Zähne. »Sie ist großartig!«, sagte sie zu mir.

»Aber hallo«, sagte ich und drückte Cat.

Die Musik schien lauter zu werden und der Club dunstiger, aber das lag möglicherweise nur an dem vielen Wein. Wir fingen an zu tanzen, mit geschlossenen Augen, die Hände oben. Bo und Rebecca tanzten miteinander und versuchten, ein paar Lindy-Hop-Schritte mit dem Electro zu vereinbaren.

»Wir sollten öfter ausgehen!«, brüllte Cat mir ins Ohr, über ein Lied hinweg, das ich nicht kannte.

»Ja!«, sagte Alice. »Ich liebe Lesben!«

»Ich auch!«, sagte ich, leerte mein Weinglas und versuchte es aufzufüllen, bis ich merkte, dass die Flasche leer war. »Ich gehe kurz an die Bar«, sagte ich.

»Was?«, schrie Alice zurück.

»Zur Bar!« Ich deutete eine Trinkbewegung an.

Ich schob mich durch die schwitzenden, stinkenden Körper hindurch und sah mich noch einmal nach meinen ältesten Freunden um, die mit meinen neuesten Freunden tanzten. Eine Welle aus Glück und Dankbarkeit erfasste mich.

Ich bestellte noch eine Flasche roten Hauswein und wartete, halb tanzend, als ich eine Frau mit langen Locken und Lederjacke bemerkte, die mich vom anderen Ende des Tresens anstarrte – ein »Scheiße, was willst du denn hier?«-Starren.

Irritiert blickte ich weg, aber als ich wieder hinsah, starrte sie mich immer noch an und schien mich grundlos zu hassen. Als unsere Blicke sich trafen, tippte sie ihrer Freundin auf die Schulter und flüsterte ihr etwas ins Ohr. Daraufhin machte sich ihre Freundin auf den Weg zu mir, wobei sie mich von oben bis unten abcheckte, als wären wir in einem Western und stünden kurz vor einer Schießerei. Ich packte – drohend, wie ich hoffte – mein Weinglas.

»Alles klar?«, fragte sie und reckte das Kinn.

»Ja«, sagte ich.

»Meine Freundin – die mit den Locken? Also – sie findet dich heiß. Bist du Single?«

Ich gab der Frau einen Korb – das Anstarren törnte mich ab – und ging zu den anderen, um ihnen davon zu erzählen.

»Kennst du das noch nicht?«, fragte Ella, nahm mir die Flasche ab und schenkte den anderen ein.

»Was?«, fragte ich.

»Die fiesen Lesbenaugen. Das war kein Zufall«, sagte Ella. »Wenn du in einer Lesbenbar auf eine Frau stehst, musst du sie anstarren, als wenn du sie am liebsten umbringen möchtest. Und dann starrt sie zurück, als wenn sie dich umbringen möchte.«

»Und dann?«

»Dann habt ihr Sex«, sagte Rebecca achselzuckend.

Ich sah zu Cat und Alice. Sie wirkten genauso fasziniert wie ich. »Ohne miteinander zu reden?«, fragte ich.

»Manchmal«, sagte Bo.

»Aber wie funktioniert das?«, fragte ich. »Wie wechselt man vom Todesblick zum Küssen?«

»Man tut es einfach«, sagte Ella. »Obwohl ich persönlich noch nie übers Starren hinausgekommen bin.«

»Probier's mal«, schlug Cat vor. »Such dir jemanden aus. Mal sehen, ob es funktioniert.«

Ich ließ meinen Blick durch den Raum schweifen. Es gab mehrere Lesben mit lässigen Baseballcaps. Ich bemerkte einige Undercuts. Ich fühlte mich überfordert. Und dann entdeckte ich eine Frau neben dem DJ-Pult, die selbstsicherer wirkte als irgendjemand sonst im Raum. Sie war vermutlich Ende zwanzig, groß und schlank, hatte einen goldenen Teint und kurzes dunkles Haar, das sich oben lockte und an den Seiten rasiert war. Sie stand aufrecht da, die Schultern zurückgezogen, und überblickte den Raum, als gehörte er ihr, wodurch sie umso größer wirkte; ihre Haltung war das Erste, was mir an ihr auffiel. Das Zweite war, dass ich sie ungeheuer attraktiv fand.

Ich blickte zu Cat. »Los!«, sagte sie.

»Die ist zu cool für mich«, sagte ich.

»Gar nicht«, sagte Ella.

»Sie guckt sowieso nicht«, sagte ich.

»Los jetzt!«, sagte Alice.

Also starrte ich die Frau an, bis sie den Blick von ihrer Gesprächspartnerin abwandte und zu mir sah. Ich starrte weiter. Die anderen kicherten und drehten sich weg, aber so halb behielten sie uns wohl doch im Auge, denn ich hörte Ella sagen: »Sie kommt rüber!«

Die attraktive Frau kam zu mir, beugte sich so nah heran, dass ich ihr Männerparfüm riechen konnte, und stellte sich vor.

»Sam«, schrie sie, um die Musik zu übertönen.

»Julia«, schrie ich zurück, und als wir uns die Hände schüttelten, bemerkte ich, wie sich ihre Unterarmmuskeln spannten. Sie waren ziemlich definiert, und plötzlich überkam mich die Vision, wie dieser Unterarm es mir besorgte.

Sam lächelte leicht, als wüsste sie genau, was ich dachte, und sah mir weiter in die Augen. Ihre Augen waren von einem sehr dunklen Braun. »Ich mag deinen Pulli«, sagte sie.

»Ich mag dein Gesicht«, sagte ich.

Sam lachte. Ich war sehr zufrieden mit mir. Vielleicht flirtete ich doch nicht so schlecht.

»Ich habe dich schon mal irgendwo gesehen, oder?«, fragte sie, einen Arm gegen die Wand gestützt, so dass der Blick auf meine Freunde versperrt war.

»Ich weiß nicht genau«, sagte ich. Aber sie kam mir tatsächlich entfernt bekannt vor.

»Bist du auch Künstlerin?«, fragte sie.

»Nein«, sagte ich, aber da fiel es mir ein. »Du kennst Jane, oder? Warst du vor ein paar Monaten bei der Party in ihrem Lagerhaus in Hackney Wick?«

Sie lächelte wieder leicht. »*Da* hab ich dich gesehen. Sie hat versucht, dich anzumachen, aber du warst nicht interessiert.«

Ich fing an zu widersprechen – ich war ziemlich stolz auf den lesbischen One-Night-Stand, den ich gehabt hatte –, aber Sam blickte auf ihr Telefon.

»Hör mal«, sagte sie und sah auf, »ich bin jetzt mit einer Freundin verabredet – aber ich würde dich gern mal auf einen Drink einladen, wenn du Lust hast?«

»Gern«, sagte ich.

»Hast du dein Handy da? Dann gebe ich dir meine Nummer.«

In letzter Zeit flogen mir die Telefonnummern nur so zu. Ich erkannte mich kaum wieder.

Ich sah mich um, während Sam ihre Nummer in mein Handy eintippte, denn die anderen sollten bemerken, dass sie mich auserwählt hatte. Mich!

Ich rief sie kurz an, dann verabschiedeten wir uns, und ich blieb einen Augenblick lang einfach stehen; alles wirkte plötzlich heller, lauter und aufregender. Dann kamen die anderen zu mir; sie rieben sich förmlich die Hände.

»Habe ich gerade gesehen, wie du Sam deine Nummer gegeben hast?«, fragte Rebecca.

»Ja«, sagte ich so lässig wie möglich.

Cat schüttelte beeindruckt den Kopf. »Süße«, sagte sie. »Du hast es echt gerockt.«

»Du wirst auf deine Kosten kommen«, sagte Rebecca.

»Was?«, fragte ich.

»Mit Sam«, sagte sie.

»Hast du ...?« Ich runzelte die Stirn.

»Als ich mich gerade geoutet hatte«, sagte Rebecca. »Sie ist echt gut.«

»Ey«, sagte Bo, unser Gespräch belauschend.

»Was?«, fragte Rebecca. »Ist sie nun mal!«

Man hätte meinen können, dass mich Rebeccas Enthüllung abstoßen würde, aber so war es nicht. Ich hoffte, dass Sam mich vögeln und mir alles über lesbischen Sex beibringen würde und ich als gestandene Lesbe meiner Wege ziehen konnte, um künftig in den Clubs von Dalston mit neuen Bekanntschaften meine alten Eroberungen zu erörtern.

Sam schrieb mir noch in derselben Nacht, als ich gerade ins Bett ging. *Schlaf gut, schöne Julia ... Ich habe nächstes Wochenende Zeit, wenn es dir passt. Sam x*

Ich entwarf eine Antwort, die neutral und unverbindlich war, aber Sex nicht ausschloss: *Ja, klar. Vielleicht nächsten Samstag? Julia x*

Sie schrieb sofort zurück. *Klasse, Babe. Ich überlege mir was und melde mich. Freue mich schon ... werde die ganze*

Woche an dich denken. Sie setzte ein Kuss-Emoji ans Ende, was mir einen gewissen Kick verschaffte.

Ich schloss die Augen und richtete einen stummen Dank ans Universum. Als ich noch mit Männern schlief, zumindest in der Theorie, waren drei Jahre vergangen, ohne dass es auch nur zu halbherzigem Gefummel gekommen wäre. Und nun war ich kurz davor, mit der zweiten Frau in drei Monaten zu schlafen.

10. Sexspielzeug-Grundausstattung

Der März war der regenreichste seit Beginn der Aufzeichnungen, und es tropfte durch das schreckliche Oberlicht unserer schrecklichen Wohnung, aber mein Swingkurs, meine neuen Freunde und die Aussicht auf ein Date mit Sam verwandelten die Welt in einen sonnigen Ort und unsere Wohnung in ein Luxusapartment für chinesische Investoren. Am Montag nach meiner ersten Begegnung mit Sam stellte ich fröhlich eine Waschschüssel unter das Oberlicht, brach ins Büro auf und strahlte die Menschen auf dem Weg zur U-Bahn an. Meine Unruhe hatte endlich einen Grund; mein Herz raste vor Aufregung, nicht wegen undefinierbarer Ängste. Allerdings hatte ich bis Donnerstag immer noch nichts von Sam gehört. Sie hatte gesagt, sie würde sich melden, deshalb wollte ich nicht als Erste schreiben. Tagelang wartete ich auf ihre Nachricht, schnappte mir mein Telefon, sobald es in meiner Tasche brummte, stellte es bei der Arbeit vor meinen Monitor, damit ich ja nichts verpasste. Aber ich bekam nur Spamnachrichten oder wurde von Alice gebeten, Milch mitzubringen, oder von Ella gefragt: *Was ist los?? Wann ist das Date????*

Am Freitag, während einer Sitzung zu den neuen Maßnahmen zur Bekämpfung kindlichen Übergewichts, leuchtete endlich mein Handy auf, mit einer Nachricht von Sam.

Toms Blick schnellte hin, aber ich zog das Telefon unter den Tisch, bevor er die Nachricht lesen konnte.

Noch Lust auf ein Treffen? Wo wohnst du? Ich hole dich morgen um acht ab.

Ich war noch nie um acht abgeholt worden.

Smriti sagte irgendwas Beeindruckendes über »Erwartungshorizonte«, und alle nickten, deshalb nickte ich auch. Owen sah mich an und hob fragend die Augenbrauen.

»Sam«, wisperte ich. »Mein Date.«

»Schön«, wisperte er zurück.

»Alles in Ordnung, Owen?«, fragte Tom. »Gibt's etwas, das Sie mit der Gruppe teilen möchten?«

»Nein«, sagte er. »Ich – bin nur ganz Smritis Meinung.«

»Bezüglich ...?«

»Bezüglich dessen, was sie gerade gesagt hat.«

Das Date machte mich nervös, vor allem der Gedanke an Sex. Jane hatte die meiste Arbeit übernommen, als wir im Bett gelandet waren, und wir hatten kein Zubehör verwendet. Zu Recherchezwecken hatte ich angefangen, *The L Word* zu gucken, und nach allem, was ich gesehen hatte, bestand Anlass zur Sorge, dass lesbischer Sex ziemlich viel Ausstattung erfordern könnte. Ich hoffte, dass Dinge wie Dildos eher was für Fortgeschrittenenverkehr waren – nichts, was man bei einem ersten Treffen zückte –, aber ich wollte nicht wie eine Anfängerin dastehen. Ich beschloss, Ella um Rat zu fragen.

Glaubst du, Sam erwartet von mir einen Umschnalldildo? Laut Internet gehört das zur Sexspielzeug-Grundausstattung. Ich muss zur Lesbensexberatung.

Sie antwortete sofort, mit drei Tränen lachenden Emojis.

Ich bin KEINE Sex-Expertin, aber ich werde tun, was ich kann. Was machst du Samstag tagsüber? Lust auf einen Besuch im Sexshop?!

Ich war noch nie in einem Sexshop gewesen – ich hatte schlicht keinen Bedarf gehabt. Alles, was man für Hetero-Sex braucht, bekommt man in der Drogerie oder, wenn's hart auf hart kommt, am Automaten in der Pub-Toilette.

»Wo ist der Laden?«, fragte Alice morgens, als ich mich fertig machte. Sie trug gerade Grundierung auf und starrte ihr Spiegelbild an.

»Shoreditch«, sagte ich. Ich schob mich an ihr vorbei, um an meine Zahnbürste zu gelangen. »Kann ich kurz ans Waschbecken?«

Alice seufzte und trat etwas zurück. »Du hättest mich fragen können, ob ich mitkommen will.«

Ich sah sie an. »Warum willst du in einen Sexshop mitkommen?«

»Weil ich Sex habe!«

»Aber das ist ein Sexshop nur für Frauen.«

»Ich bin eine Frau!«

»Ich werde mir einen Dildo kaufen.«

»Vielleicht brauche ich auch einen.«

»Für Dave?«, flüsterte ich.

Sie zuckte mit den Achseln. »Belebt die Sache vielleicht ein bisschen«, sagte sie mit leiserer Stimme.

»Ich kann dir einen mitbringen«, sagte ich.

Alice sah aus, als würde sie gleich einen Streit anfangen, aber dann schloss sie kurz die Augen und sagte: »Tut mir leid. Ich führe mich bescheuert auf.«

»Nur ein klitzekleines bisschen«, sagte ich. Ehrlich gesagt gefiel es mir, dass Alice mich beneidete. Genauso war es mir ergangen, als sie vor Jahren mit Dave zusammengekommen war; plötzlich hatte die Person, mit der ich immer alles gemacht hatte, jemand anderen, mit dem sie alles machte. Ein schreckliches Gefühl. Jetzt musste Alice sich daran gewöhnen, Dinge ohne mich zu machen.

Der Sexshop, zu dem Ella mich brachte, hieß Sh!. »Hier gehen alle hin«, erklärte sie. »Das ist eine Art Initiationsritus.« Wie so ziemlich alles, was für Frauen entworfen wird, war der Laden in verschiedenen Pink-, Rot- und Lilatönen gehalten, so dass es sich anfühlte, als würde man eine riesige, nach Latex duftende Vagina betreten. Es gab Regale voll mit Sexspielzeug und feministischen Pornos, aber ich steuerte lieber die Bücher und Grußkarten an. Mit Büchern und Grußkarten war man auf der sicheren Seite. Da waren vielleicht Brustwarzen drauf, aber sie waren ungefährlich und zweidimensional, und niemand erwartete, dass man Klammern dransteckte oder so was. Doch das ließ Ella mir nicht durchgehen. Sie legte mir die Hand auf den Rücken, schob mich zu den Regalen mit den Dildos und sagte: »Wir sind nicht hier, um Karten zu kaufen.«

Ich sah zu den Dildos und wieder weg. Ehrlich gesagt fand ich sie furchterregend. Ich war nie ein großer Fan von Penissen gewesen, und ich hatte definitiv nie danach gestrebt, selbst einen zu schwingen. Was, wenn ich kein Talent zum Stoßen hatte?

Ich suchte die Regale nach einem Schwanz ab, der nicht so einschüchternd aussah. Es gab schwarze, blaue, violette, manche so klein wie ein Zeigefinger, andere so dick wie ein Arm.

»Welcher gefällt dir denn optisch?«, fragte Ella. Sie betrachtete mich neugierig, und ich hatte so eine Ahnung, dass sie über die Größe meiner Möse nachdachte.

»Ich glaube, wir kennen uns nicht gut genug für das hier«, sagte ich.

»Such dir einfach einen aus.«

Die Auswahl überforderte mich. »Soll den jemand bei mir benutzen?«, fragte ich. »Oder ich bei jemand anderem?«

»Beides«, sagte sie. »Oder du kaufst gleich mehrere?«

»Ich bin einfache Angestellte im öffentlichen Dienst«, stellte ich klar. »Schon *ein* riesiger Latexpenis ist ein ziemlicher Luxus.«

»Okay«, sagte Ella, »erstens: Sag nicht Penis. In dieser Gleichung gibt es keine Männer.«

»Da ist was dran.«

»Zweitens: Das ist kein Luxus. Sondern wesentlicher Bestandteil lesbischen Lebens. Sobald du fest mit jemandem zusammen bist, werdet ihr wiederkommen und euch zusammen einen Schwanz aussuchen. Betrachte diesen als deinen Reserve-Schwanz.«

»Mein Notfall-Schwanz.«

»Genau!«

Eine Verkäuferin kam auf uns zu. »Kann ich euch helfen?«

»Ich weiß nicht genau«, sagte ich. »Ich sehe mich eigentlich nur um.«

»Hast du schon einmal einen Schwanz gekauft?«

»Nein, hat sie nicht«, sagte Ella, bevor ich antworten konnte.

Sie nickte. »Ist dir der Umfang wichtig? Oder eher die Länge?«

Ehrlich gesagt hatte ich keine Ahnung. Was Schwänze anging, war ich es gewohnt, mit dem vorliebzunehmen, was sich mir bot – mir meinen eigenen auszusuchen kam mir vor, als würde ich mir eine Persönlichkeit aussuchen. Die riesigen schwarzen Exemplare schloss ich aus, weil sie mir vorkamen wie das Äquivalent eines Ferraris – sie machten zu große Versprechungen. Die dünnen kleinen Glitzerdinger schloss ich auch aus, denn, mal ehrlich, was sollte das denn? Da konnte man auch gleich seine Finger nehmen.

»Ich glaube, ich stehe auf Umfang«, sagte ich. »Aber ich dachte an etwas … für alle Anlässe.«

»Verstehe«, sagte die Verkäuferin. Von einem höheren Regalbrett holte sie einen mittelgroßen Dildo mit Rillen an der Seite. »Dieser ist gut für Anfängerinnen«, sagte sie. Was peinlich war; ein bisschen so, als würde ein Apotheker sagen: »Ziemlich gute Kondome für Jungfrauen.«

»Sieht toll aus«, sagte ich und streckte die Hand danach aus, weil ich so schnell wie möglich verschwinden wollte.

»Geriffelt für mehr Vergnügen«, sagte sie und reichte ihn mir.

»Wunderbar.«

»Zielsicher, wenn du verstehst, was ich meine.«

»Super.«

Ich ging zur Kasse hinüber, aber die Verkäuferin folgte mir nicht. »Du brauchst auch einen Harnisch«, sagte sie und ließ die Finger über die Auslage gleiten. »Leder ist traditioneller. Oder du versuchst es mit einem Slip. Der lässt sich leichter an- und ausziehen, ist allerdings nicht so sexy.« Sie nahm einen, der ein bisschen aussah wie eine

Unterhose mit Eingriff, nur dass vorne ein Loch war. Sie dehnte ihn, um vorzuführen, wie elastisch er war.

Auf dem Fußboden klebte ein Apfel-Sticker. Ich kratzte mit dem Schuh daran.

»Mit dem dehnbaren Slip ist es leichter«, sagte Ella.

»Würde ich aber nicht empfehlen«, sagte die Verkäuferin. »Du brauchst einen richtigen Harnisch. Das gehört zum Ritual.«

Ella lachte. »Ja, zum Ritual, mitten im Vorspiel abbrechen zu müssen, um sich in ein mittelalterliches Folterinstrument zu zwängen, und dann festzustellen, dass man ein Bein durchs Poloch gesteckt hat, und dann muss man alles wieder ausziehen, nur leider hängt man fest, und die, mit der man im Bett ist, muss einem heraushelfen, und das killt die Stimmung dann endgültig – «

»Man gewöhnt sich dran«, sagte die Verkäuferin. »Wenn man es oft genug treibt.«

Ella verdrehte die Augen. »Dann probier halt einen Harnisch«, sagte sie.

Die Verkäuferin warf mir einen zu.

Dahinterzukommen, wie man den Harnisch anzog, hatte etwas von einem anrüchigen Fadenspiel. Ich steckte ein Bein in eins der Löcher, aber Ella hatte recht – es war das falsche. Sie musste mir beim Anziehen helfen. Dann zog sie die Riemen stramm.

»Jetzt steckst du den Schwanz rein«, sagte die Verkäuferin und reichte ihn mir. Ich schob ihn durch den Ring – und fertig; stolz ragte er vor mir auf, bereit, den Damen Vergnügen zu bereiten. Es war vollkommen lächerlich.

»Ich sag's ja«, meinte Ella. »Mit dem Slip ist es viel leichter.«

»Aber längst nicht so sexy«, sagte die Verkäuferin achselzuckend.

Ich kaufte den Leder-Harnisch.

An der Kasse stand ein Display mit Mini-Vibratoren. Ich nahm einen blauen und gab ihn der Verkäuferin. »Den auch, bitte«, sagte ich. Ich würde ihn Alice schenken, zur Entschädigung, weil ich neue Freunde gefunden hatte.

»Jetzt bist du eine richtige Lesbe!«, sagte Ella beim Hinausgehen.

»Hurra!«

»Was hast du jetzt vor?«, fragte Ella. »Willst du mit zu einem Flohmarkt in Bethnal Green?«

»Lieber nicht«, sagte ich. »Ich muss nach Hause und mich für mein Date fertig machen.«

»Natürlich«, sagte sie. »Das Date!«

Eine dunkle Vorahnung erfasste mich.

11. Peitschen sind voll 21. Jahrhundert

Zu Hause wusch ich mich ungewöhnlich ausgiebig. Ich spülte sogar meine Vagina von innen. Ich wollte sichergehen, dass Sam keinen Grund zur Beschwerde hätte, sollte ich mit zu ihr gehen. Oder würde sie erwarten, dass wir zu mir gingen? Sollte ich lieber die Bettwäsche wechseln? Sollte ich mir das Schamhaar stutzen? Oder sollte ich unrasiert bleiben, so dass ich mir nicht die Unterhose ausziehen konnte und mir die Entscheidung somit abgenommen war? Und machte mich der Wunsch, mir das Schamhaar zu stutzen, zu einer schlechten Feministin?

Sam klingelte um Punkt acht. Ich öffnete die Tür, bemühte mich, die Sicht auf die Schuh- und Jackenberge im ungesaugten Flur zu blockieren, und verschränkte verlegen die Arme vor der Brust, weil ich Alices Push-up-BH trug. Da war sie also, eine echte Frau, die mich tatsächlich ausführen wollte. Sexy war sie auch, in ihrer lässigen schwarzen Hose und dem schwarzen Seidenhemd.

Mir war schlecht vor Aufregung. Oder vor Angst? Jedenfalls war mir schlecht.

»Du siehst umwerfend aus«, sagte sie und beugte sich vor, um mich auf die Wange zu küssen.

Unwillkürlich gab ich einen Laut von mir. Ich fürchtete, den Abend nicht zu überstehen, ohne irgendwann loszujaulen, weil ich sexuell so unbefriedigt war.

»Du auch«, sagte ich.

Ich lächelte, als wäre ich eine Frau, die es gewohnt war, mit anderen Frauen auszugehen, als wäre es keine große Sache. Aber als ich meinen Mantel vom Haken nahm, riss ich vier weitere Mäntel mit herunter, darunter auch Alices überdimensioniertes Leopardenfellmonstrum. Ich schaffte es, die anderen wieder aufzuhängen, aber das Leopardenfellmonstrum rutschte immer wieder vom Haken und fiel mir vor die Füße. Ich war kurz vorm Durchdrehen.

Sam trat hinter mich und nahm mir sanft den Mantel aus der Hand. Sie untersuchte in aller Ruhe den Kragen, bis sie den Aufhänger fand, und schob ihn über den Haken. »Passiert mir ständig«, sagte sie. Sie hob meinen Mantel vom Boden auf und hielt ihn mir so hin, dass ich nur noch mit den Armen hineinschlüpfen musste; wie eine Empfangsdame bei einem teuren Friseur.

»Sollen wir?«, fragte sie und bot mir ihren Arm an.

Es wurde allmählich dunkel, und die Fenster in den Häusern gegenüber leuchteten gelb. Am liebsten wäre ich wieder reingegangen und hätte mich mit einem Schokoriegel aufs Sofa gekuschelt, aber Sam führte mich schon zu ihrem Auto. Sie besaß ein Auto; ich hatte noch nie eine Verabredung mit jemandem, der ein Auto besaß. Es war eine echte Schrottkarre, aber so schrottig, dass es schon wieder hip war – ein alter Volvo, der oben braun und an den Seiten orange lackiert war. Drinnen roch es leicht nach Zigaretten. Vielleicht rauchte sie. Ich war mir nicht sicher, ob ich eine Raucherin daten wollte.

»Der Laden, zu dem wir fahren, ist um die Ecke von meiner Wohnung«, sagte sie, als sie den Zündschlüssel umdrehte.

»Du hättest nicht extra herfahren und mich abholen müssen!«

»Sei nicht albern. Ich bin altmodisch. In mancher Hinsicht jedenfalls. Ich weiß, wie man eine Lady beim ersten Date behandelt.« Ich zuckte zusammen – ich wurde nicht gern Lady genannt –, aber dann drückte sie mein Knie, und die Schwingungen wanderten durch mein Bein zu meiner Möse, und ich war kurz versucht, die Handbremse anzuziehen und sie anzuflehen, sie möge mich bitte gleich hier in Green Gables in ihrem Wagen vögeln.

Natürlich machte ich das nicht. Stattdessen fragte ich: »Wie heißt das Restaurant?«

»Butter. Hast du schon mal davon gehört?«

Und ob ich schon mal vom Butter gehört hatte; ich hatte ohne Ende Fotos von den Gerichten auf Instagram gesehen. Das war keine Adresse für schlecht bezahlte öffentliche Angestellte; sogar der Brotkorb überstieg mein Budget. Würde Sam das Essen bezahlen, da sie ja die Verabredung vorgeschlagen und das Restaurant ausgesucht hatte? Aber woher hatte sie so viel Geld? Sie war Künstlerin, was möglicherweise der einzige Beruf war, in dem man noch weniger verdiente als in meinem. Und falls sie bezahlte, wäre sie dann der Meinung, dass ich ihr etwas schuldete – zum Beispiel seltsamen Sex? Nein, sagte ich mir. So läuft das mit dem Sex nicht. Man schuldet niemals jemandem Sex.

Wir gingen durch eine dieser neuerdings schicken Ostlondoner Straßen zum Restaurant, das förmlich von einer Aura teuren Essens umgeben war. Sam half mir aus dem Mantel und zog meinen Stuhl zurück. Sie war sehr, sehr galant; anders lässt es sich nicht beschreiben. Sie schien mit aller Macht den Kavalier zu geben, nur hatte ich entschieden, nicht mehr mit Kavalieren auszugehen. Allerdings war sie ganz offensichtlich kein Mann. Sie sah nicht im Entferntesten wie einer aus, und sie klang auch nicht wie einer; sie strahlte einfach diese unglaubliche Energie aus – feminin und maskulin zugleich. So weiblich wie bei ihr hatte ich mich in meinem ganzen Leben noch nicht gefühlt.

Ich bestellte Spargel als Vorspeise.

»Also kein Wassersport heute Abend«, sagte sie, riss eine Scheibe Brot entzwei und nahm einen Bissen.

»Wie bitte?«

»Ich mag den Geschmack von Spargelpisse einfach nicht. Aber das hier ist genau richtig«, sagte sie und stieß mit mir an. »Prosecco ist perfekt, wenn es zur Sache gehen soll.«

»Champagner nicht?«

»Kommt drauf an, was man so vorhat. Könnte teuer werden.«

Das gab den Ton für den Abend vor. Sam kam immer wieder auf Sex zurück, was bekanntermaßen nicht unbedingt mein Spezialgebiet war. Sie fragte mich auf so entwaffnend freimütige Weise nach meinen Vorlieben im Bett, dass ich fast geantwortet hätte. Ich tat es nur deshalb nicht, weil ich meine Vorlieben im Bett noch nicht kannte.

Es hatte keinen Sinn, ihr etwas vorzuspielen – ich blieb bei der Wahrheit und erzählte ihr, dass ich bislang nur mit einer Frau geschlafen hatte.

»Du hast mit Jane gevögelt? Damals bei der Party?«

»Nach einer anderen Party.«

»Fuck!« Sam hob die Augenbrauen und nickte beeindruckt. »Gut gemacht. Sie ist heiß. Allerdings eine ziemliche Fotze. Aber trotzdem – heiß.«

»Warum ist sie eine Fotze?«

»Ich war mal mit einer ihrer Freundinnen zusammen. Sie hat sich wie der letzte Arsch verhalten und sie gegen mich aufgebracht. Ich glaube, sie war bloß eifersüchtig. Wie auch immer, erzähl mir mehr. Hat sie sich von dir ficken lassen? Und nach allem, was ich höre, kann sie gut mit ihrer Zunge umgehen.«

Sie wollte wirklich jedes Detail unserer Begegnung wissen, und mein Bericht schien sie anzutörnen, was wiederum mich antörnte. Ich befand mich so weit außerhalb meiner Komfortzone, dass ich das Gefühl hatte, eine Rolle zu spielen; ich erzählte ihr Dinge, die ich zuvor kaum zu denken gewagt hatte, geschweige denn zu sagen.

»Sex ist mein Hobby«, erzählte Sam mir, nachdem wir meine sexuelle Vergangenheit durchgesprochen hatten (was ungefähr drei Minuten in Anspruch genommen hatte). »Es ist eindeutig das, was ich am liebsten mache. Die meisten meiner Freundinnen habe ich in der SM-Szene kennengelernt. Wir gehen zusammen auf Sexmessen und so.«

»Sexmessen.«

»Ja.«

»Trägt man sein Ticket da auch an einem Band um den Hals?«

»An einem verruchten schwarzen.«

»Verstehe.« Ich konzentrierte mich auf mein Essen, während ich überlegte, was ich als Nächstes sagen sollte.

Sam sah mich an und lächelte. »Hab keine Angst.«

»Ich habe keine Angst«, erwiderte ich und sah ihr in die Augen. Was gelogen war, aber egal – ich war eindeutig eher angetörnt als ängstlich.

»In der SM-Szene sind die Leute wirklich freundlich«,

sagte Sam. »Und niemand würde dich je zu etwas zwingen, was du nicht willst. Einvernehmlichkeit ist ganz wichtig.«

»Du würdest bei einem ersten Date also nicht die Peitsche rausholen oder so was«, sagte ich.

»Ist das eine Bitte?«

Nach dem Essen spazierte Sam mit mir durch Hackney, in die Richtung ihrer Wohnung. Bei einer Bank blieb sie stehen und zündete sich eine Zigarette an.

»Du rauchst?«, fragte ich überflüssigerweise.

Sie verzog das Gesicht. »Ich habe versucht aufzuhören, aber ich neige zu Suchtverhalten.« Die Art, wie sie rauchte, war sexy, auch wenn ich wusste, dass ich so nicht empfinden sollte. Sie bemerkte, dass ich sie ansah, und hielt mir die Zigarette hin.

Warum nicht?, dachte ich. In ihrer Gegenwart fühlte ich mich wagemutig, als wenn die Regeln, an die ich mich normalerweise hielt, nicht mehr galten. Ich nahm einen Zug. Es schmeckte überraschend gut, viel besser, als ich es in Erinnerung hatte.

Wir gingen weiter, an einem Poster des British Film Institute vorbei, und kurz blitzte die Erinnerung an die Nacht mit Finn auf; ich fühlte mich, als wäre ich inzwischen ein anderer Mensch. Vor dem Bahnhof Homerton blieben wir stehen, und Sam legte die Hände auf meine Schultern, drehte mich zu sich und küsste mich. Es war ein wunderbarer Kuss – sanft und stoppelfrei.

Frauen küssten einfach so viel besser als Männer.

Sam kam bereits richtig in Fahrt, aber ich war immer noch zurückhaltend. Du kannst das, sagte ich mir. Du kannst definitiv mit ihr in ihren Kerker steigen. Du bist eine aufgeschlossene, sex-positive Frau. Peitschen sind voll 21. Jahrhundert.

Aber sie musste meine Angst gespürt haben, denn sie löste sich von mir.

»Komm, genug für heute«, sagte sie wie ein netter Onkel, der mit mir einen Ausflug in den Zoo gemacht hatte. Nicht, dass mich jemals einer meiner Onkel so geküsst hätte, um das mal klarzustellen.

»Ich muss noch nicht nach Hause«, sagte ich und beugte mich zu ihr, jetzt, da sie sich entzog.

»Heute schon«, sagte sie lachend. »Gut Ding will Weile haben.« Und damit betrat sie den Bahnhof, und mir blieb nichts anderes übrig, als ihr zu folgen.

Sie wartete mit mir auf einer Bank, bis der Zug kam, und erzählte mir mehr von ihrer Kunst.

»Ich habe in New York einen Master in Kunst gemacht«, sagte sie. »Figurative Malerei ist da drüben richtig groß, hier sind die meisten immer noch besessen von den Scheißinstallationen.« Sie kickte eine Schokoladenverpackung von unserer Bank weg.

»Also malst du Porträts?«

Sie nickte. »Von Frauen. Aus queerer weiblicher Perspektive statt aus männlicher Sicht.«

»Malst du hauptberuflich?«

Sie nickte, zuckte dann mit den Achseln. »Im Moment läuft es ziemlich gut, aber vor allem in den Staaten. Ich werde von dieser Galerie in L.A. vertreten, der Night Gallery?«

Ich gab einen anerkennenden Laut von mir, obwohl ich noch nie davon gehört hatte.

»Wobei eins meiner Bilder in der Auswahl zum BP Portrait Award war, so dass ich langsam auch hier bekannter werde. Ingvild Goetz hat eins meiner Bilder gekauft. Eine wichtige deutsche Sammlerin«, erklärte sie, als ich sie verständnislos ansah. »Aber ich werde immer noch nicht von einer britischen Galerie vertreten.« Ihrer Miene zufolge war das ein wunder Punkt.

»Kann ich deine Arbeiten mal sehen?«

»Ich habe bald meine erste Einzelausstellung in London, da kannst du sie sehen. Wenn du es richtig angehst.« Sie stupste mich mit der Hüfte an. »Aber was ist mit dir? Wolltest du schon immer in den öffentlichen Dienst?«

Ich lachte. »Gibt es Leute, die schon immer in den öffentlichen Dienst wollten?«

»Vielleicht«, sagte sie. »Gibt immerhin eine gute Rente, oder?«

»Nicht mehr«, sagte ich. »Früher war ich Tänzerin. Ich habe mir den Knöchel gebrochen und musste aufhören.«

Sie sah mir in die Augen und sagte: »Das tut mir sehr leid.« Als wenn sie es ernst meinte. »Ich kann mir gar nicht vorstellen, wie es wäre, wenn ich nicht mehr malen könnte.«

Sie verstand mich. Ein Gefühl der Dankbarkeit überschwemmte mich.

Sie legte den Arm um mich. Ein Mann mit einem Fitness-First-Rucksack weiter unten auf dem Bahnsteig sah zu uns hinüber, als versuchte er zu verstehen, in welcher Beziehung wir zueinander standen.

»Es muss toll sein, Geld mit dem zu verdienen, was man liebt.«

»Das dachte ich auch mal«, sagte sie, »aber ich vergleiche

mich ständig mit anderen. Mit Jane zum Beispiel – sie wird von einer Galerie in Hackney vertreten, Revolution. Dabei sind ihre Bilder total Banane.«

»Sie sind wirklich Banane.«

»Bananen sind bei den Leuten nur gerade voll angesagt.«

»Aber zu Hause wollen sie lieber keine haben.«

»*Du* jedenfalls nicht, soweit ich weiß«, sagte sie. »Zumindest nicht die Art von Banane.« Sie zwinkerte mir zu.

Und dann – viel zu früh – fuhr der Zug ein.

»Ich werde die ganze Nacht an dich denken«, sagte sie, als sich die Tür zwischen uns schloss.

Ich versuchte nicht, ihr Zwinkern zu erwidern; meine Zwinkerkünste waren ziemlich unzuverlässig. Mit klopfendem Herzen und wilden Gedanken sah ich sie winken, als der Zug davonfuhr.

Sie war so verdammt sexy.

In dieser Nacht kam mir mein Bett sehr leer vor. Ich war zu scharf, um zu schlafen, und wünschte, ich wäre mit zu ihr gegangen. Also holte ich meinen Dildo aus der Verpackung und probierte ihn aus, stellte mir vor, wie Sam ihn bei mir benutzte, rammte ihn mir mit der Handfläche hinein. Er war ziemlich gut; ich machte immer weiter, bis ich allmählich wund wurde. Aber ich kam nicht.

Danach konnte ich immer noch nicht einschlafen. Eine Weile guckte ich YouTube, versuchte, meine kreisenden Gedanken mit Make-up-Tutorials zu beruhigen, aber ich war hellwach. Scheiß drauf, dachte ich. Ich schreibe ihr – nur um mich zu bedanken und ihr zu sagen, dass es ein schöner Abend war.

Sie schrieb sofort zurück. *Jederzeit wieder, Babe. Es war*

mir ein Vergnügen, eine derart appetitliche Frau an meiner Seite zu haben. Ich hoffe, nächstes Mal kommst du mit zu mir und siehst dir meine Skizzen an.

Ich war mir nicht sicher, ob ich mit einer Frau zusammen sein konnte, die solche Nachrichten verfasste. Aber Sex mit ihr war definitiv drin.

12. Salzrand

Am nächsten Tag rief ich noch vom Bett aus Cat an, um ihr von meinem Date zu erzählen. Als sie ranging, war im Hintergrund laute Mariachi-Musik zu hören.

»Wo bist du denn?«, fragte ich.

»In Wolverhampton«, sagte sie. »Auf ein paar Tacos mit der Truppe.« Sie lachte.

»Was ist?«

»Ach, nichts«, sagte sie. »Lacey hat nur gerade was über das Menstruationsmusical gesagt. Wir proben abends.«

»Du spielst darin mit?«

»Jep. Wir bewerben uns um eine Förderung.«

»Toll!« Kurz erfasste mich Neid. »Ich hatte gestern ein Date mit Sam«, sagte ich, um mich selbst daran zu erinnern, dass es in meinem Leben aufwärtsging.

»Toll!«, sagte Cat genauso neidisch-begeistert. Vielleicht war mit dem Lehrer der fünften Klasse schon wieder alles vorbei. »Habt ihr gevögelt?«

»Nein. Aber uns geküsst.«

»Mit Zunge?«

»Mit Zunge.«

Es blieb kurz still, dann sagte Cat: »Bäh.«

»Wie bitte?«

»Oh, nicht du«, sagte sie. »Ich habe gerade von meiner Margarita probiert, und das Glas hat einen Salzrand.«

An diesem Montag kam ich fast eine Stunde zu früh zur Arbeit, eine merkwürdige und wunderbare Erfahrung. Ich konnte mir meinen Schreibtisch aussuchen. Ich musste niemandem ein Getränk anbieten, weil noch niemand da war; das heißt niemand außer Tom, der in Smritis Büro saß. Mit einer gewissen Selbstgefälligkeit schlürfte ich meinen Tee und las in aller Ruhe meine E-Mails. Ich hatte ein ziemlich scharfes Date gehabt. Ich ging die neuesten Briefe durch und fand einen weiteren vom lieben Eric. Ich lehnte mich zurück, um ihn zu lesen.

Ich war noch ein Teenager, als ich mich der Royal Air Force anschloss, gleich nach den Bombenangriffen. Ich wollte es den Deutschen mit gleicher Münze heimzahlen! Meine Mutter war außer sich, als sie dahinterkam, völlig zu Recht. Ich war der einzige von meinen Kumpels, der lebend zurückkam. Aber sie hätte mich nicht aufhalten können; wenn man jung ist, hört man nicht auf die Stimme der Vernunft, oder? Ich hatte keine Ahnung, was mich erwartete –

Owen kam rein und blieb wie angewurzelt stehen, als er mich sah. »Bin ich zu spät?«

»Nein«, sagte ich und legte Erics Brief hin. »Ich bin zu früh!«

»Oh! Verstehe! Wow!«, sagte er, stellte die Tasche ab und setzte sich. Das »Wow« fühlte sich nicht gerade toll an. »Du siehst glücklich aus«, sagte er.

»Bin ich auch«, sagte ich.

»Gutes Wochenende gehabt?«

»Ja«, sagte ich geheimnisvoll.

»Was hast du so getrieben?«

»Nicht viel.« Ich lächelte, damit er wusste, dass ich log. »Laura und ich sind zum Highgate Cemetary gefahren. Sie ist ein großer Fan von Douglas Adams, der dort begraben liegt. Genau wie George Eliot. Die mag sie auch.«

»Eklektischer Geschmack.«

»Guter Geschmack«, sagte er. »Highgate ist wirklich wunderbar. So schön friedlich. Gut für ein Date.«

»Abgesehen von all den Toten.«

»Nein, *wegen* all der Toten«, sagte Owen. »Macht das Sterben irgendwie weniger schlimm. Außerdem ist es romantisch, all die Paare, die zusammen beerdigt wurden.«

Owen setzte sich an einen eigenen Schreibtisch, und ich kehrte zu Erics Brief zurück.

Es tut mir leid – dieser Brief ist ziemlich düster, nicht wahr? Ich werde mir eine Tasse Tee machen und ein bisschen Radio hören, um mich aufzuheitern. Es gibt einen wunderbaren Vierziger-Jahre-Sender, den eine meiner Pflegerinnen im Internet für mich aufgetan hat. Er ist ausgezeichnet und eine willkommene Abwechslung zu Classic FM (die Werbung ist nicht zu ertragen!). Versuchen Sie's auch mal, wenn Sie eine kleine Aufmunterung vertragen können.

Ihr
Eric

Der arme Eric. Ich musste an sein lächelndes Gesicht auf dem Hochzeitsfoto denken – er lächelte, obwohl er wusste, dass er am nächsten Tag wieder in einem Lancaster-Bomber sitzen und von seiner frischgebackenen Ehefrau fortfliegen würde, Flaks und Granaten und dem fast sicheren Tod entgegen. Eine Welle der Zuneigung erfasste mich. Ich wusste, wie es war, wenn man sich jung und unbesiegbar fühlte. Wobei das für mich nicht mehr galt. Außer, wenn ich mit Sam zusammen war. Ich tippte einen Antwortbrief an Eric, dankte ihm für die Radioempfehlung und erzählte ihm, dass ich mit Swingtanz angefangen hatte. Ich überlegte, ihm von den Friends of Dorothy zu erzählen – mir schien, er hätte seine helle Freude daran, dass sie sich nach einem Vierziger-Jahre-Euphemismus für Homosexuelle benannt hatten –, aber ich entschied mich dagegen. Er machte einen liberalen Eindruck, mit seinem Faible für die Gesundheitsversorgung und Bibliotheken und öffentliche Einrichtungen im Allgemeinen, aber er würde mir vielleicht nicht mehr schreiben, wenn er wüsste, dass ich eine Freundin Dorothys war. Er war schließlich schon über neunzig.

Mit der üblichen Verspätung und ein bisschen widerwillig hielt endlich der Frühling in London Einzug, wie ein Teenager, der mit seinen Eltern zum Essen verabredet ist. Nach der Arbeit spazierte ich durch Finsbury Park; die Vögel sangen, und die Zierkirschen schäumten vor Blüten und waren viel zu hübsch für die Nordlondoner Straßen. Die Bäume sahen aus wie Pompons; sie schienen mich in meinem neuen lesbischen Leben anfeuern zu wollen.

Ich holte mein Telefon heraus, um die Blüten auf Instagram zu posten, und bemerkte, dass ich einen Anruf meiner Mutter verpasst hatte. Sie hatte mir eine Nachricht hinterlassen: »Julia, hier ist deine Mutter, hi. Ich komme am Mittwoch zur Touristenführerkonferenz nach London.

Die ist in diesem großen Konferenzzentrum in Westminster, also in der Nähe deines Büros. Wenn du um eins hinkommen kannst, kann ich dich zum Lunch einladen.«

Ich rief sie zurück, aber Dad ging ran.

»Oh«, sagte er, als ich hallo sagte. »Ich hole mal deine Mutter.«

Das machte Dad immer. Er hatte es nicht so mit Telefongesprächen.

»Moment, Dad. Wie geht es dir?«

Er blieb einen Moment still. »Wieso?«

»Ich mache bloß Konversation«, sagte ich.

»Oh!«, sagte er. »Verstehe! Nun, wenn das so ist: Mir geht es gut.«

»Schön.«

»Und wie geht es dir?«

»Gut.«

»Deine Mutter meinte schon, dass ich dich anrufen soll.«

»Warum?«

»Ich wollte sowieso anrufen.«

»Okay.«

»Ich will nicht, dass du mich für homophob hältst.«

»Tu ich nicht.«

»Blöde katholische Kindheit. Man meint, man hätte sie abgeschüttelt, und dann bricht sie sich in komischen Momenten Bahn.«

»Mach dir keinen Kopf, Dad.«

»Und bei mir ist gerade wirklich viel los. Deine Mutter dreht völlig durch wegen der Nachbarn und deren Keller, Geoff ist Institutsdirektor geworden und macht mir das Leben schwer –«

»Wirklich, es ist in Ordnung.«

»Okay«, sagte er. »Gut.« Pause. »Trotzdem –«

»Eine Lesbe?«

»Das wollte ich nicht sagen. Ich wollte dich fragen, ob du noch ein Faible für Stella Gibbons hast. Ich habe neulich eine hübsche Ausgabe von einem ihrer frühen Romane gesehen und überlegt, sie dir zu kaufen.«

»Oh! Ja, ich mag sie noch.«

»Gut. Dann besorge ich die.«

»Danke, Dad. Das musst du aber nicht.«

»Ach, na ja. Du weißt schon. Ich bin oft in Buchhandlungen.«

Wieder Stille. »Mum meinte, sie würde am Mittwoch nach London kommen«, sagte ich schließlich.

Dad seufzte. »Ich *wusste*, dass du nur anrufst, um mit deiner Mutter zu sprechen«, sagte er. »Jenny!«, rief er. »Deine Tochter ist am Telefon!«

Mum und ich aßen Sandwiches in einem Pub voller grauhaariger, Pints trinkender Anzugträger. Ich fragte mich, was sie wohl machten, dass es ihnen möglich war, an einem Mittwoch in der Mittagspause Bier zu trinken. Vermutlich waren sie auch im öffentlichen Dienst. Für sie galten bloß andere Regeln.

»Ich kann dir gar nicht sagen, wie froh ich bin, mal aus Oxford rauszukommen«, sagte Mum und pflückte die Tomate aus ihrem Clubsandwich. »Willst du das Neueste von unseren Nachbarn hören?«

»Eigentlich nicht.«

»Tja. Sie haben einen Landschaftsgärtner angeheuert, der im Garten alle Bäume rausreißt. Da war ein Birnbaum, der mindestens dreißig Jahre alt gewesen sein muss. Futsch!«

»Schrecklich«, sagte ich und biss von meinem Ploughman's Sandwich ab.

»Und dein Vater hat doch tatsächlich beschlossen, sich mit denen anzufreunden. Die Frau ist Fellow am Magdalen College, wie sich rausgestellt hat – spezialisiert auf William Blake. Deshalb lädt er sie dauernd zum Tee ein, um über den Sozialismus in der verdammten Lyrik der Romantik zu reden. Das einzig Gute ist, dass sie neulich in der Küche war und selbst gehört hat, wie laut die Bohrerei ist. Sie hat sich entschuldigt und will dafür sorgen, dass sie nicht mehr vor acht Uhr morgens anfangen.«

»Was macht der Mann?«

»Er ist Anwalt in der City. Daher das viele Geld für Landschaftsgärtner.«

»Verstehe.«

»Aber was dir gefallen wird – sie haben einen schwulen Sohn! Er heißt Harry und guckt viel YouTube.«

»Schön für Harry.«

Mum nahm einen Schluck von ihrem Leitungswasser und faltete die Hände im Schoß. »Wie läuft es denn bei dir?«

»Was?«

»Das Lesbischsein.« Sie lächelte mich ermutigend an.

»Ziemlich gut«, sagte ich. »Vor ein paar Tagen hatte ich ein Date mit einer Frau namens Sam. Wir treffen uns am Wochenende wieder.«

»Wunderbar!«, sagte Mum, obwohl sie ein bisschen perplex wirkte. Vielleicht war ihr theoretischer Lesbianismus lieber als echter.

13. Auberginen-Emoji

Ein zweites Date ist ein bisschen so wie das schwierige zweite Album oder der schwierige zweite Roman, glaube ich. Wenn das erste Date so gut war, dass man es zum zweiten schafft, versucht man verzweifelt, die Magie des ersten wieder heraufzubeschwören, aber meiner Erfahrung nach ist »Magie« nur ein anderes Wort für »Trunkenheit«. Zweite Dates sollten, wie alle Fortsetzungen, größer und besser als das erste sein und insgesamt mehr wagen. Deshalb schrieb ich Sam und fragte sie, ob sie mich in einer Pop-up-Bar auf einem Parkplatz in Hackney treffen wolle. Auf leeren Magen an der frischen Luft zu trinken kam mir gewagter vor.

Aber Sam hatte andere Vorstellungen. *In Dalston gibt's einen Drag-King-Wettbewerb. Hast du Lust?*

Klar, antwortete ich. Ich war schon immer ein großer Fan von Drag Queens gewesen, aber einen Drag King hatte ich noch nie gesehen.

Ich schickte Cat und Alice eine WhatsApp, um sie auf den neuesten Stand zu bringen. Cat antwortete als Erste: *Nur zu!*

Ella schrieb ich auch. Sie schickte mir ein Auberginen-Emoji mit dem Kommentar: *Das ist ein Dildo, kein Schwanz!*

Während ich noch über eine witzige Antwort nachdachte, kam schon die nächste Nachricht von Sam: *Wir müssen nicht die ganze Zeit da bleiben. Mir würden schon ein paar Dinge für hinterher einfallen ...*

Ich beschloss, mir wieder Alices Push-up-BH zu leihen.

Der Drag-King-Wettbewerb fand in einem schummrig gemütlichen queeren Pub namens The Glory an der Kingsland Road statt. Als ich ankam, war der Laden schon brechend voll mit hippen lesbischen, schwulen und genderqueeren Menschen, die fröhlich quatschten und sich über den Tresen hinweg begrüßten. Der Lamettavorhang im Rücken der Bühne glitzerte und wogte, als sich Gestalten dahinter bewegten. Die Show würde gleich anfangen.

»Julia!«

Sam saß an einem ruhigen Tisch im hinteren Bereich des Pubs. Sie stand auf, als ich zu ihr kam, und grinste, die Hände in den Taschen.

Ich fand sie fast unerträglich attraktiv.

»Was trinkst du?«, fragte ich.

»Ich geb einen aus«, sagte sie bestimmt. »Bier?«

»Irgendein Lager«, sagte ich. »Danke.«

Sie schob sich an mir vorbei, um zum Tresen zu kommen, und gab mir dabei einen Kuss auf die Wange.

Sam stand noch an der Bar, als das Licht gedimmt wurde und die Menge anfing, in freudiger Erwartung zu stampfen und zu jubeln. Ein Mann in den Vierzigern, vermutlich der Gastgeber des Abends, trat mit einem Drag King in Lederjacke auf die Bühne. Sie fingen an, »Under Pressure« zu singen, wobei der Drag King den Part von Freddie Mercury übernahm. Unter der Jacke hatte er nichts an; seine Brustwarzen waren abgeklebt, und auf den Bauch war ein

Sixpack geschminkt. Selbst die Bartstoppeln waren überzeugend. Er bewegte sich wie ein Mann.

Sam kam mit zwei Pints und einer Tüte Chips zwischen den Zähnen zurück. »Die sind gut, oder?«, fragte sie und wies mit dem Kopf zur Bühne.

»Und scharf«, sagte ich.

»Wer, Butch Cassidy?«

»Ist das der Drag King?«

Sam nickte. »Ohne Drag heißt sie Josie Cassidy. Ich hatte mal ein Date mit ihr. Aber wir wollten beide den Ton angeben, das hat nicht richtig funktioniert.«

Ich drehte mich wieder zur Bühne. Butch Cassidy kniete nun und flirtete mit einer Frau in der ersten Reihe, streckte sich, um ihre Hände zu berühren.

Sam beugte sich vor, um die Chipstüte aufzureißen, und hielt sie mir hin. Sie legte einen Arm um mich, und ich lächelte sie an. Mit einem Mal wirkte die Stille zwischen uns ziemlich laut.

»Also«, sagte ich. »Du meintest, du hättest bald eine Einzelausstellung?«

»In einer Galerie in Clapton, ein ganz nackter, kahler Raum –«, sie brach ab, der Chip gerade auf dem Weg zum Mund.

Sie starrte auf meine Brust.

»Tut mir leid, wenn ich unverschämt bin«, sagte sie, blickte kurz hoch in meine Augen und dann wieder nach unten, »aber deine Titten sehen phantastisch aus in dem Top.«

»Danke«, sagte ich und zermalmte einen Chip in Zeitlupe, wobei ich mir der Form meines Mundes sehr bewusst war.

Sam nahm einen Schluck Bier, den Blick immer noch

auf meiner Brust. Sie stellte das Glas ab, beugte sich zu mir und flüsterte: »Ich will dich unbedingt ficken. Jetzt.«

»Oh«, sagte ich. »Verstehe.«

»Also, genau jetzt«, sagte sie und schob den Stuhl zurück. »Ich bringe dich in meine Höhle. Komm, wir fahren Uber.«

»Wir können die Bahn –«

»Nein«, sagte Sam. »Wir fahren Uber.«

Sam steckte sich eine Zigarette an, während wir warteten, rauchte sie schnell und überprüfte in der App, wie der Wagen vorankam. Als er da war, warf sie die Kippe in den Rinnstein und hielt mir die Tür auf.

»Wie galant«, sagte ich, als ich hineinglitt.

»Immer«, sagte sie.

Sie starrte aus dem Fenster, während Hackney an uns vorbeizog, und streichelte meine Hand. Ich mogelte mein Handy aufs Knie und schrieb Alice und Cat: *Fahren jetzt zu Sam. Berichte aus der Folterkammer ASAP.*

Sams Höhle stellte sich als Einzimmerwohnung nahe der Chatsworth Road heraus, mit abgeschliffenen Dielen und original Stilelementen.

»Wie kannst du dir die Miete leisten?«, fragte ich. Ich kannte niemanden, der alleine wohnte.

»Die Wohnung gehört meinem Dad, Freundschaftspreis.«

»Oh«, sagte ich und korrigierte mein Bild von ihr. »Sind deine Eltern geschieden?«

»Nein. Meine Mum ist gestorben, als ich jünger war.« Sie kam zu mir, um mir den Mantel abzunehmen. »Willst du was trinken?«

»Das tut mir leid«, sagte ich.

»Was?«

»Mit deiner Mum.«

»Oh. Ja. Das ist irgendwie ein Stimmungskiller. Ich rede nicht gern darüber.« Sie nahm meine Hand und zog mich weg von der Tür zum Bett.

Ich sah mich in der Wohnung um. Es schien keine Folterkammer zu geben; es wäre aber auch schwierig gewesen, die in einer Einzimmerwohnung unterzubringen. Das Bett nahm fast den ganzen Raum ein; wie der Rest der Möbel war es aus dunklem Holz und sah nicht aus wie etwas, das sie sich selbst ausgesucht hatte – war es ein Erbstück? Es lag kein Kram herum, nichts auf irgendwelchen Oberflächen – alles schien seinen Platz zu haben. Meiner Mutter hätte das alphabetisch geordnete Gewürzregal gefallen. Für eine Künstlerin in Hackney war das alles sehr erwachsen und ein bisschen anonym – es gab nichts, was etwas über Sam verraten hätte. Abgesehen von den Gemälden natürlich.

Sie zeigten nackte Frauen, und sie waren überall, manche gerahmt, manche nicht, in leuchtendem Pink und Grün und Gelb und Orange, so viele, dass man kaum die Wände sehen konnte. Kniende Frauen, stehende Frauen, küssende Frauen, Frauen mit gespreizten Beinen. Abgesehen von den grellen Farben waren die Bilder sehr realistisch und sehr detailliert – man sah jedes Pünktchen jeder Brustwarze, jedes gelockte Schamhaar. Alle Frauen starrten mich direkt an und schienen mich herauszufordern. Ich kam mir vor wie eine Voyeurin.

Komischerweise erkannte ich eine der Frauen, obwohl

ich mir nicht sicher war, wo ich sie schon mal gesehen hatte. »Ist sie berühmt?«, fragte ich und zeigte auf den Akt einer Frau mit Afro, der in leuchtenden Lila-, Orange- und Rottönen gehalten war.

»Nein«, sagte Sam. »Das ist Addia. Sie arbeitet bei Sh!.«

Deshalb kam sie mir bekannt vor. Sie war die Sexshop-Verkäuferin mit der Vorliebe für Leder-Harnische. »Es sieht fast aus wie ein Foto«, sagte ich. Jetzt wusste ich, dass Addia ein Schlangentattoo auf dem Oberkörper hatte.

»Sie findet es unvorteilhaft«, sagte Sam.

»Das ist es nicht«, sagte ich. Es war sexy, genau genommen. »Malst du alle deine Freundinnen?«, fragte ich, aber da küsste sie mich schon auf den Hals, und ich begehrte sie so sehr, dass ich am liebsten geschrien hätte.

Sie zog mich sorgsam und bestimmt aus, aber als ich versuchte, sie auszuziehen, hielt sie mich davon ab und stieß mich sanft aufs Bett. Noch im Stehen zog sie Jeans und Boxershorts aus – sie trug Boxershorts –, behielt aber das T-Shirt an.

Ich hatte mich gefragt, wie sie wohl nackt aussah; ob sie ihre Körperhaare wachsen ließ, wie dünn sie im Vergleich zu mir wäre, wie groß ihr Busen. Jetzt sah ich, dass sie sich nicht rasierte – jedenfalls weder die Beine noch die Achseln. Ich fand die weichen gelockten Härchen eigentümlich erotisch. Bauch und Brüste konnte ich noch nicht sehen. Ich versuchte, sie zu berühren, aber wieder schob sie meine Hände weg. Es war seltsam, dass sie halb bekleidet war und ich nackt, genau wie all die Frauen an den Wänden.

Sie kniete sich aufs Bett und langte zu ihrem hölzernen Sexschrank hinüber – ja, sie hatte einen beachtlichen

Sexschrank, auf dessen Regalböden rätselhafte Latexdinge lagen. Der Schrank war nur einen kurzen Moment geöffnet, aber mein Blick fiel auf einen Karton, auf dem beunruhigenderweise *Einlauf-Set* stand. Doch das Einzige, was sie aus dem Schrank nahm, war eine Tube Gleitmittel. Und mit diesem Gleitmittel stellte sie die wundervollsten Sachen an.

Ich kam ganze fünf Mal. Ich war noch nie fünfmal gekommen. Noch nicht mal an einem sterbenslangweiligen Abend mit meinem Rampant Rabbit.

Als ich kurz davor war, zum fünften Mal zu kommen, spürte ich, dass gleich etwas Schreckliches geschehen würde.

»Ich pinkle dich gleich an.«

»Nur zu.«

»Ich will nicht!«

»Das macht nichts. Entspann dich.«

Und dann war es zu spät, und wie ein veritabler Springbrunnen spritzte ich über ihr T-Shirt, über ihr Gesicht.

»Es tut mir so leid«, sagte ich, aber sie hörte nicht auf, mich zu vögeln.

»Du pinkelst mich nicht an«, sagte sie. »Du ejakulierst.«

Und je länger sie einen bestimmten Punkt penetrierte, desto mehr kam ich oder vielmehr desto mehr kam es – es sprudelte nur so aus mir heraus, als hätte ich endlose Vorräte davon in mir. Hatte ich wohl auch. Vorräte aus sechsundzwanzig Jahren.

Als wir hinterher dalagen, fiel mir auf, wie nass die Laken waren und wie übel sie rochen.

»Es tut mir wirklich, wirklich leid«, sagte ich.

»Willst du mich verarschen? Das ist doch genau das,

worum es geht. Das ist echt. Es bedeutet, dass du deinen Spaß hattest. Kein Grund, sich zu entschuldigen.«

»Aber es ist eklig –«

»Ich sagte, kein Grund, sich zu entschuldigen.«

Ich fragte Sam, ob ich sie auch vögeln könne.

Sie schien zu überlegen, ob sie mich lassen solle, und ich sagte: »Bitte?«

»Jetzt bettelst du also?« Sie lachte. »Du bettelst darum, mich ficken zu dürfen?«

»Halt die Klappe«, sagte ich lachend. »Bild dir bloß nichts drauf ein.«

»Zu spät«, sagte sie. »Das tue ich schon. Ich zeige dir, wie ich es am liebsten habe.« Sie beugte sich wieder zu dem Sexschrank und holte einen Karton mit schwarzen Latexhandschuhen hervor.

»Hier.« Sie warf mir einen zu. »Viel schärfer als die weißen. Die sehen ein bisschen zu medizinisch aus.«

Ich zog ihn mir über die rechte Hand. »Ich sehe aus wie eine Mörderin«, sagte ich mit Blick auf meine Hände. »Ich sehe aus, als wollte ich dich erwürgen.«

»Wir können gern so tun, wenn dich das antörnt«, sagte Sam. »Ich steh auf ein bisschen Atemkontrolle dann und wann. Natürlich nur in vertrauenswürdigen Situationen.«

Wie sich herausstellte, stand Sam auf Fisting. »Nicht hoch bis zum Po«, sagte sie. »Ich will, dass du deine ganze hübsche Hand in meine Möse schiebst, dann eine Faust ballst und sie herumbewegst, bis ich überall auf dich draufkomme.«

»Ich glaube, meine Knöchel sind ein bisschen zu dick dafür«, sagte ich, als ich sie mir genauer ansah.

»Ich hatte schon dickere«, sagte Sam. Sie lehnte sich zurück und spreizte die Beine. Ihr Schamhaar war kurz gestutzt. Jetzt machte ich mir Gedanken, dass ich mir meins aus Sexgründen auch kürzer hätte schneiden sollen. »Wärm mich erst mit ein paar Fingern ein bisschen auf und mach weiter, bis sie alle reinpassen, auch der Daumen.«

»Und dann schieb ich sie einfach rein.«

»Da werde ich dich schon ganz verschluckt haben.«

»Aber – was wenn ich stecken bleibe?«

»Das passiert manchmal«, sagte sie. »Aber dann lässt du einfach locker, und sie rutscht wieder raus.«

»Ich will nämlich nicht in deiner Vagina steckend in der Notaufnahme auftauchen.«

»Für mich wäre es peinlicher als für dich«, sagte sie.

»Ich sähe aus wie ein Bauchredner mit ner riesigen Puppe.«

»Und ich sähe aus wie ne Butch, die sich von ner Femme ficken lässt. Nicht cool«, sagte sie.

Ich lachte, aber dann sah ich ihr Gesicht, und mir wurde klar, dass sie keinen Witz gemacht hatte. »Im Ernst«, sagte sie. »Wenn du meine Freundinnen kennenlernst, darfst du ihnen nicht davon erzählen. Das untergräbt meine Street Credibility.«

»Dein Dad hat dir eine Wohnung gekauft. Du hast keine Street Credibility.«

»Er hat sie nicht für mich gekauft. Er lässt mich nur darin wohnen«, sagte sie, ohne jedes Lächeln. Aufgezogen zu werden war offensichtlich nicht so ihr Ding. »Aber egal, halt die Klappe und fick mich, bevor ich's mir anders überlege.«

Ich kniete am Ende des Bettes, die Hand in der Luft, und wusste nicht recht, was ich tun sollte.

»Komm mal her«, sagte sie und winkte mich zu sich.

Also kroch ich an ihr Ende des Bettes und fing an, sie zu küssen.

Ich sollte vielleicht hinzufügen, dass ich es noch nie sehr gemocht hatte, oben zu sein. Es war mir immer ziemlich unangenehm gewesen, wenn mein Exfreund mich bat, ihn zu »reiten«; mir ist durchaus bewusst, dass ich von unten nicht gerade attraktiv bin, mit meinem Doppelkinn und den Pickeln am Kiefer. Wobei ich keine faule Liebhaberin bin; ich fühle mich nur am wohlsten, wenn ich auf dem Rücken liege, am liebsten auf einer festen Matratze mit ein paar Daunenkissen unter dem Kopf. Aber Sam erlaubte mir, sie zu ficken, und da war es nur höflich, wenn ich mir Mühe gab.

Nach ein paar Minuten hervorragenden Geknutsches, als meine Gedanken allmählich abschweiften und ich mich fragte, ob wir wohl am nächsten Morgen frühstücken gehen würden und ob wir ein Café in Homerton ausprobieren könnten, von dem ich gelesen hatte, kletterte ich auf sie, schob ein Bein zwischen ihre Beine und versuchte, mich an ihr zu reiben, so wie sie es mit mir gemacht hatte.

»Sehr gut«, sagte Sam. »Weiter so.«

Ich spürte ihr Schamhaar allerdings an meinem Bein und nicht an meiner Möse, also veränderte ich meine Position, bis sie vor Vergnügen stöhnte.

Da ich mir nicht sicher war, wie lange ich mit dem Reiben weitermachen sollte, fing ich nach ein, zwei Minuten an, ihren Körper mit Küssen zu bedecken, aber sie rief mich zurück.

»Nicht lang genug«, sagte sie. »Nimm dir immer mehr Zeit, als dir nötig erscheint, um eine Frau in Stimmung zu bringen. Das wird sich am Ende auszahlen.«

Also machte ich weiter, und nach einer Weile vergaß ich meine Verlegenheit. Meine Arme begannen zu schmerzen, aber das machte nichts, weil Sam sich unter mir aufbäumte. Das war so verdammt scharf, sie atmete immer schneller, und dann sagte sie: »Mach Gel auf den Handschuh. Jetzt.« Es gab eine peinliche Unterbrechung, als ich das Gleitmittel auftrug. »Wärm dir die Hände auf, bevor du mich berührst«, sagte sie, presste sich wieder an mich und übernahm damit, wie man fairerweise sagen muss, von unten einen Großteil der Arbeit. Und dann: »Jetzt. Fick mich.«

Ich schob ihr einen Finger rein, und ich werde nie vergessen, wie es sich anfühlte, zum ersten Mal das Innere einer Frau zu berühren. Ich trug zwar einen Handschuh, aber sie war so feucht und glatt, dass meine Hand zu schweben schien, ich spürte meine Möse als Reaktion darauf pulsieren und stöhnte beglückt auf, und Sam sagte: »Du verdammt dreckige Dyke«, und dann packte sie mich am Handgelenk und führte meinen Finger rein und raus, schneller und schneller. »Mehr Finger«, sagte sie, und ich gehorchte, und es kam mir vor, als fickte ich mich selbst, so sehr törnte es mich an. Ich hatte drei Finger in ihr, dann vier und dann auch meinen Daumen, und Sam sagte: »Alles von dir«, und ich schob, und dann war ich bis zum Handgelenk in ihr drin, und ich sah nach unten und fragte mich, warum ich darüber nichts in Sexualkunde gelernt hatte.

Sam ließ meinen Arm los und sah mir in die Augen, während sie anfing, ihre Klitoris zu reiben. Ich kam mir plötzlich inkompetent vor, weil ich nicht alles selbst machen konnte, aber das hielt nicht lange an, denn sie berührte sich so ungehemmt, dass es keine Rolle zu spielen schien.

»So ist es gut«, sagte sie. »Öffne und schließ deine Hand. Langsam.«

Das tat ich, und jede Bewegung zeichnete sich vielfach vergrößert auf ihrem Gesicht ab.

»Jetzt fick mich«, sagte sie. Ich schob meine Hand vor und zurück, und sie hielt meinen Blick fest und sagte: »Härter«, und da fickte ich sie härter, bis es mir vorkam, als würde ich boxen, und ihre Möse öffnete sich, und meine Hand kam bald ganz heraus und fuhr wieder hinein. Ich blickte auf meine Hand und konnte kaum glauben, was ich da sah. Es törnte mich so an und verstörte mich auch ein bisschen, und dann packte sie wieder mein Handgelenk und stieß mich härter hinein und fing an zu heulen und zu schreien, und dann kam sie, so laut, dass es mich kurz aus dem Moment katapultierte und ich mich fragte, ob die Nachbarn zu Hause waren, und dann erschauderte sie, und meine Hand war noch in ihr, und sie zog mich an sich und bebte und stöhnte noch, und dann wurde aus dem Stöhnen ein Schluchzen.

Sie schluchzte, als hätte sie es seit Jahren unterdrückt und ließe nun den Tränen freien Lauf, und ich strich ihr übers Haar und murmelte »Schhh« und fragte mich, ob das wohl jedes Mal passieren würde, wenn ich sie vögelte.

»Das war so gut«, sagte sie. »So gut. Und du bist so schön. Und ich bin so glücklich.«

Sam ging ins Bad, um sich das Gesicht zu waschen, und ich lag da, schaute zur Decke und dachte: Ich bringe erfahrene

Lesben zum Weinen, weil ich so gut im Bett bin. Ich war ziemlich zufrieden mit mir, das muss ich schon sagen.

Sam kam mit zwei Gläsern Wein, einer Tafel Bitterschokolade und einer Packung Zigaretten ins Bett zurück. »Nach wirklich gutem Sex habe ich immer Lust auf Kippen, Wein und Schokolade«, sagte sie. »Und das war möglicherweise der beste Sex, den ich je hatte.«

»Du hast aber nicht losgespritzt«, sagte ich.

»Das tue ich nie«, sagte sie. »Da ist jeder anders. Nicht viele Menschen spritzen so viel wie du.«

»Oh.«

»Das muss dir nicht peinlich sein! Es ist eine Gabe! Es ist eine wunder-, wunderschöne Gabe. Du solltest stolz darauf sein.«

Ihre Art führte dazu, dass ich mir sehr viel jünger vorkam als sie.

Wir saßen eine Weile zufrieden schweigend da, tranken und aßen. Sam hatte recht: Die Kombination aus Wein und Schokolade verlängerte das Hoch nach dem Sex. Sam steckte sich eine Zigarette an. »Es macht dir doch nichts aus, oder?«, fragte sie.

»Es ist deine Wohnung«, sagte ich. Mir war angenehm schummrig und warm, und meine einzige Sorge war, Schokoladen- oder Rotweinflecken auf Sams blütenweiße Laken zu machen.

Sam strich mir übers Haar. »Glaub ja nicht, dass ich dir immer erlauben werde, mich anzufassen«, sagte sie. »Manchmal wirst du dich einfach zurücklehnen müssen und nehmen, was dir gegeben wird.« Es törnte mich an, wie sie das sagte, und einen Moment lang war mir das unangenehm. Wenn ein Mann so etwas zu mir gesagt hätte, wäre ich vermutlich schreiend zur nächsten Gleichstellungsbeauftragten gerannt. Aber sie war kein Mann. Und außerdem nahm ich gern, was mir gegeben wurde, solange es von ihr kam.

Wir blieben bis in die frühen Morgenstunden wach und redeten. Sie erzählte mir, dass sie 121 Cis-Frauen, zwölf Trans-Männer und drei Cis-Männer gevögelt habe. Es war ein wirklich lehrreicher Tag.

»Sind die Frauen an den Wänden also alles welche, die du gevögelt hast?«

»Die meisten ja«, sagte sie.

»Wirst du mich dann auch malen?«

»Wenn du es richtig anstellst«, sagte sie, zog mich an sich und küsste mich.

Am nächsten Morgen wachte ich lange vor Sam auf, weshalb ich zu ihrem Bücherregal ging – ebenfalls alphabetisch geordnet – und ein altes Taschenbuch von *Porträt einer jungen Dame* herauszog. Ich fing an zu lesen, aber die Sätze von Henry James waren zu lang für mein vom Sex benebeltes, unausgeschlafenes Hirn. Ich blätterte zum Ende, um zu sehen, wie es ausging, und ein Foto fiel heraus: zerknickt, mit einem runden Fleck von einer lange kalten Tasse Tee. Es zeigte Sam, die den Arm um eine wunderschöne, dunkelhaarige Frau in den Dreißigern gelegt hatte, rote Lippen, beeindruckendes Dekolleté. Ich drehte das Foto um. Auf der Rückseite stand eine Widmung, die vier Jahre alt war und wohl mit Sepia-Tusche geschrieben:

Für meine liebste Sam. Love Virginie xxx

Mein Herz verkrampfte sich vor rückwirkender Eifersucht.

Blöder Name, dachte ich. Und wie prätentiös, diese blöde Sepia-Tusche.

Ich sah nach, ob Virginie irgendwo an den Wänden zu entdecken war, aber ich fand sie nicht.

Ich befahl mir, das Unbehagen abzuschütteln. Das Buch war angestaubt – offensichtlich hatte es lange niemand angefasst. Nichts deutete darauf hin, dass Sam sich überhaupt noch an das Foto erinnerte. Oder dass Sam und Virginie mehr als nur befreundet gewesen waren. Außerdem war ich ja nicht mit Sam zusammen. Ich war einmal mit ihr im Bett gewesen. Ich hatte kein Recht, eifersüchtig zu sein.

Trotzdem war ich es.

14. Teflonbeschichtet vor Glück

Der Sex war so gut, dass ich allen davon erzählen wollte. Ich erzählte Alice und Dave davon (er war völlig fasziniert) und beschrieb Cat das Squirten in einer Nachricht. Sie antwortete: *So genau wollte ich es gar nicht wissen!* Was angesichts der Tatsache, dass ich vom gekrümmten Penis ihres Fünfte-Klasse-Lehrers wusste, ein bisschen absurd war.

Meine Swingtanz-Freunde waren am interessiertesten. Nach der nächsten Stunde erstattete ich ihnen bei Bier und Chips haarklein Bericht.

»Ich wusste, dass es dir gefallen würde«, sagte Rebecca. »Sam ist in der Szene legendär.«

»Hey!«, rief Bo und schlug ihr auf den Arm.

Rebecca beugte sich vor. »Hat sie diese Sache mit ihrer Zunge gemacht –?«

Bo schlug ihr wieder auf den Arm.

»Wahrscheinlich«, sagte ich nickend. »Alles, was sie mit ihrer Zunge gemacht hat, war umwerfend. Und das Fisting erst!« Ich sah in die Runde. »Warum wusste ich nichts von Fisting?«

Ella machte ein sehnsüchtiges Gesicht. »Ich kann mich kaum noch daran erinnern«, sagte sie. »Meine Ex stand nicht auf Penetration.«

»Nein!«, rief Zhu entsetzt.

»Weder in die eine noch die andere Richtung?«, fragte ich.

»Nein«, sagte Ella. »Sie hat es zwar bei mir gemacht, aber nie hart genug.«

»Wow«, sagte Bo.

»Und wie ging es dir damit als gendernonkonformer Frau?«, fragte Rebecca. »Fühltest du dich entmannt – ich weiß, es ist nicht das richtige Wort –, weil sie dich penetrieren konnte, aber du sie nicht?«

»Nein«, sagte Ella und rutschte auf dem Sofa herum. »Nicht entmannt. Nur ein bisschen sexuell frustriert.«

»Du musst dringend wieder aufs Pferd«, sagte Zhu kopfschüttelnd.

»Ich fürchte, ich weiß gar nicht mehr, wie man reitet«, sagte Ella.

»Das vergisst man nicht«, sagte ich. »Ich dachte das auch mal, aber das kommt wieder.«

Die anderen nickten.

Auf einmal war ich so weise und sexuell erfahren. Ich hatte wieder eine Identität, und zwar nicht die einer »ziemlich talentfreien öffentlichen Angestellten, die Wein aus Tetrapacks trinkt und dazu Sitcoms guckt«. Ich war eine Lesbe. Eine erfolgreiche noch dazu.

Zhu lehnte sich zurück und lächelte Ella an. »Falls du jemanden zum Üben brauchst, weißt du ja, wo du mich findest.«

Ich lachte und begriff dann, dass Zhu es vollkommen ernst meinte. Ella faltete eine leere Chipstüte zu einem winzigen Quadrat. Bo blickte von Zhu zu Ella und zurück und wartete auf eine Reaktion.

»Ich kann bestätigen, dass Zhu eine ausgesprochen großzügige Liebhaberin ist«, sagte Rebecca.

»Rebecca!«, rief Bo.
»Was?«, fragte sie.

Es ist unglaublich, was guter Sex ausmachen kann. Es hatte sich ansonsten absolut nichts verändert, aber es kam mir vor, als hätte ich ein Upgrade in die Business Class meines Lebens bekommen. Ich war weniger ängstlich, selbstsicherer, weniger beunruhigt von den allmorgendlichen Schreckensnachrichten im Radio, weniger verbittert in der Gegenwart von Paaren.

Sogar in Bezug auf meinen Vater ging es mir besser, obwohl er eindeutig noch ein paar Probleme mit meinem lesbischen Outing hatte. Ein paar Tage nach dem unglaublichen Sex kam er nach London, und wir gingen in der Mittagspause am Fluss spazieren. Er umarmte mich verlegen und reichte mir das Buch von Stella Gibbons, ohne mich dabei anzusehen, was wohl bedeutete: »Es tut mir leid, und ich habe dich lieb.« Es war eine alte gebundene Ausgabe von *Der Sommernachtsball*.

»Danke«, sagte ich und blätterte durch die brüchigen Seiten. »Das kenne ich noch nicht.«

Wir gingen eine Weile schweigend weiter und betrachteten die Touristenboote auf der Themse.

»Du wirkst sehr fröhlich«, sagte er schließlich.

»Das bin ich auch. Ich habe jemanden kennengelernt.«

Er wandte sich zu mir. »Eine – eine von – eine Lesbe?«

»Eine Lesbe.«

»Tja. Toll. Das ist toll.« Er blickte stur geradeaus.

»Ja. Sie ist nicht meine Freundin oder so was.«

»Gut.«

»Was? Warum?«

Dad wurde ein bisschen rot. »Nichts. Das sind gute Neuigkeiten, Julia.«

»Nein«, sagte ich und blieb mitten auf dem Weg stehen, so dass ein Jogger um mich herumlaufen musste. »Warum ist das so gut?«

»Na ja«, sagte er, während er weiterging, so dass ich ihn erst einholen musste. »Ich meine, es ist gut, dass du kein Etikett draufklebst. Du bist zu jung, um dich in eine Schublade zu stecken.«

Ich wartete darauf, dass ich traurig wurde oder wütend oder irgendwas. Aber ich empfand nichts. Ich begriff, dass es mir egal war, was mein Dad von mir und Sam hielt. Seine Meinung hatte mir immer viel bedeutet – zu viel wahrscheinlich –, aber diesmal wusste ich, dass er falschlag. Er konnte mich nicht verletzen. Ich war zu glücklich, um mich von irgendetwas verletzen zu lassen.

Ich war sogar so glücklich, dass ich meinen Freunden allmählich auf die Nerven ging. Ich erwischte Alice eines Donnerstagabends dabei, wie sie Dave gegenüber die Augen verdrehte, als ich Sams künstlerischen Schaffensprozess beschrieb.

»Sie macht ihre Porträts ganz schnell, so wie Hockney, erst mit Kohle, und dann malt sie mit Acrylfarben.«

»Toll.«

»Sie ist *wirklich* toll. Sie ist eingeladen worden, im nächsten Jahr in Florenz auszustellen! Sie bekommt für einen Monat ein Atelier und eine Wohnung!«

»Klingt großartig.« (Augenverdrehen.)

Doch es machte mir nichts – ich war vor Glück förmlich teflonbeschichtet.

Und außerdem: Als Alice und Dave Sam kennenlernten, waren sie genauso verzaubert wie ich. Nachdem Sam und ich uns ein paar Wochen lang getroffen hatten, gingen wir zu viert in ein vegetarisches Restaurant in Vauxhall, wo man die Getränke selbst mitbrachte. Sam kam zu spät, hatte aber zur Entschädigung zwei Flaschen Wein dabei.

»Also wer von euch ist Alice?«, fragte sie und blickte von Dave zu Alice und zurück. Alle lachten.

Ich hatte mir schon gedacht, dass Dave sich mit Sam verstehen würde – sie hatten gemeinsame Freunde, waren beide zur Kunsthochschule gegangen, bewegten sich in den gleichen kreativen Kreisen –, aber mich überraschte, wie begeistert Alice von ihr war. Sie schlug oft die Beine übereinander, berührte Sam an der Schulter und lachte zu laut über ihre Witze. Wir tranken alle zu viel, und bald löcherte Alice Sam mit Fragen über ihr Coming-out.

»Das ist schon ewig her«, sagte Sam und schenkte uns nach. »In der Schule wussten alle Bescheid. Meine beste Freundin und ich haben immer in unserem Wohnheim gevögelt, wenn alle anderen schliefen. Aber wenn ich für die Ferien nach Hause fuhr, habe ich mich wieder bedeckt gehalten.«

»Du warst im Internat?«, fragte ich.

»*Das* interessiert dich an der Geschichte?«, fragte Dave, der sich vorbeugte und weitere Fragen zu haben schien.

Versehentlich verschüttete ich Wein über den ganzen Tisch und meine Beine, Sam sprang auf, um sich ein paar Servietten zu schnappen, und damit hatte sich das Gesprächsthema erledigt. »Tollpatsch«, sagte sie, während sie meinen Schoß abtupfte, und ich hatte das Gefühl, sie enttäuscht zu haben – so, wie sie mich ansah, fühlte ich mich schuldig, ich kam mir jung und dumm und ein bisschen unfähig vor. Aber dann küsste sie mich, und alles war wieder wundervoll.

»Ich finde sie großartig«, erzählte Alice mir am nächsten Abend, als wir zu weiche Nudeln aßen.

»Wirklich?«, fragte ich.

Alice nickte. »Sie ist so charmant.«

»Ich weiß.«

»Und sie ist so scharf. *So* scharf.«

»Lass das bloß nicht Dave hören.«

»Er hat gestern mit mir geschimpft, weil ich mit ihr geflirtet habe.«

»Ha!«

»Ich weiß! Aber sie strahlt puren Sex aus, oder?«

»Das stimmt.«

»Ich wünschte, Dave würde Sex ausstrahlen.«

»Das hat er vermutlich, als ihr euch kennengelernt habt.«

»Nicht so wie Sam.« Sie wickelte weitere Nudeln auf ihre Gabel. »Was, wenn ich nie wieder aufregenden Sex habe?«

»Dave und du, ihr habt doch reichlich aufregenden Sex.«

»Ich weiß ... aber du strahlst richtig, wenn du über Sam redest.«

»Aber das ist ja nur, weil es so neu ist. Das vergeht.«

»Vermutlich ...«

Doch das war ein bisschen gelogen. Denn ich glaubte nicht, dass es vergehen würde. Ich war so glücklich. Ich hatte mich praktisch in einen lesbischen Ikarus verwandelt. Ich hätte wissen müssen, dass es nicht von Dauer sein würde.

15. Notfall-Doughnuts

Das Nicht-von-Dauer-Sein fing eines Dienstagmorgens bei der Arbeit an. Owen berichtete mir und Uzo gerade von dem Workout, mit dem er im Fitnessstudio begonnen hatte – ein ungewöhnlich langweiliges Gespräch, selbst gemessen an den Standards des Korrespondenz-Teams –, als Tom mit wichtigtuerischer Miene zu uns marschiert kam. Seit Smriti da war, marschierte Tom sehr viel öfter so herum.

Wir drei blickten auf. Uzo legte ihr Telefon weg. »Hallo«, sagte ich eher fragend als grüßend.

»Hallo«, sagte Tom. »Ich habe mich gefragt, ob Sie heute Lust hätten auf ein Team-Lunch? Mal wieder in Ruhe über alles reden?«

Owen, Uzo und ich sahen uns an. Tom hatte noch nie ein Team-Lunch vorgeschlagen. Und »mal in Ruhe über alles reden« war eigentlich auch nicht sein Ding.

Ich gab ein wenig überzeugendes »Klingt toll!« von mir.

Wir gingen zum Italiener um die Ecke vom Büro und bestellten das Zwei-Gänge-Menü für zehn Pfund.

»Veränderung liegt in der Luft«, murrte Tom düster, als er Parmesan auf seine Lasagne streute.

»Und ich dachte, es wäre der Geruch nach billigem italienischem Essen!«, sagte Uzo lachend. Ich mag es, wenn Uzo lacht; dann rasselt ihre riesige Halskette.

Tom ignorierte sie. »Es gibt Überlegungen, unser Team mit dem größeren Kommunikationsteam zusammenzulegen.«

Owen und ich sahen uns an. »Zusammenlegen« war eins von den bösen Wörtern.

»Werden Leute entlassen?«, fragte ich.

Tom zog die Augenbrauen zusammen. »Möglicherweise.«

»Mich können sie nicht rauswerfen«, sagte Uzo und lehnte sich zurück. »Ich bin schon zu lange hier. Das wäre zu teuer.«

»Mich können sie leicht loswerden«, sagte ich. Ich war die Einzige, die von einer Zeitarbeitsfirma kam. Mir würden sie keine Abfindung zahlen müssen.

»Anscheinend werden mehr Leute gebraucht, die Auskünfte im Rahmen der gesetzlichen Informationsfreiheit erteilen«, sagte Tom. »Vielleicht werden einige von Ihnen versetzt.«

Luftschnappen, »Nein!«-Rufe, angewidertes Stöhnen. Niemand will im Team für Informationsfreiheit arbeiten.

»Ich wollte Sie nur vorwarnen«, sagte Tom. Ein Käsefaden spannte sich zwischen seinem Mund und seinem Teller, was ein bisschen eklig aussah. »An Ihrer Stelle würde ich meine Optionen überdenken.«

Das erinnerte mich an mein Gespräch mit der Ballettmeisterin des English National Ballet. »Du bist jung! Du hast einen guten Schulabschluss! Du könntest an die Uni gehen! Du hast so viele Optionen!« Es waren nur leider keine Optionen, denen ich nachgehen wollte.

Später an diesem Tag verließen Owen und ich das Büro für einen Notfall-Doughnut, um Toms Enthüllungen zu besprechen. Owen entschied sich für einen mit Himbeerfüllung. Ich bestellte einen mit Schokoglasur (es waren schlechte Zeiten).

»Ich weiß, dass wir nicht gern hier arbeiten«, sagte Owen, »aber es ist besser, als nirgends zu arbeiten, oder?«

»Ganz genau«, sagte ich.

»Und verglichen mit vielen anderen haben wir es ziemlich leicht. Laura muss immer bis acht oder so bleiben. Sie ist Anwältin«, sagte er. Seine Mundwinkel hoben sich selbstzufrieden. Dann biss er in seinen Doughnut und kleckerte Marmelade auf sein Hemd, was ihm nur recht geschah.

Ich reichte ihm eine Serviette, damit er sie abwischen konnte.

»Wir könnten uns für das Ausbildungsprogramm des höheren Dienstes bewerben«, sagte ich.

»Die nächste Anmeldungsrunde ist erst im Oktober«, sagte Owen. »Aber es gibt bald eine SEO-Rekrutierungsrunde ...« Senior Executive Officers übernahmen viel interessantere Aufgaben als wir. Sie nannten sich dann Senior Policy Adviser und Senior Communications Officer. Der Gedanke, ein Senior zu sein, gefiel mir.

Wir blickten zur Tür, wo zwei SEOs standen und sich angeregt über Statistiken zur Patientenzufriedenheit unterhielten – ein ziemliches Kunststück, angeregt über Statistik reden zu können. Sie sahen wichtig aus. Sie hatten sich ihre Doughnuts zum Mitnehmen gekauft.

16. Niemand fängt mit nur einem Jonglierball an

Wenn ich mit Sam zusammen war, musste ich mir keine Gedanken über meine Zukunft machen oder über die Vergangenheit oder die Tatsache, dass ich den Abwasch nicht erledigt hatte, oder über irgendetwas sonst, abgesehen von der Frage, ob das Gleitmittel für das ganze Wochenende reichen würde. Nach einem Monat sahen wir uns fast jeden Tag, und der Sex wurde immer besser und einfallsreicher. Wir schliefen miteinander, wann immer wir uns trafen, es sei denn, eine von uns hatte ihre Tage – wobei sie für Periodensex durchaus etwas übrighatte, aber ich war noch nicht bereit, ihre schönen weißen Laken vollzubluten. Ein wenig Mystik durfte schon noch bleiben. Mir war noch nie jemand begegnet, der so ungehemmt war wie Sam. Sie sagte zum Beispiel: »Deine Fotze ist so verdammt hübsch«, und beschrieb mir dann sehr anschaulich und anatomisch detailliert, warum.

»Eine so schöne Möse habe ich noch nie gesehen«, sagte sie eines Tages beim Kaffee in Soho.

»Danke sehr. Deine ist auch sehr hübsch.«

»Wann immer sie mir einfällt, muss ich masturbieren.«

»Verstehe«, sagte ich. »Das macht mich ganz ... zittrig.«

Was sollte ich dazu sagen? War das ein Wettstreit, wer die obszöneren Dinge sagte? Nicht unwahrscheinlich. Ich war solche Gespräche nicht gewohnt, es war großes Obszönitäten-Tennis.

Sie erklärte, dass sie mit mir den besten Sex ihres Lebens hatte. Genau genommen sagte sie, ich sei »der beste Fick« ihres Lebens. Anscheinend war es noch niemandem vor mir gelungen, sie oral zum Kommen zu bringen. Und man darf nicht vergessen, dass sie vor mir mit 121 Frauen im Bett gewesen war. Es war mein bislang größter Erfolg.

Wir hatten nicht nur umwerfenden Sex – wir schlenderten auch über den Columbia-Road-Blumenmarkt und umkurvten Touristen, Hipster und Streetart-Hobbyfotografen; wir aßen im Pub bei ihr um die Ecke zu Abend und lachten bei Craft Beer und Würstchen mit Kartoffelbrei über unsere Witze; wir spazierten die Marchmont Street hinauf und stöberten in der neuesten LGBT-Literatur bei Gay's the Word. Wir machten alles, was lesbische Londoner Paare so machten – nur dass wir offiziell kein Paar waren.

Sie war noch nie in meiner Wohnung gewesen, und das störte mich. Ich war zwar gern bei ihr – da war es so sauber und ruhig, und es gab weder Mitbewohner noch Mäuse –, aber ich fand es wichtig, dass sie mich auch mal in meiner natürlichen Umgebung erlebte. Ich hatte regelmäßig die Bettwäsche gewechselt und meine anspruchsvollsten Romane neben dem Bett gestapelt, falls sie sich eines Abends entscheiden sollte, mit zu mir zu kommen, aber alles vergeblich. Wir gingen meistens im Londoner Osten aus, und da lag ihre Wohnung einfach günstiger.

Eines Sonntags lackierte ich mir zu Hause gerade die Nägel, als es klingelte.

»Nicht für mich!«, schrie Alice aus ihrem Zimmer.

»Für mich auch nicht!«, rief ich zurück.

»Ich habe keine Hose an.«

»Ich trage keinen BH.«

Ich hörte, wie Alice vor sich hin brummelte und sich den Bademantel überwarf. Dann öffnete sie unten die Haustür und sagte: »Oh!«

»Hallo«, sagte Sams Stimme.

Ich kam aus meinem Zimmer. Da war sie, auf der Eingangsstufe im Regen mit einem Pfingstrosenstrauß in der Hand.

Alice ging wieder in ihr Zimmer, wobei sie mich im Vorbeigehen nicht gerade unauffällig anstieß. Sam lehnte immer noch in der Tür, den Oberkörper in der Wohnung und die Füße auf der Stufe, als würde sie vielleicht nicht bleiben.

»Willst du reinkommen?«, fragte ich.

»Ja, bitte«, sagte sie und trat ein. »Ich saß zu Hause, musste daran denken, wie deine herrliche Zunge es mir besorgt, und dachte, ich komme mal vorbei.«

»Dünne Wände!«, rief Alice.

Ich schob sie durch den Flur in mein Zimmer. Ich registrierte, wie sie sich in der Wohnung umsah, den feuchten Fleck an der Decke bemerkte und den Staub am Rand des Teppichs. Ich dankte dem Universum dafür, dass ich an diesem Tag mein Zimmer gesaugt hatte.

Sie setzte sich auf mein Bett und sah den Bücherstapel durch, genau wie geplant.

»Ali Smith«, sagte sie. »Schön.«

»Ja«, sagte ich. »Ich habe alle ihre Bücher gelesen.«

»Wie fandest du *Winter*?«

»Bis auf das.«

Ich ließ Swingtanz ausfallen, und wir genehmigten uns Sex, Pizza und Wein. Es war wundervoll.

»Ich hatte seit Jahren nicht mehr so viele Dates mit ein und derselben Person«, erzählte ich ihr.

»Ich verzichte meistens auf Dates«, sagte sie. »Es sei denn, mir ist es wirklich ernst mit jemandem.« Sie nahm meine Hand. »Dieser Abend ist perfekt.«

»Sorry wegen der Wohnung.«

»Was ist denn mit der Wohnung? Ich finde sie zauberhaft.«

Ich verzog das Gesicht. »Sie ist nicht zauberhaft. Das musst du nicht sagen.«

»Es ist deine Wohnung, das ist das Entscheidende«, sagte sie und sah mir in die Augen. »Alles an dir ist zauberhaft.«

Sämtliche One-Direction-Songs und Meg-Ryan-Filme schossen mir durch den Kopf. Bis jetzt war mir gar nicht klar gewesen, wie zutreffend sie waren. Ich wollte etwas sagen, etwas wie »Du machst mich erst komplett«, aber es gelang mir, den Mund zu halten und sie auf eine Weise anzulächeln, die ihr verraten haben dürfte, was ich empfand.

Wir schliefen wieder miteinander. Sie trug einen Umschnalldildo, und ich setzte mich auf sie, wobei ich nach hinten fasste, um sie mit der Hand zum Kommen zu bringen.

Hinterher lagen wir nebeneinander auf der Decke, die kleinen Finger untergehakt.

»Was lesbischen Sex angeht, bist du ein echtes Naturtalent«, sagte sie.

»Danke.« Ich lächelte, während ich an unseren Körpern hinunterblickte, meine bleichen Beine an ihren goldenen, und mir wurde bewusst, dass ich mich zum ersten Mal seit Jahren wohl in meiner Haut fühlte.

Und da sagte sie es: »Ich kann nicht glauben, dass du erst mit zwei Frauen zusammen warst. Wie soll das erst werden, wenn du mit mehr Leuten gevögelt hast.«

Das musste ich erst mal sacken lassen.

»Du hast noch so viel Schönes vor dir«, fuhr sie fort. »Es gibt so viele verschiedene Arten von Frauen. Butches, Femmes, Pillow Queens, Bull Dykes, was auch immer. Ältere Frauen, jüngere Frauen. Ich glaube, wenn ich könnte, würde ich jede Frau auf dem Planeten vögeln.«

Ich begriff überhaupt nicht, was sie da erzählte. »Ich dachte, du hast gerne Freundinnen«, sagte ich.

Sie wandte sich zu mir. »Das stimmt. Ich mag es, das Leben mit jemandem zu teilen.«

»Verstehe ...«

»Aber meinen Körper und meine Liebe teile ich gern mit vielen Menschen gleichzeitig.«

Ich blickte starr zur Decke und nickte.

»Ich würde mich nicht auf eine Frau beschränken wollen. Das wäre so, als würde ich den Rest meines Lebens Käsesandwiches essen. Manchmal will man einfach Pastrami, oder? Deshalb lebe ich nicht-monogam.« Ich spürte, wie sie mit den Achseln zuckte, als würde die Pastrami-Analogie alles erklären.

Ich stützte mich auf die Ellbogen. »Also – mit wem teilst du deinen Körper und deine Liebe denn zurzeit so, abgesehen von mir?«

»Mit niemandem!«, rief sie und setzte sich ruckartig auf, weil ihr plötzlich klarwurde, dass ich das alles vielleicht nicht super fand. »Mit niemandem, seit ich dir begegnet bin! Natürlich nicht! Das hätte ich dir erzählt!«

»Oh«, sagte ich mit ruhiger Stimme. »Okay.«

»Aber irgendwann werde ich es tun. Und du auch, wenn du willst.«

»Okay«, sagte ich wieder und versuchte, meine Vorstellung von unserer Zukunft anzupassen.

»Und dann ist da natürlich noch Virginie«, sagte sie.

Ich versuchte, zu lächeln, aber meine Mundwinkel sackten verräterisch nach unten. Ich kannte den Namen. Ich hatte ihn auf dem Foto gesehen, das ich in Sams Ausgabe von *Porträt einer jungen Dame* entdeckt hatte. »Von Virginie hast du noch nie gesprochen«, sagte ich.

Sam runzelte die Stirn. »Doch, bestimmt.«

»Definitiv nicht.«

»Ich bin mir ziemlich sicher, dass ich dir von ihr erzählt habe.«

»Hast du wirklich nicht.«

Sam zuckte mit den Achseln. »Wie auch immer. Sie ist meine Geliebte.«

Es ist erstaunlich, welche Macht Worte haben können. Sie sind bloß Vibrationen, in einer Sekunde vorbei, aber ich werde nie vergessen, mit welcher Miene und Intonation mir Sam von ihrer Geliebten erzählte, als wäre das völlig nebensächlich.

»Du hast mir nicht von ihr erzählt.« Ich war den Tränen nahe. Ich wollte nicht weinen.

Sam nahm meine Hände. »Du musst dir ihretwegen keine Sorgen machen«, sagte sie. »Ich sehe sie nicht oft.«

»Aber wenn du sie siehst ...«

»Wenn ich sie sehe, gehen wir miteinander ins Bett«,

sagte Sam, als würde sie verkünden, dass sie Vegetarierin war oder samstagmorgens gern eine Runde Badminton spielte.

Ich schob mir das Kissen in den Rücken und setzte mich auf. »Du hast sie also nicht gesehen, seit …« Ich wollte sagen: »Seit wir zusammen sind.« Nur waren wir offiziell nicht zusammen. Also hatte ich auch kein Recht, sauer zu sein, oder?

»Nein. Wollte ich auch nicht.«

»Aber du hast mit ihr gesprochen.«

»Vielleicht einmal. Meistens schreiben wir uns. Sie weiß, dass ich mit dir alle Hände voll zu tun habe –«

»Na, wenn du das so siehst«, sagte ich und rutschte zur Bettkante. Ich stand auf, ging im Zimmer herum, hob sinnlos Sachen auf und legte sie wieder hin.

»Nein, Babe«, sagte sie. »Komm wieder her.« Sie lächelte, aber in ihrer Stimme lag eine gewisse Strenge, und ich kehrte automatisch zum Bett zurück. Sie nahm meine Hand. »Virginie hat eine Freundin namens Charlotte. Sie sind seit Jahren zusammen. Sie und ich, wir sehen uns nur alle drei, vier Monate.«

»Und Charlotte ist damit einverstanden?«, fragte ich.

»Natürlich«, sagte Sam und streichelte meine Hand. »Sie ist auch nicht-monogam.«

»Also ist es eine Beziehung. Ihr habt eine Beziehung.«

»So ist es nicht«, sagte sie seufzend, als würde sie einem besonders begriffsstutzigen Kind die schriftliche Multiplikation erklären. »Wir sind eher eng befreundet. Du würdest sie lieben – sie ist total witzig. Wie eine französische Tina Fey oder so.«

»Ich mag Tina Fey«, sagte ich.

»Siehst du.« Sie sah mir in die Augen. »Ich habe ihr alles von dir erzählt«, sagte sie. »Ich habe ihr erzählt, wie umwerfend du bist. Sie freut sich sehr für uns.« Es schmeichelte mir, dass Sam anderen von mir erzählte, selbst wenn es sich um Leute handelte, mit denen sie weiterhin halbwegs regelmäßig zu schlafen gedachte.

Danach konnte ich in Sam gegenüber nicht so tun, als wäre nichts gewesen. Ich gab vor, müde zu sein, und schloss mich für ein langes, heißes Bad ein.

Nachdem ich etwa zwanzig Minuten im Badezimmer war, klopfte sie.

»Julia? Alles in Ordnung?«

»Alles bestens!«

Aber das stimmte nicht. Natürlich nicht. Ich weinte still vor mich hin, die Tränen heißer als das Badewasser. Ich fühlte mich nicht länger geschmeichelt. Ich hatte geglaubt, ich hätte jemanden gefunden. Ich war so einsam gewesen, und dann nicht mehr, aber nun sah es so aus, als würde die Einsamkeit zurückkehren.

»Kann ich reinkommen und mit dir reden?«

»Mir geht's gut!«

»Bitte. Mach auf.«

Ich streckte mich, um den Riegel zurückzuschieben.

Sam kam rein und hockte sich neben mich. »Ich hätte dir früher davon erzählen sollen.«

»Nein, ich bin eine Idiotin. Du hast mir erzählt, dass du's mit vielen Frauen getrieben hast. Ich hätte mir so was denken können.« Ich schlang die Arme um meine Knie. Etwas hatte sich verändert, ich fühlte mich unsicher und befangen.

»Ich hätte es klar sagen sollen. Ich genieße die Zeit mit dir nur so sehr. Ich wollte nichts kaputt machen.«

Ich nickte.

Sie berührte meinen nassen Arm. Ich zog ihn weg.

»Du musst dir wirklich keine Sorgen machen«, sagte sie. »Dass ich mit anderen Frauen schlafe, führt nicht dazu, dass ich meine Partnerin weniger begehre. Im Gegenteil.«

»Ich verstehe nicht, wie das gehen soll.«

»Das habe ich dir doch schon erzählt. Abwechslung. Freiheit. Und diese Freiheit biete ich dir auch. Kannst du das verstehen?«

Ich entgegnete nichts.

»Wir werden ein paar Grundregeln aufstellen. Ich werde dir sagen, wenn ich vorhabe, mich mit jemandem zu treffen. Und du wirst mir sagen, wen du treffen willst. Und wir haben ein Vetorecht.«

»Was, wenn ich ein Veto gegen Virginie einlegen will?«

»Das ist was anderes. Ich habe mich schon mit Virginie getroffen, bevor ich dir begegnet bin.« Sie fasste nach meiner Hand. Ich ließ zu, dass sie sie nahm. »Ich hoffe, das bedeutet nicht, dass wir uns nicht mehr sehen können«, sagte sie. »Du bedeutest mir schon so viel …«

Nicht so viel, dass du aufhören willst, andere Frauen zu vögeln, dachte ich. Doch ich sagte: »Ich muss darüber nachdenken.«

»Natürlich«, sagte sie. Sie erhob sich, wischte die nasse Hand an ihrer Hose ab. »Ruf mich an, wann immer du so weit bist.«

Sobald sie fort war, vermisste ich sie, und zwar mit jener Intensität, mit der ich Menschen vermisste, die meine Verknalltheit nicht erwiderten. Ich nahm eine Flasche Wein mit in mein Zimmer und legte eine alte Platte von Dashboard Confessional auf, die ich zu Schulzeiten geliebt hatte. Dann fuhr ich meinen Laptop hoch und sah Sams Instagram-Feed durch.

Ich scrollte durch sämtliche Bilder von Sam, Bilder von Partys, auf denen sie den Arm um eine Frau nach der anderen legte. Eins zeigte sie bei ihrer Abschlussfeier in New York. Anscheinend war sie an der Tisch School gewesen. In ihrem Abschlussjahr hatte sie einen Preis gewonnen, und zur Feier trug sie einen schicken schwarzen Anzug. Auf einem anderen Bild hatte sie den Arm um die Taille einer weiteren Frau gelegt – eigentlich eines Mädchens, mit pastellfarbenem Haar und Zahnlücke. Waren sie zusammen gewesen? War sie mit jemand anderem zusammen gewesen und hatte das Mädchen nebenbei gevögelt? Ich versuchte, mir vorzustellen, wie sie es dem Zahnlückenmädchen besorgte. Ein schmerzlicher Gedanke, aber ehrlich gesagt törnte er mich auch ein bisschen an, und mein Herz begann auf süchtigmachende, aufregende Art zu rasen, wie damals in Teenagertagen.

Ich entdeckte Fotos von Sam im weihnachtlichen Paris, auf denen sie sich mit vor Kälte roter Nase an eine Frau schmiegte, die ihre Locken unter eine Wollmütze gestopft hatte. Es war die Frau von der Fotografie aus dem Buch. Ihre Wangen berührten sich. Ich fuhr mit der Maus über das Bild. Virginie Bernard.

Ich hatte sie gefunden.

Ich versuchte, mir Virginies Profil anzusehen, aber es war nicht öffentlich zugänglich, weshalb ich zu Sams Profil zurückkehrte und das nächste Foto anklickte. Wieder Sam und Virginie, die sich mit geschlossenen Augen küssten, mit dem hell erleuchteten Eiffelturm im Hintergrund, als wollte er ihre Leidenschaft feiern. Ich konnte nicht aufhören, mir das Foto anzusehen. Ich wollte mir jedes Detail einprägen, ihm den Zauber nehmen, es bedeutungslos machen, so wie ein Wort seine Bedeutung verliert, wenn man es nur immer wieder sagt.

Gegen halb elf klopfte Alice an meine Tür und bat mich, Dashboard Confessional etwas leiser zu stellen. Ich erzählte ihr von Sam und der Nicht-Monogamie.

»Vielleicht machen Lesben das einfach so«, sagte sie und setzte sich auf mein Bett. Sie schnappte sich die Weinflasche vom Boden und nahm einen Schluck.

»Alice«, sagte ich, »das ist homophob.«

»Das ist nicht –«

»Und überhaupt, das lesbische Klischee lautet eher, dass wir nach dem ersten Date zusammenziehen und nach einer Woche mit dem Kinderkriegen loslegen oder so.«

»Und dann habt ihr gar keinen Sex mehr.«

»Warum kann ich keine normale Freundin haben, die unter einem schönen Abend ein bisschen Gefummel zu *Let's Dance* versteht?«

»Ich weiß auch nicht«, sagte Alice. »Das wollen wir doch eigentlich alle, oder?«

Der Wein und die weinerliche Gitarre machten uns beide ganz rührselig.

»Ich will nicht wie meine Eltern werden«, sagte Alice.

»Ich verdiene eine monogame Beziehung«, sagte ich.

»Es gibt auch so was wie zu viel Monogamie«, sagte Alice. »Dave redet dauernd vom Heiraten.«

»Also findest du nicht, dass ich aufhören sollte, mich mit ihr zu treffen?«, fragte ich.

Alice sah mich an. »Willst du denn aufhören, sie zu treffen?«

»Nein ...«

»Aber wie wird es dir damit gehen, wenn sie sagt: ›Viel Spaß mit Alice, Babe, ich geh mal kurz vögeln‹?«

Ich überlegte. Ich stellte mir vor, wie ich allein auf dem Sofa säße, *RuPaul's Drag Race* guckte und heulte, während sie unterwegs war und namenlose Frauen fickte. Oder schlimmer noch – einen Kurztrip mit sexy französischem Sex genoss. »Du hast recht«, sagte ich. »Das ertrage ich nicht.«

»Aber es ist keine Einbahnstraße, oder? Du könntest es auch mit anderen treiben.«

Das klang auf reizvolle Weise unkonventionell. »Ich habe ja gerade erst angefangen, mit Frauen zu schlafen«, sagte ich. »Vielleicht sollte ich mich noch nicht festlegen.«

»Ich weiß auch nicht«, sagte Alice. »Ist vielleicht einfacher gesagt als getan.«

»Ich weiß ... und ist das nicht irgendwie Lesbianismus für Fortgeschrittene? Sollte ich nicht erst mal mit einer Frau anfangen und mich langsam steigern, wie man es mit Jonglierbällen machen würde?«

»Niemand fängt mit nur einem Jonglierball an«, gab Alice zu bedenken.

Bisher hatte ich die Monogamie nie in Frage gestellt. Sie war eine soziale Norm, nicht anders als Heterosexualität – aber da ich die nun ablehnte, sollte ich es mit der Monogamie vielleicht auch tun. Wollte ich wirklich für den Rest meines Lebens mit nur einem Menschen schlafen? Ich hatte immer gern Neues ausprobiert.

Ich hielt drei Tage durch, ohne Sam zu schreiben, aber am Donnerstagmorgen erwachte ich aus einem besonders lebendigen Sextraum und war einsam und frustriert. Ich schrieb Sam und fragte sie, ob sie abends vorbeikommen wolle. Sie tauchte mit einer Flasche Champagner und einer Schachtel mit Sushi auf. Ich bereute meine Entscheidung keine Sekunde.

Am nächsten Morgen kam ich etwas zu spät zur Arbeit, weshalb ich mit dem Schreibtisch neben Stan vorliebnehmen musste. Ich ignorierte sein Schnaufen und ging meine To-do-Liste durch. Uzo kam vorbei, als ich die dringendsten Aufgaben markierte – Dinge zu markieren war meine liebste Verzögerungstaktik, ich kam mir gleichermaßen gut organisiert und kreativ vor –, und ließ einen Brief auf meinen Tisch fallen.

»Der ist für dich«, sagte sie.

»Er ist von Eric!«, rief ich und lehnte mich zurück, um ihn zu lesen.

Wie wundervoll, dass Sie mit Swingtanz angefangen haben! Eve und ich tanzten so gerne Swing. Ich tanze immer noch, wann immer ich kann; im Heim gibt es einmal die Woche einen Tanztee, und meine Freundin Irene und ich zeigen allen, was in uns steckt. In letzter Zeit konnte ich das allerdings nicht so oft tun, weil meine Beine so stark geschwollen sind. Wassereinlagerungen. Hat mit meinem Herzen zu tun. Ich hoffe, Sie essen nicht gerade zu Mittag!

Wie auch immer, verraten Sie's Irene nicht, aber mit ihr

zu tanzen ist kein Vergleich zum Tanzen mit Eve. Wir waren so vertraut miteinander, wissen Sie. Es ist wunderbar, wenn man sich irgendwann in- und auswendig kennt.
Ich habe einen Musik-Tipp für Sie. Schauen Sie mal, ob Sie etwas von einem der alten Tanzorchester auftreiben können – Bert Ambrose & His Orchestra oder Billy Cotton's Band. Die waren fabelhaft.

Ich legte den Brief auf den Tisch. Wie gute romantische Komödien heiterten mich Erics Briefe immer auf, trotz der Anekdoten über den Krieg und die einsamen Menschen in seinem Altersheim und seine geschwollenen Beine. Aber genau wie gute romantische Komödien ließen sie mich manchmal auch etwas ernüchtert zurück, als hätte ich eine Liebe verloren, die von Anfang an nicht meine gewesen war. Natürlich wusste ich, wie lächerlich das war. Ja, es war romantisch, dass Eric nie mit jemand anderem als Eve tanzen wollte, bis dass der Tod sie schließlich schied – aber sie stammten aus einer anderen Zeit, als es noch Suet Pudding gab, Frauen nach der Heirat aufhörten zu arbeiten und sechzig Millionen Menschen im Zweiten Weltkrieg ihr Leben ließen. Die Welt hatte sich verändert. Wir waren frei, halbwegs gleichberechtigt, und das Töten übernahmen Drohnen, damit wir so tun konnten, als wäre nichts. Und beim Swingtanzen wechselte ich wirklich gern die Partner – es machte Spaß, selbst wenn ich am Ende vom Schweiß anderer Leute getränkt war. Vielleicht wäre Nicht-Monogamie so ähnlich.

Ich wandte mich wieder meinem Computer zu, aber Owen gab mir von der anderen Seite des Raums Zeichen.

»Was?«, fragte ich lautlos.

Er sah rüber zu Smriti, die mit den Pressereferenten zusammenstand und lachte (aber sehr professionell). »Komm in die Küche«, flüsterte er.

Ich traf ihn am Schrank mit den Teebechern.

Wie ein gar nicht auffälliger Spion sah er sich um und sagte: »Tom bewirbt sich auf eine Stelle im Innenministerium.«

»Vielleicht wird einer von uns dann befördert.«

Bei dem Gedanken bogen wir uns stumm vor Lachen.

»Er hat mir Bescheid gegeben – die Ausschreibungen für die SEOs gehen bald raus.«

»Okay«, sagte ich. Ich war mir nicht sicher, ob ich mich auf eine SEO-Stelle bewerben wollte – ich würde sie wahrscheinlich nicht bekommen und bezweifelte, dass ich die Absage ertragen könnte. Aber falls ich arbeitslos werden sollte, müsste ich vermutlich wieder bei meinen Eltern einziehen, in meinem Jugendbett schlafen und Harry-Potter-Führungen durch Oxford veranstalten.

»Wir können uns ja gegenseitig mit den Bewerbungsunterlagen helfen«, sagte Owen.

»Okay«, sagte ich.

Dann kam Smriti in die Küche, und wir gaben vor, über Teebeutel zu reden.

Nach der Swingstunde bestellte ich im Pub zwei Schüsseln Pommes für alle und erzählte ihnen von meiner beruflichen Situation.

»Wir suchen jemanden, der den Anfängerkurs am Mittwochabend übernimmt, falls du Lust hast zu unterrichten«, sagte Zhu.

»Dafür bin ich noch nicht gut genug«, sagte ich.

»Und ob du das bist!«, sagte Rebecca.

»Außerdem gibt es bald ein Vortanzen für die Friends of Dorothy«, sagte Zhu. »Nur zur Info.«

»Das ist aber kein Job«, sagte ich.

»Manchmal haben wir bezahlte Auftritte«, sagte Zhu.

»Da komme ich bestimmt nicht rein«, sagte ich.

»Natürlich. Das Vortanzen ist nächsten Sonntag.«

»Trau dich«, sagte Ella. »Ich würd's machen, wenn ich beim Charleston nicht wie eine Giraffe aussähe.«

Ich schüttelte den Kopf. Vom öffentlichen Dienst abgelehnt zu werden war das eine. Erneut als Tänzerin zu scheitern war etwas völlig anderes.

17. Man merkt wirklich, dass du ein Säugetier bist

Schon als Nicky die Tür öffnete, war mir klar, dass die Sitzung eine Herausforderung werden würde. Sie begrüßte mich kaum, bevor sie durch den Flur ins Wohnzimmer stapfte. »Um es gleich vorwegzunehmen«, sagte sie. »Ich bin prämenstruell. Also.«

Ich erzählte ihr von Sam und mir und dass wir es miteinander versuchen wollten. Ich kann nicht behaupten, dass sie sich für mich freute.

»Sie können keine offene Beziehung führen«, sagte sie.

»Sie sollten mir eigentlich nicht sagen, was ich tun kann und was nicht.«

»Das kann ich schon, wenn es sich offenkundig um eine furchtbare Idee handelt«, sagte Nicky. »Sie sind noch dabei, herauszufinden, wer Sie wirklich sind. Sie sollten keine offene Beziehung führen.«

»Für manche Menschen funktioniert das.«

»Für ältere Menschen funktioniert das. Menschen, die schon seit Jahren mit ihrem Partner zusammen sind.«

»Ist das nicht ein bisschen engstirnig?«

»Wir werden ja sehen. Lassen Sie uns in einem Jahr noch mal schauen, ob es gut gegangen ist.«

»Gut.«

»Gut.«

Nicky schlang das linke Bein um das rechte und beugte sich vor. »Himmel«, sagte sie mit einer Hand auf dem Unterleib. »Nur zur Warnung. PMS wird mit zunehmendem Alter immer schlimmer. Je älter du wirst, ohne Kinder zu kriegen, desto mehr lässt es deine Gebärmutter an dir aus.« Sie schaute an ihrem Bauch herunter und sagte: »Tut mir leid, Gebärmutter. Erst die Karriere.« Sie schaute zu mir hoch. »Wollen Sie Kinder?«

»Ich glaube schon.«

»Glauben Sie, dass Sie in einer offenen Beziehung Kinder bekommen können?«

»An dem Punkt bin ich nun wirklich noch nicht.«

»Denken Sie bis nächste Woche mal darüber nach.«

Am Morgen nach meiner Sitzung bei Nicky wachte ich mit Herzrasen auf. Ihre Worte hatten sich in mir eingenistet und meine Meinung über Sam aus dem Gleichgewicht gebracht. Aber ich würde mir von ihr nicht sagen lassen, welche Art von Beziehung ich führen konnte und welche nicht. Ich war in den Zwanzigern. Ich konnte schlafen, mit wem ich wollte. Ich konnte jung und leichtsinnig sein.

Ich loggte mich bei Facebook ein und sah mir die Veranstaltungen an, zu denen ich eingeladen worden war, worauf ich nie reagierte. Ein Pub Quiz, ein paar private Partys, ein paar Clubnächte in East London. Und ein Rave. Ella hatte mich zu einem queeren Rave eingeladen. Ich war noch nie auf einem Rave gewesen.

Ich schrieb Ella, um nachzufragen, ob sie tatsächlich hingehen würde.

Auf jeden, antwortete sie. *Zhu kommt auch. Willst du mit?*

Ich klopfte bei Alice. »Alice?«

»Ich schlafe.«

»Möchtest du Tee?«

»Ich möchte schlafen.«

»Wollen wir heute Abend zu einem Rave?«

Ich hörte Rascheln und einen dumpfen Aufprall, und dann öffnete Alice mit einer Decke um die Schultern die Tür. »Was?«

Ich kochte ihr Tee.

»Wir wissen gar nicht, was man bei einem Rave macht«, wandte Alice ein, sobald wir mit Teebechern in den Händen im Wohnzimmer saßen.

»Doch«, sagte ich. »Man muss nur ganz viel die Arme schwenken und allen sagen, dass man sie liebt.«

»Wir nehmen aber keine Drogen.«

»*Du* nimmst keine Drogen«, sagte ich. Ich habe nichts gegen Drogen, aber Alice hatte ihnen abgeschworen, nachdem sie in unserem dritten Studienjahr MDMA genommen und sich eine Nacht lang in einem Lavendelstrauch gewälzt hatte, den sie für eine Göttin der Natur hielt. Als sie am nächsten Morgen aufwachte, zitierte eine Sprachnachricht auf ihrem Handy sie ins Büro des Dekans; wie sich herausstellte, gehörte der Lavendelstrauch ihm, und seine Überwachungskamera hatte eingefangen, wie Alice ihn plattwalzte.

Alice schüttelte den Kopf und zog eins der Sofakissen auf ihren Schoß. »Ich bin verkatert. Und Dave und ich wollten heute zu Hause bleiben.«

»Bring Dave doch mit.«

»Er wird nicht wollen.«

»Natürlich will er!«

Alice sah mich an und seufzte.

»Wie auch immer«, sagte ich, bevor sie etwas sagen konnte. »Ich dachte, du wolltest noch nicht so gesetzt sein, sondern ausgehen und junge Dinge tun? Raves sind jung!«

Sie seufzte wieder. »Wo findet der denn statt?«

Ich lächelte. »In Hillingdon.«

»Das ist ewig weit weg!«

»Na schön. Dann werde ich mich eben ohne dich mit Ella amüsieren.«

Ein bisschen gemein.

»Du findest Ella amüsanter als mich«, sagte Alice.

»Gar nicht. Es sei denn, du kommst nicht mit zum Rave.«

Sie erwiderte nichts. Ich würde gewinnen.

»Ich spendiere uns ein Uber für den Rückweg?«

»Ich komme mit, wenn Dave mitkommt«, sagte Alice, und damit war die Sache geritzt. Raves waren viel mehr Daves Ding als unseres, jedenfalls gemessen an den zahllosen Einladungen, die er zu irgendwelchen Partys von Künstlern bekam, die glaubten, das Wort »Blowjob« auf einer Leinwand qualifiziere sie schon für den Turner Prize.

Der Rave fand in einem ehemaligen Teppichlager statt. Alice und ich waren ziemlich aufgeregt, als wir durch das kaputte Fenster einstiegen und einem Sechzehnjährigen mit Looney-Tunes-Basecap je fünf Pfund überreichten. Da war sie, die Londoner Subkultur, die wir noch nicht erkundet hatten! Wir waren jung und trendy! Wir hatten uns den Kopf zerbrochen, was wir anziehen sollten, aber das war völlig unnötig gewesen. Der Rave war ein beeindruckender Querschnitt der Gesellschaft: Tätowierte Typen in

Lederkluft tanzten mit blonden Teenagern, die Feenflügel aus Maschendraht trugen, harte Kerle in Reeboks plauderten mit Goths und Hippies, und alle waren geeint durch Drogen, Bier und elektronische Musik. In jedem Raum gab es improvisierte Bars, die Kokain, K, MDMA und Lachgas verkauften. Alkohol musste man selbst mitbringen, und wir waren mit zwei Sixpacks Red Stripe gekommen. In einer Ecke in der Nähe der Boxen trafen wir Ella und Zhu. Wir begannen die Biere plattzumachen, tanzten und redeten – natürlich über Sam.

»Meiner Meinung nach verdienst du jemanden, der sich ganz auf dich einlässt.« Im flackernden Licht leuchtete Ellas Gesicht weiß, rot und wieder weiß auf.

»Sie lässt sich ganz auf mich ein«, sagte ich und schwenkte die Arme ziemlich gekonnt, wie ich fand. »Man kann sich ganz auf jemanden einlassen und sich trotzdem zu anderen hingezogen fühlen.«

»Ganz genau«, sagt Zhu und nahm einen Schluck Bier. »Ich bin poly. Würde ich nie im Leben aufgeben.«

»Danke«, sagte ich. Endlich befürwortete mal jemand Sams Lebensstil, jemand, den ich mochte und der etwas davon verstand.

»Macht es dich nicht eifersüchtig?«, fragte Alice Zhu.

»Manchmal«, sagte sie. »Aber eifersüchtig wird man eigentlich nur, wenn man Angst hat, etwas zu verlieren. Doch wenn man sich seiner Beziehung sicher ist, warum sollte man dann nicht ein bisschen Spaß nebenbei haben?«

»Ich glaube nicht, dass eine Geliebte in Lyon als ›Spaß nebenbei‹ zählt«, sagte Ella.

Zhu wandte sich zu mir und sagte: »Hör nicht auf Ella. Sie hat Monogamie im Endstadium.«

»Ich würde das nicht dulden«, sagte Dave. »Es ist ja nicht so, dass Sam eine Ausnahme wäre, oder? Jeder würde herumvögeln, wenn er könnte, aber so was macht man einfach nicht, wenn man sich für jemanden entschieden hat. Das ist nicht richtig.«

»Sam hat eine ziemlich rege Libido«, erklärte ich. »Sex ist so was wie ihr Hobby.«

Dave lachte. Dabei rann ihm etwas Bier übers Kinn; ich sah, wie Alice angewidert guckte, und Dave tat mir leid. »Verstehe«, sagte er. »Und wenn es mein Hobby wäre, meinen Schwanz in der U-Bahn an Damenmänteln zu reiben? Wäre das dann auch okay?«

»Dave!«, rief Alice.

»Ooh«, sagte Dave, der sich das Ganze mit geschlossenen Augen vorstellte. »Das ist so pelzig.«

»Du bist widerlich«, sagte ich.

»Was denn?«, fragte Dave. »Bist du jetzt plötzlich spießig oder was?«

Aber dann sah er mich an und merkte, dass ich den Tränen nahe war. Sein Grinsen verflog, und er sagte: »Tut mir leid, Jules.«

Ich wollte nicht heulen, und ich wollte definitiv nicht, dass mich andere heulen sahen, deshalb sagte ich: »Bin gleich wieder da«, und stolperte davon, nahm einen großen Schluck Red Stripe und zwang mich, zur Musik zu nicken, als der Beat meine Beine hinaufwanderte.

»Ich will nur nicht, dass dir jemand weh tut«, rief Dave mir nach. »Du solltest dich von ihr nicht verarschen lassen.«

Aber ich hatte mich schon darauf eingelassen.

»Hey.« Ella kam von der Gruppe herübergewankt. »Alles in Ordnung?«

»Mir geht's gut. Ich wollte nur ein bisschen für mich sein.«

Ella blieb stehen. »Sicher?«

Ich nickte, und sie ging wieder zu den anderen, wobei sie mich über die Schulter ansah, bis ich mich wegdrehte.

Ella und Dave verstanden es nicht. Sam nutzte mich nicht aus; sie bot mir Freiheit, genau, wie sie gesagt hatte. Und diese Freiheit würde ich nutzen, jetzt und hier.

Ich sah mich unter den wogenden, schwitzenden Körpern um und suchte nach einer geeigneten Bettgenossin. Ich wanderte durch die Lagerhalle und tauchte unter Teenagern hindurch, die gerade in Lautsprecherboxen kletterten. Eine Gruppe von Frauen lehnte am ehemaligen Kassentresen des Teppichhandels. Sie sahen aus wie Lesben, fand ich – ein paar von ihnen hatten kurze Haare, und eine trug eine Krawatte. Vielleicht würde eine von denen gern mit mir schlafen. Ich ging rüber und lächelte sie anzüglich an.

»Hallo«, sagte ich, immer noch lächelnd.

Die Frauen wandten sich um und sahen mich an. Sie sagten nichts.

»Kann ich mich mit euch unterhalten?«, fragte ich.

Die Frauen sahen mich weiter an. Sie lächelten nicht.

Da lächelte ich auch nicht mehr.

»Ich will niemanden angraben«, sagte ich. »Ich suche nur Anschluss.«

»Wir sind eigentlich nicht auf der Suche nach neuen Leuten?«, sagte eine Frau mit kurzen dunklen Haaren und schrillem amerikanischem Akzent. »Wir hängen nur miteinander ab?«

»Alles gut!«, sagte ich. »Alles bestens!« Ich zog im

Rückwärtsgang ab, winkte wie eine Irre und versuchte, in der Menge unterzutauchen.

Hätte ich bloß Drogen genommen.

Ich ging zurück zu den anderen, aber Ella und Zhu waren nicht mehr da, und Alice hatte die Arme um Daves Hals gelegt. Er sagte etwas zu ihr, und sie lachten, und dann küssten sie sich, ein langer, langsamer Kuss, bei dem ich mir vorkam wie eine Voyeurin. Ich hätte mich für sie freuen sollen, aber stattdessen tat ich mir unendlich leid, also zeigte ich Reife und versteckte mich. Ich setzte mich an der Seite der Halle auf den Boden und lehnte mich an die schwitzige Wand.

Ein, zwei Meter vor mir lag ein zuckender, sich windender Mann auf dem Boden, murmelte vor sich hin und steckte eindeutig in einem K-Hole. Es ging immer noch schlimmer. Ich hätte an seiner Stelle sein können. Allerdings würde er sich an kaum etwas erinnern, wenn er aufwachte, während ich alles, was vor sich ging, schrecklich genau wahrnahm.

Ich entdeckte eine herrenlose, ungeöffnete Bierdose, die etwas außerhalb meiner Reichweite verlockend im Stroboskoplicht schimmerte. Ich streckte mich, um heranzukommen. Meine Hand rutschte ab, als ich versuchte, die Dose zu öffnen – mein wievieltes Bier war das, mein sechstes? Mein siebtes? Egal. Ich zwang mich, es auszutrinken, und ignorierte, wie dickflüssig es sich in meiner Kehle anfühlte.

Mein Telefon vibrierte, eine Nachricht von Alice. *Wo bist du? Zhu und Ella haben dich gesucht, um tschüs zu sagen.*

Mach dir um mich keine Sorgen, antwortete ich.

Ich kann dich sehen, schrieb sie eine Minute später. *Rühr dich nicht vom Fleck.* Aber wo hätte ich schon hingehen sollen?

Alice setzte sich zu mir und legte einen Arm um mich. Ich ließ den Kopf auf ihre Schulter sinken.

»Niemand liebt mich«, lallte ich. »Alle haben jemanden, der sie liebt, außer mir. Warum bin ich nicht liebenswert? Warum bin ich nicht genug?«

»Du bist genug, Süße«, sagte Alice und strich mir über den Kopf. »Du bist einfach noch niemandem begegnet, der dich wirklich zu schätzen weiß.«

»Warum liebt Sam mich nicht?«, fragte ich. »Ich liebe sie.«

»Vielleicht liebt sie dich ja«, sagte sie. »Auf ihre Art.«

Mittlerweile war es ungefähr ein Uhr morgens, Alice gähnte und sah auf die Uhr.

»Fahr nach Hause«, sagte ich.

»Nicht ohne dich.«

»Ich komme nicht mit«, sagte ich, mürrisch vom Bier. »Ich werde jemanden auftreiben, mit dem ich ins Bett gehen kann.«

»Bitte, Julia«, sagte sie. »Ich bestelle uns ein Uber.«

»Nein«, sagte ich, verschränkte die Arme vor der Brust und rutschte weiter die Wand hinunter.

Der Wagen kam. Ich weigerte mich aufzustehen. Alice versuchte, mich aus dem Laden zu ziehen. Ich machte mich ganz schwer und weigerte mich zu kooperieren. Der Wagen fuhr ohne uns wieder weg.

»Na schön«, sagte Alice. »Ich gehe. Aber wenn du ermordet wirst, schieb es nicht auf mich.«

Sie ließ mich los, und ich fiel wieder zu Boden. Sie ging, aber dann drehte sie sich um und stapfte zu mir zurück. Plötzlich blieb sie stehen. Sie hatte jemanden hinter mir entdeckt.

»Hallo«, sagte sie.

Ich drehte den Kopf, wodurch alles verschwamm. Es war Jane, die mir meine lesbische Jungfräulichkeit genommen hatte. Sie hatte eine Frau mit rasiertem Schopf und Nasenring im Arm.

»Wer hätte gedacht, dich hier zu sehen«, sagte sie.

»Jane, oder?«, sagte Alice und packte sie am Arm. Sie hatte noch nie so erfreut gewirkt, jemanden zu treffen. »Kannst du auf sie aufpassen? Ich fahre nach Hause, und sie will einfach nicht mitkommen.«

»Kein Problem«, sagte Jane, setzte sich und legte den Arm um mich. »Ich sehe zu, dass sie heil nach Hause kommt.«

Alice rannte Dave nach und gab mir »Schreib mir«-Zeichen. Sie stolperte, als sie die Lagerhalle verließen, um ihr Taxi zu kriegen, aber Dave packte sie am Ärmel und verhinderte, dass sie abstürzte. Von ihrem Mann gerettet, dachte ich, als ich die Augen schloss. Erbärmlich.

Die Welt drehte sich.

»Du bist voll«, sagte Jane.

Ich grunzte.

»Du brauchst was zum Ausgleich«, sagte Janes Freundin. »Ich besorge etwas MDMA. Willst du auch?«

Ich grunzte wieder. Sie verstand das als Zustimmung und ging zur Drogen-Bar.

Ich öffnete die Augen und konzentrierte mich auf eine leere Zigarettenschachtel auf dem Boden, ein Anker, damit der Raum aufhörte, sich zu drehen.

»Ist sie deine Freundin?«, fragte ich Jane.

»Freundinnen sind nicht so mein Ding. Das habe ich dir doch erzählt«, sagte sie. »Sie heißt Tia. Wir vögeln.«

»Sie ist scharf«, sagte ich.

»Wenn du Glück hast, teile ich sie mit dir«, sagte Jane.

Ich lachte, aber sie schien nicht zu scherzen.

Tia kam zurück und wedelte mit einem winzigen Plastiktütchen. »Mandy ist aus. Ich hab etwas E besorgt. Und etwas K, falls wir es später brauchen. Bereit?«

Ich nickte.

Ich spülte die kleine Pille mit Bier runter und ließ mich wieder an die Wand sacken, wartete, dass es wirkte.

Es dauerte nicht lang. Der Raum fing an zu pulsieren. Die Beleuchtung war das Schönste, was ich je gesehen hatte. Ich hatte elektrisches Licht noch nie richtig gewürdigt. Es war ein Wunder. Und dass wir es rot, grün oder gelb färben konnten. Eigentlich waren wir Götter, oder?

»Bist du euphorisch?«, fragte Jane.

Ich nickte.

»Ich glaube, da ist Acid drin oder so was«, sagte Tia.

Ich nickte wieder.

Tia und Jane fingen an, sich zu küssen. Ich wollte nicht außen vor bleiben, weshalb ich auf allen vieren zu ihnen krabbelte und ihre Rücken streichelte.

»Wir brauchen irgendwas Intimeres«, sagte Tia, »wo wir uns ganz nah kommen können.«

»Ja!«, rief Jane. »Du bist so klug und aufmerksam.«

Wir fassten uns in einer Reihe an den Händen und gingen zu den Toiletten. Mit einer Hand öffnete ich eine Kabinentür – es schien mir sehr wichtig, die anderen nicht loszulassen.

Die Toilette war verstopft. Ich klappte den Deckel herunter und setzte mich. Der Wasserkasten zeigte Schlieren von gerade geschnupftem Koks. Tia und Jane knieten sich auf den Boden und fingen an, mir das Gesicht zu streicheln.

»Du hast so schöne Haut«, sagte Tia.

»*Du* hast so schöne Haut«, sagte ich. »Sie ist so glatt. Man merkt wirklich, dass du ein Säugetier bist.«

»Das ist so wahr. Wir sind alle wunderschöne Säugetiere.«

»O mein Gott«, sagte Jane mit Blick auf ihre Handfläche. »Guck dir deine Hand an.«

Ich sah sie mir an, jede Furche, jede Vene und jede kratzige Nagelhaut. Ich sah mir jede Rille auf jedem Nagel an. Plötzlich traten mir die Tränen in die Augen, ich fühlte mich verbunden mit meiner Mutter, meiner Großmutter, mit allen, die vor mir da waren, und allen, die nach mir kommen würden. Endlich verstand ich, was es bedeutete, ein Mensch zu sein.

»Wir sind alle so schön«, sagte ich.

Tia nickte und küsste mich auf den Mund.

»Wir brauchen Musik«, sagte Jane, holte ihr iPhone raus und scrollte Spotify durch. »Tracy Chapman«, sagte sie, und die ersten Akkorde von »Fast Car« ertönten blechern aus dem Lautsprecher. Ich fing an zu weinen.

»Deine Tränen sind so schön«, sagte Tia. »Wie kleine Tropfen aus Glas. Es tut mir leid, dass du traurig bist.«

»Ich bin nicht mehr traurig«, sagte ich. »Ich habe ja dich.«

»Ja, du hast mich«, sagte Tia. »Und ich weiß, dass wir auf

Drogen sind und so, aber ich habe wirklich das Gefühl, dich zu kennen. Weißt du, wie ich meine?«

Ich nickte.

»Ihr seid beide so toll«, sagte Jane, während sie uns die Wangen streichelte. »Ich bin so froh, dass ich euch begegnet bin. Wir drei zusammen ergeben einfach Sinn.«

»Wir sollten miteinander rumhängen!«, rief ich. »Was macht ihr morgen? Sollen wir uns zum Brunch treffen?«

»Ja!«, sagten sie beide.

Ich war so weit weg von ihnen, deshalb erhob ich mich vom Toilettendeckel und quetschte mich zwischen sie. Wir lehnten alle mit angewinkelten Knien an der Wand und hatten die Arme umeinandergelegt.

Ich fühlte mich weder betrunken noch krank, weder allein noch eifersüchtig. Ich war unglaublich froh und dankbar, dass ich war, wer ich war und wo ich war, und dass ich so wundervolle Freundinnen und einen solch vollkommenen Ort zum Sitzen gefunden hatte, genau richtig für uns drei.

Das Gefühl hielt ungefähr drei Tracy-Chapman-Songs an. Als »For My Lover« zu Ende ging, stieg allmählich eine Befürchtung in mir auf.

Jane und Tia mochten mich eigentlich nicht. Sie duldeten mich nur.

»Ich sollte euch in Ruhe lassen«, sagte ich und stand auf.

»Nein«, sagte Jane und zog mich wieder runter an ihre Seite. »Wir wollen dich bei uns haben.« Sie strich mir über den Kopf. »Du knirschst mit den Zähnen«, sagte sie und streichelte mein Kinn.

Es stimmte. Ich presste die Zähne zusammen. Anscheinend konnte ich nicht lockerlassen.

Tia reichte mir ein Kaugummi. Ich steckte es in den Mund. Es war wie ein Kissen aus Eis. Ich hatte Kaugummi noch nie richtig gewürdigt.

Wieder traten mir Tränen in die Augen. Die Welt war so wunderbar, so voller wunderbarer Dinge, und doch würden wir alle sterben.

»Du kommst langsam runter«, sagte Jane und streichelte meine Hand.

»Nein, komm nicht runter«, sagte Tia.

»Ich habe Angst«, sagte ich.

»Nein«, sagte Tia mit großen Augen. Sie kniete sich vor mich und drückte auf meine Brust. »So besser?«

Ich nickte. Es war besser.

»Du brauchst etwas K«, sagte Jane. Sie holte ein Briefchen heraus und legte mit ihrer Boots-Kundenkarte ein paar Lines auf dem Wasserkasten.

»Wow. Welche Ironie«, sagte ich.

»Wieso?«, fragte Jane, während sie die Lines glättete.

»Weil sich bei Boots alles um Gesundheit dreht. Und Drogen sind nicht gesund.«

»Boots ist eine Drogerie. Und das hier sind Drogen«, sagte Jane.

»O mein Gott!«, rief ich aus, plötzlich war alles klar. »Du hast recht!« Nun sah ich die Lines mit anderen Augen; sie waren Medizin, mit der alles besser werden würde.

Tia öffnete ihr Portemonnaie und reichte mir einen Fünfzigpfundschein. Ich hielt ihn gegen das Licht, staunte über das magische Hologramm. Der Schein glühte so rot wie die untergehende Sonne. Ich hatte noch nie einen Fünfziger in der Hand gehabt.

»Mach schon«, sagte Jane.

Ich rollte den Schein vorsichtig zusammen. Seit dem College hatte ich nichts mehr geschnupft, und ich wollte mich nicht wie eine dämliche Amateurin anstellen. Das K stach, als es in meiner Kehle ankam. Meine Augen begannen zu tränen.

Die anderen zogen ihre Lines. Dann rieben wir uns den Rest aufs Zahnfleisch.

An das, was danach geschah, kann ich mich kaum erinnern.

Irgendwann hielt ich uns drei für ein Glaskunst-Triptychon.

Und irgendwann haben wir uns definitiv geküsst – ein seltsam asexueller Dreier. Während wir uns küssten, wechselte der Hintergrund, wie im Theater. Wir waren auf einer Toilette. Wir waren auf einer einsamen Insel. Wir waren auf einem Friedhof.

Tias Nase fing an zu bluten.

Plötzlich bemerkte ich den Schorf in ihren Nasenlöchern.

Die Akne auf ihrer Stirn.

Janes Zähne waren gelb gefleckt.

Ich musste hier raus.

Sehr langsam erhob ich mich.

»Wo willst du hin?«, fragte Jane, wobei sie es wohl nicht so artikulierte – es war eher »Wowisuhi?«

»Hause«, sagte ich. Ich trat aus der Kabine, stützte mich an der Wand ab. Die anderen versuchten nicht, mich aufzuhalten. Sie hatten jetzt glasige Augen und lagen zuckend da. Sie waren zusammen. Ihnen würde nichts passieren.

Ich schob mich aus der Halle, während der Boden unter

mir wogte wie das Meer. Irgendwie schaffte ich es in ein Taxi. Und dann kotzte ich alles voll.

»Das bezahlst du mir«, rief der Taxifahrer wütend. »Das bezahlst du mir.«

Er hielt an einem Geldautomaten. Ich stieg aus, nur um festzustellen, dass man mir das Portemonnaie geklaut hatte.

Ich stolperte zum Taxi zurück und beugte mich zum Fenster runter. »Geld weg.«

Der Taxifahrer verfluchte mich und fuhr davon.

Es dämmerte. Über der Autobahn ging die Sonne auf, so dass die Umrisse der Autos, des Gaswerks und der Bäume hervortraten. Ich zog die Schuhe aus, um mich zu erden, und wanderte zur U-Bahn. Ich weiß nicht, wie oft ich hinfiel. Ich weiß nicht, wie oft ich anhielt, um mich am Straßenrand zu übergeben. Ich hatte noch meine Fahrkarte, und irgendwie schaffte ich es in die Piccadilly Line. Ich würgte den ganzen Weg bis Manor House. Als ich schließlich nach Hause kam, stand die Sonne am Himmel. Dem Zettel an meiner Tür zufolge waren Alice und Dave frühstücken gegangen. Ich ließ mir ein Bad ein. Ich legte mich in die Wanne und starrte an die Decke, bis das Wasser kalt war.

18. Eine seltene lesbische Heilige

Ich schlief bis mittags, dann fing ich wieder an zu kotzen. Ohne Unterbrechung. Ich hatte nichts mehr in mir, das ich auskotzen konnte, aber ich kotzte dennoch, als wollte mein Körper die Erinnerung an das auslöschen, was ich ihm zugeführt hatte – was immer es gewesen war. Zitternd hing ich über der Küchenspüle, unfähig, mich aufrecht zu halten.

Dann beruhigte mein Magen sich etwas. Ich schaffte es ins Bett und fiel in einen unruhigen Schlaf, bis ich schließlich verschwitzt und zutiefst beschämt aufwachte.

Ein irrsinniger Schmerz legte sich wie ein Ring um meinen Kopf. Ich kroch ins Badezimmer, um mir Wasser ins Gesicht zu spritzen und auf den kühlen Fliesen zu liegen, den Arm über meinen Augen.

»Alice«, klagte ich. »Alice? Mum?«

Ich hatte mir selbst eine Hirnblutung zugefügt, dachte ich. So werde ich sterben: allein im Badezimmer, nur wegen Drogen. Ich bin nicht berühmt, also ist es nicht mal glamourös.

Ich nahm mein Telefon. Ich rief Alice an. Sie ging nicht ran.

Was, wenn ich wieder einschlafe und nie wieder aufwache? Das konnte ich nicht riskieren. Ich wählte den Notruf.

Es dauerte eine Stunde, bis der Krankenwagen kam, ich war schon blind vor Schmerz und stöhnte gequält. Sie schoben mich mit einer Pappschüssel auf den Knien zum Wagen, falls ich wieder anfing zu kotzen.

»Ich sterbe«, sagte ich.

»Sie sterben nicht«, sagte der Sanitäter. »Sie sind bloß dämlich.«

Sie fuhren mich ins Krankenhaus. Dort lag ich auf einem Metallbett unter Neonröhren und umklammerte meine Pappschüssel wie einen Teddybären.

Ich holte mein Telefon wieder raus und schrieb Alice. *Im Krankenhaus. Weiß nicht, wo. Vergiftet.*

Scheiße!, antwortete Alice. *Dave hat mich mit einem Wochenende in Brighton überrascht. Soll ich nach Hause kommen?*

Nein, schrieb ich zurück, und dann war der Akku leer.

Ein paar Stunden später kam ein Arzt in mein Zimmer, der mir mit grimmiger Miene eine Standpauke hielt. »Wissen Sie, was es das Gesundheitssystem kostet, wenn Leute wie Sie zu viel trinken und sich amüsieren und anschließend hier landen?«

Ich nickte. Ich widerte mich an. »Sind Sie sicher, dass ich keine Hirnblutung habe?«, fragte ich.

»Sie haben starke Kopfschmerzen«, sagte er.

Sie verlegten mich in die allgemeine Abteilung und verabreichten mir eine Infusion mit Elektrolytlösung. Der Ring aus Schmerz lockerte sich.

Ich schlief ein.

»Julia?«

Ich kannte die Stimme. Aber sie gehörte nicht Alice, und das war die Einzige, die wusste, dass ich im Krankenhaus lag. Ich schlug die Augen auf.

Sam stand da, mit Weintrauben in der Hand. »Ich wollte dich heute Morgen besuchen, und weil du nicht zu Hause warst und auch nicht ans Telefon gegangen bist, habe ich Alice angerufen –«

»Wie hast du mich gefunden? Woher wusstest du, wo ich bin?«

»Es ist einfach das nächstgelegene Krankenhaus.« Sie zog einen Stuhl heran und setzte sich. Dann nahm sie meine Hand und küsste sie. »Wie geht es dir, mein armer Schatz?« Sie roch so vertraut und sauber.

Ich fing an zu weinen. »Danke, dass du gekommen bist«, sagte ich.

»Kein Grund, mir zu danken.«

»Ich dachte, ich sterbe.«

»Das kenne ich, Babe. Was hast du genommen? Koks?«

»K.«

Sie sog gequält die Luft ein. »Das ist hart.«

Ich nickte. »Bleibst du bei mir?«

»Natürlich«, sagte sie. »Ich gehe nicht weg.«

Ich schloss die Augen und schlief ein. Und als ich sie wieder aufschlug, war sie immer noch da und strich mir über die Stirn.

Als ich das nächste Mal aufwachte, wurde es draußen langsam dunkel. Ein Arzt stand neben meinem Bett.

»Ich möchte mit Ihnen über eine Drogen- und Alkoholberatung sprechen«, sagte er.

»Die brauche ich eigentlich nicht«, sagte ich und

stemmte mich hoch, in dem Bemühen, seriös auszusehen.

»Sie sind nach einer durchfeierten Nacht im Krankenhaus gelandet.«

»Das war völlig untypisch für mich«, sagte ich.

»Das kann ich bestätigen«, sagte Sam, die aufstand. »Wird nicht wieder vorkommen. Richtig?« Sie sah mich an.

Ich schüttelte den Kopf.

»Ich werde dafür sorgen, dass sie es sein lässt«, sagte Sam mit einer Hand auf meiner Schulter. »Ich werde mich um sie kümmern.«

»Und wer sind Sie?«, fragte der Arzt.

»Ich bin ihre Partnerin.« Sie lächelte mich an, und ihr Haar leuchtete im Neonlicht, als wäre sie eine seltene lesbische Heilige.

Ich wette, es gibt romantischere »Und dann waren wir offiziell zusammen«-Geschichten, aber mir kam unsere verdammt romantisch vor. Sam bekannte sich sogar zu mir, als ich vollgekotzt im Krankenhaus lag, wegen fürchterlicher Kopfschmerzen und ein paar Drogen zu viel. Ich war an meinem absoluten Tiefpunkt, und sie wollte mich trotzdem.

Gegen elf Uhr abends wurde ich entlassen. Sam nahm mich mit in ihre Wohnung und steckte mich in ihr wunderbar weißes Bett. Sie brachte mir Fish and Chips, und als sie die Teller wegräumte, vergoss ich Tränen der Dankbarkeit. Sie war alles, was ich mir je in einer Partnerschaft gewünscht hatte. Abgesehen von der Tatsache, dass sie auch mit anderen ins Bett wollte.

Ich verschlief fast den ganzen Sonntag und meldete mich am Montag krank. Ich lag immer noch im Bett, als Sam nach Hause kam. Sie war in ihrem Atelier gewesen und roch nach Terpentin. Ich fragte mich, wen sie gemalt hatte.

»Wie geht's dir, Babe?«, fragte sie.

»Besser.«

»Gut genug, um etwas zu essen? Jasper und Polly wollten vorbeikommen. Aber ich kann sie auch woanders treffen, wenn du noch nicht aufstehen magst.«

»Nein, nein«, sagte ich und setzte mich auf. »Ich stehe auf. Ich räume das Feld.«

»Ich will nicht, dass du das Feld räumst«, sagte sie, während sie sich ans Fußende setzte. »Ich möchte, dass du meine Freundinnen kennenlernst.«

»Oh, danke. Ich würde sie gerne kennenlernen«, sagte ich und versuchte, zu verbergen, wie geschmeichelt ich war. »Wenn ich mir was zum Anziehen leihen darf.«

Sam war viel größer und viel dünner als ich. Mehr als ein paar weite Jeans, die an mir nicht so sehr weit waren, und ein altes Bangles-T-Shirt war nicht drin. »Im Badezimmerschrank ist vielleicht noch Make-up, falls du welches brauchst.«

Zum Glück war ich noch so angeschlagen, dass es mir relativ egal war, wie ich aussah. Unter anderen Umständen wäre mir ob der Aussicht, Freunde von ihr kennenzulernen, vor Aufregung ganz schlecht geworden.

»Also, wer sind Jasper und Polly?«, fragte ich, während ich mir etwas zu dunklen Concealer auftupfte, den wahrscheinlich irgendeine frühere Eroberung zurückgelassen hatte.

»Meine ältesten Freundinnen. Jasper kenne ich noch vom Feiern in Teenagertagen. Und Polly ist eine Freundin von der Kunsthochschule. Mittlerweile sind sie ein Paar. Haben sich vor acht Jahren bei meinem Geburtstag kennengelernt und es nie bereut.«

Es klingelte, und Sam ging an die Tür.

Ich hörte eine tiefe, ruhige Stimme hallo sagen, und eine andere Stimme, die dröhnte: »Komm her! Lass mich deinen hübschen Hintern drücken! Siehst du *gut* aus heute! Also, wo steckt die Frau, die dich die ganze Zeit von uns ferngehalten hat?«

Ich drückte die Toilettenspülung.

»Und da kommt schon die Antwort!«, sagte die dröhnende Stimme.

»Hallo!«, sagte ich, als ich aus dem Bad trat. Sam und ihre Freundinnen hatten sich aufs Sofa gequetscht. Polly stand auf und gab mir die Hand. Sie trug roten Lippenstift und hatte ein nettes Lächeln. Mir war so, als ob ich sie mögen würde.

Jasper schien über unsere Begegnung am meisten aus dem Häuschen. Sie trug eine rote Hose und DocMartens, und mit ihren weißblonden Locken und den roten Wangen schaffte sie es irgendwie, zugleich wie ein Kleinkind und wie ein älterer Mann auszusehen. Sie betrachtete mich von oben bis unten, wobei ihr Blick länger auf meinen Beinen und meinen Brüsten verharrte. »Ich versteh schon, warum du so beschäftigt warst, Sam«, sagte sie mit ihrer lauten Stimme. »Sie ist ne echt scharfe Braut.«

Das Kompliment brachte mich erst zum Lächeln – wobei es mich auch ein bisschen verstörte, weil Jasper doch sehr wie ein Dreijähriger aussah –, aber dann irritierte es mich, denn ich ließ mich nicht gern zum Objekt machen.

»Hör nicht auf Jasper«, sagte Polly. »Sie ist nur so aufgeregt. Sam stellt uns selten jemanden vor.«

Jasper setzte sich ächzend wieder aufs Sofa, was mir verriet, dass sie mindestens Ende dreißig sein musste. »Komm, setz dich zu mir und erzähl mir alles über dich«, sagte sie, klopfte auf den Platz neben sich, und ich gehorchte. »Sam ist scharf, oder?«

»Und wie.« Ich lächelte rüber zu Sam, die Salatdressing anrührte und so tat, als würde sie nicht zuhören.

»Ich habe nur einmal mit ihr geschlafen, als sie ein Teenager war und ich in den Zwanzigern –«

»Schön Frischfleisch geschnappt, oder wie?«

»Was? Nein! Sie hat sich mich geschnappt! Für eine Sechzehnjährige war sie ziemlich frühreif. Ich hatte da nicht viel mitzureden.«

Während des Essens war ich ziemlich still, schaufelte alles schnell in mich hinein und nahm mir noch mal nach, um nicht reden zu müssen. Ich spürte Sams Blick auf mir, die überprüfte, ob es mir gut ging. Ehrlich gesagt ging es mir nicht sensationell gut – das Gespräch schien hauptsächlich darum zu kreisen, wer es wann mit wem und vor allem mit Sam getrieben hatte.

»Erinnert ihr euch noch an die Sexparty in Clapham?«

»Oh Gott, die war so schrecklich. Alle in Anzügen, die wussten gar nicht, wie man einen Umschnalldildo benutzt.«

»Sam hat die einzige heiße Frau abbekommen, wie immer.«

Ich lachte brav mit, den Mund voller Brot.

»Ich kann's kaum erwarten, dich auf deine erste Sexparty mitzunehmen«, sagte Sam und drückte meine Hand.

Ich nickte.

»Warst du noch nie auf einer?«, fragte Jasper.

»Nein«, sagte ich.

»Das wird schon«, sagte Polly lächelnd. »Beim ersten Mal habe ich Panik geschoben, aber wenn man sich erst mal dran gewöhnt hat, es vor anderen Leuten zu treiben, macht es richtig Spaß.«

»Dürfen wir mit ihr spielen?«, fragte Jasper Sam. Sie holte kurz Luft und wandte sich wieder an mich. »Stehst du auf Füße? Ich würde gern ein bisschen Fußkram mit dir machen.«

»Mal sehen«, sagte ich und versuchte, geheimnisvoll zu wirken.

»Halt dich bloß von Jaspers Füßen fern«, sagte Polly. »Sie hat noch nie was von Bimssteinen gehört.«

»Hey!«, protestierte Jasper. »Für Julia würde ich sogar zur Pediküre gehen.« Sie sah mich mit hochgezogenen Augenbrauen an.

Sam nahm meine Hand. »Beim ersten Mal bleiben wir für uns.«

»Du hast dich wirklich verändert!«, sagte Jasper. »Julia hat dich schon unter ihrer Fuchtel!«

Selbst nachdem sie gegangen waren, blieb ich ziemlich einsilbig. Sam fragte, was los sei, und ich gestand ihr, dass mir nicht gefallen hatte, wie Jasper beim Essen über mich sprach.

»Das war doch bloß scherzhaft«, sagte sie.

»Es war nicht sehr feministisch.«

»Wir sind alle Feministinnen. Wir sind Lesben, verdammt noch mal.«

»Jasper ist ziemlich chauvinistisch.«

»So ist sie einfach. Keiner nimmt das ernst.«

Ich setzte mich aufs Sofa. Sam kam zu mir. »Sind deine Freundinnen alle nicht-monogam?«

»So ziemlich.« Sie legte den Arm um mich. »Man muss sich an diesen Lebensstil erst gewöhnen, aber ich schwöre dir, du wirst viel glücklicher sein, wenn du den ganzen heteronormativen Bullshit erst mal hinter dir gelassen hast. Glaubst du wirklich, dass dir außer mir nie wieder jemand begegnen wird, mit dem du es gern treiben würdest?«

»Nein ...«

»Na, siehst du. Aber das Wichtigste sind wir. Ist es nicht unglaublich, dass wir uns gefunden haben? Wir haben diese Verbindung ... oder?« Jetzt lag Sorge in ihrem Blick, was mich beruhigte.

»Ja.«

»So etwas empfinde ich nicht oft.«

»Ich auch nicht.« Ich wandte mich zu ihr und küsste sie. Ich konnte einfach nicht glauben, wie wunderbar es war, sie zu küssen.

Sie nahm meine Hände. »Es gibt da etwas, das ich dir schon die ganze Zeit sagen will. Aber ich habe mir eingeredet, dass es noch zu früh ist. Ist es zu früh?« Sie sah mich bedeutungsvoll an.

Ich erwiderte ihren Blick und versuchte, so zu tun, als wüsste ich nicht, worauf sie anspielte, wünschte mir aber, sie würde einen Rückzieher machen.

»Soll ich es sagen?«, fragte sie.

Ich blieb stumm.

»Ich sag's nicht, wenn du es nicht willst.«

»Du kannst es ruhig sagen.«

»Du bist noch nicht so weit.«

Ich lächelte.

»Schon okay«, sagte sie. »Dann sag ich's anders.« Sie küsste mich, und aus dem Kuss ergab sich absolut phantastischer Sex – gleich da auf dem Sofa –, wahnsinnig intensiver Sex von der Sorte, bei der man sich während des Fingerns in die Augen guckt und es sich dann ohne Handschuh mit der Faust besorgt und hinterher noch eine halbe Stunde eng umschlungen liegen bleibt.

Ich beschloss, mich auch am Dienstag krankzumelden. Magentechnisch fühlte ich mich der Welt immer noch nicht gewachsen. Als ich aufwachte, war Sams Seite des Bettes leer, das Radio lief, und die Dusche rauschte.

Ich ging ins Bad. Sam war ein goldener Schemen hinter dem Duschvorhang, der schief vor sich hin summte.

»Morgen«, sagte ich.

»Geh wieder ins Bett, Babe«, sagte sie. »Tut mir leid, dass ich dich geweckt habe.«

»Hast du nicht.«

»Willst du heute hierbleiben? Ich mag den Gedanken, dass du da bist, wenn ich nach Hause komme.«

»Vielleicht könnte ich mit ins Atelier kommen?«

»Ehrlich gesagt arbeite ich lieber allein«, sagte sie. »Es würde mich verlegen machen, wenn du mir beim Malen zuguckst. Ist das in Ordnung?«

»Klar.«

Sie stellte die Dusche aus, zog den Vorhang zurück und gab mir einen langen, feuchten Kuss. Dann schüttelte sie ihr Haar und verspritzte Wassertröpfchen in alle Richtungen. »Mach dir was zum Frühstück«, sagte sie. »Guck fern oder so. Ich bin gegen sieben zurück.«

Nachdem sie gegangen war, summte die Stille in der Wohnung.

So viele nichtssagende Schranktüren und Schubladen. So viele Notizhefte auf den vollgestopften Bücherregalen. Aber ich sollte nirgendwo reinschauen. Ich sollte nichts öffnen. Das würde nicht gut gehen.

Ich kroch wieder ins Bett und hob Sams Laptop vom Boden auf. Fünf Google Chrome Tabs waren geöffnet: ein Blog, *Women Painting Women*, über figurative Malerinnen, ihre Gmail-Startseite, die ich sofort schloss, und meine Twitter-Seite, meine Facebook-Seite, meine Instagram-Seite. Ich verspürte einen seltsamen kleinen Kick: Mein ganzes Leben hatte ich dort ausgebreitet – alberne Selfies, Fotos von symmetrischen marokkanischen Bodenfliesen und hirnlose Kommentare zum Samstagabend-Fernsehprogramm –, aber ich hatte nie dran gedacht, dass sich das jemand gezielt ansehen könnte. Sam war meine Facebook-Fotos bis zu meinen Anfangstagen an der Uni durchgegangen: Alice und ich, wie wir Pints im Dirty Duck tranken, ich mit meinem Exfreund Leon, ich im Bikini in Kroatien … Sie liebte mich wirklich. Das war der Beweis.

19. Alles auf eine Karte

Ich hatte gehofft, dass Sam und ich über Ostern einen romantischen Kurztrip unternehmen würden, vielleicht nach Whitstable oder Margate – ich finde, eine Beziehung ist nicht offiziell, solange man nicht zusammen in einem Airbnb übernachtet und dubiose Haare aus einem fremden Doppelbett gefischt hat –, aber wie sich herausstellte, hatte Sam schon was vor.

»Ich werde meinen Dad besuchen«, erzählte sie mir ein paar Wochenenden vorher, als wir Hand in Hand durch London Fields spazierten und Fahrradfahrern und Hunden auswichen.

»Oh!«, sagte ich und versuchte vermutlich vergebens, meine Enttäuschung zu verbergen. »Wo wohnt er denn?«

Sam redete nur selten über ihren Vater. Ich wusste alles über Pollys Mum und über Jaspers Bruder, der in St. Yves wohnte, und über die Studienfreunde, die Sam bei jeder Gelegenheit in New York besuchte, aber über ihre Familie wusste ich nur, dass ihre Mutter nicht mehr lebte und ihr Vater reich war. »Dubai«, sagte sie.

»Sehr schön!«, sagte ich.

»Abgesehen davon, dass Homosexualität dort illegal ist.«

»Hast du da Freunde?«, fragte ich.

»Nein«, sagte Sam. »Er ist nach dem Tod meiner Mutter hingezogen, als ich im Internat war.« Und dann: »Scheiße.«

Sie war in eine Pfütze getreten. Auf ihrem rechten Turnschuh war ein winzig kleiner Matschfleck. Sie ging in die Knie, um ihn mit einem Blatt abzuwischen.

»Du wirst mir fehlen«, sagte ich.

Sie richtete sich wieder auf und legte mir die Hände auf die Schultern. »Du wirst mir auch fehlen«, sagte sie, zog mich an sich und küsste mich.

Ein Teenager bedachte uns mit einem Pfiff. Sam zeigte ihm den Mittelfinger und küsste mich weiter. Ein tolles Gefühl: jemanden zu küssen und gleichzeitig ein politisches Statement abzugeben.

Mir gefiel die Aussicht nicht, alleine zu Hause zu hocken, Ostereier zu essen und mir Sorgen um meine Zukunft zu machen, während Alice und Dave das lange Wochenende mit lautem Sex zelebrierten, weshalb ich beschloss, zu meinen Eltern zu fahren.

»Wie schön!«, hatte meine Mum gesagt, als ich sie deshalb anrief. »Und gute Neuigkeiten: Die Bauarbeiter von nebenan werden über Ostern alle weg sein. In Osteuropa ist Ostern wohl wichtiger. Gott sei Dank! Im wahrsten Sinne des Wortes!«

Mum öffnete die Haustür, bevor ich überhaupt klingeln konnte.

»Sieh dir das an«, sagte sie mit in die Hüfte gestemmten Händen und einem Nicken nach nebenan. »Sie hätten wenigstens den Müll wegräumen können, bevor sie sich für eine Woche verdrücken!«

»Ich freu mich auch, dich zu sehen, Mum«, sagte ich und gab ihr einen Kuss auf die Wange.

Dad war in der Küche und sah sich etwas auf dem Laptop an. Was immer es war, es schien ihm keinen Spaß zu machen. Ich trat hinter ihn. Er sah sich um und lächelte mich kurz an, bevor er wieder finster dreinblickte.

»Verdammter Geoff«, sagte er und wies mit dem Kopf auf den Bildschirm. Er guckte allen Ernstes YouTube. »Er hat angefangen, seine Vorlesungen ins Internet zu stellen. Er hat Tausende von Followern.«

»Aber vor der Kamera wirkt sein Gesicht erst recht merkwürdig glatt«, erwiderte ich und klopfte Dad auf die Schulter.

»Vor allem erzählt er so einen Müll«, sagte Dad. »Als hätte er *Silas Marner* nie gelesen.«

»Ich sage deinem Vater schon die ganze Zeit, dass YouTube die Zukunft ist«, meinte Mum, während sie Rosmarinzweige auf der Lammkeule arrangierte. »Du solltest Harry von nebenan zu Hilfe holen, wo du doch so dicke mit seiner Mum bist.« Sie sah mich an. »Harry macht Make-up-Tutorials«, sagte sie. »Neulich habe ich mir eins angeguckt, in dem er erklärte, wie man Grundierung aufträgt und dann die Konturen herausarbeitet. Ich bräuchte natürlich andere Produkte, schließlich habe ich keine Bartstoppeln.«

Dad sah mich gequält an. »Hör dir nur diesen Unsinn an«, sagte er.

»Ich glaube, du kämst gut an auf YouTube«, sagte ich. »Du könntest dich Professor Grantig nennen.«

»Oh!«, sagte Mum und blickte vom Lamm auf. »Das ist gut!«

»Ich bin nicht grantig«, sagte mein Dad grantig. Er klickte ein anderes Video an. »Also, dieser Kerl«, sagte er, »dieser Kerl weiß, wie man ein YouTube-Video macht.«

Ich sah ihm über die Schulter. Ein bärtiger Mann stand auf einem Berggipfel und brüllte, wie schön warm sein neuer Anorak sei.

»Er testet Ausrüstung für Bergsteiger«, sagte Dad.

»Du warst doch noch nie bergsteigen«, sagte ich. »Oder?«, fragte ich Mum.

»Natürlich nicht«, sagte sie.

»Aber falls ich es mal will, weiß ich genau, was ich brauche«, sagte Dad.

Meine aufregende neue Sexualität kam während des Mittagessens nicht zur Sprache, aber als ich ins Bett gehen wollte, fragte Dad mich: »Hat dir *Der Sommernachtsball* gefallen?« Und ich sagte: »Ja, danke«, woraufhin er steif nickte.

Ich hatte mein Handy in meinem Zimmer liegenlassen, und als ich es suchen ging, entdeckte ich einen entgangenen Anruf von Sam. Ich rief sofort zurück. Es klingelte monoton und international, wodurch ich mich ihr noch ferner fühlte.

»Du bist nicht rangegangen«, sagte sie irgendwie beleidigt, als sie abnahm.

»Tut mir leid«, sagte ich. »Ich saß mit meinen Eltern zusammen.«

Sie seufzte. »Nein«, sagte sie, »es tut *mir* leid, Babe. Es ist furchtbar bei meinem Dad. Die meiste Zeit über weiß er nicht, wer ich bin, und in seinen lichten Momenten ist alles noch schlimmer, weil er dann so schrecklich unglücklich ist.«

»Oh«, sagte ich. »Warum weiß er –«

»Beginnende Demenz.«

»Oh«, wiederholte ich dämlich. »Das tut mir leid. Das wusste ich gar nicht.«

»Natürlich nicht. Ich erzähle dir ja gerade erst davon. Wie auch immer, die Depression ist das Schlimmste. Er ist schon depressiv, seit meine Mum gestorben ist. Das macht die Monogamie mit dir – du knüpfst dein Glück an einen anderen Menschen, und wenn der geht oder stirbt, bist du für immer am Arsch.«

»Das ist ja eine heitere Sichtweise.«

»Aber so ist es doch, oder?«, fragte sie. »Jede Beziehung kommt mal an ihr Ende. Wenn man alles auf eine Karte setzt, wird man extrem verletzlich.«

Nachts im Bett dachte ich über ihre Worte nach. Wir waren erst seit kurzem ein Paar, und schon empfand ich ihre Abwesenheit wie einen physischen Schmerz, ein unsicheres, ungesundes Vermissen. Ich fragte mich, wie sehr ich sie erst vermissen würde, wenn sie bei Virginie war und tantrischen Sex in einem *Gîte* hatte. Vielleicht brauche ich selbst auch eine Virginie, überlegte ich. Vielleicht eine Irin. Eine Siobhan. Wir hätten super sexy *craic*, und hinterher würden wir postkoitalen Whiskey trinken und leckere Lily O'Brien's Schokolade essen, wie sie die Leute immer aus Dublin mitbringen. Aber in mir sträubte sich alles gegen die Vorstellung, mit irgendwem anders zusammen zu sein. Ich wollte Sam, Sam, Sam. Ich würde alles tun, damit sie bei mir bliebe.

»Sie sind ja niedlich«, sagte Nicky bei unserer nächsten Sitzung.

»Bin ich nicht.«

»Doch. Sie sind wirklich süß.«

»Seien Sie still. Ich bin nicht süß.«

»Sie halten sie für Ihre Freundin.«

»Das ist sie. Ich habe schon ihre Freundinnen kennengelernt.«

»Freundinnen, mit denen sie schläft?«, fragte Nicky mit so sanfter, mitfühlender Stimme, dass ich sie am liebsten verstümmelt hätte.

»Zurzeit schläft sie mit niemandem außer mir. Außerdem hat sie Ostern aus Dubai angerufen, weil ich ihr gefehlt habe. Und sie hat sich alle meine Facebook-Fotos angesehen. Das habe ich entdeckt, als ich bei ihr in der Wohnung war.«

»Und warum genau ist das von Belang?«

»Weil man das nur tut, wenn man wirklich an jemandem interessiert ist.«

»Sie glauben also, Stalking im Internet ist ein Zeichen für ernsthaftes Engagement.«

»Es ist definitiv ein Zeichen von Interesse.«

»Und Sie überprüfen schon, was sie im Internet treibt.«

»Nicht absichtlich.«

Sie zuckte mit den Achseln, klopfte ein paarmal mit dem Stift auf ihr Notizbuch und fragte: »Haben Sie schon BDSM ausprobiert?«

»Nein. Aber das werden wir bald. Nächste Woche, glaube ich.«

»Verstehe.«

Sie starrte mich an. Ich starrte zurück. Eine Fliege schwirrte störend zwischen uns umher. Ich verbot mir zu blinzeln. Nicky schlug nach ihr, was ich mir als Sieg anrechnete.

20. Mr. Lover Lover

An einem Freitagmorgen im Mai rief Sam mich an, als ich gerade von der Victoria Station zur Arbeit lief, mit aufgespanntem Regenschirm inmitten eines Stroms blauer Regenmäntel und weißer Hemden, der sich zum Gesundheits- und Sozialministerium ergoss.

»Hey, Babe«, sagte sie. »Ich weiß, wir wollten heute Abend essen gehen, aber Jasper hat gefragt, ob wir mit zu Fuck Everything gehen wollen. Hast du Lust?«

Ich blieb stumm.

»Du wirst begeistert sein«, sagte sie. »Das ist eine total nette Veranstaltung. Und man muss nicht *wirklich* alles ficken. Wir können es auch einfach miteinander tun.«

»In der Öffentlichkeit?«, fragte ich leise, während der Gesundheitsminister an mir vorbeihastete.

»Wie bitte?«, fragte Sam.

»Müssen wir es in der Öffentlichkeit tun?« Ich ging jetzt ins Gebäude, vorbei an den Reportern und Fernsehteams, die trotz des Regens unter transparenten Schirmen lächelten.

»Müssen wir nicht. Wir können auch einfach nur zugucken, wenn wir wollen. Komm schon, Babe.«

Ich sagte ja.

»Heute Abend gehe ich in einen Sexclub«, sagte ich, während Owen und ich unsere Computer hochfuhren.

Er blickte beeindruckt zu mir rüber. »Das gibt's nicht.«

»Doch.«

»Kann ich mitkommen?«

»Nein!«

»Ist es ein queerer Sexclub?«

»Ich glaube, da geht alles.« Ich schlug mein Notizheft auf, blätterte lässig zu meiner To-do-Liste und freute mich über mein exotisches Sexleben.

Owen stand auf und kam an meinen Schreibtisch. »Bitte nimm mich mit«, sagte er. Er richtete seine Krawatte, als würde das etwas verändern.

»Auf gar keinen Fall«, sagte ich. »Ich glaube, das täte unserer Freundschaft nicht gut.«

»Ich glaube, das wäre hervorragend für unsere Freundschaft«, sagte Owen. »Das wäre echtes Bonding. Tee?«

»Ja, bitte«, sagte ich und reichte ihm meinen »Keep Calm and Carry On«-Becher.

Owen stapfte in die Küche, und ich loggte mich in meinen Computer ein. Ich hatte schon eine Mail von Sam: *Kann's kaum erwarten! Xxxx*

Owen stellte meinen Becher ungewöhnlich umsichtig auf den Untersetzer.

»Danke«, sagte ich.

Er blieb neben meinem Schreibtisch stehen.

Ich sah ihn an. »Hallo«, sagte ich. »Du bist ja noch da.«

»Darf ich jetzt mitkommen?«, fragte er. »Ich könnte Laura mitbringen. Einer ihrer Exfreunde hat sie anscheinend gern gefesselt. Vielleicht steht sie ja auf so was.«

»Auf gar keinen Fall.«

Die Stunden vergingen, und es fiel mir immer schwerer, mich zu konzentrieren; ich fing eine E-Mail an und wurde dann von einer neu eintreffenden abgelenkt und vergaß, was ich gerade gemacht hatte, oder ich klickte eine Werbemail an und folgte den Links, bis Owen mich dabei erwischte, wie ich mir eine Auswahl überteuerter französischer Strümpfe mit Früchten darauf ansah, und »Sehr sexy!« sagte, bevor ich das Fenster wegklicken konnte.

Ich war so aufgeregt, dass ich den ganzen Weg von der Haltestelle Manor House bis nach Hause rannte, um die überschüssige Energie loszuwerden. Ich musste runterkommen. Ich stieß die Wohnungstür auf, schaltete das Küchenlicht an und schnappte mir eine Flasche billigen Whisky, den Alice und ich mal für ein Robert-Burns-Dinner gekauft hatten und für Notfälle hinten im Schrank aufbewahrten. Ich nahm einen Schluck direkt aus der Flasche. Die scharfe Flüssigkeit brannte die Angst weg, und ich wurde sofort ruhiger. Vielleicht war ein Ausflug in einen Sexclub genau das, was ich brauchte. Ich war mir ziemlich sicher, dass er mich von der Vorstellung ablenken würde, zukünftig für das Informationsfreiheits-Team zu arbeiten.

Ich duschte mich ausgesprochen gründlich und zog mir meine vorteilhafteste Unterwäsche und ein Wickelkleid an, für leichteren Zugang. Ich plante Sex nicht zwingend ein, aber ich wollte auch keine Jeans tragen und mich damit von vornherein selbst aus dem Spiel nehmen. Es war ein großes Abenteuer! Ein großartiges Abenteuer! Die meisten Menschen erlebten so etwas ihr ganzes Leben nicht. Als ich meinen Eyeliner auftrug, zitterte meine Hand.

Der Club befand sich unter einem Pub in einer Seitenstraße von Kings Cross und wirkte eindeutig dreckig und ein bisschen dubios zwischen den Cocktailbar-Ketten, breiten Bürgersteigen und frisch gepflanzten Bäumen, wie ein Pensionär, der sich trotz Gentrifizierung weigerte zu verkaufen. Ich sah mir die Leute an, die auf Einlass warteten; außer zwei Bären in übertrieben engen Ledermänteln sahen alle so aus, als würden sie bei Tesco für eine Packung Milch anstehen. Und dann entdeckte ich Sam, die in der Nähe des Türstehers in Lederhose und einem schwarzen T-Shirt an der Wand lehnte und mich vollkommen ernst anstarrte, bis ich sie bemerkte.

Ich winkte und kam mir blöd vor; sie schlenderte mit den Händen in den Taschen zu mir rüber, lächelte immer noch nicht und küsste mich auf den Hals. »Ich kann's nicht erwarten, dich da reinzubringen«, murmelte sie mir ins Ohr, und ich erschauerte. Ein Teil von mir fragte sich, warum ich mich dazu hatte überreden lassen. Gleichzeitig konnte ich es kaum erwarten, endlich reinzukommen.

Der Club war dunkel, feucht und ziemlich leer. Die Leute standen in Grüppchen in den Ecken, wie verschämte Teenager, die darauf warteten, dass sie jemand zum Tanzen aufforderte. Vom Hauptraum gingen drei kleinere, dunklere Räume ab – fast wie Höhlen. Gelegentlich kamen Paare heraus, richteten ihre Kleider und strichen sich das Haar glatt. »Das sind die Spielzimmer«, sagte Sam. »Sollen wir mal gucken?«

Ich nickte und grinste ein bisschen zu breit.

Wir gingen zum nächstgelegenen der drei Räume. Bevor wir dort ankamen, hörte ich eine Frau aufschreien. »Da hat jemand seinen Spaß«, sagte Sam.

Wie sich herausstellte, war es Jasper, die einer Frau, die bäuchlings auf einer Art schwarzem Krankenhausbett lag, den nackten, roten Hintern versohlte. Als wir hereinkamen, sah sich die Frau um. Es war Polly. Es schien ihr nicht im Geringsten peinlich zu sein, ich war dafür umso verlegener.

»Wir lassen sie lieber allein«, sagte ich.

»Das ist schon in Ordnung«, sagte Sam und lehnte sich mit verschränkten Armen an die Wand. »Wir können ein bisschen zuschauen.« Sie legte einen Arm um mich und wandte sich dann wieder den anderen zu, mit einem unbeteiligten Lächeln, wie man es einem besonders guten Jongleur oder Straßentänzer am Oxford Circus schenkt, wenn man unterwegs zum Strumpfhosenkauf bei Top Shop ist.

Ich versuchte, mich zu entspannen; Polly und Jasper schien unsere Anwesenheit nicht zu stören. Sie schienen sich vielmehr für uns ins Zeug zu legen. Aber ich zuckte jedes Mal zusammen, wenn Polly aufschrie. Es fühlte sich falsch an. Ein bisschen so wie Pickelausdrücken oder Masturbieren oder Reality TV gucken – eine fesselnde Einzelaktivität für einen Sonntagabend. Nichts, was man vor anderen Leuten tun möchte. Und erst recht nichts, wobei man anderen Leuten zuschauen möchte.

Sam sah zu mir. »Was ist los?«

»Nichts!«, sagte ich und richtete den Blick wieder auf Polly und Jasper.

Sam sah mich immer noch an. »Willst du auch spielen?«

Das wollte ich eigentlich nicht unbedingt, vor allem nicht, wenn dazu gehörte, sich den Hintern versohlen zu lassen oder angestarrt zu werden, während ich versuchte zu kommen. Aber ich wollte auch nicht rumstehen und anderen beim Spielen zusehen.

»Komm schon«, sagte Sam neckisch. »Du hast doch keine *Angst*, oder?«

»Nein …«

»Na, dann los.« Sie drehte sich zu mir und küsste mich, bevor ich protestieren konnte. Ich schloss die Augen und stellte mir vor, in Sams Wohnung zu sein, und das gelang mir auch ganz gut, bis ich ein weiteres Klatschen und einen weiteren Aufschrei hörte und die Augen aufriss. Sams Hände wanderten von meiner Taille zur Schleife meines Wickelkleids, aber ich setzte dem energisch ein Ende. »Gehen wir in einen anderen Raum«, sagte ich so verführerisch wie möglich. »Allein.«

Sie nahm meine Hand, führte mich hinaus, wobei sie Jasper zuzwinkerte, und ging mit mir über die sich allmählich füllende Tanzfläche in eine andere feuchte Höhle. Zufrieden stelle ich fest, dass sie leer war. Von der Decke hing eine Auswahl an Seilen. Zum Glück schien sich Sam nicht besonders für sie zu interessieren. Sie schien sich auch nicht allzu sehr dafür zu interessieren, mich in Stimmung zu bringen – vielleicht ging sie einfach davon aus, dass ich nach dem versohlten Hintern schon angetörnt genug war. Sie war es auf jeden Fall – sie drückte mich an die Wand und zog mein Kleid zur Seite, um mich zu ficken.

Ich schloss die Augen und versuchte, die seltsamen Seile, den Latex-Geruch und die gedämpften »Ja! Härter!«-Rufe auszublenden. Es in der Öffentlichkeit zu treiben war immer eine meiner Phantasien gewesen, aber ich hatte es nie durchgezogen. Während des Studiums hatte ich es einmal im Garten unseres damaligen Hauses gemacht, aber das

Risiko, erwischt zu werden, und die kalte Novemberluft hatten dem Typen zu sehr zugesetzt, und die ganze Angelegenheit geriet etwas schlaff und enttäuschend. Diesmal konnte nichts schlaff werden – aber ich hatte jahrelang die Türen von Umkleidekabinen verriegelt und mich grundsätzlich nicht vor anderen umgezogen, weshalb es etwas gewöhnungsbedürftig war, mir vor völlig Fremden die Unterwäsche auszuziehen und mich vögeln zu lassen. Komm schon, sagte ich mir. Sei nicht so englisch. Gib der Sache eine Chance. Die Technomusik pulsierte in mir. Ich konzentrierte mich auf Sams heiße Zunge auf meiner Klitoris und den kühlen Luftzug auf meinen Brüsten und das Umz Umz Umz des Beats, und es funktionierte, ich war kurz vorm Kommen – doch als sich gerade alles hübsch zum Höhepunkt steigern wollte, wechselte die Musik.

»Mr. Lover Lover. Ooh«, säuselte Shaggy.

Ich versuchte, mich nicht ablenken zu lassen, aber im Geiste war ich wieder in der Grundschuldisco.

»Mr. Bombastic, telly-fantastic«, fuhr Shaggy fort, während Sam beherzt weitermachte.

Ich schlug die Augen auf, besah mir die feuchten Wände, die Locken auf Sams wippendem Kopf und die Leute auf der Tanzfläche, die ironisch tanzten.

»Ich glaube, das wird nichts«, sagte ich, und genau in diesem Augenblick marschierte eine Frau in den Raum, die Sam vollkommen ignorierte und sagte: »Sorry, aber wir schließen jetzt die Spielzimmer, könntet ihr zum Ende kommen? Danke!« Sie drehte sich um und marschierte wieder raus, als würde sie so etwas jeden Tag machen, und das tat sie wohl auch. Dadurch kam ich wieder zu mir und bemerkte plötzlich, dass ich halb nackt war.

Ich packte Sams Haar, um sie zu stoppen, aber das schien sie nur anzutörnen, und dann steckte Jasper den Kopf durch die Tür und sah eine Minute zu, murmelte »scharf« und dann: »Wir warten draußen auf euch.«

»Lass uns gehen«, sagte ich.

Sam sah zu mir hoch. »Wir gehen nicht, bis du gekommen bist«, sagte sie.

Wenn ich darauf bestanden hätte, hätte sie wohl aufgehört. Aber sicher bin ich mir nicht, denn ich bestand nicht darauf. Es schien mir einfacher, nicht zu diskutieren.

Ich kniff die Augen zu, und zum ersten und hoffentlich letzten Mal in meinem Leben kam ich in aller Öffentlichkeit zu einem Reggae Song aus den Neunzigern.

21. Massenvernichtungswaffen

Hinterher kam mir der Sexclub schärfer und spaßiger vor. Im Swingkurs am nächsten Tag erzählte ich Ella alles und strickte eine witzige Geschichte aus dem Shaggy-Song, der Frau, die bei uns reinmarschiert war, und Sams Freundinnen, denen ich beim Hinternversohlen zugesehen hatte. Es war schräg, an einem Sonntag um zwei Uhr nachmittags über Spielzimmer, Seile und dergleichen zu sprechen, während wir lernten, wie man zu Cole Porter tanzte. Ein bisschen so, als bestellte man Salat bei McDonald's.

»Dir ist schon klar, dass du es nicht in der Öffentlichkeit treiben musst, nur weil du lesbisch bist, oder?«, fragte Ella, als wir einen Outside Turn machten. Sie trug eine paillettenbesetzte Weste, die beim Tanzen funkelte.

»Ja.«

»Und dass die meisten Lesben gar nicht wüssten, was sie mit einem Einlauf-Set anfangen sollen.« Sie drehte sich schillernd auf der Stelle.

»Ich bin ganz froh, dass ich es auch nicht weiß.«

»Ich habe einfach den Eindruck, dass du gleich an der tiefsten Stelle ins lesbische Becken gesprungen bist«, sagte Ella. »Zur Abwechslung solltest du mal eine Langzeitbeziehung inklusive lesbischem Bettentod probieren.«

»Das klingt aber nicht sehr lustig«, sagte ich.

»Ist es auch nicht«, sagte Ella nickend. »Guter Einwand.«

Ich war fast fröhlich, als ich am Montag zur Arbeit ging. Nach Toms Aufforderung, »unsere Optionen zu überdenken«, hatte ich angefangen, mich vor dem Gang ins Büro zu fürchten, und Herzrasen bekommen, wenn ich mich der Victoria Station näherte, aber der Sexclub hatte einiges zurechtgerückt. Womit ich mir meinen Lebensunterhalt verdiente, war egal – damit verbrachte ich lediglich die Zeit, bis ich wieder ausgehen und tanzen und vögeln konnte, möglicherweise öffentlich. Ich trieb abends weit aufregendere Dinge als die meisten Menschen, die ich kannte. Ich gehörte zu einer Untergrundszene. Das hatte ich mir schon immer gewünscht.

Owen brachte mir einen Tee, kaum, dass ich mich gesetzt hatte. »Wie war's?«

»Wie war was?«

»Der Sexclub!« Fast hätte er sich die Hände an den Oberschenkeln gerieben.

»Ein bisschen runtergerockt.«

»Hast du's getan?«

»Das geht dich nichts an.«

»Hast du, oder? Nur mit Sam oder auch mit Fremden?«

»Owen! Ich frag dich auch nicht nach *deinem* Sexleben.«

»Ich schwöre, wenn es irgendwas Interessantes zu erzählen gäbe, wärst du die Erste, die davon erfahren würde.«

»Ich dachte, du knallst Laura.«

Er schnippte eine Büroklammer von meinem Tisch. »Sie hat mir seit Freitag nicht geschrieben.«

»Oh. Das tut mir leid.«

»Ja. Mir geht's scheiße.«

»Kann ich was für dich tun?«

»Du kannst mir vom Sexclub erzählen.«

»Nein.«

Aber er sah so geknickt aus, dass ich sagte: »Die Wände waren feucht. Und es war alles viel weniger aufregend, als du es dir vermutlich vorstellst.«

Das heiterte ihn ein bisschen auf. »Du bist eine viel interessantere Lesbe als Carys.«

»Wer?«

»Meine Schwester. Meistens postet sie nur ihr Frühstück auf Instagram. Aber ich glaube, du würdest sie mögen.«

»Warum, weil wir beide lesbisch sind?«

»Nein«, sagte Owen entrüstet. »Weil ihr beide sehr nette Menschen seid.«

»Oh«, sagte ich. »Danke.«

Er zeigte den Anflug eines traurigen Lächelns.

»Hast du ihr geschrieben?«

»Wem?«

»Laura.«

»Oh. Ja. Ziemlich viel.«

»Aber sie hat nie geantwortet?«

»Doch, einmal, gestern. Sie meinte, sie bräuchte Abstand.«

»Und du schreibst ihr immer noch?«

»Jetzt nicht mehr. Carys hat mich gezwungen, ihre Nummer zu löschen. Ich habe sie mir aber auf einem Zettel notiert und in meine Sockenschublade gelegt, nur für den Fall.«

»Gut gemacht, Carys«, sagte ich.

Alice war auch ziemlich neidisch auf mein Sexclub-Abenteuer. Sie und Dave schliefen bei weitem nicht mehr so oft miteinander wie früher, wie sich herausstellte.

»Es ist meine Schuld«, sagte sie. »Ich hatte vor gut einem Monat eine Blasenentzündung, das hat uns aus dem Tritt gebracht.«

»Blasenentzündungen sind das Letzte«, sagte ich.

»Ich weiß«, sagte sie. »Er war bezaubernd und hat mir immer Cranberrysaft gekauft, aber eine Zeitlang konnte ich nicht mal den Anblick seines Penis ertragen. Zu viel Reibung.«

»Uh. Stopp.«

»Aber ich muss mir wieder mehr Mühe geben.« Sie sah zu mir hoch. »Neulich hat er vom Heiraten geredet. Schon wieder.« Sie forschte in meinem Gesicht nach einer Reaktion. »Ich meinte, ich sei mir nicht sicher«, sagte sie fast entschuldigend. »Und ich habe ihn gefragt, ob *er* heiraten will, und er sagte, auf jeden Fall und dass er sich schwer damit tun würde, mit jemandem zusammen zu sein, der es nicht wolle.«

»Und was hast du dazu gesagt?«

»Gar nichts. Aber es wäre doch dumm, eine gute Beziehung wegen eines Blatts Papier aufzugeben, an das ich nicht mal glaube, oder?«

»Vermutlich«, sagte ich. »Dave ist toll.«

Ich erhob mein Glas, um sie hochleben zu lassen, und als sie mit mir anstieß, kleckerte etwas Wein auf ihre Jeans. Sie wischte ihn mit dem Finger weg.

»Das Ding ist: Ich habe nie geglaubt, dass ich an jemanden so Männliches wie Dave geraten würde. Ich dachte immer, ich lande bei jemandem, der eher *camp* ist, der gern in die Oper geht oder viel Handcreme verwendet und rosa Krawatten trägt.«

»Ein Tory.«

»Nein! Eher ein Grünenwähler, jemand, der zu Demos wegen der Arktis geht. Dave ist so ein *Mann*.«

Ich nickte. »Er hat sogar einen Bart.«

»Und wenn wir die Straße entlanglaufen, geht er auf der äußeren Seite des Gehwegs, weil er denkt, das sollten Männer so machen, und im Restaurant hält er mir die Tür auf.«

»Das macht Sam auch«, erzählte ich.

»Findest du das furchtbar?«, fragte sie, leerte ihr Glas und hielt die ausgetrunkene Flasche hoch, als wenn sie sich wie von selbst wieder gefüllt haben könnte.

»Eigentlich gefällt es mir«, sagte ich. »Sie trägt Männerunterhosen.«

»Nein! Und trägt sie einen BH?«

»Ja.«

»Behaarte Beine?«

»Ja. Und Achseln. Aber untenrum fast nackt.«

»Aber sie verhält sich wie ein Gentleman«, sagte Alice und schlug die Beine übereinander. »All die Insignien der Männlichkeit, aber ohne die Massenvernichtungswaffen. Manchmal wäre ich auch gern lesbisch. Vom Schneckelecken mal abgesehen.«

»Die Schnecke gehört dazu«, sagte ich.

»Man muss sich nie sorgen, dass man seine Prinzipien verrät. Selbst wenn du sie heiraten und ihren Namen annehmen würdest, würdest du dich nicht dem Patriarchat beugen.« Sie lehnte sich an die Küchentür und sah mich an. »Sag mir die Wahrheit. Würdest du weniger von mir halten, wenn ich heirate?«

Ich wusste nicht, was ich sagen sollte. Um Zeit zu gewinnen, ging ich zum Kühlschrank und suchte nach etwas Essbarem. Es war nichts da außer einem älteren Stück

Cheddar, das am Rand schon ganz rissig wurde. Das würde gehen. Ich schnitt die trockenen Stellen ab und würfelte den Käse.

»Das ist widerlich«, sagte Alice, als ich mir einen Käseklumpen in den Mund steckte. Er schmeckte aber gut – nur etwas reifer, das war alles.

»Du hast die ganzen Cornflakes aufgegessen«, merkte ich an.

»Du hast meine Frage noch nicht beantwortet.«

Ich verschränkte die Arme. »Natürlich würde ich nicht weniger von dir halten.«

»Gut«, sagte Alice. »Denn ich würde mich für dich freuen, wenn du heiraten würdest. Ich habe sogar schon überlegt, was ich in der Rede sagen würde.«

»Du willst eine Rede bei meiner Hochzeit halten? Bei meiner Hochzeit mit Sam?«

»Natürlich«, sagte Alice, anscheinend empört darüber, dass ich sie bei der Planung meiner nicht-geplanten Hochzeit nicht eingebunden hatte.

»Ich glaube nicht, dass das in nächster Zeit ansteht«, sagte ich. »Wir sind ein bisschen zu beschäftigt damit, es in komischen gepolsterten Räumen vor ihren Freundinnen zu treiben.«

»Du hast es so gut«, sagte Alice, nahm mit spitzen Fingern ein Stück Käse und sah es sich genau an, bevor sie es in den Mund steckte.

»Nächste Woche gehen wir in einen SM-Club«, erzählte ich.

Alice fasste mich am Arm. »O mein Gott! Echt jetzt? Dürfen Dave und ich mitkommen?«

Ich sah sie an.

»Das ginge wohl zu weit, oder?«, fragte sie.

»So was von zu weit«, sagte ich.

»Ich möchte diese Woche etwas Neues ausprobieren«, sagte Nicky, sobald ich in dem furchtbaren Sessel Platz genommen hatte. »Ich lerne zurzeit eine neue Therapieform namens ACT. Es ist eine Mischung aus Achtsamkeitstraining und kognitiver Verhaltenstherapie.«

»Mit Achtsamkeit hätte ich Sie gar nicht in Verbindung gebracht«, sagte ich.

»Ich bin immer für eine Überraschung gut.«

»Das stimmt«, versicherte ich.

Nicky schlug die Beine übereinander. »Es deutet einiges darauf hin, dass ACT auch sehr hilfreich bei Angststörungen ist, deshalb finde ich, wir sollten es versuchen.«

»Okay«, sagte ich.

»Okay«, sagte sie.

Ich sah sie an. Sie sah mich an.

»Und jetzt?«, fragte ich.

»Schließen Sie die Augen«, sagte sie in einer neuen, seltsamen Stimme, die sie offenkundig für »entspannend« hielt.

Ich schloss die Augen.

»Gut. Wir werden eine einfache erdende Übung machen, um uns mit dem Moment zu verbinden.«

Ich konnte mir ein Grinsen nicht verkneifen.

»Was?«, fragte sie. »Warum lachen Sie mich aus?«

»Tu ich gar nicht!«, sagte ich, wurde aber das Grinsen nicht los.

»Tun Sie wohl.«

»Es ist nur die Stimme«, sagte ich und schlug die Augen auf. »Sagen Sie es mit Ihrer normalen Stimme.«

»Schließen Sie die Augen«, wiederholte sie streng mit ihrer üblichen Stimme. Ich tat wie geheißen. »Horchen Sie in sich hinein. Wie fühlen Sie sich körperlich? Wie geht es Ihnen geistig und emotional?«

»Ich verspüre eine gewisse Furcht«, sagte ich.

»Das war eine rhetorische Frage.«

»Verzeihung.«

»Gut. Atmen Sie tief ein. Und jetzt atmen Sie vollständig aus. Überlassen Sie es Ihren Lungen, sich von selbst wieder zu füllen.«

Ich atmete tief durch die Nase ein. Nickys Wohnzimmer roch muffig, wie feuchte Handtücher, die nicht richtig trocken geworden waren. Ich roch auch etwas Fleischiges. Vielleicht hatte sie Speck zum Frühstück gegessen.

»Wenn Ihnen ein Gedanke kommt, nehmen Sie ihn wahr und lassen Sie ihn einfach ziehen, wie Wolken oder Luftballons.«

Ich ließ den Gedanken an Speck ziehen. Dann erschienen vor meinem geistigen Auge ungefragt die Gesichter von Smriti und Tom. Ich stellte mir vor, wie sie ballonförmig davonschwebten. Und dann dachte ich an Sam. Sams Gesicht. Sams Geruch. Sex mit Sam.

»Wenn irgendwelche Gedanken Sie vereinnahmen, lassen Sie sie einfach vorbeitreiben, wie Blätter in einem Bach«, sagte Nicky.

Aber Sam trieb nicht vorbei. Und es machte mir gar nichts aus, von Gedanken an Sam vereinnahmt zu werden.

22. Fetischmasken und Schokokekse

In der Woche vor dem Besuch im SM-Club sah ich Sam kaum. Sie musste wohl noch viel für ihre Ausstellung vorbereiten, und am Donnerstag sagte sie unser Abendessen ab, weil eine Künstlerfreundin einer Freundin aus den Staaten zu Besuch kam.

»Kann ich auch kommen?«, fragte ich.

»Es wird langweilig, Babe«, sagte sie. »Wir werden nur über Kunst reden.«

»Okay«, sagte ich, fühlte mich aber ein bisschen zurückgewiesen.

Am nächsten Tag wachte ich mit klopfendem Herzen auf und hatte bei der Arbeit die ganze Zeit schwitzige Hände. Worauf ließ ich mich da ein? Was, wenn mir SM zuwider war? Was, wenn es ... weh tat? Doch dann erhielt ich einen neuen Brief von Eric, in dem er schilderte, wie er zum ersten Mal an einem Bombenangriff teilnahm, und das relativierte die Dinge etwas:

Die Flak, die uns beschoss, sah aus 3500 Metern so schön aus, wie Feuerwerk in Rot, Grün, Blau und allen anderen hübschen Farben. Es kam mir wie ein Wunder vor, dass wir lebend zurückkehrten, aber ich kann Ihnen sagen: Das Hochgefühl ist mit nichts zu vergleichen.

Das war echte Gefahr. SM wirkte gefährlich, war es aber nicht. Das war ja die Idee.

Nach der Arbeit ging ich zu Sam, und wir aßen Sushi, tranken Bier und besprachen, was wir am nächsten Abend anziehen würden.

»Weniger ist mehr«, erklärte mir Sam, den Mund voller California Roll. »Hast du ein Korsett?«

»Nein.«

»Einen Tanga?«, fragte Sam, während sie ein Nigiri in meine Sojasoße stippte.

»Ja«, sagte ich und war mir der ganzen Sache schon nicht mehr so sicher.

»Dann trag den Tanga und kleb dir die Brustwarzen mit Gaffertape ab. Ich glaube, ich habe noch welches mit Leopardenmuster irgendwo.« Sie durchwühlte ein paar Küchenschubladen, bis sie es fand. »Bingo«, sagte sie und warf es mir zu.

Die Rolle war noch fast voll, aber die Abrisskante war ausgefranst und rollte sich an den Ecken hoch.

»Hat mir eine Freundin aus Amerika mitgebracht«, sagte Sam.

»Freundin« bedeutete »Person, die ich mal gevögelt habe«, so viel war klar. Ich ließ die Welle der Eifersucht durch mich hindurchfließen.

Sam ging am nächsten Morgen wieder in ihr Atelier. Ich schlief aus, stellte das Radio an, um mich nicht so alleine zu fühlen, und experimentierte mit Gaffertape. Ich bekam eine Art Stütz-BH hin, der allerdings nicht besonders sexy aussah – eher wie ein Sport-BH – und unschöne Abdrücke auf meinen Brüsten hinterließ, als ich ihn abzog. Ich duschte lang und heiß, damit sich die Abdrücke wieder verflüchtigten. Als ich aus dem Bad kam, hatte ich drei Anrufe von Sam verpasst.

»Wo warst du denn?«, fragte sie, als ich sie zurückrief.

»Ich habe geduscht.«

Stille. »Bist du noch in meiner Wohnung?«

»Ja«, sagte ich, plötzlich unsicher, ob das die richtige Antwort war.

»Bist du allein?«

»Natürlich bin ich allein!«, sagte ich. »Wer sollte denn hier sein?«

Ich hörte sie ausatmen. »Ich habe mir Sorgen gemacht, als ich dich nicht erreicht habe. Ich dachte, dir könnte vielleicht was passiert sein.«

»Was soll mir denn passieren?«

»Keine Ahnung. Ich führ mich albern auf. Geh einfach ans Telefon, wenn ich dich anrufe, okay, Babe?«

»Okay«, sagte ich. Es fühlte sich an wie eine Rüge. »Tut mir leid«, schob ich hinterher.

»Schon vergessen, Babe«, sagte sie. Was ich ihr übelnahm, weil es implizierte, dass ich mich zu Recht entschuldigt hatte.

Da sie nicht vor sieben zurück sein würde, nahm ich den Bus nach Hause und spielte mit dem Gaffertape, während ich mir die ausgewilligen Menschen auf den Straßen von Hackney ansah; im Rhythmus meines Herzschlags pappte ich den Finger drauf und löste ihn wieder.

Ich hatte mit Sam verabredet, dass wir uns in der Warteschlange vor dem SM-Club treffen würden. Ich weiß nicht, welches Outfit ich erwartet hatte – Nippelklemmen oder so was vermutlich –, doch als ich sie entdeckte, das Gesicht vom Handybildschirm erhellt, trug sie eine Marineuniform samt Jacke und Stiefeln. Sie hatte mir nicht erzählt, dass so etwas auch in Frage kam; ich kam mir blöd vor mit meinem Tanga und dem Gaffertape, auch wenn ich den Passagieren der Piccadilly Line zuliebe mein Wickelkleid und einen Mantel drübergezogen hatte.

Ich sah keine anderen Frauen in der Schlange, nur Männer mit kunstvoll gestalteter Gesichtsbehaarung und langen Mänteln. Wir gingen in einen grell erleuchteten Umkleideraum und legten ab. Ich war gleich sehr viel weniger verlegen, als ich sah, was die anderen unter ihren Mänteln trugen. Sam küsste mich, nahm meine Hand und führte mich einen Flur hinunter.

Wohin ich auch sah, entdeckte ich nackte Männerärsche, die zu durchtrainierten Männerkörpern gehörten. Ich versuchte, die Augen abzuwenden, um nicht unhöflich zu sein, aber es gab keine unverfängliche Blickrichtung, weil alle ziemlich nackt waren. Die sozialen Normen, die ich mein Leben lang eingehalten hatte, schienen hier nicht zu gelten; das bevorzugte Outfit der Männer waren Cockringe und sonst nichts. Ich versuchte, die ängstliche, verklemmte Stimme in meinem Kopf zu beruhigen, die »Ich erblinde!« kreischte, und ruhig zu atmen und zu lächeln. Ich hatte noch nie so viele schöne Menschen gesehen. Ich war dankbar, kein schwuler Mann zu sein; sie schienen viel mehr Mühe auf ihre Bauchmuskeln zu verwenden, als ich je würde leisten können.

Als wir an den Herrentoiletten vorbeikamen, sah ich einen Mann auf dem Boden liegen, dem ein Trichter in der Mundöffnung seiner Fetischmaske steckte. Ich schauderte, innerlich, um niemanden zu beleidigen. Er sah aus wie in einem Horrorfilm.

»Das ist Jim«, sagte Sam.

»Was macht er da?«, fragte ich.

Genau in diesem Moment ging ein Mann zu ihm und pinkelte in den Trichter.

»Nun«, sagte Sam. »Er steht auf ziemlich extremen Wassersport.«

Wir kamen zu einer pulsierenden Tanzfläche voller zuckender, nackter Körper. Den wilden Handbewegungen und verzückten Mienen nach waren die meisten Leute auf Drogen.

»Lass uns was nehmen«, sagte ich zu Sam. »MDMA?« Mir fiel ein zwielichtig wirkender Mann in einer Ecke auf, der zu viel anhatte und nicht tanzte. »Der sieht so aus, als hätte er was zu verkaufen.«

Aber Sam war dagegen, Sex und Drogen zu mischen. »Das schwächt das Erlebnis«, sagte sie. »Was Ficken angeht, bin ich Puristin.« Aus ihrem Ton schloss ich, dass ich deshalb auch nichts nehmen durfte.

Der nächste Raum war eindeutig für Sex gedacht. Ein schwuler Porno wurde an die Wand projiziert; das Stöhnen der Männer war neben der Musik gerade so zu hören. Ich stand in einer Ecke und sah zu, wie Gruppen von Männern einander fickten; dabei fühlte ich mich seltsam distanziert, als wäre ich gar nicht wirklich da. Ab und zu kam jemand Neues dazu und fing an, scheinbar wahllos mitzuvögeln. Wenn ihm langweilig wurde, zog er wieder ab. Es kam mir vor, als würde ich einen Naturfilm gucken.

In der Mitte des Raums hing eine Reihe Liebesschaukeln, angeordnet wie historische Krankenhausbetten mit ordentlichen kleinen Regalen voller Toilettenpapier, Gummihandschuhe, Gleitmittel und Kondome. Männer lagen in den Schaukeln und warteten anscheinend darauf, dass sie irgendwer fickte. Vielleicht törnte sie das Überraschungsmoment an. Ich fragte mich, was sie davon halten würden, wenn ich hinginge und mir einen Handschuh überzöge.

»Und, hättest du Lust?«, fragte Sam auf eine Schaukel weisend.

»Ich glaube nicht, dass die sich für mich interessieren«, sagte ich.

»Nein. Ich meine, warum legst du dich nicht rein?«

Ich trat einen Schritt zurück. »Nein, danke«, sagte ich. »Die sehen nicht sehr hygienisch aus.«

»Komm schon«, sagte sie, »das wird gut.« Sie nahm eine Sprühflasche mit Desinfektionsmittel, das der Club umsichtigerweise bereitstellte, und wischte die Schaukel ab. Dann klopfte sie auf das Lederkissen. »Hüpf rein«, sagte sie.

Ich gehorchte. Draufzuklettern war gar nicht so einfach – ein bisschen wie auf ein Pferd zu steigen –, aber irgendwann schaffte ich es. Sam half mir, die Füße in die Schlaufen zu stecken. Es war fast so, als würde gleich ein Gebärmutterhalsabstrich gemacht.

Sam zog sich einen Handschuh über. »Moment«, sagte ich. Da sie mich nicht hörte, schloss ich die Augen und stellte mir vor, zu Hause hinter verschlossenen Türen in meinem schönen, sauberen Bett zu liegen, aber die Schaukel quietschte so laut, dass es mich aus dem Takt brachte.

Da spürte ich mit einem Mal, wie jemand ungeschickt meine rechte Brust betatschte. Sams Position nach konnte sie es nicht sein. Ich machte die Augen auf und entdeckte einen der schwulen Muskelmänner, der mich neugierig berührte, als wären meine Brüste Ausstellungsstücke in der Mitmach-Abteilung des Naturkundemuseums. Er wirkte nicht allzu beeindruckt.

Innerlich war ich weit weg, wie betäubt. Ich fragte mich, ob ich mich noch irgendwie anders fühlen sollte – missbraucht vielleicht oder wütend. Ich hatte schließlich nicht eingewilligt, dass er mich berührte. Oder? Bedeutete hier zu sein, dass ich automatisch allem zustimmte? Die Männer schienen sich mit der Frage nach Einvernehmlichkeit nicht groß aufzuhalten. Zum Muskelmann gewandt, schüttelte ich den Kopf. Er zuckte mit den Achseln und zog ab, und ich fragte mich, ob es wirklich passiert war. Wieder fühlte ich mich seltsam abwesend und schwebend.

Währenddessen hörte Sam nicht auf, es mir zu besorgen. Aber ich war nicht mehr richtig in Stimmung.

»Lass uns tanzen«, sagte ich.

»Ich bin noch nicht fertig«, sagte Sam.

Ich versuchte, mich aufzusetzen, aber Sam drückte mich wieder runter und machte weiter. Ich hätte sie wegstoßen können, wenn ich wirklich gewollt hätte. Aber dass sie mich so dringend vögeln wollte, war auch ziemlich sexy und törnte mich an, die Schaukel machte den Sex intensiver, und dann sagte Sam: »Mein Gott, du bist so offen«, und dann hatte sie mir plötzlich die Faust reingeschoben.

»Das ist verdammt scharf«, sagte ein anderer Muskelmann, der gerade vorbeikam.

Ich schloss die Augen, gleichermaßen verstört wie erregt, und erlebte einen der bizarrsten Orgasmen meines Lebens.

Danach wirkte Sam befriedigt. Sie meinte, ihr wäre zu heiß, um in ihrer Marinekluft zu tanzen, deshalb würde sie ein bisschen vom Rand aus zusehen. Darüber war ich froh. Ich konnte ein bisschen Zeit für mich gebrauchen.

Im ersten Moment fühlte ich mich auf der Tanzfläche etwas unwohl in meinem Gaffertape zwischen Hunderten nackter Männer, aber Tanzen hat mir schon immer geholfen, mich zu entspannen. Ich hob die Hände, schloss die Augen und war bald in Hochstimmung, eine sich merkwürdig künstlich anfühlende Freude, als hätte ich doch MDMA genommen. Mir begegnete der Blick eines Mannes, der nur einen Cockring trug. Er lächelte mich an. »Dein Outfit ist toll! Du siehst phantastisch aus!«, sagte er.

»Du auch!«, erwiderte ich. Dann wurde ich rot, im Grunde hatte ich ihm gerade ein Kompliment zu seinem Penis gemacht. Er fragte, ob wir draußen einen Tee trinken wollten. Ich konnte mir nichts Schöneres vorstellen.

Er hieß Gareth und führte mich zu einem Food Truck, der Tee und Schokokekse verkaufte. Wir setzten uns an eine der Biertischgarnituren, die Bankbretter drückten sich in unsere nackten Oberschenkel, und plauderten mit den anderen nackten Männern.

»Schönes Wetter heute Abend«, sagte ein Mann mit Fetischmaske. Er hatte den Reißverschluss am Mund geöffnet und knabberte ein Kitkat. »Fühlt sich an wie Barcelona im Sommer.«

»Da war ich noch nie«, sagte ich.

»Oh, da musst du hin«, sagte der Maskenmann. »Die Bauten von Gaudí sind atemberaubend.«

Das Gespräch drehte sich bald um die Arbeit, und ich erzählte den anderen, dass ich im öffentlichen Dienst beschäftigt war. »Mein Mann auch!«, rief der Maskenmann. »Er macht irgendwas mit Straßen. Klingt ziemlich langweilig.«

»Was machst du denn?«, fragte ich Gareth.

»Ich hasse diese Frage«, sagte er. »Mir ist das immer so peinlich.«

»Komm schon«, sagte ich. »Verrat's mir.«

»Ich bin Buchhalter«, sagte er.

»Das ist nicht langweilig«, sagte der Maskenmann. »Sondern sexy. So respekteinflößend.«

»Findest du wirklich?«, fragte Gareth.

Alle nickten beeindruckt.

»Julia?« Ich drehte mich um. Sam stand im Eingang zum Club. »Ich habe dich schon überall gesucht.«

»Tut mir leid«, sagte ich und stand auf. Der nächste Fehler.

»Ich hab mir Sorgen gemacht.«

»Tut mir leid«, wiederholte ich. Ich lächelte meinen neuen Freunden entschuldigend zu.

Gareth zog die Augenbrauen hoch. »Ich schätze, damit ist klar, wer in eurer Beziehung die Hosen anhat«, sagte er.

»Gareth«, sagte der Maskenmann. »Das ist homophob.«

»War bloß Spaß«, sagte Gareth, aber die Bemerkung hatte gesessen. Was er da andeutete, gefiel mir nicht. Ich wollte eine Beziehung, in der wir beide die Hosen anhatten. Möglichst im Partnerlook und mit Gummizug am Bund.

Sam entschuldigte sich dafür, dass sie mich von meinem Tee weggerufen hatte, wodurch Gareths Hosenkommentar und alles andere nicht mehr so schmerzte. Sie hatte nur Angst gehabt, dass ich von einem bisexuellen Fetischfan mit einer Vorliebe für Gaffertape entführt worden sein könnte.

»Manchmal bin ich zu helikoptermäßig«, sagte sie, als wir wieder reingingen. »Ich könnte es nicht ertragen, wenn dir etwas passiert.«

»Mir wird nichts passieren«, sagte ich, und sie schloss mich fest in die Arme. Ihre Heftigkeit schmeichelte mir.

Vom Club hatte ich allerdings genug. Der Himmel wurde langsam heller, und vor Erschöpfung schmerzten mir die Augen. Sam und ich holten unsere Sachen aus dem Umkleideraum und gingen Hand in Hand hinaus ins Morgengrauen.

»Und, wie fandst du's?«, fragte Sam im Nachtbus auf dem Weg zu ihrer Wohnung. Ich schaute vom Oberdeck aus dem Fenster, den Kopf an Sams Schulter gelehnt. Wir überquerten gerade die Waterloo Bridge, und die Lichter von London spiegelten sich in der Themse.

Ich dachte darüber nach: über den problematischen Orgasmus, das ungefragte Betatschen, die Fetischmasken, wie unwohl, aber auch erregt ich mich gefühlt hatte. Und dann dachte ich an die attraktiven Schwulen, das seltsame Hochgefühl und die nette Unterhaltung mit Gareth bei Tee und Keksen. »Es hat mir gefallen.«

»Gut«, sagte sie und drückte meine Hand. »Ich hatte Sorge, dass du es nicht verstehen würdest. Man fühlt sich so lebendig, oder?«

Ich überlegte. »Ja.«

»Das mag ich so an SM. Es zwingt einen, ganz im Moment zu leben.« Sie zog mich enger an sich heran. »Dabei fällt mir was ein«, sagte sie. »Ich liebe dich.« Sie lächelte mich erwartungsvoll an. »Das habe ich schon lange niemandem mehr gesagt.«

»Ich liebe dich auch«, sagte ich; es auszusprechen schien es noch wahrer werden zu lassen. Liebe stieg plötzlich in mir hoch wie eine Flüssigkeit und drohte aus meinen Augen zu quellen, was peinlich gewesen wäre, denn wer weint schon, nur weil ihm jemand sagt: »Ich liebe dich«?

»Babe«, sagte Sam und küsste mein Gesicht. »Weine nicht. Du musst dir keine Sorgen machen. Bei mir bist du sicher. Ich haue nicht ab.«

Wann immer ich schamverkatert aufwache – wenn ich wegen etwas geheult habe, was um Mitternacht wichtig schien, aber um zehn Uhr morgens trivial ist, oder jemanden angegraben habe, der sich nicht im Geringsten zu mir hingezogen fühlte, oder in einem SM-Club vor aller Augen Sex hatte –, suche ich den tröstlichsten Ort auf, der mir einfällt: die Marks & Spencer-Filiale in der Oxford Street. Der Geruch von Baumwollpyjamas und Hähnchen-Sandwiches erinnert mich an meinen Opa, und außerdem ist es immer eine gute Gelegenheit, schwarze Unterhosen mit hohem Beinausschnitt nachzukaufen. Am Morgen nach dem SM-Club hatte ich einen der schlimmsten Schamkater, die ich je erlebt habe. Das distanziert-schwebende Gefühl hatte sich im Schlaf verflüchtigt, und zurück blieb ein grobes, schmutziges Schuldgefühl, so ähnlich wie die Reste im Spülbecken.

Alice kam an diesem Sonntag mit. Als wir durch die Strumpfwarenabteilung schlenderten, flüsterte sie: »Fetischmasken?« und »Cockringe?«, während ich »Psst!« machte und versuchte, so zu tun, als interessierte ich mich für Stützstrumpfhosen.

»Es in einer Liebesschaukel treiben ... noch etwas, das ich nie tun werde, nun, da ich mich auf Dave festgelegt habe«, sagte Alice. Sie hielt die Strumpfhosenproben an ihren Arm und fragte: »Soll ich sechzig oder achtzig Denier nehmen?«

»Sechzig«, sagte ich. »Ist Dave das Einzige, was dich davon abhält, einen queeren Sexclub zu besuchen?«

»Du weißt, was ich meine«, sagte sie und sah mich möglicherweise neidisch an, aber ganz sicher war ich mir nicht, weil so lange niemand mehr neidisch auf mich gewesen war. »Du bist richtig am Leben.«

Der Zauber von Marks & Spencer wirkte, und als ich über die vergangene Nacht nachdachte, über den extremen Wassersport, das öffentliche Fisting und die muskulösen Körper in Lederharnischen, sah ich das Ganze schon etwas positiver. Ich hatte mich amüsiert, und einiges war wirklich scharf gewesen. Etwas, wovon ich meinen Enkelkindern erzählen könnte, sollte ich je welche haben. Wenn sie über achtzehn waren.

Das Beste war Sams Erklärung im Nachtbus gewesen, unser tränenreicher Kuss und der intensive Sex danach, bei dem wir »Ich liebe dich« flüsterten, statt zu atmen. Das war Liebe, und die hatte Alice schon.

»Wer sich festlegt, ist richtig am Leben«, sagte ich zu Alice. »Und das soll man in den Zwanzigern doch genau so machen.«

»Soll man nicht. In den Zwanzigern soll man Sex in der Öffentlichkeit haben. Sich festlegen ist was für Menschen über dreißig. Wenn es überhaupt sein muss.« Sie fummelte an einem Dreierpack mit knöchellangen Socken herum.

»Na ja, dann gehst du eben neue Wege.«

»Ich kann das nicht, Julia.«

Sie sah mich an. Den Tränen nahe.

Ich sah eine Verkäuferin auf uns zukommen, die vermutlich fragen wollte, ob sie uns helfen könne; man kann sich nicht ewig schwarze Baumwollsöckchen ansehen, ohne Aufmerksamkeit zu erregen. Ich fasste Alice am Arm und führte sie zu den Dessous.

Tränen liefen ihr über das Gesicht. Sie wischte sie mit dem Handrücken weg. »Ich bin so verwöhnt«, sagte sie. »Ich liebe Dave. Ich will nur keine Ehefrau sein.«

Ich runzelte die Stirn. »Aber du bist keine Ehefrau«, sagte ich. »Er hat doch nicht gefragt, ob du seine Frau werden willst. Er hat nur gesagt, dass er irgendwann mal heiraten möchte.«

Sie erwiderte nichts.

Ich spürte ein seltsames Kribbeln – aus Eifersucht vielleicht oder Neid oder Angst. »Wie«, sagte ich, »du hast aber nicht heimlich geheiratet, oder?«

Sie schüttelte den Kopf, aber nicht sehr überzeugend.

»Aber er hat gefragt, ob du seine Frau werden willst.«

Sie nickte.

»Und du hast ja gesagt.«

Sie nickte wieder. Sie sah nicht so aus, wie man sich eine Frischverlobte vorstellte: selbstzufrieden, strahlend und mit der linken Hand fuchtelnd, damit man den Ring bemerkte. Sie wirkte schuldbewusst und unglücklich.

Ich sagte: »Glückwunsch?«, mit Fragezeichen am Ende.

»Du freust dich nicht«, sagte sie.

»*Du* scheinst dich nicht zu freuen!«, sagte ich. »Ich weiß nicht, was ich sagen soll!«

Die Verkäuferin sah zu uns rüber. Ich nahm einen BH in die Hand, um unser Getrödel zu rechtfertigen.

»Jetzt wirkt es so, als würdest du mich anschreien, weil ich keine rosa BHs mag«, sagte Alice.

»Ich schreie dich nicht an«, sagte ich, was nicht ganz zu stimmen schien, da die Verkäuferin schon wieder rübersah.

»Was soll ich nur machen?«, fragte Alice, die so unglücklich aussah, dass ich sie in die Arme schloss. Seit wir zusammenwohnten, umarmten wir uns nicht mehr oft. Jetzt konnte ich ihr Haar riechen, was mich an unsere Unizeit erinnerte, und plötzlich dachte ich mit Wehmut an die Mädchen, die wir gewesen waren, völlig ungebunden, alles noch vor uns, vollkommen frei, über die Ehe, Geschlechterfragen und Berufsentscheidungen zu philosophieren, ohne irgendetwas davon umsetzen zu müssen.

»Was denkst du wirklich?«, fragte Alice an meinem Hals.

»Es ist egal, was ich denke«, sagte ich, was ihr offensichtlich genau verriet, was ich dachte.

Ich spürte, wie Alice anfing zu beben. Ich versuchte, mich zu lösen, um sie anzusehen, aber sie umarmte mich nur noch fester und schluchzte.

Ich nahm ihre Hand und zog sie nach unten, aus dem Sichtfeld der Verkäuferinnen, und dann saßen wir auf dem Teppich mit den Köpfen zwischen Tangas.

»Was hätte ich denn sagen sollen?«, fragte Alice. »Er hat vor mir niedergekniet, während *East Enders* lief.«

»Wie romantisch«, sagte ich.

»Er dachte, dass ich kein großes Getue will.«

»Aber warum hat er dir überhaupt einen Antrag gemacht?«

Alice zuckte mit den Achseln. »Seine Eltern haben nach sechs Wochen geheiratet und sind immer noch zusammen. Und einer, mit dem er auf Facebook befreundet ist, hat gerade die Diagnose Hodenkrebs bekommen, da dachte er wohl, das Leben ist kurz.«

»Zu kurz, um jemanden zu heiraten, bei dem du dir nicht sicher bist«, sagte ich.

»Aber ich *bin* mir ja sicher, was ihn angeht. Ich bin mir nur nicht sicher, ob ich eine Ehefrau sein möchte.«

»Dann sag ihm das. Sag es ihm einfach. Wenn er dich liebt, wird er das verstehen. Außerdem wohnen wir ja immer noch zusammen. Ihr solltet vielleicht erst mal allein leben, nur ihr zwei, um zu sehen, ob das funktioniert.«

Sie sah mich an. »Das wird er verstehen, oder?«

»Ja«, sagte ich, als wüsste ich irgendwie Bescheid.

»Ich werde ihm einfach sagen, ich hätte einen Fehler gemacht.«

»Genau.«

»Okay.«

Sie lehnte den Kopf an meine Schulter, und wir saßen eine Weile einfach da.

»Aber vielleicht will ich ihn ja doch heiraten.«

Ich sah sie an.

»Ich weiß nicht, was ich will! Ich will ihn nicht verlieren!«

»Entschuldigung?«, sagte eine Stimme irgendwo über uns. Wir sahen hoch. Die Verkäuferin hatte uns entdeckt. »Kann ich Ihnen helfen?«, fragte sie.

Ich kam so würdevoll wie möglich nach oben, was angesichts der Umstände nicht sehr würdevoll war, und hielt den BH in die Höhe.

»Ich suche nur nach einem BH, den ich meiner Freundin zum Geburtstag schenken kann«, sagte ich.

»Was?«, sagte sie stirnrunzelnd und dann: »Oh, verstehe. Verstehe.« Sie schien etwas verlegen. »Verstehe. Herzlichen Glückwunsch«, sagte sie zu Alice, die immer noch auf dem Boden saß. »Dann lasse ich Sie beide mal weitermachen.«

Sie zog sich zurück. Ich setzte mich wieder neben Alice.

Sie lächelte mich an. »Sie hat mich für eine Lesbe gehalten.«

»Stimmt«, sagte ich.

»Dann sehe ich also überhaupt nicht langweilig und konservativ aus.«

»Nein.«

»Ich überlege, mir ein Tattoo stechen zu lassen!«

»Na also.«

»Und selbst wenn ich heiraten sollte, wäre ich immer noch nicht langweilig und konservativ.«

»Nein«, sagte ich. »Caitlin Moran ist verheiratet.«

»Stimmt!«, sagte sie. »Und Chimamanda Ngozi Adichie!«

»Und Amy Poehler!«

»Die ist geschieden.«

»Was immer noch eine Möglichkeit wäre, wenn es nicht funktioniert.«

»Du hast recht!«, sagte Alice. Wir verließen den Laden und traten Arm in Arm auf den Gehweg. Dann schoben wir uns durch die Fußgängermassen und zählten coole verheiratete Menschen auf, bis sich unsere Wege trennten.

23. Nicht so ein verheirateter Mensch

Im Juni fuhren Alice und Dave für ein langes Wochenende aufs Land, was schön war, weil Sam und ich die Wohnung dadurch für uns hatten. Wir trieben es auf der Küchenarbeitsfläche, was mir in puncto Lebensmittelhygiene ein bisschen Sorge bereitete, und auf dem Sofa (abwischbar, wie erwähnt). Wir machten es auch unter der Dusche, aber da verschluckte ich mich ein paarmal, als ich es ihr mit der Zunge besorgte, was nicht sehr sexy war.

Als Alice und Dave zurückkamen, trug sie einen hübschen antiquarischen Smaragdring am Finger, und sie waren offiziell verlobt. Ich umarmte Alice; Sam und Dave klopften einander auf die Schulter, und wir stießen mit warmem Freixenet vom Weinladen auf ihre Zukunft an. Alice sah sehr glücklich aus. Sie bat mich sogar, ihre Brautjungfer zu werden.

»Du musst auch kein schreckliches Kleid tragen«, versprach sie. »Und ich will auch keinen Junggesellinnenabschied.«

»Aber den organisiere ich gerne.«

»Ich will nur, dass du mir hilfst, ein Kleid auszusuchen, und mich davon abhältst, durchzudrehen.«

»Das wäre mir eine Ehre«, sagte ich und meinte es auch so. Aber dann fiel mir etwas ein. »Willst du, dass ich ausziehe?«, fragte ich leise, damit Dave es nicht hörte.

Alice packte mich am Ärmel und zog mich zum Fenster. »Nein! Warum sollte ich das wollen?«

»Verheiratete Menschen haben normalerweise keine Mitbewohner«, sagte ich, obwohl mich bei dem Gedanken an einen Auszug eine schreckliche Benommenheit erfasste, wie Schwindel oder eine Fahrt im Nachtbus nach zu viel Wodka.

Alice wirkte entsetzt. »Bitte zieh nicht aus. So ein verheirateter Mensch will ich nicht sein.«

»Was«, fragte ich, »ein verheirateter Mensch, der nackt herumlaufen kann, wann immer er möchte?«

»Nein!«, zischte sie. »Ein erwachsener verheirateter Mensch! Und nur weil wir verheiratet sind, können wir uns ja nicht plötzlich die Miete leisten. Wir werden pleite sein. Wir werden unser ganzes Geld für Stuhlhussen und zwei Wochen auf Mauritius rauswerfen.«

»Ihr könntet in eine günstigere Gegend ziehen. Tarifzone vier.«

»O Gott.«

»Meinst du nicht, dass Dave mit dir allein sein will?«

Wir sahen zu Dave rüber. Er spannte gerade seinen Bizeps an, um Sam zu zeigen, wie viel Muskelmasse er aufgebaut hatte, seit er zu Yoga-Videos trainierte.

»Ich weiß nicht«, sagte Alice kläglich.

»Es könnte dir gefallen«, sagte ich und umarmte sie. Ich wollte mir nichts Neues suchen müssen. Meiner Erfahrung nach ähnelte die WG-Suche in London einer Reihe von Vorstellungsgesprächen für Jobs, die man gar nicht haben will, und die Zusage oder Absage (meistens eine Absage, seien wir ehrlich) hing dann davon ab, welche Netflix-Serien man mochte.

Dennoch freute ich mich für Alice und Dave; ich war so verliebt in Sam, dass sich meine Ehe-Widerstände verflüchtigten. Ich ertappte mich bei Tagträumen über eine Hochzeit in irgendeinem Standesamt, Sam im Anzug, ich in einem ironischen weißen Kleid, so dass wir die ganze Angelegenheit zu einem politischen Statement machten und trotzdem jedes Wort unseres Eheversprechens ernst meinten. Virginie könnte Sams Brautjungfer sein, beschloss ich. In meinen Tagträumen hatte Sam die Sache mit Virginie beendet, weil sie mich so liebte. Virginie hatte wunderbar reagiert und uns die Le-Creuset-Auflaufform von unserer Hochzeitsliste gekauft.

Ein paar Nächte später intensivierten sich meine Hochzeitsphantasien noch. Ich lag neben Sam und dämmerte gerade weg, als sie sagte: »Wenn Alice und Dave alleine wohnen wollen, könntest du bei mir einziehen.«

Das waren die romantischsten Worte, die ich je gehört hatte. Sie implizierten Liebe, Verbindlichkeit und IKEA-Besuche. Sie waren das Gegenteil von: »Ich habe eine französische Geliebte, die sich gern mit einer Haarbürste den Hintern versohlen lässt.« Ich sah Sam an: »Wirklich?«

»Wirklich. Wie ich schon sagte: Ich liebe dich.«

»Ich liebe dich« war immer noch neu und machtvoll. Trunken vor Glück, beugte ich mich rüber, um sie zu küssen. »Ich liebe dich auch«, sagte ich.

Absolut niemand sonst hielt es für eine gute Idee, mit Sam zusammenzuziehen. Ella erklärte, nach drei Monaten sei es noch viel zu früh, selbst für Lesben, und dass sie sich umhören würde, ob eine ihrer Freundinnen eine Mitbewohnerin suchte. Zhu war der gleichen Meinung. »Du weißt doch noch gar nicht, ob es dir gefällt, poly zu sein. Du solltest einen Rückzugsort haben.« Und Cat, die in Birmingham war und mitten in den Proben für ihre nächste Inszenierung steckte, eine Schulproduktion über das Sonnensystem, in der sie sowohl den Planeten Merkur als auch das Raumschiff *Wostok I* spielen würde, flehte mich an, nicht »so etwas Scheißdummes zu tun«. Nach dem Sommer käme sie wieder nach London. Wenn ich bis dahin durchhielte, könnte ich mit ihr zusammenziehen.

Ich war enttäuscht; ich wollte, dass meine Freunde von Sam genauso restlos begeistert waren wie ich. Aber ich hatte ihnen schon zu viel von ihr erzählt.

Als Sam mich ein paar Tage später in der Mittagspause anrief und fragte, wie ich übers Zusammenziehen dächte, sagte ich ihr, dass es mir keine gute Idee zu sein schien. Ich fand, das war eine extrem reife, vernünftige Entscheidung.

»Alles klar«, sagte sie. »Das verstehe ich völlig.«

»Wir haben noch nicht mal unsere Familien kennengelernt«, gab ich zu bedenken.

»Das sollten wir sowieso mal ändern«, sagte sie. »Eltern lieben mich. Wir könnten am Wochenende nach Oxford fahren, wenn du Lust hast.«

»Kann ich deinen Dad auch mal kennenlernen?«

Sam antwortete nicht sofort. »Wir können ja nicht mal eben zum Tee nach Dubai fliegen«, sagte sie. Und dann: »Lass uns mit deinen Eltern anfangen. Du verbringst schließlich gern Zeit mit ihnen.«

Das war vielleicht ein bisschen übertrieben, aber ich wusste, was sie meinte.

24. Ich hoffe, Sie haben Ihren Schlafanzug mitgebracht

Ein paar Wochen später standen Sam und ich Hand in Hand vor der Tür meiner Eltern. Sie trug einen Anzug – wie immer ganz in Schwarz – und ich ein Kleid, das ich sogar gebügelt hatte. Ich hatte mich noch nie so heteronormativ gefühlt – wenn man mal davon absah, dass wir beide eine Vagina hatten.

Mum war ausgesprochen herzlich. »Sam!«, rief sie, als sie die Tür öffnete. »Schönes Jackett. Ich habe mich auch schon gefragt, ob ich mir maskulinere Schnitte erlauben könnte, was meinen Sie?«

»Auf jeden Fall.«

»Ich hoffe, Sie haben Ihren Schlafanzug mitgebracht«, sagte Mum, als sie uns in den Flur führte.

»Ehrlich gesagt nicht, Mrs. Blunt«, sagte Sam. »Aber ich hoffe, ich darf trotzdem bleiben.«

»Ja! Ahahahaha! Hahaha!«, entfuhr es Mum, während sie Sam anstupste, um zu demonstrieren, wie einverstanden sie mit allem war. »Und bitten nennen Sie mich Jenny.«

»Natürlich.«

Mum kicherte und guckte weg. Ich hasse das Wort kichern, aber leider tat sie genau das. Mir war mulmig zumute. Meine Mutter flirtete mit meiner Freundin.

Dad war in der Küche und schnitt Gemüse klein. Er sah nicht auf, als wir eintraten.

»Martin? Julia und Sam sind da.«

»Hallo«, sagte Dad und sah immer noch nicht hoch.

»Ich habe einen Wein mitgebracht«, sagte Sam und winkte mit der Flasche.

»Wunderbar«, sagt Mum und nahm sie ihr ab. »Claret. Den trinkt Martin sehr gern, nicht wahr, Martin?«

Dad grunzte und schnippelte weiter.

Sam und ich sahen uns an.

»Warum zeigst du Sam nicht dein Zimmer?«, sagte Mum. »Ich rufe euch, wenn das Essen fertig ist.«

Wir stiegen über das gutgemeinte Luftbett, das meine Eltern vorbereitet hatten, und legten uns nebeneinander auf mein schmales Jugendbett.

»Ich weiß nicht, warum mein Dad sich so komisch aufführt«, sagte ich, während wir an die Leuchtsterne an der Decke starrten, die ich als Teenager dort hingeklebt hatte.

»Mach dir keine Sorgen«, sagte Sam.

»So ist er normalerweise nicht. Er ist so unhöflich –«

»Er muss sich erst daran gewöhnen, dass du mit einer Frau zusammen bist. Gib ihm etwas Zeit.«

»Wir schreiben das 21. Jahrhundert.«

»Aber in seiner Jugend war alles noch anders.« Sam strich mir übers Haar. »Meine Mum ist durchgedreht, als ich ihr gesagt habe, dass ich lesbisch bin.«

»Wie alt warst du da?«, fragte ich bewusst beiläufig. Manchmal machte Sam dicht, wenn ich ihr zu viele persönliche Fragen stellte. Ich hatte sie schon einmal nach ihrem Coming-out gefragt, aber sie war merkwürdig vage geblieben.

»Dreizehn«, sagte Sam und schnippte einen Fussel von ihrer Hose.

»Hat sie es irgendwann akzeptiert?«

Sie schüttelte den Kopf. »Sie bekam die Diagnose kurz nachdem ich mich geoutet hatte. Wir haben nie vernünftig darüber geredet oder uns versöhnt.«

»Das tut mir total leid. Das ist echt scheiße.«

»Stimmt.«

»Wann ist sie gestorben?«, fragte ich und versuchte, angemessen ernst auszusehen und nicht zu verraten, wie froh ich war, dass sie sich endlich öffnete.

»Ungefähr ein Jahr später.«

»O Gott. Das tut mir so leid.«

»Das sagtest du bereits.«

»Ich weiß nicht, was ich sonst sagen soll.«

»Es gibt nichts zu sagen. Es ist einfach scheiße. Deshalb rede ich nicht darüber.« Sie schob sich näher an mich heran. »Egal. Heute ist alles anders. Dein Dad kommt schon drüber weg.«

»Du hast recht.«

»Ich habe immer recht.« Und dann fing sie an, mich zu küssen.

»Hör auf«, sagte ich. Ich konnte meine Eltern in der Küche hören, ihre Stimmen wurden lauter.

»Warum?«, fragte Sam. »Hast du jemals in diesem Bett Sex gehabt?«

Ich schüttelte den Kopf.

»Zeit für eine Taufe. Besser spät als nie.« Sie zog mir das Kleid über den Kopf, schob eine Hand in meine Unterhose und besorgte es mir, während ich mir in die Hand biss, um nicht zu schreien, als ich kam. Praktischerweise war es so weit, kurz bevor Mum »Essen!« rief.

Beim Essen taute Dad ein bisschen auf; er konnte Sam nicht einfach ignorieren, denn eigentlich war er kein unhöflicher Mann, und Sam stellte ihm kluge Fragen zu seiner akademischen Arbeit. Ich war sehr gerührt, wie süß Mum mit Sam war – gerührt und ein klitzekleines bisschen irritiert, da sie bei jeder Frage leicht über Sams Hand strich und so schallend über ihre Witze lachte, dass ich die Füllungen in ihren Backenzähnen sehen konnte.

Nachdem wir mit dem Hauptgang fertig waren, räumte Mum den Tisch ab, und das Gespräch geriet ins Stocken – ein sehr unangenehmes Stocken. Ich beschloss, es zu überbrücken, indem ich verkündete, dass Alice heiraten würde, was sich bald als Fehler herausstellen sollte.

»Schön für sie«, sagte Dad. »Diesen Typ aus dem Norden?«

»Ja«, sagte ich. »Dave.«

»Na schön«, sagte er.

»Martin«, sagte Mum warnend vom anderen Ende der Küche.

»Was?«, fragte Dad und wischte sich den Mund ab.

»Lass es«, sagte Mum.

»Ich habe doch gar nichts gesagt«, sagte Dad.

»Aber du hast etwas gedacht«, sagte ich.

»Was denn? Ich habe nur ›na, schön‹ gesagt. Eine ganz normale Aussage angesichts der Umstände.«

»Welche Umstände?«, fragte ich, wobei ich Sam ignorierte, die den Kopf schüttelte.

»Na ja. Ich schätze, du wirst jetzt nicht heiraten.«

»Was meinst du mit ›jetzt‹?«

»Das weißt du genau.«

»Jetzt, da ich mit einer Frau zusammen bin?«

»Ja.«

»Vielleicht nicht.«

»Du weißt ganz genau, dass Lesben heiraten können, Martin«, sagte Mum.

»Nicht in einer Kirche«, sagte Dad.

»Dad. Du gehst nie in die Kirche.«

»Deine Mutter und ich haben in einer Kirche geheiratet, vielen Dank auch.«

»Und du wirst in einer Kirche bestattet werden. Schon sehr bald, wenn du nicht aufpasst«, sagte Mum.

Das Gute-Nacht-Sagen war auch ein bisschen krampfig. Dad schien genau zu registrieren, dass wir in dasselbe Zimmer gingen. Ich schlief dann auch mit Sam – es wäre Verschwendung gewesen, es nicht zu tun, da meine Eltern ja sowieso davon ausgingen, dass wir vögeln würden. Hinterher schliefen wir in dem kleinen Bett wie Kinder, die beieinander übernachten, die Füße der einen am Kopf der anderen.

Als ich am nächsten Morgen wach wurde, war Sam schon auf und stand am Fenster. Ich musste lange geschlafen haben, denn das Sonnenlicht fiel auf ihr Haar, ihre Wangenknochen und ihren geschwungenen Oberschenkel. Wie war es nur möglich, dass jemand so absurd Attraktives auf mich stand? Ich hatte ein Schweineglück.

Ich bewegte mich, und Sam drehte sich zu mir um. »Du bist wunderschön«, sagte sie, wodurch ich mich auch schön fühlte.

»Wie spät ist es?«, fragte ich. Ich konnte meine Eltern in der Küche hören, wo sie mit dem Besteck klapperten und in ihrer Morgenstreit-Tonlage stritten (leiser als ihre Abendstreit-Tonlage). »Was möchtest du heute machen?« Es war ein strahlender Tag, perfekt zum Stechkahnfahren. Ich sah mich schon, wie ich Sam mit meinen überragenden Steuerfertigkeiten den Cherwell hinunterschipperte, während sie sich mit einem Strohhut auf dem Kopf zurücklehnte, Pimm's schlürfte und mich anschmachtete.

»Fast elf. Ich würde gern gucken, was gerade im Modern Art Oxford gezeigt wird. Wir könnten zum Abendessen bleiben, wenn du magst.«

»Ich muss gegen fünf zurück sein«, sagte ich. »Heute Abend ist Swing-Stunde.«

Sam wandte sich ab und schaute wieder aus dem Fenster. Ich konnte ihr Gesicht nicht sehen, aber sie hatte extrem ausdrucksstarke Schultern, und diese Schultern waren nicht zufrieden mit mir.

»Komm doch mit«, sagte ich.

»Wie du weißt, will ich das nicht«, sagte sie. »Ich mag Swingtanz nicht.«

»Okay«, sagte ich.

Sie wandte sich wieder zu mir. »Du gibst deinen Tanzfreundinnen immer den Vorzug.«

Das war so abwegig, dass ich lachen musste.

»Jetzt lach mich nicht aus«, sagte sie.

»Mach ich nicht«, sagte ich und ging zu ihr. Ich würde mir kein schlechtes Gewissen einreden und mich vom Tanzen abhalten lassen. »Komm. Ich zeige dir meinen Lieblings-Brunchladen im Covered Market. Wie wär's?«

Sie erwiderte nichts, ließ sich aber von mir umarmen.

Dann sah sie mich an und sagte: »Sorry, Babe.«
»Schon okay.«
»Du fehlst mir einfach, wenn du ohne mich ausgehst.«

»Kommt bald wieder, ihr Süßen«, sagte Mum, als wir aufbrachen. Sie kam in ihren Pantoffeln vor die Haustür und drückte Sam zu fest.

»Das machen wir«, sagte Sam, sobald Mum sie losgelassen hatte. »Es war wirklich schön, Sie kennenzulernen. Kommen Sie uns mal in London besuchen! Dann machen wir uns eine schöne Zeit ...«

»Das würde ich nur zu gern!«, sagte meine Mutter kichernd.

Ich war froh, dass ich noch nicht gefrühstückt hatte.

»Willst du dich nicht verabschieden, Martin?«, rief Mum ins Haus.

Dad kam in den Flur gestapft. »Hat mich gefreut, Sie kennenzulernen«, sagte er und streckte seine Hand aus, aber Sam zog ihn in ihre Arme.

Er stand einen Moment reglos da, ehe er den rechten Arm anwinkelte, wie jemand, der einen Roboter spielt, und ihr dreimal auf den Rücken klopfte.

»Mein Gott, Martin, entspann dich!«, sagte Mum mit der Hand an der Hüfte und verdrehte zu Sam gewandt die Augen. Sie erinnerte mich an mich selbst, wie ich versuchte, cool zu wirken. Ich beschloss, nie wieder cool sein zu wollen.

Als wir in die Stadt gingen, hielt Sam nicht meine Hand. Ich zeigte ihr die Stationen meiner Kindheit – meine Grundschule, das Gemeindezentrum, in dem ich meine ersten

Ballettstunden gehabt hatte. Ich führte sie zu den Christchurch Meadows und zeigte ihr die Kühe, die die Studenten einmal blau angemalt hatten, und die ausladende Platane, die Lewis Carroll zu seinem Gedicht »Jabberwocky« inspiriert hatte. Sie nickte und lächelte, aber das Lächeln wirkte bemüht.

»Schon komisch, dass die Leute immer noch *Alice im Wunderland* lesen, obwohl Lewis Carroll es wahrscheinlich für ein Kind geschrieben hat, in das er verliebt war, während es nicht mehr okay ist, Woody-Allen-Filme zu gucken.«

Sie nickte wieder.

Ich verzweifelte langsam. Ich wusste nicht, an welchem Punkt etwas schiefgelaufen war. Meine Stechkahnphantasien lösten sich in Luft auf. Es hat keinen Sinn, jemand einen Fluss entlangzuschippern, wenn derjenige es nicht würdigt. Reine Verschwendung von Muskelkraft. »Bitte sprich mit mir«, sagte ich.

»Ich habe bloß Hunger«, sagte sie.

Also führte ich sie zum Covered Market, ein wacklige Treppe zu einem kleinen Café hinauf, das mit Jim-Morrison-Postern tapeziert war, Linsen und Kichererbsen servierte und sich ganz allgemein nach den Siebzigern zu sehnen schien. Wir vertilgten unter drückendem Schweigen ein mächtiges vegetarisches Frühstück.

Vielleicht war sie wirklich nur hungrig gewesen, denn nachdem Sam ihren letzten Bissen Ei verspeist hatte, sah sie mich lächelnd an.

»Da bist du ja wieder«, sagte ich.

»Tut mir leid.«

»Schon okay«, sagte ich. »Besser?«

Sie nickte. »Jetzt Kunst?«

»Klar«, sagte ich.

Auf dem Weg aus dem Markt heraus kamen wir an dem ungerührten Metzger vorbei, bei dem Fasane, Kaninchen und Rehe kopfüber an den Füßen aufgehängt waren, auf den Steinboden bluteten und einen vorwurfsvoll ansahen, weil man nicht vegan lebte.

»Wie wär's mit Wild zum Abendessen?«, fragte Sam auf die Tiere zeigend.

»Nein, danke«, sagte ich.

»Polly hat mir von einem hübschen Restaurant am Fluss erzählt – «

»Dem Cherwell Boathouse?«

»Genau.«

Sie fasste mich an den Schultern und drehte mich zu sich. Ich sah ihr in die Augen und musste lachen, weil sie so schön waren.

»Du musst doch nicht unbedingt zu dem Tanzding heute Abend, oder? Ich möchte dich zum Abendessen einladen. Um zu feiern, dass ich deine Eltern kennengelernt habe. Was meinst du, Babe?«

Ich seufzte. Ich wollte bei ihr bleiben. Ich wollte bei Kerzenlicht in ihr unglaubliches Gesicht starren und mit Cava auf unsere Beziehung anstoßen. »Ich habe schon allen gesagt, dass ich komme«, sagte ich.

»Du kannst doch einfach sagen, dass du es dir anders überlegt hast.« Sie küsste mich. »Wie ich höre, machen die phantastische Schokoladentarte.«

Ihre Worte waren weise gewählt.

»Okay«, sagte ich. »Ich bleibe.«

Sam boxte mit den Fäusten in die Luft und küsste mich

hingebungsvoll, direkt da auf der High Street, vor den Augen alter Männer, die ein Mittagspint im Mitre tranken, und blonder Studentinnen, die ihren Studienkredit gleich bei Reiss verprassen würden.

Am Tag danach, als ich von Sam nach Hause fuhr, rief ich meine Eltern an, um mich für das Abendessen zu bedanken. Dad nahm ab.

»Und, was meinst du?«, fragte ich.

»Wozu?«

»Das weißt du genau.«

»Sie wirkte durchaus nett.«

Ich lachte.

»Warum lachst du? Was soll ich denn sagen?«

»Du sollst sagen, dass du sie ganz wunderbar findest und dass du dich für mich freust.«

»Nun –«

»Nun was?«

»Schon gut.«

»Was wolltest du sagen?«

»Nun. Wenn du mit einer Frau zusammen sein willst, schön. Ich selbst mag Frauen auch. Verstehe die Anziehung vollkommen. Aber warum bist du dann nicht mit einer zusammen, die auch wie eine Frau aussieht?«

Ich hörte meine Mutter im Hintergrund »Martin!« sagen.

»Sie sieht wie eine Frau aus«, sagte ich. »Sie sieht aus wie eine androgyne Frau.«

»Sie sieht aus wie ein Mann. Sie hat kurze Haare –«

»Die hat Mum auch!«

»Aber deine Mutter trägt keine Herrenanzüge, oder?«

»Ich hoffe, deine Studenten wissen nichts von deinen reaktionären Ansichten«, sagte ich. »Hast du noch nie von No-Platforming gehört? Die könnten dich boykottieren und dir die Bühne entziehen.«

»Sie können mir die Bühne nicht entziehen«, sagte Dad. »Im Grunde *bin* ich die Bühne!«

Da nahm meine Mutter ihm den Hörer weg. »Bitte hör nicht auf ihn«, sagte sie. »Ich weiß nicht, was in ihn gefahren ist. Er ist wie William Wordsworth. Hat sich als Jugendlicher in seiner Rolle als Radikaler gefallen, wurde im Alter aber schrecklich konservativ.«

»Ich bin nicht wie William Wordsworth!«, rief Dad. »Ich bin nicht konservativ!«

»Sag ihm, dass er es ist.«

»Bist du wohl«, sagte Mum zu ihm.

Ich hörte, wie Dad sich ereiferte, dass er immer Labour gewählt habe, dass die jungen Leute einfach die Spielregeln veränderten und dass er Noël Coward immer gemocht habe, der nun »wirklich ziemlich schwul« gewesen sei, aber Mum ignorierte ihn. »Sam ist wunderbar«, sagte sie. »Ich konnte maskuline Frauen schon immer gut leiden.«

»Danke, Mum«, sagte ich, damit sie aufhörte zu reden.

»Menschen an den Geschlechtergrenzen haben so ein gewisses Etwas, das fand ich schon immer.«

Dad murrte im Hintergrund weiter, irgendwas darüber, dass wir nicht mehr 1979 schrieben.

»Und sie hat so schönes Haar. Darauf bin ich ehrlich gesagt ziemlich neidisch. Sag ihr, dass sie hier immer willkommen ist. Ich freue mich sehr, dass ihr euch gefunden habt.«

25. All die bösen Wörter

Am Montag standen Owen und ich neben dem Keksschrank im Büro, als Smriti zu uns kam, mit Tom im Schlepptau, der noch unglücklicher aussah als sonst. »Können wir kurz reden?«, fragte sie und gab Uzo ein Zeichen, die gerade mit einem Pfefferminztee aus der Küche zurückkehrte. »Im Sitzungsraum?«

Owen schien ähnlich besorgt zu sein wie ich. Ich hatte in meinem Leben schon so einige Male in Sitzungsräumen »kurz geredet«, und fast immer hatte es Tränen gegeben (bei mir). Nach meinem Knöchelbruch hatte ich mit der Ballettmeisterin des English National Ballet und mit der Physiotherapeutin »kurz geredet«, und Letztere hatte mir auf den Kopf zugesagt, dass ich nie wieder *en pointe* tanzen würde.

Wir nahmen im Sitzungsraum Platz. Owen klopfte mit dem Stift auf den Tisch, bis Uzo sagte: »Lass das, okay?«

Smriti verschränkte die Finger und lächelte uns an. »Ich wollte Ihnen nur mitteilen, dass wir die Einheit einer strategischen Überprüfung unterziehen.«

Ich sah rüber zu Tom, der zusammengesunken auf seinem Stuhl saß und düster vor sich hin murmelte. Ich sah zu Owen. Er starrte auf die Tischplatte. Mein Herz begann wie wild zu klopfen. Offensichtlich war mir mein Job doch wichtig.

Smriti fing an zu reden und verwendete all die bösen Wörter – »zusammenlegen«, »restrukturieren«, »rationalisieren« und »zweckmäßig«. »Sie sollen wissen, dass Sie alle wertvoll für das Team sind«, sagte sie. »Es besteht allerdings die Möglichkeit, dass einige von Ihnen versetzt werden, und möglicherweise wird es auch Entlassungen geben.«

Dass man uns wie Truppen verlegen könnte, erinnerte mich an Eric. Ich zwang mich, es positiv zu sehen. Es gab Schlimmeres als eine Entlassung.

»Alles wird gut«, flüsterte Owen, als wir an unsere Schreibtische zurückkehrten.

»Wie denn bitte? Sie sagte, dass sie nur einen Correspondence Officer in das zusammengelegte Team übernehmen werden. Einen! Und wir sind drei! Das wird definitiv Uzo.«

Owen hockte sich neben meinen Tisch. »Die SEO-Stellen sind online. Zwei Senior-Account-Manager-Stellen in der internen Kommunikation.«

Ich drehte mich zu meinem Computer und rief die Website für Stellen im öffentlichen Dienst auf. Die Senior-Account-Manager-Stellen standen ganz oben. »Wir brauchen ausgezeichnete mündliche und schriftliche Kommunikationsfähigkeiten und ein Talent für kreative Lösungen.« Ich sah Owen an. »Möglicherweise sind wir wirklich qualifiziert.«

»Sollen wir heute Abend in den Pub gehen und zusammen die Bewerbungsformulare durchgehen?«

Die Angst, entlassen zu werden, verdrängte die Angst, eine Absage zu erhalten, und so sagte ich: »Okay.«

Uzo kam, den Becher in der Hand, auf dem Weg zur Küche an uns vorbei und sah meinen Bildschirm. »Du bewirbst dich auf eine der Senior-Account-Manager-Stellen?«

»Wir beide«, sagte Owen.

»Psst«, sagte ich.

Uzo machte ein missbilligendes Geräusch. »Ihr seid verrückt«, sagte sie. »Warum wollt ihr Verantwortung übernehmen? Wisst ihr, wie viel Arbeit es macht, Verantwortung zu haben?«

Owen und ich verbrachten zwei Stunden damit, das Bewerbungsformular durchzugehen, wobei wir das Geschrei der älteren Männer ignorierten, die auf der anderen Seite des Pubs Fußball guckten. In 250 Wörtern sollten wir darlegen, wann wir dem öffentlichen Dienst entsprechende Verhaltensweisen und Stärken bewiesen hatten.

»Ich halte mich nicht für besonders analytisch«, sagte ich, als ich mir die Liste der Stärken ansah. »Aber ich bin ziemlich integrativ. Findest du nicht?«

Owen nickte. »Du schließt nie jemanden von einer Runde Tee aus.«

Ich fand eigentlich, dass ich gut schreiben konnte, aber es gab nichts Frustrierenderes, als mit wenigen Worten zu beschreiben, wann man etwas termingerecht abgeliefert hatte, insbesondere wenn man noch nie etwas termingerecht abgeliefert hatte, von den Starbucks-Lattes beim Ferienjob einmal abgesehen. Um halb neun hatte ich erst eine von zwanzig Fragen beantwortet. Und dann schrieb mir Alice, dass sie Bolognese gemacht habe und ob ich auch welche wolle, weshalb ich beschloss, nach Hause zu fahren. Bewerbungsschluss war ohnehin erst in ein paar Wochen.

Als Owen mich zum Abschied umarmte, fragte ich: »Willst du mitkommen? Alice meinte, es sei genug da«, um zu beweisen, wie integrativ ich war.

Er schüttelte den Kopf. »Ich werde dranbleiben«, sagte er, »denn ich verfüge über Entschlossenheit und Ausdauer.«

Ich hatte gerade den Bolognese-Topf fertig abgewaschen, als Cat anrief.

»Wie läuft's mit dem Sonnensystem?«, fragte ich.

»Beschissen«, sagte sie. »Ein Kind hat mir heute auf die Schuhe gekotzt, als ich meinen Merkur-Song gesungen habe.«

»Du Arme«, sagte ich fröhlich.

Ich erzählte ihr von den Entlassungen.

»Kündige doch einfach!«, sagte sie. »Du kannst in *Menstruation: Das Musical* mitspielen! Habe ich dir schon erzählt, dass wir eine Förderung bekommen?«

»Nein!«

»Ich weiß! Echtes Geld vom Arts Council! Wir werden bezahlt, Baby! Wir fahren nach Edinburgh!«

»Wow!«, sagte ich. Ich umarmte ein Kissen zum Trost.

»Es wird witzig, aber auch richtig politisch. Lacey hat ein Proposal geschrieben, in dem sie schildert, wie das Stück ein Bewusstsein für Periodenarmut schaffen wird. Wusstest du, dass Asylbewerber zum Leben nur circa 38 Pfund die Woche bekommen? Und dass sie nicht arbeiten dürfen? So dass sich die meisten keine Hygieneartikel leisten können?«

»Das wusste ich nicht. Klingt nach einer super Show.«

»Wir suchen noch jemanden, der den Tampon spielt. Eine ziemlich große Rolle.«

»Ich bin mir nicht sicher, ob ich den nötigen Ernst dafür mitbringe«, sagte ich.

Cat seufzte. »Gib einfach zu, dass du Schiss hast.«

»Okay«, sagte ich. »Ich hab Schiss.« Und sobald ich es ausgesprochen hatte, fing ich an zu weinen. »Ich kann nicht auf mein Gehalt verzichten.«

»Wenn du deine Stelle verlierst, wirst du sowieso kein Gehalt mehr haben«, gab Cat zu bedenken.

»Ich kann das nicht. Tut mir leid.«

»Tja. Mir tut's auch leid«, sagte Cat.

»Singst du mir den Merkur-Song vor, um mich aufzuheitern?«

»Fick dich.«

Nachdem ich das Musical abgesagt hatte, war ich umso entschlossener, die SEO-Stelle zu kriegen, weshalb ich am nächsten Tag von der Arbeit direkt nach Hause kam und mich an den Laptop setzte. Ich gab mir größte Mühe, so zu tun, als erfülle mich »der öffentliche Dienst mit Stolz und Begeisterung« und als würde ich »Kollegen die Zeit und Kompetenz zugestehen, Ziele zu erreichen«, und als Alice nach Mitternacht an meine Tür hämmerte, betrunken von einer Buchpremiere, hatte ich die Bewerbung fertig.

»Soll ich sie Korrektur lesen?«, fragte Alice und nahm einen Schluck Orangensaft aus der Flasche.

»O ja, bitte«, sagte ich und machte ihr Platz.

Sie beugte sich über meinen Laptop. Sie hatte eine Weinfahne. »Du verwendest ziemlich viel Fachjargon.«

»Ich weiß«, sagte ich. »Ist ja schließlich der öffentliche Dienst. Da muss das so.«

»Aber der ergibt keinen Sinn.«

»Ich glaube nicht, dass das eine Rolle spielt.«

Alice zuckte überdeutlich und betrunken mit den Achseln. »Ich werd etwas Käse essen. Willst du auch?«

»Nein, danke«, sagte ich. Ich setzte mich wieder vor meinen Laptop und drückte auf Senden. Es war an der Zeit, dass ich an mich glaubte.

26. Sam liebt Julia

Im Juni war es in London heißer, als ich es jemals erlebt hatte – eigentlich zu heiß in Anbetracht der vielen extrem verschwitzten Männer in der U-Bahn. Aber die Stadt war wunderschön – die Gebäude schienen für Fotos zu posieren und sich von ihrer besten Seite zu zeigen, und wenn ich morgens aus meinem Bürofenster auf die Houses of Parliament und Westminster Abbey blickte, freute ich mich, in London und verliebt zu sein.

Im Juli ging ich zu meiner ersten Pride-Parade als offen lesbische Frau, die erste, bei der ich mit Regenbogenfarben im Gesicht die Straße entlanglaufen konnte, mit einer hinreißenden Frau Händchen hielt und die Leute aufforderte, uns beim Küssen zu fotografieren. Ich war tatsächlich stolz. Queer zu sein war noch so neu, dass ich beinahe platzte, und es war großartig.

Die Stepping-Out-Crew war auch dabei und marschierte paillettengeschmückt hinter einer Gruppe lesbischer Volleyballerinnen her, aber Sam und ich fuhren ganz für uns auf dem Stonewall-Wagen mit; die Freundin einer Freundin von ihr arbeitete für sie. Wir schwebten die Regent Street hinunter und winkten wie Königinnen, sahen Barclays-Angestellte Flyer für Sparkonten verteilen und Sozialisten brüllend die Kommerzialisierung von Gay Pride beklagen. Es gab queere Muslime, Drag Queens auf

Stelzen, einen Bus mit LGBT-Rentnern, Männer in Leder, und alle, alle lächelten sie. Ich war so dankbar, unter ihnen zu sein, dass ich fast geweint hätte. Ich legte den Arm um Sams Taille und drückte ihr einen Kuss auf die Wange. Lady Gaga wummerte aus den Boxen des Festwagens. Ballons schaukelten und schlingerten in der Brise. Auf dem Gehweg unter uns spielte ein Mann in Paillettenjacke mit einem Jojo. Eine Gruppe von Fußballfans lehnte sich aus einem Pubfenster und jubelte uns zu. Ich fühlte mich herrlich lebendig.

Wenn ich bei Sam übernachtete, machte sie mir morgens immer Frühstück, und dann öffneten wir die Fenster, atmeten die frische Luft ein, staunten über das Vogelgezwitscher und fragten uns, was sich die Vögel wohl zu erzählen hatten. Eines Morgens, als ich unsere Schüsseln abwusch, schrieb Sam *SAM LIEBT JULIA* auf das beschlagene Küchenfenster, und ich begriff endlich, wie sich Verzückung anfühlt. Jeden Tag nach der Arbeit stürzten wir uns auf die nächstgelegene Grünfläche und tranken Wein vom Eckladen oder gingen zu prätentiösen Street-Food-Pop-ups und fotografierten unsere Reisnudeln für Snapchat. Wir sahen *Ein Mittsommernachtstraum* im Open-Air-Theater und lachten über sämtliche Shakespeare'schen Witze. Ein paar verstand ich sogar.

Ich wollte allen von meiner Beziehung und dem unglaublichen Sex erzählen. Ich ertappte mich dabei, wie ich mich vor den Baristas bei Starbucks outete und Lesben auf der Straße anlächelte in der Hoffnung, dass sie in mir eine der Ihren erkannten, und eines Tages beim Mittagessen beschrieb ich Owen sogar Fisting. Er war sehr dankbar für die Informationen.

»Carys erzählt mir nie irgendwas«, sagte er.

»Das ist vermutlich nur angemessen«, gab ich zu bedenken. »Sie ist schließlich deine Schwester.«

»Schätze ja«, sagte er. »Also – Handschuhe?«

»Und Gleitmittel. Und schön langsam.«

»Verstehe«, sagte er. Und dann: »Aber woher weiß ich, ob eine Frau dazu Lust hat?«

»Du könntest sie fragen«, sagte ich.

»Okay«, sagte er. »Ich meine – theoretisch. Wann immer mal wieder jemand willens sein sollte, mit mir ins Bett zu gehen.«

Als wir nachmittags an unsere Schreibtische zurückkehrten, stellten wir fest, dass wir beide zu Vorstellungsgesprächen für die Senior-Account-Manager-Stellen eingeladen worden waren. Wir rannten in den Sitzungsraum und machten Luftsprünge, und am Abend feierten wir mit einem Picknick in Green Park. Vielleicht hatten wir ja doch eine Zukunft.

Sam beschloss, die Vernissage zu ihrer Ausstellung auf ihren dreißigsten Geburtstag zu legen und eine Riesenparty zu schmeißen. »Die Frau, der die Galerie gehört, schuldet mir was, um ehrlich zu sein. Ich habe sie bestimmt neunmal zum Höhepunkt gebracht, als wir uns das letzte Mal gesehen haben«, erzählte sie mir an einem warmen Abend, als wir Bier in London Fields tranken, während uns vom Grillrauch anderer Leute die Augen brannten.

Vor meinem geistigen Auge sah ich die Galeristin auf einem Stapel Gemälde von David Hockney liegen, während Sam Champagner von ihren Brüsten schlürfte. Natürlich wusste der rationale Teil von mir, dass Hockneys unter streng kontrollierten klimatischen Bedingungen aufbewahrt wurden und dass man bei den meisten Vernissagen bestenfalls eine warme Dose Stella bekam, aber ich hatte schon immer eine lebhafte Phantasie.

»Vermisst du es?«, fragte ich.

»Vermisse ich was?«

»Mit anderen Leuten ins Bett zu gehen.«

»Im Moment nicht«, sagte sie und nahm meine Hand. »Du und ich, wir haben gerade erst angefangen. Und ich weiß ja, dass wir uns irgendwann auch wieder mit anderen vergnügen werden.«

Ich stellte mein Bier ab und küsste sie heftig. Sie wirkte erst überrascht, erwiderte dann aber den Kuss, und schließlich schliefen wir vollbekleidet auf dem Rasen miteinander, während Sam die Leute um uns herum herausfordernd ansah. Ich versuchte, Sams Jeans aufzuknöpfen, damit ich sie auch vögeln konnte, aber sie hielt mich davon ab und packte meine Hand ein bisschen zu fest. »Nein«, sagte sie. »Du darfst mich nur unter Ausschluss der Öffentlichkeit berühren.«

27. This is where the magic happens

Sam war jetzt die meiste Zeit in ihrem Atelier und legte letzte Hand an einige ihrer neueren Porträts. Ich wollte nicht darüber nachdenken, wie neu genau oder was kurz vor dem Malen passiert war oder warum sie mich noch nicht gemalt hatte. Dabei fand ich nicht, dass man mich durch Kunst unsterblich machen müsse – ich war weder eine Tudor noch ein Pferd aus dem neunzehnten Jahrhundert –, aber ich wollte, dass sie mich malen *wollte*.

An einem heißen Samstag besuchte ich ihr Atelier. Man betrat es durch eine unscheinbare Tür um die Ecke von der Kingsland High Street, in einer Gasse voller Taubenscheiße. Sam führte mich eine Betontreppe hinauf in einen großen, feuchten Raum, den sie sich mit Polly teilte.

»This is where the magic happens!«, sagte Sam mit ausgebreiteten Armen und wirbelte mit Blick zur Decke herum, als wären wir in der Sixtinischen Kapelle und nicht in einer Lagerhalle mit Deckenplatten aus Schaumstoff und Graffiti auf der Eingangstür, darunter *WEINT*, *Wo ist das East End hin?* und *Hackney hat Krebs*.

»Ich glaube, was Hipperes hab ich noch nie gesehen«, sagte ich und winkte Polly zu, die an einem schrägen Zeichentisch unter einem der Fenster saß. »Ihr könntet es für Hochzeiten vermieten. Ihr bräuchtet nur eins von diesen riesigen *LOVE*-Schildern aus Glühbirnen.«

Polly schenkte mir ein verhaltenes Lächeln. »Keine schlechte Idee. Es ist ja nicht so, als würde ich mit meinen Bildern Geld verdienen. Vielleicht sollte ich Event-Planerin werden.«

Sam lachte und legte Polly eine Hand auf die Schulter. »Babe. Du bekämst nicht mal ein Besäufnis in einer Brauerei hin. Nichts für ungut.«

Ich verstand, was Sam meinte – auch wenn Polly nicht da gewesen wäre, hätte man sofort gewusst, welche Hälfte des Ateliers ihr gehörte. Pollys Hälfte war unaufgeräumt, persönlich und chaotisch, wie das Zimmer eines Teenagermädchens, mit Zeitschriftenstapeln unter dem Tisch, halb aufgebrauchten Farbtuben überall, herausgerissenen Fotos an einer Pinnwand neben Fotos von Jasper und ihr und von Sam. Sams Hälfte war ordentlich, diskret, kontrolliert. Ihre Farben steckten in Plastikkisten von IKEA. Ihre Leinwände waren der Größe nach unter dem Fenster aufgereiht. Sams Seite wirkte weniger wie das Atelier einer Künstlerin, sondern eher wie ein Ort, an dem ein Psychopath dich ordentlich zerstückelt.

»Wie wär's mit Tee?«, fragte Polly und schob ihren Stuhl zurück.

Ich fing an zu nicken, aber Sam sagte: »Nein, danke. Wir gehen gleich Tacos essen, oder?« Sie nahm meine Hand und führte mich auf ihre Seite des Ateliers. »Ich wollte Julia nur meine Bilder zeigen.«

Sie drehte die Leinwände um und breitete sie aus, so dass sie in einer Reihe standen wie die Verdächtigen eines ziemlichen scharfen Verbrechens. Ich erkannte keine der Frauen wieder, was mich zunächst freute. Aber dann fragte ich mich, wer sie waren und wann sie sie gemalt hatte. Waren sie hergekommen und hatten ihr Modell gestanden, während ich bei der Arbeit war?

»Ich glaube, da fehlt noch was«, sagte Sam, die Hände in die Hüfte gestemmt. »Im Moment ist es einfach nur eine Sammlung von Porträts.«

»Und?«, fragte ich, während ich mich zu ihr wandte.

»Und das heißt, es fehlt der Bruch. Aber ich hatte eine Idee. Ich glaube, sie wird dir gefallen.«

Ich wandte mich wieder den Bildern zu. Eine der Frauen hatte furchtbar viel Schamhaar. Sam hatte jedes einzelne Haar peinlich genau in verschiedenen Schwarz-, Braun-, Rot- und Goldtönen gemalt.

»Und was ist deine Idee?«

Sie zog die Augenbrauen hoch, joggte rüber zu einem Regal und holte noch eine Leinwand. Es war ein Gemälde ihrer rechten Faust, leuchtend pink, orange und gelb, so detailliert, dass ich sie sofort erkannte; auf dem Knöchel ihres Ringfingers war eine Sommersprosse, neben ihrem Daumen eine sichelförmige Narbe.

Sam sah mich an, wartete auf eine Reaktion. Ich spürte auch Pollys Augen auf mir. »Was meinst du?«, fragte Sam.

»Es ist wunderbar«, sagte ich, was irgendwie auch stimmte.

»Verstehst du's?«, fragte sie.

Ich nickte, aber ich verstand überhaupt nichts. Und es gefiel mir eigentlich auch nicht.

Am Abend vor der Vernissage gingen Sam und ich in die Galerie, wegen der Hängung. Es war eine dieser großen, kalten Ostlondoner Hallen, ein ehemaliges Straßenbahndepot mit viel Beton und Wellblech. Sam gefiel das Raue daran – es würde einen schönen Kontrast zu den feinen, geschwungenen Linien ihrer Gemälde bilden. Die Ausstellung trug den Titel *Women, Naked*, und Sam hatte beschlossen, die Leinwände ungerahmt an die rohen Wände zu hängen, so dass die Gemälde so nackt waren wie die Modelle. Jedenfalls war das ihre Erklärung. Vielleicht versuchte sie auch nur, sich das Geld für die Rahmen zu sparen.

Sam übertrug es mir, die Gemälde, die nicht zum Verkauf standen, mit Aufklebern zu versehen. Ich sah ihr an, dass sie ziemlich gestresst war; sie bewegte sich schneller als sonst, und sie flippte auch schneller aus. Irgendwann checkte sie ihr Handy und fluchte dann: »Die blöden Wichser von der *Creative Review* kommen doch nicht.«

»Schweine«, sagte ich, obwohl ich gar nicht gewusst hatte, dass sie kommen wollten; ich war mir nicht mal sicher, was die *Creative Review* überhaupt war.

»Aber jemand von der Concrete Street Gallery hat sich angekündigt.«

»Sind die gut?«

»Sie vertreten Anna Wypych«, sagte Sam, als würde das meine Frage beantworten.

»Würdest dich gern von ihnen vertreten lassen?«

»Keine Ahnung. Vielleicht.« Sie legte das Handy beiseite und trat, die Hände auf den Hüften, zurück, um die Bilder an den Wänden zu begutachten. Sie rückte eins gerade – eine Frau mit den Händen über den Brüsten, Gesicht und Schamhaar gestochen scharf, der Rest verschwommen. »Es ist ja nicht so, dass ich hier ohne Vertretung nicht klarkäme. Was figurative Gemälde von Frauen angeht, sind die Londoner echte Arschlöcher. Hast du gehört, was Loretta passiert ist?«

Ich wusste nicht, wer Loretta war. »Nein«, sagte ich.

»Sie hat dieses großartige Bild ausgestellt, von einer Freundin, die Burlesque-Tänzerin ist und deren Busch zu sehen war. Lauter Idioten haben sich bei der Galerie beschwert, weil sie sich daran gestört haben, dass weibliches Schamhaar in einem sexuellen Kontext zu sehen war. Und die Trottel von der Galerie haben das Bild abgehängt.«

»Das ist so – reaktionär.« Ich war stolz darauf, dass mir das richtige Wort sofort eingefallen war.

»Ich weiß. Aber so ist es da draußen. Die Leute können nicht damit umgehen, wenn Frauen als sexuelle Objekte dargestellt werden. Selbst wenn eine Frau sie malt.«

»Ich wette, es war ein Mann, der beschlossen hat, das Bild abzuhängen«, sagte ich.

»Wahrscheinlich«, sagte Sam. Sie sah zu mir und lächelte mich kurz an. »Aber ich wette, sie hätten kein Problem mit Janes bescheuerten Fotzen-Bildern.«

»Kommt sie auch morgen?«

»Nee. Wir können nicht so richtig miteinander«, sagte sie. Sie zeigte auf ein Gemälde direkt über mir. »Jasper will das von Polly kaufen.«

Ich klebte einen roten Punkt unter das Bild. Pollys Brustwarzen darauf waren sehr rot. Sie sahen etwas wund aus.

»Die Faust steht nicht zum Verkauf. Die bleibt in meiner Wohnung. Oder du nimmst sie mit zu dir, wenn du magst.«

»Danke«, sagte ich und versah sie mit einem Sticker, wobei ich mir nicht sicher war, ob ich sie in meiner Wohnung haben wollte – ich wollte eigentlich nicht an Fisting denken, wenn ich mein Müsli aß, und die Farben würden sich mit Daves Sofatisch von Ercol beißen.

»Kommen welche von deinen Freunden?«

»Ella«, sagte ich. »Und Alice und Dave.«

»Aber häng nicht den ganzen Abend mit ihnen rum, okay, Babe?«, sagte Sam und gab mir einen Kuss. »Es wäre gut, wenn du dich unter die Sammler mischt. Du bist so was wie meine First Lady.«

»Ich will keine First Lady sein«, sagte ich. »Lieber Vizepräsidentin.«

»Okay, Babe«, sagte sie, »was immer du möchtest«, aber sie hantierte schon irgendwie bedeutungsvoll mit einem Maßband herum, und ich gewann den Eindruck, dass sie mir nur meinen Willen lassen wollte.

28. Ein besonders attraktiver Autounfall

»Du musst mir doch nichts schenken!«

Wir waren bei Sam, machten uns für ihre Vernissage fertig, und ich hatte ihr gerade mein Geburtstagsgeschenk überreicht. Es war unfassbar schwer gewesen, etwas zu finden – ich hatte Stunden bei Selfridges verbracht und Dinge wie goldene Nagelknipser und Samtfliegen in die Hand genommen, bis mir wieder einfiel, dass sie kein fünfzigjähriger russischer Geschäftsmann war. Ihre Freundinnen waren auch keine große Hilfe gewesen. »Es ist schlicht nicht möglich, ihr etwas zu kaufen«, hatte Polly gesagt. »Besorg's ihr einfach ordentlich. Das wird ihr gefallen.«

Sam befühlte das Päckchen, das ich ihr überreicht hatte, und versuchte, den Inhalt zu erraten.

»Es ist nichts Aufregendes«, sagte ich.

Sie fing an, es langsam auszuwickeln, verlor aber bald die Geduld und riss es auf. Sie begutachtete nacheinander die einzelnen Geschenke und gab leise Laute von sich, die Gefallen ausdrücken sollten, aber eindeutig Enttäuschung verrieten.

»Romane!«, sagte sie. »Und Prosecco! Den trinken wir später. Und ein T-Shirt!«

Das T-Shirt war schwarz und hatte ohne erkennbaren Grund achtzig Pfund gekostet.

»Du trägst ja immer schwarze T-Shirts«, ergänzte ich erklärend.

»Ich weiß!«

»Es gefällt dir nicht.«

»Doch. Doch! Es ist nur – nichts, es ist toll.«

»Was?«, fragte ich.

»Na ja«, sagte sie und zerknüllte das T-Shirt auf ihrem Knie. »Es ist alles ein bisschen unpersönlich.«

»Oh«, sagte ich und versuchte, weniger am Boden zerstört zu klingen, als ich war.

Sie lächelte verhalten und traurig. »Schon in Ordnung«, sagte sie. »Nur, du bist meine Freundin, deshalb dachte ich –«

»Was?«, fragte ich.

»Nichts.« Sie blickte auf das T-Shirt hinunter. »Ich dachte nur, du würdest dir vielleicht mehr Mühe geben.«

Ich saß da und sah auf meine Hände in meinem Schoß. Ich hatte mir Mühe gegeben – ich hatte mein Lunch-Geld für den ganzen Monat für ihre Geschenke ausgegeben. Ich würde bis August an meinem Schreibtisch Weetabix essen.

»Tut mir leid«, sagte ich, aber es fühlte sich falsch an, so ähnlich wie der Reflex, sich zu entschuldigen, wenn man in der U-Bahn von jemand anderem angerempelt wurde.

»Schon okay«, sagte sie.

Ich brodelte still vor mich hin, wie ein wütender Wasserkocher.

Sie schlug die Karte auf, die ich für sie gebastelt hatte. Ich hatte mir von Dave ein paar Buntstifte ausgeliehen, um einen Regenbogen darauf zu malen. Innen stand: »Dieser Gutschein berechtigt die Inhaberin einmalig zu extrem gutem Sex.«

»Na, da kommen wir der Sache doch schon näher«, sagte sie und küsste mich. Dann sah sie sich die Vorderseite der Karte noch mal an. »Das ist echt süß. Sieht aus wie eine Kinderzeichnung.«

»Klappe«, sagte ich, aber sie verwuschelte mir das Haar, wie Eltern es machen, und mir ging es ein bisschen besser.

Der Abend war drückend heiß. Wir hielten uns an den verschwitzten Händen und spazierten durch Clapton zur Galerie. Jasmin überwucherte die Backsteinmauern.

»Riecht ein bisschen nach Vagina, oder?«, fragte Sam.

»Das war jetzt nicht gerade mein erster Gedanke«, erwiderte ich.

»Du hast noch nicht genügend Frauen gevögelt«, sagte sie und drückte die schwere Tür auf.

Ein paar Leute waren schon da, wanderten umher, ohne sich die Bilder richtig anzusehen, und tranken billigen Rosé aus Plastikbechern. Lauter Freundinnen von Sam, von denen ich noch nie gehört hatte – hauptsächlich Lesben und Künstlerinnen –, umringten sie, um ihr zur Ausstellung und zum Geburtstag zu gratulieren. Ich hatte sie mir alle sehr stylish vorgestellt, in formlosen Kleidern und strengen Brillen, aber die meisten trugen farbbekleckerte DocMartens, alte Barbourjacken und ausgeblichene Latzhosen. Künstlerinnen wuschen sich anscheinend auch seltener, als ich gedacht hätte, wahrscheinlich weil sie zu viel damit zu tun hatten, inspiriert und kreativ zu sein. Vielleicht würde ich, wenn ich mir die Haare nur noch einmal die Woche wüsch, plötzlich den Drang verspüren, eine Villanelle zu schreiben oder mit Häkeln anzufangen? Könnte einen Versuch wert sein. Es waren auch ein paar ältere Leute da, möglicherweise Sammler; sie studierten die Kunstwerke und die Preisliste sehr viel genauer. Auch sie sahen nicht so reich oder exzentrisch aus, wie ich es von Sammlern erwartet hätte. Eigentlich wirkten die meisten eher wie Kinderärzte.

Ich starrte die Bilder an und war von der Kunst und dem Unter-die-Leute-Mischen etwas überfordert. Ich sah mich nach meinen Freunden um, aber sie waren noch nicht da. Im improvisierten Barbereich bemerkte ich Jasper. Alkohol. Den brauchte ich jetzt.

Ich ging rüber zur Bar und lauschte den Gesprächen um mich herum.

»Letzte Nacht hab ich's mit einem echten heißen Bi-Typen getrieben.«

»Hast du *The Dark Wood* in der Transition Gallery gesehen?«

»Welche ist denn ihre Freundin?«

Ich drehte den Kopf. Ein paar Frauen studierten die Gemälde an den Wänden.

Sam hatte mich nicht gemalt. Warum hatte sie mich nicht gemalt?

Ich nahm eine Flasche Wodka und wollte mir gerade etwas einschenken, als ich jemanden sagen hörte: »Hey. Bring die hier hoch.«

Polly stand auf der Galerie über mir und winkte mich zu sich.

»Wie komme ich da rauf?«

Sie zeigte auf eine Wendeltreppe in der Ecke – ein gusseisernes viktorianisches Modell, filigran und fehl am Platz.

Ich stieg nach oben, wobei ich fast den Wodka auf die Menschen unter mir fallen ließ, weil die Treppe unter meinem Gewicht schwankte. Oben nahm Polly mir die Flasche ab und genehmigte sich sofort einen Schluck. Wir sahen auf die Leute in der Galerie hinunter, die lachten, redeten und tranken. Polly machte mich auf einige von ihnen aufmerksam: eine Frau, die auf Exkremente stand, eine andere, die eine Affäre mit einer Nachrichtensprecherin gehabt hatte, ein Typ, der gerne sehr alten Menschen den Hintern versohlte.

Wir hörten auf zu reden, als wir jemanden die Treppe raufkommen hörten, der Boden bebte bei jedem Schritt. Es war Jasper, die sich schnaufend die letzten Stufen hochmühte.

»Das wäre fast mein Ende gewesen!«, sagte sie und legte die Arme um uns. »Was treibt ihr hier, ihr Hübschen? Die Femme-Revolution aushecken?«

»Ach, halt die Klappe, du alter Chauvi«, sagte Polly und löste sich.

»Julia«, sagte Jasper unbeeindruckt, »wir nehmen Videobotschaften zu Sams Geburtstag auf. Ich werde sie später an die Wand werfen. Möchtest du auch eine aufnehmen?« Sie hielt ihr Telefon hoch.

»Ich bin etwas betrunken«, sagte ich.

»Das macht es leichter«, entgegnete Polly.

Ich wollte eigentlich nichts aufnehmen; öffentliche Liebeserklärungen waren nicht so mein Ding. Aber es wäre merkwürdig gewesen abzulehnen. Ich folgte Jasper zu einer leeren Wand – »schöner neutraler Hintergrund« –, und als sie auf Aufnahme drückte, stammelte ich irgendwas darüber, wie glücklich Sam mich machte. Ich glaube, manche Passagen waren möglicherweise bei Lionel Richie geklaut. Es war alles ein bisschen peinlich.

»Das war sehr süß«, sagte Jasper und checkte zur Sicherheit noch mal, ob das Handy aufgenommen hatte. »Ich hoffe, Sam weiß, was für ein Glück sie hat!«

An diesem Abend war Sam geradezu manisch, sie sprang zwischen verschiedenen Grüppchen hin und her und warf lachend den Kopf in den Nacken, was ich von ihr gar nicht kannte. Sie schien mich kaum wahrzunehmen; ihr Blick ging immer über mich hinweg, auf der Suche nach einem einflussreicheren Gesprächspartner, und da fand sich auch immer jemand.

»Der Typ, mit dem sie jetzt redet, ist von Concrete Street«, erzählte mir Polly, als Sam in ein Gespräch mit einem Mann mit Dreadlocks und einem senffarbenen Anzug vertieft war. Und später: »Der da ist ein Sammler aus China. Ziemlicher Widerling. Aber er hat Geld.«

Alice, Dave und Ella kamen gegen acht. Ich entdeckte sie in einer Ecke, wo sie hastig ihren Wein tranken und die anderen Gäste skeptisch beäugten. Ich rannte zu ihnen rüber und packte ihre Schultern, als hätte ich gerade die rettende Küste erreicht. »Gott sei Dank seid ihr da«, sagte ich. »Ich muss die ganze Zeit so tun, als wenn ich mich auskenne und zum Beispiel weiß, wer Bob und Roberta Smith sind.«

»Das ist ein- und dieselbe Person, Jules«, sagte Dave, während er mir einen Wangenkuss gab.

»Fuck.«

»Das ist so aufregend!«, sagte Alice und sah sich lächelnd um. »Seht nur die vielen Brüste! Und die Vaginas!«

»Das ist ja der reinste Vagina-Showroom!«, rief Ella

aus. »Die da drüben gefällt mir, die mit dem herzförmigen Schamhaar.«

»Ich frage mich, ob sie es für einen besonderen Anlass so hat waxen lassen oder ob das ihr Alltagslook ist?«, fragte Alice.

»Vielleicht wechselt sie die Form, je nach Monat. Vielleicht war das die zum Valentinstag, und im Dezember lässt sie sich einen Weihnachtsbaum stehen«, sagte Ella, und Alice und sie krümmten sich vor Lachen. Ich lachte nicht, aus Respekt vor Sams Kunst.

Dave lächelte mir mitfühlend zu, was mich ärgerte. Ich brauchte kein Mitgefühl. »Sie ist sehr talentiert«, sagte er.

»Ja«, sagte ich.

»Es gibt hier aber kein Bild von dir, oder?«

»Nein«, sagte ich und war jetzt froh darüber; ich wollte nicht, dass meine Freunde über mein Schamhaar lachen.

Um neun klopfte Sam an ihr Glas und stellte sich auf einen Stuhl, um eine Rede zu halten. Sie ließ den Blick durch die Galerie schweifen und brachte alle mit einem Lächeln zum Schweigen. Als das letzte Gemurmel verstummt war, fing sie an zu reden.

»Ich danke euch sehr, dass ihr gekommen seid«, sagte sie. »Also. In meiner Arbeit dreht sich alles darum, weibliches Begehren in den Vordergrund zu rücken und die Körper von Frauen zu feiern.«

»In den Vordergrund rücken. Schön gesagt«, flüsterte Alice nickend.

»Meine Bilder sollten nicht radikal sein«, fuhr Sam fort, »aber in mancher Hinsicht sind sie es, und ich möchte Alyssa und der Tramshed Gallery dafür danken, dass sie mich eingeladen haben, hier auszustellen.«

Es gab Applaus, und Alyssa, eine Frau mit einem aggressiv kurzen Pony und Netzstrumpfhosen, verbeugte sich ironisch. Sam hat sie neunmal zum Höhepunkt gebracht, als sie sich das letzte Mal gesehen haben, dachte ich und nahm einen großen Schluck Wodka.

»Ich muss mich bei vielen Menschen bedanken – bei meinen Atelierkolleginnen dafür, dass sie mir Gesellschaft leisten und mich davon abhalten, durchzudrehen; bei allen, die Arbeiten von mir gekauft oder besprochen haben; beim Arts Council, der mich im vergangenen Jahr unterstützt hat ...«, sie sah sich suchend um, und dann entdeckte sie mich und erhob ihr Glas. »Und bei Julia, meiner wunderschönen Freundin«, sagte sie, »dafür, dass du einfach zum Anbeißen bist und mich so viel Neues lehrst. Ich liebe dich, Babe.«

Die Leute drehten sich zu mir um. Es wurde gejauchzt und gejubelt. Ich hielt mir die Hand vors Gesicht, verlegen und erfreut zugleich. Hatte sie gerade dem ganzen Saal gesagt, dass ich gut im Bett war?

Sam winkte mich zu sich und umarmte mich. »Ich liebe dich wirklich«, sagte sie in mein Haar, und ich fühlte mich sicher und geborgen und zufrieden.

Die meisten Leute aus der Kunstszene verdrückten sich vor zehn, als der Wein zur Neige ging, ungefähr zu gleichen Zeit, als Sams richtige Freunde anfingen, sich zum Koksen auf die Toilette zu verziehen. Dave ging zum Schnapsladen und kam mit einer weiteren Flasche Wodka und Limonade zurück, und wir leerten sie stetig, bis wir in das »Ich liebe dich!« –, »Nein, ich liebe *dich*!«-Stadium der Trunkenheit eingetreten waren. An den Wänden neben den Bildern waren ein paar Aufkleber aufgetaucht. Einige Sammler hatten Sam die Hand geschüttelt. Sie schien zufrieden zu sein.

Gegen elf schrie Sam: »Einlassstopp!«, und schloss die Türen. Der zweite Teil des Abends begann. Auf Spotify lief Yo Majesty, und die Leute kippten alles, was an Alkohol noch auf dem Tapeziertisch stand. Es wurde getanzt. Jemand bestellte Pizza und steckte in die Mitte einer Quattro Formaggi eine Kerze, die Sam auspusten musste.

Und dann, bevor der Abend völlig außer Kontrolle geriet, stellte sich Jasper auf Sams Redestuhl und brüllte: »Hey, Sam! Wir haben eine Überraschung für dich!«

Zwei Frauen zogen in die Mitte des Saals vor den Projektor einen Stuhl, auf dem Sam Platz nahm. Sie rief: »Wo ist mein Baby?«, und Alice schob mich vor. Ich hockte mich auf den Boden neben Sam, und sie beugte sich zu einem Kuss herunter. Eine Betrunkene hinter uns schrie: »Scheißlesben!«, und alle lachten.

Dann wurde es still. Ein gelber Lichtfleck erschien hoch oben an der weißen Wand, über drei Gemälden derselben Frau, die sie stehend, kniend und sitzend zeigten. Das Licht tanzte und flackerte kurz, bevor der Schriftzug *HAPPY BIRTHDAY, DU PERVERSE SCHLAMPE!* aufblitzte und bejubelt und beklatscht wurde. Sam sah mich an und drückte aufgeregt meine Hand.

Eine nach der anderen erschienen Sams Freundinnen an der Wand und erzählten, wie toll sie war. Dann kam ich.

Mein riesiger Kopf tauchte auf, redete irgendwas darüber, wie viel besser mein Leben mit Sam war, und hauchte ihr einen Kuss zu. Ich versteckte mich hinter meinen Händen, aber alle sagten: »Ooooh!« und »Wie süß!«

Sam strich mir über den Rücken. »Hey«, sagte sie. Ich

schlug die Augen auf. »Das war wundervoll. Ich liebe dich auch. So sehr.« Sie küsste mich, ihre Freunde jubelten, und alles war gut.

Ungefähr fünf Sekunden lang.

So lange dauerte es, bis eine Frau – eine wunderschöne Frau – auf der Wand auftauchte, einen Schmollmund machte und mit den Fingern winkte. Sie war wie die Karikatur einer Sexbombe, mit überdimensionalen Lippen, riesigen braunen Augen und dunklem gelocktem Haar, gestylt wie ein Vierziger-Jahre-Pin-up. »*Bonsoir!*«, sagte sie.

Virginie.

Sam lächelte und schlug vor Überraschung die Hand vor den Mund. Sie wandte sich an Jasper. »Wie hast du sie denn dazu bekommen?«

»Sam, meine Liebe«, sagte Virginie mit einem französischen Akzent fast wie aus dem Film. »Es tut mir so leid, dass ich heute nicht bei dir sein kann. Du weißt, wie sehr ich dich vermisse und wie sehr ich dich liebe. Aber sei nicht traurig, okay? Ich werde dich mit dem köstlichsten Spanking verwöhnen, wenn wir uns das nächste Mal sehen. Okay? *Bisoux!* Und liebe Grüße von Charlotte!« Sie hauchte einen Kuss in die Kamera, und der Kopf einer jungen Butch erschien im Bild, die winkte und rief: »*Bon anniversaire!*«

Sam lächelte immer noch und schüttelte den Kopf. Ich lächelte auch, lächelte und lächelte, denn wenn ich meine Mundwinkel nicht nach oben gezwungen hätte, wären sie nach unten gesackt, das wusste ich, und dann hätte ich weinen müssen, und das durfte nicht passieren.

Ich wollte kein Theater machen und Sam den Geburtstag verderben. Warum sollte Virginie ihr auch keine Geburtstagsnachricht schicken? Sam hatte ihre Beziehung ja nie verheimlicht.

Und dann erklang von hinten noch einmal diese Stimme. »*Bon anniversaire!*«

Die Atmosphäre im Raum veränderte sich. Die Leute sahen sich an, sahen mich an. Ich hörte Luftschnappen, Stühle, die zurückgeschoben wurden, um besser sehen zu können, und Sam, die sagte: »Scheiße, ich glaub's nicht.«

Sie war größer als erwartet und so schrecklich charismatisch, dass es schon gemein war. Es war erschütternd, sie in Bewegung zu sehen, sie reden zu hören, daran erinnert zu werden, dass sie real war. Alles an ihr war übertrieben – die großen Augen, die schmale Taille, die breiten Hüften, ihr Dekolleté. Sie lief sogar mit Hüftschwung, wie Marilyn Monroe. Total zwanzigstes Jahrhundert, sagte ich mir. Sie hatte sich im Grunde für den männlichen Blick entworfen. So würde ich nicht aussehen wollen, selbst wenn ich könnte. Wem machte ich da gerade etwas vor? Mir selbst wohl eher nicht. Mir war zum Heulen.

Und doch konnte ich nicht aufhören, sie anzustarren, als sie den Raum durchquerte und mit ausgestreckten Armen und federnden Locken auf Sam zuging. Mir war, als würde ich Zeugin eines besonders attraktiven Autounfalls.

Sie umarmten sich – zum Glück küssten sie sich nicht – und murmelten Dinge, die ich nicht hören konnte, und die anderen Gäste fingen an zu klatschen und miteinander zu tuscheln.

Virginie wandte sich zu mir und sagte: »Und du musst Julia sein! Du bist sogar noch schöner, als Sam gesagt hat.«

»Danke«, sagte ich und versuchte zu lächeln.

Alice legte mir eine Hand auf die Schulter, aber ich

streifte sie ab; jede nette Geste würde mich sofort zum Heulen bringen. Ich schüttelte mit zusammengepressten Lippen den Kopf und ging, ohne mich umzusehen, zur Toilette. Dort schloss ich mich ein, setzte mich auf den Betonboden und fragte mich, was zum Teufel hier gerade passierte. Mir wurde schwindelig, als würde ich den Zugang zur Wirklichkeit verlieren, als würde ich einfach wegdriften, also konzentrierte ich mich darauf, wie protzig der Wasserhahn aus Kupferrohr war.

Jemand klopfte. »Julia?« Es war Polly.

»Mir geht's gut«, sagte ich so heiter wie möglich. Ich würde mich zusammenreißen und der strahlende Mittelpunkt dieser verschissenen Party sein. Ich würde Virginie auf beide Wangen küssen und mit ihr Insider-Witze über Sam reißen, darüber, wie sie unter der Dusche sang oder wie wütend sie wurde, wenn sie versehentlich eine dunkelblaue und eine schwarze Socke anzog. Und morgen würde ich Sam sagen, dass ich es mir anders überlegt hätte und es für mich nicht funktionierte und dass sie sich, wenn sie mit mir zusammen sein wollte, von Virginie würde trennen müssen.

Ich betrachtete mich im Spiegel. Meine Augen glänzten vielleicht ein wenig, aber abgesehen davon war nicht zu erkennen, dass ich geweint hatte. Ich atmete tief durch und öffnete die Toilettentür.

Draußen wartete Polly mit verschränkten Armen, daneben Alice, Dave und Ella. Alice kam auf mich zugestürzt und umarmte mich. Sie sagte nichts. Vermutlich wusste sie nicht, was sie sagen sollte.

»Verdammte Scheiße«, sagte Dave.

»Ich hatte keine Ahnung, dass sie kommt«, sagte Polly.

»Ich weiß«, sagte ich. »Es spielt keine Rolle.«

»Ich bringe Jasper um.«

»Das solltest du auch«, sagte Dave. Ich hörte ihm an, dass er vor Wut schäumte, und war dankbar dafür, weil ich das Gefühl hatte, selbst nicht wütend sein zu dürfen.

»Sie liebt dich«, sagte Polly. »Sie ruft ständig bei Jasper an und erzählt ihr, wie sehr du ihr Leben verändert hast.«

»Aber sie ist nicht zu mir gekommen, um mit mir zu reden«, sagte ich. »Sondern du.«

Wir sahen alle rüber zu Sam, die mit Jasper und Virginie Tequilas kippte und einen Arm um Virginies Taille gelegt hatte.

»Tut mir leid«, sagte Polly.

»Du musst dich wirklich nicht entschuldigen«, sagte ich. Und als ich Sam ansah, wusste ich, dass ich es nicht durchziehen konnte; ich würde nicht den Abend über so tun können, als hätte ich kein Problem mit Virginie und würde mich mit den beiden amüsieren. »Richtet Sam aus, dass wir uns morgen sehen«, sagte ich.

»Meld dich, wenn du was trinken gehen möchtest«, sagte Polly.

»Danke.«

Ella legte einen Arm um meine Schulter, Alice nahm die andere Hand, Dave ging vor und öffnete die Tür, und zu diesem Zeitpunkt war ich wohl schon ein wenig betäubt und hatte den Bezug zur Realität verloren, denn ich weiß nur noch, dass ich dachte: Ob es Promis wohl so geht, wenn man sie schnell von den Paparazzi wegbringt?

Ich hörte Sam »Wo ist Julia?« lallen, aber ich ging weiter. »Julia!«, rief Sam. »Warte!« Doch wir rannten alle vier um die Ecke. Dave bestellte ein Uber, und wir rumpelten schweigend zurück zu unserer Wohnung. Ella kam mit, setzte mich aufs Sofa und legte mir eine Decke um, und Dave kochte für alle Nudeln. Wir redeten nicht viel. Ich war nicht traurig oder wütend oder schuldbewusst. Eigentlich empfand ich gar nichts.

29. Baise-moi!

Ella lieh sich einen Pyjama und schlief in dieser Nacht in meinem Bett. Es war seltsam, jemanden neben mir zu haben, der ungewohnt roch und eine ungewohnte Wärme verströmte, aber ich war dankbar, nicht alleine zu sein. Ich wachte mitten in der Nacht auf und fing an zu weinen, und sie holte mir ein Glas Wasser und erzählte mir lustige Geschichten, bis ich wieder einschlief.

Als ich am nächsten Morgen aufwachte, war sie nicht da. Ich kam nicht aus dem Bett. Gegen elf brachte Alice mir eine Tasse Tee. Sie setzte sich auf die Bettkante, während ich trank.

»Ella ist beim Bäcker«, sagte sie.

Ich nickte.

»Schon was von Sam gehört?«

Ich schüttelte den Kopf. »Sie schläft wahrscheinlich noch. Sie war so betrunken.«

»Du musst mit ihr reden.«

»Ich weiß«, sagte ich und versuchte, meine Angst wegzuatmen, so wie es in Ratgebern empfohlen wird. »Warum kann sie nicht einfach normal sein?«

»Wenn sie es wäre, würdest du vielleicht nicht so auf sie stehen«, sagte Alice, während sie an der Bettdecke zupfte. »Dave ist total normal und meint es total ernst mit mir, aber ich frage mich die ganze Zeit, wie es wohl wäre, Single zu sein. Ich weiß, das klingt undankbar.« Sie blickte auf ihre Hände. »Entschuldige«, sagte sie. »Ich wollte gar nicht von mir anfangen.«

»Schon okay«, sagte ich. »Mein eigenes Drama langweilt mich jetzt schon.«

Sie sah wieder hoch. »Also, rufst du sie an?«

»Natürlich nicht«, sagte ich. »Sie ist diejenige, die sich entschuldigen muss.«

Aber sie rief nicht an. Jedenfalls nicht, bis es fast dunkel war. Ich lag den ganzen Tag auf dem Sofa und stellte mir Sam und Virginie im Bett vor. Ich hätte wetten können, dass Virginie Sachen machte, die ich sexmäßig nie für möglich gehalten hätte. Ich hätte wetten können, dass sie es schon auf dem Eiffelturm getrieben hatten und Baguette als Sextoy verwendeten und einander mit Foie Gras einschmierten oder was Franzosen eben so machen. Erst als ich mir gerade ein Bad einließ, klingelte endlich das Telefon. Ich sah auf die Uhr: fast acht.

»Babe«, sagte sie. »Das mit gestern Abend tut mir so leid.«

Ich erwiderte nichts. Ehrlich gesagt war ich erleichtert – erleichtert, dass sie endlich anrief, dass sie sich entschuldigte –, aber in diesem Moment hatte ich die Oberhand, und das fühlte sich so gut an, dass ich noch nicht einlenken wollte.

»Ich hatte keine Ahnung, dass sie kommen würde«, sagte Sam.

»Ich weiß.«

»Und es tut mir leid, dass ich erst jetzt anrufe. Sie ist gerade erst weg.«

»Hat sie bei dir im Bett geschlafen?«

Schweigen. »Wo hätte sie sonst schlafen sollen?«

Ich weiß, dass Ehrlichkeit als gute Eigenschaft gilt – genau wie »verdient ordentlich« und »bringt mich zum Lachen« stand sie ganz oben auf der Liste von Qualitäten, die ich mir in einer Partnerschaft immer gewünscht habe –, aber langsam glaubte ich, dass es auch ein Zuviel an Ehrlichkeit gab. »Hast du es mit ihr getrieben?«, fragte ich, schloss die Augen und rechnete mit dem Schlimmsten.

»Nein.«

Ich schlug die Augen wieder auf. »Schwörst du's?«

»Babe, das hätte ich dir nicht angetan. Ich weiß, dass du noch nicht so weit bist.«

Ich war schrecklich, erbärmlich dankbar. Fast hätte ich danke gesagt, aber ich konnte mich gerade noch bremsen.

»Wo bist du denn danach hin?«, fragte Sam. »Es war doch ein schöner Abend, oder? Vorher jedenfalls.«

»Klar.«

»Marlon von Concrete Street hat nach meiner Nummer gefragt.«

»Toll.«

»Du warst übrigens der Hit. Meine Freundinnen meinten alle, du wärst ne heiße Schlampe.«

»Nenn mich nicht Schlampe.«

Sie schwieg verblüfft. »Das ist in unserer Community ein Kompliment.«

»Mir gefällt es nicht.«

Wieder Schweigen.

»Bitte sei nicht so, Julia. Ich habe Virginie nicht eingeladen. Niemand wollte dich verletzen.«

»Tja, ich bin aber verletzt.«

»Ich möchte dich so gern sehen, Babe, bitte.« Ihre Stimme wurde schriller. Langsam bekam sie es mit der Angst zu tun, und das machte mich froh. »Bitte komm zu mir. Ich besorge uns was zu essen und kümmere mich um dich. Bitte, ja?«

Wozu es aufschieben? Ich musste mit ihr darüber reden, solange ich noch die Zügel in der Hand hielt.

Im Bus übte ich, was ich zu Sam sagen würde. Vor Aufregung war mir ganz schlecht. Ich würde ihr ein Ultimatum stellen. Sie würde sich entscheiden müssen zwischen mir, der Anfängerlesbe, für die »So ist es gut« schon zu Dirty Talk zählte, und einer umwerfenden Frau, die »Fick mich« in mehreren europäischen Sprachen sagen konnte. Doch dann öffnete sie die Tür und lächelte. Ich versuchte, streng zu gucken, aber sie küsste mich, und ich vergaß, was ich hatte sagen wollen.

Das Wichtigste war, mit ihr zusammenzubleiben, egal, um welchen Preis.

Wir gingen hoch und hatten langsamen, verkaterten Sex. Als wir danach im Bett lagen und Sam meinen Arm streichelte, sagte sie: »Ich habe nachgedacht. Ich möchte, dass du Virginie richtig kennenlernst. Du wirst dich viel weniger bedroht fühlen, wenn du mal mit ihr sprichst.«

Ich stützte mich auf einen Ellbogen. »Ich glaube nicht, dass ich das kann.«

Sam sah mir in die Augen. »Wenn du wirklich willst, dass ich mit ihr Schluss mache, tu ich es.«

»Wirklich?« Ich wurde gefährlich hoffnungsfroh.

Sie nickte. »Aber kommst du erst mal mit, um sie kennenzulernen? Bevor wir das Handtuch werfen, ohne es überhaupt versucht zu haben? Kommst du mir so weit entgegen?«

Das Herz wurde mir schwer.

»Komm mit, wenn ich das nächste Mal hinfahre!«

Die Idee war so hanebüchen, dass ich laut loslachte. Glaubte sie wirklich, ich würde fröhlich bei Virginie reinschweben, ihr die Hand schütteln und vielleicht eine Tasse Tee mit ihr trinken, um mir dann am Küchentisch die Nägel zu lackieren, während sie meine Freundin fickte? »Auf gar keinen Fall«, sagte ich.

»Bitte. Es gibt da so eine große Sexparty, zu der Virginie und ich jedes Jahr gehen, in einem großen alten Schloss in der Nähe von Lyon. Das ist in ein paar Wochen. Noch gibt es Karten.«

Ich sagte nichts.

»Wir könnten einfach nur zugucken. Du müsstest nichts machen, was du nicht möchtest.«

»Ich kann nicht einfach dasitzen, während du sie vögelst«, sagte ich.

»Das wird nicht passieren. Wir werden dich nicht einfach hängenlassen und uns verziehen, um es irgendwo zu treiben. Charlotte wird auch dabei sein –«

»Du erwartest aber nicht, dass ich mich mit Charlotte zusammentue, oder?«

»Natürlich nicht!« Sie sah mich an. »Wenn dir danach wäre, könntest du dich mit jemandem auf der Party amüsieren, und ich würde es aushalten. Damit du langsam reinkommst.«

»Ich glaube nicht, dass ich dazu Lust haben werde.«

»Oder wir machen es zu dritt –«

»Aber du wirst mit Virginie schlafen.«

Sie nahm ihre Hand weg. »Du bist ja völlig besessen von der Idee, dass ich mit ihr ins Bett gehe.«

Ich lachte. »Ach, ich bin diejenige, die besessen von deinen Bettgeschichten ist, ja?«

Sam seufzte. »Wenn du mitkommst, teile ich mir ein Zimmer mit dir. Aber wenn du hierbleibst, werde ich vermutlich in Virginies Zimmer übernachten.«

»Erpresst du mich?«

»Ich kann nicht glauben, dass mich die Frau, die ich liebe, gerade der Erpressung beschuldigt hat.«

»Hab ich nicht –«

»Hast du wohl. Alles klar. Wenn du es so siehst, alles klar«, sagte sie und stand auf. »Vielleicht ist es besser, wenn ich allein fahre.« Sie ging zur Tür.

Es fühlte sich an, als würde etwas in mir zerbrechen. Wer war ich denn, bevor ich sie kennengelernt hatte? Sexuell unerfahren, einsam, depressiv, jemand, der Schwänze brach.

»Ich komme mit«, sagte ich; in dem Moment schien mir nichts anderes übrigzubleiben.

Sie drehte sich um. »Wirklich?«

Dieses Lächeln.

Ich nickte. Ich würde es schon schaffen.

»Du wirst es nicht bereuen«, sagte Sam und küsste mich auf die Wange. »Ich schwöre dir, wir werden uns blendend amüsieren.«

30. Kondome auf den Kissen

Ich log und erzählte meinen Freunden, ich würde mit Sam nach Paris fahren – ich mochte ihnen nicht sagen, dass wir Virginie besuchten. Sie würden glauben, dass Sam mich ausnutzte, aber das tat sie nicht; wenn überhaupt, nutzte ich sie aus. Ich bekam einen Urlaub und mehrere Drei-Gänge-Menüs geschenkt (plus Käse, wenn es nach mir ginge). Ja, ich würde ein bisschen Sex aussitzen müssen. Aber wenn ich wirklich nicht damit klarkam, würde Sam sich von Virginie trennen. Ich hatte nichts zu verlieren. Und ich konnte keine Stimme in meinem Kopf gebrauchen, die mir sagte, dass ich einen Fehler machte.

Als die Reise näher rückte, merkte ich, wie ich immer gereizter wurde. Ich fing an, Cats Nachrichten und Anrufe zu ignorieren, hörte auf, tanzen zu gehen, und sehnte die Abende herbei, an denen Alice und Dave etwas unternahmen und erst spät nach Hause kamen. Meine ganze Energie ging dafür drauf, angesichts des virginiebedingten Verderbens wie ein normaler Mensch zu wirken. Für andere Menschen hatte ich keine Energie mehr übrig.

Bei der Arbeit versuchte Owen immer wieder, mich abzufangen und herauszufinden, was los war. Er bereitete sich auf sein Vorstellungsgespräch vor und fragte ständig Dinge wie: »Findest du, dass ich mit dieser Krawatte so aussehe, als würde ich Ziele strategisch angehen?« Ich hätte mich auch auf mein Gespräch vorbereiten sollen – es war für den Dienstag nach meiner Rückkehr aus Lyon angesetzt –, andererseits hatte mir der Adrenalinkick, der sich einstellte, wenn ich Dinge auf den letzten Drücker erledigte, schon immer gefallen. Außerdem war es gut, noch etwas zur Zerstreuung zu haben, wenn Sam erst mit äußerst französischem Sex beschäftigt wäre.

Erstaunlicherweise gelang es mir bei der Arbeit, mich abzulenken. Ich konzentrierte mich auf die E-Mails von Menschen, die weitaus größere Probleme hatten als ich. Ich konzentrierte mich darauf, Eric zu antworten, der mir geschrieben hatte, dass er am Herzen operiert werden musste, und sich über die Wartezeiten beschwerte.

Mir wurde gesagt, dass ich möglicherweise achtzehn Wochen warten müsse – das sind fast fünf Monate! Es erscheint mir inakzeptabel, dass jemand mit mehr Geld dafür bezahlen kann, sofort operiert zu werden, und arme alte Knacker wie ich fünf Monate warten müssen. Ich versuche, nicht den Kopf hängen zu lassen. Meine Aorta hat sechsundneunzig Jahre gehalten, da wird sie ja wohl hoffentlich noch ein paar Monate mehr schaffen. Außerdem habe ich ehrlich gesagt große Angst vor der OP. Fast so große wie damals vor den Bombenangriffen. Ich verrate Ihnen mal was: Bevor wir einen Angriff flogen, haben wir immer alle an das Hinterrad unserer Flugzeuge gepinkelt, das sollte uns Glück bringen. Ich würde ja an mein Krankenhausbett pinkeln, wenn das zu irgendetwas gut wäre.

Dass Eric Angst vor seiner Operation hatte, machte mich fertig. Kurz bevor mein Opa starb, hatte er eine Knieoperation gehabt, wegen der er sehr nervös gewesen war. Ich hatte ihn vorher auf der Station besucht und mit ihm Karten gespielt, aber weil er so laut über den Mann im Bett neben ihm gelästert und es so sehr nach Desinfektionsmitteln gestunken hatte, war ich nur eine halbe Stunde geblieben. Ich weiß noch, wie er mich ansah, als er mich um eine weitere Runde Rummy bat, ein bisschen schüchtern, als wüsste er, dass ich nein sagen würde. Und genau das hatte ich getan. Ich hatte eine Ausrede erfunden und war gegangen. Mit Eric würde mir das nicht passieren.

Ich verfasste eine offizielle Antwort, in der ich ihm versicherte, wie sehr die Regierung um eine Verkürzung der Wartezeiten bemüht war, aber in der Mittagspause ging ich nach draußen und kaufte ihm eine Karte mit Genesungswünschen – eine mit Tulpen vorne drauf, weil er mir erzählt hatte, dass sie Eves Lieblingsblumen gewesen waren. Ich schrieb, dass er hoffentlich bald wieder das Tanzbein schwingen würde – und fügte dann hinzu: *Ich würde Sie gern einmal in Brighton besuchen, wenn Ihnen danach ist?* Ich notierte meine Privatadresse oben auf der Karte. Eric war ein Freund geworden, obwohl wir uns noch nie begegnet waren. Der einzige, der meine Beziehung zu Sam nicht verurteilen würde. Weil er gar nichts davon wusste.

Zwei Wochen später saß ich in einem Eurostar und sah rote Backsteine und himmelblaue Eisenbögen vorbeiziehen, als wir aus dem Bahnhof St. Pancras hinausfuhren. Ich hatte kurz überlegt, ericmäßig auf ein Hinterrad zu pinkeln, damit es mir Glück brachte, aber vor anderen Leuten zu pinkeln war mir schon immer schwergefallen. Ich hoffte sehr, dass bei der französischen Sexparty niemand auf Wassersport stand; Virginie sah beim Pinkeln bestimmt umwerfend aus, wie ein sexy Springbrunnen.

Seit ich zugestimmt hatte, nach Lyon zu fahren, war Sam überaus reizend zu mir gewesen; sie hatte mich fester an sich gedrückt und intensiver geküsst und mir wieder und wieder gesagt, wie sehr sie mich liebte. Aber jetzt saßen wir im Zug, und ich hatte wieder Angst. Es war beinahe tröstlich, als hätte ich eine alte Freundin an meiner Seite. Ich atmete tief ein und aus. Sam sah zu mir rüber und lächelte.

»Heute Abend lassen wir es ruhig angehen. Gehen einfach was essen. Sparen uns unsere Kräfte für die Party morgen.«

»Okay.«

»Es wird alles gut, Babe«, sagte sie.

»Ich weiß«, sagte ich schnell. Kein Grund, mich so von oben herab zu behandeln.

Virginie und Charlotte warteten im Ankunftsbereich auf uns. Ich hatte mich gefragt, ob Virginie vielleicht weniger schön sein würde, als ich sie in Erinnerung hatte – faltiger oder von nahem betrachtet vielleicht etwas zu stark geschminkt –, aber das war nicht der Fall, und um ein Haar hätte ich sie nach ihrer Feuchtigkeitscreme gefragt. Sie trug einen altmodischen Moschusduft, bei dem ich sofort an Sex dachte. Charlotte war deutlich weniger einschüchternd – ungefähr so groß wie ich, mit vielen Piercings und tiefsitzender Jeans. Wobei sie auch ziemlich attraktiv war. Sie sah so aus, als könnte sie dich unvermittelt an die Wand drücken und ordentlich rannehmen. Nicht, dass ich dafür zur Verfügung gestanden hätte.

»Ihr Lieben!«, rief Virginie und umarmte Sam und mich zusammen – eine gleichberechtigte Umarmung, bei der sie unsere Köpfe an ihren Busen drückte. Und sie hatte einen beachtlichen Busen. Sie ließ uns los und küsste Sam kurz auf den Mund, so kurz, dass ich es fast nicht wahrgenommen hätte. Dann wandte sie sich an mich: »Du bist letztes Mal so schnell abgehauen! Ich bin so froh, dass wir endlich die Gelegenheit haben, uns richtig kennenzulernen!«

»Ich auch!«, sagte ich so fröhlich und sorglos wie möglich.

Ich spürte Sams Blick auf mir, war aber noch nicht bereit, sie anzusehen.

»Willkommen in Lyon!«, sagte Virginie. »Unsere Wohnung ist nicht weit weg – wir können zu Fuß gehen. Okay?« Sie ging durch die Bahnhofshalle.

Sam berührte mich an der Schulter, so dass ich sie ansehen musste, und formte mit den Lippen die lautlose Frage: »Alles gut?«

Ich antwortete genauso leise: »Total!«

Sam lächelte und küsste mich auf die Wange. Dann rannte sie zu Virginie. Sie hakten einander unter und fingen sofort an zu reden und sich auf den neuesten Stand zu bringen. Wie alte Freundinnen, sagte ich mir. Genau wie ich und Alice. Mit einer kleinen Prise Fisting dann und wann.

»Darf ich dir die Tasche abnehmen?«, fragte Charlotte.

»Nein, danke.«

»Ich bestehe darauf«, sagte sie und fasste nach der Tasche. »Bitte.«

»Ich komm schon klar«, sagte ich und zog die Tasche an mich.

»Wie du meinst«, entgegnete sie achselzuckend, und wir marschierten schweigend durch die langen, breiten Straßen von Lyon.

Dann überquerten wir einen Fluss und kamen in ein helles, malerisches Viertel. »Mit unserer Wohnung haben wir großes Glück gehabt«, erzählte mir Charlotte. »Lyon ist so viel günstiger als Paris ...«

»Habt ihr da mal gelebt?«

Sie nickte. »Aber in Lyon ist das Leben viel leichter. Ich bin Musikerin und kann mir so eine Wohnung leisten?« Sie schnippte mit den Fingern, was wohl bedeuten sollte, dass sie ein Schnäppchen gemacht hatte.

»Was macht Virginie beruflich?«, fragte ich.

»Sie ist Therapeutin.«

»Was sonst«, sagte ich.

»Wie bitte?«, fragte Virginie, als sie ihren Namen hörte.

»Nichts«, rief Charlotte, und Virginie drehte sich wieder um. »Sie arbeitet viel mit Lesben und Schwulen. Frankreich ist immer noch sehr homophob.«

»Werdet ihr belästigt?«, fragte ich.

»Manchmal, wenn wir Händchen halten. Aber wir besuchen oft queere Läden. Außerdem halten die Leute mich oft für Virginies Sohn!«

Wir lachten, doch dann legte vor uns Virginie den Kopf an Sams Schulter, und Sams Hand streifte Virginies Po. Nur eine Sekunde, aber ich bemerkte es. Ich hörte auf zu lachen und spürte, wie mein Gesicht anfing zu glühen. Charlotte schien allerdings kein bisschen verärgert, weshalb ich mir sagte, dass es mir auch nichts ausmachen sollte.

Virginies und Charlottes Wohnung lag um die Ecke von einer Straße, die für ihre queeren Bars bekannt war. Wir stiegen eine glatte Steintreppe hinauf, Virginie ging mit schwingenden Hüften voraus. Ich beobachtete, wie die anderen sie beobachteten.

Die Wohnung war cool und unkonventionell, mit gemütlich wirkenden Stoffsofas und einer offenen Küche. Es gab drei Schlafzimmer, die vom Wohnraum abgingen. Virginie zeigte auf das mittlere. »Das ist Charlottes Zimmer«, sagte sie. »Rechts davon schlafe ich. Und du und Sam, ihr bekommt das Gästezimmer. Okay?«

»Danke«, sagte ich.

Virginie verbeugte sich. »Sehr gerne. Ich habe später noch ein kleines Geschenk für dich, okay? Um dich in unserer Welt willkommen zu heißen. Etwas, das mir sehr geholfen hat, als ich noch so jung war wie du.« So wie sie »jung« aussprach, reimte es sich fast auf »dumm«.

»Wie geht's dir, Babe?«, fragte Sam beim Auspacken.

»Gut«, sagte ich – und das stimmte auch halbwegs. »Charlotte ist nett.«

»Ja, sie ist cool«, sagte Sam. »Ich glaube, sie mag dich. Das sieht man.«

»Schön. Ich werde trotzdem nicht mit ihr ins Bett gehen.«

Das Gästezimmer wirkte ziemlich unschuldig – Blümchendecke, Matisse-Druck, sogar eine Schüssel Potpourri. Bis man sich das Bücherregal ansah, das voll mit Sadomaso-Büchern war, oder das Nachtschränkchen öffnete, in dem ich lauter Dildos und Harnische vorfand.

Auf den Kopfkissen lagen Kondome.

»Wir haben aber keine Penisse«, sagte ich, als ich eins in die Hand nahm.

»Wenn man einen Dildo mit wechselnden Partnern verwendet, sollte man immer Kondome benutzen«, sagte Sam, und ich kam mir ein bisschen blöd vor.

»Die sind gerippt«, sagte ich.

»Virginie ist das Vergnügen ihrer Gäste wirklich wichtig«, sagte Sam.

Ich ging rüber zum Bücherregal und nahm ein Buch mit dem Titel *Gimme Hot Butch Pain* heraus.

Sam stellte sich hinter mich und küsste mich auf den Nacken. »Ich bin froh, dass wir heute Nacht ein Zimmer teilen.«

»Ich auch«, sagte ich, legte das Buch weg, umklammerte ihre um mich gelegten Arme und hielt sie ganz fest.

»Wenn wir nachher wieder hier sind, ist einer von den Dildos fällig.«

»Wenn sie denn sterilisiert wurden.«

»Natürlich wurden sie das«, sagte Sam beleidigt und löste die Arme von mir. »Du hättest ja nicht mitkommen müssen. Es war nett von Virginie und Charlotte, dass sie dich eingeladen haben. Du solltest dich nicht über sie lustig machen.«

Ich wollte sie nicht verärgern. Zwei Türen weiter befand sich eine heiße Französin, die nur darauf wartete, sie zu vögeln. »Tut mir leid«, sagte ich. »Ich mache mich nicht über sie lustig. Es ist nur alles ein bisschen seltsam für mich.«

»Ich weiß«, sagte sie mit einem mitfühlenden Lächeln. Sie setzte sich aufs Bett und klopfte neben sich auf die Decke. »Dir ist klar, dass Virginie vermutlich möchte, dass ich eine Nacht mit ihr verbringe, oder? Es ist lange her, seit wir uns das letzte Mal gesehen haben. Aber heute gehöre ich ganz dir.«

»Ich Glückpilz!«, sagte ich übertrieben fröhlich. Es würde alles gut gehen. Ich kannte *Der Pate I-III* noch nicht, hatte noch nie was von Anthony Trollope gelesen oder mich mit der Geschichte Lyons befasst. Auf das Vorstellungsgespräch musste ich mich auch noch vorbereiten. Es gab jede Menge zu tun. Jede Menge. Ich würde total gut klarkommen. Total gut.

31. Ménage à trois

Am ersten Abend gingen Virginie und Charlotte mit uns in eine lesbische Bar. Wir saßen an einem winzigen Tisch und aßen Berge von Brot, Käse und Cornichons. Virginie und Charlotte waren beide ziemlich trinkfest, was alles viel leichter machte. Sie bestellten eine Flasche köstlichen Rotwein und dann gleich noch eine; schon das erste wärmende Glas machte mich gelassen und leichtsinnig. Es war, als würden wir vier zu einem seltsamen Abenteuer aufbrechen.

»Das Großartigste an Virginie ist, dass ich nie Kompromisse machen muss«, brüllte Charlotte mir über einen RuPaul-Track hinweg zu. Ich nickte, war aber etwas abgelenkt von Virginie und Sam, die sich auf der anderen Tischseite etwas ins Ohr flüsterten. »Es ist wie Single sein, nur besser, weißt du?«, sagte sie und zuckte irgendwie französisch mit den Achseln. »Wenn ich eine Frau sehe, die mir gefällt, nehme ich sie mit nach Hause, und Virginie macht es nichts aus. Kannst du dir das vorstellen?«

Konnte ich nicht. »Ich weiß nicht, ob ich so viele Frauen finden würde, die mit zu mir kommen wollen«, sagte ich.

Sam schob Virginie gerade eine Haarsträhne hinters Ohr.

»Du?«, fragte Charlotte. »Du könntest hier alle haben.«
»Ach, hör auf.«

Virginie legte eine Hand auf Sams Oberschenkel.

»Im Ernst!«, sagte Charlotte. »Du bist feminin, hast aber auch Ecken und Kanten. Das könnte für Butches und auch für einige Femmes attraktiv sein, glaube ich.«

»Danke.«

»Wen würdest du dir hier aussuchen?«

Ich sah mich um. An der Bar saß eine Frau in einem schwarzen Lederkleid und mit platinblondem Haar; sie verströmte etwas Aufregendes – eine gefährliche Energie. Ich wies mit dem Kopf auf sie. »Eigentlich ist sie nicht so mein Typ«, sagte ich, stolz darauf, dass ich wie eine erfahrene Frauenliebhaberin klang, die sich auch mal für was anderes als ihren bevorzugten Typ entscheiden konnte.

Charlotte lachte. »Du machst Witze.«

»Nein«, sagte ich. »Warum?«

Charlotte lachte stärker.

»Was?«

»Ja, was?«, fragte Sam.

»Von allen Frauen in dieser Bar ist sie Julias Favorit«, sagte Charlotte und zeigte auf die große blonde Frau.

Sam sah hinüber. Die Frau kippte mit dem Barkeeper gerade einen Kurzen. »Ist sie – ?«, fragte Sam.

Charlotte nickte und bekam inzwischen kaum noch Luft.

Nun fingen auch Sam und Virginie an zu lachen.

»Ehrlich, was ist denn daran so witzig?«, fragte ich, aber sie konnten vor Lachen kaum antworten.

»Sie ist ein Star in Lyon«, erklärte Virginie. »Sie ist eine berühmte Drag Queen.«

Aha. Ahaaaaaa. Ich sah die Frau noch mal an. Man konnte ihren Adamsapfel erkennen.

»Wie auch immer«, sagte ich. »Ich finde sie dennoch

attraktiv. Penisse haben mir früher durchaus gefallen. Gelegentlich.«

Virginie lächelte. »Gelegentlich?«

»Sie meint, Penisse beglücken sie nicht so wie meine Finger«, sagte Sam.

»Vielleicht habe ich einfach noch nicht den richtigen Penis gefunden«, sagte ich.

Charlotte beugte sich über den Tisch für ein High Five.

»Richtig so, Liebes«, sagte Virginie anerkennend zu mir. »Halt die hier mal schön auf Trab, okay?«

Sobald wir in unserem Zimmer waren, schubste ich Sam aufs Bett und zog ihr das T-Shirt aus. Es blieb an ihren Ohren hängen, was vermutlich weh tat, aber darum ging es auch irgendwie.

Sie versuchte, meinen Hals zu küssen, aber ich befahl ihr, mich nicht zu berühren und die Klappe zu halten. Ich klang ziemlich selbstsicher. So fühlte es sich also an, wenn man die Oberhand hatte.

Ich öffnete das Nachtschränkchen, wählte einen Harnisch und den größten Dildo, den ich finden konnte.

Sam schien sich ein bisschen unwohl zu fühlen. Sie versuchte, mich auf den Rücken zu drehen, aber ich drückte ihre Hände nach unten. Sie versuchte es wieder, mit aller Kraft, aber sie konnte mich nicht überwältigen, weil der Winkel für sie ungünstig war, und ich hielt ihre Arme fest, bis sie aufgab. Ich küsste sie nicht – mir war nicht danach. Ich fickte sie einfach so doll ich konnte, hielt mich am Bettrahmen fest, um tiefer in sie hineinstoßen zu können, während sie aufschrie. So musste sie sich fühlen, wenn sie mich vögelte – mächtig. Ein bisschen rachsüchtig. Was mich beunruhigte. Ich fickte sie so heftig, weil ich wütend war. Was trieb sie an, wenn sie mich fickte?

Sie kam ziemlich schnell, was befriedigend war. Ich zog den Dildo heraus, legte mich schwer atmend auf den Rücken und gelobte innerlich, öfter laufen zu gehen.

Noch bevor ich wieder zu Atem gekommen war, zog Sam mir den Harnisch aus und setzte sich auf mich. Sie hielt sich nicht damit auf, einen Handschuh überzuziehen – sie nahm nur etwas Gleitmittel, ließ ihre Hand in mich hineingleiten und fing an, es mir mit der Faust zu besorgen. Es kam mir vor, als wollte sie das Gleichgewicht wiederherstellen. Ich schloss die Augen, weil ich sie nicht ansehen mochte. Ich dachte an alle außer ihr – an die attraktive Drag Queen. Jane. Sogar an Charlotte. An jeden Star, der jemals in meinen Phantasien aufgetaucht war. Doch dann sah ich plötzlich Sam mit der Hand auf Virginies Po. Ich sah Sam, wie sie Virginie vögelte, und Virginie, wie sie Sam vögelte, und es war mir zuwider, aber es törnte mich auch an, und aus meiner Wut wurde Eifersucht. Ich öffnete die Augen. Sam schwitzte, ihre Augen ruhten auf mir, ich kam, und im selben Moment fing ich an zu weinen und konnte nicht mehr aufhören.

Sam hörte auf, sich in mir zu bewegen, aber ich hatte mich um ihr Handgelenk verkrampft. »Entspann dich, Babe«, sagte sie und streichelte meine Klitoris, bis sie ihre Hand herausziehen konnte. »Ist schon gut«, sagte sie. »Alles ist gut. Ich bin da.«

Am nächsten Tag führten uns Virginie und Charlotte zum Mittagessen aus, in ein dunkles, höhlenartiges *bouchon*, was mir sehr recht war, so war meine Mimik weniger leicht zu lesen, und ich konnte mir unauffällig nachschenken. Ein Teil von mir freute sich auf die Party; sie fand immerhin in einem Schloss statt. Man hatte mir versichert, dass es gratis Champagner geben würde. So eine Gelegenheit bot sich Angestellten des öffentlichen Dienstes nicht sehr oft, jedenfalls nicht heutzutage – wer weiß schon, was in den Achtzigern los war? Doch der andere Teil von mir hatte ziemliche Bedenken. Ich wollte Virginie und Charlotte nicht beim Sex zusehen, und ich wollte auch nicht, dass sie mir dabei zusahen. Ich wollte lieber so tun, als wären wir platonische Freunde, vielleicht wie Ausschussmitglieder des Women's Institute oder anglikanische Geistliche.

Als unsere Teller abgeräumt worden waren, wandte sich das Gespräch der Party zu. »Manche Leute werden heute Abend Rollenspiele spielen«, sagte Virginie.

»Sadomaso-Spiele?«, fragte ich.

Virginie nickte lächelnd. »Vielleicht tun sie so, als wären sie Kidnapper oder Hunde oder sogar Hausfrauen!«

»Für jeden etwas!«, sagte ich mit meiner heiteren Geistlichen-Stimme.

»Genau!«, sagte Virginie. »Es gibt Genderplay –«

»Und Ageplay«, sagte Sam.

»Wunderbar«, sagte ich. »In der Ballettschule musste ich immer die alte Frau spielen, das kann ich also.« Ich schenkte mir Wein nach.

»Ich tue manchmal so, als wäre ich Charlottes Tante«, sagte Virginie.

»Was ist das«, fragte ich. »Incestplay?«

»Manche nennen es Familyplay«, sagte Sam. »Aber ja.« Sie lächelte mich an. Ich lernte schnell.

»Dann gibt es noch Animalplay, was manchmal etwas –«, Virginie suchte nach dem passenden englischen Wort, »– peinlich sein kann.«

Charlotte nickte. »Als ich mich gerade erst geoutet hatte, hatte ich eine Geliebte, für die ich die ganze Zeit ihr kleines Hündchen sein sollte, sogar in der Öffentlichkeit.«

»Selbst wenn du nur zur Post musstest?«, fragte ich.

Charlotte nickte wieder. »Ich hab aber geschummelt, wenn sie nicht da war.« Sie lachte und schüttelte den Kopf. »Sie hat mich Kunststücke vollführen lassen und mir zur Belohnung Leckerlis gegeben.«

»Hattest du einen Namen?«, fragte ich.

»Ja«, sagte Sam, »wie hießt du denn?«

»*Bisou*«, murmelte Charlotte.

Virginie lachte und klatschte in die Hände. »Das heißt Kuss«, sagte sie zu mir. »So ein alberner, mädchenhafter Name!«

Charlotte verschränkte die Arme vor der Brust und setzte sich breitbeinig hin, als wollte sie dem Mädchenhaften entgegenwirken.

Ich fing allmählich an, mich zu amüsieren. Wir lachten, rissen Witze über Sex, zogen uns gegenseitig auf, und die Welt war nicht untergegangen. Ich sah rüber zu Virginie, die mit der gleichen Begeisterung über maßgefertigte Lederpeitschen redete wie mein Dad über rätselhafte Passagen in Gedichten von William Blake. Sie war nicht im Geringsten eifersüchtig oder misstrauisch mir gegenüber, obwohl sie jedes Recht dazu gehabt hätte – sie war schließlich länger mit Sam zusammen als ich, und ich war diejenige, die Sam unter Druck setzen könnte, sich zwischen uns zu entscheiden. Aber ich bin Einzelkind und konnte noch nie gut teilen. Früher habe ich immer Ärger bekommen, weil ich im Kindergarten mehr als meinen Smarties-Anteil aß, und wann immer ich mit Leuten essen gehe und jemand sagt: »Sollen wir viele verschiedene Hauptgerichte bestellen und alle essen von allem?«, bekomme ich Ausschlag. Virginie war ein besserer Mensch als ich, will ich damit sagen. Weniger egoistisch, viel reifer.

Denn ich wollte mit alldem einverstanden sein. Ich wollte in der Lage sein, Drag Queens in Bars aufzureißen und sie dazu zu bringen, dass sie mit zu mir kamen und mich fickten, sollten sie sich für so was erwärmen können. Ich wollte damit einverstanden sein, wer Sam war. Jetzt, wo ich Virginie kennengelernt hatte, kam es mir arrogant vor zu glauben, Sam könnte mich ihr vorziehen. Und die Sache mit Sam zu beenden war keine Option.

Wir aßen so viel, dass mein Magen grummelte und kniff, als wir aufbrachen, wobei da vielleicht auch die Angst mit reinspielte. Auf dem Rückweg legte Sam den Arm um mich, und ich lehnte mich an sie. Sie rauchte eine lange, elegante Zigarette von Virginie, die in ihrer Hand fehl am Platz wirkte.

»Du hast kein Problem damit, heute Abend mitzukommen, oder?«, fragte sie und schnippte die Asche weg.

»Nein«, sagte ich. Der Wein verwandelte die Angst in Adrenalin, und ich fühlte mich mutig und verwegen, wie so oft in Sams Gegenwart. Ich verschränkte die Arme fest vor der Brust und spürte mein Herz schlagen. Aufgeregt und erwartungsfroh, sagte ich mir.

Wir nahmen ein Taxi zum Chateau, das nur etwa zwanzig Minuten außerhalb von Lyon lag. Sam hielt den ganzen Weg über meine Hand, massierte meine Handfläche mit ihrem Daumen. In meinem engen schwarzen Kleid bekam ich kaum Luft; ich hockte mit geradem Rücken auf der Kante der Rückbank, und die Nähte des Kleids knarzten bei jeder Regung meines Brustkorbs. »Du wirst es nicht lange tragen müssen!«, hatte Virginie zu mir gesagt. »Die Gäste lassen schnell die Hüllen fallen!«

Der Wagen roch nach Hund und alten Zigaretten, wodurch mir ein bisschen schlecht wurde, und mir wurde noch schlechter – vor Aufregung –, als wir in die lange Auffahrt zum Chateau einbogen. Es schien nur aus Türmchen, Fensterläden und schmalen Fenstern zu bestehen, wie ein Schloss aus einem Grimm'schen Märchen. Im Mondlicht wirkte es grau und gespenstisch, aber ich sah, dass einer der unteren Räume erleuchtet war und dort Menschen tranken und redeten. Mit einem befriedigenden Knirschen kam das Taxi auf dem Kies zum Stehen, wir stiegen aus und betraten die breite steinerne Eingangstreppe. Sam zog an einer altmodischen Türglocke – und irgendwo tief im Inneren des Gebäudes ertönte ein Klingeln. Eine Frau in einem roten Satinkleid öffnete die Tür. Sie sagte etwas auf Französisch, das vermutlich bedeutete: »Kommt herein!«

Wir gingen weiter in das riesige, kalte Wohnzimmer. Die Menschen drängten sich vor einem Kamin an einer Seite des Raums, tranken Champagner, redeten und flirteten. Ein Paar küsste sich auf dem Sofa. Ich bemerkte eine Frau mit einem Hundehalsband und eine andere Frau, die die daran befestigte Leine hielt.

Virginie bemerkte meinen Blick. »Das sind Freunde von uns«, sagte sie. »Sie leben rund um die Uhr eine Dom/Sub-Beziehung. Elodie dominiert Sophie die ganze Zeit, nicht nur beim Sex.«

»Klingt ziemlich unpraktisch«, sagte ich. »Wie macht Sophie das bei der Arbeit?«

»Oh – sie arbeitet nicht.«

Ich hätte Sophie gern mal allein befragt, wie und warum sie diesen Weg eingeschlagen und ob sie überhaupt selbst darüber entschieden hatte, aber die Leine schreckte mich ab.

Sam trat von hinten an mich heran und legte das Kinn auf meine Schulter.

»Hier checken sich alle gegenseitig aus«, sagte sie, »unten im Kerker ist es ziemlich dunkel.«

Ich wandte mich zu ihr um. »Es gibt tatsächlich einen Kerker?«

»Die meiste Zeit über ist es ein Weinkeller. Aber für die Party holen sie die Fässer raus und hängen ein paar Schaukeln auf und so.«

»Ich finde Weinkeller attraktiver als Kerker«, sagte ich. »Gediegener. Weniger Ratten.«

»Gediegen soll es eigentlich nicht sein«, sagte Sam. Sie schien die Geduld zu verlieren, weil ich aus allem einen Witz machte. »Ich wollte jedenfalls sagen, dass du mit jemand anderem spielen kannst, wenn du möchtest.«

»Ich möchte aber nicht.«

Sie legte die Arme um meine Taille. »Ich will, dass du die Erste bist, die mit jemand anderem spielt. Ich glaube, das wäre wichtig.«

Ich erwiderte nichts.

»Wir könnten mit einem Dreier anfangen«, schlug sie vor.

»Aber nicht mit Virginie oder Charlotte.«

»Nein, natürlich nicht.« Quer durch den Raum nickte

sie einer Frau mit langem, dunklem Haar, einem lauten Lachen und einem üppigen Körper zu; der Feuerschein hob ihre Kurven hervor. Sie sah uns an und erhob ihr Glas.

»Was hältst du von ihr?«, fragte Sam.

»Sie ist heiß«, sagte ich, denn objektiv betrachtet war sie das. Ich hätte nicht in erotischer Hinsicht an sie gedacht, wenn Sam es nicht vorgeschlagen hätte. Aber das hatte sie nun mal, und es war eine reizvolle Vorstellung, jemanden zu vögeln, der so anders war als Sam.

»Warten wir einfach ab, was sich ergibt, oder?«, sagte Sam, drehte mich zu sich und küsste mich wieder. Ich spürte, wie die Frau uns beobachtete.

Im Laufe der Zeit wurde die Party lauter, enthemmter und trunkener. Mein Glas wurde immer wieder aufgefüllt.

»Ich sollte lieber aufhören«, sagte ich irgendwann zu Sam. »Sonst geht's mir morgen beschissen.«

»Du bekommst keinen Kater, wenn du nur Champagner trinkst«, sagte sie.

»Blödsinn«, sagte ich, trank aber trotzdem weiter.

Irgendwann fingen die Gäste an, die Kleider abzulegen und in Zweier-, Dreier- und Vierergrüppchen nach unten zu gehen. Ich sah fünf Frauen gemeinsam losziehen. Ambitioniert, dachte ich. Virginie und Charlotte verschwanden mit dem 24/7-BDSM-Paar, vermutlich um irgendeine Sexform mit Zoohandlungsthema auszuprobieren, womit ich absolut nichts zu tun haben wollte. Ohne sie war ich viel unbeschwerter und glücklicher.

Sam und ich tanzten eine Weile knutschend vor dem Feuer. Der Champagner war mir zu Kopf gestiegen und machte mich wagemutiger als sonst. Ich legte eine Hand auf Sams Po, übernahm probeweise die Führung. Sam reagierte mit einem drängenderen Kuss. Weil ich mich stark fühlte, sagte ich: »Lass uns nach unten gehen.«

»In Ordnung, Babe«, sagte sie. »Wenn du das möchtest.«

Unten war es dunkel, die Musik war laut, und überall in der Düsternis schimmerte nackte Haut. Ich nahm Sam an die Hand und führte sie um die Tanzfläche herum in die dunkelste Ecke, die ich finden konnte. Links von uns war eine Frau an eine Säule gefesselt; sie trug nur einen Tanga und High Heels. An ihren Brustwarzen klemmten Wäscheklammern, und ihr Partner versuchte anscheinend, die Klammern mit einer Lederpeitsche von ihren Brüsten zu schlagen. Ein Stück weiter schritt eine Frau mit einem Tablett voller Besteck auf und ab und warf Gabeln und Löffel auf den Boden, während eine andere Frau auf allen vieren herumkroch und sie einzusammeln versuchte. Wäscheklammern und Besteck verliehen den Szenen etwas eigentümlich Häusliches. Lag das daran, dass wir Frauen waren? Warfen Männer lieber mit Schraubenschlüsseln und schnappten sich ihre Beute mit Autoreifen?

»Ja«, sagte Sam über die Szenen vor unseren Augen. »Manchmal ist SM kein sonderlich scharfer Anblick.«

Es wirkte auch nicht so, als wäre es richtig scharf, es zu tun.

Während ich das dachte, kam die Frau mit dem breiten Lächeln zu uns und sprach mich auf Französisch an.

»*Je ne parle pas Français*«, sagte ich und kam mir blöd, englisch und unsexy vor.

»Englisch?«, fragte sie immer noch lächelnd. »Hast du Lust zu spielen?«

Sam legte den Arm um mich. »Wir spielen heute nur zusammen«, sagte sie besitzergreifend. Ein angenehmes Gefühl sexueller Macht erfüllte mich.

Die Frau zuckte mit den Achseln. »Zu dritt ist auch gut. Wird Spaß machen.« Und in dem Moment glaubte ich das auch; im Gegensatz zu den meisten anderen Leuten im Kerker, die jaulten oder stöhnten oder unaussprechliche Dinge mit Kochlöffeln taten, schien sie Sex und sich selbst nicht allzu ernst zu nehmen. Ihr Selbstbewusstsein und die Tatsache, dass ihr Körper so ganz anders war als Sams oder meiner, zogen mich an.

»Ich bin Julia«, sagte ich. Aus irgendeinem Grund war es mir wichtig, dass wir uns vorstellten, bevor wir anfingen.

»Emma«, sagte sie. »*Enchanté*.«

»*Enchanté* ganz meinerseits«, sagte ich, was offenkundig nicht die Standardantwort war, aber ich war schon beschäftigt mit der Frage, wie unsere Begegnung wohl rein praktisch ablaufen würde.

Ich hatte keine Ahnung, wie man es zu dritt machte. Ich hätte das vorher recherchieren oder wenigstens bei Pornhub mehr auf die Logistik achten sollen. Einen Moment lang stand ich dumm da, doch dann übernahm Sam die Kontrolle. Sie küsste mich und öffnete den Reißverschluss meines Kleids – dann wurde es kurz peinlich, als ich hinaussteigen wollte und mein Absatz sich im Stoff verfing. Emma begann mit meinem Pferdeschwanz zu spielen, was mich daran erinnerte, wie ich und meine Freundinnen uns bei Schulversammlungen gegenseitig die Haare geflochten hatten. Dann hörte Sam auf, mich zu küssen, und machte Emma gegenüber eine »Nach Ihnen«-Geste – so wie Anzugträger es gern tun, wenn man für den Bus ansteht. Emma küsste mich, und ich hörte auf, an irgendwelche Versammlungen zu denken.

Jemand Neues zu küssen ist immer seltsam – es kann eine Weile dauern, bis man den richtigen Rhythmus findet, der Mund der anderen Person kann zu feucht sein oder merkwürdig voll mit Zähnen. Emma küsste gut, trotzdem brauchte ich eine Weile, bis ich mich fallenlassen konnte. Ihr Mund kam mir größer vor als Sams. Sie schmeckte nach Pfefferminz. Und dann war da natürlich noch die Tatsache, dass Sam uns zusah. Ich war nicht so verlegen, wie ich gedacht hätte. Ich fühlte mich stark, so wie früher auf der Bühne. Dann zog Emma sich zurück und fing an, Sam zu küssen. Ich wartete darauf, dass die Eifersucht zuschlug. Aber das tat sie nicht, und das beflügelte mich. Vielleicht konnte ich das hier ja wirklich! Vielleicht hatte ich eine höhere Bewusstseinsebene erreicht!

Emma zog nun ebenfalls ihr Kleid aus, was höchst unpraktische Unterwäsche zum Vorschein brachte – mehr Löcher als Stoff. Sie hatte sich das Achselhaar wachsen lassen, und mir gefiel, wie weiblich sie dadurch aussah. Neben ihr kam ich mir klein vor, und auch das gefiel mir. Sie fing wieder an, mich zu küssen, und da hörte ich Sam sagen: »Ich will, dass du Julia fickst.« Was mich kurz in die Wirklichkeit zurückholte. Warum hatte sie hier das Sagen? Doch ich wollte ihr nicht öffentlich widersprechen, und außerdem wollte ich zu diesem Zeitpunkt auch schon von Emma gefickt werden, weshalb ich keine Einwände hatte, als Emma mich gegen die unverputzte Wand des Kerkers drückte und ihre Finger in mich hineinschob. Ihre Brüste pressten sich gegen mich, ich hörte auf, mir Gedanken über die Dynamik des Ganzen zu machen, und schloss die Augen – doch dann sagte Sam: »Sieh Emma an.« Ich gehorchte, weil ich schon immer gut darin war, Anweisungen zu befolgen, und dabei fiel mir auf, dass wir von Zuschauern umringt waren. Virginie und Charlotte waren da, die Arme einander um die Taille gelegt. Ich wollte nicht abbrechen, aber ich wollte auch nicht beim Kommen an sie denken, also drehte ich mich um und lehnte mich an die Wand. Sie war warm und feucht. Emma fickte mich von hinten weiter, und dann befingerte jemand – ich glaube, Sam – meinen Arsch, und sobald sie das tat, kam ich auch schon; ein Orgasmus, der mich schwach, zittrig und atemlos zurückließ.

Ich fragte mich, ob Emma als Nächstes versuchen würde, Sam zu vögeln, oder ob Sam Emma vögeln würde, aber es schien ein stilles Einverständnis darüber zu geben, dass alle bekommen hatten, was sie wollten.

»Ich fühl mich ganz mies«, sagte ich, als Sam und ich nach oben gingen. »Ich habe das Gefühl, jetzt ging es nur um mich.«

Sam grinste und küsste mich. »Dir dabei zuzusehen, wie du deinen Spaß hast, macht mich an.«

Es war kurz nach drei Uhr morgens. Die Party fing an, sich aufzulösen, die Gäste verzogen sich nach oben in die Schlafzimmer oder nahmen Taxis nach Hause. Einzelne kleine Gruppen von Freunden tranken und lachten noch im Wohnzimmer.

Virginie nahm meine Hand, als wir aufs Taxi warteten. »Ich bin so froh, dass du dich amüsiert hast«, sagte sie. »Emma fickt gut, oder?«

»Ja«, sagte ich, während plötzlich Bilder von Virginie und Emma auf mich einstürzten.

»Und du, Sam?«, fragte Virginie. »Hast du mit jemandem gespielt?«

Sam zuckte mit den Achseln. »Eigentlich nicht.«

»Du hast bei Emma mitgemacht«, sagte ich.

»Kaum«, sagte sie und gab mir einen Kuss auf den Kopf.

Ich legte den Kopf auf Sams Schulter, als wir im Taxi saßen, und hörte zu, wie Virginie und Charlotte von ihren Sexerlebnissen erzählten, von den Szenen, die sie gesehen hatten, und den Spielzeugen, die sie kaufen wollten – »Ich habe eine Frau mit einem Butt-Plug gesehen, der einen kleinen Fuchsschwanz am Ende hatte. Ich glaube, mit so einem könnten wir viel Spaß haben!« Der Sex, der Champagner, das Schaukeln des Wagens und das Stimmengewirr wiegten mich in den Schlaf, und ich träumte, dass Virginie und ich zusammen Tee tranken und uns ein Stück Kuchen teilten, als wären wir gute Freundinnen.

32. Polyamorie für Anfänger

Am nächsten Tag wachte ich gegen Mittag auf, mit trockenem Mund und dickem Kopf. Wenig hilfreiche Boulevardschlagzeilen schwappten zusammen mit dem Champagner durch mein Hirn, Phrasen wie LESBENSCHWESTERN SCHIEBEN SCHRÄGEN DREIER und VOLLBUSIGE BRÜNETTE BESORGT ES WENIGER VOLLBUSIGEN BRÜNETTEN IN SCHIMMLIGEM WEINKELLER. Mit anderen Worten: Ich war nicht hundertprozentig glücklich mit den Ereignissen der Nacht.

Ich sah zu Sam, die neben mir lag und sich mit dem Rücken zu mir zusammengerollt hatte. Sie rührte sich nicht. Plötzlich hatte ich Angst, dass sie in der Nacht gestorben sein könnte. Ich hielt eine Hand vor ihren Mund, um herauszufinden, ob sie noch atmete.

»Babe. Was soll die Scheiße?«

»Tut mir leid.« Ich zog die Hand zurück. »Schlaf weiter.«

»Jetzt hast du mich geweckt.« Sie drehte sich auf den Rücken und schirmte die Augen mit der Hand ab.

»Tut mir leid«, sagte ich noch mal.

Sie stützte sich auf die Ellbogen und lächelte mich an.

Ich lächelte verlegen zurück.

»Tja«, sagte sie, »jetzt hast du deine monogame Jungfräulichkeit verloren.«

»Schätze schon!«, sagte ich extraheiter.

»Hat es Spaß gemacht?«

»Ja«, sagte ich. »Aber ich war froh, dass du dabei warst.«

»Ich war ja kaum beteiligt. Du warst wie ein Kind, das Fahrrad fahren lernt. Ich habe losgelassen, ohne dass du's gemerkt hast, und du bist einfach weitergefahren.«

»Eine Frau mit einem Fahrrad zu vergleichen erscheint mir nicht sehr sexpositiv.«

»Ach, sei still«, sagte sie grinsend. »Bist du jetzt etwa sexpositiver als ich?«

»Vielleicht«, sagte ich.

Sie küsste mich. »Du weißt, dass ich heute Nacht mit Virginie schlafen werde, oder? Bist du einverstanden?«

Sie war wohl einfach ehrlich, aber ich bin eigentlich ein großer Fan von Verleugnung. Es wäre mir deutlich lieber gewesen, wenn sie so getan hätte, als würden sie und Virginie nur lange aufbleiben, um *Golden Girls* zu gucken und Gesichtsmasken aufzutragen.

Ich nickte, aber wohl nicht sehr überzeugend, denn sie sagte: »Eigentlich musst du damit einverstanden sein.«

»Bin ich ja auch!«

»Bist du nicht. Das sehe ich doch. Das ist echt unfair, Babe.«

»Was soll ich denn sagen?«, fragte ich. »Ich bin total begeistert, dass du heute Abend mit einer anderen Frau schlafen wirst. Vergiss nicht, hinterher bei mir zu klopfen und mir alles zu erzählen, vor allem vom Analsex.«

»Das werden wir wahrscheinlich nicht –«

»Bitte erzähl mir nicht, was ihr tun oder nicht tun werdet«, sagte ich mit geschlossenen Augen.

Sam stand kopfschüttelnd auf. »Du bist so eine Heuchlerin! Du hast es doch letzte Nacht mit jemand anderem getrieben!«

Die Ungerechtigkeit ging mir durch und durch. »Du hast *gesagt*, ich soll jemand anderen ficken! Du *wolltest* doch, dass ich zuerst jemanden ficke!«

»Genau!«, rief sie. »Und du hast eben *wortwörtlich gesagt*, dass es dir Spaß gemacht hat. Und habe ich deshalb etwa Stress gemacht?«

»Nein ...« Ich verschränkte die Arme vor der Brust; plötzlich fühlte ich mich zu nackt. »Ich sage ja auch nicht, dass du nicht mit Virginie schlafen sollst. Aber ich kann nichts dafür, dass ich ein komisches Gefühl dabei habe.«

»Es ist nicht fair, mir ein schlechtes Gewissen zu machen«, sagte Sam. »Das lasse ich nicht zu.« Und dann stürmte sie aus der Tür ins Badezimmer.

Ich saß auf dem Bett und schäumte vor Wut. Ich rief mir die Fakten noch einmal in Erinnerung, um mich zu vergewissern, dass ich nicht verrückt wurde: Sam hatte mich ermutigt, jemand anderen zu vögeln. Sie hatte Emma für mich ausgewählt. Und dann hatte sie die Choreographie der ganzen Begegnung übernommen, wie eine perverse Twyla Tharp. Es war unfair von ihr, die Ereignisse der letzten Nacht mit dem zu vergleichen, was an diesem Abend passieren sollte. Virginie war keine Fremde, und ich war auch nicht eingeladen worden mitzumachen. Nicht, dass ich eine solche Einladung angenommen hätte.

Ich hatte Angst, in eine Panikattacke abzugleiten, gleich hier im Schlafzimmer, was peinlich gewesen wäre – nicht das ideale Verhalten für einen Wochenendgast. Ich trat ans Fenster und hielt mich an der Fensterbank fest. Es war ein strahlend schöner Tag, die Bäume und Häuser waren so gestochen scharf wie lebhafte Erinnerungen. Ich würde das durchstehen. Ich hatte schon Schlimmeres erlebt. Bald wäre auch das hier nur noch eine Erinnerung.

Nach zehn Minuten kam Sam wieder. Ich stand immer noch am Fenster und wusste nichts mit mir anzufangen. Sie umarmte mich von hinten. Ihr Körper war noch feucht vom Duschen. Ich lehnte mich an sie. Wenn ich sie berührte, ging es mir besser.

»Tut mir leid, Babe«, sagte sie. »Es war doch schwieriger, als ich dachte, dich mit jemand anderem zu sehen.«

Die Wut war sofort wieder da. »Aber du hast mir *gesagt* –«

Sie hielt mich fest, so dass ich mich nicht losreißen konnte. »Ich werfe es dir ja nicht vor, Babe. Aber du musst mich das heute Abend tun lassen. Zum Ausgleich. Das wäre nur fair. Ja?«

»Ja«, sagte ich. Ich wollte nicht mit ihr streiten, nicht heute, nicht, wenn sie die Nacht mit Virginie verbringen würde.

Beim Frühstück sagte ich nicht viel. Die anderen unterhielten sich über die Sexparty – darüber, dass sie nicht so viel hätten trinken sollen, wie viel Spaß sie mit dem 24/7-Dom/Sub-Paar gehabt hatten, welches sich meisterhaft mit japanischen Fesseltechniken auskannte, und dass ihre Freundin Sylvie sich sämtliche Armhaare beim Fireplay versengt hatte. Ich konzentrierte mich ganz auf den Kaffee, die Croissants, Käse, Schinken, Marmelade (Himbeere), alles sehr köstlich und stärkend.

»Und Julia«, sagte Virginie, »du warst so heiß!«

»Danke«, sagte ich und sah nach unten. Ich hatte Marmelade auf den Tisch gekleckert.

»Da fällt mir etwas ein«, sagte Virginie, dann stand sie auf und ging zu ihrem übervollen Bücherregal. Sie zog ein zerlesenes Taschenbuch heraus und reichte es mir.

Sam beugte sich neugierig rüber und nickte dann zustimmend.

Ich blickte auf das Cover und hätte fast gelacht – die Illustration zeigte lauter Nackte mit Vokuhila-Frisuren, die sich an den Händen hielten und anscheinend alle gleichzeitig zum Höhepunkt kamen. Aus irgendeinem Grund war auch eine Katze dabei. Der Titel – *Polyamorie für Anfänger: Unendlicher Spaß, minimaler Schmerz* – war in einer Schriftart gesetzt, die beunruhigend an Comic Sans erinnerte.

»Die sollten mal eine Neuauflage machen«, sagte Sam, die meine Reaktion richtig gedeutet hatte.

»Dieses Buch hat mein Leben verändert«, erklärte Virginie. »Es hat mich von dem Druck befreit, monogam leben zu müssen.«

»Verstehe«, sagte ich. »Danke.«

»Es wird dir gefallen.« Charlotte lächelte mich an. »Ich war früher sehr eifersüchtig, aber dieses Buch hat mich davon komplett geheilt.«

»Im Grunde ist es die Bibel der Nicht-Monogamie«, sagte Sam.

»Na, dann freue ich mich auf die Lektüre«, sagte ich. Und das stimmte. Ich wollte geheilt werden.

Der Tag ging schnell vorbei; das haben Tage so an sich, deren Ende man fürchtet. Virginie und Charlotte zeigten uns ganz Lyon – eine wunderschöne Stadt mit vielen Apotheken und Süßwarenläden, die unglaublich starkes Lakritz verkaufen –, aber ich konnte mich nicht entspannen. Bleib im Hier und Jetzt, Julia, sagte ich mir. Lausche dem melodischen Klang des Französischen. Erfreue dich am buttrigen Duft der französischen Luft. Aber meine Gedanken sprangen immer wieder zur bevorstehenden Nacht, in der die anderen einmal mehr unendlichen Spaß erleben würden, während ich mit Hilfe eines Ratgebers aus den Achtzigern versuchen würde, mich von der Monogamie zu heilen.

Das Abendessen war meine Rettung; das Essen war so köstlich, dass ich von jedem Bissen komplett absorbiert war, und die drei Gläser Sauvignon Blanc brachten die Stimme in meinem Kopf zum Schweigen, die schrie: »Was zum Teufel machst du hier?«

Gegen zehn waren wir mit dem Essen fertig und gingen in einen lesbischen Club. Sam legte den Arm um mich, als wir eintraten. »Alles gut?«, fragte sie.

»Alles gut.«

»Du bist großartig, weißt du.«

»Weiß ich.«

»Es gibt niemanden auf der Welt, den ich mehr liebe oder begehre als dich.«

»Alles klar.«

»Das meine ich ernst«, sagte sie. Und ich glaubte ihr. Das war es ja, was die ganze Angelegenheit so kompliziert machte. »Es steht dir natürlich frei, heute Abend jemanden mit nach Hause zu nehmen, wenn du möchtest.«

»Das wird nicht passieren«, sagte ich schnell. Allein der Gedanke erschöpfte mich; ich hatte genug wahllosen Sex für ein Wochenende gehabt.

Doch nachdem Charlotte uns eine Runde Tequila bestellt und Sam sich auf *dirty dancing* mit Virginie verlegt hatte, fand ich die Idee plötzlich doch nicht so schlecht. Charlotte hatte mit einer jungenhaften Frau an der Bar angebandelt, und die beiden küssten sich drängend an einer Wand. Ich blieb allein zurück und wippte zur Musik, hoffentlich auf eine Weise, die sagte: »Ich bin aufgeschlossen und offen für unverbindlichen Sex.« Es funktionierte; nach wenigen Minuten tippte mir eine attraktive ältere Butch mit freundlichen Augen und einem Nasenpiercing auf die Schulter und sagte etwas auf Französisch.

»Ich heiße Claudette«, sagte sie, nachdem ich sie über meine mangelnden Französischkenntnisse aufgeklärt hatte.

»Julia«, sagte ich. Ich sah sie an; sie erinnerte mich ein bisschen an meine Physiklehrerin, die wahrscheinlich wirklich lesbisch gewesen war, genau wie alle immer gemunkelt hatten. Auch sie war durchaus attraktiv gewesen.

»Darf ich dich küssen?«, fragte Claudette.

Und ich sagte: »Ja.«

Claudette schmeckte nach schalem Bier – anders gesagt, ein bisschen wie Finn –, aber ich schloss die Augen und versuchte, mich fallenzulassen. Ihre Hände wanderten meinen Rücken hinunter. Ich schlug die Augen auf und sah, wie Virginie und Sam sich auf der anderen Seite des Clubs küssten und zur Musik wiegten. Ich machte die Augen wieder zu und griff der Französin ins Haar, aber vor meinem geistigen Auge sah ich nur die Hände meiner Freundin auf dem Arsch einer anderen Frau, und klar, das konnte man heuchlerisch von mir finden, aber es fühlte sich an wie eine Ohrfeige.

Claudette löste sich und wischte sich mit dem Handrücken über den Mund, was ich als Kritik an meiner Kusstechnik verstand. »Sollen wir zu mir gehen?«, fragte sie.

Noch nie war ich so wenig angetörnt gewesen.

»Danke«, sagte ich, »aber nein.«

Es war also meine eigene Schuld, dass ich zwei Stunden später an Blümchenkissen gelehnt in Virginies und Charlottes Gästezimmer saß, dröhnend lautes Heavy Metal hörte und in *Polyamorie für Anfänger* blätterte, um mich davon abzulenken, was in den anderen Zimmern vor sich ging. Charlotte hatte die jungenhafte Frau mit nach Hause genommen – sie versuchten noch, mich zu einem Dreier zu überreden, aber ich lehnte höflich ab. Einen Absacker auch. Stattdessen nahm ich eine angebrochene Flasche Wein mit in mein Zimmer und versuchte, eine *gemütliche, heitere Atmosphäre der Eigenliebe* zu schaffen, ganz so, wie es das Buch empfahl.

Das Buch war tatsächlich ziemlich fesselnd, vor allem die Bilder. Ich betrachtete eine Zeichnung von vier Menschen, die auf komplizierte Art und Weise, fast wie bei einer Runde Twister, miteinander verknotet waren. *Vier sind nicht viel!* lautete die Bildunterschrift, aber das überzeugte mich nicht. Leider konnte mich aber nicht mal das Buch von dem dumpfen Rumsen aus den anderen Zimmern ablenken. Jedes Mal, wenn ich jemanden stöhnen hörte, sagte ich mir, es wäre Charlotte, aber wem wollte ich etwas vormachen? Ich hatte oft genug mit Sam geschlafen, um zu wissen, wie sie sich anhörte. Außerdem würde eine Französin wohl kaum »Härter!« oder »Da stehst du doch drauf, du dreckige Schlampe!« mit einem derart überzeugenden Londoner Akzent hinbekommen. *Polyamorie für Anfänger* sagte dazu:

Wenn mein Partner mit einer anderen Dame im Gästezimmer ist, werde ich manchmal eifersüchtig. In solchen Situationen ist es das Beste, sich selbst zu verwöhnen! Ich frage mich, was ich tun würde, wenn mein Partner einfach bei der Arbeit wäre und ich den Abend für mich hätte. Ich lasse mir ein Duftbad einlaufen und genieße es bei klassischer Musik; ich lese ein paar Kapitel in einem spannenden Roman; ich lege eine Gesichtsmaske auf und schaue alte Filme. Filme mit Audrey Hepburn sind mir am liebsten! Es gibt so viele Möglichkeiten. Nimm dir Zeit für dich. Genieße sie! Und dann, wenn dein Partner zurück in euer Zimmer kommt und noch nach ihren Säften riecht, küsse ihn und frage: »War es schön?« Es wird ihn beeindrucken, wie wichtig dir sein Vergnügen ist. Und dann ist schon alles vorbei, und du wirst feststellen: So schlimm war es gar nicht!

Ich versuchte, mich in die Themen des Vorstellungsgesprächs einzuarbeiten, konnte mich aber nicht konzentrieren. Ich hörte mir einen Meditations-Podcast an, aber die beruhigende Stimme sagte mir, ich solle mich auf die Geräusche um mich herum konzentrieren, und das war das Letzte, was ich wollte. Ich vergoss stille heiße Tränen.

Verwöhne dich, als hättest du eine Erkältung, riet *Polyamorie für Anfänger*, aber ich hatte kein Wick VapoRub bei mir, und ich glaube, es hätte auch nicht geholfen. Vielleicht nahm ich das Buch zu wörtlich? *Betrachte die Dinge nicht isoliert*, sagte das Buch. *Wenn dein Partner mit einer anderen Frau zusammen ist, mag es sich anfühlen wie Folter. Aber du wirst nicht gefoltert! Denke daran, was andere Menschen überall auf der Welt just in diesem Moment er-*

leiden müssen. Wie wahr, dachte ich; ich stöpselte die Kopfhörer in meinen Laptop ein und sah mir eine verstörende Dokumentation nach der anderen an, Filme über Völkermord, Mord, Rassismus und Homophobie. Ich weinte darüber, was die Menschen einander antun, und ich weinte meinetwegen, und das half so lange, bis der Laptop-Akku leer war und mir bewusst wurde, dass das Aufladegerät im Wohnzimmer lag.

Danach ging es abwärts. Ich tigerte durchs Zimmer und biss mir die Finger blutig. Schmiegte Sam sich an sie, so wie sie sich an mich anschmiegte? Küsste sie sie, wann immer sie sich nachts umdrehte? Flüsterte sie ihr »Ich liebe dich« ins Ohr? Und war ich eine Heuchlerin, weil mir das so viel ausmachte, trotz der Geschehnisse der vorherigen Nacht? Ich war kurz vorm Durchdrehen. Es war fast vier Uhr morgens, aber es handelte sich um einen Notfall, also rief ich Alice an. Nach dem vierten Klingeln ging sie ran.

»Alles in Ordnung?«, fragte sie. Ich hörte ihr an, dass ich sie geweckt hatte.

»Nein«, sagte ich.

Ich hörte, wie sie sich aufsetzte. »Was ist los? Bist du noch in Paris? Wo ist Sam?«

»Ich bin nicht in Paris«, sagte ich kleinlaut. »Ich bin in Lyon.«

»Aber – wohnt da nicht Virginie?«

»Ja. Sie treiben es gerade in ihrem Zimmer, und ich bin allein und kann nicht glauben, dass ich das zugelassen habe –«

»Warte«, sagte Alice. »Ich werde versuchen, den Eurostar zu kriegen oder so was.«

»Nein, schon gut.«

»Du solltest nicht dableiben. Verschwinde. Nimm dir ein Hotelzimmer.«

»Nein«, sagte ich. »So ist es nicht. Ich wusste, dass es passieren würde.«

»Julia«, sagte Alice, »das ist nicht in Ordnung. Es ist nicht in Ordnung, dass sie dir das abverlangt hat.«

»Aber ich habe letzte Nacht auch mit jemand anderem geschlafen –«

»Was?«

»Sam war auch dabei –«

»*Wolltest* du mit jemand anderem schlafen?«

»Irgendwie schon. In dem Moment jedenfalls.«

Sie sagte nichts. Ich saß da und lauschte der Beinahe-Stille am anderen der Leitung.

»Ich liebe sie«, sagte ich.

»Julia«, sagte sie. »Ich glaube, du bist besessen von ihr.«

»Das sollte ich doch auch sein. Sie ist meine Freundin.«

»Nein«, sagte sie. »So sollte es nicht sein.«

»Ich brauche sie.«

»Du brauchst dein Zuhause.«

»Ich komme ja morgen.«

»Kannst du jetzt irgendwohin?«

»Nein, schon in Ordnung. Wirklich, es ist okay. Es tut mir leid, dass ich dich geweckt habe.« Ich legte auf und saß da, mein Atem ging stoßweise. Alice rief sofort zurück, aber ich drückte den Anruf weg. Sie verstand das nicht. Ich verstand mich ja selbst nicht. Es ging mir nicht gut. Ich musste etwas gegen dieses Gefühl in mir tun, und ich verspürte den Drang, mich selbst verletzen.

So war es mir noch nicht oft in meinem Leben gegangen. Eigentlich nur einmal, kurz nach dem Ende meiner Tanzkarriere. Ich war noch nie besonders praktisch veranlagt gewesen, deswegen wusste ich nicht recht, wie ich es anstellen sollte. Und ich hatte mir wohl auch nichts allzu Schlimmes antun wollen, denn statt eines Küchenmessers oder der Schmerztabletten, die mein Vater wegen seines Ischias verschrieben bekommen hatte, nahm ich eine marienkäfergroße Reißzwecke von der Pinnwand meiner Eltern. Ich versuchte, mir damit ins Handgelenk zu stechen, aber ziemlich halbherzig; es endete mit dem kleinsten blauen Fleck der Welt, und auch der war am Tag darauf verschwunden.

Jetzt war dieses Gefühl durchzudrehen und aus der Welt zu fallen wieder da. Ich öffnete das Sexschränkchen und fand eine Nippelklemme. Ich klemmte sie mir an den Arm und drückte so fest zu, bis meine Haut erst rot, dann weiß wurde. Ich war ganz ruhig; der Schmerz war präzise und rein, weiß und kalt und außerhalb von mir. Dann wurde mir bewusst, was ich da tat, ich zog die Klemme ab und rieb mir die Stelle am Arm. »Reiß dich zusammen, Julia«, sagte ich laut zu mir selbst. Ich zwang mich, ein- und auszuatmen, bis die Sexlaute gegen fünf Uhr morgens verstummten, und dann schlief ich endlich, endlich ein.

Ich brachte es auf etwa drei Stunden Schlaf, durchsetzt von seltsamen Träumen über Sex mit der blonden Drag Queen aus der Bar, bevor Kaffeeduft und ein sexuell erfülltes, perlendes französisches Lachen mich weckten. Ich setzte mich im Bett auf und versuchte, mir zu überlegen, was ich beim Frühstück zu den anderen sagen würde. »Ich hatte eine tolle Nacht, danke. Habe eine Menge über die Zustände in

Bergen-Belsen gelernt und mich dann mit einer Nippelklemme selbst verletzt«?

Ich stand lange vor dem Spiegel und sorgte dafür, dass mein Make-up makellos war, während ich den Stimmen vor der Tür lauschte. Sie sprachen Englisch, weshalb ich annahm, dass Sam auch da draußen war. Ich wartete, bis ich die Badezimmertür und die Dusche hörte, damit ich nicht allen auf einmal gegenübertreten musste, und dann setzte ich ein unnatürlich breites Lächeln auf und öffnete die Zimmertür.

Ich kann ohne Übertreibung sagen, dass ich schon angenehmere Frühstücke erlebt hatte, und dazu zähle ich auch den Obstsalat in Marrakesch, von dem ich Durchfall bekam. Als ich aus der Tür trat, saßen Virginie, Charlotte und Sam am Küchentisch, wo sie in Morgenmänteln Kaffee tranken und Croissants aßen. Virginie hatte ganz verwuschelte Haare. Sams Lippen sahen rot und geschwollen aus.

»Setz dich hierher!«, sagte Virginie, während sie den Stuhl neben sich zurückzog. »Wie hast du geschlafen?«

»Gut, danke.« Ich nahm Platz.

»Der Kaffee ist ganz frisch.« Charlotte schob mir die Kanne zu.

»Super«, sagte ich und schenkte mir eine Tasse ein, dankbar, dass meine Hände etwas zu tun hatten.

»Chloe duscht gerade«, sagte Charlotte.

»Ist das die Frau, die du mit nach Hause genommen hast?«, fragte ich erleichtert darüber, dass ich Virginie und Sam nicht ansehen musste.

»Ja. Wir haben uns gut amüsiert.«

»Und, Julia, was würdest du heute Vormittag gerne machen? Wann geht noch mal euer Zug?«, fragte Virginie.

Ich überließ Sam die Antwort. Sie diskutierten das Wetter und ob wir vor unserer Abreise noch Zeit für ein Mittagessen haben würden. Ich konzentrierte mich ganz darauf, mir ein Croissant zu nehmen, es mit Butter zu bestreichen und in kleinen Bissen zu essen; das Schlucken fiel mir nicht leicht. Niemand kam darauf zu sprechen, was in der Nacht geschehen war. Niemand fragte mich, wie es mir ging oder wie ich es ertragen hatte, meine Freundin für die Nacht freizugeben; ich weiß auch nicht, was ich erwartet hatte – ich wollte nicht, dass sie sich schämten oder mich bemitleideten, aber ich hatte das Gefühl, jemand sollte anerkennen, welches Opfer ich gebracht hatte.

»Ich habe dich vermisst«, sagte Sam, die zu mir kam, um mir einen Kuss auf den Kopf zu geben. Sie roch nach Virginies Parfüm.

Irgendwie überstand ich den restlichen Tag, und mit »irgendwie« meine ich, »indem ich reichlich Rotwein trank«. Zum Glück war Sam nach ihrer heißen französischen Sexnacht so müde, dass sie die Fahrt über schlief. Aber als wir wieder in ihrer Wohnung waren und sie mich fragte, wie mir das Wochenende gefallen habe, brach ich in Tränen aus.

»Scht«, sagte sie, während sie mir über den Kopf strich. »Das war ganz schön viel Neues für dich, was?«

»Könntest du bitte noch mal duschen? Du riechst immer noch nach ihr.«

»Okay, Babe«, sagte sie. »Es wird leichter werden, weißt du. Wirklich.«

»Ich weiß nicht, ob ich will, dass es leichter wird«, sagte ich. »Ich glaube, ich fahre lieber nach Hause.«

»Bitte fahr nicht«, sagte sie und nahm meine Hand. »Du willst mich doch noch, oder? Sag mir, dass du mich noch willst.«

»Ich will dich noch«, sagte ich. Und dann zwang ich mich zu sagen: »Aber ich glaube nicht, dass ich dich teilen kann. Es tut zu sehr weh.«

»Morgen wirst du das anders sehen«, sagte Sam sehr bestimmt. »Im Moment ist alles noch ganz frisch.«

Aber ich fühlte mich stärker als sonst – es musste mit dem berauschenden Cocktail aus Wut, Demütigung und Schlafentzug zu tun haben. »Das glaube ich nicht«, sagte ich. »Virginie ist nicht irgendeine dahergelaufene Frau, mit der du im Bett warst. Es ist nicht das Gleiche wie ein Dreier auf einer Sexparty. Du liebst sie. Darauf war ich nicht gefasst.«

Sam ließ meine Hand los und gab ein seltsames kleines Schnauben von sich. »Du bittest mich nicht ernsthaft, mich zwischen euch beiden zu entscheiden, oder?«

Ich wollte nein sagen, ich wollte, dass sie mich wieder in den Arm nahm, dass wir vielleicht miteinander schliefen und was vom Chinesen bestellten und die ganze Sache vergaßen, bis sie das nächste Mal nach Frankreich fuhr, aber genau das war das Problem – es würde ein nächstes Mal geben, und das wollte ich nicht. Also sagte ich: »Doch, genau das tue ich.«

Ich fuhr mit der Bahn nach Hause. Mein Kopf war ganz klar. Als ich die Green Lanes hinunterlief, sah ich Leute in Finsbury Park Fangen spielen. Es roch nach gegrilltem Fleisch. Ich hatte Hunger.

Ich sah Sam zwei Wochen lang nicht.

33. Zufriedenheit ist was für die Rente

Nach der Rückkehr aus Lyon meldete ich mich krank und blieb weinend im Bett. Ich hatte das Gefühl, nie wieder aufstehen zu können. Als Alice abends von der Arbeit kam, sah sie nach mir und bestand darauf, dass wir zusammen einen Kostümschinken guckten, damit ich mich auch an die schönen Dinge des Lebens erinnerte – BBC-Romanverfilmungen zum Beispiel – und nicht komplett den Glauben an das Gute verlor.

Am nächsten Tag stand ich dann doch auf – ich musste, weil mein Vorstellungsgespräch anstand. Zu behaupten, dass ich nicht ausreichend vorbereitet war, wäre noch untertrieben. Ich hatte versucht, am Abend meiner Rückkehr aus Lyon etwas zu arbeiten, aber es ist nicht leicht, ein gutes Beispiel für den eigenen Umgang mit beruflichen Fehlern zu finden, wenn man sich schluchzend mit Peanut Butter Cups vollstopft. Ich hatte gehofft, dass meine verbalen Fähigkeiten mich retten würden (bei der letzten Bewertung waren sie als »die Erwartungen übertreffend« eingestuft worden), aber sobald die Personaler herauskamen, um mich zu begrüßen, wusste ich, dass es hoffnungslos war. Sogar mein Händedruck war schlaffer als sonst.

»Wie ist es gelaufen?«, fragte Owen, als ich zurück ins Büro kam.

Ich ließ die Tasche auf den Boden fallen und setzte mich. »Scheiße.«

»Was hast du gesagt, als sie nach der Beeinflussung eines Vorgesetzten gefragt haben?«

»Ich habe davon erzählt, wie wir Tom mal um eine Datenbank-Fortbildung gebeten haben.«

Owen nickte.

»Was?«, fragte ich.

»Nichts.«

»Du hältst das für ein bescheuertes Beispiel.«

»Gar nicht!«, sagte er. »Es ist nur – man soll ›ich‹ sagen, nicht ›wir‹, damit klar ist, dass man sich nicht mit fremden Federn schmückt.«

Ich schloss die Augen. »Ich werd den Job nicht bekommen.«

»Das weißt du doch gar nicht.«

»Doch.«

»Ich bekomme ihn vermutlich auch nicht«, sagte Owen. »Wir können zusammen arbeitslos sein und lustige Arbeitslosen-Dinge tun.«

»Was denn«, sagte ich, »so was wie kein Geld haben, um Essen zu kaufen?«

Im Verlauf der Tage verblassten die Erinnerungen an das schreckliche Vorstellungsgespräch. Und wie Ella und Zhu anmerkten, hatte ich die Stelle ja ohnehin nicht wirklich gewollt. Es war Hochsommer, und eine Hitzewelle hatte London fest im Griff; in den zwei Sam-freien Wochen erfasste mich ein seltsames Hochgefühl, als ich die glühenden Straßen entlanglief, Songs übers Jung- und Singlesein hörte und mich wie blöde über den blauen Himmel und

Menschen in Shorts freute. Wenn man nicht die ganze Zeit mit extrem befriedigendem Sex verbringt oder über Sex redet oder sich mit dem Menschen betrinkt, mit dem man Sex hat, dann bleibt tatsächlich Zeit, um am Women's March teilzunehmen, sich queere Kabarettisten anzusehen und Erdbeerkuchenrezepte auszuprobieren. Aber dann begegnete mir etwas, das mich an Sam erinnerte – eine Schachtel Marlboro, Werbung für den Eurostar, die Tate Modern –, und ich brach wieder zusammen, schluchzte an Alices Schulter, weil ich die Liebe meines Lebens verloren hatte.

Alice gab beruhigende Laute von sich, während ich jammerte: »Ich liebe sie! Durch sie fühle ich mich lebendig!« Doch am ersten Samstag, als wir bei Waterstones nach feministischer Literatur stöberten, sagte sie: »Ich glaube einfach, dass sie versuchen wird, sowohl ihre *tarte tatin* als auch ihren Victoria Sponge Cake zu bekommen. Es gibt Menschen, auf die ich stehe, ohne dass ich etwas unternehme, denn ich bin mit Dave verlobt, und damit hat es sich.«

Das ließ mich aufmerken. Ich blickte vom Tisch mit den Drei-für-zwei-Angeboten auf und fragte: »Auf wen stehst du?«

»Das geht dich gar nichts an.« Sie hielt *Der blinde Mörder* hoch. »Kennst du das? Ich habe zu wenig Margaret Atwood gelesen.«

»Nein«, sagte ich. »Verrat mir, auf wen du stehst.«

»Na schön«, sagte sie und legte das Buch weg. »Auf Ahmed von der Arbeit. Und auf Owen.«

»Owen aus meinem Büro?«, fragte ich.

»Ja. Und auf John von nebenan. Und auf den türkischen Typen vom Eckladen.«

»Wow«, sagte ich.

»Aber ich werde mit keinem von ihnen schlafen, weil ich ein Versprechen gegeben habe.«

»Ist denn alles in Ordnung bei dir und Dave?«, fragte ich.

Alice nickte und lächelte. »Alles bestens!«

»Gut.«

»Meistens jedenfalls«, sagte Alice.

»Okay.«

»Abgesehen von der Flaute im Bett.«

»Aber das ist normal«, sagte ich. »Ihr seid seit Jahren zusammen.«

»Du bist jetzt aber auch schon eine Weile mit Sam zusammen.«

»Eigentlich ja nur ein paar Monate. Außerdem weiß ich nicht, ob wir überhaupt noch zusammen sind.«

»Okay. Aber trotzdem. Ihr landet immer im Bett, wenn ihr euch seht.«

»Ja, aber Sam ist da auch besonders. Für eine Frau hat sie einen ungewöhnlich ausgeprägten Sexualtrieb.«

Alice schenkte mir ein fieses kleines Lächeln. »Du hast recht. Ich kann echt froh sein, dass ich nicht rumsitzen muss, während Dave es mit einer Französin treibt und dann ne Woche lang abtaucht.«

Doch Sam war nicht komplett abgetaucht; auf Instagram ploppten immer neue Fotos auf. Sam in anzüglichen Posen mit Jasper in einem polysexuellen Nachtclub, Sam rauchend in London Fields, Sam beim Shoppen in der Bond Street (ziemlich untypisch – normalerweise kaufte sie ihre Klamotten in der Dalstoner Filiale von Oxfam).

Manche Bilder waren Selfies, die meisten allerdings nicht, und ich trieb mich selbst in den Wahnsinn mit dem Versuch, herauszufinden, wer die Fotos gemacht hatte, basierend auf dem Blickwinkel. War sie größer als Sam? War sie eine Londonerin mit gehobenen Ansprüchen, deshalb der Ausflug zur Bond Street? Oder hatte Sam sich einfach einen Selfiestick gekauft? Alles war denkbar.

Ich hatte allerdings auch meinen Spaß – oder tat zumindest in den sozialen Medien so. Ich traf mich jeden Abend nach der Arbeit mit Freunden, um nicht mit meinen Gedanken allein sein zu müssen. Ich überraschte Owen mit dem Vorschlag, mit dem Team was trinken zu gehen, und letzten Endes kippten wir Kurze mit Uzo, die sich als echtes Karaoke-Talent herausstellte. Bei ihrer Version von »Without You« vergoss ich sogar ein paar Tränen. Ich ging zum Yoga mit Cat, die kurz in London war, bevor sie nach Edinburgh fahren würde, wo *Menstruation: Das Musical* zum Kult-Hit des Festivals zu werden versprach.

»Sam ist bescheuert«, flüsterte Cat, während sie versuchte, den linken Fuß in die Leistenbeuge zu klemmen – ziemlich anspruchsvoll. »Komm mit mir nach Edinburgh. Da wirst du aus einem ganzen Haufen queerer Menschen wählen können.«

»Ich will keinen ganzen Haufen queerer Menschen. Ich will Sam.«

Dann warf uns die Yoga-Lehrerin einen strengen Blick zu, denn wenn man bei der einbeinigen Taube noch reden kann, macht man es nicht richtig.

Ich ging auch wieder zu Stepping Out; Ella und ich diskutierten BDSM unter ethischen Gesichtspunkten, während Zhu uns den Shim Sham beibrachte.

»Ich bin offensichtlich konservativer, als ich dachte«, sagte ich und glitt nach rechts.

»Wenn konservativ heißt, dass du nicht gern an der Leine herumgeführt wirst, ist das in Ordnung, glaube ich«, sagte Ella und glitt nach links.

»Natürlich bin ich der Meinung, dass die Leute sich Leinen anlegen können, so viel sie wollen. Und Wäscheklammern an die Brustwarzen klemmen«, sagte ich, während ich einen Step Ball Change tanzte.

»So was gibt's?«

»Anscheinend«, sagte ich. »Vielleicht war es aber auch nur die eine Frau? Ich war noch nicht oft genug auf Sexpartys.«

»Klingt eher so, als wärst du schon auf zu vielen gewesen.«

So ziemlich alle meine Freunde waren der Meinung, dass ich mit Sam Schluss machen sollte, wenn sie die Sache mit Virginie nicht beendete. Ihr Urteil bestärkte mich, aber gleichzeitig kam ich mir auch schwach vor, weil mir so wichtig war, was sie dachten. Niemand verstand, wie Sam war, wenn wir alleine waren; wie sie mir in die Augen sah, wie sie in der Badewanne so tat, als wäre sie ein winziges Nilpferd, was ziemlich nervig klingt, aber ehrlich gesagt total süß war; wie sie mich zum Kommen brachte. Tun wir nicht so, als wäre Sex nicht ein ganz entscheidender Teil des Ganzen.

Die Tage vergingen, ohne dass sie anrief. Ich erwischte mich dabei, wie ich andere Anrufer anblaffte, weil sie nicht Sam waren – die arme Frau von der Apotheke hatte meine Wut nicht verdient –, und ich konnte mich bei der Arbeit nicht konzentrieren. So schrieb ich zum Beispiel einen Brief über die Arbeitsbedingungen junger Ärzte und verlor mich dabei in einem Tagtraum über Sam, mein Herz fing an zu rasen, und ich konnte mich nur beruhigen, indem ich alte Nachrichten las oder alte Fotos von uns ansah.

Aber solange mein Herz raste, schlug es wenigstens. Ich fühlte mich nicht wohl, aber das wollte ich auch nicht. Zufriedenheit ist was für die Rente. Mit 26 sollte man nicht zufrieden sein.

»Sie haben sich selbst sabotiert«, sagte Nicky bei meiner nächsten Sitzung, als ich ihr von meinem Vorstellungsgespräch erzählte.

»Das würde ich nicht sagen«, sagte ich.

»Natürlich nicht«, sagte Nicky. »Mit konstruktiver Kritik konnten Sie noch nie umgehen. Betrachten wir die Fakten: Sie hatten wochenlang Zeit, um sich vorzubereiten, aber Sie haben es bis zum allerletzten Abend vor sich hergeschoben und sind erst um eins ins Bett gegangen.«

»Ich war mit den Gedanken woanders«, sagte ich. Und dann erzählte ich ihr von Lyon und allem, was dort passiert war.

Sie starrte mich mit offenem Mund an, während ich erzählte, und als ich fertig war, sagte sie: »Also. Als Erstes haben Sie einen Dreier geschoben.«

»Eher einen halben Dreier. Eine Art Zweieinhalber.«

»In der Öffentlichkeit.«

»Vor anderen Leuten.«

»Und in der nächsten Nacht hat sie mit einer anderen Frau geschlafen, ohne dass Sie dabei waren, und durch die Wände konnten Sie alles hören.«

»Ja.«

»Während Sie eine Dokumentation über Aids geguckt haben.«

»Über HIV.«

»Und klang es so, als würde sie sich amüsieren?«

»Ja.«

»Haben die Laute Sie angetörnt?«

»Nein!«

Sie zog die Augenbrauen hoch.

»Ich habe mir große Mühe gegeben, mich nicht antörnen zu lassen.«

»Den Part sollten Sie drinlassen, wenn Sie die Geschichte erzählen. Das macht die ganze Sache noch viel interessanter.«

Ich dachte darüber nach. »Ziemlich gute Geschichte, oder?«

»Machen Sie Witze? Davon werden Sie noch Jahre zehren!«

»Sich mit einer Nippelklemme selbst verletzen zu wollen ist auch ziemlich witzig«, sagte ich.

Sie sah mich plötzlich ernst an. »Das ist nicht witzig«, sagte sie.

Ich fing an zu weinen.

»Als Ihre Therapeutin rate ich Ihnen, ihr sofort eine Nachricht zu schicken und die Sache zu beenden.«

»Sie sollten mir eigentlich nicht sagen, was ich zu tun habe.«

»Es ist meine Pflicht zu intervenieren, wenn meine Klienten Entscheidungen treffen, die zu Verletzungen führen könnten.«

»Ich werde nur wieder mit ihr zusammenkommen, wenn sie mit Virginie Schluss macht.«

»Aber dann darf sie immer noch so viel unverbindlichen, anonymen Sex haben, wie sie will.«

»Genau wie ich!«

»Ich kann Ihnen helfen, die Nachricht zu formulieren.«

»Ich will ihr keine Nachricht schicken.« Aber ich holte mein Telefon heraus. Und auf dem Bildschirm leuchtete eine neue grüne WhatsApp-Nachricht.

Ich konnte mir ein Grinsen nicht verkneifen. »Die ist von ihr«, sagte ich.

»Was schreibt sie?«

»*Wir müssen reden. Ich liebe und vermisse dich und ich bin bereit, Kompromisse zu machen, aber das wirst du auch tun müssen.*«

»Wie romantisch.«

»Ich verlange von ihr, dass sie mit einer Frau Schluss macht, die sie seit Jahren trifft. Das ist viel verlangt.«

»Das wird noch Tränen geben.«

»Gar nicht!« Es reichte mir langsam, dass mir alle davon abrieten, mit Sam zusammen zu sein. Die verdammte Cat und die selbstgerechte Alice und jetzt auch noch Nicky, die noch nicht mal eine richtige Therapeutin –

»Das wird es, und ich werde die Scherben zusammenkehren müssen. Ich meine, Sie werden noch viel mehr Therapiesitzungen brauchen, was gut für mich ist, aber Sie sind meine Klientin, und ich sage Ihnen, was das Beste für Sie ist.«

»Sie ist das Beste für mich.«

»Wenn Sie von einer Beziehung nichts anderes wollen als ein paar haarsträubende Geschichten, die Sie bei Dinnerpartys erzählen können, dann bestimmt.«

»Bei ihr fühle ich mich lebendig.«

»Sie sind eine Masochistin. Wissen Sie, dass es Clubs für so was gibt?«

»Natürlich. Ich war schon ein paarmal da.«

Sie blinzelte mich an. »Ich will alles wissen.«

Also erzählte ich ihr alles, von den Schaukeln, den Fetischmasken, dem Wassersport, den Wäscheklammern, dem Besteck, den Hundeleinen und den KitKats.

Sie saß eine Weile einfach da und sagte dann: »Nun. Das klingt alles sehr interessant.« Stille. »Sind Ihre Freunde eifersüchtig?«

»Neidisch«, sagte ich, bevor ich mich bremsen konnte.

»Wie bitte?«

»Nichts. Es ist nur – eifersüchtig ist man, wenn man etwas oder jemanden verlieren könnte. Neidisch ist man, wenn man etwas noch gar nicht hat.«

Sie zeigte mit dem Stift auf mich. »Sie sind meine pedantischste Klientin. Wussten Sie das?«

»Tut mir leid«, sagte ich. »Grammatik und so muss ich draufhaben, für die Arbeit.«

Sie sah mich eine Weile an. »Ich sage Ihnen mal, wie ich das sehe.«

»Ich will eigentlich gar nicht wissen, wie Sie das sehen.«

»Warum zahlen Sie mir dann fünfundzwanzig Pfund pro Sitzung?«

»Weil ausnahmslos alle anderen Therapeuten in London das Vierfache nehmen.«

»Ich sehe das so: Sie finden es erregend, beim Sex dominiert zu werden.«

»Ja. Schön. Und jetzt sollten wir unbedingt über was anderes reden.«

»Aber Sam fängt an, Sie auch die restliche Zeit zu dominieren.«

»Das ist vollkommen unzutreffend.« Ich spürte, wie ich rot anlief und mich aufregte, genau wie meine Mutter, wenn sie die Wörter »Stahlträger« und »Absenkung« hörte.

»Sie sind eine intelligente Frau –«

»Ein Kompliment!«

»Ich bin noch nicht fertig. Sie sind eine intelligente Frau. Sie behaupten, Sie wollen unabhängig sein. Aber Sie lassen sich von Ihrer Freundin kontrollieren.«

Ich stand auf. »Sie haben einfach Vorurteile gegenüber Menschen, die BDSM machen. Sie werten Menschen mit besonderen Vorlieben ab.«

Nicky lächelte und schlug die Beine übereinander. »Diese Phrase haben Sie von Sam gelernt.«

»Sie haben ja keine Ahnung.«

»Sind Sie eigentlich glücklich mit Sam?«

»Ja, bin ich.«

»Und was gedenken Sie hinsichtlich der Tatsache zu tun, dass Sie in ein paar Monaten arbeitslos sein werden?«

»Damit befasse ich mich im Moment nicht.«

»Das sehe ich. Sie lenken sich mit Lesbendramen ab. Wie geht's der Angst?«

»Gut«, sagte ich, aber meine Hände zitterten, was meine Antwort ein wenig unglaubwürdig erscheinen ließ. Da ich das Gefühl hatte, gleich in Tränen auszubrechen, sagte ich: »Ich glaube, es reicht für diese Woche«, und stand auf.

»Julia. Bleiben Sie«, sagte Nicky.

Aber ich war nicht in der Lage zu sprechen, und so schüttelte ich nur den Kopf und schloss die Tür hinter mir. Als ich auf wackligen Beinen auf die Straße trat, holte ich mein Telefon heraus und antwortete Sam.

34. Eine muss gehen

Sam schlug vor, sich im The Glory zu treffen. Das konnte zweierlei bedeuten, fand ich. Das Glory war intim, einladend und dunkel – der perfekte Ort, um mir zu sagen, wie leid es ihr tue, um mir die Trennung von Virginie zu versprechen und mit einer Flasche von dem roten Hauswein auf unsere Zukunft anzustoßen. Es wäre allerdings auch ein guter Ort, um mir den Laufpass zu geben: ein Laden, in dem man ein ernstes Gespräch führen konnte, der aber so klein war, dass ich keine Szene machen würde, nicht vor all den hippen Queers.

Als ich reinkam, winkte Sam mir zu und schenkte mir ein warmes, hinreißendes, unkompliziertes Lächeln. Ich hätte am liebsten sofort alles hinter mir gelassen, die Nicht-Monogamie, das Missfallen meiner Freunde und Therapeutin und die Stimme in meinem Kopf, die sagte: »Sie wird sich nie ändern«, und sie einfach nur angestarrt.

Sie nahm meine Hand, als ich mich setzte, und sagte: »Ich habe dich so vermisst, Babe. Ich hatte vergessen, wie wunderschön du bist.«

Ich hatte natürlich nicht vergessen, wie wunderschön sie war, weil ich so viel Zeit mit ihren Instagram Storys verbracht hatte, aber ich hatte vergessen, wie charismatisch sie war und wie grenzenlos ich mich zu ihr hingezogen fühlte.

Sam bestellte uns zwei große Gläser Wein. Wir tranken sie zügig, während wir uns banale Fragen über unsere Arbeit und die Ereignisse der vergangenen zwei Wochen stellten.

»Concrete Street wird mich vertreten!«, erzählte Sam.

»Das ist ja toll!«

»Und bei dir? Wie läuft's bei der Arbeit?«

»Gut. Ich warte noch auf Rückmeldung wegen der Stelle als Senior Account Manager, aber ich weiß, dass ich das Vorstellungsgespräch vermasselt habe. Cat hingegen wird bald eine berühmte Schauspielerin. Fünf Sterne im *Scotsman* für *Menstruation: The Musical*.«

»Freust du dich für sie? Oder bist du insgeheim ein bisschen verbittert? Ich wäre das bestimmt.«

»Extrem verbittert«, sagte ich. Es erleichterte mich, das zugeben zu können. »Sie fragt immer wieder, wann ich vorbeikomme, um es mir anzusehen, aber ich glaube, ich ertrag's nicht. Ich müsste vermutlich die ganze Zeit heulen, was ziemlich unpassend wäre, wo der *Guardian* es doch ›urkomisch und erhebend‹ findet.«

»Sie haben es auch ›zeitgemäß‹ genannt.«

»O Gott. Hör auf.«

Sam lachte. Und sah mir in die Augen. Und da war es mir egal, dass Cat vermutlich nach Hollywood ziehen und auf dem Cover von *Vanity Fair* landen würde, in Abendrobe auf dem Schoß von Glenn Close, denn ich hatte Sam wieder. Oder ich bekäme sie wieder, wenn alles nach Plan lief.

Wir waren bei unserer zweiten Runde, als wir endlich Tacheles redeten.

»Ich hätte wissen müssen, dass es noch zu früh war für Lyon«, sagte Sam und spielte mit ihrem Glas.

Ich nickte.

»Das war ziemlich viel auf einmal – Virginie kennenzulernen und dann gleich bei ihr zu wohnen.«

»Wo du dann auch noch mit ihr im Bett warst.«

»Was du ja vorher wusstest.«

Über die Weingläser hinweg sahen wir uns an. Statt zu reden schienen wir nun zu verhandeln, und Verhandeln war noch nie meine Stärke gewesen. Ich hatte es sogar geschafft, mein Gehalt zu drücken, als ich meinen Job bekam – der Personalberater, der mich zum Vorstellungsgespräch geschickt hat, hatte gefragt: »Würden Sie die Stelle für 28 000 Pfund annehmen?«, und ich hatte gesagt: »Ehrlich gesagt würde ich sie sogar für weniger nehmen.« Dann hatten sie 25 000 Pfund geboten, und ich war monatelang in Selbsthass versunken, bis ich beschloss, dann eben auch für dreitausend weniger zu arbeiten. Von da an kam ich notorisch zu spät, blieb lange in der Mittagspause und trieb mich auf Twitter rum, während ich eigentlich Briefe zu den regionalen Ungleichheiten bei den Zuschüssen für IVF-Behandlungen zu beantworten hatte.

Sam nahm meine Hand. »Ich will dich wirklich nicht verlieren.«

»Ich will dich auch nicht verlieren«, sagte ich.

»Aber ich kann mich nicht völlig verändern.« Sie lächelte traurig.

»Das verlange ich ja auch gar nicht von dir.«

Sie lachte. »Na ja. Irgendwie schon. Zumindest ein bisschen.«

Was stimmte. Aber sie verlangte ja auch, dass ich mich änderte. Ich wies sie darauf hin.

Sam nahm einen Schluck Wein. »Ich habe letzte Woche eine sehr schwere Entscheidung getroffen«, sagte sie. Sie holte tief Luft, atmete wieder aus und sah mich ernst an, machte es spannend wie ein Jurymitglied in einer Realityshow, das gleich verkündet, welcher Kandidat gehen muss. »Ich habe Virginie gesagt, dass es aus ist.«

Ich atmete aus. Ich war erleichtert, was sonst. Aber ich hatte auch ein schlechtes Gewissen. Viel stärker, als ich gedacht hätte.

»Es war nicht leicht«, sagte Sam, die ihre Hände betrachtete. »Sie war sehr wütend auf mich. Charlotte auch.«

»Mmm.« Wut. Die verspürte ich auch.

»Du musst wissen, dass ich um sie trauern werde, und ich werde deine Unterstützung brauchen.« Sie fing an zu weinen. »Es tut mir leid«, sagte sie. »Sie wird mir einfach sehr fehlen.«

Ich hätte mir nicht träumen lassen, dass Sams Tränen wegen der Trennung von Virginie genauso weh tun würden, wie die beiden vögeln zu hören.

»*Mir* tut es leid«, sagte ich und legte meine Hand auf ihre.

Sam holte ein Taschentuch aus ihrer Tasche. »Ich muss lockeren Sex haben dürfen. Sonst wird das alles böse enden.«

»Ich weiß.«

»Und du sollst den auch haben dürfen! Mit Emma in Lyon hat es doch Spaß gemacht, oder?«

Ich dachte an jene Nacht zurück. »Ja.«

»Siehst du?«, sagte Sam. »Es muss nicht bedrohlich sein.«

Aber ich fühlte mich immer noch bedroht. »Warum genüge ich dir nicht?«

Sams Augen wurden groß. »Darum geht es nicht«, sagte

sie. »Darum geht es überhaupt nicht! Dass ich mit anderen Menschen schlafen will, hat überhaupt nichts damit zu tun, was ich für dich empfinde!«

Ich nickte. »Es ist schwierig, sich nicht verarscht vorzukommen. Nicky versteht es nicht richtig –«

Sam zog sich zurück. »Du erzählst doch deiner Therapeutin nicht, was wir im Bett machen, oder?«

»Na ja – doch«, sagte ich.

»Sie weiß, dass du auf SM stehst?«,

»Sie weiß, dass *du* auf SM stehst«, sagte ich.

»Und was sagt sie dazu?«

»Sie hat zu allem eine Meinung«, sagte ich.

»Was hält sie von SM und Nicht-Monogamie?«, hakte Sam nach.

»Sie findet SM in Ordnung, solange sich die Machtverhältnisse nicht im echten Leben fortsetzen.«

Das hätte ich ihr nicht sagen sollen. Das hätte ich ihr wirklich, wirklich nicht sagen sollen.

»Du musst aufhören, da hinzugehen.«

»Muss ich nicht«, sagte ich flehentlich und fasste Sam am Arm. »Sie redet viel Blödsinn. Sie glaubt, dass Alice insgeheim gern Hausfrau wäre und dass sie deshalb Zweifel daran hat, Dave zu heiraten.«

»Das ergibt keinen Sinn.«

»Genau. Das meine ich ja. Du kannst mir nicht verbieten, zu ihr zu gehen.«

»Nein«, sagte Sam mit sanfterer Stimme. »Nein, das tue ich auch nicht. Sorry.« Sie nahm meine Hand. »Ich glaube nur, dass du eine Therapeutin finden solltest, die Verständnis für alternative Lebensformen hat. Sie klingt ein bisschen voreingenommen, okay, Babe?«

Wenn ich aufhörte, zu Nicky zu gehen, hätten Sam und ich beide etwas für unsere Beziehung geopfert. Dann wären wir quitt. Also sagte ich: »Okay. Ich werde eine Weile nicht mehr hingehen, wenn du das möchtest.«

Sam seufzte mit zusammengekniffenen Augen, ihre Wimpern zuckten. »Danke«, sagte sie und hielt meine Hand. »Danke.«

»Sie kontrolliert Sie.«

»Tut sie nicht. Ich bin mir nur nicht mehr sicher, ob diese Sitzungen noch etwas bringen.«

»Sie hat Ihnen gesagt, dass Sie nicht mehr zu mir gehen sollen.« Nicky wandte ihren Trick an, bei dem sie mich so lange anstarrte, bis ich wegsehen musste.

»Es ist einfach alles etwas verwirrend. Sie sind der Meinung, dass ich nicht mit Sam zusammen sein sollte. Ich will aber mit ihr zusammen sein. Durch die Sitzungen bei Ihnen werde ich mich also nicht besser fühlen.«

»Der Sinn einer Therapie besteht nicht darin, dass Sie sich besser fühlen. Therapie ist harte Arbeit.«

»Ich will aber nicht hart arbeiten«, sagte ich. »Ich will glücklich sein. Sam macht mich glücklich.«

Daraufhin fing ich an zu weinen, was meine Aussage irgendwie untergrub, und als ich versuchte, mit dem Weinen aufzuhören, musste ich nur noch doller und länger weinen, mit heruntergezogenen Mundwinkeln, als wollte ich Trauer pantomimisch darstellen.

Nicky reichte mir die Taschentücher. Ich sah zu ihr hoch, erwartete, dass sie triumphierte, aber das tat sie nicht. Sie sah besorgt aus. Was viel schlimmer war.

»Hören Sie auf, mich so anzusehen«, sagte ich.

Also sah sie in ihr Notizbuch und sagte: »Haben Sie sich das gut überlegt?«

Ich nickte.

Nicky legte den Stift beiseite. »Wenn Sie irgendwann wiederkommen wollen«, sagte sie, »rufen Sie einfach an. Auch mitten in der Nacht. Ich werde immer rangehen. Wenn ich mich nicht gerade in einer kompromittierenden Situation befinde.«

Als wir uns verabschiedeten, umarmte sie mich ganz fest, was Therapeuten vermutlich nicht unbedingt machen sollten. Sie trug das gleiche Parfüm wie meine Mum. Ich löste mich, winkte verhalten, dann rannte ich die Green Lanes entlang nach Hause, wobei ich doller weinte denn je.

35. Rachsüchtige Ruhe

Ich hatte geglaubt, ich würde mich mit Sam sicherer fühlen, nachdem Virginie aus dem Rennen war. Ich hatte geglaubt, wir würden tun, was man in einer festen Partnerschaft eben tut – Shiatsu-Massagekurse besuchen, Dinner Partys veranstalten, den anderen als »meine bessere Hälfte« bezeichnen –, aber statt sich ganz auf mich einzulassen, zog Sam sich zurück. Ich kam zum Beispiel zum Essen vorbei, sie öffnete missmutig im Morgenmantel die Tür und setzte die Nudeln auf, ohne ein Wort zu sagen. Wenn ich den Versuch unternahm, mich mit ihr zu unterhalten, antwortete sie nur einsilbig, und wenn ich sie fragte, was los sei, antwortete sie: »Was glaubst du wohl?«

Ich erwischte mich dabei, wie ich ihr den Rücken streichelte und sagte: »Es tut mir leid, dass es dir schlecht geht.« Sie schnaubte und sagte so was wie: »Könntest du bitte aufhören, mich zu berühren? Ich bin gerade etwas empfindlich. Ich brauche ein bisschen Abstand.«

Das Problem ist: Wann immer mich jemand um Abstand bittet, möchte ich jede Minute mit dieser Person verbringen. Je einsilbiger und offen gestanden auch unleidlicher Sam wurde, desto mehr versuchte ich, sie zu trösten, und schickte ihr gleich morgens liebevolle Nachrichten, bekochte sie und erfand kleine Lieder darüber, wie sehr ich sie liebte. Manche reimten sich sogar.

Ein paar Wochen nachdem Sam mit Virginie Schluss gemacht hatte, überredete ich sie, nach der Arbeit mit mir etwas trinken zu gehen. Sie erschien mit einem großen Pappkarton. Als sie sich setzte, sah ich, dass ihre Augen ganz verquollen waren. »Was ist los?«, fragte ich.

»Nichts«, sagte sie. »Interessiert dich eh nicht.«

»Bitte sag's mir.«

»Also schön«, sagte sie, als würde sie mir einen Gefallen tun. »Virginie hat mein ganzes Zeug ins Atelier geschickt.« Sie stellte den Karton auf den Tisch. »Sie hat alles, was ich ihr je geschenkt habe, zurückgeschickt.« Sam fing an, Sachen aus dem Karton zu holen – eine silberne Kette, kleine Stofftiere, Karten ohne Ende. »Das war das Erste, was ich ihr geschenkt habe«, sagte sie und hielt einen kleinen Vibrator hoch. »Ich weiß, dass ich ihr weh getan habe, aber das ist grausam von ihr.«

»Du Ärmste ...«

Ich weiß, das muss sich schwach und jämmerlich anhören, und ich fühlte mich zu dem Zeitpunkt auch so, aber ich war auch wütend. Erwartete sie etwa, dass ich sie tröstete, weil sie sich von einer anderen Frau getrennt hatte? Ja, lautete die Antwort. Aber ich konnte ihr nicht sagen, wie sauer ich war, denn das hätte sie für unangemessen gehalten, und dann hätten wir uns gestritten und vielleicht nie wieder versöhnt.

In der U-Bahn auf dem Weg nach Hause weinte ich. Ein Mann mit schütterem Haar auf dem Platz gegenüber sagte: »Kopf hoch, Kleines«, was meinen Ausbruch nur noch verstärkte. Eine Frau mit einer blumigen Baskenmütze reichte mir ein Taschentuch, das eigentümlich nach Zimt roch.

Die Wohnung war still und leer, als ich nach Hause kam.

Ich zog meinen Pyjama an und legte mich aufs Bett, wo ich dem Verkehr lauschte, bis ich einschlief.

Um drei Uhr morgens wachte ich schweißgebadet auf, weil ich von Sam und Virginie und dem winzigen Vibrator geträumt hatte. Bei der Arbeit konnte ich kaum die Augen offen halten. Ich bot an, eine Runde Tee zu kochen, und goss versehentlich Milch in Uzos Pfefferminztee – so etwas kann das Gleichgewicht des Bürogefüges empfindlich stören, vor allem wenn man die Teebeutel selbst bezahlt. Als ich darauf wartete, dass das Wasser zum zweiten Mal kochte, fiel mir die Betriebsamkeit um Owens Schreibtisch herum auf. Uzo umarmte Owen – ein seltenes Ereignis –, und Tom sagte, Owen könne stolz sein.

Ich ging so schnell wie möglich rüber, ohne Uzos Tee zu verschütten.

»Was ist denn los?«, fragte ich.

Owen schabte mit einem Fuß über den Boden und zuckte mit den Achseln. »Ich wurde zu einem zweiten Gespräch eingeladen.«

»Oh!«

»Guck mal in deine Mails!«, sagte er. »Vielleicht hast du auch eine Einladung!«

Das tat ich dann auch – während mir Uzo, Tom und Owen über die Schulter sahen, was etwas unglücklich war, denn ziemlich weit oben in meinem Posteingang befand sich ein Mailwechsel mit Cat und dem Betreff *Ist dieses Kostüm zu eng im Schritt?*

Und da, mitten unter den ungelesenen Nachrichten, fett und kursiv, war die Nachricht mit dem Absender Stellen im öffentlichen Dienst. Ich klickte sie an. Und wünschte dann, ich hätte es nicht getan.

Wir bedauern Ihnen mitteilen zu müssen, dass wir Sie diesmal nicht berücksichtigen konnten. Das Niveau der eingegangenen Bewerbungen war ausgesprochen hoch ...

Es herrschte mitfühlende Stille.

»Was soll's!«, sagte ich beschwingt und wandte mich lächelnd zu den anderen um.

Uzo rieb mir die Schulter.

»Lassen Sie sich von den Schweinen nicht unterkriegen«, sagte Tom. »Da geht's nur darum, sich für nichts zu schade zu sein. Nicht jeder kann ein verdammtes Zirkuspferdchen sein. Nichts gegen Sie, Owen.«

»Es tut mir leid«, sagte Owen.

»Entschuldige dich bloß nicht!«, sagte ich.

»Wahrscheinlich komme ich eh nicht weiter.«

»Doch bestimmt! Ganz bestimmt!«, sagte ich mit hörbaren Ausrufezeichen. »Ich freue mich sehr für dich!«

»Danke«, sagte er und hypnotisierte weiter den Teppich.

»Mir war immer klar, dass Owen schlauer ist, als er aussieht«, sagte Uzo und umarmte ihn noch mal mit dem Teebecher in der Hand – ein gefährliches Unterfangen.

»Danke«, wiederholte Owen, der unverbrüht davonkam. Ein Teil von mir – der garstige Teil – war enttäuscht.

Owen schien mich nicht ansehen zu wollen, was mir recht war, weil mein Gesicht seltsam zuckte. Ich versuchte, es zum Lächeln zu bringen, aber es schien wild entschlossen, es nicht zu tun. Ich wusste, dass ich vermutlich extrem mitgenommen wirkte, was der Situation nicht angemessen war, weshalb ich mein Gesicht zur Toilette trug, wo es eine Zeitlang für niemanden zu sehen war.

Am Abend fuhr ich zu Sam und erzählte ihr, was passiert war, während ich am Küchentisch in meinen Fish Pie weinte und sie geistesabwesend meine Hand streichelte.

»Ich bin eine solche Versagerin«, sagte ich.

»Sei nicht albern«, meinte sie. »Wenn du die Stelle wirklich gewollt hättest, hättest du dich besser auf das Gespräch vorbereitet.«

Ich unterdrückte die erneut aufflackernde Wut, denn ich hätte vermutlich besser abgeschnitten, wenn mich nicht die Erinnerung an eine Französin so abgelenkt hätte, die mir erst Kaffee angeboten und im nächsten Moment meine Freundin gefickt hatte.

Ich half Sam, den Tisch abzuräumen, und setzte mich dann hin, während sie mit dem Rücken zu mir die schmutzigen Teller abwusch. Der Wasserdampf ließ die Scheiben beschlagen, und das vor Monaten hingeschriebene *SAM LIEBT JULIA* tauchte wieder auf, wie ein Geist unserer früheren Beziehung, der mich verhöhnte.

In der Nacht presste ich mich an Sam, sehnte mich verzweifelt nach der Wärme ihres Körpers, aber sie rückte von mir ab und murmelte wieder etwas über das Bedürfnis nach Abstand. Ich drehte mich auf den Rücken und überlegte, was ich alles Vernichtendes zu ihr sagen könnte, so was wie »Polly ist eine interessantere Künstlerin als du« und »In deiner Barbourjacke siehst du aus wie ein pensionierter Polizist« und »Kurz vorm Kommen guckst du wie eine Eule«. Allein der Gedanke erfüllte mich mit Ruhe, allerdings von der rachsüchtigen Sorte. Nicht gerade die ideale Gefühlslage, wenn man neben seiner Freundin im Bett lag. Vielleicht war etwas Abstand keine so schlechte Idee.

Als wir am nächsten Morgen noch im Bett lagen, sagte ich also: »Alice und ich fahren am Wochenende hoch nach Edinburgh und besuchen Cat.«

Sie lächelte – das erste echte Lächeln seit einer halben Ewigkeit. »Gute Idee«, sagte sie. »Du wirst mir fehlen. Tu nichts, was ich nicht auch tun würde.« Und sie zwinkerte mir zu. Ich hatte eindeutig die richtige Entscheidung getroffen, wenn sie zwinkerte.

36. Ein ausgesprochen schottischer Tinnitus

Alice und ich nahmen uns den Freitagnachmittag frei und trafen drei Stunden vor Abflug am Terminal 5 ein. Alice hasst es, zu spät zu kommen, und sie liebt Shopping an Flughäfen. »Es kommt mir immer so vor, als wäre das Geld eh übrig, wenn man gleich das Land verlässt!«

»Schottland ist allerdings kein anderes Land«, wandte ich ein, aber sie war schon bei Boots und begutachtete die Shampoos in Reisegrößen.

Meine Lieblingsbeschäftigung an Flughäfen war, mich zu betrinken, das machten wir dann als Nächstes.

»Ich bin so froh, dass wir mal aus London rauskommen«, sagte Alice, als sich der Wein langsam bemerkbar machte. »Dave schickt mir dauernd Mails wegen irgendwelcher Hochzeitslisten. Er will, dass wir Fischbesteck draufsetzen. Wer benutzt denn im einundzwanzigsten Jahrhundert noch Fischbesteck?«

»Ich hätte Dave gar nicht für einen Fischbesteckmenschen gehalten«, sagte ich, während ich die Erdnüsse aufriss, die ich eigentlich für den Flug gekauft hatte.

»Ich weiß! Er hat sich in einen seltsamen viktorianischen Gentleman verwandelt, seit wir uns verlobt haben.«

»Wenigstens heult er sich nicht zu Hause die Augen aus,

weil er seine Geliebte mit den wippenden Locken abserviert hat.«

»Lass uns lieber nicht mehr über unsere blöden Beziehungen reden«, sagte Alice. »Wenn wir ein Film wären, würden wir den Bechdel-Test nicht bestehen.«

»Alles klar«, sagte ich.

»Alles klar«, sagte Alice.

Wir sahen uns eine Weile ausdruckslos an.

»Wie läuft's bei der Arbeit?«, fragte ich.

Alice zuckte mit den Achseln. »Ich lektoriere die Biographie eines Mannes, der mal bei *The Archers* mitgespielt hat. Haufenweise Fotos von den Enkeln und Witze über Schweinezucht. Und bei dir?«

»Du weißt, wie's bei mir läuft.« Ich hatte mich am Abend zuvor über Owen und sein zweites Vorstellungsgespräch ausgeheult.

Wir sahen uns noch etwas länger an.

»Möchtest du über Politik reden?«, fragte Alice.

»Nein, danke«, sagte ich. »Für Politik hab ich zu viel Wein intus.«

»Ich habe vorhin ein echt gutes Igel-Video auf Instagram gesehen«, sagte Alice und holte ihr Telefon raus.

Im Flugzeug tranken wir Gin Tonics, wodurch die Sicherheitshinweise viel lustiger wirkten als sonst, und als wir eine Stunde später landeten, waren wir immer noch ein bisschen angeheitert.

»Wir müssen dringend nüchtern werden«, sagte Alice, als wir auf unser Gepäck warteten. »Wir sehen heute Abend noch ein Stück von Pinter.«

Ich war nicht in der Stimmung für ein Stück von Pinter,

aber es ist auch schwer, am Gepäckband für irgendwas in Stimmung zu sein. Der Flughafenuhr zufolge war es fast acht. Ich fragte mich, was Sam wohl ohne mich machte. Ich schickte ihr eine WhatsApp, um sie wissen zu lassen, dass ich gut angekommen war und dass ich sie liebte. Die blauen Häkchen verrieten mir, dass sie meine Nachricht sofort gelesen hatte. Aber sie schrieb nicht zurück.

Weil wir in Edinburgh waren, regnete es. Wir kniffen die Augen zusammen wegen des Windes und zerrten unser Gepäck Richtung New Town, vorbei an Jongleuren, zeichnenden Studenten und Touristen, die an Imbisswagen für Haggis Toasties anstanden. Überall hörten wir Dudelsäcke »Scotland the Brave« spielen, in zig Ton- und Taktarten. Es war wie ein ausgesprochen schottischer Tinnitus.

Cat wohnte mit acht anderen Leuten in einer georgianischen Wohnung mit zwei Schlafzimmern um die Ecke von der Princess Street. Sie erwartete uns an der Eingangstür, immer noch mit Bühnen-Make-up. Sie umarmte mich. »Da bist du ja!«

Wir setzten uns in ihr Zimmer, tranken Bier und schrien uns zu, was es so Neues gab, während ihre Mitbewohner im Wohnzimmer improvisierte Comedy-Songs sangen.

»Hast du das Zimmer für dich?«, fragte Alice Cat.

»Ich habe Lacey ausquartiert, damit Platz für euch beide ist. Sie übernachtet bei ihrem Freund.«

»Der Kaulquappe?«, fragte ich.

»Diesmal ist er eine Damenbinde!«

»Und die Show läuft gut?«, fragte Alice.

»Schaut mal!«, sagte Cat und zeigte uns ein Foto auf ihrem Telefon: eine Tafel, auf der oben *AUSVERKAUFT* stand und darunter in geschwungenen rosa Kreide-Buchstaben *Menstruation: Das Musical*.

»Ihr wart echt ausverkauft?«, fragte Alice.

»Nur gestern Abend«, sagte Cat. »Kein Grund, so überrascht zu gucken.«

Cat wirkte verändert – lauter als sonst, die Gesten übertriebener, wahrscheinlich weil sie seit drei Wochen von Schauspielern, Komikern und vereinzelten Pantomimen umgeben war. Als sie von den Agenten erzählte, die extra zu ihrer Show gekommen waren, und von den begeisterten Rezensionen, versank ich tiefer und tiefer in Selbstmitleid.

»Du bist so still«, sagte sie zu mir. »Was ist los?«

»Nur die Arbeit«, sagte ich.

»Nicht Sam?«, fragte Cat.

»Ich will nicht über Sam reden«, sagte ich. Sie hatte mir immer noch nicht zurückgeschrieben.

»Ich aber«, sagte Cat.

»Cat«, sagte Alice warnend.

»Sie macht dir ein schlechtes Gewissen, weil du von ihr verlangt hast, dass sie monogam lebt.«

»Streng genommen leben wir immer noch nicht monogam«, sagte ich.

»Verdammt noch mal«, sagte Cat.

»Glaubst du nicht, dass Monogamie ein patriarchales Konstrukt ist?«, fragte ich.

»Dann ist es aber eins der gelungeneren«, sagte Alice.

»Warum bist du nicht wütend auf sie?«, fragte Cat.

»Bin ich ja«, sagte ich, und während ich es sagte, ließ ich die Wut auch zu. Scheiß auf sie, dachte ich. Scheiß auf sie und ihr »Ich werde um Virginie trauern« und »Ich werde deine Unterstützung brauchen« und »Ich muss lockeren Sex mit anderen haben dürfen.«

»Scheiß auf sie«, sagte Cat.

»Sag das nicht«, sagte ich.

Von dem Pinter-Stück weiß ich nicht mehr viel, außer dass es lang war und dass eine Pension und eine Figur namens McCann darin vorkamen. In einer der Pausen schlief ich ein und wachte erst wieder auf, als Cat mich wach rüttelte und das Ensemble sich auf der Bühne verbeugte.

Ich erinnere mich noch, wie dankbar ich war, dass ich mir in dieser Nacht das Bett mit meinen beiden besten Freundinnen teilte. »Ich liebe euch«, murmelte ich, als wir uns zurechtkuschelten.

»Halt die Klappe und schlaf«, sagte Cat, während sie das Seidentuch richtete, das sie sich um den Kopf gewickelt hatte. »Du wirst mir morgen helfen, Flyer zu verteilen, und mit einem Kater ist das tausendmal schlimmer.«

Während des Edinburgh Fringe Flyer zu verteilen ist aus vielerlei Gründen furchtbar – wegen der sengenden Sonne oder des strömenden Regens, wegen der schrecklichen Stand-up-Comedians, die wieder und wieder die gleichen Witze reißen, und weil einen einfach jeder hasst. Ich hasste mich auch ausgiebig selbst an diesem Tag auf der Royal Mile, als ich den Passanten glänzende Flugblätter entgegenstreckte und versuchte, mir nicht auf die Schuhe zu kotzen. Das Beste am Flyerverteilen ist, dass es einen völlig vereinnahmt. Ich hatte keine Zeit darüber nachzudenken, ob ich bei bei meiner Rückkehr noch einen Job haben würde oder über Sam oder irgendetwas anderes, abgesehen von der Frage, wann ich wieder etwas essen könnte – vielleicht einen Kebab – und wann wieder etwas trinken. Trinken schien in Edinburgh sowieso die Lösung für alles zu sein.

Ich malte mir gerade aus, was für einen Kebab ich essen würde – Schisch Kebab mit Hühnchen? –, als ich eine Stimme hinter mir sagen hörte: »Ist das nicht die, mit der wir beim Rave rumgehangen haben?«

Ich drehte mich um.

»Ist das –«, sagte Alice.

»Ja«, sagte ich. »Hallo, Jane.«

Da war sie, mit ihrem akkurat geschnittenen Bob, den hippen Latzhosen und ihrer Freundin Tia samt rasiertem Kopf und Kaugummi. Tia lächelte, und mir fiel siedend heiß ein, wie ich ihr den Rücken gestreichelt und sie ein Säugetier genannt hatte. Ich wäre am liebsten gestorben.

Wir umarmten uns.

»Was macht ihr hier?«, fragte ich.

»Tia hat ihre eigene Show.«

Tia reichte mir einen Flyer.

»Du solltest kommen«, sagte Jane. Sie sah mir in die Augen. Ich sah ihr in die Augen. Mein Herz schlug schneller. Ziemlich intensiv für einen Samstagmittag.

Cats Show begann um Viertel nach fünf in einem Varieté-Theater in Old Town. Alice und ich saßen ganz vorne. Wir bestellten eine Flasche Rotwein, passend zum Menstruationsthema, und bald dröhnte die Ouvertüre aus den Lautsprechern. Mich erfasste ein Anflug Neid, als die Darsteller auf die Bühne kamen, aber dann vergaß ich, neidisch zu sein, weil das Musical so großartig war – witzig, politisch und erstaunlich berührend, was eine echte Leistung war, da Cat fast die gesamte zweite Hälfte eine Menstruationstasse darstellte. Sie beendete das Stück mit einem rührenden Song über Periodenarmut, und ich musste nicht groß überlegen, als ich für Standing Ovations aufstand; die Kraft ihrer Stimme und die erstaunlich schöne Musik schienen mich einfach auf die Füße zu reißen, und ich klatschte, bis meine Finger kribbelten. Ich weinte auch ein bisschen. Ich wünschte so sehr, dass ich für den Tampon-Part vorgesprochen hätte.

Nach der Vorstellung war Cat ganz aufgedreht, umarmte alle mehrmals, redete zu schnell und lachte extralaut über irgendwelche Witze. Sie stellte uns Lacey vor, die sie aber sofort wegzog, um ihr jemand anderen vorzustellen, so dass Alice und ich allein zurückblieben. Wir setzten uns an einen Tisch und schenkten uns etwas Wein aus einer verwaisten Flasche ein.

»Mir tun die Füße weh«, sagte Alice mit Blick auf ihre Absätze.

»Kein Wunder«, sagte ich. »Die Schuhe sind absurd.«

»Ich will ins Bett.«

»Komm doch mit zu Tias Show«, sagte ich. »Es ist gleich um die Ecke.«

Alice schüttelte den Kopf. »Ich mag nicht mehr klatschen.«

»Was gibt's?« Cat war wieder da und legte die Arme um uns.

»Julia möchte sich Tias Show ansehen.«

»Was soll's«, sagte Cat. »Wenn Sam will, dass du rumvögelst, warum nicht? Jane ist heiß.«

»Ich werde nicht mit ihr schlafen«, sagte ich.

Wir ließen Cat inmitten ihres Ensembles zurück, wo sie lautstark und wild gestikulierend eine Anekdote zum Besten gab, und traten auf die Straße. Durch die kalte Luft wurde ich wacher, nahm aber auch deutlicher wahr, wie betrunken ich war. Ich sah auf mein Telefon. Immer noch nichts von Sam.

»Kommst du mit in die Wohnung?«, fragte Alice.

Ich schüttelte den Kopf. Während sie den Hügel hinauf Richtung Bett ging, lief ich schwankend und mit pelziger Zunge bergab zu Tias Show, zu Jane.

37. Klappe, du Schwachkopf!

Tia hatte ihren Auftritt im Hinterzimmer eines Pubs. Es waren nur zehn Zuschauer da, aber wir waren alle betrunken und leicht zu erheitern. Am besten gefiel mir die Stelle, als sie davon erzählte, dass sie gern offiziell berührt wurde – abgetastet am Flughafen, untersucht vom Arzt und so weiter. Jane suchte meinen Blick, als Tia davon erzählte, wie ihre Nippel sich während einer Brustuntersuchung aufgerichtet hatten.

Als die Vorstellung vorbei war, schenkte die Bar schon nichts mehr aus, und Tia und ihre Freunde überlegten, in einen Club zu gehen. Jane fragte, ob ich mitkommen wolle.

»Das sollte ich lieber nicht«, sagte ich.

»Wir können auch zu mir gehen«, sagte Jane.

Ich hätte nein sagen können.

Ich hätte Sam fragen können, ob das, was ich vorhatte, für sie in Ordnung war.

Aber ich wusste, dass dem nicht so wäre.

Außerdem war ich verletzt und wütend und hatte es satt, Regeln zu befolgen, die jemand anders aufgestellt hatte.

Und überhaupt wollte ich alles vergessen – mein missglücktes Vorstellungsgespräch, die Tatsache, dass ich die Chance verpasst hatte, beim Kultstück des Festivals dabei zu sein, und meine Freundin, die ihre Geliebte vermisste.

Also sagte ich: »Okay.«

Als sie mich küsste, erwiderte ich den Kuss. Ich tat es irgendwie mechanisch. Eine Art Pawlow'scher Reflex. Was mich zu einem Hund machte, oder? Gar nicht so unpassend.

Ehe ich mich versah, waren wir in Janes Wohnung, wo sie mich aufs Bett stieß und anfing, mich auszuziehen. Als sie meinen Hals küsste, fiel mir auf, wie anders ihre Haut sich anfühlte im Vergleich zu Sams. Das gefiel mir eigentlich nicht, aber gleichzeitig törnte es mich an. Sie biss mich, ein spielerischer Biss, aber vermutlich fester als geplant, und das setzte etwas in mir frei – etwas von der Wut und der Frustration –, und ich kratzte ihr über den Rücken.

»Du magst es also ein bisschen rauer«, sagte Jane und zog mich an den Haaren, so dass mir die Tränen in die Augen schossen. Ich zog sie ebenfalls an den Haaren, und das Ganze bekam etwas von einem Schulhofstreit. Dann küsste Jane mich wieder, ich biss ihr auf die Lippe, sie schob ihre Finger in meinen Mund und ich biss auch darauf, und dann spreizte sie meine Beine und fickte mich.

Ich packte ihr Handgelenk und schob es tiefer in mich hinein. Ich wollte, dass sie mir weh tat, denn ich war jetzt voller Wut, auf Sam, auf Jane und vor allem auf mich, und das schien der beste Weg zu sein, um die Wut wieder loszuwerden. Ich streckte mich und berührte Janes Brust, denn Sam erlaubte mir nur selten, sie dort anzufassen.

Sobald ich es tat, kam ich auch schon.

Es fühlte sich an wie ein Sieg.

Dann war es vorbei, und ich verspürte nur noch Leere und Abscheu.

»Scheiße«, sagte Jane. »Du hast deine Hausaufgaben gemacht.«

Sie wischte ihre Hand am Bett ab.

Vor dem Fenster spielte ein einsamer Dudelsackspieler »The Bonny Banks o' Loch Lomond«.

Auf der Straße schrie jemand: »Klappe, du Schwachkopf!«

Ich schloss die Augen. Eine Träne entwischte mir. »Scheiße«, sagte ich. Das war so leicht gewesen. Ich hatte kaum gemerkt, wie ich die Grenze überschritt. Irgendwann muss ich eingeschlafen sein. Als ich aufwachte, lag Jane noch neben mir, und mein Handy zeigte zwei entgangene Anrufe von Alice und eine Nachricht von Sam.

Sorry, dass ich so spät antworte, Babe. War früh im Bett. Wann kommst du nach Hause? Deine schöne Fotze fehlt mir. Dein schönes Gesicht natürlich auch xxx

Ich konnte mich selbst kaum ertragen, so sehr schämte ich mich. Ich hatte mich immer für einen guten Menschen gehalten, jemand, der Obdachlosen Sandwiches kaufte, an der Wahlurne auch an die Schwächeren dachte und niemals, niemals seine Freundin betrügen würde.

Jane öffnete die Augen und lächelte mich an. »Morgen.«

Sie setzte sich auf. Sie war immer noch oben ohne. Ich sah weg.

»Bitte erzähl Sam nicht, was passiert ist«, sagte ich.

Sie lachte. »Keine Sorge. Das werde ich nicht. Sam ist unheimlich.«

»Ist sie nicht.« Meine Wut war längst verraucht. Dafür war kein Platz mehr neben all der Scham und dem Selbsthass. Für Sam empfand ich nur noch reine Liebe. Ich konnte nicht glauben, was ich getan hatte. Ich stand auf und suchte meine Sachen zusammen, denn die eigene Verkommenheit ist mit Unterhose leichter zu ertragen.

»Tja, ich habe Angst vor ihr«, sagte Jane. »Sie hat mich mal gegen eine Wand gedrückt und beschuldigt, ihre Ex gegen sie aufgebracht zu haben.«

Ich hielt inne, das T-Shirt in den Händen. »Hast du das denn nicht?«

»Nein! Sie hat Marie gegen *mich* aufgebracht und dafür gesorgt, dass Marie sich von all ihren Freundinnen abwendet. Sie fing damit an, Maries Outfits zu kommentieren, wenn sie ausgehen wollte –«

»Das hat sie bei mir noch nie gemacht.«

»– und sie fing an, Marie zu sagen, wen sie treffen dürfe und wen nicht, und als Marie es schließlich leid war, von Sam kontrolliert zu werden, hatte sie zu große Angst, allein mit ihr Schluss zu machen, deshalb bin ich mitgegangen.«

Ich setzte mich ans Fußende von Janes Bett. Mir war ein bisschen schlecht vor Angst. »Wie hat Sam darauf reagiert?«

Jane zuckte mit den Achseln. »Sie tat erst mal ganz erwachsen und höflich. Aber ein paar Wochen später kam sie auf mich zu, als ich gerade den Fahrradweg zwischen Hackney Central und London Fields entlangging, kennst du den? Sie stieß mich gegen die Wand, warf mir vor, ihre Beziehung zerstört zu haben und Marie hinter ihrem Rücken zu ficken. Was übrigens nicht stimmte.«

»Na ja«, sagte ich. »Das ist deine Version der Geschichte.« Ich zog mir mein T-Shirt an.

»Das ist die einzige Version der Geschichte.«

»Ist es nicht. Natürlich nicht.« Ich machte mir die Jeans

zu. Der Knopf war widerspenstiger, als ich in Erinnerung hatte.

»Wie du meinst.« Jane hob ein Handtuch vom Boden auf. »Sei einfach vorsichtig.« Sie ging ins Bad und stellte die Dusche an.

Ich schloss die Augen und legte mich hin. Einen Moment lang konnte ich mir vorstellen, wieder zu Hause in meinem Zimmer zu sein, gleich würde ich mich im Wohnzimmer mit Alice und Dave zu Brunch und Netflix in Pyjamas treffen. Ich schlug die Augen wieder auf. Ich lag immer noch auf Janes Bett. Ich war ein schrecklicher Mensch.

Als ich am Abend ins Flugzeug stieg, bekam ich eine Instagram-Nachricht von Jane. *Wollte sicherheitshalber keine SMS schicken ... Letzte Nacht war scharf. Keine Sorge, ich verrate nichts. Ruf mich an, wenn du jemanden zum Reden brauchst, und pass auf dich auf.* Ohne eine Antwort stellte ich das Handy aus.

38. Verschrumpelte Erbse

Das Schlimmste war, wie sehr sich Sam freute, mich wiederzusehen. Wie sie strahlte, als sie die Tür öffnete, wie fest sie mich in die Arme schloss.

»Ich weiß, dass ich in den letzten Wochen unerträglich war«, sagte sie. »Ich hätte dich nicht bitten sollen, das mit mir durchzustehen. Das Schlimmste ist überstanden, versprochen.«

Wegen meines schlechten Gewissens brachte ich keinen Ton heraus.

»Ich war schrecklich, oder?«

»Nicht schrecklich ...«

»Darf ich es wiedergutmachen?«

Sie fing an, mich zu küssen, mir die Strickjacke auszuziehen. Ich war mir sicher, dass sie erkennen konnte, was ich getan hatte, es auf meinen Lippen schmeckte, als hätte ich getrunken oder Thunfisch-Toast gegessen. Ich musste es ihr sagen. Ein Ruck, wie beim Pflaster abreißen.

Ich schloss die Augen und sagte: »In Edinburgh bin ich Jane über den Weg gelaufen.«

Sie ließ meine Strickjacke los. »Was ist passiert?«

In ihrer Frage lag etwas Gefährliches, und plötzlich wurde mir klar, dass es eine fürchterliche Idee war, mich zu offenbaren, deshalb sagte ich: »Sie kam zufällig vorbei, als ich gerade auf der Straße Flyer verteilt habe«, und ging zum Spülbecken, wo ich mir die Wasserhähne ansah, als wären die irgendwie interessant.

»Schön«, sagte sie. Und dann: »Mir wäre es lieber, wenn du nicht mit Jane ins Bett gehen würdest, wenn das in Ordnung ist.«

Wusste sie Bescheid? War das ein Test? Ich starrte auf einen Wassertropfen am Ende des Hahns, in dem sich die ganze Küche falsch herum spiegelte. »Okay«, sagte ich und nickte zu eifrig. »Ist notiert!«

Ich war eigentlich nicht der Typ, der so etwas sagte wie »Ist notiert!«. Aber zurzeit tat ich ja alles Mögliche, wofür ich nicht der Typ war.

Ich war ein Wurm. Eigentlich weniger als ein Wurm – ich kam mir vor wie eine von den verschrumpelten Erbsen, die ich immer unter dem Kühlschrank fand, egal, wie gründlich ich Staub gesaugt hatte. Ich ertrug einfach nicht, was ich getan hatte. Ich brauchte jemanden, der mir sagte, dass es schon in Ordnung war, dass es sich irgendwie rechtfertigen ließ. Nach der Tanzstunde am Sonntag fuhren ein paar von uns zum Lunch nach Soho – teure Nudeln auf unbequemen Stühlen –, und hinterher meinte Ella, sie müsse bei Foyles noch ein Geburtstagsgeschenk für ihre Mutter besorgen.

Die Kochbuchabteilung schien mir ein guter Ort für ein Geständnis zu sein – der tröstliche Geruch der Bücher, die Verheißung vieler zukünftiger Mahlzeiten –, und als Ella überlegte, ein Buch nur über Butter zu kaufen, während Zhu versuchte, sie von etwas über die Küche des Nahen Ostens zu überzeugen, und Bo und Rebecca etwas abseits ein Buch über Achtsamkeit durchblätterten, erzählte ich ihnen, was ich getan hatte.

»Was?«, sagte Ella sichtlich entsetzt.

»Ich weiß«, sagte ich.

»Du musst es ihr sagen.«

»Muss ich das wirklich?«, fragte ich. Ich lehnte mich an das Jamie-Oliver-Regal. Ein Brathähnchen schwenkend, starrte er mich von einem seiner Bücher an, als hielte selbst er mich für einen Feigling.

Rebecca kam rüber und strich mir über den Rücken. »In moralischer Hinsicht scheint Ehrlichkeit das Beste zu sein. Aber frag dich erst mal, *warum* du ehrlich sein willst. Wenn es nur darum geht, dir etwas von der Seele zu reden, und du weißt, dass es sie verletzen wird, ist es wahrscheinlich nicht sehr edelmütig.«

Sie hatte einen Oxford-Abschluss in Philosophie, Politik und Ökonomie. Sie hatte bestimmt recht.

»Ich glaube eigentlich nicht, dass du was Schlimmes gemacht hast«, sagte Zhu achselzuckend. »Ihr lebt doch nicht-monogam, oder? Falsch daran war nur, dass du es ihr nicht gesagt hast.«

»Ich möchte es ihr wirklich nicht sagen«, sagte ich. »Sie würde – ich habe keine Ahnung, was sie tun würde.«

Bo reichte mir ein Buch mit dem Titel *Wie man Schluss macht*. »Ich mein ja bloß.«

»Ich werde nicht mit ihr Schluss machen«, sagte ich.

Niemand schien sonderlich erfreut, das zu hören.

Das schlechte Gewissen verschwand nicht, aber ich lernte, damit zu leben, so wie man sich an Rückenschmerzen gewöhnt oder daran, dass die Konservativen die Wahl gewinnen. Solange ich nicht allzu viel darüber nachdachte, konnte ich mir fast vormachen, es wäre nicht passiert. Das

Problem war nur, dass Cat und Alice bei jeder Gelegenheit wieder auf meinen bissigen Sex mit Jane zu sprechen kamen – Cat verstand gar nicht, was daran so schlimm sein sollte, während Alice es als Betrug wertete. Tief in meinem Inneren wusste ich, dass es richtig gewesen wäre, Sam davon zu erzählen. Doch auch wenn ich Jane gegenüber etwas anderes behauptet hatte, hatte ich ein bisschen Angst vor Sam. Ich wollte nicht, dass sie mich gegen eine Wand stieß, es sei denn aus Leidenschaft.

Alice erzählte Dave von mir und Jane, was mich so ärgerte, dass ich tagelang nicht mit ihr sprach, bis sie ein Bananenbrot buk, das so lecker roch, dass ich einfach um ein Stück bitten musste. Danach hatte ich meine Lektion gelernt; ich würde mit meinen Freunden nicht mehr über meine Beziehung zu Sam reden. Sam wollte das ja ohnehin nicht, und nach dem, was ich getan hatte, konnte ich wenigstens ihre Wünsche respektieren.

Owen kaufte mir in der Mittagspause einen Brownie bei Pret A Manger und sagte, ich sei nicht ganz ich selbst. Er fragte, ob ich verstimmt wegen seines zweiten Vorstellungsgesprächs sei. Ich sagte ja, und es stimmte ja auch. Das schien ihm sehr zu schmeicheln.

»Es war noch nie jemand neidisch auf mich«, sagte er.

»Ich bin mir ganz sicher, dass das nicht stimmt. Du stellst dich doch immer in die Schlange und holst dir vor allen anderen das neueste iPhone.«

Er nickte nachdenklich. »Aber mich hat noch nie jemand *Cooles* beneidet.«

»Du findest mich cool?«

Er zuckte mit den Achseln. »Geh doch nächste Woche mit mir und Carys was trinken«, sagte er. »Sie ist auch cool.«

»Vielleicht«, sagte ich.

»Ach, komm«, sagte Owen. »Was soll schon passieren?«

Also sagte ich zu.

Am Abend traf ich Sam, und als wir ins Bett gingen, leuchtete eine Nachricht von Owen auf meinem Telefon auf: *Carys kann nächsten Mi, du auch?*

»Warum schreibt er dir so spät abends?«, fragte Sam und las die Nachricht über meine Schulter hinweg.

»Wir gehen nächste Woche mit seiner Schwester was trinken.«

»Wie kommt's?«

»Er glaubt, wir würden uns gut verstehen.«

»Warum?«

Ich hätte sagen sollen »einfach nur so«. Aber stattdessen sagte ich: »Sie ist lesbisch, und Owen dachte, wir könnten uns mögen.«

»Du brauchst nicht noch mehr Freundinnen«, sagte Sam.

Sam hatte mich immer ermutigt, mir andere Frauen auf der Straße anzuschauen, mir vorzustellen, wie sie mit einem Dildo aussähen und dergleichen, aber seit sie mit Virginie Schluss gemacht hatte, war wohl alles anders.

»Ich will nicht, dass du da hingehst«, sagte sie.

»Was?«, sagte ich. »Warum nicht?«

»Ich will's einfach nicht.« Sie legte sich hin und starrte an die Decke.

Ich dachte daran, was Jane mir über Sam und Marie erzählt hatte, und sagte: »Du kannst mir doch nicht vorschreiben, mit wem ich befreundet sein darf.« Aber es klang wie eine Frage.

»Das würde ich nie machen«, sagte sie sanfter.

Sie küsste mich auf die Stirn. »Es ist nur – ich finde es wirklich schwierig, seit ich mit Virginie Schluss gemacht habe. Ich könnte es nicht ertragen, dich auch noch zu verlieren.«

»Du wirst mich nicht verlieren«, sagte ich und war froh, dass im Dunkeln meine schuldbewusste Miene nicht zu erkennen war.

Sie nahm meine Hand. »Ich glaube einfach, dass unsere Liebe gerade sehr zerbrechlich ist. Wir wollen doch nicht, dass sie aus dem Gleichgewicht gerät, wenn jetzt noch neue Leute dazukommen, oder? Vielleicht schreibst du Owen einfach und verschiebst die Sache.« Sie lächelte mich an. Sie wartete darauf, dass ich ihm antwortete.

Angesichts dessen, was ich getan hatte, schien sie ein Recht auf Eifersucht zu haben. Also schrieb ich eine Nachricht, während ihr Blick auf dem Bildschirm ruhte. *Mittwoch kann ich nicht ... vielleicht ein anderes Mal.* Dann stellte ich das Telefon stumm, ehe er antworten konnte.

»Danke«, sagte sie und küsste mich auf den Kopf.

Am nächsten Morgen wurde eine Karte durch den Briefschlitz geworfen, als ich gerade zur Arbeit aufbrechen wollte. Weil ich die zittrige Handschrift wiedererkannte, setzte ich mich und las.

Liebe Julia,
es tut mir leid, dass ich erst jetzt auf Ihre reizende Karte antworte. Ich fürchte, ich bin ganz schön angeschlagen. Ich habe nicht gut geschlafen; der Krieg spielt mit meinem Verstand. Ich sehe mich immer noch in meinem Geschützturm, von dem ich auf die brennenden deut-

schen Städte hinunterblicke. Was wir getan haben, ist nicht immer leicht zu ertragen. Ich war zuletzt auch recht kurzatmig; anscheinend ist es meine kränkliche Aortenklappe, die Ärger macht. Das Gute ist, dass sie meinen OP-Termin vorverlegen. Oder sind das schlechte Neuigkeiten???
Es wäre wirklich wundervoll, wenn Sie mich besuchen kämen! Wenn es meine Gesundheit erlaubt, führe ich Sie auf eine Suppe an der Strandpromenade aus. Oder vielmehr Sie mich (leider sitze ich zurzeit im Rollstuhl. Das Ding missfällt mir gewaltig. Ich fühle mich so alt!). Wie auch immer. Ich will mich nicht beklagen!!! Meine Tochter ist für ein paar Tage da, um sich um mich zu kümmern. Sie ist sehr gut zu mir. Sie kommt gerade und sagt mir, dass ich mit dem Schreiben aufhören und mich ausruhen soll. Ich muss morgen zu einer Untersuchung im Krankenhaus, in der geriatrischen Abteilung. Geriatrisch! Was sagen Sie dazu. Das setzt dem Ganzen die Krone auf.
Bitte schreiben Sie mir, wie es Ihnen geht. Ich rede immer nur von mir. Dabei bin ich mir sicher, dass Sie viel mehr erleben als ich. Was macht der Swingtanz?
Passen Sie auf sich auf, ich freue mich darauf, Sie bald zu treffen.

PS: Hier ist noch ein Lied für Sie: »Ain't Misbehavin«. Schön langsam, das kommt mir dieser Tage sehr entgegen!

Ihr Freund
Eric

Ich faltete den Brief zusammen. Und dann fing ich an zu weinen. Die Tränen hatten zugegebenermaßen schon kurz unter der Oberfläche gewartet, dennoch überraschten sie mich. Menschen über fünfundsiebzig gern zu haben führte unausweichlich zu Herzschmerz. Eine Dreißigjährige gern zu haben war allerdings auch nicht gerade leicht. Ich würde Eric Blumen schicken, beschloss ich.

Bei der Arbeit durchforstete ich die Fleurop-Website, aber die Sträuße sahen alle ein bisschen nach Beerdigung aus. Dann überlegte ich, ihm vielleicht lieber ein paar Brownies zu schicken, aber als ich noch zwischen Double Chocolate und Salzkaramell schwankte, kam Owen an meinen Tisch und blieb dort einfach stehen und rührte in seinem Kaffee.

»Schade mit Mittwoch«, sagte er.

»Oh«, sagte ich, den Blick auf den Bildschirm geheftet. »Ja. Tut mir leid.«

»Kannst du am Donnerstag?«

»Wie bitte?«, fragte ich und sah zu ihm hoch.

»Statt Mittwoch. Das Treffen mit Carys.«

»Nein«, sagte ich. Ich lächelte entschuldigend.

»Freitag in der Woche danach?«

»Geht auch nicht. Tut mir echt leid.« Ich blickte wieder auf den Bildschirm, ohne wirklich etwas zu sehen, und hoffte, dass er den Wink verstand.

Owen runzelte die Stirn. Er hockte sich neben mich und fragte: »Ist alles in Ordnung? Bist du genervt von mir?«

»Alles gut. Es passt im Moment einfach nicht, okay?«

Owen stand mit hochgezogenen Augenbrauen auf. »Entschuldige, dass ich gefragt habe.«

Den Rest des Tages wechselten wir kein Wort.

Ich kaufte keine Brownies. Ich war kurz davor, aber dann googelte ich *altersbedingte Herzschwäche Ernährung* und las jede Menge Artikel darüber, dass kranke ältere Menschen fett- und zuckerreiche Lebensmittel meiden und viel Obst und Gemüse essen sollten. Ich werde ihm einfach schreiben, entschied ich.

Als ich abends nach Hause kam, googelte ich Eric. Es gab Hunderte Treffer; wenn man einer der letzten Zeitzeugen des Krieges war, wollten wohl alle mit einem reden. Es gab ein Interview mit dem *Telegraph*: Stabsfeldwebel Eric Beecham DFC lächelte mir vom Bildschirm entgegen, graue Haare, braune Augen, die verschränkten Hände brav auf einer Armlehne abgelegt, als würde er neunzig Jahre zu spät für den Schulfotografen posieren. Auf der *Argus*-Website gab es ein Video mit ihm, in dem er mit einem Reporter sein Logbuch durchging – er hatte so eine schöne Handschrift –, und dann waren da noch Artikel über eine Spendenkampagne, die er initiiert hatte, um Geld für ein Denkmal zu Ehren der Bomberflotte zu sammeln. Artikel in der *Daily Mail* und der *Times* unterstützten das Vorhaben, andere im *Guardian* und im *Independent* kritisierten den »Hurra-Patriotismus« des Ehrenmals.

Ich beschloss, ihm von Sam zu erzählen. Ich hatte keine Gelegenheit gehabt, mich meinem Opa gegenüber zu outen – was vielleicht auch besser so war, weil er mich einmal davor gewarnt hatte, in »die Klauen« von kurzhaarigen Frauen zu geraten –, aber ich fand, Eric war das Risiko wert.

Ich ging in mein Zimmer und fand ein verstaubtes Blatt Briefpapier samt passendem Kuvert, Überbleibsel eines Sets, das ich als Teenager sehr gemocht hatte. Ich trieb auch einen Füller auf – ich fand, Eric verdiente einen Füller –, setzte mich an den Esstisch und fing an zu schreiben.

Ich schrieb ihm, wie leid es mir tue, von seiner kränkelnden Aortenklappe zu hören und davon, dass ihn der Krieg beschäftigte, und für wie ungeheuer tapfer ich ihn hielt. Ich erzählte ihm, dass bei Stepping Out alle ganz begeistert von seinen Musiktipps waren, und fügte hinzu: *Wir sind eine LGBT-Swingtanzgruppe – habe ich das je erwähnt?*, obwohl ich wusste, dass ich es nicht erwähnt hatte.

Und dann schrieb ich:

Sie haben mich einmal gefragt, ob ich einen Freund hätte, und darauf habe ich nie geantwortet. Nun, ich habe keinen Freund, aber ich habe eine Freundin. Sie heißt Sam, und sie hat wunderschöne braune Augen. Ich hoffe, dass Sie sie eines Tages kennenlernen.
Ich würde Sie liebend gern nächstes Wochenende besuchen, wenn ich noch willkommen bin. Vielleicht am Sonntag, wenn es Ihnen passt? Suppe an der Promenade klingt wunderbar.

Ihre Freundin
Julia

Ich wollte gerade zum Briefkasten gehen, als ich eine Nachricht von Sam bekam: *Babe, wie wär's heute mit einem Abend bei dir? Takeaway? Breche in fünf Minuten bei der Arbeit auf.* Ich ging nach oben, um zu duschen, und ließ den Brief auf dem Tisch liegen.

39. Schrecklich bescheiden

In jener Nacht hatten Sam und ich so guten Sex, dass Alice und Dave deshalb Schluss machten. Das klingt schrecklich bescheiden, ich weiß. Ich will aber wirklich nicht angeben. Es war furchtbar.

Wir wurden am nächsten Morgen um acht von lauten Stimmen geweckt.

»Wir *schlafen* doch miteinander.« Das war Dave.

»Ich musste dich in den letzten Wochen jedes Mal regelrecht angraben.«

»Ich war einfach nur müde!«

Sam rieb sich die Augen und stützte sich auf ihren Ellbogen. Sie schaute auf ihrem Handy nach, wie spät es war, drehte sich wieder auf die Seite und drückte sich das Kissen aufs Ohr.

»Sam ist nie müde, oder?«, sagte Alice in deutlich vernehmbarem Flüstern. »Julia ist nie müde.«

Sam gab es auf, wieder einschlafen zu wollen.

»Schön, dann servier mich halt ab und such dir ne hübsche Lesbe zum Vögeln.«

»Ich will keine Lesbe vögeln. Ich will gevögelt *werden*.«

»Von einer Lesbe?«

»Nein! Von dir! Es ist, als würdest du nicht mehr auf mich stehen.«

»Alice, Liebes. Du hast mir im Bett seit Jahren nicht

mehr in die Augen gesehen. Seit Jahren! Du bist es doch, die nicht mehr auf mich steht!«

Eine Pause. Und dann sagte Alice: »Und warum heiraten wir dann?«

Sam und ich sahen uns an. Wir saßen so still da, dass ich das Gefühl hatte, sie müssten unsere Aufmerksamkeit spüren, so wie man manchmal bei geschlossenen Augen spüren kann, dass man angestarrt wird.

»Ich wusste es«, sagte Dave.

»Moment, Dave –«

»Ich wusste, dass du mich nicht heiraten willst.«

»Das habe ich nie gesagt –«

»Du hast dich zurückgezogen, seit ich dir einen Antrag gemacht habe. Scheiße, ich glaub's einfach nicht.«

»Dave –«

»Vergiss es.«

Wir hörten schwere Schritte, das Knallen der Wohnungstür. Das Bum-bum-Bum, als Dave die Treppe hinunterrannte.

Und Alices Schluchzen.

Ich wollte aufstehen, aber Sam streckte die Hand aus, um mich davon abzuhalten.

Ich sah sie an. Ich flüsterte: »Sie braucht mich.«

»Bleib hier. Sie braucht Zeit für sich.«

Ich sank wieder zurück in die Kissen. Und dann überlegte ich es mir anders und setzte mich wieder auf, schnappte mir eine Hose vom Boden und zog sie an. »Sie ist meine Freundin.«

»Sie wird auch in einer halben Stunde noch deine Freundin sein.« Sam drückte mich aufs Bett und schob eine Hand in meine Hose.

»Nein«, sagte ich. »Nicht jetzt.«

Sam seufzte schwer und kniete sich hin. »Alice hat dich zu sehr im Griff.«

Ich sah sie an. »Sie weint nur eine Tür weiter, und sie weiß, dass ich da bin. Sie wird mich für ein Arschloch halten, wenn ich nicht nach ihr sehe.«

»Weil du immer hinter ihr herrennst.«

Alice war jetzt still. Vielleicht war sie wieder eingeschlafen. War das etwa keine berechtigte Hoffnung?

Sam sah mich zögern.

»Bleib bei mir. Zehn Minuten?«

Ich überlegte, was passieren würde, wenn ich nicht nachgab. Ich fragte mich, wie lange sie wohl nicht mit mir reden würde. Und dann küsste sie mich, und ich wollte gar nicht mehr gehen.

»Zehn Minuten«, sagte ich.

Sam hielt mir den Mund zu, als sie mich fickte. Danach schlief sie mit dem Arm um mich ein. Ihr Atem an meinem Hals war zu heiß. Als ich mir sicher war, dass sie tief und fest schlief, schlüpfte ich aus dem Bett, zog mir meinen Morgenmantel über und ging rüber zu Alice.

Alice saß umgeben von zerknüllten Taschentüchern auf ihrem Bett. Die Tücher wirkten wie übergroßes Konfetti, nur dass es nichts zu feiern gab.

»Warum musste er mir nur einen Antrag machen?«, fragte Alice unter Tränen.

»Ruf ihn an. Sag ihm, du hättest es nicht so gemeint.«

»Aber ich habe es so gemeint.«

»Aber du willst dich doch nicht wirklich von ihm trennen!«

»Sag du mir nicht, was ich will.«

»Tut mir leid«, sagte ich.

So hatte Alice noch nie mit mir geredet. Vielleicht hatte Sam recht. Vielleicht brauchte Alice Zeit für sich. Ich stand auf, um zu gehen.

Aber Alice streckte ihre Hand nach mir aus und sagte: »Geh nicht.«

»Sam ist da«, sagte ich. Sam war mittlerweile bestimmt wach. Sie hatte bestimmt bemerkt, dass ich ihren Rat nicht befolgt hatte.

»Na und?«

»Ich sag ihr kurz, wo ich bin.«

»Sie wird schon wissen, wo du bist.«

»Ich kann sie nicht einfach alleine lassen.«

Alice ließ meine Hand los und legte sich hin, mit dem Rücken zu mir.

»Soll ich deinen Laptop holen, damit du fernsehen kannst?«, fragte ich.

»Du sollst einfach bei mir bleiben.«

»Ich sehe kurz nach Sam«, sagte ich. »Bin gleich wieder da.«

Sam saß im Bett und wartete auf mich. Sie zog die Augenbrauen hoch, als ich hereinkam, und kurz durchzuckte mich ein schlechtes Gewissen.

»Alice und Dave haben sich getrennt«, sagte ich, während ich am Fußende Platz nahm und versuchte, keinen entschuldigenden Ton anzuschlagen, was mir nicht gelang.

»Scheiße«, sagte Sam. Sie nahm meine Hand und lächelte traurig. »Wir können so froh sein, dass wir uns haben.«

Ich überlegte, wie es wäre, sie nicht zu haben. Ich beugte mich zu einem Kuss hinüber. »Was hast du heute vor?«

»Was immer du möchtest.« Was nicht die Antwort war, auf die ich gehofft hatte. Jetzt sehnte ich mich nach der »Ich brauche ein bisschen Abstand«-Sam, der »Ich muss los und nackte Frauen malen, die nicht du sind«-Sam, sogar nach der »Ich fahre nach Frankreich für wilden Sex mit einer älteren Frau«-Sam.

»Warum treffen wir uns nicht später bei dir? Ich glaube, ich muss Alice ein bisschen beistehen.«

Sams Lächeln erlosch. »Alice ist schon groß.«

»Ich weiß, aber sie ist seit ungefähr sechs Jahren mit Dave zusammen, und sie ist ziemlich aufgelöst.«

»Ich glaube, du musst lernen, auch mal nein zu sagen.«

»Bitte, Sam«, sagte ich. »Ich will einfach ein paar Stunden bei ihr sein.«

Sams Gesichtsausdruck veränderte sich. »Warum sagst du ›bitte‹? Mach, was du willst. Ich halte dich nicht davon ab, Babe.«

Alice und ich guckten ein paar Stunden lang alte Sitcoms auf Netflix, und das Lachen vom Band ließ unser Schweigen noch lauter werden. Ich konnte nicht aufhören, auf die Uhr und aufs Handy zu sehen und mich zu fragen, wie lange ich von Sam wegbleiben konnte. Gegen vier sagte Alice: »Ich glaube, ich lege mich ein bisschen hin.« Ich küsste sie auf die Stirn, stürzte aus dem Haus und rief noch auf dem Weg zur Bahn Sam an. Sie nahm nicht ab.

Sie gab mir auch keinen Begrüßungskuss, als sie mir die Tür aufmachte.

»Tut mir leid mit heute«, sagte ich.

»Schon okay«, sagte sie, aber so wie man sagt: »Die nächste Runde geht auf mich!«, wenn man im Pub einen spendierten Drink annimmt, will sagen, sie meinte es nicht so.

Sie schmollte den ganzen Abend mit mir, und zum ersten Mal überhaupt ging sie ins Bett, ohne den Versuch zu unternehmen, mit mir zu schlafen.

Ich lag stundenlang wach und sorgte mich, dass sie hinter die Sache mit Jane gekommen war, ermahnte mich, nicht paranoid zu sein, rief mir in Erinnerung, dass sie mich liebte. Was ja auch stimmte. Am nächsten Morgen weckte sie mich mit Pfannkuchen – Blaubeerpfannkuchen mit Ahornsirup. Sie hatte sie sogar mit Puderzucker bestäubt. Das machte man nur, wenn man jemanden wirklich gernhatte. Alles war wieder gut.

40. Zitronenkuchen vs. Blaubeertarte

In den nächsten Wochen sah ich Alice nicht viel. Sie blieb entweder in ihrem Zimmer und kam nur heraus, um etwas zu essen zu suchen oder zur Toilette zu gehen, wie es alle Tiere irgendwann tun müssen, oder sie ging direkt nach der Arbeit aus und kam sternhagelvoll nach Hause, wo sie den Kühlschrank leer aß und anschließend ins Bett fiel. Gegen drei Uhr nachts wachte sie oft weinend auf, und dann ging ich in ihr Zimmer und strich ihr übers Haar, bis sie wieder einschlief. Am nächsten Morgen verloren wir kein Wort darüber. Ich hätte vermutlich mehr für sie da sein können. Ich hätte mich mit ihr zusammensetzen sollen, damit sie mir erzählte, was eigentlich los war.

Ich schrieb Dave, um zu hören, ob bei ihm alles okay war. Er meinte ja, er wohne jetzt bei seinem Bruder und seiner Schwägerin in Walthamstow, bis er und Alice »sich zusammengerauft« hätten. Ich war froh, dass er so optimistisch war und dass er weiter Miete für unsere Wohnung bezahlte, aber Alice hatte alle Fotos von Dave von der Küchenpinnwand abgenommen und sein Sixpack Indian Pale Ale verschenkt, so dass ich nicht ganz so zuversichtlich war, was die Zukunft ihrer Beziehung anging.

Cat war zurück in London – sie hatte mir eine Nachricht hinterlassen: »*Schnucki! Wann treffen wir uns? Sollten wir nicht mal zusammen Wohnungen angucken?«*, aber ich hatte sie nicht zurückgerufen. Der Klang ihrer Stimme erinnerte mich daran, wie ich es in Janes versifftem Bett zu Dudelsackgeheul getrieben hatte und was für ein schlechter Mensch ich geworden war. Außerdem mochte ich nichts von meiner freien Zeit opfern. Die sparte ich mir lieber für Sam auf.

Mein Verhältnis zu Owen war immer noch etwas angespannt. Ich hatte mich dafür entschuldigt, dass ich ihn wegen des Treffens mit Carys angeblafft hatte, aber ich mochte nicht erklären, warum; ich konnte es nicht gebrauchen, dass er sich um mich sorgte. Mit Sam war alles wieder gut, und das sollte auch so bleiben. Abgesehen davon hatte Owen sein zweites Vorstellungsgespräch gehabt und wartete nun auf die Rückmeldung, ob er den Job bekommen würde. Es fiel mir schwer, so zu tun, als wäre ich nicht gekränkt.

An dem Tag, als Tom schließlich kündigte, erfuhr Owen, dass er die Stelle als Senior Account Manager bekam. Im Team wusste niemand, wie man damit umgehen sollte. Wir mussten fassungslos und bestürzt wirken, wenn Tom sich uns näherte, und erfreut, wann immer Owen vorbeikam.

Als Owen den Anruf erhielt, konnte er es kaum glauben.

»Vielleicht haben sie sich geirrt«, sagte er. »Vielleicht haben sie den Falschen angerufen.«

»Natürlich nicht«, sagte ich. Wenn ich so tat, als würde ich mich für ihn freuen, wurde daraus vielleicht ein aufrichtiges Gefühl, ein anderes Gefühl als Neid.

Smriti rief Uzo und mich nacheinander zu sich ins Büro, um uns die Neuigkeiten mitzuteilen, die wir schon gehört hatten.

»Weil Owen geht, werden wir Uzo die Stelle des Correspondence Officer geben«, erklärte sie mir. »Es wäre etwas anderes, wenn Sie fest angestellt wären.«

Ich nickte. Ich wollte in ihrem Büro nicht weinen. Ich hasste es, in den Büros anderer Leute zu weinen.

»Wir würden Ihren Vertrag aber gern bis Ende des Jahres verlängern, damit die Übergangsphase möglichst lang ist.«

Ich nickte wieder. Vier Monate, um einen neuen Job zu finden. Mir würde bestimmt etwas einfallen.

»Ich wollte allerdings sowieso mit Ihnen reden, weil ich Sie für sehr talentiert halte.«

Ich sah hoch. Vielleicht hatte ich mich verhört. »Wie bitte?«

»Ich habe mir das Protokoll Ihrer Korrespondenz angesehen, und Sie haben wirklich fabelhafte Kommunikationsfähigkeiten.«

»Ich – was? Klar! Toll!«, sagte ich, als wollte ich beweisen, wie viele einsilbige Wörter ich kannte.

»Ab nächsten Monat werden Bewerbungen für das Ausbildungsprogramm des höheren Dienstes angenommen, und ich finde, Sie sollten es versuchen. Ich habe es selbst absolviert, und es bietet einem wirklich die unglaublichsten Möglichkeiten.«

»Unglaublich! Ja!«, sagte ich. Meine Kommunikationsfähigkeiten wurden von Minute zu Minute fabelhafter.

»Ich kann Sie bei Gelegenheit gern ein bisschen coachen. Ein paar Tipps geben.«

»Ja, bitte«, sagte ich. Und dann: »Der höhere Dienst ist die Zukunft, oder?«, denn das hatte ich in einem Memo gelesen.

Nach der Arbeit gingen wir alle in einen stinkigen Pub auf der anderen Flussseite, um zu feiern und zu trauern. Tom saß mit seinen Leuten in einer Ecke an einem Tisch, der aus einem alten Fass gemacht war, und murrte düster vor sich hin. Sie sahen aus wie die Verschwörer vom Gunpowder Plot, wenn T. M. Lewin deren bevorzugter Herrenausstatter gewesen wäre. Anscheinend hatte Tom die Stelle im Innenministerium bekommen. Wieder Dienstgrad sieben, also keine Beförderung und deshalb das Murren.
»Sollen wir noch was essen?«, fragte Owen, nachdem wir unsere Pints geleert hatten.
»Lieber nicht«, sagte ich. Ich hatte Sam versprochen, zu ihr zu kommen, und ich wollte sie nicht hängenlassen. Owen versuchte gar nicht erst, mich zu überreden.

Sam und ich fuhren aufeinander ab, wie es eigentlich nur am Anfang einer Beziehung oder nach einem Riesenstreit der Fall ist, das heißt, im Bett lief es ausgezeichnet, und wir hielten uns für die Dauer ganzer Bastille-Songs in den Armen. Allmählich konnte ich mich in die Routine unserer Beziehung fallenlassen; es war so viel leichter, sie zu lieben, seit Nicky nicht mehr Woche für Woche Zweifel säte, und der Gedanke, dass Sam eines Tages mit anderen Frauen würde vögeln wollen – und die Tatsache, dass ich es heimlich schon getan hatte –, nagte nicht mehr ständig an mir, sondern hielt sich irgendwo im Hintergrund. Zusammen mit anderen Dingen, die ich hätte angehen sollen, über die ich aber nicht nachdenken mochte, wie mein Kontostand oder die SMS von meiner Mutter, die ich noch beantworten musste.

Doch Routine war genau das Gegenteil dessen, was Sam sich für ihr Sexleben wünschte.

Eines Samstags Anfang Oktober standen wir am Kuchenstand auf dem Broadway Market, als sie sagte: »Ich glaube, wir sollten unsere Beziehung etwas intensivieren.« Und dann, bevor ich etwas antworten konnte: »Nimm nicht den Zitronenkuchen. Den können wir auch zu Hause backen. Nimm die Blaubeertarte.«

»Was meinst du?«, fragte ich.

»Die ist viel schwieriger zuzubereiten – da ist Frangipane-Creme drin. Außerdem sind Blaubeeren teurer als Zitronen.«

»Nein, ich meinte die Beziehung«, sagte ich, während die arme Frau vom Kuchenstand unsicher vor uns ausharrte.

»Zwei Stück Blaubeertarte, bitte«, sagte Sam, ohne mich anzusehen. Sie bezahlte und führte mich an der Hand zu einem der Stände mit Vintage-Klamotten. »Ich glaube, es ist an der Zeit, dass wir ein bisschen SM ausprobieren.«

»Nur wir zwei?«, fragte ich.

»Vorerst ja«, sagte sie. Sie probierte eine Fransen-Lederjacke an. »Was hältst du von der?«

»Ein bisschen zu westernmäßig.«

»Ich glaube, ich könnte das tragen.«

»Dann los«, sagte ich. »Können wir noch mal kurz auf SM zurückkommen?«

»Klar, Babe.«

»Wie wird das ablaufen?«

»Ich habe da schon ein paar Ideen«, sagte sie und reichte dreißig Pfund für die Jacke rüber. »Ich werde dich überraschen. Du wirst dich total vergöttert fühlen, versprochen. Du bist doch dabei, oder?«

»Ich glaub schon«, sagte ich.

Sam zog mich an sich. Die Lederjacke roch wie die Reise nach Marokko, die Alice und ich im Sommer nach unserem zweiten Jahr an der Uni gemacht hatten; ich spürte ein bisschen zu deutlich, dass sie einmal etwas Lebendiges gewesen war. »Du bist zum Anbeißen«, sagte Sam. »Du wirst so eine sexy Sub abgeben. Hast du nicht übernächsten Samstag Geburtstag?«

»Ja, aber Alice meinte, sie würde bei uns für alle kochen.«

»Jetzt nicht mehr. Halt dir das ganze Wochenende frei, okay?«

Meine Eltern waren ein bisschen pikiert, dass sie mich an meinem eigentlichen Geburtstag nicht sehen würden. Sie kommen gern für ein »Geburtstagsgeschenk« nach London, das normalerweise darin besteht, mich irgendwohin zu schleppen, wo ich gar nicht hinwill – zu einem Vortrag der Royal Society über die Zellstruktur vielleicht oder zu einer Buchpräsentation von einem der Freunde meines Dads. (»Es wird faszinierend, Julia. Dr. Susan Grey vom Oriel College wird da sein. Sie ist *die* Expertin für Ekphrasis.«) Ich lud sie stattdessen für das Wochenende davor ein, und wir gingen zu einem dieser hippen Inder, bei denen man so lange anstehen muss, dass sie Tee nach draußen bringen, damit man nicht erfriert. Als wir schließlich reinkamen, waren wir so ausgehungert, dass wir dreimal so viel bestellten wie nötig, und hinterher hatte ich für den Rest meines Lebens genug von Pakora, egal ob mit Zwiebel oder sonst was.

Ich war den ganzen Abend über unruhig, wie so oft, wenn ich nicht mit Sam zusammen war. Immer wieder sah ich heimlich auf mein Handy. Als meine Mutter mir erzählte, wie idiotisch es von den Nachbarn war, die Stützmauern um den Kamin herum zu entfernen – »Der Schornstein könnte jederzeit einstürzen und sie umbringen!« –, hielt sie irgendwann inne und sagte: »Steck dein Telefon weg, Schatz. Es ist nicht gut, wenn man zu sehr von jemandem abhängig ist.«

»Das bin ich nicht«, sagte ich.

»Wir sind den ganzen Weg nach London gekommen, um dich zum Essen auszuführen. Ich wäre dir sehr dankbar, wenn du uns deine volle Aufmerksamkeit schenken könntest.«

Ich grunzte leise. Dad fummelte auch an seinem Telefon herum, und ihn wies sie nicht zurecht.

»Sieh mal!«, sagte er und reichte es mir.

»Sehr schön«, sagte ich. »Ich habe genau das gleiche.«

»Nein«, sagte er, »das Video.« Er entsperrte den Bildschirm und startete den Film.

Es war ein YouTube-Video von meinem Vater, der in seinem Arbeitszimmer saß, wild gestikulierte, Spucke versprühte und wie ein Rohrspatz über die *Lieder der Unschuld und Erfahrung* schimpfte. »Die Leute vergessen, dass William Blake ein Radikaler war. Das sind keine Kindergedichte. Das sind subversive politische Texte. Der kleine Schornsteinfeger in *Lieder der Unschuld* wendet sich direkt an die Leser: *Eure Schornsteine fege ich. Ihr* seid Komplizen beim Missbrauch eines Kindes«, sagte Dad, während er den Finger der Kamera entgegenstieß.

»Nur eine kleine Einführung für Erstsemester«, sagte Dad mit bescheidenem Lächeln.

»Ich fühle mich irgendwie angegriffen«, sagte ich.

»Gut«, sagte Dad.

»Harry von nebenan hat deinem Vater dabei geholfen, diesen Kanal einzurichten«, sagte Mum und biss in ein Samosa.

»Ich habe zwei Abonnenten«, sagte Dad. »Einer davon ist Geoff. Denkt sich wohl, die Konkurrenz schläft nicht.«

Als wir uns verabschiedeten, umarmte Mum mich und sagte: »Lass mal von dir hören, Schatz. In den letzten Monaten habe ich dich kaum gesprochen.«

»Ich habe zu tun«, sagte ich.

»Das merke ich.«

»Was soll das denn bedeuten?«

»Nichts. Du bist nur ein bisschen distanziert, seit du mit Sam zusammen bist.«

»Ich dachte, du magst sie«, sagte ich. »Ich dachte, du wärst froh, dass ich lesbisch bin.«

»Das tue ich!«, sagte sie. »Das bin ich! Du scheinst nur nicht ganz du selbst zu sein.«

Am Freitagabend blieb ich zu Hause für den Fall, dass es mit dem Sex schon losgehen sollte – da ich noch nie SM praktiziert hatte, wusste ich nicht, wie lange so was dauerte. Polly hatte mir erzählt, dass Jasper und ihre gemeinsame Freundin Tina einmal mitten in der Nacht mit Sturmhauben auf dem Kopf bei ihr reingeplatzt waren und sie gefesselt, in einen Lieferwagen verfrachtet und in eine Lagerhalle gefahren hatten, um eine »Entführungsszene« nachzustellen. Ich hoffte, dass Sam mich etwas sanfter heranführen würde, aber ich muss zugeben, dass ich ziemlich angespannt war. Zur Beruhigung trank ich ein paar Gläser Wein vor dem Fernseher und fand dann, ich könne die Flasche auch gleich leer machen.

Als ich am nächsten Morgen um neun von einer Nachricht von Sam geweckt wurde, war ich also nicht gerade topfit. *Happy birthday, Babe. Heute Abend ist es so weit. Zieh dir ein Kleid an und darunter irgendwas Scharfes.* Ich hatte gehofft, dass wir den Tag miteinander verbringen würden, aber Sam sagte, sie brauche Zeit, um alles vorzubereiten, weshalb Alice mich zum Brunch ausführte. Allerdings war ich so nervös, dass ich kaum etwas runterbrachte.

»Was glaubst du, was sie vorhat? Dich auspeitschen?«, fragte sie.

»Keine Ahnung«, sagte ich, während ich meinen Avocado-Toast klein schnitt.

»Dich fesseln? Meinst du, sie macht was mit Feuer oder so?«

»Ich hoffe nicht«, sagte ich. »Können wir über was anderes reden?«

Alice trank einen Schluck Kaffee. »Dave war am Donnerstagabend da, um seine Sachen abzuholen.«

»Und, wie war's?«

»Er wird aufhören, Miete zu zahlen.«

»Okay«, sagte ich. »Dann müssen wir anfangen, die günstigen Nudeln zu kaufen.«

»Er hat geweint.«

»Natürlich.«

»Ich habe auch geweint.« Und auch jetzt schossen ihr die Tränen in die Augen, obwohl sie sie so weit wie möglich aufriss.

»Habt ihr geredet?«

»Nicht so richtig. Ich will immer noch nicht heiraten.«

Ich reichte ihr meine Serviette, und sie trocknete sich die Augen.

»Ich vermisse ihn aber.«

»Das weiß ich.«

Alice legte Messer und Gabel ordentlich auf den Teller. »Du musst umwerfenden Sex für uns beide haben.«

»Mach ich.«

»War das eine komische Bemerkung?«

»Ein bisschen.«

41. El Jefe

Sam bestellte mich um acht zu sich, aber ich kam zehn Minuten zu spät. In Gedanken hörte ich Nickys Stimme: »Sie wären pünktlich gekommen, wenn Sie wirklich gewollt hätten. Sind Sie sicher, dass sie Sie nicht unter Druck setzt? Sie können immer noch umkehren und nach Hause gehen ... und mit Alice zu Abend essen ...« Aber ich brachte die Stimme zum Schweigen.

Sam sah phantastisch aus; sie hatte sich gerade die Haare schneiden lassen, so dass sie an den Seiten kurz rasiert waren und ihr vorn lockig in die Augen fielen. Sie lächelte allerdings nicht.

»Du bist zu spät.«

»Tut mir leid ...«

»Schon gut. Ich habe dich nur vermisst.« Sie zog mich herein, drückte mich an die Wand und küsste mich ganz langsam. »Ich werde dich heute Nacht öfter zum Kommen bringen, als du es je erlebt hast, *birthday girl*«, sagte sie.

»Sehr schön«, sagte ich. An meinem *dirty talk* musste ich echt noch arbeiten.

»Aber erst führe ich dich auf einen Drink aus«, sagte sie. »Das wird was Besonderes.«

Ich setzte mich aufs Sofa, während sie etwas aus ihrem Kleiderschrank holte. Ich sah mich um, versuchte, mich zu vergewissern, dass ich eine ganz normale Beziehung mit einer ganz normalen Person führte, die einfach nur ein aufregendes Sexualleben hatte. Sie besaß eine IKEA-Küche. Total normal. Neben dem Sofa stand eine Yucca-Palme, die mal wieder gegossen werden musste. Zig Leute hatten Yucca-Palmen, die sie zu gießen vergaßen. Normal normal. Die Gemälde von nackten Frauen, die die Wände pflasterten, waren vielleicht nicht ganz normal, aber sie war Künstlerin, und das waren ihre Werke, also war ihre Wohnung natürlich voll davon, so wie meine voller Stifte und Notizblöcke war, die ich aus dem Schrank für Bürobedarf geklaut hatte.

»Sam?«, rief ich.

»Sorry, bin gleich da, Babe.«

»Darf ich dir bald mal Modell sitzen?«

»Was?« Sie tauchte hinter dem Bücherregal auf, das den Schlaf- vom Wohnbereich trennte.

»Darf ich dir Modell sitzen? Malst du mich?«

»Okay«, sagte sie. »Es ist nur so, dass die meisten meiner Bilder mit ganz extremen Gefühlen verbunden sind.«

»Hast du denn keine starken Gefühle für mich?« Ja, das war *fishing for compliments*. Ich bin nicht stolz darauf.

»Bei dir fühle ich mich … zufrieden. Und große Kunst entsteht nicht aus Zufriedenheit.«

»Oh«, sagte ich.

Sie ging vor mir in die Hocke und nahm meine Hände. »Das ist übrigens ein Kompliment.«

»Ist es nicht«, sagte ich und versuchte, zu lächeln. »Zufriedenheit ist nicht sexy. Sie ist das emotionale Äquivalent eines Flanellpyjamas.«

»Ganz genau.« Sie küsste meinen Handrücken. »Etwas, was man jeden Tag tragen möchte.«

»Aber ich will aufregend sein. Wie ein Korsett.«

»Du *bist* aufregend. Aber auf schön vertraute Art. Du bist wie ein sexy Seidenpyjama.« Sie verschwand wieder hinter dem Bücherregal.

Neben dem Herd entdeckte ich ein neues Bild, eine Frau mit roten Lippen und beeindruckendem Dekolleté.

»Okay«, sagte Sam und zog die Jacke über. »Bereit?«

Im Auto schaltete sie durch die Radiosender und suchte nach dem passenden Soundtrack. Sie entschied sich für pulsierenden Deep House.

»Wo fahren wir hin?«, fragte ich.

»Wirst du schon sehen«, sagte sie, was mich wieder nervös machte.

»Trinkst du heute Abend nichts?«

»Doch, natürlich.«

»Aber du fährst ja.«

»Jetzt mach dich nicht verrückt. Gehört alles zum Plan. Ich werde mich wirklich gut um dich kümmern. Das ist dein Geburtstagsgeschenk! Okay?«

»Okay«, sagte ich.

»Vergiss nicht – die Dinge, die ich heute tue, tue nicht wirklich ich, ja? Ich werde in eine Rolle schlüpfen. Wir werden zusammen eine Szene spielen.«

»Ich bin keine besonders gute Schauspielerin«, warnte ich sie.

»Keine Sorge«, sagte sie. »Das Reden übernehme ich. Und wenn du dich mit irgendetwas nicht wohl fühlst, kannst du mich einfach bitten aufzuhören.«

»Okay.«

»Aber du darfst nicht einfach ›nein‹ oder ›Stopp‹ sagen,

weil du das im Rahmen der Szene wahrscheinlich dauernd sagen wirst.«

»Verstehe.«

»Deshalb werden wir ein Safeword verwenden. Wenn du es sagst, weiß ich, dass ich sofort aufhören soll.«

»Was für ein Safeword sollen wir nehmen?«

»Das darfst du dir aussuchen«, sagte sie.

»Hilfe?«, schlug ich vor.

»Nein, das sagst du vielleicht sowieso. Es darf überhaupt nichts mit Sex oder Gefahr zu tun haben.«

»So wie Kekse?«, fragte ich.

»Ja, das ist perfekt.«

»Das ist nicht perfekt. Ich will beim Sex nicht an Schweineohren oder so was denken.«

»Dann nehmen wir einfach ›Safeword‹ als unser Safeword.«

»Okay«, sagte ich.

Wir fuhren durch die Stadt und erreichten bald die Londoner Hochhäuser. Phallisch ragte The Gherkin über mir auf. The Cheesegrater beugte sich mir aufreizend entgegen. Wir parkten in der Nähe der London Bridge, und als Sam meine Hand nahm und mich eine Straße entlangführte, suchte ich nach The Shard – mein Liebling unter Londons seltsamen Wolkenkratzern –, bis ich begriff, dass wir genau darauf zusteuerten.

Sam führte mich in die riesige, leere Lobby. »Stell dir nur vor, wie viele Sozialwohnungen man hier hätte bauen können«, sagte ich, während meine Schritte auf dem polierten Boden hallten.

»Schhh«, sagte Sam. »Heute geht es um Luxus. Und Phantasie. Okay?«

Und dann standen wir auch schon im Fahrstuhl und sausten so schnell in die Spitze des Gebäudes, dass meine Ohren knackten. In der Bar führte uns eine Frau in einem roten Kleid mit hohem Schlitz und Stöckelschuhen, die sicher nicht gut für ihren Rücken waren, an einen Tisch. Ich ertappte mich bei der Überlegung, ob es eigentlich legal war, von Angestellten zu verlangen, dass sie derart unpraktisches Schuhwerk trugen, und dann schüttelte ich mich innerlich und sagte mir: Heute geht es um Luxus. Und Phantasie.

Als wir unseren Tisch erreichten, vergaß ich all meine Prinzipien und verstummte angesichts der Aussicht durch die bodentiefen Fenster, angesichts der Schönheit und Ausmaße der Stadt, die ich liebte. Aus dieser Höhe wirkte London wie ein Ort aus einer Science-Fiction-Welt, zu perfekt, um wahr zu sein. Aber aus 400 Metern Entfernung sah wohl alles perfekt aus. Wenn man mich und Sam aus 400 Metern sähe, würde man vermutlich denken: So ein schönes Paar, die beiden leben den Traum. Und das taten wir wohl auch. Ich war mir nur nicht sicher, ob es mein Traum war.

»Ich bestelle mal was zu trinken«, sagte Sam. Ich nickte und blickte weiter auf die Menschen hinunter, die auf den Straßen ihren abendlichen Beschäftigungen nachgingen. Die Sonne ging langsam unter und tauchte die grauen Wolkenkratzer in Roségold, eine große Show für alle, die sich diese Aussicht leisten konnten. Ich war so gebannt, dass ich gar nicht merkte, wie lange Sam schon weg war, bis mein Telefon brummte:

Zimmer 173.
Sie war überhaupt nicht an der Bar. Sie hatte ein Zimmer im Hotel gebucht.

Ich ging den Flur entlang und wurde zunehmend nervös, als die Zahlen auf den Türen anstiegen: *170, 171, 172.*
173.
Ich konnte mich kaum überwinden zu klopfen. Doch die Alternative – Sam zu versetzen – war keine Option, also klopfte ich doch, dreimal, so gleichmäßig wie möglich.
Ich wartete.
Keine Reaktion.
Ich sah wieder auf mein Telefon – vielleicht hatte ich die 7 und die 3 vertauscht? Nein.
Ich klopfte wieder.
Da wurde plötzlich die Tür aufgerissen, und eine Hand packte mich am Hinterkopf und drückte mich mit dem Gesicht nach unten auf den Teppich. Ich sah nichts außer dem flauschigen beigefarbenem Flor, und kurz darauf sah ich nicht mal mehr den, weil mir etwas Kühles, Schwarzes, Ledernes vor die Augen gebunden wurde. Ich versuchte, langsamer zu atmen. Ich war mir nicht sicher, ob ich das durchziehen konnte. Ich überlegte, das Safeword zu sagen. Aber wir hatten ja gerade erst angefangen, und ich wollte Sam nicht enttäuschen.
Ich lag da, so reglos wie möglich, bis ich etwas Kaltes, Hartes und Scharfes am Hals spürte. Ein Messer. Es wäre möglicherweise gefährlicher, die Szene abzubrechen als mitzumachen, jetzt, da ein Messer im Spiel war. Es drückte sich mir in den Hals, zwang mich stolpernd auf die Füße. Vor Panik bekam ich kaum Luft. Aber während ich dort

stand, Messer am Hals, und mich fragte, was als Nächstes passieren würde, fing mein Herz wie wild an zu schlagen, und ich spürte einen Kick wie noch nie im Leben. Ich war so verängstigt, dass es mich antörnte, unglaublich antörnte und erregte, und endlich kapierte ich, worum es bei alldem ging. Ich wollte das Safeword gar nicht mehr sagen.

Das Gefühl hielt etwa zehn Sekunden lang an.

Eine Hand schubste mich, und ich stolperte vorwärts, bis ich vor dem Bett auf die Knie fiel.

Das Messer löste sich von meinem Hals, und die Spitze glitt über meinen Körper.

Unwillkürlich stöhnte ich.

Und dann sagte Sam: »Das gefällt dir, was, *puta*?« Mit einem schweren, höchst unrealistischen mexikanischen Akzent.

Danach war die ganze Sache sehr viel weniger sexy und furchterregend.

Sam fing an, mir mein Kleid mit dem Messer vom Körper zu schneiden. »Du bist in Dinge verwickelt, die du nicht verstehst, *no es cierto*?«

»Ja«, sagte ich, denn das traf definitiv zu.

»*Mentiras!*«, schrie sie. »Tu nicht so unschuldig.«

»Äh –«

»Ich bezahle dich für den Drogentransport, und du denkst, du könntest was für dich abzweigen. Glaubst du etwa, du kannst *El Jefe* reinlegen? Niemand legt *El Jefe* rein.«

Ich wollte etwas sagen – ich wollte ihr sagen, dass sie die Klappe halten sollte, damit ich die Sache wieder genießen konnte, aber ich hatte den Eindruck, dass ich nur sprechen durfte, wenn ich dazu aufgefordert wurde. Also versuchte ich, meine Phantasie spielen zu lassen. Schön, dann war sie eben ein mexikanischer Drogenboss. Sie war wild und heiß und gefährlich. Sie war keine unechte Mariachi-Sängerin in einem runtergekommenen Tacoladen, auch wenn sie sich genauso anhörte.

Ich war inzwischen nackt und lag auf dem Bett, das Messer wieder an meinem Hals.

»Jetzt bekommst du, was du verdienst, *puta*. Fleh mich an, dass ich dich ficke.«

»Bitte fick mich«, sagte ich und versuchte, das Beben in meiner Stimme zu unterdrücken.

»*Pobrecita. Tienes miedo?*«, fragte sie.

»*Sí*«, sagte ich, dankbar für mein Schulspanisch. Das konnte sie doch nicht ernst meinen. Ich wartete nur darauf, dass sie »Kleiner Scherz!« brüllte (oder besser »*Broma!*«), aber das stand offensichtlich nicht im Drehbuch.

»Ich weiß, was *chicas* wie du brauchen. Du willst bestraft werden, *no es cierto?*«

Die korrekte Antwort darauf war wohl Ja, also sagte ich das.

»Sag ›Sí, Jefe‹, oder du fängst dir eine«, erklärte sie. (Vielleicht gab es in ihrem Spanischbuch keine nützlichen Phrasen für Kidnapper-Rollenspiele.)

»*Sí, Jefe*«, sagte ich.

»Du hast vielleicht *cojones*, in diesem Ton mit mir zu reden. Ich zeige dir, wer hier der Boss ist. Dreh dich um.«

Ich rollte mich auf den Bauch, verhedderte mich aber in den Laken. Es entstand eine kurze Unterbrechung, während Sam mir half, mich zu befreien.

»Also. Ich werde dich jetzt schlagen. Und du wirst die

Hiebe für mich zählen. Und jedes Mal, wenn ich dich schlage, wirst du sagen: ›*Gracias, Jefe.*‹ Okay?«

»Okay.«

»Okay, *Jefe*«, sagte sie. »Fang an zu zählen.«

»Eins«, sagte ich.

»*En español!*«

»*Uno.*«

Ihre Handfläche klatschte auf meine nackte rechte Pobacke. Erst spürte ich nichts, dann breiteten sich Schmerz und Hitze in meinem Hintern aus, und plötzlich erfüllte mich eine unerwartete Wut. Wie sich herausstellte, wurde ich nicht gern geschlagen. Ich sagte: »*Gracias, Jefe.*«

Ich schaffe das, sagte ich mir. Früher ist das Kindern ständig passiert.

»Was kommt nach ›*uno*‹, *puta*?«

»*Dos.*«

Sie schlug mich wieder und lachte, als ich zuckte.

»*Gracias, Jefe*«, sagte ich.

Das ist schon in Ordnung, dachte ich. Ich stelle mir einfach vor, ich wäre in einem Almodóvar-Film. Almodóvar fand ich schon immer gut.

»*Tres.*« Ich spürte, wie mir vor Schmerz, Frustration und reinem Zorn die Tränen in die Augen traten, als sie mich wieder schlug, aber ich sagte: »*Gracias, Jefe.*«

Ich stelle mir einfach vor, Sam wäre Gael García Bernal. Bevor ich lesbisch wurde, fand ich den scharf.

»*Cuatro*«, sagte ich, als ihre Hand wieder zuschlug. »*Gracias, Jefe.*«

Gael García Bernal hatte es aber bestimmt nicht so mit Method Acting.

»*Cinco.*«

»*Bueno.*« Ich spürte, wie Sam beiseitetrat. »Ich hoffe, du hast deine Lektion gelernt.« Ihr Akzent verschwand, als sie das sagte.

Danach schliefen wir miteinander, und es war scharf. Sie benutzte einen Umschnalldildo, und sie hielt mir das Messer an die Kehle, während sie mich fickte, und vor allem hielt sie während des eigentlichen Akts die Klappe. Das Spanking hatte mich sehr wütend gemacht, und es tat gut, beim Sex alles rauszulassen. Als wir fertig waren, war ich sexuell befriedigt und gleichzeitig abgestoßen davon, dass ich sexuell befriedigt war. Ich war auch ein bisschen weniger verliebt in Sam. Es verschaffte ihr einen Kick, mich zu beleidigen, mir Angst zu machen und mir physische Schmerzen zu bereiten. Ich wusste zwar, dass es nur ein Rollenspiel war, aber warum wollte sie so etwas spielen? Der stechende Schmerz, den ich immer noch in meinen Pobacken spürte, war keine Einbildung.

»Wie geht es dir?«, fragte sie, nachdem sie mir die Augenbinde abgenommen hatte.

Ich schüttelte den Kopf und fing an zu weinen.

»Hey«, sagte sie und zog mich zu sich. »Leg dich hin und lass mich dich verwöhnen.«

»Ich glaube, ich muss erst duschen«, sagte ich.

Ich wusch mich mit dem teuren Duschgel und sah runter auf die Tower Bridge, die rittlings auf der Themse saß. Oder penetrierte die Themse die Brücke? Es wirkte alles so verkommen. Ich blieb unter der Dusche, bis Sam mich zurück ins Bett rief. Ich wollte nicht in ihrer Nähe sein, aber ich konnte es auch nicht ewig hinauszögern.

»Du warst wunderbar«, sagte Sam, als ich vorsichtig zwischen die Laken glitt.

Ich sagte nichts. Ich hatte mich von ihr weggedreht und betrachtete die roten Stofffetzen überall auf dem Boden. Es sah, nicht ganz unpassenderweise, so aus, als hätte ein Stierkampf stattgefunden. Das Kleid war noch gut gewesen. Ich hatte es erst ein paar Monate zuvor gekauft.

»Du hast dich wirklich verletzlich gezeigt.«

»Ich mochte es nicht, dass du mich eine Hure genannt hast«, sagte ich. »Ich mochte es nicht, dass du mich geschlagen hast.«

»Ich habe dich nicht Hure genannt.«

»Ich weiß, was *puta* bedeutet.«

»Aber ich habe dir doch gesagt, dass das nicht ich war. Und du fandest es aufregend, oder etwa nicht? Das weiß ich doch.«

»Es hat mich angetörnt, aber ich mochte es trotzdem nicht.«

»Ich verstehe das, Babe«, sagte sie und küsste mich auf den Hals. »Man muss sich erst daran gewöhnen. Aber es war nicht echt.«

Es hatte sich aber ziemlich echt angefühlt, als sie mich schlug, ich hatte echte Tränen vergossen, und sie hatte trotzdem weitergemacht. Und ich hatte es zugelassen.

In der Nacht träumte ich, dass ich entführt wurde. Ich trug einen Pelzmantel und ein Diamantcollier und wurde mit einer Waffe bedroht. Ich wachte zitternd und verschwitzt auf, eingeklemmt von Sams Arm, und wusste kurz nicht, wo ich war. Dann fiel es mir wieder ein. Ich ging ins Badezimmer und sah mich lange im Spiegel an. Ich hatte mich immer für stark gehalten. Vielleicht war es stark, Sex so ausleben zu können. Vielleicht stand ich zum ersten Mal in meinem Leben zu meiner Sexualität, scheiß auf soziale Konventionen, scheiß auf politische Korrektheit.

Ich drehte mich um und betrachtete meine Pobacken. Die rechte war immer noch gerötet und empfindlich, wie ein Steak, das gleich in die Pfanne sollte. Ich rieb sie vorsichtig mit Body Lotion ein. »Tut mir leid«, sagte ich zu ihr.

Da ich nicht das Gefühl hatte, wieder einschlafen zu können, zog ich mir einen der flauschigen Bademäntel über und schloss mich in der Toilette ein. Ich saß einfach da, starrte aus dem Fenster und sah London beim Aufwachen zu. Ich könnte einfach gehen. Ich könnte durch die Stadt nach Hause laufen und mit jemand anderem neu anfangen, ich könnte nach Berlin, Rom oder Kopenhagen ziehen und es in einer Fremdsprache treiben. Solange es nur kein Spanisch war.

Weit unter mir entdeckte ich das Schaufenster einer Bäckerei. Plötzlich merkte ich, wie hungrig ich war. Wir waren am Abend gar nicht zum Essen gekommen. Das wäre ein Anfang, beschloss ich. Ich würde runtergehen und mir einen Kaffee und ein Pain au chocolat kaufen.

Ich ging zurück ins Schlafzimmer, um etwas zum Anziehen zu suchen. Ich sah zu Sam rüber; sie sah so jung und süß aus, wie sie dalag, ihr dunkler Schopf schwebte auf dem weißen Kissen, und sie lächelte im Schlaf. Ich brachte diese verletzlich wirkende, wunderschöne Frau nicht mit der Person zusammen, die mir noch vor wenigen Stunden ein Messer an die Kehle gehalten hatte. Das Messer war allerdings nirgends zu entdecken. Wenn mir die rechte Pobacke nicht so weh getan hätte, hätte ich fast geglaubt, mir alles eingebildet zu haben.

Ich zog an der Tür des Kleiderschranks auf ihrer Seite des Betts, und sie öffnete sich mit einem Ploppen. Sam drehte sich um, wachte aber nicht auf. Da auf dem Schrankboden, golden glänzend im Morgenlicht, lag das Messer. Eine Seite gerade, die andere geschwungen, mit einem Holzgriff. Ich berührte die Spitze. Nicht allzu scharf. Es beruhigte mich, es dort liegen zu sehen. Wie Sam wirkte es bei Tageslicht weniger bedrohlich.

Ich fand meinen verhedderten BH unten vor dem Bett und in Sams Rucksack die Wechselkleidung, die sie für mich eingepackt hatte. Dann nahm ich mein Portemonnaie und öffnete die Zimmertür – dadurch aber strich Licht über das Bett wie ein Suchscheinwerfer, und dann hörte ich Sam mit ruhiger Stimme sagen: »Wo willst du denn hin?«

Ich blieb stehen und holte Luft. »Hast du mich erschreckt«, sagte ich, während ich mich umdrehte und sie anlächelte. »Ich habe unten eine Bäckerei entdeckt und wollte etwas Gebäck holen.«

»Komm her«, sagte Sam und streckte den Arm aus.

Ich ging zu ihr und setzte mich auf die Bettkante, und sie nahm meine Hand in ihre und rieb mit den Knöcheln über meine Handfläche.

»Dumme Julia«, sagte sie. »Das Frühstück hier ist legendär.« Sie fing an, mir die Wange zu streicheln, woraufhin sich mir die Armhärchen aufstellten.

Sam schlug vor, etwas aufs Zimmer zu bestellen, aber ich bekam allmählich Beklemmungen, trotz der bodentiefen Fenster. »Aus dem Restaurant hat man vielleicht noch einen anderen Blick«, gab ich zu bedenken, und sie tat mir den Gefallen.

Sam hängte das *Bitte nicht stören*-Schild an die Tür, als wir gingen. »Die Putzfrauen kriegen sonst noch einen Schreck, wenn sie den Schwanz sehen.«

»Einen Schwanz-Schock«, sagte ich.

Sam lachte, und ich war zufrieden mit mir. Ich klang fast normal.

Ein paar Minuten später ließ ein Kellner eine weiße Serviette auf meinen Schoß schweben, und ich versuchte, mich zwischen Eggs Benedict und Eggs Florentine zu entscheiden.

»Du bist ziemlich still heute Morgen«, sagte Sam. »Gefällt es dir nicht?«

»Doch«, sagte ich. »Es ist nur alles ein bisschen viel.«

Sie nickte. »Du gewöhnst dich schon noch daran. Versprochen.«

Statt zu antworten, sah ich aus dem Fenster. Von hier war die Aussicht weniger spektakulär, und das gefiel mir. Wir sahen über die langweiligere Seite der Stadt, an nichtssagenden Bürogebäuden vorbei zu den Hügeln, Einfamilienhäusern und Strommasten von Kent. Ich stellte mir vor, dort hinzuziehen.

»Könntest du dir vorstellen, jemals aus London wegzuziehen?«, fragte ich Sam.

»Vielleicht«, sagte sie. »Irgendwann habe ich die Londoner Szene vermutlich satt und kaufe mir ein großes Bauernhaus – dann mache ich aus der Scheune ein Atelier zum Malen und veranstalte große Sexpartys oder so was. Wärst du dabei?«

»Ich weiß nicht«, sagte ich. »Ich weiß nicht, ob ich auf dem Land etwas mit mir anzufangen wüsste.«

»Du könntest bei den Sexpartys helfen.«

»Ich glaube, das wäre nichts für mich.«

»Ich könnte dich zur Domina ausbilden.«

Sam erklärte mir detailliert, was zu meiner Arbeit als Domina gehören würde, als der Kellner sich näherte. Er blieb in der Nähe stehen und blickte höflich über unsere Köpfe hinweg, während Sam die Vorteile breiter Haarbürsten beim Hinternversohlen erörterte und über die Geldsummen sprach, die Geschäftsleute dafür zu zahlen bereit waren, sich in Schuluniform mit Linealen züchtigen zu lassen.

»Guten Morgen«, sagte er, sobald er zu Wort kam. »Haben Sie sich schon entschieden?«

»Das englische Frühstück«, sagte Sam.

»Natürlich«, sagte der Kellner.

»Ich nehme die Eggs Benedict«, sagte ich.

»Bist du sicher?«, fragte Sam. »Bei TripAdvisor hieß es, die Hollandaise sei ein bisschen kalt gewesen.«

»Ich bin mir sicher«, sagte ich vielleicht etwas zu entschieden.

»Was ist denn los?«, fragte sie.

»Darf es auch etwas zu trinken sein?«, fragte der Kellner.

»Einen Latte für mich, bitte«, sagte ich.

»Sag mir, was los ist«, sagte Sam.

»Und für Sie, Madam? Einen Kaffee oder Tee?«, fragte der Kellner.

Sam antwortete nicht, deshalb sagte ich: »Ein schwarzer Tee wäre wunderbar, vielen Dank«, und der Kellner zog erleichtert ab.

Sam starrte mich an. »Triff bitte keine Entscheidungen

für mich«, sagte sie, was so heuchlerisch war, dass ich es für einen Witz hielt und laut auflachte. Aber sie hatte keinen Witz gemacht. Und sie konnte es wirklich, wirklich nicht ertragen, wenn man über sie lachte.

»Du demütigst mich«, sagte sie.

»Tu ich nicht!«

»Ich werde nicht dulden, dass du so mit mir sprichst.«

»Es tut mir leid –«

»Ich habe dich anscheinend irgendwie verärgert. Die erwachsene Reaktion wäre zu sagen, was los ist, damit wir ein vernünftiges Gespräch darüber führen können.«

»Okay«, sagte ich. Ich holte tief Luft. »Ich fand letzte Nacht einfach etwas schwierig.«

Sam sah mich immer noch an. »Wenn es dir wirklich nicht gefallen hat, hättest du ja das Safeword sagen können.«

»Ich weiß, es hat mir ja auch gefallen. Aber es war auch ein neues Kleid –«

»Ich besorg dir ein Neues.«

»Ich will kein Neues.«

»Ich habe viel Geld ausgegeben, damit es ein perfektes Wochenende für dich wird.«

»Und dafür bin ich dankbar –«

Der Kellner kehrte mit unserem Essen zurück, während wir schweigend dasaßen.

Sam hatte recht gehabt. Die Hollandaise war kalt. Ich aß mein Frühstück trotzdem, aber Sam rührte ihres nicht an. Sie starrte einfach auf den Tisch, die Hände verschränkt.

»Virginie liebt mich so, wie ich bin«, sagte sie.

Ich blickte auf in der Hoffnung, mich verhört zu haben.

»Ich habe sie für dich aufgegeben. Ich führe dich in das beste Hotel Londons, behandle dich wie eine Königin –«

»Eher wie ein Vergewaltigungsopfer –«

»Das war eine Phantasie!«

»Das war deine Phantasie!«

Falsche Reaktion. Eindeutig die falsche Reaktion.

»Ach, jetzt kommt's raus«, sagte Sam und warf ihre Serviette auf den Tisch. »Was gefällt dir denn noch nicht an mir? Ich weiß, dass dir meine Bilder nicht gefallen.«

»Das habe ich nie gesagt –«

»Du streitest es nicht mal ab!«

»Ich finde sie wunderbar! Sie sind unglaublich!«

»Aber es ist dir zuwider, dass ich sie in meiner Wohnung aufgehängt habe.«

Ich sah sie an. Ich holte Luft. Ein Paar zu unserer Linken, das ein deutlich friedlicheres Frühstück genoss, bat um mehr Orangenmarmelade. »Ich muss nur –«

»Sprich weiter.«

»Ich muss nur jede Sekunde daran denken, dass es hauptsächlich Bilder von Frauen sind, mit denen du im Bett warst.«

Sam lachte kurz auf. Dann lief sie rot an. Sie richtete sich auf und verschränkte die Arme vor der Brust. »So eifersüchtig bist du? Jetzt kritisierst du meine Vergangenheit?«

»Nein!«, sagte ich und fasste über den Tisch, während sie auswich.

Sie schüttelte den Kopf. »Ich habe mich verändert, um mit dir zusammen zu sein. Ich habe eine Beziehung beendet. Und jetzt willst du mir sagen, ich könne meine eigenen

Bilder nicht in meiner eigenen Wohnung aufhängen? Wie kannst du es wagen!«

»Das habe ich doch gar nicht gesagt –«

»Ich habe mir solche Mühe gegeben, damit du dich bei mir wohl fühlst. Und es ist *meine* Wohnung, nicht deine! Du warst es doch, die nicht mit mir zusammenziehen wollte, schon vergessen?«

»Fick dich«, sagte ich mit vor Wut bebender Stimme.

Ich bereute es sofort.

Sie schob ihren Stuhl zurück und stand auf.

»Warte«, sagte ich und streckte die Hand nach ihr aus.

»Fass mich nicht an«, sagte sie und stapfte selbstgerecht aus dem Restaurant.

Ich lief ihr nicht sofort nach. Dafür war ich zu wütend. Aber mein Zorn verrauchte schnell, und ich wusste, wenn ich sie jetzt nicht aufhielte, wäre das das Ende unserer Beziehung. Ich rannte aus dem Restaurant, hoffte, sie würden das Frühstück auf unsere Zimmerrechnung setzen und nicht erwarten, dass ich zahlte; mein Dispo würde das nicht verkraften. Ich sah Sam am Ende des Flurs in einen Fahrstuhl treten.

»Warte!«, schrie ich, aber das tat sie nicht, und so rannte ich die Treppen runter zu unserem Zimmer. Als ich dort ankam, war sie schon fort.

Ich war zu angespannt, um direkt nach Hause zu fahren und Alice gegenüberzutreten. Ich musste mich beruhigen, musste durch die anonymen Straßen Londons laufen und mich in ihnen verlieren, so wie ich es mir am Morgen gewünscht hatte, um mich daran zu erinnern, dass ich bei allem, was ich tat, eine Wahl hatte und neu anfangen konnte, wenn es sein musste. Ich schlug als Erstes den

Weg zu der Bäckerei ein, die ich aus dem Fenster gesehen hatte.

Als ich vom Bordstein trat, um die Straße zu überqueren, scherte ein Wagen aus und hielt vor mir.

Sams Wagen.

Sie kurbelte das Fenster runter, sah mich aber nicht an. »Steigst du ein?«, fragte sie, wobei es eher wie ein Befehl klang.

Ich tat wie geheißen.

Sam fuhr zu schnell, starrte vor sich auf die Straße. »Ich fühle mich von dir missbraucht«, sagte sie, ohne mich anzusehen.

»Was?«

»Du hast ›Fick dich‹ gesagt. Das war Missbrauch. Ich will, dass du dich entschuldigst.«

Ich hätte gelacht, wenn ich nicht so verzweifelt gewesen wäre. Sie hatte gewonnen. Sie hatte auf ganzer Linie gewonnen.

»Es tut mir leid«, sagte ich, und sie lächelte. Ich drehte mich zum Fenster, damit sie mein Gesicht nicht sehen konnte, und die Tränen ließen die Skyline verschwimmen, als wir den Fluss überquerten.

Und dann, ohne mich wieder umzuwenden – ohne richtig nachzudenken –, sagte ich: »Ich kann das nicht mehr.«

»Kannst was nicht mehr?«, fragte Sam. Und dann kälter: »Kannst *was* nicht mehr? Versuchst du gerade, mit mir *Schluss* zu machen?«

Ich rührte mich nicht.

»Du kannst nicht mit mir Schluss machen«, sagte sie. »Weil ich schon mit *dir* Schluss gemacht habe.«

Sie beschleunigte.

»Nicht so schnell«, sagte ich.

Sie ignorierte mich.

»Bitte?«

Sie stieß ein fieses Lachen aus und fuhr ungebremst über Rot.

»Hör auf«, sagte ich.

»Ich mache doch gar nichts«, sagte sie. Sie fuhr immer weiter in die Richtung ihrer Wohnung.

»Lass mich einfach hier raus«, sagte ich, als wir an der U-Bahn-Station Monument vorbeikamen.

»Wenn du nach Hause willst, kann ich dich hinfahren«, sagte sie.

»Das musst du nicht –«, sagte ich, aber je mehr ich redete, desto schneller schien sie zu fahren, also hielt ich einfach den Mund, schloss die Augen und dachte an glücklichere Zeiten. Wie das eine Mal, als wir über den Broadway Market geschlendert waren und sie mir erklärte, warum ich köstlicher war als jeder der angebotenen Kuchen, oder der Abend, als sie zum Essen zu uns gekommen war und Alice mir gesagt hatte, sie sei die charmanteste Frau, die sie je kennengelernt habe, oder auch die vergangene Nacht, als sie mir in die Augen sah, als würde sie mich wirklich kennen, und mir sagte, dass sie noch nie so viel für einen Menschen empfunden habe. Und mir war es genauso gegangen.

So aggressiv war in der Geschichte der Menschheit vermutlich noch niemand nach Hause gefahren worden, und als sie anhielt, stürzte ich aus dem Wagen und rannte so schnell wie möglich zum Haus, während sie mit quietschenden Reifen verschwand.

Mein Schlüssel schien nicht zur Haustür zu passen. Fast

eine Minute lang bemerkte ich nicht, dass ich ihn falsch herum hielt. Als ich die Tür endlich aufbekam, ließ ich mich zu Boden sinken und dachte an gar nichts, bis Alice herauskam, um nachzusehen, ob jemand eingebrochen war.

42. Keine Hochzeiten und ein Todesfall

»Was ist los?«, fragte Alice, als sie mich entdeckte. Mit verschränkten Armen hielt sie ihren Morgenmantel fest.

Ich stand nicht auf. Mein Herz raste immer noch. »Sam und ich haben uns getrennt«, sagte ich.

Alice ließ sich neben mir die Wand hinuntergleiten. Sie legte einen Arm um mich. »Möchtest du Kaffee?«

»Tee«, sagte ich. »Für Kaffee bin ich zu aufgebracht.«

Wir setzten uns aufs Sofa, und ich erzählte Alice die ganze Geschichte. Der Streit wirkte viel lächerlicher und unnötiger, nachdem ich alles laut ausgesprochen hatte. Der Sexkram war in meiner Darstellung eigentlich ziemlich witzig. Alice musste ins Bad gehen, als ich zu dem mexikanischen Akzent und der »Sí, Jefe«-Nummer kam, weil sie wirklich fürchtete, sich vor Lachen in die Hose zu machen.

»Ich bin froh, dass wir wieder reden«, sagte sie hinterher und legte ihren Kopf auf meine Schulter.

»Wirst du mich für schwach halten, falls ich wieder mit ihr zusammenkomme?«

»Nein!«, sagte Alice. »Nein, nein, nein. Du bist *überhaupt* nicht schwach. Du bist so stark.«

»Aber du glaubst immer noch, dass wir nicht zusammen sein sollten.«

Sie antwortete nicht gleich. »Ich glaube – du hast immer gesagt, du möchtest eine gleichberechtigte Beziehung. Glaubst du wirklich, dass das eine ist?«

»Nein, aber –«

»Aber was?«, fragte Alice. »Aber weil sie eine Frau ist, zählt es nicht?«

»Aber ich liebe sie«, sagte ich und hörte den flehentlichen Ton in meiner Stimme, und plötzlich fiel mir eine Nacht vor ein paar Jahren wieder ein: Ich war um zwei Uhr morgens etwas angetrunken durch Kentish Town gelaufen, als ein Mann seine Freundin an den Haaren packte und zu Boden schleuderte, direkt vor mir auf den Gehweg. Ich stand da, fragte mich, was ich sagen sollte, versuchte abzuwägen, ob ich einschreiten sollte, als vier Polizisten aus einem Wagen in der Nähe sprangen, dem Mann Handschellen anlegten und ihn an eine Wand drückten. Ich erzählte einem der Beamten gerade, was ich gesehen hatte, als die Frau hysterisch weinend zu uns kam.

»Bitte bringen Sie ihn nicht weg«, sagte sie. »Er hat es nicht so gemeint.«

Der Beamte sagte, für ihn habe es definitiv so ausgehen, als hätte er es so gemeint.

Ich wies die Frau darauf hin, dass sie ein blaues Auge und eine blutende Nase hatte.

»Aber ich liebe ihn«, hatte sie erwidert.

Alice gab beruhigende Laute von sich, während ich weinte.

»Ich werde sie so vermissen«, sagte ich.

»Ich weiß«, sagte Alice.

»Können wir jetzt aufhören, darüber zu reden?«, fragte ich.

»Okay«, sagte Alice. Sie überlegte einen Moment, und

dann fragte sie: »Wie geht's eigentlich deinem entzückenden Bomberflottenfreund?«

»O Gott«, sagte ich und schloss die Augen. »Ich habe ihm einen Brief geschrieben und ihn immer noch nicht abgeschickt.«

»Sollen wir zum Briefkasten gehen? Auf dem Rückweg könnten wir uns ein Double Caramel Magnum holen.«

Also gingen wir Hand in Hand zum Briefkasten. Die frische Luft tat mir gut, und das Double Caramel Magnum war sehr tröstlich.

»Eis macht alles besser«, sagte ich zu Alice, als wir durch den Clissold Park nach Hause gingen.

»Außer Diabetes Typ 2«, erwiderte sie.

Ich gefalle mir in dem Glauben, in Krisenzeiten zu Hochform aufzulaufen. Ich scheine förmlich zum Leben zu erwachen; ich erinnere mich noch an den seltsamen Adrenalinkick, der mit der Trauer kam, als mein Großvater starb, das Gefühl, dass der normale Betrieb ausgesetzt war und man plötzlich auch Chips zum Frühstück essen durfte.

Einen ähnlichen Adrenalinkick verspürte ich nach der Trennung von Sam. Ich war zugegebenermaßen auch ziemlich durch den Wind – bei der Arbeit wurde ich nach Hause geschickt, weil ich in einer Sitzung zu Übergabeprotokollen zu weinen begonnen hatte, und eine Woche lang betrank ich mich jeden Abend, schlief auf dem Badezimmerboden ein und wachte auf, um zu kotzen, die Kotze schwarz vom Rotwein –, aber gleichzeitig fühlte ich mich so durch und durch lebendig, dass es kribbelte.

Ich kehrte allerdings nicht zu Nicky zurück. Dazu war ich noch nicht bereit. Ich beschloss, erst einmal in Selbstmitleid zu baden, zu Meryl-Streep-Filmen zu weinen und Halloumi-Käse direkt aus der Packung zu essen. Ich wollte vergessen haben, wie viel aufregender mein Leben mit Sam gewesen war und wie unglaublich es sich angefühlt hatte, morgens dicht an sie geschmiegt dazuliegen, bevor ich Nicky erklären hörte: »Ich hab's ja gleich gesagt.« Ich wollte von niemandem hören, dass meine Zeit mit Sam Verschwendung gewesen sei oder sie mir nicht gutgetan hatte oder irgendetwas in der Richtung. Sie fehlte mir.

Dad rief mich an, als ich gerade allein und mit ungewaschenen Haaren vor dem Fernseher saß, ein paar Tage nach unserer Trennung.

»Hallo, Julia. Ich bin's.«

»Ich weiß.«

»Ich wollte dir nur ein YouTube-Update geben. Ich habe über hundert Abonnenten!«

»Das ist toll«, sagte ich um Begeisterung bemüht.

»Ich habe jetzt Fans in Neuseeland!«

Ich konnte Mum im Hintergrund hören, die sich bei der Vorstellung, dass Dad Fans haben könnte, vor Lachen zu kugeln schien.

»Ich war gestern Abend nebenan, und Harry hat meinen Kanal auf dem Breitbildfernseher unten in ihrem Entertainment-Center laufen lassen. Mein Gesicht war so groß wie ein Kleinwagen!«

»Der Herr erbarme sich«, sagte Mum. »Dein Gesicht ist so schon groß genug.«

»Also«, sagte Dad, »deine Mutter und ich haben angefangen, über Weihnachten nachzudenken.«

»Verstehe«, sagte ich.

»Ich habe mich gefragt, ob wir nicht mal was Neues ausprobieren sollten. Dem Ganzen ein Thema geben. Verkleide dich als deine liebste Romanfigur oder so was in der Art.«

»Ich komme als Anna Karenina«, sagte ich, denn das entsprach meiner Stimmung. »Du könntest als Portnoy aus *Portnoys Beschwerden* gehen.«

»Ich glaube, das wäre keine so gute Idee«, sagte Dad. »Er verbringt ja einen Großteil des Romans mit – nun ja.«

»Wichsen auf dem Klo.«

»Genau.«

»Ich weiß, Dad«, sagte ich. »Das war ein Witz.«

»Oh«, sagte er. »Wie auch immer. Wir haben uns gefragt –« Er räusperte sich, als wollte er etwas Schwieriges sagen. »Möchte deine Freundin vielleicht mitkommen?«

Freundin. Jetzt, wo Sam und ich uns getrennt hatten, gelang es Dad endlich, sie als meine Freundin zu bezeichnen. Ich brach in Tränen aus.

Dad wusste nicht, wie er damit umgehen sollte, deshalb reichte er das Telefon an meine Mutter weiter.

»Scheiße, Gott sei Dank«, sagte sie. »Entschuldige meine Ausdrucksweise, Schatz. Aber sie war *furchtbar*.«

Bei der Arbeit war ich in diesen ersten Wochen noch weniger zu gebrauchen als sonst; ich konnte mich nicht konzentrieren. Ich recherchierte vielleicht gerade etwas, um eine E-Mail zu Behandlungsoptionen von Alkoholmissbrauch zu beantworten, und dann wurde ich in eine Wikipedia-Schleife hineingesogen, las etwas über die Geschichte der Anonymen Alkoholiker, guckte Videos darüber, wie man Wodka herstellte, häufte immer mehr nutzloses Wissen an, und die Stunden lösten sich auf wie Zuckerwatte, so dass man hätte meinen können, sie hätten nie existiert, wäre da nicht das schlechte Gewissen gewesen. Am Mittwoch nach unserer Trennung sah ich ein besonders schreckliches Video, eine Aufnahme von 1913, in der ein Mann vom Eiffelturm in den Tod sprang. Es war kein Selbstmord; er hatte sich einen Flügelanzug gebaut und geglaubt, er könne damit fliegen. Von außen betrachtet war klar, dass es nicht funktionieren würde. Aber sind die Dinge von außen nicht immer klarer?

Ich sah, wie er mit den »Flügeln« seines Anzugs schlug, der ein bisschen so aussah wie ein Schlafsack auf einem Wäscheständer, und musste lachen.

Owens Gesicht tauchte über der Trennwand zwischen unseren Schreibtischen auf, dankbar für die Ablenkung. »Was?«, fragte er.

»Nichts«, sagte ich immer noch lachend. Ich schloss das Fenster.

»Nein, ehrlich, was?«

Also erzählte ich es ihm.

»Darüber lachst du?«

»Ich weiß«, sagte ich. »Was ist nur aus mir geworden?«

»Na ja. Was soll ich sagen. Du hast dich gerade von jemandem getrennt.«

Ich lachte wieder und spürte dann, wie ich anfing zu weinen.

»Julia«, sagte Owen mit seiner ruhigen, monotonen Stimme. »Julia.«

Ich tat so, als hätte ich nichts gehört.

Er stand auf und sagte »Julia« etwas lauter, so dass noch andere Leute aufblickten.

»Mir geht's gut«, sagte ich.

»Okay«, sagte Owen und setzte sich wieder, aber ich

spürte, wie er mich weiter ansah, und ein paar Minuten später kam er rüber und hockte sich neben meinen Schreibtisch. »Sollen wir uns einen Tee holen?«

Ich nickte feucht.

»Hast du was von ihr gehört?«, fragte er, als er Teebeutel in unsere Becher hängte.

Ich schüttelte den Kopf.

»Gut«, sagte er. »Sie war nicht sehr nett zu dir.«

»Eigentlich schon«, sagte ich und ließ den Tränen wieder freien Lauf. »Manchmal.«

»Nein«, sagte Owen. »Denk nicht an die guten Zeiten. Denk an ihre schlechten Seiten.«

»Das will ich nicht«, sagte ich.

»Als Carys abserviert wurde, meinte sie, es gäbe überhaupt nichts Schlechtes an Sarah –«

»Carys wurde abserviert?«

Owen nickte. »Aber dann habe ich sie daran erinnert, dass Sarah ständig Selfies gemacht und vor dem Spiegel mit Schmollmund posiert hat.«

»Wann haben sie sich getrennt?«

»Vor ein paar Wochen. Also, erzähl mir von Sams schlechten Seiten.«

»Sie hielt sich für einen echten Hengst. Sie hatte immer eine Barbourjacke an, als wäre das irgendwie originell.«

»Na siehst du.«

»Sie wurde sauer auf mich, wenn ich ihre Anrufe nicht sofort entgegennahm. Und sie ist mit mir nach Lyon gefahren, wo sie es ausgiebig mit einer anderen Frau getrieben hat.«

Owen nickte; ihm fehlten wohl die Worte.

»Sie war allerdings gut im Bett.«

»Das aufzugeben ist schwer. Sehr schwer.« Er umarmte mich ungelenk. »Du schaffst das, Julia«, sagte er.

»Danke, Owen«, sagte ich und beschloss, mindestens zehn Pfund für sein Abschiedsgeschenk zu spendieren.

Aber sie fehlte mir – ihre Schönheit, ihre Ecken und Kanten, ihre Gefährlichkeit, ihr Feuer. Ohne sie war alles fad, wie das Ratatouille, das meine Mutter macht, wenn sie altes Gemüse aufbrauchen will.

Cat und Alice waren großartig. Sie gingen mit mir aus, luden mich ein und versicherten mir, dass jemand Besseres als Sam auf mich wartete, was gut tat, weil ich immer noch in der »Ich werde allein inmitten von gehäkelten Teewärmern sterben«-Trauerphase steckte.

»Sie ist ein verfickter Psycho«, sagte Cat.

»So was darfst du nicht sagen«, meinte Alice. »Sie hat keine Diagnose. Aber man kann mit Fug und Recht behaupten, dass sie nicht sehr glücklich wirkt.«

»Sie muss scheiß viel an sich arbeiten, ehe sie überhaupt mal wieder eine Frau küssen darf.«

»Ein bisschen kognitive Verhaltenstherapie könnte sicher nicht schaden«, sagte Alice.

Alice und ich verbrachten viel mehr Zeit miteinander, seit wir beide Singles waren; es war wie in der guten alten Zeit, als ich noch nicht wusste, was Einlauf-Sets waren.

Eines Abends überredete sie mich, sie nach der Arbeit zum teuersten Spinning-Kurs der Welt zu begleiten; als Ersatz für Sex starrte sie nun attraktive Fitnesstrainer an. »Du kannst dir einreden, dass sie auf dich stehen, solange du hinterher nicht in den Spiegel guckst und siehst, wie rot du durch Cardio wirst«, erklärte sie mir, als wir auf den höchst unbequemen Fahrradsätteln Platz nahmen.

»Nehmt euch einen Moment Zeit und führt euch vor Augen, warum ihr heute hier seid«, brüllte die Trainerin, als wir zu einem Jay-Z-Song einen Hügel erklommen. Weil ich mich von einer Frau getrennt habe, die gern schwierigen Sex in Wolkenkratzern hat, und ich sie vermisse, dachte ich.

»Ihr seid alle Helden!«, brüllte die Trainerin, was ein bisschen übertrieben war. Ich erlaubte mir, ihre Armmuskeln und ihr Sixpack zu bewundern. Ich hatte jetzt viel Zeit, an meinen Armmuskeln zu arbeiten.

Meine Swingtanzfreundinnen waren auch toll. Ella veranstaltete eine Übernachtungsparty in ihrer Wohnung – zwei Zimmer in einem ehemaligen Amtsgebäude in der Nähe des Barbican, total unglaublich –, und wir übten Sprünge und Schwünge in ihrem Wohnzimmer, bis die Nachbarn von unten an die Tür hämmerten und um Ruhe baten. Danach spielten wir Flaschendrehen, wie Teenager. Bei mir zeigte die Flasche auf Ella, und mehr Bestätigung, dass ich nicht auf sie stand, brauchte ich dann auch nicht – es fühlte sich einfach falsch an, als würde ich meine Schwester küssen oder einen Hundewelpen. Aber dann wies Ellas Flasche auf Zhu, und das dauerte ewig. Bo, Rebecca und ich standen irgendwann auf, um uns neue Drinks zu mixen, und ließen die beiden auf dem Sofa weitermachen.

Wir gingen erst gegen drei Uhr morgens ins Bett. Bo und Rebecca nahmen das Gästezimmer, und Zhu und ich breiteten unsere Schlafsäcke auf dem Wohnzimmerboden aus.

»Das Vortanzen für die Friends of Dorothy findet bald

wieder statt«, sagte Zhu, nachdem wir das Licht ausgemacht hatten.

»Nacht, Zhu«, sagte ich.

»Bitte versuch's«, sagte sie. »Wenn du hingehst, kaufe ich dir Hotpants mit Pailletten ...«

»Goldene?«

»Ja.«

Ich gab keine Antwort.

»Bitte?«

»Ich denk drüber nach.« Ich hatte beim letzten Mal nicht vorgetanzt, weil ich Angst davor hatte, nicht aufgenommen zu werden – aber jetzt hatte ich keine Angst mehr. Jetzt gab es auch keine Sam mehr, die sich daran stören konnte, wie viel Zeit ich bei Proben und Vorstellungen verbringen würde. Sie hatte meine Tage, Nächte und Gedanken gedämpft wie Styropor, und ohne sie polterte ich haltlos herum. Ich musste mein Leben wieder neu ausfüllen.

Eines Samstags, als Alice beim Yoga war, verabredete ich mich mit Dave zu einem heimlichen Spaziergang durch die Walthamstow Wetlands. Wir wanderten mit festgezurrten Schals durch die Marschlandschaft und wiesen uns auf den einen oder anderen Haubentaucher hin.

Sein Bart sah schlaff aus, wie vergessener Salat, und er schien sein Talent für schmutzige Witze verloren zu haben. »Ohne sie bin ich zu nichts zu gebrauchen«, sagte er und stocherte mit dem Fuß an einem verwelkten Blatt herum. »Ich habe nicht viel gegessen. Ich bestehe praktisch nur noch aus Bier.«

Daraufhin führte ich ihn in ein Café und lud ihn zu Pork Pie ein.

»Wie geht's Alice?«, fragte er zwischen zwei Bissen.

»Bestens« wäre die korrekte Antwort gewesen. Seltsam begeistert von Fitnesskursen. Aber ich sagte: »Du fehlst ihr.« Was auch stimmte.

»Ich hätte ihr keinen Antrag machen sollen«, sagte er. »Uns ging es ja gut, so wie es war.«

»Sie hätte einfach nein sagen können«, gab ich zu bedenken.

Er nickte. »Soll ich sie anrufen?«

»Ich glaube schon«, sagte ich.

»Könntest du ein gutes Wort für mich einlegen?«

»Ich werd's versuchen«, sagte ich. Ich müsste den richtigen Moment erwischen. Sie schnappte ziemlich schnell ein, wenn ich auf Dave zu sprechen kam. »Du hast da übrigens Krümel im Bart«, sagte ich.

Peinlich berührt, schüttelte Dave sie raus. »Ich muss wieder anfangen, mich zu waschen«, sagte er. Ich hatte keine Einwände. Er roch ein bisschen wie ein Hundekorb. »Tut mir leid«, sagte er. »Ich habe gar nicht gefragt, wie es dir geht.«

Ich erzählte ihm, dass ich mich von Sam getrennt hatte.

Dave blies die Backen auf, was vielleicht Betroffenheit oder Mitgefühl ausdrücken sollte, doch ich sah ihm an, dass er es eigentlich für eine gute Neuigkeit hielt.

Mir gefiel nicht, dass sich alle über unsere Trennung freuten. Sie sahen nur die Schlagzeilen unserer Beziehung – dass Sam mich kontrollierte, eifersüchtig war, zu begeistert von Sex mit Fremden –, während ich auch die Zwischentöne wahrnahm. Ich verstand, warum sie Angst vor Monogamie hatte. Ich kapierte, dass ihr das Leben nach dem Tod ihrer Mutter zu entgleiten schien und dass SM eine Möglichkeit bot, wieder die Kontrolle zu übernehmen. Ich begriff, warum sie solche Angst hatte, mich zu verlieren, dass sie mich schließlich wegstieß. Und all die schönen Seiten an Sam bekamen die anderen nicht zu sehen – dass sie mir morgens immer Tee ans Bett brachte, die Abenteuer, zu denen sie mich mitnahm, wie sie mir das Gefühl gab, dass ich alles schaffen konnte. Solange ich es nur mit ihr zusammen tat.

Als ich nach Hause kam, lag Alice auf dem Sofa, guckte *Freundinnen* und aß einen Laib Ziegenkäse, als wäre es ein Apfel.

Sie sah mit roten, verheulten Augen zu mir hoch. »Hillary stirbt!«, sagte sie.

»Ich weiß«, sagte ich, als ich mich zu ihr setzte.

»Und sie wird CC so fehlen!« Sie schüttelte den Kopf.

»Natürlich«, sagte ich und legte einen Arm um sie.

»Ich weiß nicht, was ich machen würde, wenn du stirbst!«

»Wie schön, dass du dich in der Rolle der weltberühmten Sängerin siehst, während ich die armselige Tote sein darf.«

»Hillary war nicht armselig!«, sagte Alice. »Sie war der Wind unter CCs Flügeln!« Auf der Straße fing eine Autoalarmanlage an zu heulen. »Tut mir leid«, sagte Alice. Sie räusperte sich und nahm sich ein Taschentuch.

»Du musst dich nicht dafür entschuldigen, dass du weinst«, sagte ich. »Lass es raus. Du hast bisher kaum um Dave geweint.«

»Ich weine nicht um Dave«, sagte sie und weinte noch mehr.

»Du fehlst ihm«, sagte ich.

Sie blickte auf. »Woher weißt du das?«

»Ich bin mir ganz sicher«, sagte ich aalglatt. »Im Kühlschrank ist noch Cava. Möchtest du?«

Am nächsten Morgen kam ich eine halbe Stunde zu spät zur Arbeit; ich hatte es zwar irgendwie pünktlich aus dem Haus geschafft, aber vom Ruckeln der U-Bahn und dem Gedränge der heißen menschlichen Körper war mir ziemlich schlecht geworden, und ich musste am Green Park aussteigen, um nicht in irgendeine Handtasche zu brechen. Ich würde mich möglichst unsichtbar machen und den Tag irgendwie durchstehen.

»Verkatert?«, fragte Owen, als ich mich langsam auf meinem Schreibtischstuhl niederließ.

Ich nickte. »Sehr.«

»Ich auch«, sagte er. »Hatte ein Tinder-Date. Sie war echt langweilig, deswegen habe ich eine Menge Whisky getrunken.«

»Klingt vernünftig.«

»Ich dachte wirklich, wir würden uns verstehen. Sie spielt gern Computerspiele. Wir haben uns gut über Final Fantasy XV unterhalten. Aber dann wollte sie über Katzen reden, und Katzen mag ich nicht.«

Ich nickte; mir war plötzlich wieder ziemlich schlecht, und ich traute mich nicht zu sprechen. Ich versuchte, mich auf die Arbeit zu konzentrieren. Mein Posteingang war voll mit E-Mails, die beantwortet werden mussten. Ich öffnete die erste. Ein Mann aus Ipswich, der wütend war, weil ein neues Arthritis-Medikament über den nationalen Gesundheitsdienst nicht erhältlich war. Die nächste Mail kam von einer Frau namens Lizzie Beecham. Beecham war Erics Nachname.

Ich wusste schon, was drinstand, bevor ich sie öffnete.

Liebe Julia,
Ihr Brief an meinen Vater ist heute Morgen eingetroffen. Ich hoffe, Sie sehen mir nach, dass ich per E-Mail schreibe – ich bedaure sehr, Ihnen mitteilen zu müssen, dass mein Dad (Eric Beecham) am Samstagabend im Krankenhaus verstorben ist. Er war sechsundneunzig, ein stolzes Alter, das ist ein gewisser Trost.
Mein Dad hat oft von Ihren Briefen erzählt. Ihre Korrespondenz hat ihm in diesem letzten Jahr sehr gutgetan und ihn wirklich bei Laune gehalten. Es war ihm eine Freude, Ihnen von seinem Leben zu erzählen (er hat jedem vom Krieg erzählt, der bereit war zuzuhören). Es tut mir leid, dass Sie ihm nie begegnet sind – er hat sich so auf Ihren Besuch gefreut und hatte alle möglichen Pläne, was er Ihnen zeigen wollte.
Die Trauerfeier findet am Freitag um 10 Uhr in Brighton statt, mit anschließendem Empfang im Gemeindezentrum (wo er gern Bridge spielte). Es würde uns allen viel bedeuten, wenn sie kommen könnten, aber Sie sind bestimmt sehr beschäftigt.

Mit freundlichen Grüßen
Lizzie Beecham

Ich verbarg den Kopf in den Händen und weinte.

Owen eilte herbei und hockte sich neben mich. »Was ist passiert?«

»Eric ist tot«, sagte ich. Ich schloss die Augen. »Ich habe gesagt, ich käme ihn besuchen, und habe es nie gemacht.«

»Bei dir ist ja auch gerade viel los.«

»Ich habe nur an mich gedacht«, sagte ich. »Wie schrecklich egoistisch.«

Owen fasste mich mit steifem Arm an der Schulter, als wüsste er, dass er mich berühren sollte, wäre sich aber nicht sicher, wie. Dann ging er und sagte murmelnd etwas zu Uzo, die mit einer Tasse Pfefferminztee herüberkam.

»Ich weiß, wie das ist«, sagte Uzo und setzte sich auf den Stuhl neben mir. »Meine alte Dame, die, die ich manchmal donnerstagabends besucht habe, ist vor ein paar Monaten gestorben. Bei unserer letzten Begegnung haben wir uns gestritten, wer der bedeutendere Mann war: Gandhi oder Nelson Mandela. Ich habe mich wochenlang mies gefühlt.«

Ich nickte. Uzo zog ein zerknittertes Taschentuch aus ihrem Ärmel und reichte es mir. Ich putzte mir die Nase und schlürfte Pfefferminztee.

»So ist's recht, meine Liebe«, sagte Uzo. »Alles wird gut. Okay?«

»Okay«, sagte ich.

Smriti verhielt sich sehr anständig, was die Trauerfeier betraf. Sie gab mir einen Tag frei und sagte, ich müsse nichts nacharbeiten. Am Freitagmorgen stand ich früh auf und nahm den Zug nach Brighton, zusammen mit erschöpft wirkenden Eltern schreiender Kinder – »Mein Keks ist zerbrochen! Mach meinen Keks wieder ganz!« – und blöden Paaren auf dem Weg in ein langes Wochenende. Ich blickte von der Beileidskarte auf, die ich gerade schrieb, und funkelte zwei geräuschvoll knutschende Teenager böse an. Ich hatte nichts gegen glückliche Menschen, solange sie hinter verschlossenen Türen glücklich waren, wo sie niemandem schaden konnten.

Ich hatte Erics Briefe bei mir, falls Lizzie sie sehen wollte. Ich nahm einen heraus und las seine typischen Phrasen: »Ich will mich nicht beklagen!«, »Das war vor einer halben Ewigkeit« und »Was sagen Sie dazu?« Ich fuhr mit den Fingern über die Abdrücke, die sein Kugelschreiber hinterlassen hatte.

Ich bin kein großer Fan von Beerdigungen; ich zeige meine Trauer nicht gern vor Leuten, die ich nicht kenne, und wenn ich jemand Fremdes weinen sehe, werde ich plötzlich ganz englisch und fange an, Konversation über Parkuhren zu machen oder so was. Aber Beerdigungen haben wohl nirgends große Fans, außer vielleicht bei Bestattungsunternehmern, und das aus finanziellen Gründen. Was ich sagen will: Ich war ziemlich angespannt, als ich aus dem Zug ausstieg und Google Maps den Hügel hinauf folgte, an Cafés, Secondhandläden und viktorianischen Reihenhäusern vorbei, bis ich das Krematorium erreichte. Ich blieb eine Weile draußen stehen, bewunderte die gepflegten Blumenbeete, sog die schwere, salzige Luft ein und dachte an Pommes. Wenn man sich auf die Zehenspitzen stellte, konnte man fast das Meer sehen. Das hätte Eric gefallen.

Eine Gruppe grauhaariger Damen in dunklen Mänteln eilte an mir vorbei zur Kapelle. Ich folgte ihnen. An der Tür überreichte mir ein Teenager in einem zu großen Anzug ein Programm. Vielleicht einer von Erics Urenkeln. Ich setzte mich ganz nach hinten – ich wollte nicht versehentlich einen Platz für Familienmitglieder belegen. Ich blickte auf das Foto von Eric als jungem Mann, so stolz in seiner Royal-Air-Force-Uniform, wahrscheinlich nur wenig älter als der Teenager im Anzug. Leb wohl, Eric, dachte ich. Es tut mir so leid, dass ich nie mit dir tanzen konnte.

Wir sangen »All Things Bright and Beautiful« und »Jerusalem« (Dad hätte das nicht gutgeheißen), und dann sagte der Pfarrer ein paar Worte über Erics Verdienste im Krieg und darüber, was für ein liebevoller Vater und Ehemann er gewesen war und wie sehr er es genossen hatte, am Wochenende auf eine Suppe und ein kleines Radler an die Strandpromenade zu gehen. Ich versuchte, das Quietschen zu ignorieren, als der Sarg durch die kommunalen lila Vorhänge davonrollte.

Als wir mit gesenkten Köpfen der Reihe nach hinausgingen, erklang »We'll Meet Again« über Lautsprecher. Ich dachte an Eric und Eve und hoffte, dass sie nun wieder vereint waren, auch wenn ich eigentlich nicht an das Himmelreich glaubte. Ich konnte mich nicht länger beherrschen. Eine ältere Dame mit einem Gehstock tätschelte mir den Rücken und sagte wunderbar altmodische Dinge wie »Ach, Kindchen« und »Immer raus damit«, was mich an meinen Opa erinnerte.

»Woher kannten Sie Eric?«, fragte sie.

»Er war so eine Art Brieffreundin«, erklärte ich.

Sie rüttelte an meinem Arm. »Ooh!«, sagte sie. »Das Mädchen von der Regierung! Sind Sie das?«

»Ja!«

»Sie tanzen den Jitterbug, wie ich höre«, sagte sie. »Sie müssen beim Leichenschmaus gleich mal zeigen, was Sie draufhaben.«

»Ich weiß nicht, ob es angemessen ist, bei einer Beerdigung Jitterbug zu tanzen«, sagte ich.

»Oh, Eric wäre begeistert.« Sie lächelte mich an. »Er hatte Sie so gern. Erst neulich hat er mir erzählt, was Sie beide alles in Brighton unternehmen würden, wenn Sie zu Besuch kämen.«

Die Dame hieß Irene. Sie war Erics Nachbarin im Pflegeheim gewesen – die, mit der er getanzt hatte. Wir gingen (sehr langsam) zusammen zum Gemeindezentrum für den Leichenschmaus. An den Wänden klebten noch Luftballons, die von einem Kindergeburtstag übrig geblieben waren; außerdem gab es große Teekannen und Platten mit Sandwiches. Irene stellte mich Erics Tochter Lizzie vor, die in den Siebzigern sein musste. Sie hatte feuchte Augen, war aber gefasst, sehr viel gefasster als ich. »Ich habe etwas für Sie«, sagte Lizzie, lief kurz weg und kam mit einer Sainsbury's-Tüte voller Platten wieder – Billy Cotton and His Band und Al Bowlly und George Gershwin.

»Was ist das alles?«, fragte ich.

»Dad wollte, dass Sie die bekommen«, sagte sie.

Ich vergrub mein Gesicht in den Händen.

Lizzie legte den Arm um mich. »Könnten Sie eine Tasse Tee vertragen?«

»Das läuft doch völlig falsch«, sagte ich verrotzt. »Ich sollte Sie trösten!«

»Ich bin es leid zu weinen«, sagte sie. »Ich habe schon die ganze Woche geweint. Ich glaube, ich habe gar kein Wasser mehr in mir.«

Letzten Endes tanzten wir keinen Jitterbug (es gab keinen Plattenspieler), aber ich lernte Erics andere Freunde aus dem Heim kennen, eine ziemlich lebhafte Truppe. Irgendwann jagten sich zwei neunzigjährige Frauen auf ihren Elektromobilen durchs Gemeindezentrum.

»Glauben Sie, dass ein paar Ihrer Freunde Interesse an Swingtanzstunden hätten?«, fragte ich Irene. »Wenn ich gelegentlich zum Unterrichten herkäme?«

»Ooh, ja!«, sagte Irene. »Tanzen ist angeblich gut gegen Osteoporose.« Dann rief sie den Leiter des Pflegeheims herbei, um mich vorzustellen.

Nachdem ich meinen Anteil an Thunfischsandwiches verdrückt und mich verabschiedet hatte, ging ich den Hügel hinunter zum Bahnhof, die Tüte mit den Platten an die Brust gepresst. Ich erwischte den Zug um 16.18 Uhr; er war ziemlich leer, so dass ich einen Tisch für mich hatte. Ich kaufte mir einen Tee beim Getränkewagen und holte Erics Platten aus der Tüte. Ein Brief fiel heraus. Er war an mich adressiert, in Erics Handschrift.

Liebe Julia,
diese Platten haben mir über die Jahre so viel Freude bereitet. Ich hoffe, dass sie auch Ihnen Freude machen werden. Ich glaube, mein Lieblingsstück ist möglicherweise »You Are My Sunshine«. Dazu haben Eve und ich bei unserer Hochzeit getanzt, ein echter Gassenhauer während des Krieges. Ich möchte Ihnen sagen, dass Sie in den letzten Monaten mein Sonnenschein gewesen sind.

PS: Das Leben ist kurz! Gehen Sie raus und nehmen Sie es in die Hand!

PPS: Ich hoffe, Sie finden einen Tanzpartner, der Sie verdient!

*Ihr Freund
Eric*

Als ich nach Hause kam, rief ich Zhu an und erzählte ihr, dass ich liebend gern Anfängern Swingtanzunterricht geben würde. Ich rief die Stepping-Out-Website auf und trug mich für das Vortanzen der Friends of Dorothy ein. Und dann setzte ich mich auf den Hosenboden und füllte das Bewerbungsformular für die Ausbildung zum höheren Dienst aus.

»Was machst du da?«, fragte Alice, als sie von der Arbeit kam.

»Nur das Leben in die Hand nehmen«, sagte ich.

43. Ein paar Pirouetten

Der restliche Oktober zog in einem Nebel aus Kürbisbrot und Halloweenpartys vorbei. Das Beste war ein Halloween-Swingtanzabend im Rivoli Ballroom, einem absurd schönen Art-déco-Ballsaal mit rotem Samt, Holzvertäfelung und Kronleuchtern. Ich betrank mich ordentlich mit billigem Rotwein und tanzte, bis mir die Füße weh taten und ich kaum noch Luft bekam. Die Big Band spielte »Ain't Misbehavin'«, und der Trompeter schloss selig die Augen, als er die höchsten Töne hinausschmetterte. Ich wusste genau, wie es ihm ging. Ich wünschte, Eric hätte dabei sein können.

Und dann war November, und das Korrespondenz-Team versammelte sich um Owens Schreibtisch, um ihm sein Abschiedsgeschenk zu überreichen. Wir hatten ihm eine Flasche walisischen Whisky und einen Xbox-Gutschein gekauft, und in seiner Rede erklärte er mit bebender Stimme, dass jedes Teammitglied seine eigene Superkraft habe, wie bei den Avengers.

Owen hatte seine Schwester zur Abschiedsfeier eingeladen. Aus irgendeinem Grund hatte ich gedacht, sie müsste eine Femme und blond sein, aber das war sie nicht – sie war eine stämmige Butch mit stolzem Gang und schönen grünen Augen. Sie trug eine Art Trachtenweste, aber ich fand sie trotzdem ziemlich attraktiv. Wie sich herausstellte, arbeitete sie als Autorin fürs Fernsehen.

»Das ist so aufregend und glamourös«, sagte ich. Da war ich schon ganz schön betrunken. Eventuell rückte ich ihr auch etwas zu sehr auf die Pelle.

»Nicht so glamourös, wie du denkst«, sagte sie mit einer tiefen Stimme, die nach Blockhaus und knisterndem Kaminfeuer klang. »Wir verbringen viel Zeit in Birminghamer Hotelzimmern. Und ich schreibe für eine Sendung namens *Cheer up!* Sie richtet sich an Siebenjährige, und es geht um Cheerleader. Ich hasse Cheerleader. Ich habe ihnen eine Sendung über ein Mädchen-Rugbyteam gepitcht, aber daran waren sie nicht interessiert.«

»Immer schön den Gender-Normen entsprechen. Widerlich«, sagte ich heiter.

»Was ich in meiner Freizeit wirklich gern mache«, sagte sie und lächelte mich an, »ist, Leute zu meinem Supper Club einzuladen. Ich liebe es, für andere zu kochen.«

Sie zeigte mir ihren Supper Club auf Instagram. Beim letzten Abendessen hatte sie die Mayonnaise selbst gemacht.

Das war der Punkt, an dem ich sie nach ihrer Nummer fragte.

Zwei Wochen später erschien ich in dem Pub in Clerkenwell, in dem das Vortanzen für die Friends of Dorothy stattfand. Von meinen Freunden aus dem Kurs war niemand dabei, aber Zhu war Teil der Jury. Sie saß vorn an einem Tisch, neben einem Mann im Dreiteiler, machte sich Notizen und nahm dann und wann einen Schluck aus einer Wasserflasche. Als sich unsere Blicke trafen, winkte sie mir zu. Ich winkte zurück. Ich dachte an die versprochenen Hotpants mit Pailletten. Ich würde es schaffen.

Mich überkamen schreckliche Erinnerungen an all die offenen Castings, an denen ich im Laufe der Jahre teilgenommen hatte: die Resopaltische der Juroren, die übertrieben selbstbewussten Tänzer, die beim Aufwärmen unnötigerweise Spagat machten, das schwere Keuchen, wann immer die Musik stoppte. Wir sollten unsere Solo-Jazz-Dance-Fertigkeiten vorführen und mit einem Partner Lindy Hop tanzen, und am Ende durften alle noch etwas Selbstgewähltes zeigen. Ich wusste, dass es ein bisschen geschummelt war – als würde man bei einem französischen Kochwettbewerb ein grünes Curry machen –, aber ich drehte ein paar Pirouetten. Die anderen Tänzer jubelten widerwillig.

Als ich rausging, rief Zhu mich zurück.

»Du bist dabei«, sagte sie und umarmte mich.

So gut hatte ich mich seit dem ersten Mal Fisting nicht mehr gefühlt.

Von der U-Bahn lief ich strahlend nach Hause. Mit einem langweiligen Brotjob würde ich klarkommen, jetzt, da ich abends Tänzerin war. Auf einmal sah alles so schön aus. Der Himmel war wolkenlos und blau. Der graue Gehweg war mit gelben Blättern gesprenkelt. Klar, da lag eine alte Matratze auf dem Weg, und im Rinnstein hatte jemand eine kleine Kotzpfütze hinterlassen, aber das ist eben London, oder? Ohne das Raue wüssten wir die schönen Dinge gar nicht zu schätzen, wie die Kuppel von St. Paul's, die köstlichen Flat Whites und die Tatsache, dass zwei Frauen händchenhaltend die Straße entlanggehen können, ohne dass ihnen jemand »Lesben!« hinterherbrüllt.

Ich kam gerade an dem neuen Bioladen vorbei, als Carys

mir schrieb und fragte, ob wir uns treffen wollten. Ich vollführte einen kleinen Tanz – läuft bei mir! – und schrieb ihr gleich zurück: *Meine Freundinnen haben mir von einer neuen lesbischen Clubnacht erzählt, am Samstag in Whitechapel. Hättest du Lust?*

Die Antwort kam postwendend.

Okay, lautete sie.

Aber sie war nicht von Carys. Sie kam von meiner Mutter. Meiner achtundfünfzigjährigen Mutter.

Ich war ein bisschen irritiert. Ich hatte meine Mutter versehentlich in einen lesbischen Club eingeladen, und sie war nur halbherzig dabei?

Ich schrieb ihr zurück: *Die Nachricht war nicht für dich, Mum.*

Oh, antwortete sie. *Ich hatte mich schon gefreut.*

Mum tat mir ein bisschen leid. Dad war offensichtlich zu beschäftigt damit, wie ein Teenager in seinem Zimmer YouTube-Videos aufzunehmen, um sie ins Theater / Restaurant / sonstwohin auszuführen, wo Menschen nahe dem Rentenalter gut aufgehoben waren.

Ich wollte Carys gerade wirklich schreiben, als das Telefon klingelte.

Ich sah auf die Nummer.

Es war Sam.

Ich ging ran. Natürlich ging ich ran.

»Hallo?«, sagte ich so streng wie möglich.

»Hallo?«

»Sam?«

Ich hörte sie seufzen. »Babe«, sagte sie. »Du fehlst mir so sehr.«

Ich sagte nichts.

»Es tut mir leid, wie es zwischen uns gelaufen ist. Ich hätte so nicht mit dir reden dürfen.«

»Nein«, sagte ich. »Hättest du nicht.«

»Bitte gib mir noch eine Chance«, sagte sie kleinlaut. »Bitte? Ohne dich bin ich nicht dieselbe. Ich kann ohne dich nicht leben.«

»Doch, das kannst du.« Bleib stark, sagte ich mir. Du bist stark.

»Ich kann nicht. Ich kann nicht.« Ihre Stimme kletterte eine Oktave höher, flehte mich an. »Wenn du mich verlässt, stehe ich vor dem Nichts.«

»Ich dachte, *du* hättest *mich* verlassen.«

»Was? So war das nicht. So war das doch überhaupt nicht. Bitte, Babe. Vermisst du mich denn gar nicht?«

»Du hast mir Missbrauch vorgeworfen.« Ein Paar, das gerade aus dem Baumarkt kam, drehte sich nach mir um.

Nach einer Pause sagte sie: »Es war *verbaler* Missbrauch.«

»Hör mal«, sagte ich. »Ich brauche das nicht –«

»Kommst du vorbei, damit wir reden können?«, flehte Sam. »Bitte? Und wenn es vorbei sein soll, werde ich deine Entscheidung respektieren.«

Ich spürte ätzende Angst in der Magengrube. Aber ich musste sie wiedersehen, so wie ich an meinen Fingern nagen muss, bis sie bluten, wenn ich nervös bin.

»Na schön«, sagte ich. »Ich komme vorbei.«

»Danke«, sagte Sam kläglich. »Danke, Babe. Heute Abend?«

»Nicht heute«, sagte ich. »Morgen, wenn du möchtest.«

»Ja, bitte«, sagte Sam. »Du wirst es nicht bereuen. Versprochen.«

Ich wusste, dass Alice mein bevorstehendes Treffen mit Sam nicht gutheißen würde, deshalb besorgte ich im Eckladen eine schöne Flasche Rotwein und ein paar Kettle Chips, um die Neuigkeiten etwas abzumildern. Dass es mich dermaßen nervös machte, meiner besten Freundin davon zu erzählen, dass ich vielleicht wieder mit der Frau, die ich liebte, zusammenkommen würde – das allein hätte mir eigentlich verraten sollen, dass das Ganze eine beschissene Idee war. Ich kann meinen Instinkten nicht trauen, wenn es um Beziehungen geht, so viel habe ich mittlerweile gelernt – oder doch, ich kann ihnen trauen, aber ich finde immer einen Weg, sie auszublenden, und dann schiebe ich meine lähmende Angst auf das schlechte Wetter oder die Tatsache, dass ich mir nie ein Haus in London werde leisten können oder was auch immer. Aber Alices Urteil habe ich immer vertraut. Wenn überhaupt, war sie ein bisschen zu wohlwollend. Sam betrachtete sie allerdings überhaupt nicht wohlwollend.

Mit den Kettle Chips unter dem Arm, den Rotwein wie eine Waffe nach vorn gestreckt, stieg ich die Stufen zu unserer Wohnung hoch und öffnete die Tür.

»Julia?«, rief Alice. »Komm rein! Ich habe Ofengemüse gemacht! Wir reden heute nicht über Dave. Oder Sam.«

Ich ging in die Küche und stellte den Wein auf die Arbeitsfläche. »Ehrlich gesagt«, sagte ich, während ich die Chipstüte aufriss, »habe ich Neuigkeiten zu Sam.«

Alice streckte den Rücken durch. »Du kommst nicht wieder mit ihr zusammen.«

»Ich treffe mich mit ihr, um zu reden.«

Es folgte ein unangenehmes Schweigen.

Ich zermalmte einen Chip.

»Aber warum?«

»Wir wollen bloß reden.«

»Ich habe dich so oft ihretwegen weinen sehen –«

»Ich muss, okay?«, sagte ich ziemlich scharf. »Ich will nicht bereuen, dass wir uns getrennt haben.«

»Das wirst du nicht«, sagte Alice mit einem mitfühlenden Blick, den ich nun wirklich nicht gebrauchen konnte. »Ich bereue ja auch nicht, dass ich mich von Dave getrennt habe, oder?«

»Na ja«, sagte ich. »Tust du schon. Ein bisschen.«

Alices Blick wurde kühl. »Tue ich nicht. Außerdem geht es gerade nicht um mich.«

»Du vermisst ihn, und er vermisst dich.«

»Hast du mit ihm gesprochen?«

Ich nahm mir noch einen Chip und antwortete nicht.

»Du bist zuallererst meine Freundin! Nicht seine!«

»Ich ergreife hier keine Partei! Wir sind doch keine zwölf mehr!« In dem Moment war ich schrecklich angriffslustig und sagte: »Du liebst ihn noch, und jetzt willst du, dass ich Single bin, damit du mein Glück nicht ertragen musst, während du einsam und unglücklich bist.«

Alice trat einen Schritt zurück, als hätte ich sie geschubst, und sagte: »Fick dich.« Dann stürmte sie aus der Küche.

Es ist unglaublich, welche Wirkung ein Schimpfwort haben kann, wenn es von jemandem kommt, der es normalerweise nicht verwendet.

Ich hörte Alice in ihrem Zimmer weinen. Ich war mir

selbst zuwider. Alice war meine beste Freundin. Sie passte bloß auf mich auf. Ich würde morgen zu Sam gehen, aber ich würde es endgültig beenden, ganz bestimmt.

44. Tatsächlich ... Liebe?

Ich zog den Kopf ein, als ich am nächsten Morgen zu meinem Schreibtisch ging – ich hatte mich mit Smriti auf einen Drink nach der Arbeit verabredet, für ein erstes Coaching zu meiner Bewerbung. Es war zu spät, um mich mit einer anständigen Ausrede aus der Affäre zu ziehen – eine kranke Großmutter oder ein Familienessen –, so dass ich nur noch Krankheit vorschützen konnte. Ich fing etwas halbherzig an zu husten und machte mir demonstrativ eine heiße Zitrone. An Smritis Büro vorbei ging ich langsam zum Klo und holte mir ein paar Papiertücher, in die ich an meinen Schreibtisch laut hineinschnäuzte.

Um fünf blickte ich auf und sah Smriti in der Nähe meines Tisches warten. »Sind Sie bereit?«

»Es tut mir leid«, sagte ich. »Ich fühle mich gar nicht gut. Könnten wir das auf nächste Woche vertagen?«

»Natürlich! Sie Ärmste!«, sagte sie. »Bleiben Sie morgen zu Hause, wenn Sie noch krank sind.«

Über die Trennwand hinweg verdrehte Uzo die Augen.

Im Bus nach Homerton versuchte ich, mich zu beruhigen, indem ich aufzählte, was ich draußen vor dem Fenster sah: Fahrradfahrer. Regen. Fallendes Laub. Gummistiefel. Glückliche Paare, die ihre Regenschirme teilen. Zwei Freunde, die Kentucky Fried Chicken essen.

Dann klingelte mein Telefon, und ich zuckte zusammen. Es war meine Mutter.

»Julia. Hier ist deine Mutter. Hi.«

»Hi, Mum.«

»Was machst du gerade, Schatz?«

»Ich sitze im Bus. Ich muss gleich raus.« Ich klemmte mir das Handy unters Kinn, hängte mir die Tasche über die Schulter und ging nach unten.

»Homerton Station«, erklang die verräterische Lautsprecherdurchsage.

»Wohnt da nicht Sam?«, fragte Mum.

»Ich habe mich von Sam getrennt«, sagte ich. Der Bus hielt, und ich trat hinaus in den Regen.

»Alice hat mir erzählt, dass du überlegst, wieder mit ihr zusammenzukommen.«

Ich blieb ruckartig stehen. »Was?«

»Sie macht sich Sorgen um dich, Schatz. Du bist nicht ganz du selbst, seit du mit Sam zusammen bist.«

»Das muss ich mir nicht anhören –«

»Ich weiß, wovon ich rede«, sagte Mum. »Ich war in einer toxischen Beziehung, bevor ich deinem Vater begegnet bin –«

»Ich bin nicht in einer toxischen Beziehung!«

»Sie kontrolliert dich!«

»Tut sie nicht!«

»Dann komm nach Hause. Komm nach Hause, und geh nicht zu ihr. Ich habe Victoria Sponge Cake gebacken. Und Dad versucht, sich einen Schnurrbart stehen zu lassen! Das wird dich aufheitern.«

»Ich kann nicht«, sagte ich.

Sie blieb stumm.

»Hör mal, ich werde nicht extra nach Oxford fahren, nur um Dads Gesichtsbehaarung zu bewundern. Ich stehe praktisch vor Sams Tür –«

»Fang nicht wieder etwas mit dieser Frau an!«

»Also – leck mich am Arsch, Mum«, sagte ich.

Sie entgegnete nichts. Ich hatte ihr noch nie gesagt, dass sie mich am Arsch lecken sollte.

Ich war zittrig, aufgebracht und unbeherrscht. »Tut mir leid, Mum«, sagte ich. »Aber das geht dich nichts an.« Ich legte auf, holte tief Luft und ging entschlossen weiter zu Sam. Wie konnte sie es wagen, mir Vorschriften zu machen? Wie konnte Alice es wagen?

Bei Sam brannte Licht. Ich konnte leises Gemurmel hören – das Radio lief. Ich klingelte und wartete.

Sie öffnete die Tür einen Spaltbreit, als wäre sie nicht sicher, wer es sein könnte, und als sie mich sah, schloss sie mich so fest in die Arme, dass ich mich kaum noch rühren konnte – die Umarmung erinnerte mich an das eine Frauen-Rugby-Training, zu dem ich an der Uni gegangen war und nach dem ich eine Woche lang den Kopf nicht bewegen konnte.

»Ich bin so froh, dass du da bist«, sagte Sam. »Ich war mir nicht sicher, ob du kommen würdest.« Und sie küsste mich.

Es ist schon merkwürdig, wie Dinge kippen können. Wie Milch – an einem Tag köstlich zu Weetabix, am nächsten so widerlich wie eine Mischung aus Essig und Käse. Noch vor wenigen Wochen bebte ich vor Begehren, wenn Sam mich küsste. Aber an diesem Abend fand ich ihre Küsse zu heiß, zu feucht.

Sam führte mich in die Wohnung. Etwas war anders – erst wusste ich nicht, was. Sie kam mir heller vor. Auch viel größer und leerer.

Ich betrat das Wohnzimmer und sah mich um. Die Bilder waren weg. Die nackten Frauen, diese Parade früherer Eroberungen, waren alle verschwunden. Staubgesäumte Rechtecke, in denen die Farbe noch nicht nachgedunkelt war, zeigten, wo sie einmal gehangen hatten.

»Das hättest du nicht tun müssen«, sagte ich.

Sie lächelte, nahm meine Hand und sagte: »Warte, das Beste hast du noch gar nicht gesehen«, und führte mich zum Bett.

Die Wand über ihrem Bett war von einem einzigen Bild bedeckt – ein überlebensgroßes Gemälde meines nackten Körpers. Sam verwendete normalerweise leuchtende Farben, eine übertrieben grelle Palette, aber dieses Bild war gedämpft, naturalistisch, exakt. Es war wunderschön – irgendwie war es ihr gelungen, meine Haltung einzufangen, die Beschaffenheit meiner Haut (leichte Unregelmäßigkeiten), das eine graue Schamhaar. Normalerweise malte sie nach Modell, aber ich hätte es definitiv bemerkt, wenn sie mir fieberhaft überallhin gefolgt wäre, um mein Kinn zu schraffieren; sie musste also aus dem Gedächtnis gemalt haben. Was die Genauigkeit ein bisschen verstörend machte.

Ich hatte wohl endlich ein extremes Gefühl in Sam ausgelöst.

»Gefällt es dir?«, fragte sie so stolz wie eine Katze, die ihrem Besitzer eine tote Maus präsentiert.

»Es ist – richtig gut.«

»Dir gefällt es nicht.«

»Doch –«

»Wirklich?«

Sam stand neben mir und suchte in meinem Gesicht nach einer Reaktion. Als keine kam, sagte sie: »Freust du dich nicht? Es ist das erste Bild einer neuen Serie. Ich nenne sie: ›Alle Frauen, die ich wirklich geliebt habe‹. Aber die Bilder werden alle nur dich zeigen. Verstehst du?«

Ich nickte.

»Und da ist noch etwas.« Sie lächelte und nahm meine Hände. »Ich habe dich in den letzten Wochen so vermisst. So, so sehr.« Sie schloss die Augen und schüttelte den Kopf. »Ich weiß, es war schwer in letzter Zeit, aber wir kennen uns nun schon eine Weile, und mir ist klargeworden, dass ich mit dir zusammen sein möchte. Richtig mit dir zusammen sein möchte.«

»Kein Sex mit anderen?«

Sie schüttelte den Kopf. »Nur du und ich.« Sie lächelte, und mich verblüffte wieder einmal, wie sehr ich mich zu ihr hingezogen fühlte.

Geh weg, sagte die Stimme in meinem Kopf – die vernünftige Stimme, die mir auch davon abrät, in Taxis ohne Lizenz zu steigen. Raus hier, sagte sie. Ohne sie bist du besser dran. Aber auf diese Worte von Sam hatte ich so lange gewartet.

Ja, was sie getan hatte, war ein bisschen unheimlich. Es hatte was von Stalking, könnte man sagen. Es war vielleicht ein klitzekleines bisschen manipulierend und kontrollierend. Aber es war auch eine große Geste, und sind nicht viele große Gesten ein bisschen unheimlich? Man denke nur an Meg Ryan, die Tom Hanks, einen verletzlichen Witwer, in *Schlaflos in Seattle* stalkt und ihn mit seinem kleinen Sohn auf die Spitze eines Wolkenkratzers lockt. Oder Andrew Lincoln in *Tatsächlich ... Liebe*, der Keira Knightleys Gesicht bei ihrer Hochzeit mit seinem besten Freund in Nahaufnahme filmt und sich das Video wieder und wieder ansieht, bevor er ihr seine Liebe mittels Pappschildern gesteht. Und dann wäre da noch *Das Phantom der Oper* – ich erinnere mich nicht mehr an alle Einzelheiten der Handlung, aber mir ist so, als wäre ein bisschen Kidnapping vorgekommen. Ich will damit nur sagen: Manchmal liegen Liebe und Besessenheit nah beieinander.

Ich sagte ihr, dass wir die Dinge langsam angehen lassen sollten. Und ich protestierte nicht gerade, als sie mich zum Bett führte und es mir mit ihrem größten Schwanz besorgte, so hart, dass ich aufschrie. Sie legte mir die Hand auf den Mund, um mich zum Schweigen zu bringen. Hinterher war ich so erleichtert, richtig high, und dass ich lange nicht einschlafen konnte, lag nur daran, dass ich wusste, wie wütend Alice sein würde, weil ich die Nacht mit Sam verbrachte.

Am nächsten Morgen brachte Sam mich zum Bahnhof und hielt mich dabei fest an der Hand. »Ich habe eine Idee«, sagte sie, als wir den Bahnsteig erreichten. »Lass uns nächstes Wochenende wegfahren.«

»Aber nicht für SM oder so was.«

»Nein!«, sagte Sam. »Nein, nein. Dafür ist es noch viel zu früh! Wir mieten einfach irgendwo ein Cottage und lassen alles hinter uns. Irgendwas Billiges. Das wird herrlich. Was meinst du?«

Sie wirkte so begeistert, so jung und bezaubernd, dass ich es nicht über mich brachte, nein zu sagen. Wenn ich der Sache mit ihr noch eine Chance gab, konnte ich mich auch gleich richtig reinstürzen, oder? Was sollte ich auch sonst tun? Etwas aus Delia Smiths *One is Fun!* kochen, die Wäsche machen und nicht mit Alice reden?

»Ja okay«, sagte ich.

»Danke«, sagte Sam und schloss mich in die Arme. »Danke. Du wirst es nicht bereuen!«

»Ich weiß«, sagte ich und lächelte über ihre Schulter entschuldigend den Pendlern zu, die versuchten, an uns vorbeizukommen.

»Ich schaue gleich mal nach Häusern, wenn ich im Atelier bin. Du musst gar nichts machen. Ich regle das. Ich kümmere mich um alles.«

45. Hochflorjungfrau

Es war fast schon beeindruckend, wie wenig Alice und ich uns in der folgenden Woche sahen. Ihr Wecker klingelte vor meinem, mit einem durchdringenden beharrlichen Piepen, das eher einem Feueralarm als einem Weckruf glich, und dann hörte ich, wie sie in die Dusche stolperte und das Wasser auf sie niederrauschte. Ich flitzte in die Küche und zog mich dann mit meinen Cornflakes wieder in mein Zimmer zurück, wo ich aus Trotz eine Folge *The Crown* nach der anderen guckte, weil wir uns versprochen hatten, es zusammen zu schauen.

Ich hatte ja noch meine Swingtanz-Freunde, die erfrischend unvoreingenommen waren, was meinen neuen Versuch mit Sam anging.

»Man kann nichts dafür, in wen man sich verliebt«, sagte Ella, die den Arm um Zhu gelegt hatte.

»Solange das nicht bedeutet, dass du bei Friends of Dorothy einen Rückzieher machst«, sagte Zhu.

»Natürlich nicht«, sagte ich, wobei mir nicht entging, dass Bo Zhu einen skeptischen Blick zuwarf.

»Viel Spaß in Lyme Regis«, sagte Rebecca. Sie lächelte versonnen. »Berichte uns vom aufregenden Sex.«

»Rebecca!«, rief Bo und gab ihr einen Klaps auf den Arm. »Echt jetzt!«

Sam und ich hatten beschlossen, dass wir uns bis zum Beginn unserer Reise am Freitagabend nicht sehen würden – oder vielmehr: Ich hatte es beschlossen, und Sam hatte eingewilligt –, aber sie schrieb mir jeden Morgen und jeden Mittag, Nachrichten, für die ich noch wenige Monate zuvor alles gegeben hätte; Nachrichten wie *Guten Morgen, Babe. Ich liebe dich so sehr, auf ewig xxxx* und *Du bist die Einzige für mich. Das weißt du doch? Xxxx* und *Wie läuft dein Tag? Ich denke an deine wunderschöne Fotze und wünschte, ich könnte dich lecken xxxxxx*. Doch jetzt machten mich ihre Nachrichten nervös und angespannt, als würde sie mir auf Schritt und Tritt folgen, als säße sie in meinem Kopf und könnte meine Gedanken lesen. Und ja, es hatte natürlich immer das Risiko bestanden, dass sie mit einer anderen Frau durchbrennen oder sich für einen Dreier entscheiden könnte, bei dem ich gefälligst mitmachen sollte, oder dass sie sie auf die Idee kommen könnte, mich an einen Laternenpfahl zu fesseln und Jack the Ripper zu spielen oder so was in der Art – aber das war alles Sexkram und irgendwie aufregend. Seit wir beschlossen hatten wegzufahren, musste ich daran denken, was Jane mir über Sam und ihre Ex erzählt hatte – darüber, wie besitzergreifend Sam war –, und das machte mich in einem umfassenderen Sinne nervös.

Nachdem Alice am Freitagmorgen zur Arbeit aufgebrochen war, öffnete ich die Badezimmertür, und der Wasserdampf vom Duschen schlug mir entgegen, klamm und nach ihrem Pfefferminzduschgel riechend. Auf dem Spiegel waren ihre Fingerabdrücke zu sehen, und ihre nassen Fußspuren machten die Fliesen rutschig. Ich fühlte mich an das begehbare Stillleben im Dennis Severs' House erinnert, ein seltsames georgianisches Stadthaus in der Londoner City, das wir letztes Jahr bei unserem Weihnachtsausflug mit den Kollegen besucht hatten. In den Räumen fanden sich überall halb verzehrte Speisen und verglimmende Kerzen, was sich gespenstisch anfühlte, als hätte gerade erst jemand das Zimmer verlassen. »Alles wird gut«, sagte ich laut zu mir, da Alice das nicht für mich tun konnte. »Ganz bestimmt wird alles gut.«

Ich brach fünf Minuten zu spät von der Arbeit auf und rannte zur Haltestelle, um mich auf den Weg zum Treffpunkt mit Sam zu machen. Sie hatte beschlossen, nicht mit dem Auto nach Lyme zu fahren – dreieinhalb Stunden Fahrt an einem Freitagabend waren einfach zu anstrengend –, und darüber war ich froh; nach der Heimfahrt vom The Shard war ich nicht gerade scharf darauf, wieder in Sams Wagen zu steigen. Die U-Bahn war völlig überfüllt. Ich trug noch meinen Wintermantel, und als die Bahn Waterloo erreichte, klebte mir das Haar an der Stirn wie schlaffer Seetang an einem Fels.

Da ich eine schwere Tasche dabeihatte, blieb ich auf der Rolltreppe stehen, und als ich fast oben angekommen war, wurde ich von einer Frau mit einer abgewetzten Reisetasche angerempelt. Sie wandte sich um, um sich zu entschuldigen, und da sah ich, dass es Ella war, in einem schicken flaschengrünen Anzug.

»Hey!«, sagte sie.

»Hey!«, erwiderte ich.

Hinter ihr kamen allerdings schon weitere Leute die Rolltreppe hoch, so dass sie nicht stehen bleiben konnte, um mit mir zu reden. Sie winkte mir nur. Ich hielt nach ihr Ausschau, als ich die Bahnhofshalle betrat, aber sie war schon in der Freitagabendmenge verschwunden.

Ich hatte mich mit Sam unter der Anzeigetafel verabredet. Ich sah sie, bevor sie mich sah, und eine Welle der Hoffnung und der Liebe erfasste mich, als ich beobachtete, wie sie inmitten von Pendlern nach mir Ausschau hielt. Ich kam noch nicht zu spät, aber ich sah ihr an, dass sie Angst hatte, ich könnte nicht auftauchen. Kurz fragte ich mich, was passieren würde, wenn ich einfach kehrtmachte und den Bahnhof wieder verließ.

Aber da entdeckte sie mich und entspannte sich sichtlich. Als ich auf sie zuging, sagte sie: »Ich kann nicht glauben, wie schön du bist.«

Eine junge Frau in einem Dufflecoat drehte sich um, um zu sehen, wer so etwas Nettes gesagt hatte, und wurde rot, als sie bemerkte, dass ich sie bemerkte.

»Ich sehe aus wie ein Penner«, sagte ich plötzlich verlegen zu Sam. »Aber du. Du siehst umwerfend aus.« Und das stimmte auch. Sie war ganz in Schwarz gekleidet und trug glänzende neue Lederstiefel ohne jeden Kratzer.

»Findest du?«

Ich nickte. Sie zog mich an sich und hielt mich in den Armen, so wie man jemanden hält, den man zu verlieren fürchtet oder den man schon verloren und gerade zurückgewonnen hat, und ich hielt sie genauso und musste weinen, aber es war schön.

Als wir in den Zug stiegen, sah ich Ella zu einem anderen Gleis rennen. Sie entdeckte mich und winkte. Ich lächelte ihr zu.

»Wer war das?«, fragte Sam und sah sich um.

»Nur jemand vom Tanzen.« Ich wollte Ellas Namen nicht sagen.

Im Zug ergatterten wir Plätze an einem Tisch und waren beide gut vorbereitet: Sam hatte Schoko-Rosinen von Marks & Spencer dabei, ich Dosen mit Gin Tonic. Wir stießen auf unser Wochenende an und waren bald so betrunken, dass wir einen Lachanfall wegen eines Katzenfotos bekamen, das Jasper auf Facebook gepostet hatte. Später las Sam in ihrem Buch, und ich betrachtete die Bäume vor dem Fenster, die zwischen Gold, Rot und Braun changierten, und malte mir aus, am nächsten Halt auszusteigen und mitten in Devon ein neues Leben anzufangen. Früher habe ich beim Frühstück mit meinen Eltern immer *The Archers* gehört; ich würde also sicher irgendwie klarkommen.

Am Bahnhof Axminster nahmen wir uns ein Taxi. Es wand sich durch die schmalen Gassen von Lyme Regis, bis es auf halber Höhe eines Hügels vor einem winzigen Reihenhaus anhielt. Sam fummelte am Schloss herum, während ich auf der gepflasterten Straße wartete, tief einatmete und die kalte Meeresluft in meine Lungen strömen ließ.

»Da ist ja ein Kamin!« rief ich beim Reinkommen. Ich ließ meine Tasche fallen, stürzte hin und kniete mich davor, aber Sam sagte: »Noch nicht.«

Ich stand auf, automatisch gehorchend, aber dann fiel mir auf, was ich gerade getan hatte, und ich kniete mich wieder hin. »Ich möchte ihn anmachen«, sagte ich.

»Eins nach dem anderen«, sagte Sam, kniete sich hinter mich und küsste mich auf den Nacken. »Erst müssen wir das Haus taufen.« Sie öffnete meinen BH unter dem

T-Shirt, und da waren meine Brustwarzen auch schon hart – es war eine Woche her, machen wir uns nichts vor –, und wir schliefen gleich da, auf dem dicken Hochflorteppich, miteinander; Sam nahm mich von hinten. Ich blickte zum Fenster, die Jalousien waren nicht geschlossen. Ein paar Leute kamen vorbei, und ich packte Sams Handgelenk, um sie zu stoppen, falls sie uns sahen oder hörten, aber das machte die ganze Sache nur noch schärfer.

Nachdem ich gekommen war und bebend auf den Bauch sank, legte Sam sich auf mich und küsste mein Ohr. »Auf so einem Teppich wollte ich schon immer mal vögeln.«

»Das war also dein erstes Mal?«

»Ja. Ich war noch Hochflorjungfrau.«

Es ist schon komisch, wie ein Ort alles verändern kann. In Lyme Regis ergab das mit Sam und mir wieder Sinn. Was in London wichtig gewesen war, spielte hier keine Rolle; es gab keine Alice, die mich meine Beziehung hinterfragen ließ, keine Cat, die mich daran erinnerte, was ich in Edinburgh getrieben hatte, und weder Jasper noch Polly, die Sam vor Augen führten, welch aufregenden Sex sie verpasste. Wir waren beide wieder entspannt und glücklich und verrückt nacheinander. In dem kleinen Haus gab es kein WLAN und keinen Telefonempfang, was bei mir erst Beklemmungen verursachte – ich fragte mich, ob Sam dieses von der Welt abgeschnittene Cottage mit Absicht gebucht hatte und wenn ja, warum –, aber als ich darüber nachdachte, wurde mir klar, dass ich nichts verpassen würde außer Anrufen von meiner Mutter, die mir lautstark riet, mit Sam Schluss zu machen, während Sam in Hörweite war, und Verlobungsposts anderer Leute auf

Facebook. Wenn ich jemanden erreichen musste, musste ich nur ans Ende der Straße gehen. Ich saß nicht im Gefängnis.

Am Samstagmorgen machten wir einen Strandspaziergang, mit mehrfach um den Hals geschlungenen Schals gegen den Wind. Sam bestand darauf, dass wir bis an die Spitze des Cobb gingen, Lyme Regis' berühmte geschwungene Steinmole, obwohl die Wellen salzige Gischt über den Weg peitschten. Ich hatte Angst, dass wir mitgerissen würden, aber Sam hielt das für ausgeschlossen, und sie hatte recht.

Hinterher bummelten wir durch die Läden an der Broad Street, die überwiegend teuer und touristisch waren, bis auf einen: ein wunderschönes, windschiefes Antiquariat, wie es eigentlich nur noch in Filmen vorkommt, die im idyllischen Hampstead spielen. Sam ging direkt nach hinten durch und fing an, eine Biographie von Josephine Baker durchzublättern. Ich blieb bei den Romanen und hatte das Gefühl, dass ich, wenn ich nur das richtige Buch fände, ein anderer Mensch werden würde, jemand, der etwas Schlaues über die Booker-Prize-Shortlist sagen könnte und noch nie rassistischen Sex im The Shard gehabt hatte.

Die Bücher drängten geradezu aus den übervollen Regalen, als bettelten sie darum, gekauft zu werden, und gerahmte Fotos der meistverkauften Autoren starrten auf uns hinunter; ich spürte Virginia Woolfs Augen auf mir, als ich zu Jilly Cooper griff. Ich legte sie wieder weg und nahm stattdessen einen Roman von Angela Carter.

Sam ging zur Kunstabteilung und sprach dort einen weißhaarigen Mitarbeiter an. »Ich suche ein Buch von Grayson Perry. Ich glaube, er hat ein Memoir geschrieben.«

»*Portrait of the Artist as a Young Girl.*«

»Das ist es.«

Ich spürte, wie mein Telefon in meiner Manteltasche vibirierte – ich hatte wieder Empfang, und drei Nachrichten waren auf einmal durchgekommen.

»Wir hatten ein Exemplar, aber das haben wir vor ein paar Wochen verkauft«, sagte der weißhaarige Mann.

Eine Nachricht von Dad: *Schöne Dokumentation über Erdbeben bei BBC iPlayer, wenn du Interesse hast.*

Und eine von Ella: *Hallooooo! Viel Glück mit Sam dieses Wochenende!!! Wann kommst du zurück?*

Eine Stimme hinter mir sagte: »Von wem ist die?«

Ich zuckte zusammen, als wäre ich erwischt worden. Ich steckte das Telefon wieder ein. »Nur von Dad«, sagte ich.

»Wie läuft's mit dem YouTube-Kanal?«

»Irritierend gut. BuzzFeed hat ihn auf eine Liste mit siebzehn verblüffend heißen YouTubern über 50 gesetzt.« Was leider der Wahrheit entsprach.

Für das Abendessen hatte Sam einen Tisch in der Lounge des Volunteer reserviert, einem für Lyme-Regis-Maßstäbe hippen Pub mit bunt gemischten Vintage-Möbeln und zu vielen antiken Spiegeln an den edlen grauen Wänden. Die Reservierung erwies sich als völlig unnötig, weil wir die einzigen beiden Gäste in der Lounge waren. Ab und zu drückten Leute die Schwingtüren auf und stolperten in den Raum, blieben dann aber stehen, wenn sie uns bei unserem Candlelight-Dinner à la Susi und Strolch entdeckten, und verzogen sich wieder auf die andere Seite des Pubs, fernab der Intensität unserer Beziehung.

»Wir sollten auf zweite Chancen anstoßen«, meinte

Sam, nachdem wir mit unserem Fish Pie fertig waren. »Ich bestelle uns mal was Prickelndes.«

Da die Bar in der Lounge nicht besetzt war, ging sie hinüber an die andere Bar.

Sobald sie weg war, zog ich das Handy aus der Tasche, um Ella zu antworten. *Läuft soweit okay. Melde mich, wenn ich zurück bin xxxxx*

Als ich das Telefon wegsteckte, kam Sam mit zwei Gläsern Prosecco zurück.

»Bitte sehr, Babe«, sagte Sam und reichte mir ein Glas. »Ich liebe dich jeden Tag mehr.«

Ich nickte. »Ich dich auch.«

Wir tranken unseren Prosecco, und ich spürte, wie er mich von innen wärmte. Wir unterhielten uns über Sams neue Galerie und darüber, wie meine Chancen für den höheren Dienst standen und ob ich anfangen sollte, Swing zu unterrichten, für ein bisschen Spaß nebenbei.

»Ich dachte, du hättest es nicht so mit Spaß nebenbei«, sagte Sam und hob die Augenbrauen.

Ich lachte – es klang ein bisschen hohl, aber Sam schien es nicht aufzufallen.

Ich wollte noch einen Schluck Prosecco nehmen und merkte dann, dass mein Glas leer war. »Ich hole uns mal Nachschub«, sagte ich. Ich nahm mein Portemonnaie und schob mich durch die Schwingtüren.

Der Hauptraum des Pubs war voll mit alten Männern in Fair-Isle-Pullis und Frauen in Fleecejacken, die frisch gezapftes Bitter tranken. Von der Wärme und dem Lärm wurde ich noch betrunkener und aufgeregter. Ich kämpfte mich zur Bar vor und bestellte noch zwei Gläser Prosecco.

Als ich mich wieder an unseren Tisch setzte, brummte mein Telefon erneut. Ich ignorierte es und reichte Sam ihr Glas.

Sam lächelte mich an. »Willst du nicht nachsehen, wer dir schreibt?«

»Mach ich später.«

»Nur zu«, sagte sie, ihr Lächeln war jetzt etwas gezwungen. »Guck doch jetzt.«

»Nein«, sagte ich und spürte, wie ich rot anlief.

»Du verheimlichst mir was«, sagte sie.

»Tu ich nicht!« Ich schob ihr mein Telefon zu. »Du bist paranoid.«

Sam blickte auf mein Telefon. »Du hast Ella geschrieben.«

»Und? Wir sind befreundet.«

Sie scrollte durch meine Nachrichten.

»Du wirst da nichts finden«, sagte ich mit glühendem Gesicht und betete, dass es stimmt.

Sie durchsuchte immer noch mein Handy.

»Was machst du denn?«, fragte ich und versuchte, mir mein Telefon zu schnappen, aber sie zog es weg.

»Warum guckst du dir mein Instagram an?«

»Wieso? Willst du das etwa nicht?«, fragte sie.

Ich beugte mich vor, um zu sehen, was sie sich ananschaute. Sie hatte meine DMs geöffnet. Und da, fast ganz oben, war die Nachricht von Jane. Als hätte sie gewusst, dass sie da war.

»Nein«, sagte ich und stand auf. »Nein, nein, nein, nein –«

Sam drehte das Telefon um, damit ich es sah. Ihr Blick war kalt, wütend. »Was ist das?«

Wollte sicherheitshalber keine SMS schicken ... Letzte Nacht war scharf. Keine Sorge, ich verrate nichts. Ruf mich an, wenn du jemanden zum Reden brauchst, und pass auf dich auf.

Warum hatte ich die Nachricht nicht gelöscht? Warum war ich nur so bescheuert gewesen?

Weil deine Freundin deine Privatnachrichten eigentlich nicht durchsehen sollte. Weil deine Freundin dir vertrauen sollte.

Aber sie hatte ja recht damit, mir nicht zu vertrauen. Das war der Beweis; sie hatte recht damit, eifersüchtig zu sein, recht damit, paranoid zu sein.

Vielleicht hatte ich gewollt, dass sie sie sah.

Ich wollte so dringend rückgängig machen, was passiert war, was ich getan hatte, aber es war unmöglich. »Ich war betrunken«, sagte ich flehend. »Es war ein schrecklicher Fehler, und ich wollte dir davon erzählen –«

»Wann?«, fragte sie. Sie hatte angefangen zu weinen.

»In Edinburgh«, sagte ich und weinte ebenfalls. »Bevor du erklärt hast, monogam sein zu wollen. Es war nur das eine Mal.«

Sie sah mich an. Sie wirkte nicht wütend. Nur verletzt. »Du hättest mich fragen können.«

»Ich weiß. Es tut mir leid«, sagte ich und fasste nach ihrer Hand.

Aber sie riss ihre Hand weg, ihr Gesicht wurde noch röter, und ihre Wut kehrte zurück, wie eine größere, mächtigere Welle. »Warum fährst du mit mir nach Lyme Regis, wenn du eine andere fickst?«

»Ich ficke sie nicht«, sagte ich, inzwischen hatte ich Angst. »Es war nur das eine Mal. Es tut mir so leid.«

»Du hast mir vorgeschlagen hierherzufahren, obwohl du dich hinter meinem Rücken mit jemandem triffst.«

»Ich habe es dir nicht vorgeschlagen«, sagte ich. »Du hast es *mir* vorgeschlagen.«

»Oh, verstehe. Du wolltest eigentlich gar nicht kommen. Du wurdest dazu gezwungen.«

»Das habe ich nicht gesagt!«

»Ich kann nicht glauben, dass du abstreitest, dass es deine Idee war.«

»War es nicht! War es doch nicht!« Ich war mir nicht mehr sicher, obwohl ich es eigentlich zu wissen glaubte. Ich irrte mich doch nicht? Warum wollte sie, dass ich mich irrte?

»Warum lügst du jetzt?«, fragte Sam. Sie wirkte aufrichtig erschüttert.

»Ich lüge nicht!«

Sie sah mich an. Sie schüttelte den Kopf. Sie ließ mein Handy auf den Tisch fallen und schob den Stuhl zurück. »Ich gehe.«

»Sam –«

»Nein, nein.« Sie zog sich den Mantel über. »Fuck ey, du lügst und betrügst. Und anscheinend wolltest du überhaupt nicht hierherfahren.«

»Warte«, sagte ich zu Sams Rücken. Sie stapfte schon aus dem Pub.

Ich stand da, starrte auf die beiden Gläser Prosecco mit den aufsteigenden Bläschen und wartete auf einen Toast, der nicht kommen würde.

46. Eine lesbische Geliebte
   des französischen Leutnants

Ich wickelte mich in meinen Mantel und stolperte auf die kalte, dunkle Straße. Der Wind peitschte mir das Haar ins Gesicht, als wollte er etwas Verstand in mich hineinprügeln.

Ich rief Sam an. Sie ging nicht ran.

Ich rief sie wieder an.

»Was?«, sagte sie.

»Was ist denn los?«, fragte ich.

»Wie lange treibst du es schon mit Ella?«

Ich blieb stehen. »Wovon redest du?«

»Jane hat dir nicht genügt, was? Bist auf den Geschmack gekommen, hm?«

»Hör mal, was ich gemacht habe, tut mir so, so leid. Aber ich interessiere mich nicht für andere –«

»Lügnerin!«

»Ich bin keine Lügnerin!«

»Du triffst dich hinter meinem Rücken mit Ella!«

»Tu ich nicht!«

»Verarsch mich nicht!«

»Ich verarsche dich nicht! Du musst nicht eifersüchtig auf sie sein! Zwischen uns ist nichts!« Zwei Teenager drehten sich neugierig nach mir um. Mir wurde klar, dass ich schrie.

»Lüg mich nicht an.« Ihre Stimme war jetzt ruhiger. Sie wollte niedergeschrien werden.

»Baby«, sagte ich. »Baby. Es tut mir so leid, was ich gemacht habe. Es tut mir so leid, dass ich es dir nicht gesagt habe. Ich bin mir selbst zuwider.«

»Okay«, sagte sie mit noch ruhigerer Stimme. »Okay. Hundertprozentige Ehrlichkeit jetzt. Versprochen?«

»Versprochen.«

»Findest du Ella attraktiv?«

»Nein –«

»Du lügst! Du willst sie!« Ihre Stimme hob sich um eine Oktave.

»Tu ich nicht!«

»Du warst mir ja schon mal untreu!«

»Du bist so eine Heuchlerin!«, brüllte ich, völlig außer mir vor Schuld, Frust und Wut. »Du hast mit Virginie geschlafen, während wir zusammen waren!«

Kurz herrschte Stille.

»Das war etwas anderes«, sagte sie dann. »Du wusstest, was los war. Du wusstest von Virginie, seit wir zusammengekommen sind.«

»Aber zwischen mir und Ella ist nichts! Und ich *will* auch nicht, dass da was ist! Ich will nur dich!«

»Ich kann nicht glauben, dass du mich so behandelst.« Sie steigerte sich jetzt rein, wie mit Absicht, wie ein Kind, kurz vor einem Wutanfall. »Ich habe mich dir von meiner verletzlichsten Seite gezeigt. Ich habe dir von meiner verstorbenen Mutter erzählt. Und von meinem Dad in Dubai –«

»Das ist es ja! Genau das ist es! Ich weiß kaum was von dir!« Und während ich das sagte, ging mir auf, dass es stimmte.

Ich hörte Sam am anderen Ende atmen.

»Das hier ist doch lächerlich«, sagte ich. »Wo bist du?«

»Tu doch nicht so, als würde dich das interessieren. Tu nicht so, als würde dich interessieren, was mit mir passiert«, sagte sie und legte auf. Ich stand auf einer Kopfsteinpflasterstraße vor einem Cottage mit Schieferdach. Durchs Fenster sah ich ein Paar, das auf dem Sofa Fernsehen guckte; sie hatte den Arm um ihn gelegt.

Ich rannte zu unserem Ferienhaus, aber Sam war nicht da. Keuchend stand ich auf der Schwelle und überlegte. Wohin würde ich an Sams Stelle gehen? Wohin würde ich gehen, wenn ich verletzt wäre, eine Heuchlerin, eine beschissene mega Drama Queen?

Ans Meer. Natürlich ans Meer.

Ich rannte den Hügel hinunter, bis ich an den Strand kam, wo der Wind heulte und mich ermutigte oder warnte, ich wusste es nicht genau. Im Mondschein war das Wasser silbrig schwarz, die Wellen tosten und rauschten, tosten und rauschten.

Ich rannte den gepflasterten Gehweg entlang, der sich um die Bucht wand, an pastellfarbenen Strandhütten vorbei, die im Mondlicht grau und bedrohlich wirkten, wie eine nutzlose strammstehende Armee.

Ich wusste, wo sie war. Da, wo sich die Dramen in Lyme Regis immer ereigneten. Sie war auf dem Cobb.

Und tatsächlich, da war sie, ganz am Ende der geschwungenen Mole, wie Meryl Streep in der Rolle als Geliebte des französischen Leutnants. Ihre Silhouette hob sich gegen den Mondschein ab, sie sah aufs Meer hinaus und ignorierte die gewaltigen Wellen, die sich hinter ihr brachen; ihr Schal wehte im Wind.

»Sam!«, rief ich, aber sie schien mich nicht zu hören.

Selbst in diesem Moment, als ich ihretwegen von blanker Wut erfüllt war, konnte ich nicht glauben, wie schön sie war. So schlank, groß, edel und vollkommen. Wie konnte sie mir immer noch so vollkommen erscheinen?

»Sam!«, rief ich wieder. »Komm zurück!«

Aber sie kam nicht. Ich würde zu ihr gehen müssen.

Ich habe Angst vor dem Meer. Dennoch ignorierte ich das Schild, das davor warnte, bei starkem Wind den Cobb zu betreten, und stieg die Stufen hoch. Die Steine waren rutschig vom Meerwasser. Ich ging auf Sam zu, hielt mich an die der Bucht zugewandten Seite, aber eine Welle brach sich über mir und warf mich auf die Knie, wo ich mich an die Pflastersteine klammerte, mir das brennende Salzwasser aus den Augen wischte und mich fragte, wie verdammt noch mal ich in diese Lage gekommen war.

»Sam!«, brüllte ich, und diesmal hörte sie mich.

»Verpiss dich zu deiner Freundin!«, schrie sie.

»Was?« Meine Sicht war immer noch getrübt wegen des Salzwassers. »Komm schon. Das ist dämlich. Komm zurück!« Ich richtete mich auf, versuchte, mit ausgebreiteten Armen das Gleichgewicht zu halten wie ein Surfer und machte ein paar zögerliche Schritte.

Sam stürmte mir entgegen, mit aufgestelltem Kragen und wehendem Schal, die Hände in den Taschen.

Ich streckte den Arm nach ihr aus, als sie näher kam, aber sie drehte sich zu mir und spuckte vor mir auf den Boden. »Du dreckige Schlampe«, sagte sie und ging einfach weiter. Sie lief schon die Steinstufen hinunter, als ich mich noch völlig verängstigt im Krebsgang ans rettende Ufer bewegte.

»Warte!«, rief ich, doch sie rannte schon wieder.

Ich lief ihr nach, aber dann bog sie nach rechts ab und lief über die Kiesel auf das Wasser zu, strauchelte auf den wackligen Steinen, zog ihre Jacke aus und warf sie und ihr Telefon auf den Strand.

»Was machst du denn?«, rief ich. Eine blöde Frage, denn es war offensichtlich, was sie tat: Sie rannte voll bekleidet in die stürmische, schwarze Oktobersee.

»Komm zurück!«

Sie watete weiter hinaus.

»Bleib stehen!«, schrie ich. »Bleib stehen!«

Sie war jetzt bis zu den Knien drin und wurde langsamer.

»Komm zurück! Bitte, Sam! Bitte!«

Sie drehte sich zu mir um, die Augen voller Wut und, ehrlich gesagt, Wahnsinn. »So weit hast du mich gebracht!«, kreischte sie. »So weit hast du mich gebracht!« Und dann stürzte sie sich in die Fluten und schwamm mit aller Macht drauflos.

Also riss ich mir den Mantel runter und rannte ihr nach. Trotz meiner Angst vor dem Meer bin ich eine gute Schwimmerin, und ich holte sie problemlos ein, aber Sam schrie: »Verpiss dich!«, und stieß mich weg.

Ich versuchte, die Arme um sie zu legen, aber ich konnte nicht mehr stehen und ging unter, und jedes Mal, wenn ich Sams Taille zu fassen bekam, schlug sie nach mir.

Schließlich erwischte uns eine Welle und warf uns auf die Steine am Meeresboden, und als wir wieder hochkamen und nach Luft schnappten, nutzte ich die Gelegenheit, packte Sam am Arm und zog sie an den Strand, wo wir keuchend liegen blieben.

Ich sah sie an, ihr Haar, ihr Gesicht, ihre Klamotten glänzten im Mondlicht, und dann sah sie mich an, und dann lag sie plötzlich auf mir, zerrte an meinen Kleidern und küsste mich, und ich erwiderte den Kuss und biss zu, und sie schrie auf und fasste sich an die Lippe, die blutete, und dann presste sie meine Arme über meinem Kopf auf die Steine, was weh tat, und fing an, mir die Jeans auszuziehen, was schwierig war, weil sie sich so mit Wasser vollgesogen hatte, und dann endlich, endlich dachte ich: Was zum Teufel mache ich hier eigentlich? Ich stieß sie weg, so dass sie zurück auf die Steine fiel. Keuchend und nach Luft schnappend saß ich neben ihr. Sie griff nach ihrer Jacke, die sie auf dem Strand gelassen hatte, holte eine Schachtel Zigaretten heraus und steckte sich eine an. Und ich stand zittrig auf und fragte mich, ob ich jetzt gehen sollte.

Sie sah mich an und begann zu weinen.

Ich weinte auch.

Sie schüttelte den Kopf und sagte: »Warum kriegen wir es nicht hin?«

»Ich weiß es nicht«, sagte ich. »Es tut mir leid.« Und es schmerzte, wie sehr ich sie trotz allem noch begehrte und wie sehr ich sie verletzt hatte. Es war alles so verkorkst.

»Vielleicht können wir von hier aus weitermachen«, sagte sie und wischte sich mit dem Handrücken über die Augen. »Vielleicht, wenn wir ein paar neue Regeln aufstellen und du unsere Beziehung an erste Stelle stellst –«

Doch dann dachte ich daran, wie sie mich eine dreckige Schlampe genannt hatte, und ich dachte an Virginie und daran, wie Sam mich davon abgehalten hatte, Alice nach ihrer Trennung zu trösten, und daran, dass sie auf jeden in meinem Leben eifersüchtig war und dass sie sich an meinen

Swingtanzstunden störte und an die vielen, vielen anderen Dinge. Und ich musste daran denken, wie ich mich verhalten hatte – wie ich verlangt hatte, dass sie sich änderte, wie ich sie betrogen hatte, wie ich mit meinen Freunden über ihren Lebensstil gelacht hatte, wie ich die schlechteste Version meiner selbst geworden war – und bei dem Gedanken, mit neuen Regeln noch einmal neu anzufangen, wurde mir schlecht. Ich schüttelte den Kopf und sagte: »Ich glaube nicht, dass wir das können. Ich glaube nicht, dass wir es schaffen.«

»Sag das nicht«, sagte sie. Sie weinte immer noch. Sie streckte die Arme nach mir aus.

Ich kann gar nicht in Worte fassen, wie gern ich zu ihr gehen und alles zurücknehmen wollte, wie gern ich in der Zeit zu unserem ersten Abend zurückreisen wollte, als alles noch neu und aufregend war, unverdorben. Es kostete mich so viel Kraft, stattdessen den Kopf zu schütteln und einen Schritt zurückzutreten.

Da brüllte sie vor Wut, Liebe und Frustration und stürzte sich auf mich. Ich war mir sicher, dass sie mich mit ihrer Zigarette verbrennen wollte und konnte gerade noch zur Seite treten – sie starrte mich mit großen Augen an, schüttelte den Kopf und sagte: »Das hatte ich nicht vor. So was würde ich nie tun«, aber sie sah erschrocken aus, als würde sie ihren eigenen Worten nicht glauben.

Ich drehte mich um und rannte weg, schneller, als ich für möglich gehalten hatte, während sich hinter mir die Wellen brachen, so regelmäßig wie das Ticken einer Uhr.

Es dauerte eine Weile, bis ich die Tür zum Cottage aufbekam; ich wollte einfach nur weg und stocherte ungeschickt mit dem Schlüssel herum. Schließlich gelangte ich hinein und schnappte mir meinen Koffer, dankbar dafür, dass wir gar nicht erst ausgepackt hatten. Der Teppich vor dem Kamin war noch verrutscht vom Sex. Ich war völlig durchnässt und schlotterte, aber ich wollte keine Zeit damit verlieren, mich umzuziehen. Ich ließ die Schlüssel auf dem Sofatisch liegen und zog die Tür hinter mir zu.

Mein Rollkoffer rasselte über das Kopfsteinpflaster wie ein Glöckchen am Katzenhalsband und verriet Sam, wo ich war, so dass ich ihn hochnahm und den Hügel hinauf zur Bushaltestelle wankte. Da an jenem Abend keine Busse mehr nach Axminster fuhren, rief ich mir ein privates Taxi und wartete oben an der Silver Street. Ich spürte, wie mein Telefon am Oberschenkel vibrierte. Ich ignorierte es. »Komm schon«, flüsterte ich. »Komm schon.« Endlich kam das Taxi, und als der Fahrer meinen Koffer einlud, sagte ich so unendlich dankbar »Danke«, dass er kurz sprachlos war.

»Was ist denn mit dir passiert, Liebes?«, fragte er, als ich auf seinen Sitz tropfte. »Kleines Mitternachtsbad? Bei diesem Wetter? Du holst dir noch den Tod!«

Als das Taxi losfuhr, hatte ich schon sechs verpasste Anrufe, fünf Nachrichten und eine Voicemail von Sam. »Julia, komm zurück. Ich vergebe dir. Ich kann ohne dich nicht leben, Babe. Wenn du nicht wiederkommst, begehe ich noch eine Dummheit, ich warne dich. Ich glaube, ich tu mir was an.«

Ich drückte den Knopf oben auf dem Telefon, und als der Bildschirm schwarz wurde, schloss ich die Augen. Sie wusste nicht, wo ich war. Niemand wusste, wo ich war. Ich war frei.

47. Wieder da

Das Gefühl von Freiheit hielt genau bis zur Ankunft in London an. Als wir in den Bahnhof Waterloo einfuhren, schlug mein Herz schneller. Überall sah ich Sam.

An jedem U-Bahn-Halt durchfuhr mich Traurigkeit. Green Park erinnerte mich daran, wie Sam und ich die Albermarle Street entlanggelaufen waren, uns die Schaufenster der Galerien angesehen und darüber gelästert hatten, was die Leute für abstrakte Skulpturen zu zahlen bereit waren. Am Leicester Square musste ich an faule Sonntage in Chinatown denken: verkaterte Dim Sum und Stöbern in den Buchhandlungen der Charing Cross Road. In dem schäbigen Club am Kings Cross hatten wir es getrieben, und Jasper wohnte in der Holloway Road. Als ich schließlich an der Haltestelle Manor House ausstieg, weinte ich hemmungslos.

Auf dem Weg nach Hause hastete ich von einem trüb orangen Laternenlichtkegel zum anderen. In den dunklen Abschnitten dazwischen stellte ich mir vor, wie Sam mich ansprang, mit dem Messer, das sie schon im Shard dabeigehabt hatte, und ich ließ die Vorstellung zu, wie ihre Barbourjacke riechen, wie sich ihre Stimme anhören und wie sich ihr Atem auf meiner Haut anfühlen würde, während sie mich in ihr Auto schleppte, denn das schien am besten zu verhindern, dass es wirklich passierte.

Dann war ich endlich zu Hause und in Sicherheit, und als ich den Schlüssel in der Wohnungstür drehte, zwang ich mich, meine Aufmerksamkeit auf die Realität zu richten: auf den Geruch nach türkischem Essen, den Klang von Autos, Flugzeugen und Samstagabendgeschrei auf der Straße, die Stille in der Wohnung, sobald ich die Tür hinter mir geschlossen hatte.

Die Wohnung war leer. Ich war allein. Ich stellte mein Telefon an. Acht weitere Sprachnachrichten von Sam, zunehmend schriller und verzweifelter.

»Es tut mir leid! Okay? Bitte, Babe. Ruf mich an, okay?«

»Du scheiß Schlampe. Nicht zu glauben, wie verdammt egoistisch du bist.«

»Ich werd's tun. Ich habe Tabletten. Ich werd's tun.«

»Du fehlst mir so sehr, Babe, jetzt schon. Ohne dich kann ich nicht leben.«

Und so weiter. Und so weiter. Ich ertrug es nicht, sie alle anzuhören.

Also schrieb ich ihr. Eine wütendere Nachricht, als ich vorgehabt hatte: *Es tut mir leid, aber bitte hör auf, mich zu kontaktieren. Ich kann damit nicht mehr umgehen.*

Und dann löschte ich ihre Nummer.

Als Nächstes rief ich Alice an.

»Hallo?«

»Alice«, sagte ich und ließ mich mit dem Rücken an der Wand zu Boden sinken. »Wo bist du?«

»Julia?«

»Es tut mir so leid.«

»Mir tut es auch leid.«

»Kommst du heute Abend nach Hause?«

»Ja – geht es dir gut?«

»Nein. Ich habe mit Sam Schluss gemacht«, sagte ich und fing an zu weinen.

»Gut«, sagte sie. Und dann hörte ich, wie sie sich abwandte und zu jemandem sagte: »Julia hat mit Sam Schluss gemacht.«

Und ich hörte Daves Stimme: »Scheiße, zum Glück.«

»Ihr seid wieder zusammen«, sagte ich immer noch weinend.

»Ja«, sagte sie. »Halte durch. Ich komme nach Hause.«

»Sie weiß, wo ich wohne«, sagte ich.

»Sie wird es nicht wagen, da aufzutauchen«, sagte Alice. »Wir kommen sofort. Dave bringt seinen Kricketschläger mit, nur für den Notfall. Halt einfach durch, bis ich da bin.«

Da saß ich dann also und zuckte jedes Mal zusammen, wenn ein Auto vorbeikam und die Scheinwerfer wie ein Taschenlampenstrahl durchs Haus tasteten. Doch dann war Alice da und Dave mit seinem Kricketschläger, und sie kochten Tee und wickelten mich in eine Decke, als hätte ich gerade eine Naturkatastrophe überlebt.

»Lasst nicht zu, dass ich noch mal mit ihr zusammenkomme«, sagte ich, als ich sicher auf dem Sofa saß.

»Machen wir«, sagte Alice und legte den Arm um mich.

»Tut mir leid, wie ich mich aufgeführt habe.«

»Hör auf, dich zu entschuldigen.«

»Sam ist furchteinflößend«, sagte ich.

»Nicht so furchteinflößend wie ich«, sagte Dave und reckte seinen Kricketschläger, um betont männlich rüberzukommen, was mich zum Lachen brachte.

»Ich liebe euch beide«, erklärte ich, als Alice mir ein Taschentuch reichte.

»Wir lieben dich auch«, sagte Alice. »Jetzt haben wir dich wieder, oder? Wir haben unsere Julia wieder.«

Doch als ich in dieser Nacht im Bett lag, leuchtete eine Nachricht auf meinem Handy auf. *Du kannst mit MIR nicht mehr umgehen???? Babe, du bist verrückt. Ich bin es, die mit DIR umgehen musste! Du hast mich betrogen und mein Leben zerstört, und jetzt gibst du mir die Schuld? Du scheiß Psycho –*

Ich las nicht mehr weiter. Ich löschte die Nachricht, und diesmal blockierte ich ihre Nummer. Aber der Teil der Nachricht, den ich gelesen hatte, schien sich auf meiner Netzhaut eingebrannt zu haben; er blieb sichtbar, wenn ich die Augen schloss, als hätte ich zu lange in die Sonne geschaut. Den Großteil der Nacht lag ich wach und fragte mich: Was, wenn Sam recht hat?

48. Überrest

Wäre es Sam, die diese Geschichte erzählte, würde sie von einer aufstrebenden queeren Künstlerin handeln, nicht-monogam und stolz, die sich schwer in ein Mädchen aus einem Club verliebte, obwohl das Mädchen gerade erst sein Coming-out gehabt hatte und doch jeder weiß, dass neue Lesben schlechte Neuigkeiten bedeuten. Sie würde davon erzählen, wie ihre prüde, verklemmte neue Freundin sie wegen ihrer besonderen Vorlieben abgewertet und sie gezwungen hatte, ihre Geliebte und ihren Lebensstil aufzugeben. Wie die Künstlerin bereit gewesen war, alles zu verändern, um ihre neue Freundin glücklich zu machen – sogar ihre Kunst –, so dass sie am Ende kaum noch wusste, wer sie eigentlich war. Ihre Identität als Künstlerin, die kinky, queer und poly war, wurde praktisch ausgelöscht und ihre Selbstachtung zunichtegemacht. Und trotz allem hatte ihre Freundin sie schließlich betrogen und abserviert. Kein Wunder, dass sie sich fast das Leben genommen hätte.

Sam glaubt an dieses Narrativ. Ihre Freunde bestimmt auch. Aber ich ziehe es vor, mich an die Einschätzungen der Menschen zu halten, die ich kenne und liebe. Alice und Dave. Owen, der die Hand zum High Five hob und sagte: »Kannst du dich jetzt bitte mit meiner Schwester treffen?«

Meine Mutter. Ich fuhr heim nach Oxford, um ihr von der Trennung zu erzählen und mich dafür zu entschuldigen, wie furchtbar ich mich in den vergangenen Monaten benommen hatte.

Sie stand in der Tür und lächelte nicht, als sie mich sah.

»Es tut mir so leid«, sagte ich.

Sie trat zur Seite und ließ mich rein, ohne ein Wort zu sagen.

Wir setzten uns in die Küche, wo alles verlässlich und immer gleich ist – der alte, zerkratzte Holztisch, die Pinnwand voller Karten, nach jedem Geburtstag drangepinnt und nie wieder abgenommen –, und ich kochte eine Kanne Tee. Ich erzählte ihr, dass ich mich von Sam getrennt hatte, und entschuldigte mich nochmals und weinte, und da wurde Mum weich und sagte: »Sprich nie wieder so mit mir.«

»Das werde ich nicht«, sagte ich.

Sie nahm meine Hand. »Gut gemacht«, sagte sie. »Es ist sehr schwer, eine toxische Beziehung zu beenden.«

»Es war keine toxische Beziehung –«

»Doch, mein Schatz. Ich weiß, wovon ich rede.« Sie erzählte mir von dem Mann, mit dem sie vor meinem Vater zusammen gewesen war, ein Banker namens Stuart, der ihr Mäntel gekauft und Taxis bezahlt und ihr vorgeschrieben hatte, was sie tragen konnte und was nicht. Und der zweitausend Pfund von ihrem Konto geklaut und es dann auf sie geschoben hatte, der sie angeschrien hatte, weil sie angeblich so schlecht mit Geld umgehen konnte.

»*So* schlimm war Sam aber nicht«, sagte ich.

»Ach, nein?«, fragte Mum. »Ihr wart kein Jahr zusammen. Du weißt nicht, was passiert wäre, wenn du länger bei ihr geblieben wärst. Sie hat dich schon dazu gebracht, dass du dir selbst nicht traust, oder?«

Wie üblich hatte meine Mutter recht.

Wir tranken unsere zweite Tasse Tee, als die Tür aufging. Dad kam herein, gefolgt von einem dünnen Teenager mit lila Haar.

»Oh! Julia!«, rief Dad, als er in die Küche polterte und einen Stapel Bücher vor mir ablud. »Das ist Harry von nebenan.«

»Ich setze mal Wasser auf«, sagte Mum.

Harry und ich gaben einander die Hand. Er hatte eine süße Zahnlücke. »Ich habe schon so viel von dir gehört«, sagte er.

»Und ich habe mir deinen YouTube-Kanal angeguckt«, erzählte ich. »Ich mache mir Smokey Eyes jetzt immer nach deiner Methode.«

Er wirkte sehr geschmeichelt.

»Harry hilft mir, einen neues Video für meinen Kanal aufzunehmen!«, sagte Dad. »Da geht's um queere Lesarten romantischer Literatur! Ich werde über das masturbierende Mädchen bei Jane Austen sprechen und über die Frage, ob zwischen Coleridge und Wordsworth was lief.«

»Und, lief da was?«, fragte ich.

»Vermutlich nicht«, gab er zu.

Ich umarmte ihn.

»Wie komme ich denn dazu?«, brummte er und tätschelte mir den Rücken.

Ich blieb dabei, als die Aufnahme gemacht wurde, während der Dad mehrmals auf seine »lesbische Tochter« verwies. Harry bot an, uns den Film im Entertainment-Center seiner Familie zu zeigen, und wir folgten ihm den frisch gepflasterten Weg zum Haus hinauf.

Mum war sprachlos, als Harry die Haustür öffnete. In

fast allen Zimmern waren Wände eingerissen worden. »Es ist so groß«, sagte sie.

»Das war die Idee«, sagte Dad. »Schön, oder?«

Mum antwortete nicht, aber als Harry uns nach unten führen wollte, bog sie ab in Richtung Küche. »Ich will mir nur kurz eure faltbaren Glastüren angucken.«

Wir fanden sie im seitlichen Anbau wieder, wo sie durch das Glasdach in den wolkigen Himmel starrte. »Das bringt so viel Licht!« Sie wandte sich an Harry und meinte: »Sag mal – weißt du, wie der Architekt deiner Eltern heißt?«

Ich hörte nie wieder von Sam, allerdings ging ich in den Wochen nach der Trennung ein paarmal an mein Bürotelefon und hörte am anderen Ende nur Schweigen, während ich mit klopfendem Herzen »Hallo? Hallo?« sagte, wie die Frau, die es in Horrorfilmen immer gleich am Anfang erwischt. Aber ich wusste, dass sie klarkam. Polly erzählte es mir – sie schrieb mir, um mir zu sagen, dass es richtig war, sich von Sam zu trennen. Ich weinte, als ich ihre Nachricht las, und speicherte sie, damit ich sie wieder lesen konnte, sollte ich jemals schwach werden.

Dann kam die Ausstellung. Ich erfuhr nur zufällig davon – eines Morgens griff ich in der U-Bahn zu einer zerknitterten *Time Out*, und da starrte sie mich von den Kunstseiten aus an, eine mürrische, aber erfolgreich aussehende Sam bei der Vernissage einer Gruppenausstellung in ihrer neuen Galerie. Links von ihrem Kopf war das Bild von ihrer Faust – und rechts war ein Gemälde meines nackten Körpers, in Pink- und Lilatönen, mit offenem Mund und Angst in den Augen. Unter dem Foto stand *Sam King mit zwei ihrer Arbeiten:* Identität *(links) und* Überrest.

Ich war gar nicht auf die Idee gekommen, dass sie mich noch mal malen könnte, jetzt, da wir offiziell getrennt waren. Ich weiß auch nicht, warum – sie hatte ja sonst alle gemalt, mit denen sie jemals im Bett war. Und ich war auch nicht auf die Idee gekommen, dass sie ihr Wissen über meinen Körper als Waffe gegen mich einsetzen könnte.

Alice und Dave heiterten mich auf, als ich ihnen abends den Artikel zeigte.

»Sie ist so scheißprätentiös mit ihren bescheuerten Knallfarben und ihren dämlichen eindeutigen Titeln«, sagte Dave, während er mir ein großes Glas Rotwein einschenkte.

»Ja«, sagte ich. »Voll dämlich und eindeutig.«

Alice nahm die *Time Out* und starrte auf das Foto. »Das ist eigentlich ein ziemlich schönes Bild von dir«, sagte sie. »Ich habe dich schon immer um deine Brüste beneidet.«

»Alice!«, sagte ich.

»Was?«, sagte sie. »Sie sind so keck. Meine sehen aus wie Augen, die in verschiedene Richtungen starren.«

»Tun sie nicht. Sie sind entzückend.«

»Hey«, sagte Dave. »Woher kennt ihr denn eure Brüste so genau?«

»Vom Nacktbaden«, sagte ich.

Doch in meinen Träumen sehe ich Sam immer noch. Manchmal ist sie aufgebracht, ihr Gesicht vor Wut verzerrt. Sie schreit mich an, und ich schrecke hoch mit einem Ruck, als würde man mich nach vorne stoßen. Manchmal ist sie aber auch freundlich; sie hat mir verziehen, was ich getan habe, und wir umarmen uns, schließen Frieden und wünschen uns alles Gute. Das sind die schlimmsten Träume, die, aus denen ich mit einem schmerzlichen Gefühl des Verlusts und tränennassem Gesicht aufwache.

Es ist schwer, die Böse in der Geschichte von jemand anderem zu sein.

49. Wow

»Ich hab's ja gleich gesagt«, meinte Nicky, als ich zu meiner Sitzung eintraf.

»Ich glaube nicht, dass Therapeuten ›Ich hab's ja gleich gesagt‹ sagen sollten«, entgegnete ich.

»Aber es stimmt doch, oder?« Sie schlug ihr Notizbuch auf und blätterte es durch. »Hier«, sagte sie und tippte mit dem Stift auf einen Eintrag. »*Siebzehnter März. Habe Julia geraten, sich nicht auf eine offene Beziehung mit Sam einzulassen.*«

»Tja. Schön für Sie.«

Nicky verstand das als Kompliment und lächelte. »Also«, sagte sie. »Wie geht es Ihnen jetzt?«

»Ich fühle mich irgendwie leer.«

Nicky nickte. »Sie hat Ihnen das Gefühl vermittelt, eine Bestimmung zu haben, oder? Aber das war eine Illusion, nicht wahr?«

Ich nickte.

Sie griff hoffnungsvoll nach den Taschentüchern.

Ich schüttelte den Kopf.

Sie zog enttäuscht die Hand zurück.

»Also«, sagte sie und schlug eine frische Seite im Notizbuch auf, »was tut sich sonst noch in Ihrem Leben?«

»Ich durchlaufe das Assessment Center für den höheren Dienst.«

»Interessant«, sagte Nicky in einem Ton, der das Gegenteil vermuten ließ.

»Und Alice und Dave sind wieder verlobt.«

»Es überrascht mich, dass er es gewagt hat, einen zweiten Antrag zu machen«, sagte Nicky.

»Sie hat ihm einen Antrag gemacht«, sagte ich. »Sie haben Calamari gegessen, und sie hat ihm einen auf den Finger gesteckt.«

»Wie eklig«, sagte Nicky. Sie kniff die Augen zusammen. »Sie verschweigen mir etwas.«

»Ich wurde in die Swingtanztruppe aufgenommen.«

»Nein. Es gibt da jemanden. Ist es ein Mann?«

»Nein!«

»Oh, gut«, sagte Nicky. »Wer ist es dann? Ella?«

»Nein.«

»Sagen Sie nicht Jane.«

»Wenn Sie mal aufhören würden zu raten, könnte ich es Ihnen erzählen. Es ist Owens Schwester. Wir treffen uns nächste Woche.«

»Sind Sie nervös?«

Ich überlegte. »Jetzt schon«, sagte ich.

Nicky schüttelte den Kopf. »Sie waren schon nervös. Ich habe Ihnen nur dabei geholfen, es zu realisieren.«

»Tja. Schönen Dank auch.«

»Gern geschehen«, sagte Nicky. »Was unternehmen Sie bei Ihrem ersten Date?«

»Eislaufen.«

»Tss. So ein Klischee.«

Carys schlug vor, sich vor der Broadgate-Eisbahn zu treffen (kleiner und weniger touristisch als Somerset House – eine vielversprechende Wahl). Sie steckte in einem Schal mit Schottenkaros und einer dieser Jeansjacken mit Schaffellfutter, die langhaarige Männer in den Neunzigern trugen. Ich war verlegen, als ich zu ihr ging, und einen peinlichen Moment lang wussten wir nicht, ob es einer oder zwei Wangenküsse sein sollten, aber als wir das hinter uns gelassen hatten, wurde es leichter. Sie redete echt schnell und hatte ein kehliges Lachen und sagte: »Wow«, wann immer ich ihr etwas von mir erzählte, so dass ich mir viel interessanter vorkam, als ich eigentlich war. Sie erzählte mir sofort alles von sich – von ihrem Supper Club (erfolgreich), der Beziehung mit ihrer Exfreundin (nicht so erfolgreich) und ihrem Faible für Impro-Comedy. »Es basiert auf der Idee, dass man zu allem ja sagen sollte, was der Improvisationspartner vorschlägt«, erklärte sie. Ich war begeistert. Ich wollte zu allem ja sagen. Ja zum Über-Sam-Hinwegkommen. Ja zu einem Job, bei dem ich nicht auf eine Mandelentzündung hoffte, um mich eine Woche krankschreiben lassen zu können. Ja zu Carys. Ja, ja, ja.

Das Gute am Eislaufen sind die vielen Gelegenheiten zum Händchenhalten und romantischen Aufeinanderfallen. Das Schlechte ist der ganze Rest. Wir verbrachten ein paar Stunden damit, uns an die Bande am Rand der Eisbahn zu klammern und Dreizehnjährigen bei ihren dreifachen Axeln zuzusehen. Als wir die Menschenmassen und die blecherne Weihnachtsmusik nicht mehr ertragen konnten, liefen wir nach Shoreditch, um etwas zu essen.

»Worauf hättest du denn Appetit?«, fragte ich sie, als wir die Brushfield Street entlanggingen und unsere schlittschuhfreien Füße sich wieder ans Laufen gewöhnten.

»Entscheide du«, sagte sie.

»Okay«, sagte ich, erfüllt von einem aufregenden Gefühl der Verantwortung und Macht. »Da unten gibt es ein sehr gutes Szechuan-Restaurant.«

»Dann führ uns hin«, sagte sie, und das tat ich, während ich auf der äußeren Seite des Gehwegs ging.

Ein paar Wochen später trafen Carys und ich uns immer noch, so dass ich sie fragte, ob sie sich vorstellen könne, das Catering für Alices antipatriarchalen Junggesellinnenabschied zu übernehmen. Sie sagte ja und dachte sich ein ganzes Menü in den Farben der Suffragetten aus: Rote-Bete-Carpaccio als Vorspeise, Risotto mit Minze und Erbsen als Hauptgang und Panna Cotta zum Nachtisch.

»Du bist so clever, Carys!«, sagte Alice, als wir an Carys' Esstisch saßen und das Menü studierten. »Aber wusstest du, dass die Suffragetten nicht unproblematisch waren? Ich weiß, dass Intersektionalität im edwardianischen Zeitalter noch kein Thema war, aber sie haben sich überhaupt nicht für Frauen aus der Arbeiterklasse oder Women of Colour eingesetzt –«

»Alice, Süße«, rief Cat vom anderen Tischende, »könntest du deine Versuche ›woke‹ zu sein, mal für einen Abend einstellen? Scheiß auf Politik, betrinken wir uns!«

Alle jubelten.

Alice beugte sich zu mir und sagte: »Hast du das gehört? Cat hat mich ›woke‹ genannt!«

Cat machte den Champagner auf, den sie mitgebracht hatte, und schenkte allen ein Glas ein. Sie war offensichtlich besser bei Kasse als sonst – wahrscheinlich, weil sie gerade erfahren hatte, dass *Menstruation: Das Musical* einen ganzen Monat lang in einem Theater in Soho laufen würde. Sie nahm einen Schluck Champagner durch ihren Pimmel-Strohhalm und fragte: »Wie sieht denn dein Brautkleid aus?«

»Schwarz«, sagte Alice fröhlich.

Samira, Alices beste Freundin aus der Schule, sagte: »Und ich schätze mal, dass dein Dad dich nicht zum Altar führen wird?« Samira war etwas traditioneller als wir – ihr verdankten wir die Pimmel-Halme.

»Nein. Julia führt mich hin«, sagte Alice ziemlich stolz, wie mir schien. »Und Dave geht mit seinem Bruder.«

»Und du wirst nicht seinen Namen annehmen«, sagte Samira.

»Er überlegt, meinen anzunehmen«, sagte Alice.

»Das ist so romantisch!«, rief Carys.

»Dave heißt allerdings Pratt mit Nachnamen«, warf ich ein, »es wäre also nicht ganz uneigennützig.«

Der Champagner war bald leer – wir gingen zu Prosecco über, dann zu Rotwein, und als wir mit dem Essen fertig waren, waren wir schon ziemlich gut dabei. Nachdem wir den Tisch abgeräumt hatten, händigte Samira jeder einen Klumpen Knete aus, und wir veranstalteten einen Wettbewerb, wer den besten Penis formte. Alice war die Jurorin. Die Unterschiede hinsichtlich Größe und Form waren beträchtlich. Cat belegte den ersten Platz – ihr Penis war schrecklich lebensecht, er hatte sogar Venen und eine Vorhaut. Carys' war der größte, aber auch der am wenigsten realistische.

»Es tut mir leid, das sagen zu müssen«, meinte Alice, als sie ihn eingehend betrachtete, »aber ich fürchte, der kommt auf den letzten Platz.«

Carys wirkte ziemlich enttäuscht. »Er ist zu glatt, oder?«

Alice nickte. »Und Eier hat er auch keine.«

»Carys ist aber auch eine Premium-Lesbe«, sagte ich, während ich den Arm um sie legte. »Deshalb ist sie ein bisschen im Nachteil.«

Nachdem alle gegangen waren, blieb ich noch da, um Carys beim Aufräumen zu helfen.

»So«, sagte ich, sobald wir allein waren.

»So«, erwiderte sie.

»Sollen wir den Abwasch auf morgen verschieben?«, fragte ich.

»Gute Idee«, sagte sie.

Ich schubste sie zurück aufs Sofa.

Als wir uns das erste Mal küssten, stießen wir mit den Zähnen aneinander, aber wir lachten nur und küssten uns weiter. »Komm, wir gehen ins Schlafzimmer«, sagte sie.

Ich zog sie zuerst aus. Darauf bin ich stolz. Und dann schubste sie mich aufs Bett und zog mich aus.

»Was soll ich mit dir machen?«, fragte sie.

»Mich ficken«, sagte ich.

»Mit den Fingern?«

»So viele wie geht.«

Ich hatte Angst, dass sie im Bett nicht so gut sein würde wie Sam – dass meine Glückssträhne mit gutem lesbischem Sex nicht ewig anhalten könnte, dass sie nur halbherzig dabei wäre und ein bisschen zu sehr auf Lecken stünde. Aber so war es nicht. Sie fickte mich langsam und tief, und die Lichterkette an der Wand tanzte, als das Bett sich bewegte, und beim Kommen schloss ich die Augen, und sie lachte, als sie mich ansah, und ich fragte: »Was?«, und sie sagte:

»Du bist echt sexy« – und dann probierten wir es in der 69er-Stellung, aber wir kamen beide nicht richtig ran, also vögelte ich sie von hinten, und sie schrie »Wow!«, als sie kam, und wir mussten beide wieder lachen und kollabierten übereinander auf der Matratze.

»Ich hatte noch nie lustigen Sex«, sagte ich hinterher zu ihr, als wir uns in der Küche Toast machten. »Lustig in einem guten Sinn, meine ich.«

»Was soll denn Sex, wenn man nicht darüber lachen kann?«, fragte Carys, als sie mir die Butter reichte. »Hier. Ich werde mir Zimt und Zucker draufstreuen. Willst du auch?«

»Unbedingt«, sagte ich.

Wir schlossen die Augen, als wir aßen.

»Schmeckt nach New York City«, sagte ich kauend. »Ich stelle mir vor, dass ich Zimttoast in meinem Brooklyner Brownstone frühstücke.«

»Ich nicht«, sagte sie und lächelte. »Ich will mir nicht vorstellen, irgendwo anders zu sein, wenn ich mit dir zusammen bin.«

50. Weihnachtsspektakel

Im Dezember war ich so beschäftigt, dass ich nicht einen einzigen von den Weihnachtsfilmen gucken konnte, die ohne Umweg übers Kino direkt bei Netflix liefen. Ich hatte nicht mal Zeit, sentimental zu werden, als Tschaikowskys *Nussknacker* bei John Lewis dudelte, obwohl mich das normalerweise an das Ende meiner Tanzkarriere erinnerte und in eine Selbstmitleidsspirale voller Tränen und Doughnuts schickte. Wenn ich nicht bei der Arbeit war, bereitete ich mich auf das Assessment Center für den höheren Dienst vor, unterrichtete die Swingtanz-Anfänger oder – das war das Beste – probte für das Friends-of-Dorothy-Weihnachtsspektakel, das an drei Abenden in einem Theater am Leicester Square gezeigt werden würde. Aber eigentlich war das gar nicht das Beste, denn samstagabends und sonntagmorgens verbrachten Carys und ich Zeit miteinander, aßen köstliche Croissants und vergnügten uns bei vortrefflichem Sex.

Carys und Cat kamen am ersten Abend zum Weihnachtsspektakel. Wir tanzten einen von Pinguinen inspirierten Charleston zu »Happy Feet«, gefolgt von einer kniffligen Choreographie zu »Singin' in the Rain«, bei der wir rot-grüne Regenschirme drehten. Mein Schirm öffnete sich nicht richtig, aber da ich weiter hinten stand, war es nicht so schlimm. Nach dem letzten Stück, »I Saw

Daddy Kissing Santa Claus«, bedachte uns das Publikum mit Standing Ovations. Ich stand da, verbeugte mich und blinzelte im Rampenlicht und konnte nicht aufhören zu lächeln. Ich entdeckte Cat im Publikum, und sie weinte, und da weinte ich auch, bis Zhu mir zuflüsterte, ich solle mich zusammenreißen.

Sobald wir in der Garderobe waren – es war so aufregend, eine Garderobe zu haben, samt Spiegel mit Glühbirnen drum herum –, steckte Zhu mir einen Fünfzigpfundschein zu.

»Wofür ist der denn?«, fragte ich.

»Dein Anteil an den Kartenverkäufen.«

Ich hielt den Schein ganz fest. Ich hatte es geschafft. Ich war wieder eine professionelle Tänzerin.

Kurz vor Weihnachten zog ich bei Cat ein, in ein Haus mit zwei Schlafzimmern (ein richtiges Haus, mit unserer eigenen Haustür) in Highams Park. Wir konnten unsere Freunde überreden, für ein vorweihnachtliches Dinner vorbeizukommen, trotz der erbärmlichen Anbindung an den öffentlichen Nahverkehr. Jeder brachte eine Flasche Wein mit, und wir leerten sie alle, was vermutlich der Grund war, warum Bo um zwei Uhr morgens nackt um den Block rannte und schrie: »Geschlecht ist ein Konstrukt!«

Nachdem wir die Knallbonbons aufgezogen und den Truthahn verspeist hatten, versammelten wir uns vor dem Fernseher für die Vorführung von Cats deutschem Supermarkt-Werbefilm, was schon bald zu einer Tradition werden sollte. Es erklangen satte Streicherklänge, als sie eine Platte mit Essen auf einen Tisch stellte.

»Bisschen phallisch«, sagte Ella, als Cat im Film die Augen schloss und in eine Bratwurst biss.

»Irgendwie auch sexy«, sagte Zhu und fasste nach Ellas Hand.

Auf dem Bildschirm schenkte Cat allen ein deutsches Lächeln, während eine tiefe Frauenstimme etwas sagte, das wir nicht verstanden, wahrscheinlich etwas darüber, wie preiswert die Würstchen waren.

Alle jubelten.

Am eigentlichen Weihnachtstag fuhr ich nach Hause und fand meine Mutter als Lizzy Bennet verkleidet in der Küche vor, wo sie sich mit Dad (Frankensteins Monster) über irgendeinen Bauplan beugte. Im Wohnzimmer hörte ich meine Tanten und Onkel diskutieren, welche meiner Cousinen die beste Hermine Granger abgab.

Ich stellte meine Tasche ab und hängte den leeren Bilderrahmen auf, den ich um den Hals getragen hatte, weil er mein Kostüm vervollständigte (Griet aus *Das Mädchen mit dem Perlenohrring*). »Was geht hier vor?«, fragte ich.

»Wir sehen uns nur die Pläne für die Umbauarbeiten an«, sagte Mum.

Ich starrte sie verblüfft an. »Ist nicht wahr«, sagte ich.

»Doch«, sagte Dad. »Sie ist endlich zur Vernunft gekommen.«

»Ich bin *nicht* zur Vernunft gekommen«, sagte Mum. »Wir bauen *kein* Entertainment-Center. Wir gönnen uns lediglich eine geschmackvolle Küchenerweiterung, das ist alles. Mit bodentiefen Fenstern. Und Fußbodenheizung. Und vielleicht einen seitlichen Anbau. Und wenn wir schon dabei sind, können wir vielleicht auch gleich noch den Dachboden ausbauen.« Sie lächelte. »Wir werden es den Nachbarn mit gleicher Münze heimzahlen.« Sie nahm eine Schüssel mit Chips vom Tisch und hielt sie mir hin. »Champagner- und Schinkengeschmack. Widerlich, aber unwiderstehlich!«

51. Das geht vorbei

Eines Samstagmorgens im Februar erzählte Cat Carys und mir, dass sie seit sechs Monaten keinen Sex gehabt hatte. Eigentlich erzählte sie es uns nicht – es rutschte ihr vielmehr raus, als sie sich darüber ausließ, dass wir aufhören müssten, es um drei Uhr morgens so laut zu treiben. Wir aßen gerade Bagels, und ich hätte mich fast an einem Stück Räucherlachs verschluckt.

»Ihr habt mich tatsächlich geweckt«, sagte sie. »Mitten in einem sexy Traum.«

»Von wem hast du denn geträumt?«, fragte Carys.

»Ich habe nicht den Hauch einer Ahnung«, sagte Cat. »Ich habe Sexträume über so ziemlich jeden im Moment. Ich bin verdammt verzweifelt!« Und da rutschte es ihr raus, das mit den sechs Monaten.

»Wow«, sagte Carys.

»Keine Sorge«, sagte ich. »Das ist nur eine Durststrecke. Das geht vorbei.«

»Sei bloß nicht so scheißherablassend«, sagte Cat. Sie hatte mich schon mehrmals beschuldigt, herablassend zu sein, seit ich in das Ausbildungsprogramm für den höheren Dienst aufgenommen worden war, was eigentlich nicht fair war, denn so viel bildete ich mir gar nicht darauf ein. Ich würde ein Higher Executive Officer (E) (Das E steht für Entwicklung!) im Ministerium für Digitales, Kultur,

Medien und Sport werden. Ich hatte noch nicht einmal angefangen, und sie betrieb schon Lobbyarbeit für die Förderung von Regionaltheatern.

Carys und ich fanden, es täte uns gut, mal für einen Tag aus London rauszukommen. Ich würde an diesem Morgen sowieso Swingtanz in Erics ehemaligem Pflegeheim unterrichten, und in Brighton lief außerdem ein queeres Kunstfestival, also kam Carys mit, damit wir den Nachmittag zusammen verbringen konnten.

Sie ging zu einem Kurs für Aktzeichnen, während ich unterrichtete, und um die Mittagszeit sahen wir uns eine Drag-King-Impro-Gruppe an, die ein zwanzigminütiges Programm zeigte, das vom Wort »Kohl« inspiriert war. Wir überlegten, danach zu einem Poetry Jam zu gehen, aber Carys meinte, eine Poetry Performance würde sie nicht durchstehen, ohne zu lachen, weshalb ich sie stattdessen mit zu Erics Platz im Garten der Erinnerung nahm.

Ich legte einen Tulpenstrauß auf das Gras vor seinem Rosenstrauch und stellte ihm Carys vor – allerdings lautlos, damit sie mich nicht für verrückt hielt. »Das ist meine neue Tanzpartnerin«, sagte ich im Kopf. Danach kam die Sonne hinter einer Wolke hervor, er hörte also möglicherweise zu.

Als es dämmerte, gingen wir Arm in Arm auf der Strandpromenade spazieren, auf den ausgebrannten West Pier zu, und suchten nach dem Hotel, in dem Oscar Wilde einmal mit Bosie gewohnt hatte. Wir überlegten, was wir zu Abend essen sollten – Würstchen vielleicht oder Chili con Carne –, als mir jemand auffiel, der ein Fahrrad schiebend auf uns zukam. Jemand Großes mit dunklen Haaren und goldener Haut.

Sie war nicht so schön, wie ich sie in Erinnerung hatte. Vielleicht lag es an ihrem hässlichen, hasserfüllten Blick. »Verdammte Heuchlerin!« rief sie mir nach, und Carys wollte sich schon mit ihr anlegen, aber ich sagte: »Lass gut sein«, und wir gingen weiter, an den kauernden, spinnenbeinigen Überresten der alten Seebrücke vorbei.

»Ich verstehe sofort, was du in ihr gesehen hast«, sagte Carys.

»Als wir zusammen waren, hat sie nicht so viel geflucht«, sagte ich. Mir gefiel, dass ich darüber witzeln konnte; ich wollte Carys nicht den Eindruck vermitteln, dass Sam mir noch wichtig war. Aber natürlich war sie das – vor weniger als sechs Monaten waren wir die Verliebten gewesen, die Arm in Arm an einem Strand entlangspaziert waren, voller Hoffnung und Fish and Chips. Ich wollte sie rufen, ihr sagen, wie leid es mir tat, und von ihr eine Entschuldigung hören. Aber ich wusste, dass keins meiner Worte etwas ändern würde.

Also liefen wir weiter die Promenade entlang – doch ich fühlte mich immer noch schmutzig, schuldig und voller Adrenalin, und ich wollte irgendetwas Albernes tun. Deshalb blieb ich wie angewurzelt stehen und sagte: »Lass uns ins Wasser gehen!«

»Nein«, sagte Carys.

Aber dieser Tage ließ ich mir nicht mehr gern sagen, was ich zu tun und zu lassen hatte, weshalb ich anfing, meine Jeans hochzukrempeln.

»Es ist mitten im Winter«, sagte Carys.

»Im Winter ist das Meer wärmer«, sagte ich. »Ich will nicht schwimmen gehen. Nur mit den Füßen rein.«

»Dann solltest du aber bis zur letzten Sekunde die

Schuhe anbehalten«, sagte Carys, aber ich hörte nicht auf sie und rannte »Au, au, au« rufend zum Wasser, während die Kiesel mir in die Füße piksten.

An der Wasserkante sah ich mich um, ob Carys mir folgte. Und das tat sie, sie stürmte über den Strand ans Meer.

Ich kreischte – ich wollte nicht, dass sie mich überholte – und rannte bis zu den Knöcheln ins Wasser.

Das Meer war eiskalt und berauschend und hielt mich davon ab, noch länger an Sam zu denken. Wir küssten uns, lachten und spritzten uns nass. Und dann rannten wir den Strand wieder hoch, weil wir unsere Zehen nicht mehr spüren konnten.

Wir trockneten uns die Füße mit unseren Socken ab und zogen die Schuhe wieder an, die Haut klebrig vom Salzwasser. Dann ließen wir das Meer hinter uns und gingen zum Metzger, um Würstchen zu kaufen – zwei zusätzlich für Cat, um sie für den lauten Sex zu entschädigen –, als wäre es ein ganz normaler Tag.

Danksagung

An diesem Roman habe ich sehr lange geschrieben, deshalb entschuldigt bitte diese Danksagung im Stil einer Oscar-preisträger-Dankesrede.

Mein allererster Dank gebührt Judith Murray, der besten Agentin und Frau überhaupt. Ich bin dir so dankbar für alles. Auf eine Zukunft voller Cocktails, mit Salzrand und ohne. Dank auch an Kate Rizzo, dass sie so vortreffliche Verlage in anderen Ländern aufgetan hat, und dem restlichen Team von Greene & Heaton, insbesondere Eleanor Teasdale, Rose Coyle, Holly Faulks, Alisa Ahmed und Imogen Morrell. Dank an Sally Wofford-Girand, dass du für *Love Addict* das perfekte Zuhause auf der anderen Seite des Atlantiks gefunden hast, und an Emily Hickman, meine großartige Film- und Fernsehagentin.

Ich danke der großartigen Suzie Dooré dafür, dass sie an dieses Buch geglaubt hat, dass sie lustiger ist als ich und außerdem ein reizender Mensch und eine brillante Lektorin. Danke an alle bei The Borough Press, insbesondere Ore Agbaje-Williams, Micaela Alcaino, Emilie Chambeyron und Fleur Clarke.

Der wunderbaren Lauren Wein danke ich dafür, dass sie so eine einfühlsame Lektorin und die beste Vorkämpferin für mein Buch in den Staaten ist. Dank an Pilar Garcia-Brown,

Liz Anderson, Larry Cooper, Hannah Harlow, Christopher Moisan, Taryn Roeder und alle anderen bei Houghton Mifflin Harcourt.

Ein großer Dank gebührt auch meinen anderen Lektorinnen, Jasmin Düring, Erika Degard, Jacqueline Smit und Iina Tikanoja.

Eine Menge Leute haben mit Anmerkungen und Hinweisen zu meinem Buch beigetragen. Danke, Linas Alsenas, Grant Foster, Nina Gold, Annalie Grainger, Rachel Hewitt, Hanna Johnson, Eishar Kaur, Laura Macdougall, Jack Noel, Helen Thomas, Piers Torday und Jo Wickham.

Danke, Marcia und Rufus Williams, für all die inspirierenden Wochenenden in Lyme Regis.

Dank an all die Menschen, die mir über die Jahre geschrieben haben, insbesondere Michael Bedo, Katie Cotton, Ellie Farrell, Mo Oldham, Alice Sanders und der Walker Books Write Club.

Ich danke dem Black Dog in Vauxhall (super Kaffee), dem Breakout Café an der Caledonian Road (phantastischer Porridge), der Southbank Centre Members' Bar, der British Library, der London Library und dem Arvon Clockhouse Retreat. Dank an Karen McLeods Creative Writing-Kurs bei The Bookseller Crow, den Kursen Ways into Screenwriting und Stand-up Comedy bei City Lit, Chris Heads Sitcom-Schreibkurs, den Impro-Kursen von Monkey Toast und Free Association und den Alphabetties.

Dank an meine Freunde, vor allem Naomi Baars, Laura Barnicoat, Michelle Erodotou, Flo Bullough, Jamie Gabbarelli, Steffi Hunt, Cath Hunter, Rachel Jones, Nic Knight, Alexia Korberg, Rachel Korberg, Kirsty Malone, Luke Massey, Aurelie Marion, Marina McIntyre, Charlie Moyler, Anna Nagy, Hannah O'Sullivan, Albi Owen, Lynton Pepper, Amy Perkins, David Perry, Jenny Prytherch, Nick Sharp, Debbie So, Ying Staton, Will Tosh, Louie Stowell und Zoe Vanderwolk.

Dank an meine Familie und die Campbells und Fitzpatricks. Tut mir leid wegen der ganzen Sexszenen.

Dank vor allem an Sarah Courtauld und Zanna Davidson, Mitglieder des Sacred Circle (peinlicher Name, ich weiß). Ohne euch wäre ich keine Schriftstellerin. Wir haben es geschworen.

Und schließlich danke ich meiner unglaublichen Frau Victoria, die immer daran geglaubt hat, dass ich schreiben kann, obwohl sie keinerlei Beweise hatte, weil ich mich über Jahre geweigert habe, sie etwas lesen zu lassen. Dieses Buch ist für dich.

Dawn O'Porter
COWS
Folge nicht der Herde!

Was tun, wenn die ganze Welt über dich lacht? Volle Kraft voraus! Und bloß nicht entschuldigen.
Tara ist 42, berufstätig und Single-Mutter. Ihre drei überheblichen Kollegen hat sie bestens im Griff und die abschätzigen Blicke der Übermütter am Schultor bereiten ihr keine schlaflosen Nächte.
Nach einem heißen Date mit dem Fotografen Jason leistet sich Tara die ultimative Blamage. Plötzlich ist sie das Gespött der Nation. Doch bald stellt sie fest, dass sie nicht das einzige abtrünnige Herdentier ist…
Ein Roman über Frauen, die ihren eigenen Weg gehen und sich nicht dafür entschuldigen.

Aus dem Englischen von Christine Strüh
464 Seiten, Klappenbroschur

Weitere Informationen finden Sie auf
www.fischerverlage.de

Andrew Sean Greer
Happy End
Roman

Nach zehn Jahren Beziehung fehlen Arthur Weniger und Freddy Pelu zwei Dinge: Arthur das Geld, um die Miete zu bezahlen, und Freddy der Glaube an Arthurs Liebe.
Während Freddy auf einer abgelegenen Insel an der Ostküste der USA in der »Pension zur ältesten lebenden Walfängerwitwe« auf eine große Geste der Liebe wartet, macht Arthur sich auf den Weg durch das Land, um Geld zu verdienen und die vielleicht wichtigste Chance seines Lebens zu verpassen. Er legt seinen markanten blauen Anzug ab, lässt sich einen Schnurrbart wachsen und trägt sein geschundenes Herz spazieren. Als Arthur erkennt, was er zu verlieren droht, scheint ein Happy End kaum noch möglich.

Aus dem amerikanischen Englisch von
Charlotte Milsch
304 Seiten, gebunden

Weitere Informationen finden Sie auf
www.fischerverlage.de

Frederick Kohner
Gidget. Mein Sommer in Malibu
Roman

Wie fühlt es sich an, frei zu sein?
Ein Sommer unter der Sonne Malibus, strahlend blauer Himmel und ein junges Mädchen, das von den Wellen magnetisch angezogen wird: Das ist die Geschichte von Kathy alias Gidget, die die Wellen, das salzige Meer, den Strand und die Freiheit nicht den »Jungs« überlassen, sondern sich den großen Traum erfüllen will, selbst auf dem Brett zu stehen. Ein atemberaubender Sommer voller Träume, Abenteuer, sandiger Erdnussbuttersandwiches und erster Verliebtheit beginnt, in dem Gidget entgegen aller Widerstände ihrer größten Leidenschaft folgt - dem Surfen.

Aus dem amerikanischen Englisch
von Hanna Hesse
176 Seiten, gebunden

Weitere Informationen finden Sie auf
www.fischerverlage.de

Miku Sophie Kühmel
Triskele
Drei Schwestern. Ein Roman.

Drei Schwestern aus drei Generationen.
Eine Katze. Und ein Trauerjahr.

Drei Schwestern treffen sich in der Wohnung der Mutter. Die zielstrebige Mercedes ist 48, die flatterhafte Mira ist 32, und Matea, die noch zuhause in der Altmarkt lebt, ist 16. Ihre Mutter Mone hat sich das Leben genommen und nur wenig hinterlassen: alten Schmuck, die dreibeinige Katze Muriel und einen Brief. Als drei Kinder aus drei Generationen sind sie mit der gleichen Frau aufgewachsen, aber nicht gemeinsam. Wer war Mone für jede einzelne von ihnen? Und was teilen die drei, wenn schon keine Erinnerungen?

272 Seiten, gebunden

Weitere Informationen finden Sie auf
www.fischerverlage.de

Adam Thirlwell
Strategie
Roman
Aus dem Englischen von
Clara Drechsler und Harald Hellmann
Band 16662

Moshe liebt Nana und Nana liebt Moshe. Und sie versuchen ihr bestes und alles. Aber das reicht nicht. Dann kommt Anjali hinzu. Anjali ist Nanas Freundin. Sie ist sehr schön. Zuerst küssen sich Nana und Anjali nur. Und zuerst schaut Moshe nur zu. Irgendwann sind sie zu dritt. Eine ménage à trois in der Tradition von Milan Kundera und Woody Allen beginnt. Aber so einfach, wie sie sich das alles vorgestellt haben ist es gar nicht.

»Ein literarisches Phänomen, eine heilige Nervensäge.
Er weiß verdammt genau, was er tut.«
Frankfurter Allgemeine Sonntagszeitung

Fischer Taschenbuch Verlag